D

Autorin
Romy Herold ist das Pseudonym der Autoren Eva-Maria Bast und Jørn Precht. Eva-Maria Bast ist Journalistin, Autorin mehrerer Sachbücher, Krimis und zeitgeschichtlicher Romane sowie die Chefredakteurin der Zeitschrift »Women's History«. Für ihre Arbeiten erhielt sie diverse Auszeichnungen, darunter den Deutschen Lokaljournalistenpreis der Konrad-Adenauer-Stiftung.
Jørn Precht ist Professor für Storytelling an der Stuttgarter Hochschule der Medien sowie mehrfach preisgekrönter Drehbuchautor für Kino- und Fernsehproduktionen. Er hat zahlreiche Sachbücher und historische Romane verfasst, sein Erstling »Das Geheimnis des Dr. Alzheimer« wurde mit dem Literaturpreis HOMER prämiert.
Als Duo schreiben Eva-Maria Bast und Jørn Precht seit einigen Jahren sehr erfolgreich historische Familiensagas und eroberten mehrfach die SPIEGEL-Bestsellerliste.

Besuchen Sie uns auch auf www.facebook.com/blanvalet und www.instagram.com/blanvalet.verlag

Romy Herold

Das Marzipanschlösschen

Roman

blanvalet

Sollte diese Publikation Links auf Webseiten Dritter enthalten, so übernehmen wir für deren Inhalte keine Haftung, da wir uns diese nicht zu eigen machen, sondern lediglich auf deren Stand zum Zeitpunkt der Erstveröffentlichung verweisen.

Penguin Random House Verlagsgruppe FSC® N001967

2. Auflage
Copyright © 2021 by Blanvalet
in der Penguin Random House Verlagsgruppe GmbH,
Neumarkter Str. 28, 81673 München
Redaktion: René Stein
Umschlaggestaltung und -motiv: © Johannes Wiebel | punchdesign,
unter Verwendung von Motiven von Marie Carr/Arcangel
Images; Shutterstock.com (Viktoriia Krasnova; Guschenkova;
REDPIXEL.PL; forbis) und mschmidt/photocase.de
DN · Herstellung: sam
Satz: Buch-Werkstatt GmbH, Bad Aibling
Druck und Bindung: GGP Media GmbH, Pößneck
Printed in Germany
ISBN 978-3-7341-0971-3

www.blanvalet.de

ÜBERSICHT DER WICHTIGSTEN FIGUREN

Im Süßwarengeschäft Einar Christoffersen
Dora Hoyler (* 4. Februar 1904 in Notzingen), Verkäuferin
Hedwig Hoyler, geborene Jensen (* 24. Mai 1884 in Lübeck), Näherin, Doras Mutter
Mads Einar George Lindegaard Christoffersen (* 15. Mai 1883 in Kolding), Süßwarenhändler, Doras Onkel
Ingeline »Iny« Christoffersen, geborene Jensen (* 10. Mai 1881 in Lübeck), Süßwarenhändlerin, Doras Tante
Babette Christoffersen (* 27. März 1902 in Lübeck), Kontoristin, Tochter von Iny und Einar, Doras Cousine
Siegfried »Siggi« Christoffersen, geborener Andresen (* 11. August 1903 in Lübeck), Adoptivsohn von Iny und Einar, Konditor

Im Marzipan-Schlösschen
Hubert Herden (* 6. Mai 1872 in Lübeck), Marzipanfabrikant, der Patriarch
Johann Claudius Herden (* 1. August 1897 in Lübeck), Student der Nationalökonomie, designierter Nachfolger
Felix Nikolaus Herden (* 14. Juli 1899 in Lübeck), Jurastudent, Johanns Bruder
Natalie Herden, geborene Frey (* 11. Mai 1878 in Altona), Stiefmutter von Johann und Felix

Lucie Krull (* 7. Juni 1904 in Schleswig), Stubenmädchen
Gesa Lührs (* 31. Oktober 1880 in Lübeck), Köchin
Ottilie Rautenberg (* 3. Januar 1870 in Frankfurt am Main), Hausdame

In den Lübecker Marzipan-Werken Hubert Herden
Jakob Kröger (* 16. August 1862 in Lübeck), Leiter der Marzipanfabrik
Armin Kröger (* 11. November 1893 in Lübeck), Jakobs Sohn, Formschneider und Bildhauer

In der Künstlerkneipe Zur Börse
Johann Friedrich Heinrich »Fritz« Eulert (* 31. Dezember 1883 in Lübeck-Siems), Wirt, genannt Fiete
Frieda Wilhelmine Martha »Fiete« Krugel (* 5. Februar 1898 in Lübeck), Schauspielerin
Hans-Peter »Hansi« Mainzberg (* 28. Februar 1895 in Thorn), Schauspieler, Bariton
Ernst »Zylindermann« Albert (* 21. Mai 1859 in Cöthen), Theaterschauspieler und Biologe
Antonio »Tonio« Martens (* 1. Juni 1897 in Lübeck), Kellner im Lübecker *Hotel International*
Professor Otto Anthes (* 7. Oktober 1867 in Michelbach an der Aar), Pädagoge und Schriftsteller

Im Kinderheim
Lieselotte »Lilo« Jannasch (* 12. August 1873 in Gnadenfrei, Landkreis Reichenbach, Provinz Schlesien), Krankenschwester
Wilhelm Jannasch (* 8. April 1888 in Gnadenfrei, Landkreis Reichenbach, Provinz Schlesien), evangelisch-lutheri-

scher Hauptpastor der Lübeckischen Aegidienkirche, Vorstand des Kinderheims, Lilos Neffe

Dr. Julius Hans Carl Erich Degner (* 30. Januar 1885 in Stralsund), Facharzt für Innere Krankheiten

Dr. Mathilde Gertrud Degner, geborene Severin (* 10. Dezember 1878 in Lübeck), Fachärztin für Kinderkrankheiten, Dr. Erich Degners Frau

Weitere Personen

Anna Magdalena »Marlene« Kleinert, geborene Sutor (* 22. Juli 1878 in Regensburg), Inhaberin Detektiv- und Auskunftsbüro

Ida Boy-Ed, geborene Ida Cornelia Ernestina Ed, (* 17. April 1852 in Bergedorf), Schriftstellerin und Salonière

Gerhard »Gägge« Hoyler (* 27. November 1883 in Notzingen), Papierfabrikmaschinist, Schiffsheizer, Doras Vater

Bernhard Bernstein (* 6. Juni 1882 in Schwetz), Kaufhausbesitzer in Kirchheim unter Teck

Hulda Bernstein, geborene Jutkowski (* 4. September 1883 in Gnesen), seine Frau

Uwe Tiedemann (* 24. November 1880 in Altona), Grossist für Südfrüchte, Nüsse und Mandeln

Charlotte Andresen (* 4. Mai 1886 in Lübeck), Siggis Mutter, Musiklehrerin

Georg Rudolf Reinhold Kalkbrenner (* 20. Dezember 1875 in Dammer), Finanzsenator Lübecks, Charlottes Verlobter

Hein Petersen (* 11. Juli 1897 in Lübeck), Student der Nationalökonomie

Paul Sommerlath (* 11. September 1893 in Hannover), Polizeileutnant

Gertrud Siemers (* 12. April 1895 in Lübeck), Kunstmalerin
Hans Daniels (* 6. Juni 1905 in Lübeck), Schüler mit deutschvölkischer Gesinnung

Prolog
Juli 1914

Lieblich-süß und leicht bitter zugleich, zartes Mandelaroma, ein Hauch von Rosenwasser ... Mit geschlossenen Augen ließ die zehnjährige Dora Hoyler die weiche Masse sanft auf der Zunge zergehen. Wie aufregend neuartig das schmeckte – und wie köstlich!

Nach diesem Genusserlebnis sah das blond gelockte Mädchen in das erwartungsvolle Gesicht seiner Tante Ingeline Christoffersen, die alle nur Iny nannten. Obwohl sie bereits jenseits der dreißig war, hatte die etwas mollige Süßwarenverkäuferin sich ihren mädchenhaften Charme bewahrt. Sie wirkte fast wie ein Beifall heischendes Kind, als sie nun drängelte: »Sag schon! Magst du ihn?«

»Mehr davon!«, bat Dora schwärmerisch. »Er ist wunderbar!«

Iny reichte ihrer Nichte lächelnd ein weiteres Stück Marzipan, und die schob es sich sogleich in den Mund.

»Nicht zu fassen, dass du ihn nicht kanntest«, meinte Iny. »Du hast wirklich etwas verpasst.«

Heute war der 28. Juli 1914 und der Tag, an dem Dora zum ersten Mal in ihrem Leben jene Köstlichkeit probierte, die aus Mandeln hergestellt wurde. In ihrem Heimatdorf am Fuße der Schwäbischen Alb gab es so etwas nicht. Das Mädchen war wie verzaubert vom Geschmack des gelblichen Breis, der sich von den übrigen süßen Naschereien hier im Laden ihrer Tante an der Lübecker Holstenstraße unterschied: »Der Marzipan schmeckt nicht sooo süß, aber ich weiß nicht, wie genau.«

»Das liegt daran, dass die Masse zum größten Teil aus blanchierten und geschälten Mandeln besteht, und deshalb ist er leicht bitter. Nur die Hälfte darf aus Zucker bestehen«, erklärte die Tante. »Der hier enthält sogar neun Zehntel Mandelmasse und nur ein Zehntel Zucker. Deshalb ist er so gelblich. Je weißer der Marzipan, desto mehr Zucker enthält er.«

»Ist er eine ganz neue Erfindung von euch?«, fragte Dora. Ihre Tante lachte. »Nein, diese Leckerei genießen die Menschen schon seit vielen Jahrhunderten. Obwohl Mandeln im Mittelalter sehr teuer waren, gab es Marzipan angeblich schon damals. Vor gut fünfhundert Jahren ging in Venedig eine schlimme Hungersnot zu Ende. Die Bewohner haben damals aus Dankbarkeit dem Heiligen Markus ein Brot aus Mandeln geweiht: das *marci panis* – Brot des Markus. So erzählt man es sich wenigstens.«

»Da gibt es aber auch andere Legenden«, mischte sich mit seiner rauen Stimme Onkel Einar in das Gespräch, Inys Mann. Der blonde Zuckerbäcker war Anfang dreißig und stammte ursprünglich aus Kolding in Dänemark; jetzt war er gerade damit beschäftigt, frische, herrlich duftende Krapfen in die Körbe hinter der Verkaufstheke zu legen. »Demnach stammt Marzipan nicht aus Italien, sondern aus Persien. Er hat sich sowohl ins ferne Indien verbreitet als auch gen Westen. Im Mittelalter brachten ihn die Araber nach Europa, zunächst führte der Weg über Spanien. Da wurde er recht beliebt. Der *Mazapán de Toledo* ist auch heute noch eine der berühmtesten Sorten überhaupt. Aber viele Länder haben ihre eigene Marzipan-Stadt. Heute ist er wirklich in aller Welt bekannt.«

»Außer in Notzingen«, entgegnete Dora lächelnd, die mit ihren Eltern in einer Bauerngemeinde gut dreißig Kilometer südöstlich von Stuttgart wohnte, wo nicht mehr als tausend Seelen lebten. Beim Bäcker in Kirchheim unter Teck, der nächstgelegenen größeren Stadt, hatte Dora bisher noch keinen Marzipan entdeckt. Das mochte jedoch daran liegen, dass ihr Vater Gerhard als einfacher Arbeiter in einer Kunstdruck-Papierfabrik nicht viel Geld verdiente und sich die Familie außer Brot kaum Gebäck leisten konnte – und sogar das buk ihre Mutter oft selbst im Backhäusle ihres Dorfes. Doras Reise mit ihrer Mutter in deren Heimatstadt Lübeck war nur möglich, weil ihr Vater ein stattliches Sümmchen beim Kartenspiel gewonnen hatte. Gerhard hatte sie seiner Gattin Hedwig zum dreißigsten Geburtstag geschenkt. Er musste natürlich in der Papierfabrik schaffen, da hatte zu ihrer großen Freude Dora die Mutter begleiten dürfen. Der erste Teil der Zugfahrt hatte den gesamten gestrigen Tag in Anspruch genommen. Mutter und Tochter Hoyler waren schließlich in einer Pension in Göttingen eingekehrt, bevor es heute früh weiter nach Lübeck zu Hedwigs Schwester und deren Mann ging. Im Augenblick war Doras Mutter unterwegs, um ihre Nichte Babette von der Schule abzuholen, Hedwig wollte das Mädchen überraschen. Als nun ein gleißender Blitz den Laden erhellte und unmittelbar darauf ein erschreckend lauter Donnerschlag ertönte, sah Dora besorgt durch das Schaufenster hinaus auf die Holstenstraße.

»Hoffentlich kommen Babette und Mama bald«, sagte sie. »Bestimmt fängt es gleich an zu regnen.«

Ihr Blick begegnete dem eines strohblonden Jungen in ihrem Alter, der draußen stand und sehnsüchtig auf die Süßwaren im Schaufenster sowie in den Bonbongläsern im Ladeninneren starrte. Er wirkte abgemagert, und seine Kleidung ließ keinen Zweifel daran, dass er sich wahrscheinlich keine der Leckereien hier leisten konnte. Es schien, als fühle er sich von Dora ertappt, denn obwohl sie ihm freundlich lächelnd zuwinkte, verschwand er rasch aus ihrem Sichtfeld. Just in diesem Augenblick begann es draußen wie aus Eimern zu gießen, doch zu ihrer Erleichterung sah sie nun zwei Gestalten mit Regenschirmen auf den Laden zuhasten. Dora eilte zur Tür und riss sie auf, um ihre Mutter und das braunhaarige Mädchen hereinzulassen. »Mama! Babette!«, rief sie erfreut.

Die strahlende Tochter der Christoffersens fiel ihrer Cousine um den Hals. »Dora, was für eine schöne Überraschung, und wie hübsch du geworden bist.«

Dieses Kompliment traf aber auch auf Babette zu. Das erste Mal hatte Dora ihre Base gesehen, als sie mit deren Mutter zu Besuch nach Schwaben gekommen war. Damals war Babette noch eine etwas pummelige Neunjährige gewesen, erinnerte sich Dora, was ihrer Begeisterung für die fröhliche Cousine jedoch keinen Abbruch getan hatte. Die beiden Mädchen waren auf Anhieb ein Herz und eine Seele gewesen und hatten einander in den letzten drei Jahren häufig geschrieben. Es war ihr schwergefallen, der Brieffreundin nichts von dem bevorstehenden Besuch in Lübeck zu verraten.

»Babettes verdutztes Gesicht, als sie mich vorhin vor der Schule erkannt hat – wunderbar«, berichtete die Mutter. Sie war eine hübsche Frau und hatte ihre Haare zu einem Knoten zusammengebunden. Von ihr stammte die Idee, ihre Nichte lieber zu überraschen. Hedwig Hoyler schüttelte sich kichernd und klappte ihren tropfenden Regenschirm zusammen. »Wat 'n Schietwedder!«

Dora liebte es, wenn ihre Mutter in ihren Heimatdialekt verfiel, das Plattdeutsche. Zu Hause in Notzingen hätte sie freilich niemand verstanden, dort wurde breites Schwäbisch »g'schwätzt«.

Erneut krachte draußen der Donner, und Babette stieß einen erschrockenen Schrei aus, denn der gleichzeitig erfolgte Blitz erhellte eine Gestalt im Eingangsbereich. Erst jetzt bemerkten die Anwesenden, dass ein etwa zehnjähriger Junge hinter den beiden Frauen in den Laden gehuscht war. Er hatte sich seinerseits erschrocken, verharrte mit Angst in seinen Augen nahe bei der Tür. Dora erkannte in ihm jenen Bub, der eben noch vor dem Schaufenster herumgelungert hatte.

»Womit kann man dir denn helfen?«, bellte Einar Christoffersen, und der Kleine zuckte ängstlich zusammen.

Verschüchtert deutete er auf ein großes Glas mit Sahnebonbons darin.

Iny drängelte sich an ihrem hochgewachsenen Gatten vorbei und wandte sich wesentlich freundlicher an den kleinen Kunden: »Wie viele möchte der junge Herr denn haben?«

»Z… zwei«, stotterte der Junge kaum hörbar und legte ihr mehrere Münzen hin.

Iny packte ihm drei statt zwei Bonbons ein und sagte: »Draußen regnet es ja gerade so furchtbar, hättest du da kurz Zeit, von unserem neuen Marzipan zu probieren? Meine Nichte hat ihn schon für gut befunden, aber zwei Meinungen sind natürlich besser als eine.«

Dora ahnte, dass ihre gutmütige Tante dem offenbar verarmten Jungen etwas Gutes tun wollte.

»I… i… i…« Der Knabe brachte den nächsten Satz nicht heraus und deutete schließlich hilflos auf seine Hosentasche.

»Er meint, er hat kein Geld dafür«, sprach Dora ihre Vermutung aus, um ihn von seinem Stottern zu erlösen.

Der Junge nickte ihr dankbar zu.

»Ach, die Stückchen sind natürlich kostenlos«, stellte Iny rasch klar und reichte ihm eines, das er sich sogleich in den Mund schob.

Onkel Einar schüttelte, grinsend über die Gutmütigkeit seiner Frau, den Kopf und verschwand wieder in seiner Backstube.

Iny sah ihren jungen Kunden fragend an. »Gut?«

Der Knabe nickte anerkennend. »S-s-sehr gut.«

Das Glöckchen an der Ladentür bimmelte, und ein Mann mit Hut, aber ohne Regenschirm trat ein. Er war bis auf die Haut durchnässt und tropfte den gekachelten Fußboden voll.

»Moin«, sagte er.

Dora wunderte sich nicht über seine Wortwahl, sie wusste von ihrer Mutter, dass der plattdeutsche Gruß nicht »guten Morgen« bedeutete, sondern im Norden auch nachmittags und sogar am Abend verwendet wurde.

»Sie wünschen?«, fragte Iny.

»Das da«, knurrte der Fremde, in dessen Gesicht Dora nun eine Narbe bemerkte, die quer über seine linke Wange verlief. Er deutete auf ein Plunderteilchen in der Auslage der Verkaufstheke.

Dora fiel auf, dass der Junge den drahtigen Mann mit

zusammengekniffenen Augen beobachtete. Als der Fremde sich bewegte, trat der Knabe einen Schritt zurück. Wachsam, ganz so, als habe er ein gefährliches Raubtier vor sich. Ob er den Kunden wohl kannte? Im Gegensatz zu ihrer Cousine Babette, die ihr in Briefen gestanden hatte, Romanzen zu verschlingen, liebte Dora Detektivgeschichten. Der alte Bauer Mettang, bei dem sie mit ihren Eltern lebte, ließ sie seine Bücher lesen, obwohl ihr Vater gemahnt hatte, sie seien nichts für Frauenzimmer – und erst recht nichts für eine Zehnjährige. Doch Dora las sie stets mit glühenden Wangen. Davon angeregt, beobachtete sie Menschen sehr genau und fand den Kunden und die Reaktion des Knaben auf ihn verdächtig.

»Darf es sonst noch was sein?«, fragte Iny, die dem Mann inzwischen sein süßes Stückchen eingepackt hatte.

Der Fremde schüttelte den Kopf.

Dora hatte sich indes dem bleichen Jungen genähert und fragte flüsternd: »Kennst du ihn?«

Er nickte ängstlich. »R-Räuber!«, wisperte er.

Sie erstarrte. Man musste die Tante warnen! Doch zu spät: Iny hatte die Kasse bereits geöffnet, um für den Fremden das Wechselgeld auf den von ihm gereichten Fünfmarkschein herauszunehmen, da beugte er sich plötzlich ruckartig zu ihr vor und stieß Doras Tante grob nach hinten. Er griff sich ein ganzes Bündel Geldscheine und stürmte aus dem Laden. Der Junge nahm sofort beherzt die Verfolgung auf. Dora raffte ihren Rock und eilte beiden spontan hinterher, ungeachtet des Regens.

»Dora, Vorsicht, der ist gefährlich«, warnte Babette, stürzte dann jedoch ebenfalls aus dem Laden.

Der Räuber flüchtete mit dem Geld durch den nachlassenden Regen in Richtung Holstentor. Während ihm der Knabe dicht auf den Fersen war, ärgerte sich Dora darüber, dass es sich mit Mädchenkleidung so viel schlechter rennen ließ als mit Jungsklamotten.

»Stehen bleiben!«, rief sie möglichst laut, um die wenigen Passanten auf sie aufmerksam zu machen. So hatte sie es einst in einem Detektivroman gelesen. »Haltet den Dieb!«

Plötzlich war der Kleine verschwunden, und sie eilte dem Räuber allein hinterher. Da tauchte neben ihr ihre ebenfalls rennende Cousine auf.

»Der ist einfach zu schnell«, keuchte Babette außer Atem.

Doch der Junge hatte offenbar eine Abkürzung genommen, denn plötzlich tauchte er vor dem Mann auf – und stellte ihm ein Bein, sodass der Flüchtende ins Straucheln geriet und zu Boden stürzte. Zu dritt umzingelten die Kinder den auf den regennassen Pflastersteinen liegenden Dieb, zum Glück kam in diesem Augenblick ein Schutzmann mit Pickelhaube, Schnauzbart und stattlichem Bauchumfang hinzu. Er war wohl durch Doras Geschrei auf die wilde Verfolgungsjagd aufmerksam geworden.

»Was ist denn hier los?«, verlangte er zu wissen.

»Dieser Mann hat Geld bei meiner Tante gestohlen«, haspelte Dora.

»Süßwaren Christoffersen«, ergänzte Babette.

»Das ist eine infame Lüge«, behauptete der Dieb und rappelte sich auf.

Dora sah, dass seine Hosenbeine an den Knien aufgerissen waren.

»Die Kinder sagen die Wahrheit, Herr Wachtmeister«, mischte sich nun Tante Iny ein, die ihnen nur mit größter Mühe hinterhergekommen und völlig aus der Puste war.

Zusammen mit einem herbeigeeilten Kollegen hielt der Polizist den Mann fest und zwang ihn zur Herausgabe der Scheine.

»Das ist mein eigenes, die lügen«, insistierte er, als der Wachtmeister Iny Christoffersen das Geld zurückgegeben hatte.

»Darüber unterhalten wir uns auf dem Revier«, sagte der jüngere der beiden Schutzmänner und führte den Räuber ab.

Der ältere Wachtmeister sah indes den etwas verlotterten Knaben misstrauisch an. »Und du? Gehörst du zu dem Kerl?«

Der Kleine schüttelte ängstlich den Kopf. »N… n…«

»Nein, er gehört zu uns«, rief Dora rasch. »Nicht wahr, Tante Iny?«

»Ja, Wachtmeister Seiler, der Lütte ist Kunde«, bestätigte Iny. »Probiert bei uns gerade die Ware von unserem neuen Lieferanten von Marzipanrohmasse. Niederegger war uns auf Dauer zu teuer, und Herden ist laut Kundenmeinung genauso lecker. Wie geht es denn dem Herrn Vater?«

»Wieder besser«, berichtete der Wachtmeister. »Der schlimme Husten ist vorbei, seine Kutsche rollt wieder. Aber große Sorgen macht er sich um unsere Zukunft.«

»Wegen dieses Attentats in Sarajewo?«, mutmaßte Iny.

Der Gendarm nickte ernst. »Neulich musste er einen hohen Marine-Offizier kutschieren. Der hat ihm verraten, dass es in jedem Fall Krieg geben wird.«

Dora bemerkte, wie entsetzt ihre Tante wirkte, und das machte auch ihr Angst.

»Mit Russland?«, fragte Iny beklommen.

»Ich befürchte, Frankreich und England werden ebenfalls gegen uns Partei ergreifen«, meinte der Uniformierte.

Auf dem Weg zurück in die Wunderwelt des Zuckerwerks schwiegen die Süßwarenverkäuferin und die drei Kinder betreten. Krieg ...

Teil I
1921

1

»Oh du lieber Augustin, alles ist hin. Geld ist hin …«

Die siebzehnjährige Verkäuferin Dora war gerade dabei, das Schaufenster mit neuen Hüten zu dekorieren, und konnte nicht umhin mitzusummen, während eine Spieldose im hinteren Bereich des Kaufhauses Bernstein das alte Kinderlied klimperte.

Da hallte ein wütender Schrei durch die Verkaufsräume: »Huldaaaa!«

Dora seufzte. Wenn Bernhard Bernstein, bei dem sie in Lohn und Brot stand, derart zornig nach seiner Frau rief, drohte ein weiterer Streit der Eheleute, bei denen sie seit dem Kriegsende vor knapp drei Jahren angestellt war. Dora mochte die beiden sehr: Besonders von der Ehefrau Hulda Bernstein, einer dunkelhaarigen Schönheit Ende dreißig, war sie begeistert. Diese half trotz ihres zehnjährigen Sohnes und der achtjährigen Tochter tatkräftig im Laden mit. Sie war tüchtig, elegant und großzügig gegenüber Dora. Aufgrund von Übergriffen auf die jüdische Bevölkerung in ihrem preußischen Heimatort Schwetz war die Familie Bernstein nach Kirchheim unter Teck geflohen, kurz nachdem die Tochter zur Welt gekommen war. Dort hatten sie hier in der Max-Eyth-Straße 12 im Februar 1914 ihr »Kaufhaus für Aussteuerwäsche, Gardinen, Damen-, Herren- und Kinderbekleidung sowie Damenwäsche« eröffnet. Oberhalb der

Verkaufsräume befand sich die Wohnung der vierköpfigen Familie. Doch obwohl die Geschäfte anfangs gut gegangen waren und die Bernsteins noch immer ein eigenes Pferd mitsamt Wagen besaßen, hatte das Kaufhaus in der Nähe des Kirchheimer Schlosses nun schon länger mit ausbleibender Kundschaft zu kämpfen. Der Große Krieg, der das Geschäft ohnehin arg gebeutelt hatte, war verloren worden. Das Deutsche Reich litt unter dem Schmachvertrag von Versailles, war gezwungen, Unsummen von Reparationen an die Alliierten zu zahlen, und die Bevölkerung musste den Gürtel enger schnallen. Jeder überlegte sich doppelt und dreifach, ob er wirklich neue Kleidung kaufen sollte. Dora hatte bei den Bernsteins zum Weihnachtsgeschäft 1918 eine Anstellung gefunden; und mit jedem Stück, das sie an den Mann oder die Frau brachte, trug die junge Verkäuferin zur Bewahrung ihres eigenen Arbeitsplatzes bei.

Am heutigen Mittwoch, dem 7. September 1921, hatte den gesamten Vormittag über noch kein einziger Kunde den Laden betreten, und Bernhard Bernstein war einmal mehr sehr gereizt. Dora folgte Hulda nach hinten ins Lager. Vielleicht konnte sie ihren Chef ja beschwichtigen und verhindern, dass der zu befürchtende Streit des Paares ausartete.

»Was ist denn los?«, fragte Hulda, als sie im Lager angekommen waren.

»Wieso hast du dir fünf von diesen Zigarrenschachteln aufschwatzen lassen?«, verlangte ihr Gatte zu wissen. »Sie sind schlecht verarbeitet. Und das Schlimmste …« Er riss eines der fünf Holzkistchen auf – erneut erklang das Lied vom lieben Augustin. Bernstein sah seine Frau mit gefurchter Stirn und vorwurfsvollem Blick an. »Alles ist hin, Geld ist hin …«, zitierte er und fügte bissig hinzu: »Na, wenn das unsere Kundschaft nicht augenblicklich den Krieg vergessen lässt und sie veranlasst, den Laden leer zu kaufen, dann weiß ich auch nicht.«

»Im lieben Augustin geht es darum, dass man mit Humor selbst die schlimmsten Verluste übersteht«, entgegnete Hulda trotzig. »Das kannst du natürlich nicht nachvollziehen.«

Wütend drückte ihr Arbeitgeber nun Dora den Holzkasten in die Hand, wobei der Deckel klappernd zufiel, und das Lied verstummte.

»Was sagen *Sie* denn dazu, Dorle? Diese Bimmelkiste bekommen nicht mal Sie verkauft, was?«, unterstellte er. »Wir nagen bald am Hungertuch, und meine werte Gattin kauft Ladenhüter! Dafür zahlt uns niemand auch nur eine einzige Mark.«

»Unfug!«, meinte seine Frau. »Die gehen für sechs Mark das Stück weg, im Sonderangebot vielleicht fünf.«

Die Bernsteins waren so vertieft in ihr Gezänk, dass sie das Glöckchen an der Ladentür überhört hatten.

»Huhu, ist jemand da?«, rief eine Männerstimme.

Dora trat sofort beflissen in den Verkaufsbereich, wo ein dicklicher Kunde im teuren Lodenmantel stand. »Guten Tag, gnädiger Herr, womit kann ich Ihnen dienen?«, fragte Dora freundlich lächelnd.

Inzwischen war auch das Ehepaar Bernstein aus dem Hinterzimmer getreten.

»Ich brauche ein Stück Himmelsseife für eine Dame«, erklärte der Kunde und blickte dabei neugierig auf das Holzschächtelchen in der Hand der Verkäuferin. »Das ist ja hübsch. Ein Pralinenkästchen?«

Hulda Bernstein warf ihrem Gatten einen triumphierenden Blick zu, der daraufhin das Gesicht verzog.

Dora nutzte ihre Chance. »Oh ja, ein Kästchen für Pralinen, Bonbons, Marzipan und andere Leckereien.«

Sie sah es sehnsüchtig in den Augen des Kunden glitzern, der sich nun mit noch mehr Interesse in Richtung des Kästchens beugte.

»Und das Beste kommt noch«, kündigte Dora an. »Wenn man diesen Schatz öffnet, spielt er eine hübsche Melodie …«

In dem Moment, als das Lied vom lieben Augustin ertönte, wusste Dora, dass sie einen Fehler gemacht hatte, die Musik so hervorzuheben. Ihr Gegenüber verzog angewidert das Gesicht.

»Oh nein, das ist ja furchtbar«, befand der untersetzte Herr und wich zurück. »Ich will doch nicht jedes Mal den Augustin hören, wenn ich mir eine Winzigkeit gönne.«

Nun war es Bernhard Bernstein, der eine siegesgewisse Miene aufsetzte. »Sag ich's doch«, knurrte er seiner Ehefrau zu.

Doch so schnell gab Dora nicht auf. »Das dachte ich zuerst auch«, sagte sie zu dem Kunden. »Aber die Erfinder dieser Kostbarkeit müssen sich etwas dabei gedacht haben. Ich weiß nicht, ob die Herren der Schöpfung das auch kennen, aber ich übertreibe es manchmal ein wenig mit den Süßigkeiten. Erst will ich nur ein Stückchen essen, und das schmeckt auch stets ganz köstlich. Aber dann greife ich ohne nachzudenken immer wieder danach. Und ehe man sich's versieht, nimmt man zu. Das ging meiner armen Tante so. Aber dabei ist es nicht geblieben. Bald setzten die ersten Zipperlein ein, und jetzt sitzt sie mehr beim Onkel Doktor als zu Hause im gemütlichen Sessel.«

»Ach, wie ich das kenne«, seufzte der rundliche Kunde.

Dora nickte eifrig. »Und da hilft uns dieses kleine Wunderwerk von Ihrem Kaufhaus Bernstein.« Sie begann leise zur Melodie des geöffneten Kästchens zu singen: »Denk daran, ein Stückchen reicht, Stückchen reicht ...«

»Das nehme ich«, sagte der Herr und riss es ihr aus der Hand. »Was soll es denn kosten?«

Bernhard Bernstein öffnete schon den Mund, um sich einzumischen, doch seine junge Verkäuferin kam ihm zuvor: »Nur fünf Mark, heruntergesetzt von sechs. Ein echtes Schnäppchen.«

Kurz darauf verließ der Kunde hochzufrieden das Kaufhaus – mit der Himmelsseife für seine Liebste und der zur Pralinenschachtel erklärten Zigarrenkiste mit eingebauter Spieluhr für sich selbst.

»Tja, mit der richtigen Verkäuferin wohl doch kein Ladenhüter«, kommentierte Hulda Bernstein schmunzelnd und wandte sich an Dora: »Unglaublich, wie gut du dich in die Kundschaft hineinversetzen kannst.«

»Das hat das Dorle von mir gelernt«, vermeldete ihr Gatte selbstbewusst. »Den Kunden stets zu behandeln wie ein rohes Ei.«

»Na, die schlägst du ja am liebsten in die Pfanne«, erwiderte seine Frau und zwinkerte Dora zu.

∗∗∗

Nach Ladenschluss wartete auf Dora noch der anstrengende Heimweg mit dem Rad nach Notzingen. Zwischen jenem Bauerndorf und der Stadt Kirchheim lag der sogenannte Würstlesberg, und der Weg war so steil, dass sie ihr Velo den Hügel hinaufschieben musste. In Gedanken war sie noch ganz bei den düsteren Worten, mit denen ihr Arbeitgeber

Bernhard Bernstein sie vorhin in den Feierabend geschickt hatte. »Wenn das so weitergeht, weiß ich nicht, wie lange wir uns noch halten können.«

Nach Doras Erfolg, für gutes Geld die Zigarrenschachtel verkauft zu haben, hatten am Nachmittag nur zwei weitere Kundinnen den Weg in das Geschäft gefunden und lediglich billige Kleinigkeiten erstanden.

Schließlich war Dora auf dem Gipfel des Würstlesbergs angekommen und sah in das von Eichenwäldern umrahmte Tal, in dem das verschlafene Dorf Notzingen lag. Sie bestieg ihr Rad wieder und fuhr den Hügel hinab. Ihre Laune besserte sich immer mehr, je näher sie dem Hof von Bauer Mettang kam, bei dem ihr Vater drei kleine Kammern für sie gemietet hatte. Immerhin konnte es ja sein, dass der Briefträger sehnsüchtig erwartete Post aus Lübeck gebracht hatte.

Schließlich erreichte sie das Gehöft, stellte ihr Fahrrad in der Scheune ab und stürmte in die kleine Wohnstube, wo ihre Mutter saß und nähte. Das hereinfallende Licht der Abendsonne ließ den blonden Haarknoten der grazilen Mittdreißigerin golden leuchten.

»Und?«, fragte Dora außer Atem.

Ihre Mutter nickte lächelnd und deutete auf das Büfett. Dort lag er – ein Umschlag mit der Adresse in der schön geschwungenen Schrift ihrer Cousine Babette.

Dora nahm den Brief und lächelte ihn an wie einen wertvollen Schatz. Sie würde ihn nicht gleich hier lesen, sondern nach dem Abendessen an ihrem Lieblingsplatz am Waldrand, mit Blick auf ein malerisches Tal, das den ihrer Meinung nach bestens passenden Namen Himmelreich trug.

In diesem Moment kam ihr Vater Gerhard in die Wohnstube. Der dürre Mann mit dem Oberlippenbärtchen schwitzte und hatte verdächtig glasige Augen. »Guten Abend, meine schöne Lieblingstochter«, sagte er, und an seiner verwaschenen Aussprache erkannte Dora, dass er nicht mehr ganz nüchtern war – wie so oft, seit er vor fast drei Jahren von der Marine zurückgekehrt war. Die jahrelange Angst ums eigene Überleben sowie die in den Schlachten zur See und beim Matrosenaufstand 1918 getöteten Kameraden verfolgten ihn noch immer in seinen Träumen, oft hörte Dora ihn nachts schreien. Das Lächeln des Betrunkenen geriet zur Grimasse. »Hast du heute wieder gut verkauft?«

Sie schüttelte den Kopf. »So viele kommen zurzeit leider nicht.«

»Dafür kannst du ja nichts. Liegt am Schandfrieden von Versailles. Die Feinde pressen uns aus wie eine Zitrone«, meinte ihr Vater. Er stützte sich am Büfett ab und stieß dabei, von ihm unbemerkt, eines der zahlreichen Wachsfigürchen hinunter, die dort standen. »Puh, muss mich kurz aufs Ohr legen. Es dreht sich ein bisschen im Kopf.«

Während er zur Holzbank ging, hob seine Tochter das Figürchen – gut erkennbar ein Reh – auf und stellte es zu den übrigen. Es gab Hasen, Kühe, Pferde, Käfer, Eichhörnchen – alle aus Kerzenwachs. Einen Großteil davon hatte Dora während des Krieges geformt, in Sorge um ihren Vater. Doch da nach seiner Rückkehr seine Freude am Kartenspiel zur Besessenheit geworden war und er oft nächtelang verschwand, waren auch in jüngerer Zeit noch einige Wachsfigürchen zur Sammlung hinzugekommen.

Der Vater begann nun auf der Holzbank zu schnarchen, Hedwig erhob sich von der Nähmaschine und bedeutete ihrer Tochter, ihr in die Küche zu folgen. Dort schenkte sie Dora ein Glas Milch ein und schmierte ihr ein Wurstbrot.

»So ist er schon den ganzen Tag«, berichtete sie im Flüsterton. »Er war schon um halb drei aus der Fabrik zurück.«

»Aber bekommt er da keinen Ärger?«, fragte Dora besorgt. »Die Schicht geht doch eigentlich viel länger.«

»Neulich kam er schon mal genauso früh heim«, erzählte Hedwig. »Und genauso angetrunken. Ich kann nur hoffen, dass er seine Arbeit nicht längst verloren hat.«

Dora spürte, wie sich ihr Magen vor Angst zusammenkrampfte. »Das wäre ja schrecklich. Die Bernsteins wissen auch nicht, wie lange sie mich noch beschäftigen können.«

Hedwig sah beklommen aus dem Fenster in die untergehende Sonne. »Von meinem Lohn als Näherin könnte nicht mal einer von uns dreien überleben.«

Schließlich kehrte die Mutter an ihre Nähmaschine zurück, und Dora machte sich wie so oft mit ihrem Wurstbrot und dem Brief ihrer Cousine auf den Weg zum Himmelreich, dem idyllischen Tal an der Grenze zum Nachbarort Wellingen.

Selbst hier, außerhalb des Ortskerns, wehte bisweilen ein wenig Stallgeruch herüber. Die Vögel zwitscherten, Grillen zirpten, und der vertraute Glockenklang der Jakobuskirche war zu hören. Sie setzte sich auf einen gefällten Baum am Wegesrand und sah in das Tal, in der Ferne thronten die drei Kaiserberge.

Ihr fiel ein Gedicht von Adam Mettang ein, dem Großvater des Bauern, bei dem sie und ihre Familie lebten:

Dort in der himmelblauen Ferne der Kaiserberg,
der Staufen winkt,
auch der Rechberg, Stuifen seh'n wir gerne,
doch sind vom Nebel sie umringt.

Der alte Adam war ein vielseitiger Mensch gewesen: ein Landwirt und Brandmeister, der Gedichte schrieb. Er hatte mit Dora Hausaufgaben gemacht, ihr viel über die Geschichte ihrer Heimat erzählt und zur Konfirmation den ersten Detektivroman geschenkt. Dem waren viele weitere gefolgt. »'s erschte Buch ischt d' Bibel. Ond seitdem goht's in jedr G'schicht om d' Liebe oder om d'r Tod – oder om elle zwoi. Aber d' Heilige Schrift secht ons, am Schluss isch d' Liebe stärker wie d'r Tod.« So schön hatte der Herr Pfarrer in der Kirche das niemals zusammengefasst, fand Dora. Als der alte Adam kurz vor Kriegsende im Alter von dreiundsechzig Jahren gestorben war, hatte sie sehr um ihn getrauert. Hier im Schwabenland lebten außer ihren Eltern keine leiblichen Familienmitglieder. Das erste Mal waren sich Doras Vater und Mutter im Sommer 1900 in Lübeck begegnet. Gerhard Hoyler, der von jeher von der Seefahrt geträumt hatte, war damals zur feierlichen Eröffnung des Elb-Trave-Kanals durch Kaiser Wilhelm in den Norden des Reichs gereist. Die beiden verliebten sich, und Hedwig folgte Gägge, wie sein Spitzname lautete, in dessen schwäbische Heimat, wo sie nach drei Jahren schwanger wurde. Die Großeltern väterlicherseits waren schon kurz nach Doras Geburt gestorben. Lübeck blieb ein Sehnsuchtsort für das Mädchen, und die Briefe ihrer Cousine waren immer wie ein kleiner Ausflug dorthin.

Aber auch jene heile Welt war vom Krieg in Mitleidenschaft gezogen worden. Babette und ihre Mutter hatten einen Schicksalsschlag zu beklagen: Tante Inys Mann Einar war im Sommer 1914 mit dem Regiment 162 »Lübeck« an die Front beordert und zwei Jahre später in Verdun schwer verletzt worden. Erst nach einem Dreivierteljahr im Lazarett war er nach Hause zurückgekehrt, aber arbeiten konnte er seither nur noch selten. Zum Glück hatte er schon gleich nach seiner Rückkehr den kleinen stotternden Jungen als Lehrling in der Bäckerei angestellt – aus Dankbarkeit für seine Hilfe, den Räuber zu schnappen. Siegfried Andresen, eine Vollwaise, war so dem Kinderheim und dem dortigen brutalen Aufseher sowie den älteren Jungen entkommen, die ihn ebenfalls oft malträtiert hatten. In seiner Zeit bei den Christoffersens hatte er laut Babettes Schilderungen immer besser zu sprechen gelernt. Dank des Jungen, den die Familie Siggi nannte, musste Tante Iny trotz ihres gebrechlichen Mannes den Laden nicht aufgeben. Einar und sie hatten ihn schließlich sogar adoptiert. »Dann bist du genauso abgesichert wie unsere Tochter, falls uns mal was zustoßen sollte«, hatte Onkel Einar erklärt. Voller Stolz führte Siggi seither den Namen Christoffersen und lebte fortan bei Babettes Familie.

Nun begann Dora, den jüngsten Brief ihrer Cousine zu lesen:

Lübeck, den 28. August 1921

Liebe Dora,

der Sommer nähert sich dem Ende, und noch immer ist es so warm, dass man am Strand von Travemünde in der Ostsee baden kann. Ach, wenn Du nur wieder einmal hier bei uns sein könntest. Es ist so schade, dass beim letzten Mal die Zeit nicht reichte, Dir das Meer zu zeigen. Eines Tages holen wir es nach, das verspreche ich Dir hoch und heilig!

Ich selbst habe in unserer kleinen Stadt letzten Monat einen Riesenschrecken erlebt, den ich so schnell nicht vergessen werde und von dem ich Dir unbedingt schreiben muss. Damals kam ich mit dem Fahrrad in unserer Depenau vorbei, das ist eine Straße hier in der Altstadt, da stand eine nicht enden wollende Reihe von Särgen! Ich sah einen Mann mit einer Kamera, der mir erzählte, dass in unserem beschaulichen Lübeck ein Gruselfilm gedreht wird! Der Hauptdarsteller heißt scheinbar wirklich Schreck mit Nachnamen. Na, wenn das nicht passt! Ja, so kommt mal wieder die weite Welt in unser beschauliches Lübeck – und manchmal sogar in unseren kleinen Laden! Leider hast Du zwei ganz und gar überwältigende Besucher verpasst. Der erste war geradezu königlich – aber der zweite hat mein Herz noch viel mehr zum Rasen gebracht!

Vor zwei Wochen war niemand Geringerer in unserem Süßwarenladen zu Besuch als Johann Köpff, Erbe des berühmtesten Marzipanherstellers Niederegger höchstpersönlich und einst Hoflieferant Seiner Majestät Kaiser Wilhelms. Er hatte sich wohl ein wenig erkältet und wollte eines von Muttis berühmten Hustenbonbons probieren. Zum Glück hat er nicht bemerkt, dass wir schon vor dem Krieg anderen Marzipan ins Sortiment genommen haben. Er war freundlich und zuvorkommend. Du kannst Dir ja vorstellen, wie aufgeregt Mutti, Siggi und ich waren, dass jemand wie Köpff von unseren Bonbons gehört hatte.

All das ist aber gar nichts gegen das, was ich gestern empfand. Da kam nämlich ein anderer Johann in unser Geschäft, auch Erbe einer Marzipanfabrik. Die Firma

Hubert Herden, von der wir seit Deinem letzten Besuch hier unseren Marzipan beziehen, gibt es erst seit 1904, und der Erbe Johann Herden ist mit seinen vierundzwanzig gute dreißig Jahre jünger als Herr Köpff. Ach, und wie gut er aussieht! Ich habe noch nie einen schöneren Mann gesehen. Hochgewachsen und stark ist er. Er hat sich doch tatsächlich herabgelassen, mit mir zu sprechen, sogar gescherzt haben wir. Humor hat er, und er liebt es, was Mutti und Siggi aus seinem Marzipan zaubern. Er hat versprochen, wieder einmal bei uns vorbeizuschauen. Seither blicke ich ständig sehnsüchtig zur Ladentür. Wenn Du nur hier wärest! Du kannst die Leute so gut einschätzen, Du wüsstest bestimmt, ob Johann auch ein wenig für mich schwärmt, wenn er uns wieder besucht. Ach, Dora, mit jedem Tag vermisse ich Dich mehr. Ich bete dafür, dass Deine Bernsteins endlich ganz, ganz viele Kunden bekommen. Irgendwann sind die deutschen Kriegsschulden bezahlt, und es wird aufwärtsgehen. Dann werdet ihr wieder hierherreisen, Du und Tante Hedwig. Meine Mutter vermisst ihre Schwester nämlich auch ganz fürchterlich.
Ich denke jeden Tag an Dich, meine liebe Dora.
Deine Cousine
Babette

Sorgfältig faltete Dora den Brief zusammen und steckte ihn zurück in den Umschlag. Die Zuneigung ihrer Cousine rührte sie. Sie erhob sich und sah in das Tal, aus dessen Wiesen der Nebel aufstieg und über dem nun der Mond leuchtete. Entschlossen sprach sie aus, was sie dachte: »Ja, liebe Babette, eines Tages komme ich wieder zu euch nach Lübeck.«

2

Das Rasseln des Weckers riss Dora aus ihren Träumen. Sie fühlte sich unausgeschlafen und öffnete nur unwillig die verquollenen Augen. Der Gedanke, sich bald auf den Weg zur Arbeit machen zu müssen, behagte ihr so gar nicht. Bis halb zwei Uhr hatte sie gestern Nacht mit ihrer Mutter noch vergeblich auf die Rückkehr ihres Vaters gewartet. Seit drei Tagen hatte er sich nicht mehr zu Hause blicken lassen. Vier neue Tierfigürchen aus Wachs standen deshalb auf dem Büfett. Dora erhob sich aus ihrem Bett und ging in die Küche, wo Hedwig bereits vor ihrer Nähmaschine saß, in derselben Position und mit demselben besorgten Blick wie gestern Nacht. Dora fragte sich, ob sie überhaupt geschlafen hatte.

»Ist er wieder nicht nach Hause gekommen?«

Ihre Mutter schüttelte mit bitterer Miene den Kopf. »Ich werde nachher zur Papierfabrik fahren und ihn abfangen«, kündigte sie an. »Er hat diese Woche ja Frühschicht.«

Kurz darauf radelte Dora, in trübe Gedanken versunken, nach Kirchheim. Sie teilte mit ihrer Mutter die Sorge, dass ihr Vater in irgendwelchen Spelunken versumpft war und gar nicht mehr zur Arbeit ging.

Als sie schließlich das Kaufhaus Bernstein betrat und die Mienen ihrer Arbeitgeber sah, wusste sie, dass auch hier der Haussegen schief zu hängen schien.

»Guten Morgen«, sagte sie und fügte vorsichtig hinzu: »Ist etwas geschehen?«

Herr Bernstein setzte zu sprechen an, bekam jedoch kein Wort heraus. Er verschwand wortlos im Lager, und seine Frau Hulda ging traurig auf ihre junge Verkäuferin zu.

»Ach, Dorle«, sagte sie mit belegter Stimme. »Der Vermieter will die Pacht für den Laden erhöhen.«

»Oh nein«, murmelte Dora betroffen. Auch das noch! Wo doch ohnehin zu wenig Kunden kamen. »Wird es viel teurer?«

Hulda nickte. »Wir wissen nicht, ob wir dich nach dem Jahreswechsel noch behalten können. Es …« Ihre Stimme stockte. »Es tut mir sehr leid. Wenn du dich nach etwas Neuem umschauen möchtest …«

Dora wurde von leichtem Schwindel erfasst. Ohne Anstellung – wie bedrohlich sich das anhörte! »Gewiss«, war das einzige Wort, das sie hervorbrachte.

»Natürlich dürfen wir trotzdem nicht aufgeben«, meinte Hulda tröstend. »Lass uns einfach hoffen, dass heute mehr Kunden kommen als in den letzten Tagen. Und wer weiß? Vielleicht sorgt ein großartiges Weihnachtsgeschäft ja doch noch für ein Wunder.«

Aber auf den erhofften Kundenansturm warteten die Bernsteins und ihre junge Verkäuferin im Laufe des Tages einmal mehr vergebens. Lediglich ein Herrenhemd sowie einen Schlips brachte Dora an den Mann; und Bernhard Bernstein verkaufte ein Paar Hosenträger. Dementsprechend schwang sich Dora abends mit noch mehr Sorgen auf ihr Fahrrad als am Vormittag. Zu allem Übel zog nun auch noch ein Unwetter auf, aber Dora schaffte es unbeschadet in die elterliche Wohnung auf dem Hof der Mettangs.

Als sie in die kleine Wohnstube kam, saß ihre Mutter mit rot geweintem Gesicht an ihrer Nähmaschine, neben sich ein Brief.

»Ich war in der Fabrik. Man hat ihn schon vor zwei Wochen entlassen – er war wiederholt betrunken am Arbeitsplatz«, bestätigte ihre Mutter Doras schlimmste Befürchtungen. »Zuletzt ging durch seine Schuld eine teure Maschine kaputt.« Sie reichte ihr mit feuchten Augen den Brief vom Tisch. »Der kam heute – mit der Post.«

Dora riss entsetzt die Hände vor den Mund. »Oh nein.« Dann ergriff sie das Schreiben mit zitternden Fingern und las:

Hamburg, im September 1921

Meine liebste Hedwig, liebes Dorle,

es fällt mir unsagbar schwer, diese Zeilen zu schreiben. Aber die Sehnsucht nach der Seefahrt, nach der Kameradschaft, die wir selbst in den schlimmsten Gefechten an Bord genossen, all das fehlt mir zu sehr, und die Arbeit an der Papierwalze macht mich schwermütig, in der Fabrik bin ich lebendig begraben. Ich hoffe, ihr könnt mir eines Tages verzeihen, aber vielleicht ist es auch besser für euch, wenn ihr mich los seid.
Ich werde euch nicht vergessen!
Euer Gägge/Papa

Dora spürte, wie ihr die Tränen in die Augen stiegen. Ihr Vater ließ sie einfach im Stich! Im Augenblick war sie zwar eher schockiert und zornig als traurig, dennoch hinderte ein

Kloß im Hals sie zunächst am Sprechen. »Und wovon …«, dann stockte sie. Wovon sollten sie und ihre Mutter künftig leben?

Plötzlich zuckte diese vor Schreck zusammen und unterdrückte mit Mühe einen Schrei. Dora folgte ihrem Blick in Richtung Fenster und erschauderte ebenfalls: Eine hässliche Fratze mit zahlreichen Lücken im gelben Gebiss starrte in die Stube. Dann verschwand der Mann wieder.

»Wer war *das* denn?«, stieß ihre Mutter gerade keuchend hervor, da wurde die Türglocke betätigt.

»Sollen wir diesem Kerl öffnen?«, flüsterte ihre Tochter.

Nun begann der Fremde gegen die Türe zu poltern.

»Wir fragen lieber, was er will, bevor er die Mettangs stört«, meinte die Mutter, und Dora folgte ihr mit einem unguten Gefühl zum Eingang der kleinen Wohnung. Sie öffnete nur einen Spalt breit, Dora hielt sich hinter ihr.

»Ja?«, fragte Hedwig.

Der Fremde bleckte seine schlechten Zähne zu einem Grinsen, und Dora bemerkte, dass sein linkes Auge blind zu sein schien.

»Wo ist Gerhard Hoyler?«, verlangte er mit erstaunlich hoher Stimme zu wissen. Plötzlich tauchten neben ihm zwei weitere Männer auf. Ein großer dicker mit dunklem Schnauzbart und ein verschlagen aussehender Schwarzhaariger mit wettergegerbter Haut. Dora fröstelte, diese Kerle waren gefährlich, daran gab es keinen Zweifel.

»Meinen Gatten finden Sie hier nicht mehr, er hat sich aus dem Staub gemacht«, sagte Hedwig, und ihre Tochter bemerkte, dass sie sich vergeblich um eine möglichst feste Stimme bemühte. »Er will wieder zur See fahren.«

»Sie erlauben, dass wir uns davon selbst überzeugen,

werte Frau Hoyler«, sagte der Halbblinde mit seiner unangenehm weinerlich klingenden Stimme und gab seinen beiden Begleitern ein Zeichen.

Sie stießen die Tür auf und Hedwig grob zur Seite, der Braungebrannte packte Dora am Arm und zog sie mit sich in die Wohnstube. Der dicke Schnauzbartträger riss die Türen zu beiden Schlafkammern auf und sah sich um.

»Das dürfen Sie nicht!«, rief Dora entrüstet.

Die Männer beachteten sie gar nicht.

»Ist wirklich nicht hier«, konstatierte der Dicke.

Der Anführer hatte indes den Brief neben der Nähmaschine entdeckt und las ihn zur Empörung der Frauen ungefragt durch. Immerhin, sagte sich Dora, würde er ihnen jetzt glauben, dass Gerhard abgehauen war.

»Es tut uns ja wirklich sehr leid, dass wir Sie zu so später Stunde belästigen müssen, werte Frau Hoyler«, behauptete der Halbblinde. »Aber Ihr geflohener Mann schuldet uns hundertzwanzig Mark.«

Als er die Summe nannte, stieß Dora vor Entsetzen einen Seufzer aus. Das durfte nicht wahr sein! Ihr Vater hatte sie ruiniert!

»Und wie heißt es so schön? Spielschulden sind Ehrenschulden! Aber da Ihr Herr Gemahl sich nun ja leider schnöde aus dem Staub gemacht hat, bleibt uns nichts anderes übrig, als das Geld von Ihnen zu kassieren.« Er klang bei seiner Drohung auf widerliche Weise süßlich und säuselnd.

»Ich habe so viel aber nicht«, rief Hedwig wahrheitsgemäß. »Gehen Sie jetzt bitte!«

»Wie viel Sie haben, davon überzeugen wir uns dann doch lieber selbst«, gurrte der Halbblinde und gab seinen Begleitern erneut ein Zeichen, woraufhin sie sämtliche Schränke durchwühlten, Schubladen herausrissen und Kleidung und Papiere rücksichtslos zu Boden warfen.

»Was fällt Ihnen ein?«, schrie Dora außer sich.

»Lassen Sie das!«, rief die Mutter.

Schließlich standen die drei Männer wieder in der engen Wohnstube.

»Tja, sieht so aus, als sei wirklich kein Zaster hier«, knurrte der Braungebrannte.

»Das ist natürlich äußerst bedauerlich«, befand der Befehlshaber und starrte Hedwig an. »Nun, Sie erwecken den Eindruck, als könnten Sie mit Ihrer Nähmaschine hier Geld verdienen, Madame. Nur würde das zu lang dauern. Aber Ihr hübsches Töchterchen – exquisit.«

Er streichelte Dora über die Wange, die angewidert zurückwich.

»Sie hätte das Geld im Nullkommanichts zusammen. Wir könnten sie ein paar Freunden vorstellen. Die würden sich gewiss großzügig ihr gegenüber zeigen.« Der Halbblinde näherte sich Doras Gesicht, sodass sie seinen schlechten Atem roch. »Na, was meinst du, Kind, möchtest du uns begleiten und deiner armen Mutter aus der Patsche helfen?«

Er packte sie mit erschreckender Kraft am Arm und presste sie gegen die Wand. Ihre Mutter stieß einen wütenden Schrei aus und wollte ihrer Tochter zur Hilfe eilen, doch der Wettergegerbte hielt Hedwig derart grob umklammert, dass Dora in Panik geriet. Ihr wurde klar, dass diese Männer willens und in der Lage waren, alles mit ihnen anzustellen.

Plötzlich ertönte aus Richtung der Wohnungstür in breitem Schwäbisch eine scharfe Frauenstimme. »Lasset des Mädle los!«, fauchte die kräftige Gattin von Bauer Mettang junior. Sie hatte eine Mistgabel in der Hand und richtete sie beim Hereinkommen drohend auf die drei Männer. Als der Übergewichtige einen Schritt auf sie zutrat, stieß sie die Forke in seine Richtung, und er wich erschrocken zurück. »Hauet ab von hier! Aber zackich!«

Die beiden Eindringlinge sahen ihren Anführer fragend an, und der nickte. Zu Doras Erleichterung gingen sie nun endlich Richtung Wohnungstür.

Bevor er mit seinen Handlangern das Haus verließ, drehte sich der Halbblinde noch einmal um. »Wenn Ihr Mann sich meldet, richten Sie ihm aus, dass wir nächsten Mittwoch wiederkommen. Falls wir dann nicht unser Geld kriegen, nehmen wir uns Ihr zauberhaftes Töchterchen. Und sollten Sie auf die Idee kommen, beide nicht da zu sein, könnte es sein, dass der gemütliche Hof hier einem grässlichen Brand zum Opfer fällt, wer weiß, wer weiß …«

Als die Schuldeneintreiber endlich gegangen waren, mochte sich bei den drei zurückgelassenen Frauen keine rechte Erleichterung einstellen. Die Drohung hing wie ein düsterer, alles erstickender Schatten im Raum.

Schließlich brach Hedwig das betretene Schweigen und wandte sich an Frau Mettang: »Es tut mir so leid, dass Sie in diese grässliche Geschichte hineingezogen wurden.«

Die Bauersfrau nickte ernst. »Ihr Mann wird nicht zurückkommen, stimmt's?«

»Ich glaube nicht. Mit dem Herzen ist er wohl nie aus dem Krieg heimgekehrt. Die Seefahrerei …«, murmelte Doras Mutter.

»Ich hab mir schon so was gedacht, als er vor zwei Wochen zum dritten Mal den Mietzins hat anschreiben lassen«, sagte Frau Mettang.

Hedwig und ihre Tochter sahen sie bestürzt an. »Was? Wir sind drei Monate im Rückstand?«

»So ist es leider, ja.«

Dora war verzweifelt, genau wie ihre Mutter. Wo sollten sie nur dreihundert Mark für die Spiel- und Mietschulden hernehmen? Und von ihrer möglichen Kündigung hatte sie noch nichts erzählt. Was ihr jedoch noch mehr Angst einjagte als drohende Armut und Obdachlosigkeit, war die Andeutung des Einäugigen. Sie konnte nur erahnen, was er damit meinte, sie solle seinen »Freunden gefällig« sein. Mit einem Mal war ihr Zuhause kein sicherer Ort mehr.

***

Bin unterwegs, ich werde mich kümmern. Bis heute Abend. Pass auf dich auf! Mama

Nach einer unruhigen Nacht voller Albträume, in der sie immer wieder aufgewacht war, entdeckte Dora am frühen Morgen auf dem Tisch in der Wohnstube die Nachricht ihrer Mutter.

Als sie den Raum betreten hatte, war ihr Rex entgegengekommen, der Wachhund der Familie Mettang. Offenbar hatte ihre Mutter das Tier in die Stube geholt, damit es Dora vor den Kerlen beschützen konnte. Jetzt lag er friedlich zu ihren Füßen.

»Ach, Rex, wenn du wüsstest, was hier gestern passiert ist«, sagte Dora seufzend. Der Schäferhund sah wachsam auf.

Frau Mettang hatte ihnen vor ihrem Fortgehen versichert, sie werde sich bezüglich des Mietzinses noch gedulden, sie sollten zunächst besser versuchen, das Geld für die zwielichtigen Gestalten zusammenzubekommen. Dora hatte Hedwig dann schweren Herzens auch noch gebeichtet, dass sie ihre Stellung im Kaufhaus Bernstein zu verlieren drohte. Sie hatte vor ihrer Mutter noch nie Geheimnisse gehabt, und in dieser schwierigen Lage, so fand sie, mussten die beiden erst recht zusammenhalten.

Auf dem Weg zur Arbeit sah sich Dora ständig misstrauisch um. Obwohl ihnen die Häscher ihres Vaters bis nächsten Mittwoch Zeit gegeben hatten, war ihr trotzdem mulmig zumute. Vielleicht wollten die Kerle sie ja bereits früher entführen, wenn sie nicht damit rechnete.

Zumindest im Kaufhaus kam sie heute nicht zum Grübeln, denn gleich nach der Öffnung stürmte eine Reisegruppe aus dem Bayerischen das Ladenlokal. Und auch den Rest des Vormittags über war immer zumindest ein Kunde im Geschäft. Kurz vor der Mittagspause gab es eine weitere freudige Überraschung. Ihre Mutter tauchte auf und fragte, ob Dora ihre Mittagspause mit ihr verbringen wolle. Ihr entspanntes Lächeln weckte in der Tochter die Hoffnung, dass sie gute Nachrichten hatte.

Da Bernhard Bernstein wegen der vielen Kunden am Vormittag bester Stimmung war, erlaubte er seiner Verkäuferin, früher in die Pause zu gehen, um Hedwig Hoyler nicht länger warten zu lassen.

Als Dora mit ihr aus dem Kaufhaus trat, bemerkte die junge Frau, dass sich das Wetter der guten Laune ihrer Mutter angepasst zu haben schien. Nach einem Regenschauer am Vormittag zeigte sich jetzt wieder Blau am Himmel. Das malerische Kirchheim mit seinen hübschen Fachwerkhäusern wirkte im Sonnenschein wie frisch gewaschen. Die roten Dächer, die Wetterfahnen und Gartenzäune, die Gebüsche und Bäume auf der Stadtmauer glitzerten und funkelten. Unter den Kastanien des Walls, auf der dritten Ruhebank rechts von der Post, ließ sich Dora neben ihrer Mutter nieder.

»Herr Bernstein war ja bester Laune«, stellte Hedwig fest.

»Ja, heute Morgen war ausnahmsweise Hochbetrieb«, erklärte Dora.

»Nun, selbst wenn das in nächster Zeit so bleibt – ab der kommenden Woche wird er ohne dich auskommen müssen«, verkündete ihre Mutter mit geheimnisvollem Lächeln.

»Wieso das?«, wunderte sich Dora und sah sie neugierig an.

Hedwig deutete auf das Postamt. »Ich habe gerade mit meiner Schwester telegrafiert. Bei ihr laufen die Geschäfte bestens, und sie brauchen dringend eine Aushilfe – noch vor dem bevorstehenden Weihnachtsgeschäft. Auch Babette kann deine Ankunft kaum erwarten – und fängt wohl im Moment schon an, dir eine Dachkammer einzurichten.«

Babette, die gute Babette! Endlich keimte neue Hoffnung in Dora auf. Allein der Gedanke an die Lieben im schönen Lübeck erinnerte an sorglosere Tage.

»Aber die Schulden ...«

»Ich habe meinen Ehering versetzt«, erklärte die Mutter. »Nachdem dein Vater das ›in guten wie in schlechten Tagen‹ sowieso mit Füßen getreten hat, wird mir der liebe Gott den Frevel verzeihen. Damit bezahle ich am Mittwoch diese Kerle. Aber du wirst dann nicht mehr hier sein – nur für den Fall, dass sie trotz der Rückzahlung auf dumme Gedanken kommen.«

»Und was ist mit dem Mietzins?«

»Die Mettangs lassen mich bis Ende des Jahres in der billigeren Gesindekammer wohnen«, berichtete die Mutter.

»So kann ich das Geld langsam abstottern. In der Zwischenzeit sucht mir deine Tante Iny Arbeit als Näherin in Lübeck. Vielleicht verbringen wir dann schon alle Weihnachten zusammen, wer weiß?«

Dora fiel ihrer Mutter vor Freude um den Hals. Sie fühlte sich mit einem Mal, als sei sie der Hölle entflohen und auf dem Weg in ein süßes Paradies. All die Ängste der jüngeren Zeit schienen der Erfüllung ihres größten Traumes Platz zu machen. Lübeck! Das Wort schmeckte nach Familie, Geborgenheit – und natürlich nach köstlichem Marzipan!

3

Dora sah aus dem Zugfenster in die vorbeifliegende Landschaft hinaus, die inzwischen abgeflacht war und einem weiten Horizont Platz gemacht hatte. Nach einem tränenreichen Abschied von der Mutter hatte die Reise gestern in den Hügeln des Schwabenlandes begonnen. Am späten Abend war sie dann für eine Zwischenübernachtung in einer Pension in Hannover abgestiegen. »Was haben Sie denn da drin?«, hatte der alte Pensionswirt sich gewundert, als sie mit ihrem schweren Koffer angekommen war. »Ziegelsteine?«

Doch es waren weder Steine noch eine Ansammlung von Kleidung, die das Gepäckstück so schwer machten. Vielmehr hatte Dora all die Bücher mitgenommen, die ihr im Lauf der Jahre vom alten Mettang geschenkt worden waren – ihre größten Schätze!

Am Vormittag stieg sie schließlich in Hamburg letztmalig um und teilte sich von dort an das Abteil mit einer untersetzten, grau-blond gelockten Dame, deren Köfferchen wesentlich leichter aussah als ihr eigenes. Ihr fiel auf, dass die Mitreisende ängstlich wirkte, bei jedem lauteren Geräusch, bei jedem Schwanken des Waggons zuckte sie erschrocken zusammen.

Dora beschloss, die Frau ein wenig abzulenken. »Darf ich Ihnen ein Konfekt anbieten?«, fragte sie freundlich lächelnd.

Die Tüte mit Pralinen war ein Abschiedsgeschenk des Ehepaars Bernstein. Obwohl sie sich Doras Mitarbeit im Grunde ja nicht mehr leisten konnten, waren sie über ihren plötzlichen Entschluss doch traurig gewesen.

Doras Abteilgenossin blickte zunächst misstrauisch auf die Tüte mit Süßigkeiten, doch schließlich erlag sie deren verlockendem Aussehen. Sie nahm sich ein hellbraunes Stückchen mit einer Mandel darauf und probierte.

»Köstlich«, befand sie, und ihr Gesichtsausdruck entspannte sich augenblicklich. »Vielen Dank, junges Fräulein.«

»Sind Sie auch auf dem Weg nach Lübeck?«, erkundigte sich Dora und biss ihrerseits von einer Praline ab.

Die Dame nickte und antwortete mit leicht schlesischem Einschlag: »Ich soll im Kinderheim als Krankenschwester beginnen. Mein Neffe ist durt Pastor, er hat mich dazu überredet.«

In diesem Augenblick schaukelte der über die Schienen ratternde Zug ganz besonders, und die Frau stöhnte erschrocken auf.

»Sie fahren nicht so oft mit der Eisenbahn?«, fragte Dora vorsichtig.

»Nein, ich bin aus meinem gemietlichen Gnadenfrei in Schlesien noch nie rausgekumma«, bestätigte die Krankenschwester. »Eigentlich war ich mit meiner Arbeit als Nachtschwester auch zufrieden. Aber mein Neffe will, dass sein Tantla in seiner Nähe ist. Können ja so schlecht allein sein, die Mannsbilder. Freiwillig hätt ich mich bestimmt nicht ei da Zug gesetzt.«

»Ach, ich genieße es eigentlich, man sieht so viel«, meinte Dora.

»Mir macht das Angst, der Schwager von meiner Nachbarin ist nämlich auf dem Weg nach Prag gesturba, vor zwee Jahren, bei einem schlimmen Zugunglück am Bahnhof Kranowitz, bei der deutschen Grenze. Een Gieterzug ist in die neikracht! In den Waggons haben's angeblich Alkohol geschmuggelt. Da ist Feuer ausgebrochen, und der Fusel hat die Flammen gefittert, die sind mir nichts, dir nichts überall hin. Zwee Dutzend Opfer hat es gegan.«

»Das ist natürlich schrecklich«, pflichtete Dora ihr bei, »aber ich bin mir recht sicher, dass wir keinen geschmuggelten Alkohol an Bord haben, unser Zug erreicht die Grenze des Reichs ja nicht.«

»Ach, ich bin einfach ein Angsthase«, gab die Schlesierin zu. »Was machen Sie denn in Libeck?«

»Ich fange bei der Familie von meinem Onkel Einar als Verkäuferin an – im Süßwarenkontor an der Holstenbrücke. Die Stadt ist wunderschön, und im Laden gibt es alle Leckereien, die Sie sich nur vorstellen können. Bonbons, Zuckerstangen, Lakritze und Marzipan. Außerdem gibt es Marmelade und frische Früchte und ein eigenes Backstübchen. Es riecht immer ganz himmlisch dort.«

Auf ihre euphorischen Schilderungen hin sah Dora die Nachtschwester zum ersten Mal seit Antritt der gemeinsamen Zugfahrt lächeln. »Das hört sich ganz wunderbar an. Wenn mir im Waisenhaus einmal die Nerven durchgien, schau ich bei Ihna vorbei und genn mir een paar Leckereien«, sagte sie und reichte Dora die Hand. »Ich heiße übrigens Lieselotte Jannasch, aber alle nennen mich Schwester Lilo.«

»Freut mich, Schwester Lilo. Mein Name ist Dora Hoyler«, sagte sie, während sie die Rechte der Dame sanft drückte. »Daheim im Schwabenland nennt man mich Dorle, im Norden sagt das aber niemand.«

»Ich finde, Dora klingt scheener«, meinte Schwester Lilo. »Sie sind ja keen kleenes Kind mehr, sondern eine scheene junge Frau.«

»Danke«, entgegnete Dora geschmeichelt.

Merklich weniger ängstlich als zuvor sah Lilo Jannasch nun mit ihr aus dem Abteilfenster.

»Bei Ihnen in Schwaben ist es bergiger, nicht wahr?«, vergewisserte sich die Krankenschwester.

»Ja, und hier im Norden gibt es viel mehr Häuser aus Ziegelsteinen«, stellte Dora fest.

Lilo nickte. »Mein Neffe hat mir erzählt, dass die Ziegel am Holstentor sogar glänzen.«

»Das stimmt, sie sind glasiert«, wusste Dora noch von ihrem ersten Besuch in Lübeck. Als Zehnjährige war sie aus dem Staunen nicht mehr herausgekommen: Das wohl berühmteste Stadttor des Reichs hatte vor ihr in der Abendsonne geglitzert, als sei es mit lauter kleinen Diamanten besetzt.

»Na, dann bin ich mal gespannt«, erklärte Lilo. »Mein Neffe schwärmt ja dauernd von der Stadt. Aber das ist für einen Pastor wohl nicht weiter verwunderlich – immerhin hat Libeck ja angeblich gleich sieben Kirchtierme.«

»Das stimmt«, bestätigte Dora lächelnd und zeigte aus dem Fenster. »Sehen Sie, der Bahnhof, wir sind gleich da.«

»Halleluja«, stieß Schwester Lilo dankbar hervor. »Dann haben wir es ja fast geschafft.«

Dora hatte ihr verschwiegen, dass auch im Bahnhof noch Zugunglücke geschehen konnten. Laut ihrer Tante Iny war im Mai 1908 ein Zug mit mehreren Loks und fast sechzig schwer beladenen Güterwagen im Lübecker Hauptbahnhof entgleist. Auch wenn es weder Tote noch Verwundete gegeben hatte, die Geschichte würde Schwester Lilos Angst aber wohl dennoch sehr schüren.

Doch diesmal ging bei der Einfahrt in den Bahnhof alles glatt. Dora und die Krankenschwester stiegen gemeinsam aus ihrem Waggon und sahen sich im Gewimmel der Menschen auf dem Gleis um. Schließlich tauchte aus dem Dampf der Lokomotive ein etwa dreißigjähriger Priester mit Kinnbart auf. »Da ist mein Neffe«, freute sich Lilo und reichte der Jüngeren zum Abschied die Hand. »Ich kumm bei Ihna im Süßwarengeschäft vorbei, Fräulein Hoyler, versprochen!« Dann eilte sie dem Pastor entgegen.

Schließlich kam eine schöne junge Dame mit kunstvoll gewelltem braunem Haar und einem weißen Hut winkend auf Dora zu. Sie musste zweimal hinschauen, um ihre zur Frau gereifte Cousine zu erkennen.

»Babette!«, rief sie, stürzte ihr die letzten Schritte entgegen und dann in die Arme.

»Ich dachte schon, die Zeit vergeht nie. Es war so eine Freude, als deine Mutter die gute Neuigkeit telegrafiert hat«, plapperte Doras Base drauflos.

Nun tauchte hinter ihr ein blonder junger Mann auf. Er war etwas kleiner als Babette, schlank, aber muskulös, hatte ein hübsches Gesicht und ein gewinnendes Lächeln. »Das ist unser Siggi, der beste Zuckerbäcker im Land.«

»Fr-freut mich«, sagte der inzwischen achtzehnjährige einstige Waisenjunge, dessen Stottern sich, wie von Babette in ihren Briefen mitgeteilt, ein wenig gebessert hatte. Von dem schmächtigen Jungen, als den Dora ihn kennengelernt hatte, war ohnehin nicht mehr viel übrig.

»Du bist ja ein richtiger Mann geworden«, sagte sie. »Babette hat geschrieben, du bringst älteren Waisenkindern das Boxen bei?«

Siggi nickte stolz. »J-ja den den Jungs vom Heim in der Schildstraße, das war die Idee von unserem Pastor. E-einer von Inys Kunden lässt uns in einer alten Lagerhalle üben, gleich hier in der Nähe vom Bahnhof«, erklärte er. »Da können die Kerls sich austoben, und danach sind sie friedlicher.«

»Ich finde es großartig, dass du das machst«, befand Dora anerkennend.

Der junge Konditor nickte verlegen. »Ich wäre froh gewesen, wenn mir das damals im Waisenhaus an der Mauer jemand beigebracht hätte. Da-Darf ich deinen Koffer nehmen?«

»Oh, der ist aber sehr schwer, selbst für einen Boxlehrer«, gab Dora zu bedenken.

»Macht nichts, mein Fahrrad hat einen Anhänger«, beruhigte Siggi sie.

Die Lübecker Bahnstationsanlage war ein sogenannter Reiterbahnhof, bei dem das Empfangsgebäude wie eine Brücke quer über den Gleisanlagen lag. Dora ging mit Babette und Siggi über eine breite Holztreppe auf den Personensteg hinauf, der über insgesamt zehn Gleise mit vier Bahnsteigen zum Ausgang führte.

Als sie vor der lang gezogenen, rot geklinkerten Bahnsteighalle angekommen waren, verstaute der Jungbäcker Doras Koffer wie angekündigt in seinem Fahrradanhänger.

»Fahr ruhig schon voraus, Siggi«, schlug Babette vor, während sie nach dem Lenker ihres eigenen Rads griff.

Dann wandte sie sich an ihre Cousine: »Ich dachte, ich schiebe meins, wir gehen zu Fuß und können ein wenig plaudern.«

»Dann b-bringe ich den Koffer schon hoch«, kündigte der junge Zuckerbäcker an und bestieg sein Rad.

Dora bedankte sich, und sie machten sich auf in Richtung Innenstadt.

»Ich hoffe, deine Kammer gefällt dir, ich habe sie selbst eingerichtet«, erzählte ihr Babette. »Es gibt auch ein Bücherregal – mit Platz für deine alten Wälzer. Und ich habe dir ein paar von meinen hingestellt. Die solltest du unbedingt lesen. Sooo romantisch …«

Dora schmunzelte. »Ist denn dein Schwarm inzwischen nochmal in den Laden gekommen?«

Babette schüttelte enttäuscht den Kopf. »Leider nein. Jedes Mal, wenn die Ladenglocke bimmelt, denke ich, es könnte Johann Herden sein. Lange machen meine Nerven das nicht mehr mit. Vielleicht bringst du mir ja Glück, und er taucht endlich wieder auf.«

»Ich wünsche es dir«, sagte Dora, während sie auf der reich verzierten äußeren Holstenbrücke den Stadtgraben mit acht Statuen aus Sandstein – vier männliche und vier weibliche sowie vier Vasen – überquerten. 1907 war der Bahnhof verlegt worden, doch es hatte bald so viel Verkehr gegeben, dass die Brücke durch eine breitere ersetzt werden musste. Die Skulpturen aus dem achtzehnten Jahrhundert hatte man zum Glück belassen.

»Wegen der Figuren nennt man sie im Volksmund Puppenbrücke«, berichtete Babette.

Dora konnte nicht umhin zu schmunzeln, weil ihr eine der Figuren den nackten Hintern entgegenstreckte.

Die Cousine bemerkte ihren Blick und erklärte: »Das ist der Merkur. In der Schule haben wir die Verse von Emanuel Geibel auswendig gelernt:

Zu Lübeck auf der Brücken,
da steht der Gott Merkur.
Er zeigt in allen Stücken
olympische Natur.
Er kannte keine Hemden
in seiner Götterruh,
drum kehrt er allen Fremden
den blanken Podex zu.«

Dora kicherte, und sie gingen auf das imposante Holstentor zu. Die glasierten roten und schwarzen Ziegel der beiden Türme und des Mittelbaus schimmerten einmal mehr in der Sonne, und Dora dachte lächelnd an ihr Gespräch mit Schwester Lilo.

»Aber jetzt erzähl du!«, bat Babette. »Du hast auf deiner Postkarte einen Überfall erwähnt?«

Während sie durch das Wahrzeichen Lübecks schritten und sich in Richtung der Altstadtinsel begaben, berichtete Dora in allen Einzelheiten von dem grässlichen Auftritt der Männer, denen ihr Vater noch Geld schuldete. Wie viel sicherer fühlte sie sich hier in der Hansestadt, wo die Menschen entspannt oder geschäftig wirkten, keinesfalls aber feindselig, sondern würdevoll und altmodisch. Schon auf der Holstenbrücke, die hinter dem Tor über den Fluss Trave auf die Altstadt mit ihren spitzgiebeligen Häusern führte, erblickte sie vorm Eingang des Süßwarenladens neben Siggi ihre winkende Tante Iny. Offensichtlich hatte auch sie die

Ankunft ihrer Nichte kaum erwarten können. Dora freute sich so sehr, dass ihr Magen einen Satz tat und sie ihren Schritt beschleunigte.

»Mein Gott, bist du das, Dora? Du siehst aus wie deine Mutter als wir jung waren«, rief die Tante gerührt, als sie ihre Nichte in die Arme schloss und an sich drückte.

Die Rückkehr in den Süßwarenladen war eine Offenbarung. Er sah noch schöner dekoriert aus als in Doras Erinnerung, und es gab noch viel mehr Auswahl an Leckereien in allen Farben und Formen.

»Du musst Siggis neueste Schöpfung probieren«, meinte Iny, die nach all den Jahren zwar noch etwas molliger um die Hüften, aber überhaupt nicht gealtert wirkte. »Pralinen mit selbst gemachtem Aprikosenmarzipan.«

Sie reichte ihr mit einer silbernen Zange ein würfelförmiges, von dunkelbrauner Schokolade überzogenes Stückchen.

Wie vor sieben Jahren schloss Dora die Augen und genoss den Geschmack. »So lecker!«

»Nicht wahr?«, freute sich die Tante.

Siggi lächelte stolz und verriet ohne jedes Stottern: »Es sind winzige Fruchtstückchen unter die Mandeln gemischt, und statt Rosenwasser habe ich Aprikosenlikör verwendet.«

Dora nickte anerkennend. »Das war eine großartige Idee.«

»Natürlich sollst du auch etwas Deftiges bekommen, so eine anstrengende Fahrt macht ja Hunger«, versprach Iny. »Nach Ladenschluss gibt es Kassler mit Rübenmalheur.«

»Wie schön«, freute Dora sich und fragte dann: »Ist Onkel Einar gar nicht da?«

Die drei Gastgeber sahen sich ernst an, dann sagte Babette: »Er ist in Kolding, sich um seine kranke Mutter kümmern.«

Es wunderte Dora ein wenig, dass Onkel Einar aus diesem Grund den Laden allein ließ, doch ehe sie weiter darüber nachdenken konnte, griff Babette nach ihrer Hand.

»Komm, ich zeige dir dein Zimmer! Du musst ja auch noch auspacken.«

Außer dem Ladenbereich im Erdgeschoss und der Wohnung im ersten Stock gehörte den Christoffersens auch eine der Kammern unter dem Dach. »Der Abort ist direkt nebenan, und du hast sogar ein Waschbecken«, erklärte Babette auf dem Weg durchs Treppenhaus, das nach Bohnerwachs roch. An der Wand des Zimmerchens hing eine Blumentapete, und auch ein alter Armsessel unter der Dachluke war mit hellgeblümtem Baumwollstoff überzogen. Vor dem frisch gemachten Bett mit Daunendecke und -kissen stand bereits Doras Koffer.

»Richtig gemütlich«, meinte sie und sah auf die Bücher im Regal. Die meisten Bände stammten aus der Feder der Autorin Hedwig Courths-Mahler, sie trugen Titel wie *Die wilde Ursula, Die Bettelprinzeß, Griseldis, Meine Käthe, Eine ungeliebte Frau, Die schöne Unbekannte, Rote Rosen, Der Scheingemahl* und *Das Stille Weh*. Dann gab es noch einen Band mit dem Titel *Ein königlicher Kaufmann. Hanseatischer Roman* von einer gewissen Ida Boy-Ed.

»Eine Geschichte über die Hanseaten von Lübeck«, erklärte Babette. »Die alte Dame, die ihn geschrieben hat, wohnt hier am Burgtor. Sie bezieht regelmäßig ihre Pralinen bei uns.«

Nur vier der von Babette zur Verfügung gestellten Bücher waren von männlichen Autoren: *Romeo und Julia, Die*

Biene Maja und ihre Abenteuer, *Das Fräulein von Scuderi* – und *Die Buddenbrooks* von Thomas Mann durfte natürlich auch nicht fehlen. Dora hatte schon davon gehört, dass dieses Werk von einer Lübecker Kaufmannsdynastie handelte und zahlreiche Anspielungen auf reale Personen enthielt.

»Ah, Thomas Mann, den hast du knapp verpasst«, erklärte Babette. »Er wohnt zwar inzwischen in München, aber Anfang des Monats hat er hier auf der Nordischen Woche einen Vortrag gehalten – über Goethe und Tolstoi.«

»Schade, den hätte ich wirklich gern einmal leibhaftig gesehen«, erklärte Dora.

»Nicht dass er dich noch als Romanfigur verarbeitet«, scherzte Babette. »Hier in Lübeck sind einige noch ziemlich sauer, wie sie in seinen *Buddenbrooks* dargestellt werden. Der gute Herr Mann hat zwar die Namen geändert, es kursiert aber angeblich eine Liste, in der die lebenden Vorbilder verraten werden. Eine Buchhandlung leiht sie wohl heimlich sogar ihrer Kundschaft aus.«

»Tausend Dank, darin werde ich jeden Abend vor dem Einschlafen lesen«, freute sich Dora und stellte ihre eigenen Bücher – Romane von Karl May und Detektivgeschichten, unter anderem mit dem Meisterermittler Sherlock Holmes – ebenfalls ins Regal. Dann begann sie, ihre wenigen Kleidungsstücke aus dem Koffer in dem kleinen Schrank zu verstauen.

»Wir können uns ja bei Karstadt mal nach etwas Neuem umsehen«, schlug Babette vor und berichtete, dass neun Jahre zuvor das Kaufhaus komplett abgebrannt war. Ein Feuerteufel hatte damals angeblich in Lübeck sein Unwesen getrieben, wovon man heute freilich nichts mehr bemerkte. Karstadt sei wieder ein richtig beeindruckender Einkaufstempel, schwärmte sie, während Dora ihre Wachsfiguren aus deren Holzkistchen nahm und sie auf der Fensterbank aufstellte.

»Die sind ja zauberhaft«, bemerkte Babette entzückt. »Wer hat sie gemacht?«

»Ich«, antwortete Dora. »In der Zeit, als wir auf ein Lebenszeichen von Papa gewartet haben. Da habe ich die dann aus Kerzenwachs geknetet.«

»Sie sind großartig«, wiederholte Babette und zog nachdenklich die Stirn in Falten. Schließlich kam ihr eine Idee: »Könntest du so etwas auch aus Marzipanrohmasse formen?«

»Ich glaube, ja«, erwiderte ihre Cousine zögerlich. »Wieso?«

»Schon zur Zeit des Barock haben die Zuckerbäcker kunstvolle Schaustücke aus Marzipan modelliert«, wusste Babette. »Und bei deinem Talent, die Kundschaft wäre begeistert, so was hat unsere Konkurrenz nicht. Lass uns das morgen ausprobieren! Seit meine Mutter auf mich hört, haben wir viel mehr Kunden.«

»So so«, erklang hinter ihnen Inys Stimme.

Dora und deren Cousine drehten sich um, wo die Tante und Siggi im Türrahmen standen.

»Schaut mal, was Dora aus Wachs geformt hat«, pries Babette die Figürchen ihrer Base an. »Ich denke, wenn sie so etwas aus Marzipan herstellen würde …«

»Ich müsste erst schauen, wie sich die Rohmasse formen lässt«, gab Dora zu bedenken, während Iny und ihr Adoptivsohn gleichermaßen begeistert die kleinen Kunstwerke begutachteten.

»Das bekommst du hin«, meinte Siggi und bot an: »Wenn

du willst, zeige ich dir morgen Mittag, wie man Marzipan behandelt, sodass er standfester ist.«

»Sehr gern.«

»Unsere Kunden würden solche Figürchen lieben«, prophezeite Iny.

Dora war noch nicht überzeugt. Ob ihre Marzipangebilde wirklich irgendwen begeistern konnten?

4

Am nächsten Tag war es draußen erneut ungewöhnlich warm für Mitte September. An der Stuckdecke drehte sich der Ventilator, so blieb es schön kühl im Süßwarenladen Christoffersen, in dem Dora heute erstmals mitarbeitete. Während Babette am Schreibtisch im Hinterzimmer berechnete, welche Bestellungen von Nachschub an Nschereien und Zutaten für Siggis Backstübchen sie sich leisten konnten, bediente Dora die Kundschaft. Iny hielt sich dabei im Hintergrund. »Ich greife nur ein, wenn du etwas nicht findest, was die wollen«, hatte sie erklärt.

Doch Dora wusste alle Bezeichnungen und jedes Fach oder Behältnis, in dem die Süßwaren aufbewahrt wurden. Ihre Tante hatte es ihr frühmorgens erklärt. So konnte sie einem Kunden, der auf dem Weg zur Börse im Rathaus war, sogleich mitteilen, dass seine geliebten Pfefferminzbonbons zurzeit leider ausverkauft waren und erst kommenden Mittwoch wieder geliefert werden sollten. Sie versuchte, ihn zu überzeugen, es stattdessen doch mal mit Pfefferminz*schokolade* zu probieren. Deren frischer Geschmack sei unter der zart bittersüßen Couvertüre eine Offenbarung für den Gaumen. »Die ist von der berühmten Firma Rothmann in Stuttgart und ganz neu im Angebot bei uns«, erklärte sie. »Der Einführungspreis ist unglaublich günstig. Ich komme aus Schwaben und habe sie schon probiert – ich kann Ihnen sagen ...«

Dem graumelierten Geschäftsmann schien das Wasser im Mund zusammenzulaufen. »Dann muss ich sie wohl unbedingt probieren.«

»Das hast du großartig gemacht«, lobte Iny, als der Herr gegangen war. »Normalerweise sind die Kunden an warmen Tagen mit Schokolade eher vorsichtig.«

Da bimmelte erneut das Glöckchen an der Ladentür. Ein älterer untersetzter Polizist mit Schnauzbart und ein drahtiger Mittzwanziger in schickem Anzug betraten zusammen den Laden. Beim Anblick der Männer freute sich Doras Tante ganz offensichtlich zu sehr, um weiterhin im Hintergrund zu bleiben. »Herr Oberwachtmeister Seiler«, rief sie begeistert, »Leutnant Sommerlath!«

Sie kam hinter der Theke hervor und eilte auf die beiden zu, um ihnen die Hand zu schütteln. »Sind Sie auch mal wieder in der Stadt?«, wandte sie sich an den Jüngeren.

»Ja, seit März das erste Mal«, erklärte Sommerlath lächelnd. »Ich soll hier mit den alten Freunden meinen Geburtstag feiern. Und da wollte ich es mir nicht nehmen lassen, mit dem Kollegen Seiler endlich mal wieder unsere traditionellen Makronen bei Ihnen zu genießen.«

»Wie lieb«, sagte Iny gerührt. »Dora, pack den Herren doch bitte je drei Marzipan-Kokos-Makronen auf zwei Teller. Das sind Leutnant Sommerlath und Oberwachtmeister Seiler. Erinnerst du dich an ihn?«

»Natürlich«, bestätigte Dora, während sie nach zwei kleinen Porzellanplatten griff. »Herr Seiler hat doch damals den Dieb verhaftet.«

»Sind Sie die lütte Nichte aus Süddeutschland?«, vergewisserte sich der Oberwachtmeister baff. »Aus Ihnen ist ja eine richtig schöne Dame geworden.«

Dora bedankte sich etwas verlegen und platzierte mit einer Zange drei Makronen auf den ersten Teller. In diesem Augenblick betrat eine dürre Dame mit spitzer Nase und runden Brillengläsern den Laden. Sie war recht altertümlich gekleidet, und ihre hochgesteckten dunklen Haare wiesen eine einzelne breite weiße Strähne auf, was Dora ein wenig an einen Dachs oder ein Stinktier erinnerte. »Moin zusammen«, sagte sie und musterte die Männer mit unverhohlener Neugier.

Iny begrüßte die Kundin wesentlich kühler als zuvor den Oberwachtmeister und seinen Begleiter. »Moin, Frau Dettmers«, sagte sie nur einsilbig und wandte sich dann an ihre Nichte, die soeben die beiden Teller mit den Makronen auf das Stehtischchen am Schaufenster stellte. »Weißt du, Dora, Leutnant Sommerlath hat Lübeck im März leider verlassen.«

»Ja, die vielen erfolgreichen Kaufleute hier in der Hansestadt haben mir klargemacht, dass dieser Beruf mehr Spaß macht, als Polizeileutnant zu sein«, gab der einstige Kriminaler zu. »Und als mir eine Stellung in Berlin angeboten wurde, habe ich zugegriffen.«

»Tja, und seither jage ich Lübecks Schurken ohne ihn«, scherzte Oberwachtmeister Seiler.

Die beiden Männer widmeten sich ihren Makronen, und Dora wandte sich an die Kundin: »Was kann ich für Sie tun, gnädige Frau?«

»Sie sind neu hier«, stellte die schmale Frau statt einer Antwort fest, und es klang fast wie ein Vorwurf.

»Ja, das ist meine Nichte Dora Hoyler aus Schwaben, Frau Dettmers«, mischte sich Iny ein.

»Ach, Sie hatten ja gar nicht gesagt, dass da jemand kommt – bleibt sie länger?«, begehrte die Kundin zu wissen.

Die Ladenbesitzerin überging die Frage jedoch. »Was möchten Sie denn nun, Frau Dettmers? Wieder Marzipankartoffeln?«

»Ja, bitte, hundert Gramm«, entgegnete die Dame schmallippig.

Dora wog knapp hundert Gramm der in Kakaopulver gewälzten Marzipanbällchen ab und füllte sie in ein Papiertütchen, während sich die Herren Seiler und Sommerlath verabschiedeten.

»Tja«, kam es von Frau Dettmers, kaum, dass die beiden zur Tür hinaus waren. »Da hat der gute Paul Sommerlath nur die halbe Wahrheit gesagt.«

»Und Sie wissen natürlich mehr, nehme ich an«, entgegnete Iny lächelnd.

»Allerdings. Man sagt, der Sommerlath hat seine Laufbahn als Gendarm an den Nagel gehängt, weil eine Frau im Spiel sei. Ihr Vater ist Kaufmann in Berlin, da legt der Herr Polizeileutnant sich ins gemachte Nest. Und außerdem ...« Sie sah argwöhnisch zur Ladentür und senkte verschwörerisch die Stimme, »außerdem soll ja was Kleines unterwegs sein. Man sagt, die beiden sind noch nicht mal verheiratet.«

»Jetzt kriegen *Sie* erstmal was Kleines, liebe Frau Dettmers«, erwiderte Iny und drückte ihr die von Dora gereichte Tüte mit den Marzipankartoffeln in die Hand. »Kostet Sie auch keine Heirat, nur eine Mark bitte!«

Pikiert bezahlte die Kundin und verließ dann das Geschäft.

»Das war Dine Dettmers – die größte Tratschbase der Stadt«, erklärte Iny seufzend und imitierte dann den Stimmfall der Stammkundin: »Man sagt, man sagt, man sagt, schnatter, schnatter.«

»Wir nennen sie ›Lübecker Generalanzeiger‹«, ergänzte nun Siggi, der in der Tür vom Treppenhaus aufgetaucht war.

»Guten Morgen, schon ausgeschlafen?«, rief Dora erfreut. Sie wusste, dass der junge Konditor meist schon um drei Uhr morgens in der Backstube stand und eigentlich ab Ladenöffnung bis fast zum Mittagessen Schlaf nachholte.

»Ich konnte es eben nicht erwarten, dir zu zeigen, wie man Marzipan formt«, gab er zu und wandte sich an seine Ziehmutter: »Darf sie?«

»Natürlich, ihr Verkaufstalent hat sie heute Morgen schon zur Genüge unter Beweis gestellt«, sagte Iny milde lächelnd.

»Dann komm, Dora!«, bot Siggi an und deutete auf die Tür zur kleinen Backstube. Das ließ sie sich nicht zweimal sagen.

Wenig später stand sie mit dem jungen Konditor an dessen Arbeitsfläche in der Nähe des Backofens. Nachdem sie sich in Siggis gewissenhaft aufgeräumtem »Reich« umgesehen hatte, blickte sie nun etwas ratlos auf den größen Ballen gelblicher Rohmasse.

»Früher habe ich den Marzipan selbst hergestellt, das ist aber zurzeit nicht möglich, man bekommt einfach keine Mandeln – und wenn doch, dann sind sie sündhaft teuer«, erläuterte der junge Konditor. »Deshalb muss das ausreichen, was wir von den Marzipan-Werken Herden bekommen. Dort wird der Marzipan maschinell hergestellt.«

»Was forme ich denn als Erstes?«, überlegte Dora laut.

»Hm, ich habe schon alles Mögliche aus Marzipan gesehen: Seehunde, Glücksschweine, Meerestiere, Herzen, Bratwürste oder Eier«, zählte Siggi auf, »aber so schön wie deine Wachsfiguren war nichts davon.«

»Dann beginne ich mit einer Kuh, da weiß ich am besten aus dem Gedächtnis, wie sie aussieht«, entschied Dora.

»Gut, also ist die Grundfarbe weiß«, meinte Siggi. »Dann färbe ich den Marzipan mit der Speisefarbe in dem Ton vor, die dunklen Flecken und die Euter male ich zuletzt mit anderen Tönen an.« Aus einem Schränkchen holte er mehrere Tuben hervor.

»Ein paar Tropfen von der Speisefarbe reichen«, erklärte er. »Man zieht am besten Handschuhe an zum Verkneten. Das mache ich so lange, bis keine Schlieren mehr zu sehen sind.«

»Woher hast du die Farben?«

»Aus der Apotheke. Die einzelnen Töne haben interessante Namen: Krebsrot, Kucheneigelb, Ponceau-Rot, Smaragdgrün und so weiter.«

Schließlich begann Dora die nunmehr hellweiße Masse zu formen und stellte fest, dass diese etwas zu weich war.

»Nimm ein wenig Puderzucker«, schlug ihr Adoptivcousin vor, »das gibt der Rohmasse mehr Stand, und die Marzipanfiguren bleiben länger in Form.«

Als die Kuh fertig war, zeigte sich Siggi äußerst beeindruckt. »Sieht wirklich aus wie eine echte Kuh. Ich male jetzt den Euter rosarot an, die Hörner ockerfarben, die Augen schwarz – und pinsele auch die Flecken in dem dunklen Farbton drauf.«

Schließlich betraten Babette und Iny neugierig die Backstube und betrachteten fasziniert die Kuh. Dora bemerkte, wie Siggi seine Adoptivschwester nicht minder hingerissen ansah. Ihr war schon gestern beim Abendessen aufgefallen, dass der junge Konditor ihrer Cousine immer wieder Blicke zuwarf, die irgendwie ... verliebt wirkten. Aber die beiden wuchsen doch schon seit sieben Jahren wie Geschwister auf – konnte das also wirklich sein?

»Wie aus dem echten Leben«, kommentierte Doras Tante, nachdem sie die Marzipankuh inspiziert hatte, und ihre Tochter fügte hinzu: »Man wird es nicht übers Herz bringen, sie zu essen.«

»Genau solche Marzipan-Häppchen lieben die Kunden«, meinte Iny. »Die eignen sich am allerbesten als kleine Aufmerksamkeiten, Glücksbringer oder Mutmacher – und sie zaubern jedem Beschenkten ein Lächeln aufs Gesicht. Famos, Dora, ganz famos.«

»Du solltest auch Rosen für Hochzeitstorten machen«, schlug ihre Cousine vor.

Dora war alles andere als abgeneigt. Von ihr geformte Rosen für den schönsten Tag im Leben der Kunden – auf sündhaft teuren Torten! Nie hätte sie sich träumen lassen, dass ihre Gebilde vielleicht eines Tages solch wertvolle Köstlichkeiten schmücken würden.

»Apropos Torte«, wandte sich Iny an ihren Konditor. »Siggi, wir sollen eine für eine Silberhochzeit liefern. Ich habe die Wünsche der Kunden aufgeschrieben. Kommst du kurz mit?«

»Cousinchen, ich habe eine Bitte«, wandte sich Babette an Dora, als ihre Mutter mit dem Ziehsohn die Backstube verlassen hatte, und sie klang so kleinlaut, dass ihre Base erstaunt von der Wachsfigur aufsah. »Ja?«

»Ich wollte dich fragen, ob wir heute Abend mit den Fahrrädern nach St. Lorenz rauffahren können. Du darfst dafür bestimmt Mutters Rad leihen. Der Stadtteil liegt außerhalb, westlich vom Holstentor.«

»Natürlich«, stimmte Dora zu. »Was möchtest du denn dort?«

»In der Einsiedelstraße steht die Villa der Familie Herden, die Leute nennen sie auch ›das Marzipan-Schlösschen‹.«

Ihre Cousine verstand den Grund für das Ansinnen noch nicht ganz. »Willst du dort so lange warten, bis dein Schwarm Johann herauskommt?«

»Nein, das wäre ja schon ein großer Zufall«, räumte Babette ein. »Aber ich war noch nie dort. Und ich würde zu gern einmal sehen, wie Herr Herden junior so lebt.«

Diesen Wunsch wollte Dora ihrer Cousine nicht abschlagen. »Ich begleite dich gern.«

5

»Es sieht aus wie ein Märchenschloss«, hauchte Babette entzückt.

Sie und ihre Cousine waren gleich nach dem Abendessen wie verabredet in das nordwestlich der Innenstadt gelegene Viertel St. Lorenz geradelt. Auch Dora war beeindruckt vom Wohnsitz der Familie Herden. Er bestand aus einer zweistöckigen ockergelb gestrichenen Villa, worauf ein doppelstöckiges Mansardendach aus blaugetönten Ziegeln thronte. Davor erhoben sich zwei einstöckige Torgebäude mit Kaskadendächern in denselben Farben wie das Haupthaus. Am schmiedeeisernen Zaun wuchsen Rosen, und die Arabeske am Portal war mit goldenen Lettern verziert: *Marzipan-Schlösschen.*

In einiger Entfernung stellte Babette ihr Rad an einem Baumstamm ab und näherte sich wie magisch angezogen dem Grundstück. Zögernd tat Dora es ihr gleich, doch eher, um ihre Base zurückzuholen.

Da ging im von ihnen aus gesehen linken der beiden Torhäuser das Licht an – und die beiden versteckten sich erschrocken hinter einem Strauch.

»Sollen wir nicht lieber gehen, bevor uns jemand entdeckt?«, schlug Dora mit gedämpfter Stimme vor. Sie bereute bereits, sich der Villa des Marzipanfabrikanten so unangemessen genähert zu haben.

Doch zu spät: Plötzlich hörten sie, wie sich ihnen erschreckend schnell ein aufgeregt bellender Hund näherte!

»Bauschan, kommst du her!«, rief barsch eine Frauenstimme.

Vor den beiden Cousinen stand nun jedoch ein gar nicht so bedrohlich wirkender Hühnerhund-Mischling. Er machte keine Anstalten zu beißen, sondern wedelte stattdessen freudig winselnd mit dem Schwanz. Zur Verblüffung der beiden jungen Frauen kam in seinem Gefolge ein einzelnes Schaf zu ihnen und blökte klagend. Dora und Babette sahen sich ratlos an, als eine junge blonde Frau herbeieilte. Sie trug einen beigen Mantel, ihr glockenförmiger Hut und die Kurzhaarfrisur wirkten gleichermaßen modisch. Dora betete innerlich, dass es sich bei der jungen Dame nicht um ein Mitglied der Familie Herden handelte.

»Entschuldigen Sie bitte«, sagte die Blonde, als sie außer Atem bei ihnen angekommen war. »Ich hoffe, mein Bauschan hat Sie nicht zu sehr erschreckt.«

»Anfangs schon«, gab Babette zu. »Aber er scheint ja ein ganz Lieber zu sein.«

»Ja, lieb ist er schon, aber er hat eben auch seinen Jagdtrieb. Es kommt durchaus mal vor, dass er Feldmäuse aufstöbert und in Speisebrei verwandelt.«

»Igitt!« Dora schüttelte sich, musste aber gleichzeitig kichern. Das freche Grinsen der Blonden war einfach zu ansteckend.

»Er hat auch schon Enten, Möwen und andere Vögel verfolgt – aber das ging immer harmlos aus. Als er einen Fasan mal wirklich erwischt hat, stand Bauschan nur ratlos da. Heute wird er aber selbst gejagt.« Sie deutete auf das Schaf, das auf den Hund fixiert war wie auf ein Muttertier. »Es läuft ihm jetzt schon ein ganzes Stück hinterher, scheint etwas verwirrt zu sein.«

»Oder es denkt, Ihr Bauschan ist der Schäferhund seiner Herde«, mutmaßte Dora.

»Das könnte sein, ja. Mein Name ist übrigens Frieda Krugel, aber alle nennen mich Fiete. Meines Zeichens Schauspielerin, zurzeit mit kleiner Gastrolle am hiesigen Stadttheater«, erklärte die Hundebesitzerin und hob den Hut.

»Dora Hoyler, meines Zeichens Süßwarenverkäuferin – also seit Neuestem.«

»Schauspielerin, wie aufregend. Ich liebe die Oper«, begeisterte sich Babette.

»Und der werte Name des Fräulein Opernliebhaberin?«, hakte Fiete Krugel nach.

»Ach so, tschuldigung. Babette Christoffersen. Meiner Familie gehört der Süßwarenladen an der Holstenbrücke. Wohnen Sie in diesem hübschen Schlösschen hier?«

Fiete konnte nicht umhin zu lachen. »Schön wär's. So gut wird am Theater nicht bezahlt – leider. Aber mir gefällt der Kasten auch sehr gut.«

»Wer hier residiert, lebt wirklich königlich«, schwärmte Babette. »Meine Mutter hat erzählt, das Schloss sei schon über anderthalb Jahrhunderte alt.«

»Stimmt, Mitte des 18. Jahrhunderts hat es ein wohlhabender Kaufmann bauen lassen, zuerst als Sommerhaus mit großem Garten. Der reicht bis zur Trave hinunter.« Die Schauspielerin zeigte zum Fluss. »Da gibt es einen Steg, an dem kamen früher Gäste aus der Stadt mit Booten an. Das war die Zeit des Überganges vom Barock zum Rokoko, das Marzipan-Schlösschen gilt als eines der frühesten Lusthäuser. Die gesamte Anlage wurde im französischen Stil geschaffen.«

»Woher wissen Sie das alles?«, staunte Babette.

»Das hat mir mein Adoptivvater erzählt«, erklärte Fiete

Krugel. »Er ist Zollbeamter und weiß viel darüber, wie es um die reichen Kaufleute und ihre Vorfahren bestellt war.« Sie deutete auf die beiden Vorbauten. »Die Torhäuser sind damals zum Stadtgespräch geworden – weil sie so sündhaft teuer waren. Kaum jemand brachte sein Personal so nobel unter.«

»Stimmt, das waren wohl ganz andere Zeiten«, meinte Babette.

Fiete Krugel streichelte ihren Hund. »Und heute markiert Bauschan hier liebend gern die Bäume.«

»Kennen Sie die Familie, die hier wohnt?«, fragte Babette neugierig.

»Die Marzipan-Herdens?« Die junge Mimin schüttelte den Kopf. »Nicht persönlich. Der ganze Clan war aber neulich in der Familienloge im Theater zu Gast.«

Dora bemerkte, wie ihre Cousine aufhorchte. »Ah, die haben eine eigene Loge.«

»Ja«, bestätigte Fiete. »So, nun muss ich mich aber entschuldigen, werte Damen. Bauschan und ich werden versuchen, dieses Schaf wieder zu seiner Herde zurückzubringen.«

»Tun Sie das, und wenn Sie oder Ihr Hund mal naschen möchten, kommen Sie bei uns im Laden vorbei«, warb Babette.

»Das mache ich gern. Ihnen beiden einen schönen Abend noch.«

Die beiden jungen Frauen sahen der Schauspielerin nach, die ihren Hund nun an die Leine genommen hatte und rasch davonführte. Tatsächlich trottete ihnen das Schaf artig hinterher.

Dora und Babette nahmen ihre Räder und schoben sie zurück in Richtung Straße. »Die war aber nett«, befand Dora.

Ihre Cousine grinste. »Ein rechter Scherzkeks ist sie.«

»Immerhin wusste sie einiges über das Zuhause von deinem Johann«, erinnerte Dora. »Und du weißt jetzt, dass du im Theater nach ihm Ausschau halten kannst.«

»Oh nein«, rief Babette unvermittelt.

Dora folgte ihrem Blick und verstand augenblicklich. Auf der anderen Straßenseite befand sich eine Schafherde. Das arme Fräulein Krugel suchte also an der falschen Stelle!

»Warte kurz! Ich sage ihr Bescheid«, verkündete Dora, schwang sich beherzt auf ihr Rad und wollte in die Richtung, in die die Schauspielerin verschwunden war.

Doch kaum war sie, kräftig in die Pedale tretend, losgerast, kam plötzlich eine Gestalt hinter einem Busch hervor und auf die Allee. Dora schrie erschrocken auf, wollte ausweichen, fuhr jedoch direkt durch eine tiefe Pfütze, verlor dann die Kontrolle über ihr Fahrrad und kippte um. *Zum Glück tut es nicht weh*, dachte sie benommen und rappelte sich langsam auf. Der Boden war feucht und ihr Kleid daher völlig verschmiert. Sie wollte gerade nach dem Mann sehen, den sie um ein Haar angefahren hatte, da war er auch schon bei ihr. »Haben Sie sich wehgetan?«, fragte er besorgt und half ihr auf.

Dora schüttelte den Kopf. »Nein …« Sie bemerkte verblüfft, wie anziehend der Fremde aussah. Er war wohl kaum älter als sie, hatte ordentlich gescheiteltes braunes Haar, geheimnisvolle dunkle Augen und sinnliche Lippen. Seine Kleidung schien nobel und teuer zu sein, aber seine feine Anzughose – oh nein! Voller Matsch!

»Ich wusste gar nicht, dass ein Abendspaziergang in der Natur so viele Gefahren birgt«, wagte er nun, da er sich überzeugt hatte, dass es ihr gut ging, einen kleinen Scherz.

Doch Dora war nicht nach Lachen zumute. »Ich habe Ihre schöne Kleidung ruiniert«, rief sie bestürzt.

»Das ist nicht weiter tragisch, die kann man waschen«, beschwichtigte der junge Herr mit gutmütig verschmitztem Lächeln. »Außerdem wohne ich gleich dort drüben, ich habe es nicht mehr weit.«

Er deutete auf das Marzipan-Schlösschen. O Gott, es musste sich um Johann Herden handeln. Sie hätte um ein Haar den Schwarm ihrer Cousine angefahren! Und wie gut konnte sie Babette verstehen: Hinter den funkelnden Augen dieses gewinnenden jungen Mannes schienen sich viele spannende Geheimnisse zu verbergen, auf die Dora sofort neugierig war.

»Weshalb hatten Sie es denn so eilig?«, erkundigte sich der schöne Marzipanerbe.

Dora fühlte sich völlig überfordert. Einerseits durfte sie nicht zu freundlich sein, andererseits wäre es gewiss gut, ihn aufzuhalten, bis Babette kommen würde, um nach ihr zu sehen. Was wäre sein Anblick für eine wunderbare Überraschung für die Cousine!

»Ich wollte einer Dame mitteilen, dass ich die Schafherde gefunden habe, die sie sucht. Es gibt da ein verwirrtes Schaf, das ständig ihrem Hund hinterherrennt, und sie will es zurückbringen. Aber sie ist in die völlig falsche Richtung gegangen.«

Kaum hatte sie ihren Satz beendet, bemerkte sie, wie wirr ihre Worte für den jungen Herrn Herden klingen mussten.

Doch er schmunzelte hingerissen. »Dann möchte ich Sie natürlich nicht aufhalten. Ich sollte mich auch sputen, ich muss mich ja noch umziehen. Wenn man bei uns zu spät zum Abendessen erscheint, gibt es Ärger mit der Dame des

Hauses. Willensstarke Frauenzimmer eben – Sie kennen das ja vielleicht von sich selbst.« Er zwinkerte ihr zu.

Schäkerte er etwa mit ihr? Dora wurde immer nervöser.

»Nochmals Entschuldigung«, stammelte sie. »Sagen Sie der Dame des Hauses gern, ein Bauerntrampel aus dem Schwabenland hat Sie besudelt.«

»Einen Bauerntrampel sehe ich weit und breit nicht«, erwiderte Herden. »Aber aus dem Schwabenland, sehr interessant. Von wo denn?«

»Ach, den Ort kennt niemand. Notzingen.«

Er sah sie hilflos lächelnd an. »Rotzingen?«

»Notzingen!«

»Ich habe jedenfalls einen zauberhaften Akzent bemerkt«, sagte der Marzipanerbe.

Er schäkerte in der Tat mit ihr!

Dora wusste nicht, ob sie erleichtert sein sollte, als aus Richtung des schmiedeeisernen Grundstücktors der Ruf einer Dame erklang, dass es nun Zeit für das Abendessen sei.

Herden sah Dora bedauernd an. »Ich muss unhöflich sein und unser Gespräch beenden, aber das gibt Ihnen Zeit, die Kunde von der Schafherde weiterzutragen. Einen schönen Abend noch. Vielleicht sieht man sich mal wieder?«

»Dann hoffentlich *vor* der Fahrt durch eine Pfütze«, wagte Dora zum Abschied ihrerseits einen Scherz.

Der schöne Johann lachte fröhlich und gab ihr galant einen Handkuss. Wie gemein ihrer Cousine gegenüber, dass sie dabei eine Gänsehaut bekam, dachte sie ein wenig beschämt.

Erst als Johann Herden hinter dem Eisenzaun auf dem Grundstück des Schlosses verschwunden war, kam Babette herbeigeradelt.

»Wo steckst du denn die ganze Zeit?«, fragte sie. »Fräulein Krugel hat die Schafherde längst entdeckt.«

»Oh, Babette es tut mir so leid, er ist gerade zurück ins Haus«, haspelte Dora aufgewühlt. »Ich hätte ihn so gern für dich aufgehalten, aber er musste zum Abendessen. Ich habe ihn fast angefahren und seine edle Hose versaut.«

Ihre Cousine sah sie verständnislos an. »Von wem sprichst du?«

»Na von deinem Herrn Herden. Er war hier spazieren, und ich hätte ihn um ein Haar mit dem Fahrrad niedergemäht.«

Nun klappte Babette buchstäblich die Kinnlade hinunter.

***

Auch am nächsten Morgen bei der Arbeit in Tante Inys Süßwarenladen gab es für Doras Cousine noch kein anderes Gesprächsthema als ihr großes Unglück – dass nicht sie selbst es gewesen war, die Fiete hinterhergeradelt war, dass nicht *sie* um ein Haar Johann Herden angefahren hatte.

»Ich hätte gewiss dafür gesorgt, dass er das Abendessen vergisst und ein langes und angeregtes Gespräch mit mir führt«, erklärte sie wie gewohnt selbstbewusst.

Dora verschwieg lieber, dass auch ihre eigene kurze Unterhaltung mit dem Marzipanerben äußerst anregend gewesen war, und platzierte weitere Rosen, die sie aus rot gefärbter Marzipanrohmasse gefertigt hatte, auf eine Etagere neben der Kasse.

Siggi hatte äußerst verstimmt dreingeblickt, als Babette davon gesprochen hatte, den jungen Herden erobern zu können. Doras Verdacht, dass der Konditor in seine Adoptivschwester verliebt war, schien sich zu erhärten.

Da gab das Glöckchen über der Ladentür sein helles Bimmeln von sich. Zur großen Freude der Cousinen betrat eine modern gekleidete junge Frau das Geschäft. »Fräulein Krugel«, riefen sie wie aus einem Mund. Die Schauspielerin kam fröhlich lächelnd zu den beiden an die Verkaufstheke.

»Guten Morgen, ihr zwei. Wollt ihr mich nicht Fiete nennen?«, bat Frieda. »Ich bin doch nicht viel älter als ihr beide. Einen schönen Laden habt ihr hier.«

»Herzlichen Dank, Fiete. Ich heiße Babette, und das ist Dora. Womit können wir dienen?«

»Nun, die Frau unseres Intendanten feiert heute Abend Geburtstag, und ich bin eingeladen. Sie wird fünfzig Jahre alt, da dachte ich mir, ich schenke ihr für jedes Jahrzehnt eine Praline.«

»Fünf Pralinen also«, fasste Dora zusammen. »Dann würde ich dir fünf besonders edle Sorten empfehlen. Das Aprikosenmarzipan unseres Konditors sollte unbedingt dabei sein.«

Der junge Zuckerbäcker stellte gerade eine Torte, die mit von Dora geformten Marzipanröschen verziert war, auf die Verkaufstheke und lächelte stolz.

»Da läuft einem ja das Wasser im Mund zusammen«, kommentierte Fiete.

»I-Ist für eine S-Silberhochzeit«, erklärte Siggi.

Die junge Schauspielerin sah genauer hin. »Die Blümchen sehen ja wunderschön aus«, würdigte sie die kleinen Kunstwerke. »Wer hat die geformt?«

»D-d-das war unsere Dora«, sagte Siggi.

Fiete blickte kurz nachdenklich drein und fragte dann schließlich: »Würdest du dir auch zutrauen, ein Brautpaar möglichst realistisch zu modellieren?«

»Das habe ich noch nie probiert«, gab Dora zu. »Aber ich könnte es versuchen.«

»Ich habe eine bessere Idee«, fiel Fiete ein. »Morgen soll es nochmal warm werden, wärmer als heute sogar. Ich wollte mit unserem jüngsten Kammersänger nach Travemünde an den Strand. Er ist derjenige, der bald heiraten soll. Wenn ihr Zeit und Lust habt, begleitet uns doch. So kannst du dir zumindest ein Bild von meinem Kollegen machen, dem künftigen Bräutigam.«

Dora sah ihre Cousine flehend an. »Du wolltest mir doch sowieso noch die Ostsee zeigen.«

»Natürlich gehen wir mit«, bestätigte Babette nicht minder freudig.

6

Gleich geht es nach Travemünde an den Strand, war Doras erster Gedanke, als sie am Sonntagmorgen erfrischt und bester Laune erwachte.

Die Verkäufe in Tante Inys Laden waren gestern hervorragend gelaufen, und heute nun würde Dora endlich das Meer sehen. Schwungvoll sprang sie aus dem Bett und begann am Waschtisch mit ihrer Morgentoilette. Sie putzte sich die Zähne mit ihrer Kosmodont-Zahncreme, deren Wohlgeruch sie liebte. Danach bürstete sie sich ihre lockigen blonden Haare, beim Aufstecken würde ihr später gewiss wieder ihre Cousine behilflich sein. Sie lächelte, als es just in diesem Moment klopfte. Das musste Babette sein! Zu ihrem Erstaunen hörte sie jedoch außer dem Pochen noch Winseln, Hecheln und Kratzen auf der anderen Seite der Kammertür.

»Herein?«, rief sie zögerlich.

Es war in der Tat Babette, die nun einen Spaltbreit öffnete. »Ah, du bist schon angezogen, gut, dann ...«

Weiter kam sie nicht, denn in diesem Augenblick schlängelte sich schwanzwedelnd ein japsender Hund ins Zimmer.

»Bauschan«, erkannte Dora hocherfreut und beugte sich vor, um das aufgeregte Tier zu streicheln. Ihm folgte neben ihrer Cousine nun auch Frieda Krugel.

»Guten Morgen, Fiete. Schön, dass du ihn diesmal mitgebracht hast«, sagte Dora strahlend.

»Ja, ich liefere ihn allerdings zu Hause ab, wenn wir nachher Hansi Mainzberg zum Baden abholen«, erklärte die junge Schauspielerin. »Am Strand würde Bauschan völlig durchdrehen und den Kindern durch ihre Sandburgen rasen.«

»Soll ich dir mit den Haaren helfen?«, bot Babette, wie von Dora erhofft, an.

»Ihr solltet euch das auch einmal mit einem Bubikopf überlegen«, riet Fiete, während sie die Bücher in Doras Regal begutachtete. »So wie Asta Nielsen. Der Haarschnitt ist kolossal bequem, ich kann ihn nur wärmstens empfehlen.«

Sie blätterte in einem von Doras Büchern und nickte anerkennend. »Sherlock Holmes – spannend.«

Beim nächsten Band, den sie aus dem Regal holte, verzog sie jedoch angewidert das Gesicht. »Hedwig Courths-Mahler? Wie gräulich langweilig!«

»Die hat sie von mir, ein bisschen Romantik kann doch nicht schaden«, verteidigte Babette trotzig die Bücher, die sie ihrer Cousine geschenkt hatte.

»Was ist denn romantisch daran, einem Frauenbild aus dem letzten Jahrhundert zu frönen?«, eiferte sich Fiete. »Wenn es nach Madame Courths-Mahler ginge, hätten wir noch immer kein Wahlrecht. Ihre Geschichten sind doch alle gleich – Schlichtes fürs traute Heim: von blondgelockten Waisen, die von schmucken Grafen errettet werden, von giftmischenden Komtessen und treu liebenden Soldatenbräuten. Immer dasselbe Strickmuster: armes Frauchen überwindet Standesunterschiede durch die Liebe. Die Liebenden kämpfen gegen allerlei Intrigen und finden schließlich zueinander, erlangen Reichtum und Ansehen.«

»Mich rühren diese Romane«, blieb Babette ein wenig

eingeschnappt bei ihrem Urteil. »Und ich kann schließlich nicht immer nur Bücher über Verkauf und Nationalökonomie lesen, manchmal braucht man auch was fürs Herz.«

»Ich habe gar kein Badekleid«, versuchte Dora das Thema zu wechseln.

»Darum habe ich mich natürlich längst gekümmert«, erklärte ihre Base zu ihrer Erleichterung und lächelte wieder. »Ich habe mein zweites herausgesucht, es dürfte dir perfekt passen.«

»Kommt Siggi auch mit?«, erkundigte sich Dora.

Babette schüttelte den Kopf. »Der hat leider keine Zeit. Er ist heute mit seinen ehemaligen Mitschülern aus der Berufsschulzeit zu einem Fahrradausflug verabredet.«

***

Der neu nach Lübeck gekommene Kammersänger Hans-Peter Mainzberg entpuppte sich nicht nur als umgänglicher und unterhaltsamer Zeitgenosse, sondern auch als Langschläfer. Es musste gestern bei der Geburtstagsfeier der Intendantengattin hoch hergegangen sein. Wie Fiete bewohnte der sechsundzwanzigjährige Bass-Bariton eine Dachkammer im Haus des Intendanten des neuen Stadttheaters. Zu gern wollte sich Dora, die noch nie ein Schauspielhaus besucht hatte, einmal eine Vorstellung anschauen. Die Welt der Bühne begeisterte sie, Fiete und auch ihr neuer Theaterkollege, Kammersänger Hans-Peter, wirkten so unkonventionell und frei. So hatte der schlanke junge Mann mit dem fröhlichen Lachen, der sie vorhin verschlafen und mit verstrubbeltem braunem Haar empfangen hatte, ihr und Babette gleich angeboten, ihn Hansi zu nennen.

Während er sich nun im Badezimmer anzog und dabei mit für sein jugendliches Aussehen verblüffend tiefer Stimme das beliebte Couplet *In fünfzig Jahren ist alles vorbei* schmetterte, sah sich Dora fasziniert seinen rot-blauen Ara an. Der Papagei wackelte in seinem großen Käfig zu Mainzbergs Gesang mit dem Kopf und imitierte schnalzend einige der Textzeilen. Wie bunt war das Leben in Lübeck im Vergleich zu dem gemächlichen Dasein, das Dora im Schwabenland geführt hatte.

Als nun aus dem Badezimmer ertönte: »*Und fälscht man dir Schokolade und Tee und verspricht man dir echten Bohnen-Kaffee, und du merkst, dass der Kaffee – wie schauderbar! – eine bohnenlose Gemeinheit war, dann schließ die Augen und sauf den Brei – bäh, in fünfzig Jahren ist alles vorbei!*«, da konnten Dora und Babette angesichts des grässlichen Kaffees, den Hansi ihnen und Fiete eingeschenkt hatte, nicht umhin zu lachen.

Schließlich kam Mainzberg frisch rasiert, in hübscher weißer Sommerkleidung und mit karierter Schiebermütze auf dem nunmehr schön gescheitelten Haar aus dem Bad.

»Von mir aus können wir aufbrechen, Mesdames.«

Das Automobil stand glänzend vor ihnen in der Sonne, und Dora hielt die Luft an. »Wir-wir fahren damit?«

»Ja, nobel geht die Welt zugrunde.« Hansi Mainzberg öffnete grinsend die Fahrertür.

»Hast du reich geerbt?«, erkundigte sich Babette.

»Nee, unser Intendant hat bloß tiefes Vertrauen in ihn«, erklärte Fiete. »Der leiht es ihm immer mal wieder, damit er ein bisschen angeben kann.«

Als sie kurz darauf durch die Straßen der Hansestadt in

Richtung Travemünde fuhren, genoss Dora ihre erste Fahrt in einem Automobil und strahlte bis über beide Ohren.

Schließlich erreichten sie den Strand, und Dora konnte augenblicklich verstehen, weshalb die Menschen Travemünde, das vor acht Jahren der Freien Hansestadt eingemeindet worden war, »Lübecks schönste Tochter« nannten. Wie malerisch die Ostsee war! Sie erstreckte sich jenseits des Strands in grünlichen und blauen Streifen, bis sie mit dem dunstigen Horizont zusammenfloss.

»Die Strandpromenade ist eingeweiht worden, als ich zwei Jahre alt war«, wusste Babette.

Beide Cousinen trugen große Strohhüte und spannten ihre Sonnenschirmchen auf. Es herrschte, obgleich ein leichter Seewind ging, weiterhin die für September ungewöhnlich heftige Hitze. Den gesamten Sommer hatte es zu wenig geregnet, worunter Bauern wie Doras einstiger Vermieter sehr gelitten hatten. Wegen der großen Dürre hatten sie zu wenig Winterfutter für die Milchkühe ernten können, sodass viele Tiere geschlachtet werden mussten. Hier an der malerischen Ostseepromenade mit den glücklichen Badegästen war an diesem herrlichen Spätsommertag freilich nichts von den Versorgungsengpässen zu spüren.

»Was für prachtvolle Luft, man riecht den Tang bis hierher«, scherzte Fiete.

Gemeinsam liefen sie nun in Richtung Strand, Dora hatte ihre Schuhe ausgezogen, um den Sand zu spüren. Er fühlte sich angenehm warm, ganz fein und weich an den Füßen an.

»Pass bloß auf das Schilfgras auf!«, warnte Babette. »Das ist ziemlich scharf, daran schneidet man sich leicht.«

Behutsam stapften sie durch das hohe Gras, das den Rand

des Strandes säumte. Die Reihe der hölzernen Strandpavillons mit ihren kegelförmigen Dächern lag vor ihnen und ließ den Durchblick auf die Strandkörbe frei, die näher am Wasser standen. Um sie herum saßen Familien im Sand. Dora beobachtete verzaubert, wie braungebrannte Kinder Sandburgen bauten, nach Wasser gruben oder mit ihren Holzförmchen Kuchen backten. Bei einigen Müttern klemmten Zwicker mit blauen Sonnenschutzgläsern auf der Nase, die man, wie Babette ihrer Cousine erklärte, *Pincenez* nannte. Manche Väter trugen gestreifte Badeanzüge, über die Dora schmunzeln musste. Bisweilen kreischte über ihnen eine Möwe. Alles wirkte friedlich und wunderbar entspannt.

»Und Sie ... äh, du heiratest demnächst, Hansi?«, erkundigte sich Babette bei dem jungen Kammersänger, als sie sich eine Weile auf ihren Decken am Strand gesonnt hatten.

»Ach, nein, nein«, stammelte Mainzberg abwinkend und errötete – etwas, mit dem Dora bei dem bisher so selbstbewusst auftretenden Mimen nicht gerechnet hätte.

»Er hat entschieden, dass er die Dame kein bisschen liebt und ihren Antrag daher ablehnen wird«, antwortete Fiete für ihn.

»*Sie* hat *ihm* einen Antrag gemacht?«, hakte Babette verwundert nach.

»Ach, unser Sopran pfeift auf Gesellschaftsregeln, die weiß genau, was sie will«, erklärte die Schauspielerin und schmunzelte in Richtung des Sängers, der mittlerweile dunkelrot vor Scham geworden war. »Aber das weiß Hansi auch – vor allem, was er nicht will.«

»Welches Stück spielt ihr denn gerade?«, wechselte Dora das Thema, da ihr nicht entgangen war, wie peinlich das Gespräch dem armen Hansi Mainzberg war.

Erleichtert antwortete der Kammersänger: »Am Mittwoch geben wir mal wieder *Die Zauberflöte* von Mozart.«

»Ich war noch nie im Theater«, gab Dora kleinlaut zu. »Bei uns auf dem Land gab es gar keins, und für einen Besuch in der nächstgrößeren Stadt hätten mir Geld und Garderobe gefehlt.«

»Oh, das müssen wir aber unbedingt ändern. Die Bretter, die die Welt bedeuten, sind eine Offenbarung«, erklärte Fiete.

»Leider sind wir Mittwoch schon ausverkauft«, berichtete Hansi bedauernd. »Aber ihr könntet natürlich jederzeit tagsüber bei den Proben zugucken.«

»Montagnachmittags ist bei uns im Laden immer wenig los«, sagte Babette. »Da würde meine Mutter uns bestimmt erlauben, ins Theater zu gehen.«

»Na, dann ist es jetzt ausgemacht«, meinte Fiete. »Das erste Stück, das unsere Dora sieht, ist *Die Zauberflöte*. Keine schlechte Wahl.«

»Und jetzt ist Mittagszeit, Leute! Habt ihr Lust, etwas zu essen?«, fragte Mainzberg gut gelaunt. »Da drüben gibt es einen Stand, die machen eine fantastische Bratwurst mit Pfeffernuss-Sauce.«

Babette und Fiete stimmten begeistert zu, Dora hingegen war noch von Tante Inys Bauernfrühstück gesättigt. »Ich bleibe hier und passe auf unsere Sachen auf.«

»Du solltest aber auch ordentlich essen«, riet Hansi. »Diese Luft hier, die zehrt ... macht hungrig.«

»Wir bringen dir einfach doch eine Wurst mit«, bestimmte Babette. »Dann kannst du es dir immer noch überlegen.«

Als ihre Freunde in Richtung des Imbiss-Stands davongegangen waren, legte sich Dora entspannt seufzend wieder rücklings auf ihre Decke. Sie schloss die Augen, genoss die Wärme der Sonne und spielte mit ihren Zehen im warmen Sand. Nun waren sie noch gar nicht im Wasser gewesen, aber es bestand ja auch kein Grund zur Eile. Hier hatte alles Zeit. Es war, wie es Thomas Mann in *Buddenbrooks: Verfall einer Familie* beschrieb, in dem sie gestern bis spät in die Nacht gelesen hatte: Am Meer wurde es einem nie langweilig. Man konnte stundenlang herumliegen und nichts tun – woanders als am Strand würde einem das hingegen rasch zu fad werden.

»He, Hein, wirf her!«, hörte sie eine zackige Männerstimme direkt neben sich, weshalb sie die Augen öffnete. Mit einem spitzen Schrei bemerkte sie gerade noch, wie ein Gegenstand direkt vor ihr auftauchte und ihr mitten ins Gesicht schlug. Es war ein Ball, bemerkte Dora, während ihr die Tränen in die Augen stiegen. Das Ding kullerte in den Sand, und sie fasste sich an die schmerzende Nase, bemerkte augenblicklich etwas Warmes an ihren Händen. Blut! Ihre Fingerspitzen waren damit verschmiert. Wie musste erst ihr Gesicht aussehen?

»O Gott, entschuldigen Sie!«, rief nun der junge Mann bestürzt, der vorhin neben ihr von irgendwem gefordert hatte, ihm den Ball zuzuwerfen. Dora bemerkte erstaunt, dass der Fremde im Badeanzug sogar auf Knien noch sehr groß wirkte, er musste etwa einen Meter neunzig groß sein. Sie musterte ihn aus ihren tränenverschleierten Augen: muskulöse Figur, leicht gewelltes dunkles Haar, stahlblaue Augen, kantig-männliches Gesicht. Er betrachtete sie voller Sorge und Schuldbewusstsein. Erst jetzt bemerkte Dora, dass er ihr schon eine ganze Weile ein schneeweißes Taschentuch hinhielt.

Als sie dankend danach griff, kam aufgeregt ein noch größerer Muskelprotz daher. *Wer sind die?*, fragte sich Dora überfordert, *Kraftmaxe vom Zirkus?* Immerhin gastierte derzeit der bekannte Hamburger Tierpark Hagenbeck mit einer Raubtierschau und einigen Artisten in Lübeck. Der Hüne hatte im Gegensatz zu seinem Ballspielpartner jedoch eine hohe, weinerliche Stimme, die im Moment leicht hysterisch wirkte: »Oh, liebes Fräulein. Verzeihen Sie mir, verzeihen Sie mir, es tut mir so leid. Dass so etwas immer mir passieren muss!«

Er war offenbar kurz davor, in Tränen auszubrechen; einige Badegäste sahen herüber, und Dora versuchte peinlich berührt, sich mit dem Taschentuch das Blut aus dem Gesicht zu wischen.

»Hein, ich möchte jetzt, dass du etwas für uns tust, um der armen Mamsell zu helfen«, sagte der Freund des heulenden Hünen und hielt dessen Kopf eindringlich an beiden Wangen fest. »Hol aus meiner Fahrradtasche das Kölnisch Wasser! Die Mamsell braucht das jetzt, hörst du? Schaffst du das? Für mich? Für sie?«

Der Muskelprotz nickte wimmernd und stolperte davon.

»Danke«, seufzte Dora und schaffte es zu lächeln.

»In meiner Tasche ist gar kein Kölnisch Wasser«, gab der Fremde zu. »Aber der arme Hein Petersen wäre ohne Aufgabe demnächst ohnmächtig geworden. Seine Nerven liegen ohnehin blank, letztes Semester hat er sich erstmals in unserer Studentenverbindung betrunken. Ohne sich später daran zu erinnern, fing er an vor der Polizeistation zu randalieren. Musste die Nacht dann in einer Arrestzelle verbringen. Das war gar nichts für das zart besaitete Kerlchen.«

Zart? Kerlchen? Obwohl ihr Gesicht noch schmerzte, musste Dora lachen. Immerhin wusste sie nun, dass es sich bei den beiden Muskelmännern nicht um Zirkusleute handelte, sondern um Verbindungsstudenten.

»Tut es noch sehr weh?«, fragte der Fremde. »Könnte die Nase gebrochen sein?«

Dora schüttelte den Kopf. »Das glaube ich nicht. Aber würden Sie mich kurz zum Wasser begleiten? Ich möchte gern das Blut abwaschen. Und ich glaube, ich bin noch etwas wacklig auf den Beinen.«

»Selbstverständlich«, beeilte sich der Dunkelhaarige zu sagen. Er bot Dora seinen Arm, um ihr aufzuhelfen. Auch auf dem Weg zum Wasser stützte er sie noch, und sie stellte fest, dass sie einem Mann noch nie so nahe gewesen war. Seine nackte Haut fühlte sich jedoch gut an, und an die Etikette konnte sie ohnehin erst dann wieder denken, wenn sie die Sauerei aus ihrem Gesicht gewaschen hatte. Näher am Wasser war der Sand geglättet und gehärtet. Dora sah auf die Muscheln hinab. Es gab kleinere weiße und längliche dunkle, groß, opalisierend. Schließlich waren sie angekommen, und das Wasser der Ostsee fühlte sich – genau wie Babette sie gewarnt hatte – zunächst eiskalt an. Aber weil sie vor diesem Bild von einem Mann nicht wie eine Memme wirken wollte, watete Dora weiter in die Fluten, den Schmerz ignorierend.

»Passen Sie auf die Quallen auf!«, warnte der Fremde sie, »die einfachen, wasserfarbenen sind harmlos, aber die rotgelben verbrennen die Haut, wenn man sie berührt.«

»Ich weiß«, beruhigte ihn Dora, während sie nun nebeneinander bis zu den Knien im Wasser standen. »Ich habe gestern Thomas Mann gelesen. In dem *Buddenbrooks-*

Roman will die Tony wissen, ob der rot-gelbe Stern übrig bleibt, wenn man die Brandquallen in der Sonne verdunsten lässt.«

Er sah sie neugierig an. Der Ausgang dieses Experiments schien auch ihn zu interessieren. »Und? Zu welchem Ergebnis kam sie?«

»Hat nicht geklappt«, antwortete Dora. »Es blieb nur ein Pfützchen übrig, und das roch nach fauligem Seetang.«

Der Fremde musste spontan auflachen. »Wäre dieses Geheimnis also auch geklärt.«

»Meine Füße haben sich schon an die Kälte gewöhnt, jetzt ist es richtig angenehm«, sagte Dora, die mehrere Badende beobachtete, die weit draußen miteinander ihre Runden zogen. »Schade, dass ich das Schwimmen nie gelernt habe.«

»Das werden Sie bestimmt noch, wenn Sie uns hier im Norden länger erhalten bleiben. Das Meer ist wie ein Magnet. Aber man darf nicht immer ins Wasser«, klärte der Sportive sie auf. »Sobald die Ostsee hier vom Strand bis zum Horizont Schaumkronen aufweist, sollte man besser an Land bleiben. Bei starkem Nordostwind entstehen nämlich lebensgefährliche Unterströmungen, die können einen Schwimmer aufs offene Meer hinausziehen.« Er blickte nun sehr nachdenklich auf die Ostsee hinaus.

»Tja, selbst so ein Paradies hat wohl manchmal dunkle Seiten«, resümierte Dora.

»Vor fünfzig Jahren gab es hier mal einen schrecklichen Ostseesturm. Bei dem Hochwasser wurden in Travemünde viele Häuser zerstört.«

Dora fragte sich, warum ihn diese Katastrophe so betroffen machte, wo er doch damals noch lange nicht geboren war. Sie versuchte, ihn wieder aufzuheitern und lächelte ihm zu. »Jetzt und hier ist es aber wunderschön«, sagte sie.

Ihr Begleiter begann zu zitieren: »*Ewig wird der Anblick des Meeres meiner Seele vorschweben.* Das hat Joseph von Eichendorff angeblich in sein Tagebuch geschrieben – nach einem kleinen Törn hier auf die See hinaus.«

»Klingt romantisch«, stellte Dora fest.

»Sind Sie eine Romantikerin, Mademoiselle?«, fragte er mit einem Schmunzeln, das Dora seltsam bekannt vorkam. Es erinnerte sie an jemand, ihr fiel jedoch im Augenblick nicht ein, an wen.

»In unserer Familie ist eher meine Cousine die Romantikerin«, entgegnete sie. »Die hat zu viel E. T. A. Hoffmann gelesen, und Courths-Mahler.«

Er seufzte. »Oh je, die Courths-Mahler ist …«

»… Schlichtes fürs traute Heim«, wiederholte Dora amüsiert Fietes Worte von heute Morgen, »Geschichten von blondgelockten Waisen, die von schmucken Grafen errettet werden, von giftmischenden Komtessen und treu liebenden Soldatenbräuten.«

»Blonde Locken haben Sie ja«, stellte er grinsend fest. »Sind Sie auch eine Waise, die gerettet werden muss? Ich bin allerdings leider kein Graf, und unglücklicherweise offenbar auch generell eher unhöflich. Ich habe mich noch gar nicht vorgestellt. Mein Name ist …«

»Johann Herden!«, beendete da unvermittelt und mit ungewohnt scharfer Stimme Doras Cousine seinen Satz. Sie musste sie vom Ufer aus entdeckt haben und ihnen hinterhergewatet sein. In ihrem Gesicht las Dora, dass Babette vor Eifersucht kochte.

»Oh, Fräulein Christoffersen«, erkannte Herden sie nun tatsächlich seinerseits.

Dora war völlig verwirrt und verstand die Welt nicht mehr. Wenn es sich hierbei um Johann Herden handelte, wer war dann der junge Spaziergänger, den sie vorgestern vor dem Marzipan-Schlösschen kennengelernt hatte?

7

Der Erbe des Marzipanimperiums sah erstaunt zwischen den beiden jungen Frauen hin und her. »Sie kennen einander?«

»Das kann man wohl sagen«, bestätigte Babette. »Dora Hoyler ist meine Cousine.«

»Oh, die haben Sie mir bisher vorenthalten«, beschwerte sich Johann mit gespielter Empörung.

»Sie ist ja auch erst vor Kurzem aus Schwaben hergezogen«, antwortete Babette spitz. Da bemerkte sie endlich Doras noch immer leicht blutende Nase. »Oh je, was ist dir denn passiert?«

Johann ergriff schuldbewusst das Wort. »Ein Freund von mir hat ihr unseren Ball ins Gesicht …«

Da wurde er von einem etwas schrillen Männerschrei aus Richtung Ufer unterbrochen. »Johann! Ich komme!«

Der Muskelberg Hein Petersen stakste aufgeregt ins Wasser, in der Hand ein Fläschchen mit türkis-goldenem Etikett.

Johann seufzte. »Oh nein, wenn man vom Teufel spricht …«

Außer Atem war der Hüne bei ihnen eingetroffen. »Du hattest gar kein Kölnisch Wasser in deiner Tasche«, keuchte er leicht vorwurfsvoll. »Zum Glück hat mir eine Dame am Strand ihres geliehen, als ich gesagt habe, dass es um Leben und Tod geht.«

»Das war sehr heldenhaft von dir, Hein«, erwiderte Johann schmunzelnd. »Aber mach dir keine Sorgen, es geht Fräulein Hoyler schon wieder besser, Gott sei Dank. Die Nase ist nicht gebrochen.«

»Fiete und Hansi warten übrigens mit deiner Wurst am Strand«, erklärte Babette und sah ihre Cousine eindringlich an.

Dora wusste, wie sie den Blick zu deuten hatte: *Verschwinde ans Ufer und lass mich endlich mit meinem Schwarm allein!*

»Ja, du hast recht«, sagte sie und wunderte sich, dass sie diese Worte nur schwer über die Lippen brachte. »Ihnen noch einen schönen Nachmittag, Herr Herden. Machen Sie sich keine Sorgen, Hein, es geht mir wirklich wieder gut.«

Bevor sie ans Ufer ging, tauschte sie noch einen kurzen Blick mit Johann. Er wirkte ebenso enttäuscht, wie sie sich fühlte.

Kurz darauf ließ sie sich neben Fiete und Hansi auf der Decke nieder.

»Na, war es sehr kalt?«, erkundigte sich die Schauspielerin und reichte ihr die Wurst.

»Nein, nach einer Weile war's wirklich ganz angenehm.« Dora sah aufs Wasser und wurde Zeuge, wie die beiden Muskelmänner Babette noch mit einem Winken verabschiedeten und in Richtung Ufer stapften. Wie zu erwarten, war Babette äußerst verstimmt, als sie schließlich zurück zu ihnen kam. Dora sah noch, wie Hein und Johann zu einer rundlichen Dame gingen, um ihr deren Kölnisch Wasser-Fläschchen zurückzugeben, das ja nun gar nicht zum Einsatz gekommen war.

»Schmeckt dir die Wurst?«, wollte Hansi Mainzberg von Dora wissen.

Sie nickte. »Hm, ja, diese Pfeffernuss-Sauce ist echt lecker.«

Schlecht gelaunt ließ sich Babette neben ihnen auf ihre Decke fallen.

»Warum habt ihr euch nicht länger unterhalten?«, fragte Dora vorsichtig.

»Weil sie unbedingt das Kölnisch Wasser zurückbringen wollten – zu zweit!«, erwiderte ihre Cousine. »Und dann möchten sie pauken gehen, für die Abschlussprüfung in Kiel. Die studieren ja Nationalökonomie, die Glücklichen.«

Dora wusste, dass Babette selbst gern Wirtschaft studiert hätte, doch das war als Frau natürlich nicht möglich.

Die schöne Cousine seufzte. »Ich frage mich, warum du immer wieder das Glück hast, Johann Herden zu treffen.«

»Na ja, eigentlich habe nicht ich ihn getroffen, sondern der Ball seines Freundes meine Nase«, versuchte Dora sich an einem kleinen Scherz.

»Und dann habt ihr gleich beschlossen, zusammen ins Wasser zu gehen?«, vergewisserte sich Babette mit ungewohnt bissigem Tonfall.

»Ich wollte erst nur das Blut aus dem Gesicht waschen«, verteidigte sich Dora. »Außerdem treffen wir uns nicht immer wieder. Ich weiß nicht, wer der junge Mann war, den ich vorgestern am Marzipan-Schlösschen mit Dreck bespritzt habe – das war auf keinen Fall Johann Herden, der Kerl sah nämlich völlig anders aus. Nicht ganz so riesig und nicht ganz so muskelbepackt.«

»Aber du hast doch gesagt, dass er ins Haus gerufen wurde«, erinnerte sich Babette.

Dora zuckte ratlos mit den Schultern. »Dann war er vielleicht jemand vom Personal, der sich ein bisschen aufspielen wollte. Er hatte ja auch Angst vor der Dame des Hauses.«

»Na, was meint ihr?«, unterbrach nun Hansi das Gespräch der beiden Cousinen. »Sollen wir vielleicht ins Wasser?

»Au ja«, stimmte Fiete zu.

»Geht ihr ruhig«, sagte Babette. »Diesmal passe ich auf unsere Sachen auf.«

Dora folgte den anderen ins Wasser, sah sich aber nochmal besorgt nach ihrer Cousine um. Sie hielt offenbar in der Menge der Badegäste nach Johann Ausschau, doch der war nicht mehr zu sehen.

∗∗∗

»Ich habe keinen Hunger, bin müde.«

Gleich nach ihrer Ankunft zu Hause in der Holstenstraße wollte sich Babette in ihr Zimmer zurückziehen. Sie war den restlichen Nachmittag über sehr einsilbig gewesen, hatte auf der Rückfahrt in Hansis Automobil dann vollends geschwiegen – und sogar die legendäre süßsaure Suppe ihrer Mutter abgelehnt!

»Nanu, was ist der Lütten denn über die Leber gelaufen?«, wunderte sich Iny. »Die Suppe lässt sie sich doch sonst nicht entgehen.«

»Egal, dann gibt es schon mehr für mich«, kommentierte Siggi grinsend, der soeben vom Fahrradausflug mit seinen Berufsschulfreunden zurückgekehrt war.

Trotz ihrer Sorgen um Babette schmeckte Dora die Gemüsesuppe genauso gut wie ihrem Adoptivcousin, der beim ersten Löffel genießerisch die Augen schloss und ein langgezogenes »Hmmm« von sich gab.

Iny lächelte. »Freut mich, dass es euch schmeckt.«

»Du musst mir unbedingt mal beibringen, wie man die macht«, bat Dora. »Ich kann viel zu wenig Gerichte kochen.«

»Ach, süßsaure Suppe ist zwar kein Hexenwerk, braucht aber schon ihre Zeit«, meinte ihre Tante.

»Sie ist so was wie Lübecks Nationalgericht«, erklärte Siggi. »Mit Schinkenknochen und einem Stück durchwachsenen Speck.«

»Genau«, bestätigte Iny. »Aber dazu kommen sieben Kräuter: Bohnenkraut, Petersilie, Thymian, Majoran, Estragon, Borretsch und Kerbel. Die muss man erst hacken und dann wieder herausfischen.«

»Dann kommt der Sommer in den Topf«, fuhr Siggi fort. »Grüne Bohnen, junger Kohlrabi, zerteilter Blumenkohl, dazu Zwiebel, Porree, Sellerie, Erbsen und Wurzeln.«

Dora hatte sich erst daran gewöhnen müssen, dass Karotten, die zu Hause im Schwabenland »Rüben« oder »Möhrle« genannt wurden, hier im Norden »Wurzeln« hießen.

»Damit ist die Suppe aber längst nicht fertig«, betonte Iny, während sie mit der Schöpfkelle Siggis Teller zum zweiten Mal füllte. »Als Nächstes geht es ans Eingemachte, also an das Trockenobst des vergangenen Jahres: Backpflaumen, Backbirnen und Ringäpfel.«

»Da schwimmen aber auch süße Grießklöße drin«, stellte Dora fest.

»Ja, die sind die Krönung«, bestätigte ihre Tante mit verschwörerisch gesenkter Stimme. »Das Geheimnis der Köchin.«

»Oder des Kochs«, ergänzte Siggi. »Die Klöße sind aus einem Brandteig und in einem Teil der Brühe gargekocht.«

»Stimmt, aber man darf sie erst später dem Essen zugeben, sonst zerkochen die – oder lösen sich auf«, warnte Iny.

»Dann noch etwas Zucker und Essig.«

»Das Rezept muss ich mir wirklich mal aufschreiben«, meinte Dora und nickte, als Iny ihr angesichts ihres leer gegessenen Tellers einen fragenden Blick zuwarf.

Während sie ihrer Nichte nachfüllte, berichtete sie: »Auch wenn die Grießklößchen sich mit der Zeit auflösen, der Geschmack wird immer stärker. So ein Topf mit süßsaurer Suppe reicht meist mehrere Tage.«

»Das kommt drauf an, wie gefräßig die anderen Familienmitglieder sind«, schränkte Siggi mit einem spitzbübischen Lächeln ein.

Nach dem Nachtmahl bestand Iny darauf, selbst abzuspülen, die Hilfe der beiden Esser lehnte sie ab.

»Wollen wir dann versuchen, ein Brautpaar aus Marzipan zu formen?«, schlug Siggi schließlich vor, und Dora war froh, auf angenehmere Gedanken gebracht zu werden.

»Gern«, stimmte sie zu. »Hansi Mainzberg wird nun zwar doch nicht heiraten, aber ich kann ja vielleicht für andere Brautpaare üben.«

Kurz darauf standen beide in der Backstube, sie rollte dunkel gefärbte Rohmasse für den Anzug des Bräutigams aus, er schneeweiße für das Brautkleid.

»Was ist denn mit Babette los?«, erkundigte sich Siggi schließlich.

Dora erzählte von der Begegnung mit Hein Petersen und Johann Herden am Strand.

»Und dann bestraft sie dich mit zickigem Schweigen?«, empörte er sich, während Dora begann, den Körper des Bräutigams zu formen. »Was kannst du denn dafür, dass dieser Marzipan-Fatzke einfach nichts von Babette wissen will? Er war auch schon bei seinem Besuch hier im Laden eher an unserem Sortiment interessiert als an ihr, das wollte sie bloß nicht wahrhaben.«

»Er ist kein Fatzke«, widersprach Dora. »Er ist humorvoll und kein bisschen eitel. Sein Freund Hein scheint ein eher einfacher Bursche zu sein.«

Siggi legte ihr das nunmehr schlierenlos weiße Marzipan hin und musterte sie dann mit einem durchdringenden Blick. »Gefällt dieser Herden dir etwa auch?«

Ertappt senkte sie den Blick. Warum musste sie denn jetzt rot werden?

»Mir kannst du es doch sagen«, meinte er. »Beim guten alten Siggi ist dein Geheimnis in sicheren Händen.«

Zum Glück kam Dora in diesem Augenblick eine Idee, wie sie von sich und Johann Herden ablenken konnte. »Und gefällt dir Babette etwas besser, als einem eine Adoptivschwester gefallen sollte?«, konterte sie.

Sie bemerkte, dass sie ihn mit der Frage eiskalt erwischt hatte. Er war zu unvorbereitet, um so schlagfertig wie sonst zu antworten, daher schwieg er ertappt und wirkte fast bestürzt darüber, dass sie ihn durchschaut hatte.

»Mir kannst du es doch sagen«, zitierte sie ihn. »Bei der guten alten Dora ist dein Geheimnis in sicheren Händen.«

Er lächelte jedoch nur schwach. »Weißt du, letztlich tun solche Gefühle gar nichts zur Sache – wenn sie nicht erwidert werden.«

»Na ja, auch wenn du erst mit vierzehn hier eingezogen

bist, vor dem Gesetz seid ihr ja Geschwister. Da kommt Babette vielleicht gar nicht auf die Idee …«, gab Dora zu bedenken.

Sie hätte es Siggi ja von Herzen gegönnt, dass ihre Cousine seine Gefühle erwiderte, aber die Leute würden sich wohl darüber das Maul zerreißen, wenn sich ein adoptiertes Familienmitglied mit seiner Schwester einließe. Auch wenn sie natürlich nicht wirklich miteinander verwandt waren. Dann hätte ihr Laden einen handfesten Skandal an der Backe.

»Als ich hier die Kammer für meine Konditorlehre bekam und endlich aus dem grässlichen Kinderheim wegdurfte, bin ich auch nicht auf so eine Idee gekommen«, erzählte Siggi. »Ich war bloß froh, endlich eine Familie zu haben, und fühlte mich so geborgen, da wurde selbst das mit dem Stottern besser. Eigentlich haben Babette und ich uns aber gar nicht so oft gesehen: Wenn ich frühmorgens aus der Backstube kam und mich hingelegt hab, war sie schon auf dem Weg in die Schule. Aber dann wurde sie immer hübscher, und an einem Sonntagmorgen vor drei Jahren war mir plötzlich klar: Ich hab mich in sie verliebt.«

Dora hätte ihn gern getröstet, aber zu behaupten, dass Babette seine Gefühle irgendwann vielleicht doch noch erwidern konnte, hätte wenig Sinn gemacht. Zu deutlich war zu erkennen, dass ihre Cousine den jungen Konditor eher als das betrachtete, was er von Gesetzes wegen auch war: als einen Bruder. »Aber so wie du aussiehst, sind doch bestimmt viele Mädchen hinter dir her«, versuchte sie, ihn anderweitig aufzumuntern.

»Das schon. Da gibt es zum Beispiel die wilde Marie-Therese, eine Klassenkameradin von Babette, die sie öfter mal mitgebracht hat. Oder Viktoria, die scheue Tochter von dem Kaufmann, der uns die Räume fürs Boxen zur Verfügung stellt ...«

»Aber?«, hakte Dora nach.

»Na ja, mit Marie-Therese hab ich mal so ein bisschen geschäkert und geschmust, Viktoria war dafür zu schüchtern – aber bei beiden hab ich mir gesagt, dass es doch ziemlich fies wäre, etwas mit ihnen anzufangen – wenn mein Herz einer anderen gehört.«

»Hm, ja, Gefühle kann man wohl nicht so einfach abschalten wie das elektrische Licht«, mutmaßte Dora, die inzwischen schon recht weit in ihrem Vorhaben gekommen war, aus den dunkel und hell gefärbten Marzipanmassen einen Bräutigam mit weißem Hemd und schwarzem Frack zu formen. »Aber letztlich habe ich am wenigsten Ahnung davon. Ich glaube, so richtig verliebt war ich noch nie.«

»Aber der Johann Herden gefällt dir schon?«, kam Siggi nun nach all den Umwegen doch wieder auf seine ursprüngliche Frage zu sprechen.

Nachdem er so offen und ehrlich war, fiel es ihr leichter zu antworten: »Also, er sieht schon gut aus. Aber verliebt? Dazu weiß ich, glaube ich, nach nur einem Treffen zu wenig über ihn.«

»So geht es mir mit der schönen Marie-Therese«, räumte Siggi ein.

So ganz auf das Äußere wollte Dora Johann dann aber doch nicht reduzieren, das empfand sie als ungerecht ihm gegenüber. »Also, Humor hat er auch. Und er hat sich gleich ganz besorgt um meine Nase gekümmert. Er wird seine spätere Frau bestimmt gut beschützen – mit diesen Riesenschultern.«

Siggi sah an sich selbst hinunter, und Dora folgte seinem Blick. Er war zwar durchaus muskulös und hatte starke Schultern, aber ein Hüne wie Johann Herden war er nicht. »Wahrscheinlich bin ich für Babette einfach nicht trostvoll genug.«

»Du bist genau richtig.« Dora erhob sich und küsste ihn schwesterlich auf seine sommerbesprosste Wange. »Ein starker Beschützer muss keine zwei Meter hoch sein. Und außerdem bringst du ja anderen sogar bei, sich selbst zu schützen. Immerhin lernen die Waisenjungs bei dir das Boxen. Wo wir gerade beim Trösten sind: Ich schau jetzt mal nach meinem Cousinchen.«

Sie nahm den inzwischen fast fertigen Bräutigam, um ihn Babette zu zeigen. Das Gesicht wies noch die gelbliche Farbe der Rohmasse auf, war aber bereits deutlich zu erkennen. »Der ist dir aber gut gelungen. Sieht ja ein bisschen aus wie ich«, stellte Siggi verblüfft fest. »Na, dann zeig ihn Babette mal ruhig! Vielleicht bringt er sie ja auf den richtigen Gedanken«, scherzte er, und sie musste schmunzeln, während sie sich auf den Weg zu ihrer Cousine machte.

»Dora«, rief er ihr nach, und sie drehte sich in der Tür noch einmal um. »Es ist schön, noch eine Schwester zu haben – und diesmal ohne Hintergedanken.«

»Geht mir auch so«, entgegnete Dora und fügte auf schwäbisch hinzu: »Mei Brüderle.«

Als sie an Babettes Zimmertür klopfte, kam das »Herein« nur sehr leise und nach einer zögerlichen Pause.

Vorsichtig öffnete Dora und trat ein.

Babette saß im Schein ihrer Nachttischlampe auf der geblümten Bettwäsche, neben ihr lag eine Ausgabe der *Gartenlaube*.

»Bist du mir noch sehr böse?«, fragte Dora.

»Ach, im Grunde kannst du ja gar nichts dafür«, gab Babette kleinlaut zu. »Wenn Johann auch nur das geringste Interesse an mir hätte, dann hätte er Hein das Kölnisch Wasser allein zurückbringen lassen und sich mit mir unterhalten.«

Dora setzte sich auf den Stuhl vor Babettes Toilettenspiegel und verteidigte den Marzipanerben: »Na ja, er muss ja wohl auch für seine Abschlussprüfung büffeln.«

»Das Büffeln sollte man den Rindviechern überlassen, wir Menschen tun besser daran, regelmäßig zu lernen«, entgegnete ihre Cousine. »Ich wäre so dankbar, wenn ich das dürfte. Und eins kann ich dir versichern: Ich würde nicht erst kurz vor der Prüfung damit beginnen. Aber Frauen werden ja ausgelacht, wenn sie Wirtschaft oder Handelsrecht studieren wollen.«

»Wirklich ungerecht«, meinte Dora.

»Ja, erst machen die Männer die Gesellschaft so, dass die Liebe unser einziges Abenteuer ist – dann ignorieren sie uns, und nicht mal daraus wird was.«

»Dafür ziehst du ihnen ihr Geld aus der Tasche, indem du die Mägen ihrer Familien mit Süßigkeiten füllst – und ich helfe dir dabei.«

Endlich lächelte ihre Cousine wieder. Da fiel deren Blick auf den Marzipan-Bräutigam in Doras Hand. »Wo wir gerade beim Thema gefüllte Mägen sind: Was hast du denn da?«

»Das ist ein Beispiel für unsere Hochzeitstorten«, erklärte Dora.

»Erinnert ja fast ein bisschen an Siggi«, amüsierte sich Babette bei näherer Betrachtung und scherzte: »Gibt es da etwas, das ich wissen sollte? War er vielleicht gar nicht mit seinen Freunden aus der Berufsschulzeit auf dem Ausflug? Plant er in Wirklichkeit eine Hochzeit?«

Wenn du wüsstest, wen *er gern heiraten würde,* dachte Dora, wollte die Gefühlslage ihres brüderlichen Freundes aber selbstverständlich nicht verraten.

»Apropos Siggi«, sagte Babette ahnungslos. »Hat er was von der süßsauren Suppe übrig gelassen?«

Dora nickte. »Ist noch was da. Ich bin zwar pappsatt, aber ich leiste dir gern Gesellschaft. Soll ich was davon warmmachen?«

»Das wäre wunderbar.« Ihre Cousine erhob sich, und Dora war froh, dass Babette ihren Appetit wiedergefunden hatte.

8

»Nein, wie süß!«, rief Iny begeistert.

»Die werden sie uns aus den Händen reißen«, freute sich Babette, und Siggi fügte hinzu: »Noch schöner als deine Kuh.«

Dora war den restlichen Sonntagabend noch damit beschäftigt gewesen, sechs weitere Marzipantiere sowie die Braut zu formen. Nachdem ihr Siggi erlaubt hatte, Rohmasse, Puderzucker und seine Speisefarben auch allein in seiner Backstube zu benutzen, hatte sie die Tiere gleich koloriert und anschließend im Hinterzimmer des Ladens versteckt. Sie war zufrieden eingeschlafen und hatte es kaum erwarten können, die Figürchen ihrer Familie zu präsentieren. Jetzt, am Montagmorgen, war es so weit.

»Die Braut sieht ja mir ähnlich«, stellte Babette kichernd fest. »Siggi, wir sind jetzt verheiratet, ulkig, was?«

Der Konditor lief knallrot an, als er verlegen murmelte: »Ja, ulkig.«

Wie um ihn zu erlösen, betrat just in diesem Augenblick die erste Kundin des Tages das Geschäft. Es war Dine Dettmers, die sich sogleich neugierig der Servierplatte mit den süßen Tieren und der Braut näherte.

»Die sind ja zauberhaft«, stellte sie fest und wandte sich an Siggi: »Haben *Sie* die gemacht, Herr Christoffersen?«

»Nein, das war unsere Dora hier«, stellte er richtig.

»Aber bitte, Frau Dettmers, erzählen Sie niemand, dass wir jetzt solche Unikate im Sortiment haben«, bat Babette mit gesenkter Stimme. »Und auch nicht, dass wir bald Hochzeitstorten mit Marzipanfiguren des Brautpaares anbieten. Das soll erst im Oktober verraten werden.«

»Natürlich«, versicherte Dine Dettmers und versprach: »Ich werde schweigen wie ein Grab.«

Dora musste schmunzeln und sah auch, wie die Mundwinkel ihrer Tante zuckten. Es gab wohl kaum eine bessere Reklame, als Frau Dettmers zu bitten, etwas unter keinen Umständen weiterzuerzählen.

In diesem Augenblick betrat hinter ihr ein hochgewachsener Mann den Süßwarenladen: Johann Herden!

»Könnte ich dann schon eines der Figürchen vorab kaufen?«, fragte Frau Dettmers mit einem gierigen Funkeln in den Augen. »Ich meine, so als Stammkundin ...«

Babette wandte sich zwinkernd an Doras Tante. »Glaubst du, wir können das verantworten, Mutti?«

Iny tat, als müsse sie sehr genau nachdenken und steigerte die Spannung für Frau Dettmers ins Unermessliche. »Hmmm.« Schließlich erlöste sie die Kundin, indem sie sagte: »Na gut, weil Sie es sind.«

Das triumphierende Grinsen verging der Tratschbase jedoch sogleich wieder, als Babette ergänzte: »Fünf Mark das Stück, Freundschaftspreis.«

»Fünf Mark?«, wiederholte Dine Dettmers entsetzt. »Dafür bekomme ich ja fünf Tüten Marzipankartoffeln.«

»Ja, aber die mühevolle Handarbeit«, erinnerte sie Iny.

Ihre Tochter nickte eifrig. »Das sind alles Einzelstücke, keines gleicht dem anderen.«

Während Babette und ihre Mutter weiter mit der Witwe

verhandelten, schickte sich Dora an, den Marzipanerben zu bedienen. »Was kann ich für Sie tun, Herr Herden?«

»Ich werde später kaufen, was immer Sie mir empfehlen«, versprach Johann mit gesenkter Stimme. »Aber zunächst mal wollte ich fragen, ob es Ihrer Nase wieder gut geht.«

»Danke«, erwiderte Dora lächelnd, »tut nicht mehr weh.«

»Puh, Gott sei Dank«, sagte Herden junior. »Nun habe ich auch noch eine Bitte an Sie, oder zunächst mal eine Frage.«

»Ja?«

»Kennen Sie schon die sagenhafte Aussicht, die man von der St.-Petri-Kirche aus über ganz Lübeck hat?«

Dora schüttelte den Kopf. »Nein, von oben habe ich die Stadt noch nie gesehen.«

»Das dachte ich mir fast, Sie sind ja noch ganz neu hier. Deshalb wollte ich vorschlagen, dass ich Ihnen den Ausblick morgen in Ihrer Mittagspause zeige. Man sollte sich das wirklich nicht entgehen lassen.«

»Hm …« Dora zögerte. Nicht dass sie keine Lust gehabt hätte, ihn zu begleiten – im Gegenteil! Aber sie wusste, ihre Cousine wäre gewiss erneut sehr eifersüchtig, wenn sie mit deren Schwarm einen Kirchturm besteigen würde. Sie sah zu Babette, die gerade von Frau Dettmers vier Mark für einen Marzipan-Elefanten abkassierte, und bemerkte, dass sie bereits argwöhnisch hinüberlinste.

»Es ist mein letzter Nachmittag in Lübeck, bevor ich für meine Prüfungen nach Kiel muss«, erklärte der Marzipanerbe Dora mit mitleidheischendem Dackelblick. »Machen Sie mir doch die Freude zum Abschied.«

»Ich würde gern«, versuchte sie Zeit zu gewinnen. »Aber ich weiß noch nicht sicher, ob es klappt.«

Er zückte eine Visitenkarte. »Ich möchte mich natürlich nicht aufdrängen, aber falls Sie es doch ermöglichen können, rufen Sie mich bitte an.«

»Das mache ich«, sagte Dora, dachte jedoch traurig, dass es angesichts Babettes Eifersucht dazu wohl kaum kommen würde.

Er begutachtete fünf Marzipanrosen, die an der Verkaufstheke auslagen. »Die sehen ja richtig naturgetreu aus. Wer hat sie geformt?«

»Ich«, gab Dora etwas verlegen zu, lenkte aber sofort von sich ab: »Aus der Rohmasse *Ihrer* Firma!«

»Donnerwetter!«, sagte der Fabrikantensohn beeindruckt.

Inzwischen war Frau Dettmers auf dem Weg zum Ausgang, und Babette kam zu ihnen. »Haben Sie etwas gefunden, Herr Herden?«

»Ich habe soeben beschlossen, alle fünf Marzipanrosen und die restlichen Tiere käuflich zu erwerben«, erklärte der Marzipanerbe und zeigte auf die Sammlung.

»Alle?«, vergewisserte sich Babette ungläubig.

»Alle.« Johann nickte. »Ich möchte meinem Vater etwas für unser Geschäft vorschlagen: dass wir solche Tiere und Blumen an besonders treue Kunden verschicken. Bezogen von Ihnen – und handgefertigt von der Königin der Marzipanrosen.« Er lächelte Dora zu.

»Königin der Marzipanrosen«, wiederholte Frau Dettmers verträumt, die in der Tür stehen geblieben war, »das passt. Könnte zum geflügelten Wort werden.« Damit verließ sie den Laden.

»Na, bei der sind ja alle Worte geflügelt«, mutmaßte Siggi grinsend.

Obwohl Johann Herden tatsächlich das gesamte Ensemble

von Doras Marzipantieren und all ihre Rosen gekauft hatte, wirkte Babette verstimmt, nachdem auch er gegangen war.

»Was meinte der denn mit ›hoffentlich bis morgen‹?«, wandte sie sich an ihre Cousine, seine Abschiedsworte an Dora zitierend.

»Ach, er wollte ein wenig Fremdenführer spielen und mir morgen in der Mittagspause die Aussicht von St. Petri zeigen«, erklärte Dora bemüht beiläufig. »Danach muss er zu seinen Prüfungen nach Kiel.«

»Aha«, sagte Babette schnippisch. »Und du hast zugesagt?«

»Natürlich nicht«, erwiderte Dora hastig. »Ich weiß doch, dass dir das nicht gefallen würde.«

»Aber seine Visitenkarte hat er dir ja gegeben, musst ihm also schon sehr wichtig sein«, entgegnete Babette. »Nun gut, ich widme mich mal wieder unserem Kassenbuch. Etwas anderes ist mir ja sowieso nicht vergönnt.« Mit diesen Worten verschwand sie im Büro.

»Statt sich über den Verkauf der Tierchen und Rosen zu freuen«, kommentierte Siggi kopfschüttelnd. »Sechsundzwanzig Mark!« Damit begab er sich seinerseits ins Hinterzimmer.

Kaum war er darin verschwunden, fiel Dora auf, dass ihre Cousine in ihrem Frust eines der beiden Kassenbücher auf der Verkaufstheke liegen gelassen hatte. Sie beschloss, es ihr erst zu bringen, wenn Siggi wieder aus dem Büro gekommen war. Ihr Blick fiel auf die von Babette geführte Liste der Ausgaben; viele kehrten monatlich wieder. Angesichts der hohen Anzahl begann sie, sich ein wenig Sorgen um die Zukunft des Ladens zu machen. Sie hatte sich bisher kaum Gedanken gemacht, was da außer der Pacht für Laden und

Wohnung noch so alles anfiel: Elektrizität, die Backzutaten und die eingekauften Süßigkeiten, die Früchte … Zudem gab es seit Mai eine monatliche Zahlung, die sie sich nicht erklären konnte: An jedem dreißigsten ging ein Betrag von achtzig Mark an eine gewisse »Heilanstalt Strecknitz«. Was das wohl zu bedeuten hatte?

***

Als Siegfried das Arbeitszimmer seines Ziehvaters Einar Christoffersen betreten hatte, bemerkte er sofort, wie aufgeräumt es war. Früher hatte hier meist ein heilloses Durcheinander geherrscht, doch seit seine Tochter Babette sich um die Buchhaltung kümmerte, war akribische Ordnung eingekehrt. Alle Aktenordner standen in Reih und Glied im Regal – und der holzgetäfelte Raum roch sogar nach Siggis Adoptivschwester. Wie sehr liebte er ihren Duft! Auch der große Mahagoni-Schreibtisch, von dem sie nun aufsah, war aufgeräumt, es befand sich außer dem Ladentelefon nur das Kassenbuch darauf, über dem sie gerade gebrütet hatte.

»Siggi?«, sagte sie etwas verwundert.

Für gewöhnlich störte er sie nicht, wenn sie hier im Büro arbeitete.

»Sag mal, Babette, wirst du die arme Dora jetzt wieder mit zickigem Schweigen bestrafen, weil dieser Marzipan-Fatzke netter zu ihr ist als zu dir?«

Babette sah ihn erst verblüfft, dann kampfeslustig an. »Und wieso genau geht dich das etwas an?«

»Ich habe deinem Vater geschworen, während seiner Abwesenheit auf die Familie aufzupassen«, entgegnete Siggi. »Und das schließt alle seine Verwandten mit ein, auch Dora.

Willst ausgerechnet du diejenige sein, die ihr nicht ein wenig Vergnügen gönnt – nur aus Neid und Eifersucht? Das passt nicht zu der Frau, die ich so bewundere.«

»Du bewunderst mich?«, wiederholte Babette, die über diese Aussage so erstaunt war, dass sie offenbar völlig vergaß, wütend zu sein.

Er deutete schmunzelnd auf die Bilanzbücher im Regal.

»Na ja, du kannst rechnen«, erklärte er. »Das ist etwas Besonderes. Fünf von vier Leuten haben Probleme mit Mathematik.«

Ihre Mundwinkel zuckten. War er zu weit gegangen? Ihren Vater als Argument in ihrem Streit aufs Tapet zu bringen, war vielleicht doch etwas zu viel gewesen, dachte er. Als sie sich ruckartig erhob, den Schreibtisch umrundete und wortlos auf ihn zukam, trat er instinktiv einen Schritt zurück.

Doch sie ging an ihm vorbei in den Verkaufsraum, wo sie sich an ihre Cousine wandte. »Wenn meine Schwärmerei für Johann Herden nicht wäre, würdest du dann morgen mit ihm auf den Turm gehen?«

Dora sah sie überfordert an. »Äh ... ja, ich denke, dann schon. Er ist ja sehr freundlich. Aber ich weiß doch, dass es dich ...«

»Gibst du mir mal kurz seine Visitenkarte?«, bat Babette.

Dora reichte sie ihr zögerlich. Sie befürchtete einen Moment lang, die Base würde sie zerreißen, doch stattdessen ging sie an Siggi vorbei durch die noch offenstehende Tür zurück ins Büro und wählte am dortigen Telefon die Nummer von der Karte.

»Guten Tag, hier ist Babette Christoffersen. Ich habe eine Nachricht für Herrn Johann Herden ... Ja, das weiß ich. Richten Sie ihm bitte aus, Fräulein Dora Hoyler erwartet ihn morgen um zwölf Uhr dreißig im Süßwarenladen Christoffersen für eine kleine Fremdenführung ... Ja, die Adresse kennt er. Vielen Dank, einen schönen Tag noch.«

Dora und Siggi waren gleichermaßen baff. »So Dora, und jetzt lass uns hochgehen, wir sollten uns umziehen«, schlug Babette vor. »Im Theater warten Fiete und Hansi mit der *Zauberflöte* auf uns.«

Im Gehen warf Babette Siggi über die Schulter einen nonchalanten Blick zu. »Du kannst damit weitermachen.«

»Womit?«, fragte er überfordert.

»Mich zu bewundern.«

***

Babette Christoffersen konnte sich nicht daran erinnern, dass ihr Adoptivbruder Siegfried es jemals zuvor gewagt hatte, mit ihr zu streiten – und es war auch das erste Mal, dass er ihr Vorwürfe gemacht hatte. Bisher war er ihr und ihren Eltern stets nur mit größter Dankbarkeit begegnet; hatte oft betont, dass sie ihn durch die Aufnahme in ihrer Wohnung und die Arbeit im Laden gerettet hatten. Umso mehr wurmte es sie, dass der harmoniebedürftige Siggi gleich so dermaßen ins Schwarze getroffen hatte. Sich gegen Eifersucht zu wehren war aber eben nicht so einfach. Natürlich erfasste sie mit dem Kopf, dass Johann Herden offensichtlich nichts von ihr wissen wollte. Aber sie schwärmte ja nun mal schon eine ganze Weile von ihm, und dass er jetzt ein Auge auf ihre Cousine geworfen zu haben schien, nagte schwer an ihr. Siggi hatte zwar recht: zickig auf diese Tatsachen zu reagieren war geradezu kindisch. Gleichzeitig fiel es ihr aber unsagbar schwer, hier großzügig zu sein. Doch neben den schwer zu unterdrückenden Gefühlen für den schönen Johann wühlten sie auch Siggis – leider berechtigte – Vorwürfe ganz schön auf. Deshalb hatte sie ja spontan im Marzipan-Schlösschen angerufen und Herdens Rendezvous mit ihrer Cousine bestätigt. Erstens reizte es sie, Siggi umgehend zu beweisen, dass sie sehr wohl die erwachsene und vernünftige Frau war, die er in ihr sah, und zweitens: Was konnte Dora dafür? So war Babette zwar einigermaßen zufrieden mit sich, als sie ihre Cousine kurz vor ein Uhr nachmittags zum Stadttheater führte, trauerte aber auch noch ein wenig darüber, dass es mit der Vorfreude auf mögliche Besuche Johann Herdens für sie nun endgültig vorbei war. Unterwegs kam ihnen aus Richtung des Rathauses eine ganze Traube von nobel gekleideten Herren entgegen, die nach Rasierwasser dufteten und angeregt miteinander diskutierten.

Babette verlangsamte ihren Schritt und erklärte ihrer Cousine: »Das sind die Männer aus der Börse, die gehen jetzt zum Mittagessen.«

Sie sah den Herren im feinen Zwirn wehmütig nach. »Die bekommen hautnah mit, was in der Finanzwelt vor sich geht«, schwärmte sie. »Überall springen ihnen Chancen entgegen, aber es sind auch große Verluste möglich, wenn man auf das falsche Pferd setzt. Natürlich locken trotzdem astronomische Gewinnchancen, aber um die zu erkennen, braucht man auf dem Börsenparkett ein geschultes Auge. Ich finde es wahnsinnig spannend, sich so mit Wirtschaft zu beschäftigen.«

»Da wärst du wohl gern dabei«, durchschaute Dora ihre Cousine.

Babette nickte und erklärte bedauernd: »Aber Frauen

sind dort genauso ungern gesehen wie an Bord eines Schiffs. Muss ich also weiter in unserem Laden Miniatur-Börse spielen. Einmal was riskieren, beim anderen Mal lieber nicht zu viel investieren.«

»Und alle dort vertrauen deinem Gespür«, lobte ihre Cousine sie.

Schließlich waren sie vorm Stadttheater angekommen, und Dora bewunderte das wuchtige und imposante Gebäude, das laut Babette erst vor zwölf Jahren fertiggestellt worden war. Fasziniert betrachtete die junge Frau aus der schwäbischen Provinz die griechisch anmutenden Reliefs im Hauptgesims der Sandsteinfassade.

Babette lächelte. Sie erinnerte sich daran, wie sie als junges Mädchen kurz nach der Eröffnung ebenfalls derart staunend vor dem Theater gestanden hatte.

»In der Mitte, das sind Apollo und die neun Musen«, berichtete sie, »und seitlich, das sind Komödie und Tragödie.«

Da kam wie verabredet Fiete aus dem Gebäude, begrüßte sie herzlich und ließ sie herein. »Zum Glück proben wir heute bloß«, sagte sie, während sie die beiden Freundinnen durch die Gänge führte. »Am Mittwochabend, wenn der Saal voll ist, werde ich wieder so furchtbar Lampenfieber haben.«

»Was ist das denn?«, erkundigte sich Dora neugierig.

Fiete seufzte leidgeprüft. »Das ist die Aufregung vor einem Auftritt. Das Herz klopft furchtbar, man zittert vor Nervosität und wird unkonzentriert und vergesslich, es ist schrecklich.«

»Also ein bisschen so, als wäre man verliebt«, fasste Babette lächelnd zusammen.

Fiete hielt nachdenklich inne. »Stimmt eigentlich.«

Im Zuschauerbereich saßen Babette und ihre Cousine kurz darauf bei der Probe. Dora zeigte sich von den Kostümen und den spektakulären Bühnenbildern ebenso beeindruckt wie von dem Orchester.

»*Die Zauberflöte* ist eine Oper von Wolfgang Amadeus Mozart, ziemlich genau hundertdreißig Jahre alt«, raunte Babette ihrer überwältigten Cousine zu. »Prinz Tamino bekommt von der Königin der Nacht eine magische Flöte. Damit soll er ihre Tochter Pamina retten. Die hat angeblich der Fürst Sarastro entführt. Begleitet wird der Prinz von einem tollpatschigen Vogelfänger ... oh, guck mal, diesen Papageno spielt unser Hansi!«

Zufrieden beobachtete Babette, dass Dora schon bei Taminos schwärmerischer Arie *Dies Bildnis ist bezaubernd schön*, in der sich der Held in das Bild der Prinzessin Pamina verliebt, völlig ergriffen wirkte. Sie selbst hatte die Oper schon mehrfach gesehen und erinnerte sich noch gut daran, wie beeindruckt auch sie beim ersten Mal gewesen war.

Daher ahnte sie bereits, wie ihre Base auf die zweite Arie der Königin der Nacht reagieren würde, die sich im Lauf des Stücks als eigentlicher Bösewicht entpuppte.

»Das ist übrigens die Sopranistin, die sich in den Kopf gesetzt hatte, unseren Hansi zu heiraten«, flüsterte Babette Dora zu.

Von Rachsucht getrieben, überreichte die Königin der Nacht nun auf der Bühne ihrer Tochter ein Messer und trug ihr auf, den Rivalen Sarastro zu ermorden. Andernfalls, so drohte sie, würde sie Pamina verstoßen und verlassen.

Mit dramatischer Musik setzte nun die Arie ein, und wie erwartet stand Doras Mund vor fassungsloser Bewunderung über die Stimmakrobatik der Sängerin offen, deren Koloraturen sie teilweise wie eine hohe Flöte klingen ließen.

Durch Doras Begeisterung war es für Babette, als erlebe sie die *Zauberflöte* selbst noch einmal neu. Ihre Cousine sollte auch die morgige Pause mit dem Marzipanerben und die wunderbare Aussicht auf die Schönheiten der Hansestadt genießen dürfen, gelobte Babette sich selbst, sie würde Dora für diesen Anlass sogar ein Kleid leihen. Sie wollte Siggi beweisen, dass sie keine kindische Zicke war!

***

»Woher haben Sie denn den Schlüssel?«

Johann Herden hatte Dora pünktlich um zwölf Uhr dreißig vor dem Laden abgeholt, um sie wie verabredet zur dreischiffigen Backsteinkirche St. Petri zu führen; und nun staunte sie, dass er den Eingang zu deren spitzem Turm einfach aufschließen konnte.

»Den habe ich mir von unserem Mandellieferanten geliehen«, erklärte der Marzipanerbe. »Er gehört zu denjenigen, die sich mit viel Geld am Umbau der Aussichtsplattform beteiligen. Ich selbst bin auch Mitglied in diesem Komitee. Eigentlich darf hier zurzeit keiner hinauf.«

Nach dem beschwerlichen Aufstieg wurde Dora mit einem atemberaubenden Ausblick über Lübeck belohnt.

»Wie hoch sind wir hier?«, erkundigte sie sich etwas außer Puste und sah mit leichtem Schwindel hinunter.

Wegen der Bauarbeiten klafften stellenweise Lücken im Geländer – es war vielleicht nicht ganz ungefährlich, hier oben zu sein!

»Fünfzig Meter, und die Turmspitze ist sogar doppelt so hoch«, erläuterte Johann.

Dora bewunderte das Panorama in der Mittagssonne, den Blick auf die Altstadt mit den anderen Backsteinkirchen, die Boote auf der Trave.

»Da ist das Rathaus, die Häusergiebel da drüben gehören zur Großen Petersgrube«, zeigte ihr Johann. »In der Richtung dort liegt die Ostseeküste, Mecklenburg und da in der Ferne die Hügel im Holsteinischen Land. Und das hier liebe ich natürlich ganz besonders.« Er zeigte auf das Holstentor. »Für mich ist es das Symbol des hanseatischen Wohlstands«, sagte er feierlich, »so als wolle es allen sagen, dass es uns nie an etwas fehlen werde.«

Dora sah ihn voller Zuneigung von der Seite an. Er liebte die Stadt wirklich!

»Wunderschön. Danke, dass Sie es mir gezeigt haben.«

»Gern geschehen. Wenn ich aus Kiel zurück bin, würde ich die Führung gern unten in der Stadt fortsetzen«, schlug er vor und strich ihr zärtlich eine blonde Locke aus dem Gesicht, die der hier oben etwas stärkere Wind ihr in die Augen geweht hatte. Sie war wie elektrisiert, als dabei seine Finger leicht ihr Gesicht berührten.

»Sehr gern«, sagte sie und lächelte verlegen. Dora ertappte sich bei dem Wunsch, Johann Herden solle rasch nach Lübeck zurückkehren – und hier und jetzt bemerkte sie ein Verlangen danach, dass er sie küssen möge. Doch für heute blieb er ganz der höflich zurückhaltende Kavalier. Eine leichtsinnige innere Stimme in Dora meldete sich zu Wort und bedauerte es zutiefst.

9

»Was für eine Schinderei!« Dora betrat mit dem Besen in der Hand den Süßwarenladen Einar Christoffersen, nachdem sie über eine halbe Stunde lang die Blätter vom Trottoir vor dem Haus gefegt hatte. »Und so sinnlos. Beim nächsten Windstoß ist ja doch wieder alles voll. Dabei soll es ja schön aussehen, wenn Iny zurück ist.«

Ihre Tante war morgens losgegangen, um eine kranke Bekannte zu besuchen, ihre Rückkehr wurde für die Mittagszeit erwartet.

»Im November wird es noch schlimmer mit dem Wind und dem Laub«, kündigte Babette schulterzuckend an, während sie die neuesten von Siggi kreierten Pralinen auf einer Etagere platzierte.

»Die Amerikaner ziehen die Hälfte ihrer Truppen aus dem Rheinland ab«, verkündete der junge Feinbäcker mit Blick in die Tageszeitung. »Haben wohl auch Angst vorm deutschen Herbst.«

»Gut so«, kommentierte Babette. »Vielleicht hören die anderen Alliierten dann auch bald auf, uns zu schröpfen.«

»Na, dann kann ich mich ja beruhigt aufs Ohr hauen«, meinte Siggi. »Habe die Ehre.«

Er wollte gerade durch die Tür zum Treppenhaus entschwinden, als das Glöckchen an der Ladentür bimmelte und ein junges Paar hereinkam. »Guten Morgen, wir sind aus Schwartau und möchten eine Hochzeitstorte bestellen«, sagte die Frau. Siggi hielt inne.

Dora wusste, dass Tante Iny in der Zeitung damit geworben hatte, jetzt Torten mit Hochzeitsfigürchen und andere Façonsachen aus Marzipan anzubieten, also Figuren und Reliefs ganz nach den Wünschen der Kundschaft. *Dieselben werden nach jeder Angabe oder Zeichnung bei rechtzeitiger Aufgabe – für Weihnachten: Ende November – angefertigt*, hatte in der Reklame gestanden, die erste Früchte zu tragen schien.

»Ach wie schön, verliebte Menschen bedienen wir hier besonders gern«, freute sich Babette.

Wie aufs Stichwort ertönte die Schelle erneut, und Johann Herden betrat das Geschäft. Über einen Monat war ihr Besuch auf dem Kirchturm jetzt her, damals war es noch sommerlich warm gewesen, doch der Erbe der Marzipandynastie machte auch im edlen Lodenmantel eine hervorragende Figur. Nun stellte er sich brav hinter den Heiratswilligen an.

»Wir haben gehört, dass Sie die schönsten Torten machen«, erklärte die angehende Braut, die karottenrote Haare hatte.

»Oh, hat sich das schon bis Schwartau rumgesprochen?«, freute sich Babette und erkundigte sich: »Haben Sie unsere Zeitungsannonce gelesen?«

»Nein, eine gewisse Frau Dettmers hat uns das schon letzten Monat verraten«, erklärte die künftige Braut.

»Es stimmt, meine Cousine Dora kann die schönsten Dinge aus Marzipan formen, schauen Sie mal!« Sie deutete auf die Ansammlung kleiner Marzipantierchen in der Auslage. »Und das da ist unsere Beispieltorte.«

»Wie schön die Rosen aussehen«, befand die Kundin fasziniert.

»Total lebensecht«, ergänzte ihr Zukünftiger. »So eine Torte hätten wir gern.«

»Ich kann auch noch Sie beide als Marzipanfiguren oben draufsetzen«, ergriff nun Dora das Wort, wobei sie krampfhaft versuchte, nicht in Johanns Richtung zu sehen. Er machte sie einfach zu nervös! »Dazu müssten Sie mir eine Fotografie von Ihnen beiden leihen.«

»Das wäre ja wunderbar«, freute sich die Karottenrote.

»Wie viel käme uns das denn?«, fragte ihr Galan vorsichtig.

»Darum kümmere ich mich«, mischte sich Babette wieder ins Gespräch. »Kommen Sie doch mit in unser Chambre Séparée, wir haben dort einen Katalog.«

»Da können Sie sich die Torte nach eigenem Gusto und Portemonnaie zusammenstellen«, ergänzte Siggi.

In diesem Moment bemerkte auch Babette, dass es sich bei dem hochgewachsenen Kunden im noblen Mantel um Johann handelte. »Oh, Herr Herden.«

Er lächelte freundlich. »Guten Morgen, Fräulein Christoffersen.« Babette wandte sich an ihre Cousine. »Dora, kümmerst du dich bitte um Herrn Herden?«

»Ja, kümmern Sie sich um mich, das wäre wunderbar.« Er lächelte Dora an, nachdem deren Cousine mit dem Feinbäcker und dem Pärchen im Hinterzimmer verschwunden waren. »Ich musste in Kiel sehr viel an Sie denken.«

Dora wusste nicht, was sie darauf antworten sollte. Verlegen fragte sie: »Womit kann ich Ihnen denn heute dienen?«

»Meinen ersten Wunsch haben Sie mir schon erfüllt. Ich wollte Sie endlich wiedersehen. Und Ihnen das hier geben.«

Er reichte Dora eine auf edlem Bütten gedruckte Einladung.

Die Familie Hubert Herden lädt Sie herzlich ein zum Silvesterball ins Marzipan-Schlösschen Herden, las Dora. *Für das leibliche Wohl ist in mehr als ausreichendem Maße gesorgt, ebenso für ein fulminantes Feuerwerk. Abendgarderobe erwünscht. In vorzüglicher Hochachtung, Hubert Herden und Familie.*

Sie sah ihn erstaunt an. »Vielen Dank.«

In ihrem Kopf raste es. Er hatte sie zu einem Ball eingeladen, und sie durfte das schöne Marzipan-Schlösschen tatsächlich von innen sehen! Aber was würde Babette dazu sagen? Die hatte zwar der Turmbesichtigung zugestimmt, doch das …

»Ist zwar noch eine Weile bis Silvester, aber ich wollte auf Nummer sicher gehen, dass Sie sich nichts anderes vornehmen«, erklärte er, um sich dann zu vergewissern: »Sie haben doch noch nichts anderes vor?«

Dora schüttelte den Kopf, dachte aber, dass die Abendgarderobe ein Problem werden könnte. Es war mehr als fraglich, ob die ihren hohen Ansprüchen eines solch edlen Ambientes genügen würde, außerdem konnte sie nicht tanzen. Trotz dieser Bedenken war die Vorstellung, einen Ball zu besuchen, auf dem Johann Herden sie erwartete, geradezu berauschend. »Ich denke schon, dass ich es schaffen werde«, sagte sie daher vorsichtig.

»Das hoffe ich. Ihr Erscheinen und Ihr schönes Gesicht wären eine absolute Bereicherung für den Ball«, schmeichelte Johann gekonnt.

Das sagte er nun so leicht dahin, aber ob sie rechtzeitig ein Kleid auftreiben konnte, das sie zur »Bereicherung« machen würde? Daher wechselte sie rasch das Thema: »Wie verliefen denn Ihre Prüfungen?«

»Bisher erfolgreich«, sagte er freudlos, »nach den letzten im Februar ist mein Studium dann wohl zu Ende.«

»Sie klingen nicht sehr begeistert«, stellte Dora fest.

»Na ja, ein zweischneidiges Schwert, denn das bedeutet auch das Ende der Zeit in Kiel – meine Verbindungsfreunde werde ich danach kaum noch sehen. Statt des fröhlichen Becherns gibt es dann wohl nur noch hartes Ackern in Vatterns Firma. Er verlangt, dass ich gleich im März die Leitung der Marzipanfabrik übernehme.«

Dora fragte sich, wie er wohl so war, der bekannte Süßwarenfabrikant Hubert Herden. »Ist Ihr Herr Vater denn sehr streng?«

Johann machte eine vage Handbewegung. »Das erfahren Sie, wenn Sie uns am Silvesterabend beehren.«

In diesem Moment wurde die Tür zum Hinterzimmer geöffnet. Babette und Siggi geleiteten das junge Paar hinaus.

»Hervorragend ausgesucht«, erklärte Babette gerade. »Diese Torte wird Ihre Hochzeit noch romantischer machen.«

»Und unsere Spende an den Herrn Pastor muss dann eben wesentlich kleiner als geplant ausfallen«, kommentierte der künftige Ehegatte zähneknirschend.

Angesichts der unsicheren Weltwirtschaftslage, von der ihr Babette erzählt hatte, konnte Dora die Bedenken wegen des Preises verstehen.

»Gut, dann überlasse ich Sie wieder Ihrem Geschäft«, verkündete nun Johann. »Ich hoffe, wir sehen uns spätestens an Silvester.«

»Silvester?«, hakte Babette nach, als der Marzipanerbe gegangen war.

»Ach, er hat mich zu einem Silvesterball ins Marzipan-Schlösschen eingeladen. Aber da ist Abendgarderobe erwünscht, so was habe ich ja eh nicht, und tanzen kann ich auch nicht«, gab Dora zu bedenken. »Das wird also nichts.«

Da betrat ihre Tante mit seltsam nachdenklichem Gesichtsausdruck das Geschäft.

»Iny«, freute sich Dora. »Wie geht es deiner Bekannten?«

»Bekannte?« Ihre Tante sah sie zunächst verständnislos an, fing sich dann aber wieder. »Ach ja, der guten alten Lilly geht es schon wesentlich besser.«

Dora hatte aufgrund ihres Vaters, der dem Kartenspiel verfallen war, ein feines Gespür dafür entwickelt, wenn sie angelogen wurde. Konnte es sein, dass Iny angesichts der monatelangen Abwesenheit ihres Mannes eine heimliche Liebelei …? Nein, sagte sich Dora, so etwas würde sie nie tun. Oder?

Babette kam nun wieder auf ihr ursprüngliches Thema zu sprechen. »Dora, wenn die Abendgarderobe dein einziges Problem ist, weiß ich vielleicht eine Lösung.«

Ihre Cousine sah verblüfft zu ihr auf. »Hättest du denn nichts dagegen, wenn ich zu diesem Ball gehe?«

»Ach, dass aus dir und Johann etwas wird, gönne ich dir, ich will ja nicht aus Neid zickig sein«, erklärte Babette und zwinkerte dem anerkennend nickenden Siggi zu. »Und wenn ihr nur Geschäftspartner werdet, gönne ich es Vaters Geschäft. In der Zeit dieser grässlichen Geldentwertung rettet uns das vielleicht sogar den Hals, wer weiß? In jedem Fall ist es gut, wenn du auf diesen Silvesterball gehst.«

»Das ist lieb von dir«, sagte Dora gerührt. »Aber ich habe doch wirklich kein geeignetes Kleid.«

»*Noch* nicht. An Weihnachten wird deine Mutter herkommen«, erinnerte Babette sie. »Und die ist Näherin. Mein Vorschlag wäre also, wir beide schauen uns in den Geschäften mal nach hübschen Kleidern um, und vielleicht kann deine Mutter dann das Schönste nachschneidern. Wir müssen nur an gute Stoffe kommen, aber da wird uns eine alte Stammkundin helfen.«

»Meinst du wirklich?«, vergewisserte sich Dora hoffnungsvoll.

Bestand nun etwa tatsächlich eine Chance, dass sie das Schlösschen von innen sehen und vor allem: mit ihrem gutaussehenden Schwarm den Jahreswechsel feiern würde? Jetzt, da Babette einer wie auch immer gearteten Verbindung zu Johann Herden ihren Segen erteilt hatte? Dora war zwar ungemein ängstlich, was diesen ersten Schritt in die feine Gesellschaft betraf, aber mithilfe ihrer Base würde vielleicht die Abenteuerlust siegen.

Statt Dora zu antworten, wandte die Cousine sich an Iny: »Mutti, kannst du Dora und mich für ein Stündchen entbehren?«

»Geht nur, Dora hat mir erzählt, dass ihr heute schon eine Hochzeitstorte verkauft habt.« Iny machte eine ausladende Geste und entgegnete: »Ansonsten rennen uns die Kunden derzeit ja leider nicht eben die Bude ein, ich komme gewiss allein zurecht. Wo wollt ihr denn hin?«

»Zu Karstadt und ein paar anderen Modehäusern«, schlug Babette lächelnd vor. »Wir suchen ein Modell für die Silvesterfeier aus. Und bei der Gelegenheit bringen wir unserer Lieblings-Salonière gleich ihre Pralinen, ich habe sie schon angerufen.«

10

Den Abschnitt zwischen Johannisstraße und Wahmstraße nannte man »Bummel«. Hier wurde der neueste Tagesklatsch weiterverbreitet, hier präsentierten sich schicke Mütter mit noch schickeren Töchtern am Arm der lässig dahinflanierenden Männerwelt, hier war der Treff der Schüler und Schülerinnen aus den Oberklassen der Gymnasien, zu denen Babette bis zum Sommer letzten Jahres noch selbst gehört hatte. An den Schülermützen, die sich farblich voneinander unterschieden, konnte man sofort erkennen, wer welche Klasse im Lyzeum am Falkenplatz, in der Ernestinenschule, im Katharineum, dem Johanneum oder an der Oberrealschule zum Dom besuchte.

Dora und ihre Cousine hatten nun das dritte Modegeschäft besucht – es war das für sie letzte, denn die beiden waren sich einig: »Das waldgrüne Seidenkleid bei Karstadt ist einzigartig«, bestätigte Babette. »Hedwigs Kopie davon wirst du im Marzipan-Schlösschen tragen.«

»Jetzt ist nur noch die Frage, wo wir die Stoffe herbekommen«, gab Dora zu bedenken.

»Das Problem lösen wir gleich«, erwiderte ihre Cousine zuversichtlich. »Erinnerst du dich an das Buch über den Lübecker Kaufmann, das ich dir geschenkt habe?«

»Natürlich. *Ein königlicher Kaufmann*, der hanseatische Roman von Ida Boy-Ed.«

»Genau. Diese Schriftstellerin bezieht ja Ware von uns. Sie

hat mir schon öfter angeboten, dass ich Stoffe von ihr bekommen kann – eine befreundete Schneiderin hat ihr wohl vor ihrem Umzug in die Schweiz viel zu viel davon geschenkt.«

»Und zu dieser Frau Boy-Ed gehen wir jetzt?«, vergewisserte sich Dora.

»Ja, die wohnt nördlich von hier am Burgtor. Sie ist eine sehr bekannte Salonière und Mäzenin.«

Mit ihrem Salon beeinflusste Ida Boy-Ed das kulturelle Leben in Lübeck und hatte schon viele junge Künstler gefördert, zum Beispiel die Dirigenten Wilhelm Furtwängler, Hermann Abendroth und auch Thomas Mann, berichtete Babette weiter. »Wenn er heute Lübeck besucht, residiert er meist bei Frau Boy-Ed.«

»Oh«, kam es beeindruckt von Dora. Dass sie nun das Lübecker Domizil jenes Schriftstellers besuchen durfte, den sie mittlerweile am liebsten las, fand sie ungemein aufregend. Sie hatte die *Buddenbrooks* verschlungen und gleich danach *Der Tod in Venedig* gelesen.

»Vor gut fünfzig Jahren hat Frau Boy-Ed einen Kaufmann geheiratet und schließlich drei Söhne und eine Tochter mit ihm bekommen. Aber Ida war schon immer recht unkonventionell«, wusste Babette zu berichten. Nach acht Jahren habe sie ihren Gatten verlassen und sei mit ihrem ältesten Sohn nach Berlin gezogen, wo sie als Journalistin und Romanautorin gearbeitet habe. Aber ihr Mann hatte die Scheidung verweigert und seinen Erstgeborenen zurückverlangt. »So ist sie nach zwei Jahren doch zu ihm zurück. Natürlich war ihre Heimkehr für die Lübecker Kulturwelt ein Segen.«

»Jetzt bin ich richtig gespannt auf die Dame«, bekannte Dora.

»Sie ist sehr interessant, in letzter Zeit allerdings auch ein wenig verbittert. Ihr zweitältester Sohn Walter ist 1914 in der Marne-Schlacht gefallen. Sie hegt noch immer großen Groll gegen die Alliierten, erst neulich meinte sie, die Engländer müsse man grundsätzlich hassen – auch deren Frauen und Kinder.«

Inzwischen waren die Cousinen an ihrem Ziel angekommen: dem nördlichen der vier Tore der Lübecker Stadtbefestigung. Hier stand direkt neben dem Burgtor ein Klinkergebäude mit spitzem Dach, laut Babette handelte es sich dabei um das alte Zöllnerhaus. An ihrem sechzigsten Geburtstag habe der Senat Boy-Ed hier ein dauerhaftes Wohnrecht verliehen – als Dank für ihre Verdienste um die Stadt. »Nächstes Jahr im April wird sie nun schon siebzig. Dann beschenkt man sie bestimmt wieder ganz besonders.«

Sie klingelte, und eine sehr junge Dienstmagd öffnete die Tür.

»Wir bringen die Pralinen für Frau Boy-Ed«, erklärte Babette. »Außerdem würden wir sie gern etwas fragen.«

Das Mädchen wirkte ein wenig überfordert, da hörten sie die Stimme einer alten Dame rufen: »Minna, sind das meine Pralinen? Bitten Sie Frau Christoffersen doch herein!«

Die Bedienstete führte die Cousinen in den Salon. Dort saß eine schwarz gekleidete Dame mit gepflegten, schneeweißen Haaren in einem Ohrensessel, an den Wänden hingen allerlei Gemälde und Fotografien. Eine davon schien neueren Datums zu sein, sie zeigte Ida Boy-Ed mit einem schnauzbärtigen Herrn, in dem Dora Thomas Mann zu erkennen glaubte, den sie bereits auf Zeitungsfotos gesehen hatte.

»Ah, Babette, Sie haben Besuch dabei?«, rief Ida unnötig laut und nahm dankbar ihre Pralinenschachtel entgegen.

»Ja, das ist meine Cousine Fräulein Hoyler«, schrie Babette, zu Doras Erstaunen noch lauter als Ida. Offenbar war die alte Salonière schwerhörig. »Sie liebt Thomas Mann!«

»Ah, Sie haben also einen guten Geschmack. Thomas' Talent habe ich schon entdeckt, da war er noch Schüler hier am Gymnasium.« Sie hob den Deckel der Pralinenschachtel an und lächelte zufrieden. »Da hat Ihr Siegfried mal wieder seine gesamte Kreativität spielen lassen. Für meinen nächsten Salon gibt es dann eine Sonderbestellung von zehn Schachteln.«

Babette deutete auf die Schreibmaschine auf dem Sekretär, in die ein Bogen Papier gespannt war. Rechts neben der Maschine lag ein kleiner Haufen vollgetippter Seiten, links davon ein Stapel noch weißer Blätter. »Und woran schreiben Sie gerade, Frau Boy-Ed?«

»Ach, nichts Besonderes, ein Fortsetzungsroman für die *Gartenlaube*«, berichtete die Schriftstellerin. »*Annas Ehe*. Aber ich kann Ihnen sagen – in wärmeren Gefilden kommen einem in den Wintermonaten viel schneller die Ideen.«

»Fahren Sie dieses Jahr denn nicht über den Jahreswechsel nach Ägypten?«, erkundigte sich Babette.

Die alte Dame seufzte. »Nein, das Wirrwarr in der Weltwirtschaft macht das nahezu unmöglich. Hoffentlich ergibt es sich nächstes Jahr wieder.«

»Ich wollte Sie fragen, ob Ihr Angebot mit den Stoffen noch gilt«, sagte Babette.

»Wer ist offen?«, rief Ida Boy-Ed verständnislos.

»Die *Stoffe*! Meine Cousine will sich ein *Kleid* nähen lassen!«

»Ach, die *Stoffe*! Minna, bringen Sie die beiden Deerns bitte auf die Bühne hoch. Sie dürfen sich von Julias Überbleibseln aussuchen, was sie wollen.«

Der Dachboden des alten Zollhauses erwies sich als wahres Kuriositätenkabinett. Es gab ausgestopfte Tiere, mit Laken bedeckte Bilder, ägyptische Figuren, einen Seestern, eine große Muschel, eine vollgehängte Kleiderstange – und zwei Kisten atemberaubend schöner Stoffe. Staunend ließen die beiden jungen Frauen ihre Hände darübergleiten. Sie entdeckten weinroten Samt, zartgelben Taft, roséfarbenen Satin. Und schließlich fanden die Cousinen genau den dunkelgrün glänzenden Seidenstoff, nach dem sie gesucht hatten.

»Der ist es«, begeisterte sich Dora. »Aber auch die anderen sind wunderwunderschön. Was könnte meine Mutter daraus alles schneidern.«

»Nehmen Sie um Himmels willen alles mit, was Sie wollen«, bat Minna sie. »Die gnädige Frau wird das hier nie mehr anrühren, die Stoffe fressen irgendwann die Motten.«

»Sollen wir sie nicht lieber nochmal fragen?«, vergewisserte sich Dora unsicher.

»Nein, sie hat ja schon ausdrücklich betont, dass Sie alles mitnehmen dürfen, was Sie wollen. Ich kenne meine neue Herrin schon ein wenig: Wenn ich jetzt nochmal frage, sagt Frau Boy-Ed: Ja, sind Sie denn schwerhörig?«

***

Als sie auf dem Heimweg waren, hatten die beiden Cousinen so viele Bahnen edler Stoffe dabei, wie sie nur tragen konnten.

»Sag mal, Babette, deine Mutter war heute nicht wirklich bei einer Bekannten, oder?«, sprach Dora unterwegs das Thema an, das ihr unter den Nägeln brannte.

»Wo soll sie denn sonst gewesen sein?«, wich Babette mit einer Gegenfrage aus.

»Vielleicht in der Heilanstalt Strecknitz?«, mutmaßte Dora, und an Babettes schockierter Reaktion auf diese Worte bemerkte sie, dass sie in Schwarze getroffen hatte.

»Wie kommst du denn darauf?«, fragte ihre Cousine mit schlecht gespielter Verwunderung.

»Ich habe im September zufällig gesehen, dass ihr seit Mai Geld dorthin überweist«, offenbarte Dora.

»Und was schließt du daraus?«

»Ich glaube, dass Onkel Einar dort ist.«

Babette sah sich nervös um. »Lass uns zu Hause in Ruhe darüber sprechen, bitte!«

»Donnerlittchen, ihr habt ja reichlich Beute bei der alten Boy-Ed gemacht«, freute sich Iny. »Da wird mein Schwesterchen begeistert sein. Das kann sie in pures Gold verwandeln.«

Bei ihrer Rückkehr war das Geschäft noch für die Mittagspause geschlossen, daher konnte Doras Tante die mitgebrachten Stoffe in aller Ruhe bewundern.

»Mutti, wir müssen mit dir über Vati sprechen«, sagte Babette ernst, und Iny sah beunruhigt auf.

»Dora hat von sich aus herausgefunden, dass er in der Strecknitz-Klinik ist«, berichtete ihre Tochter. »Ich finde, sie hat endlich das Recht auf die Wahrheit. Aber ich wollte es nicht ohne dich entscheiden.«

Kurz darauf saßen die drei Frauen zusammen in Onkel Einars Büro.

»Der Krieg war für Einar die schrecklichste Zeit seines Lebens«, sagte Iny, ins Leere starrend. »Als er im Sommer 1914 an die Front gezogen ist, dachte er noch, das Ganze ist bis Weihnachten vorbei.«

»Aber dann hörte es einfach nicht mehr auf und wurde immer schlimmer, du weißt es ja von deinem Vater«, ergänzte Babette. »Die Briefe und Postkarten wurden immer kürzer, immer seltener. Hätte er uns mitgeteilt, was er wirklich erlebt hat und was in ihm vorgeht, man hätte die Feldpost wahrscheinlich nicht durchgelassen.«

»Oder er hatte einfach Angst, dass es uns zu sehr mitnimmt«, mutmaßte Iny. »Den Rest der Geschichte kennst du«, ergänzte Doras Tante. »Er war vollkommen abgemagert, als er im Frühjahr 1917 aus dem Lazarett zurückgekommen ist. Wegen seiner Kriegsverletzung war an Arbeit nicht zu denken. Aber wir haben uns einfach so gefreut, dass er wieder bei uns war. Und er spielte uns dann wohl aus Rücksicht den alten Einar vor. In Wirklichkeit konnte er aber so gut wie keine Nacht schlafen. Nach anderthalb Jahren wurde es immer schlimmer.«

Babette erschauderte bei der Erinnerung. »Vati ist mitten im Laden zusammengebrochen, hat angefangen zu schreien, er dachte, er ist wieder mitten im Krieg. Das kleinste Geräusch konnte ihn in Todesangst zurückversetzen. Er war ein Kriegszitterer.«

»Als ich ihn dann diesen April ... ich hab ihn dann ...« Iny war nicht in der Lage weiterzusprechen.

»Mutti hat ihn mit einem Strick in der Hand auf dem Dachboden gefunden«, berichtete Babette leise. »Da hat unser Herr Doktor gesagt, dass es so nicht weitergehen kann. Vati müsse zu seiner eigenen Sicherheit in eine Nervenheilanstalt.«

»Natürlich sollen unsere Kunden, die Lieferanten und die Bank ... – die dürfen das nicht mitbekommen«, erklärte Iny.

»Deshalb habe ich mir die Geschichte mit Oma Berthas

Erkrankung ausgedacht, und dass er sich zu Hause in Kolding um sie kümmern muss«, gab Babette zu. »Es tut mir leid, dass wir diese Geschichte auch dir aufgetischt haben. Aber wir dachten eben, je weniger Menschen es wissen, desto weniger kann sich jemand verplappern. Und wir wollten dich natürlich auch nicht belasten.«

Dora erschauderte. Das machte der Krieg, den der Kaiser und so viele seiner Untertanen herbeigesehnt hatten, mit den Menschen. Wenn sie nicht ihr Leben verloren hatten, waren sie an Körper und Seele verwundet. Ihr eigener Vater war dem Glücksspiel schlimmer als je zuvor verfallen, Onkel Einar litt unter Kriegszittern und Schwermut.

»Ich wollte es dir schon so lange sagen. Aber es kam immer was dazwischen und hat nie gepasst«, gestand Iny.

Babette nickte. »Irgendwie habe ich mir selbst auch lieber vorgestellt, dass Vati in seiner dänischen Heimat bei seinen Eltern ist als in einer Nervenheilanstalt.«

»Ihr müsst euch nicht entschuldigen«, betonte Dora. »Jetzt weiß ich es ja. Und ich bin froh, dass Onkel Einar gut versorgt wird.«

Iny nickte. »Das wird er. Heute durfte er zum ersten Mal Besuch von außen bekommen. Und … er ist wieder der Alte, hat sogar seine dummen Witze gemacht.« Sie lächelte unter Tränen. »Ich glaube, diesmal war es nicht gespielt. Und das Beste weißt du auch noch nicht, Babette. Am dreiundzwanzigsten darf er nach Hause.«

Babette strahlte und griff vor Aufregung nach der Hand ihrer Cousine.

»Ich hoffe, er kommt diesmal wirklich zu uns zurück«, sagte Iny. »Beim letzten Mal war ein Teil von ihm immer noch im Krieg.«

»Ich freue mich so, ihn bald wiederzusehen«, meinte Dora.

»Dann werde ich jetzt mal den Laden wieder öffnen, die Mittagspause ist längst vorbei«, verkündete ihre Tante. »Nicht dass Einar zurückkommt, und wir sind bankrott.«

»Ist Siggi schon wach?«, erkundigte sich Dora bei ihrer Tante.

»Ja, ich glaube, ich habe ihn schon rumoren hören.«

»Ich geh kurz zu ihm rauf.«

Oben in der Wohnung hörte Dora den Konditor in seinem Zimmer fröhlich vor sich hin pfeifen. Sie klopfte an, und er rief: »Herein, herein, wenn's kein Schneider ist.«

»Wenn meine Mutter bei uns wohnt, darfst du den ollen Spruch aber nicht mehr bringen, Siggi«, mahnte ihn Dora scherzhaft, nachdem sie die Tür geöffnet hatte. »Die schneidert schließlich selbst. Na, wie hast du geschlafen?«

»Wie ein Murmeltier«, antwortete er.

Siggis Kammer spiegelte seinen Charakter und seine Liebe zur See wider. An der Wand hing das Bild eines Sandstrands bei Sonnenuntergang, es gab einen alten Taucherhelm, einen ausgestopften Fisch an der Wand und statt eines Bettes eine Hängematte. Im Regal standen die Werke von Gorch Fock, das Buch *Die Schatzinsel* und weitere Seefahrerabenteuer. Dora wusste aus Babettes Briefen, dass Siggi das Meer immer an seine ersten Ausflüge mit den Christoffersens nach Travemünde erinnerte, die wohl schönsten Erinnerungen seiner ansonsten recht freudlosen Kindheit.

»Babette hat erzählt, dass du als Heimkind nie ans Meer durftest, stimmt das?«

Er nickte, und bei der Erinnerung erlosch das Lächeln

in seinem Gesicht. »Eigentlich durften wir so gut wie gar nichts. Für alles gab es Schläge. Nur eine Schwester war nett zu uns. Die Martha. Sie hat mir auch meine erste kleine Muschel vom Travemünder Strand mitgebracht.«

»Dann war es in dem Heim wohl schlimm«, murmelte Dora voller Mitleid und bekam fast ein schlechtes Gewissen, dass sie auf dem Hof der Mettangs in Notzingen eine ganz andere Kindheit hatte erleben dürfen. Sogar ihr Vater war ja vor dem Krieg fürsorglich und liebevoll zu ihr gewesen.

»Aber es lag nicht nur an den Aufsehern«, erzählte Siggi. »Die anderen Jungs wurden immer brutaler. Und ich war noch nie der Größte und damals auch noch ziemlich schmächtig. Als es zur Schule ging, haben sie mir den Ranzen ausgeleert und mich in die Mülltonne gestopft. Aber der Unterricht war trotzdem gut für mich: Dort habe ich zum ersten Mal *Seefahrt ist not!* von Gorch Fock gelesen.«

»Und eines Tages bist du hier in den Laden gekommen und hast geholfen, den Dieb zu fassen«, erinnerte sich Dora.

»Ja, ich werde nie vergessen, wie mich Iny und Babette zum ersten Mal mit nach Travemünde an die Ostsee genommen haben. Und als ich in die Lehre durfte, ging es endgültig bergauf. Da hat in jeder Hinsicht das süße Leben angefangen.«

Dora zauberte nun aus ihrer Tasche einen Seestern sowie eine große Muschel hervor und überreichte beides Siggi.

»Wie schön«, rief er hingerissen. »Für mich?«

»Natürlich. Ich habe sie auf Frau Boy-Eds Speicher gefunden, dort durften wir uns nach Belieben bedienen.«

»Danke, dass du an mich gedacht hast«, freute er sich und platzierte die Strandrelikte auf seiner Kommode, wo bereits ein Buddelschiff und eine Schneekugel mit einem Leuchtturm standen.

»Ich bin dir einfach so dankbar«, betonte Dora. »Weil du letzten Monat Babette ins Gewissen geredet hast, unterstützt sie mich; statt die beleidigte Leberwurst zu spielen, hilft sie mir mit dem Ballkleid. Wir haben wunderbaren Stoff ausgesucht, eine schöne Überraschung für meine Mutter.«

»Das war selbstverständlich«, fand Siggi. »Du gehörst zur Familie, und Einar betont immer, die Christoffersens müssten zusammenhalten.«

»Es ist ein Segen, dass sie uns beide aufgenommen haben«, stimmte Dora zu. »Das ist wirklich ein schönes Zuhause.«

Siggi sah sich glücklich lächelnd in seiner Kammer um. »Ja, hier fühlt man sich geborgen.«

»Aber die Familie kann auch von Glück sagen, dass sie dich bekommen hat«, betonte Dora. »Ohne dich hätte Tante Iny Onkel Einars ... Krankheit sicher nicht überstanden.«

»Du weißt davon?«, wunderte sich Siggi.

»Seit vorhin, aber was du noch nicht weißt: Es geht ihm viel besser – und er darf zu Weihnachten nach Hause.«

»Das ist wunderbar«, freute sich Siggi. »Wenn dann auch noch deine Mutter kommt, wird es ein kolossal schönes Fest. Übrigens muss ich dir noch ein weiteres Geheimnis gestehen.«

Dora sah ihn fragend an. »Ja?«

»Ich treffe mich gar nicht jedes Wochenende mit meinen alten Freunden aus der Berufsschule«, gab Siggi zu.

»Sondern?«

»Ich lerne tanzen.«

»Oh«, entfuhr es Dora erstaunt.

»Ich dachte, wenn ich irgendwann mal heirate, kann ich nicht mal den Hochzeitswalzer«, erklärte er.

Sie nickte seufzend. »Ich wünschte, mir hätte es auch jemand beigebracht. Bei uns zu Hause habe ich es ja nie gebraucht, aber jetzt, wo ich auf einen Ball eingeladen bin ...«

»Es ist nicht zu spät, deshalb erzähl ich es dir ja«, sagte er. »Ich könnte dir bis Silvester noch ein paar Schritte beibringen, wenn du magst.«

»Oh, Siggi, das wäre wunderbar«, freute sich Dora. »Dann wäre ich viel ruhiger.«

Da begann draußen vor dem Haus der Sturm zu heulen.

»Oh nein«, seufzte sie. »Jetzt fliegt wieder das ganze Laub durch die Gegend, und ich kann von vorn anfangen.«

»Ach komm, wir fegen einfach zusammen«, schlug ihr brüderlicher Freund vor. »Zu zweit macht es sogar ein bisschen Spaß. Wenn wir damit fertig sind, bring ich dir ein bisschen was bei.«

Und so kam es, dass beim Einsetzen der Abenddämmerung in Siggis kleiner Backstube ein Walzer aus dem Grammofon erklang, das er dort aufgestellt hatte. Dazu tanzten er und seine Adoptivcousine lachend über den mehligen Boden. Und draußen heulte der Herbstwind, der erneut buntes Laub auf den Gehsteig vor dem Süßwarenladen wehte und ihre nachmittägliche Kehrarbeit zunichtemachte.

11

»Dora, hast du Lust auf einen Ausflug nach Hamburg?«

Die Königin der Marzipanrosen, wie Johann sie genannt hatte, war gerade dabei, selbstgeformte Nikoläuse auf eine Etagere zu stellen, und drehte sich zu Siggi um, der aus dem Treppenhaus hereingekommen war. Zu ihrem Erstaunen hatte er sich offenbar oben umgezogen, statt wie sonst morgens üblich dort zu schlafen – er trug an diesem ersten Dezembermontag seinen Sonntagsanzug!

Dora sah ihn fragend an. »Nach Hamburg?«

»Ja, jedes Jahr Anfang Dezember nimmt mich Einar mit zum Gewürzgrossisten Heinrich Carstens Nachfolger, der sitzt in der Speicherstadt. Dort kauft er Zimt, Zucker und Gewürze für das Weihnachtsgebäck«, erläuterte ihr Siggi. »Das kommt ihn wesentlich billiger, als wenn wir hier in Lübeck bei Gewürzhändler Böttcher kaufen. Und weil Einar noch nicht zurück ist, fahre ich dieses Jahr allein. Ich dachte mir, da du Hamburg noch nie gesehen hast, würdest du vielleicht gern mitkommen?«

»Oh ja, natürlich.« Dora sah hoffnungsvoll in Richtung ihrer Tante Iny, die hinter der Verkaufstheke stand und milde lächelte. »Er hat mich schon gefragt, natürlich darfst du ihn begleiten.«

Ihre Nichte war augenblicklich ganz außer sich vor Freude. Das sogenannte Tor zur Welt hatte sie schon immer einmal sehen wollen. »Wann fahren wir denn?«

Siggi grinste. »Wenn es nach mir ginge, vor einer Stunde.«
Dora entledigte sich ihrer Schürze. »Was ziehe ich denn an? Heute Nacht hat es ja gefroren.«

»Du darfst meinen neuen Wintermantel leihen«, mischte sich Babette ins Gespräch. »Ich habe ihn mir letzten Februar im Winterschlussverkauf besorgt und dieses Jahr noch gar nicht getragen. Er war heruntergesetzt, ein wirkliches Schnäppchen.«

Wenig später brachte Babette einen Mantel von leuchtendem Purpurrot herunter sowie einen Glockenhut in ähnlicher Farbe. Dora probierte beides, und Babette meinte anerkennend: »Steht dir viel besser als mir.«

»Gut, wenn das geklärt ist, können wir ja endlich los«, meinte Siggi unternehmungslustig.

***

Die Speicherstadt lag am nordöstlichen Hamburger Hafen. Zur Mittagszeit lenkte Siggi den Lieferwagen der Christoffersens über eine Brücke in den Stadtteil mit den mehrstöckigen Klinkerbauten, der südlich der Altstadt auf den ehemaligen Elbinseln und Wohnquartieren Kehrwieder und Wandrahm lag.

»Die bauen an diesem Lagerhausviertel schon seit vierzig Jahren«, erklärte Siggi Dora. »Die Wasserstraße, über die wir gerade fahren, heißt *Dat Deep*, zu ihr gehören ein Binnenhafen, der Zollkanal und der Oberhafen, insgesamt führen acht Brücken in die Speicherstadt.«

Die Speicher in neugotischer Backsteinarchitektur waren jeweils auf der einen Seite ans Wasser angebunden, auf der anderen Seite an die Straße; in ihrem Inneren wurde Stückgut gelagert und vor allem Kaffee, Tee und Gewürze – auf fünf Stockwerken. Bei jedem Gebäude hatte man eine Seilwinde am Hausgiebel montiert.

»Die meisten Speicher sind unbeheizt und besitzen Holzfußböden, deshalb herrschen da drin ziemlich gleichmäßige Temperaturen, also richtig gute Lagerbedingungen«, berichtete Siggi.

Schließlich kamen sie bei dem Speicher von Heinrich Carstens Nachfolger an. Hier waren sie mit dem Geschäftsführer Ulf Karpe verabredet, der sich als ein erstaunlich junger Mann mit schwarzem Haar und Oberlippenbart erwies. Er begrüßte Siggi und Dora herzlich, erkundigte sich nach Einars Wohlbefinden und nahm Siggis Bestellung auf. Für die kleineren Waren hatte Siggi, dem Ritual seines Ziehvaters entsprechend, einen großen Lederkoffer dabei, den Karpe nun mit Kokosraspeln, Kakao, Tee, Kaffee, Mandeln, Zimt, Koriander und anderen Gewürzen befüllte. Ein Arbeiter stellte derweil jeweils zwei größere Säcke mit Salz, Zucker und Mehl auf die Ablage von Onkel Einars Lieferwagen.

»Denn wünsch ick jo all een bannig schööne Adventstied.« erklärte Karpe zum Abschied. »Und grüß mir man den ollen Einar und wünsch seiner Mutter gute Besserung.«

»Der war ja ganz schön jung«, stellte Dora fest, nachdem Siggi bezahlt hatte und sie wieder im Lieferwagen saßen.

»Ja, achtundzwanzig. Sein Chef ist 1919 gestorben, das war sehr tragisch damals. Den Krieg hat der alte Carstens wie Onkel Einar zwar überlebt, aber wegen eines Torpedotreffers mit steifem Bein. Zu Hause ist er damit unglücklich gestürzt und gestorben. Auf die Weise hat ihn der verdammte Krieg doch noch bekommen. Karpe leitet das

Kontor jetzt im Auftrag von Carstens' Töchtern, die betreiben am Neuen Wall eine Parfümerie und haben hierfür keine Zeit.«

»Und warum ist es hier so billig?«, erkundigte sich Dora.

»Erstens waren Carstens und Einar alte Freunde, zweitens ist die Speicherstadt ein Freihafengebiet, da gibt's keine Zölle«, antwortete Siggi.

Als ihr Fahrzeug die Brücke wieder überquert hatte, fragte er seine Adoptivcousine: »Hast du was dagegen, wenn wir vor der Rückfahrt noch schnell ein Fischbrötchen an den Landungsbrücken essen? Das ist ein altes Ritual von Einar und mir.«

»Au ja«, freute sich Dora, und Siggi bog nach links ab.

Die Landungsbrücken waren eine große Anlegestelle für Fahrgastschiffe im Hamburger Stadtteil St. Pauli zwischen Niederhafen und dem Fischmarkt an der Elbe. An dem mindestens fünfhundert Meter langen Steg lag ein großes HAPAG-Linienschiff vor Anker, das Dora fasziniert betrachtete.

»Den ersten Schiffsanleger haben die an der Stelle vor mehr als achtzig Jahren errichtet«, erläuterte Siggi, als er den Lieferwagen abgestellt hatte und sie auf ein Fischer-Büdchen zugingen. »Die Dampfer haben hier beim Anlegen ausreichend Abstand zum Ufer – wenn es beim Kohlebeladen der großen Pötte mal zu einem Brand kommt, können die Flammen nicht aufs Land übergreifen.«

Während sie auf die Zubereitung der von Siggi bestellten Fischbrötchen warteten, fuhr er fort: »Der jetzige Steg wurde vor fünfzehn Jahren errichtet, besteht aus Schwimmkörpern, die nennt man Pontons. Die sind über neun bewegliche Brücken vom Festland aus zu erreichen.«

Siggi biss herzhaft in sein Fischbrötchen und lächelte zufrieden in Richtung der Dampfer und Segelschiffe.

»Das ist wirklich das Tor zur Welt hier.«

Dora wollte gerade ihr eigenes Brötchen probieren, da erstarrte sie mitten in der Bewegung. Zwei Matrosen in Uniform waren in etwa drei Meter Entfernung an ihnen vorbeigegangen, der eine untersetzt und glatzköpfig, der andere, ein Mittdreißiger mit Oberlippenbart, sehr schlank.

»Das ist mein Vater«, sagte Dora fassungslos. »Papa!«, rief sie ihm nach, doch die Männer waren schon um die Ecke eines Fahrkarten-Häuschens verschwunden.

Dora eilte den beiden hinterher; sie holte sie ein, rief erneut nach ihrem Vater und legte dem dürren Matrosen die Hand auf die Schulter.

Als er sich umdrehte, stellte sie erschrocken fest, dass die Statur zwar stimmte, das Gesicht aber nicht das ihres Vaters war. Zwar hatte dieser Seemann ebenfalls einen Oberlippenbart, er war jedoch wesentlich jünger als Gerhard Hoyler.

»Nee, mien Deern, dien Vadder bün ick nich«, feixte der Matrose. »Aber bei dir könnt ich mich überreden lassen, einer zu werden.«

Sein Kamerad prustete los.

»Entschuldigung«, murmelte Dora peinlich berührt und ging Siggi entgegen, der ihr gefolgt war.

»Das war er nicht, oder?«

Sie schüttelte enttäuscht den Kopf. »Ich vermisse ihn wohl doch mehr, als ich dachte, wenn ich schon wildfremde Männer mit ihm verwechsel. Ihm geht es mit uns ja anscheinend eher nicht so, er hat sich auch nie wieder bei meiner Mutter in Notzingen gemeldet.«

»Aber sie wirst du immerhin bald wiedersehen«, versuchte

Siggi, Dora zu trösten. »Nicht mehr lang, dann kommt sie nach Lübeck.«

»Ja, du hast recht, darauf kann ich mich freuen.«

Doch als sie wieder zum Lieferwagen gingen, drehte sie sich um, blickte noch einmal in Richtung der Schiffe und fragte sich, wie es ihrem Vater auf See wohl ergehen mochte.

***

Die Rückfahrt von Hamburg dauerte länger als die Hinfahrt. Erst regnete es leicht, dann schneite es, und die Straße gefror. Entsprechend vorsichtig waren die Automobile auf den Straßen unterwegs. Dora bemerkte, dass Siggi immer nervöser wurde, je mehr sie sich schließlich Lübeck näherten.

»Hast du es eilig?«, wunderte sie sich.

Er nickte. »In einer Viertelstunde sollte ich bei meinen Box-Jungs sein, aber wenn ich erst noch auf die Stadtinsel fahre, schaffe ich das nicht mehr.«

»Dann lass mich doch vorm Holstentor raus, und ich laufe den Rest«, schlug Dora vor.

»Ist dir das denn nicht zu anstrengend?«, vergewisserte sich Siggi.

»Kein bisschen«, erwiderte sie. »Ich habe die Stadt noch nie bei Schnee gesehen, das wird bestimmt schön.«

»Das wäre großartig, dann komme ich noch rechtzeitig«, freute sich Siggi.

Als er den Wagen vor den Toren der Stadt angehalten hatte, schnappte sich Dora den Lederkoffer mit den Gewürzen. »Den bringe ich Iny schon mal mit«, bot sie an. »Die war doch schon ganz sehnsüchtig und wollte mit Makronen und Zimtsternen anfangen.«

Siggi betrachtete erst den Koffer und dann zweifelnd Dora. »Ist der dir nicht zu schwer?«

Sie stieg lächelnd aus. »Seit wann bin ich schwach?«

»Bis später, mien Lütte. Rutsch nicht aus!«

Dora sah fasziniert in Richtung Innenstadt: Der Schnee auf den Türmen des Holstentors und den Dächern der Häuser und Kirchen dahinter erinnerte sie an Puderzucker. Auch jetzt tanzten Schneeflocken vom Himmel, und der Atem bildete wegen der Kälte kleine Wölkchen. So hatte Dora Lübeck noch nie gesehen, alles sah ein wenig märchenhaft, ja fast verwunschen aus. Das mochte auch an den eigentümlichen Lichtverhältnissen liegen. Es war wolkig und ein wenig dunstig, aber nun drangen ein paar Strahlen der Abendsonne durch, und alles war in sanfte Purpur- und Lila-Töne getaucht.

Dora ging unternehmungslustig mit dem Lederkoffer durch den knirschenden Schnee auf das weltberühmte Tor zu und in Richtung Stadtinsel. Die bereits weihnachtlich geschmückte Hansestadt wimmelte nur so von Menschen. Doch ob sie angesichts der Inflation viel kaufen konnten? Rein äußerlich war die Adventsstimmung jedenfalls vollkommen: Das anhaltende Frostwetter hatte dafür gesorgt, dass die Trave wie auch die Weiher, Tümpel und Seen der Umgegend vereist waren. Fröhliche Mädchen und Knaben schlitterten darüber – manche mit, manche ohne Schlittschuhe. Die Wallanlagen am Kaisertor waren für Kinder, die einen Schlitten besaßen, ein wahres Paradies.

Vom Wagen des Maroni-Mannes wehte ein herrlicher Duft nach Röstkastanien in Doras Nase. Da beobachtete sie etwas Merkwürdiges. Kinder riefen einem älteren, recht dicklichen Herrn im Anzug zu: »Hallo, Zylindermann.«

Der grüßte fröhlich zurück – und legte dann seinen Zylinder mitten auf die Straßenbahnschienen! In dem Hut erblickte Dora eine kleine Korkplatte, und bei genauerem Hinsehen stellte sie fest, dass sie von aufgespießten Insekten übersät war! Die Straßenbahn bimmelte und rollte auf den Zylinder zu, der dickliche Herr winkte freundlich. Zu Doras Erstaunen hielt der Fahrer an, obwohl sich an dieser Stelle keine Haltestelle befand. Er öffnete die Tür, der Zylindermann schnappte sich seinen Hut und stieg in den Wagen.

»Gott zum Gruße, lieber Freund«, hörte Dora den Herrn noch gut gelaunt sagen, da schloss sich die Tür wieder, und die Straßenbahn fuhr weiter.

Dora war zutiefst verwundert über den Vorfall mit dem seltsamen Zylindermann, den hier selbst die Kinder zu kennen schienen. Sie beschloss, ihre Tante zu fragen, ob sie etwas über den Herrn wusste.

12

Als Dora wenig später im Süßwarenladen von dem Vorfall erzählte, lachte ihre Tante Iny auf. Sie stand mit dem rothaarigen Briefträger Carl Flögel an der Verkaufstheke, der wie jeden Tag ein Stückchen Schokolade und einen kurzen Plausch genoss.

»Ach, der Zylindermann«, rief sie. »Das is 'n echtes Lübecker Original. Ursprünglich Hofschauspieler aus Altenburg, kam zur Eröffnung des Neuen Stadttheaters hierher. Damals hatte er eine bunte Künstlerschar dabei – und er ist geblieben.«

»Mit seiner Rolle als Theaterdirektor Strehse im *Raub der Sabinerinnen* hat er die Herzen der Lübecker erobert«, erinnerte sich Babette, die den Zimt und die anderen Gewürze aus dem Koffer fischte. »Wir waren damals kurz nach Vatis Rückkehr in dem Stück und haben zum ersten Mal seit Langem Tränen gelacht.«

»Vor seinem Haus in der Moislinger Allee hat er sozusagen eine Privathaltestelle«, fuhr Iny fort, »die Fahrer lassen ihn da nach Belieben ein- und aussteigen.«

»Und wenn auf einem Brief oder einer Postkarte statt einer Adresse nur ein Zylinder gemalt ist, kommt diese Sendung auch ohne seinen Namen bei ihm an«, berichtete Briefträger Flögel stolz. »Jetzt muss ich aber wirklich weiter. Danke für die Schokolade. Köstlich wie immer!«

Als Siggi schließlich kurz vor Ladenschluss vom Box-

Training mit den Waisenkindern zurückkam, hielt er galant einer untersetzten, grau-blond gelockten Dame die Tür auf, die sich mit einem Nicken bedankte. Unter ihrer Wolljacke trug sie eine Schwesternuniform, auf ihrem Kopf ein weißes Häubchen.

»Lilo!«, rief Dora erfreut. Sie stürzte auf die Tante des Pastors von St. Aegidien zu und schüttelte ihr freudig die Hand. »Wie schön, dass Sie uns besuchen.«

»Ach, meine liebe Dora«, sagte Schwester Lilo seufzend. »Ich wäre schon gern viel früher gekumma, aber es war einfach zu viel zu tun. Bei so einer neuen Stelle dauert es ja immer ein bissla, bis man sich eingewöhnt hat.« Begeistert sah sie sich in dem kleinen Marzipanladen um. »Wunderscheen ist es hier, Sie haben wirklich nicht iebertrieben. Im Gegenteil, es ist alles noch viel scheener als in meiner Vorstellung. Bestimmt sind Sie glicklich, hier zu arbeiten.«

»Sehr!«, strahlte Dora. »Und wie gefällt Ihnen Ihre Stelle im Kinderheim?«

Lilo Jannasch seufzte erneut. »Na ja, die Kinder, die Oberschwester, mein Neffe – mit ihnen ist alles wunderbar. Aber es wird trotzdem ein trauriges Weihnachten, befircht ich.«

Dora horchte besorgt auf, und auch ihre Tante, Babette und Siggi schienen nun die Ohren zu spitzen. »Wieso das?«

»Sie wissen ja, wie schlimm es zurzeit um die deutsche Wirtschaft bestellt ist«, meinte Lilo. »Wir haben gerade genug zu essen, dass alle satt werden. Vorgestern zum Nikolaustag gab es zum Mittagsschmaus sogar Eierpfannkuchen mit Apfelmus. Das war ein Fest für die Kinder, kann ich Ihnen sagen. Leider die absolute Ausnahme.«

»Ja, ich befürchte, die wirtschaftliche Entwicklung wird

nächstes Jahr noch schlimmer«, prophezeite Babette betrübt.

»Unser Arzt, Professor Doktor Klotz, hat uns Ratschläge gegeben. Damit kennen wir die teure Kost mit den wichtigen Vitaminen durch billigere Lebensmittel ergänzen oder sogar ersetzen«, erzählte Lilo. »Wir sollen Gemiesegerichte durch Hilsenfrichte, Teigwaren oder Getreide erweitern. Haferflocken, Maisgrieß, Graupen ... Und mit Dosenfleisch.«

»Ja, in der Zeitung haben sie auch Vorschläge für Gemüsestreckgerichte empfohlen. Ich hab die schon ausprobiert, und sie waren gar nicht schlecht: Gemüsereispudding, Polentaring mit Mischgemüse und Zwiebeln«, berichtete Tante Iny, »außerdem ein Blumenkohlauflauf mit Haferflocken.«

»Igitt«, flüsterte Babette Dora zu. »Ich denke ja, dass Schokolade Gottes Entschuldigung für Blumenkohl ist.«

Lilo hatte es nicht gehört und sprach weiter. »Den Gemiesereispudding haben wir den Kindern auch schon serviert. Aber ein paar Weihnachtsgeschenke oder gar ein richtiges Festessen – daraus wird dieses Jahr wohl nichts werden. Die Menschen haben viel zu wenig Geld übrig, um noch was zu spenden. Leid können's einem tun, die Kleenen.«

Siggi schien die Vorstellung von enttäuschten Kindern die sonst so typische gute Laune verhagelt zu haben, Dora bemerkte, dass er ganz traurig dreinblickte. Seine Stimme klang auch etwas belegt, als er sich nun an Lilo wandte: »In welchem Kinderheim arbeiten Sie denn? Dem in der Schildstraße oder An der Mauer 144a?«

»In letzterem«, erklärte Lilo.

»Das war das Heim, in dem du untergebracht warst, nicht wahr, Siggi?«, erinnerte sich Babette.

Der Konditor nickte stumm. Für ihn war es gewiss noch schlimmer, sich vorzustellen, dass Kinder unter den derzeitigen Wucherpreisen bei Lebensmitteln litten.

»Womit können wir Ihnen denn heute helfen?«, fragte Iny.

»Ich wollte eine Belohnung für een besonders liebes Waisenmädchen kaufen«, antwortete die Krankenschwester. »Sie hat nun schon zweemal ihre Essensration an jingere Kinder weitergegeben. Und sie hilft uns, wo sie nur kann.«

»Wie wäre es mit einem Glücksschwein aus Marzipan?«, schlug Dora vor und deutete auf die Auswahl von rosa Ferkelchen mit grünem Glücksklee im Mund, die sie gestern mit Siggi geknetet hatte.

»Nein, wie goldig«, kommentierte Lilo. »Das ist genau das Richtige für die kleene Birgit, da wird sie sich drieber freuen.«

Babette konnte Siggis trauriges Gesicht kaum ertragen. Als sich die Kinderkrankenschwester verabschiedet hatte, verkündete sie daher: »Ich habe eine Idee. Wir sammeln Zutaten oder Geld bei unseren reichsten Kunden und spendieren den Kindern dann selbst gemachte Süßigkeiten und Spielzeug zu Weihnachten.«

Dora war stolz auf Babette, die wirklich immer mit einer klugen Idee aufwartete. »Ich könnte mir tatsächlich vorstellen, dass Leute wie Ida Boy-Ed etwas spenden würden«, stimmte sie ihrer Cousine zu.

Siggi sah Babette voller Zuneigung an. »Das ist eine großartige Idee – ich mache Überstunden und helfe mit!«

»Dann tun wir das«, sagte Doras Cousine voller Tatendrang. »Gleich heute Abend basteln wir eine Spendenkasse und machen Zettel, die wir überall verteilen.«

In diesem Moment klingelte das Glöckchen an der Ladentür, und die quirlige Fiete Krugel wehte mit einem Schwall kühler Luft und ein paar Schneeflocken herein.

»Hui, ist das eine Eiseskälte da draußen«, meinte sie. »Moin zusammen, schön heimelig habt ihr das hier. Bei mir zu Hause kann ich nicht heizen, wir haben keine Kohle bekommen.«

Die Christoffersens hatten in der Tat Glück, dass Kohlehändler Gerdtz so ein Schleckermäulchen war und sie deshalb überhaupt noch beliefert hatte. Im ganzen Reich mangelte es an Kohle, zu allem Übel machte das anhaltende Frostwetter den Transport durch die Republik nahezu unmöglich, teilweise war die Flussschifffahrt zum Erliegen gekommen.

»Aber du wirkst trotz der Kälte ganz vergnügt, Fiete«, stellte Dora fest.

»Ja, ich trage die Sonne eben im Herzen«, erwiderte die Jungschauspielerin mit einem Grinsen. »Ich wollte fragen, ob ihr Hansi und mich heute Abend begleiten mögt, wir werden uns ins Nachtleben stürzen. Aber es stört uns mächtig, dass wir nach den Aufführungen überall angestarrt werden. Wo wir auch hinkommen, wird getuschelt. Deshalb sind wir auf der Suche nach einem ruhigen Lokal, wo uns keiner kennt. Ein sehr illustrer Freund will uns begleiten: Professor Otto Anthes. Der ist ein richtig hohes Tier – Vorsitzender von allen möglichen Kulturvereinen. Meint, er muss auf uns Jungvolk aufpassen.«

Babette sah ihre Cousine fragend an. »Also, ich hätte schon Lust. Wir müssten uns eben warm anziehen.«

»Ich bin auf jeden Fall auch dabei«, stimmte Dora sofort zu. »Nach den ganzen Gesprächen, wie schlimm es um die Wirtschaft bestellt ist ...«

»… tröstet man sich am besten in der Wirtschaft«, beendete Fiete fröhlich den Satz der Freundin.

※ ※ ※

Dora und Babette konnten es kaum erwarten, endlich das Geschäft abzuschließen, um sich ausgehfertig zu machen. Doch der Zeiger der Uhr schien förmlich zu kriechen.

Am späten Nachmittag betrat ein fein gekleideter Herr den Laden und wurde von Iny besonders freundlich begrüßt.

»Bei diesem Kunden macht schon der Nachname klar, dass er ein Leckermäulchen ist«, flüsterte Babette Dora lächelnd zu. »Das ist der Möbelhändler Noa Honig, der ist uns besonders treu.«

Direkt hinter dem Herrn drängten sich nun fünf Burschen, die adrette weiße Hemden und das Haar streng gescheitelt trugen, in das Geschäft. Sie tuschelten und kicherten über Herrn Honig. Das sorgte dafür, dass Siggi, der bisher das Schaufenster mit einigen Törtchen dekoriert hatte, wachsam wurde und den Jünglingen einen warnenden Blick zuwarf. Als Iny einen von ihnen das Wort »Saujud« sagen hörte, platzte ihr der Kragen.

Sie ging um die Theke herum auf die tatsächlich etwas erschrockenen Burschen zu, und sofort war Siggi an ihrer Seite. Babette bediente Herrn Honig weiter, und Dora beobachtete den sich anbahnenden Streit.

»Raus jetzt mich euch!«, zischte ihre Tante dem größten der Jugendlichen zu. »Aber ganz schnell!«

»Man wird doch wohl noch«, setzte der Hochgewachsene an zu sagen, doch Iny fiel ihm sogleich ins Wort: »Gar nichts wird man. Du bist doch Hans, der Sohn vom Daniels, oder? Nimm man lieber die Beine in die Hand! Wenn dein Vater erfährt, wie ihr euch hier aufführt, möchte ich nicht in deiner Haut stecken.«

Schließlich trollten sich die fünf.

»Ich kenn die«, erklärte Siggi, nachdem auch Möbelhändler Honig mit seinen Einkäufen den Laden verlassen hatte. »Die wollten auch schon mal vor unserer Boxhalle Ärger machen. Haben meine Jungs als Taugenichtse und Bastarde beschimpft.«

»Warum tun die so was?«, fragte Dora verständnislos. Die Burschen hatten so ordentlich ausgesehen, ein solches Verhalten passte gar nicht zu diesem Äußeren.

»Die gehören zum DVSTB«, sagte Siggi, als erkläre das alles.

»Das bedeutet Deutschvölkischer Schutz- und Trutzbund«, erläuterte Babette.

»Genau. Die Kerle hassen alles, was links oder jüdisch ist«, ergänzte ihr Adoptivbruder.

»Am Johanneum gibt es einen Lehrer, der sie auch noch aufhetzt«, wusste Babette zu berichten. »Der heißt Hermann Hofmeister und zieht ständig über jüdische Schüler her, gegen den gab es neulich ein Verfahren, hat zumindest die Dettmers behauptet.«

Kurz vor Ladenschluss kam noch ein etwa fünfzigjähriger Mann mit einem Jungen, der sieben sein mochte, herein, unmittelbar gefolgt vor der unvermeidbaren Dine Dettmers.

»Wenn man vom Teufel spricht«, seufzte Babette. Die Klatschbase hatte ihnen nach dem Ärger mit den DVSTB-Burschen gerade noch gefehlt!

»Guten Tag, Herr Frahm«, grüßte Dora den älteren

Herrn, der hier schon öfter mit dem Knaben Süßes gekauft hatte.

»Such dir was aus, Herbert«, sagte der Alte mit gütigem Lächeln.

»Darf ich drei Zuckerstangen haben, Papa?«, vergewisserte sich der Kleine.

»Natürlich darfst du«, bestätigte Herr Frahm und bezahlte die Leckereien bei Dora.

Kaum waren die beiden aus der Tür, begann Dine Dettmers zu lästern.

»Wussten Sie, dass der Ludwig Frahm gar nicht der Vater vom kleinen Herbert ist? Auch wenn er ihn Papa nennt, der Alte ist nur der Stiefgroßvater. Das Bürschchen ist unehelich«, erklärte sie verschwörerisch. »Seine Mutter ist die Martha Frahm, eine Verkäuferin, der Vater wohl ein Lehrer aus Hamburg. Der hat hier vor neun Jahren kurz an der Realschule unterrichtet. Die Mutter ist gleich nach der Geburt wieder arbeiten gegangen. Erst musste sich die Nachbarin um den kleinen Herbert kümmern, seit drei Jahren lebt er bei seinem Stiefgroßvater. Was für ein Luder, diese Frau!«

Dora sah hilflos in Babettes Richtung, die verdrehte ob der Gerüchte genervt die Augen.

Doch als Dine schließlich ihre obligatorischen Marzipankartoffeln gekauft und das Geschäft verlassen hatte, waren die Cousinen endlich erlöst: Sie konnten abschließen.

Eine Stunde später waren Dora und Babette ausgehfertig. Der Himmel war inzwischen sternenklar, und es herrschte eine klirrende Kälte. Die Cousinen trugen ihre wärmsten Mäntel. Auf Tante Inys Wunsch hin hatte sich auch Siggi in seine Wintersachen geworfen, um auf die beiden jungen Frauen aufzupassen. Dora und Babette waren froh, dass der gute Freund dabei war, hätten ihm von sich aus den Ausflug jedoch nicht zugemutet, da sie wussten, dass er ja allerspätestens um vier Uhr in der Backstube stehen musste. Wie verabredet kamen Fiete und Hansi um halb neun Uhr abends vor den Süßwarenladen. In ihrer Begleitung befand sich wie angekündigt Otto Anthes, ein schnauzbärtiger Mittfünfziger.

»Ich habe einen Ratschlag von einem Taxifahrer bekommen«, wusste Hansi nach der freudigen Begrüßung zu berichten. »In der engen Straße, die vom Markt zur Marienkirche führt, gibt es ein kleines Lokal. Es heißt *Zur Börse*, da verkehren nach Feierabend außer den Fahrern auch Kellner und Köche.«

»Na, dann wird Iny doppelt froh sein, dass drei Männer als Begleitschutz dabei sind«, kommentierte Siggi, der das Etablissement zu kennen schien. »Die Gasse, in der das ist, der Enge Krambuden, liegt beim sogenannten Tittentaster-Gang.«

Das klang nach Dirnen und Halbwelt, dachte Dora etwas beunruhigt.

»Es soll dort aber einen ausgezeichneten Grog geben«, fügte Fiete verschwörerisch grinsend hinzu.

Als Dora, Siggi und Babette mit den Schauspielern die Kneipe betraten, waren sie erstaunt, dass es dort nur vier Tische gab. Der Wirt hinter dem Tresen wies einen enormen Bauchumfang auf und mochte gut zweieinhalb Zentner wiegen.

»Moin, sünd ji nich Schauspeelerslüüd?«, rief er. »Twee von ji heff ik doch all op de Bühn' sehn. He, Reinhard, set di mol röver to de Fahrers und mak de Disch för de söss Neeankömmlinge free.«

»Sie sind der Fritz Eulert?«, fragte Fiete Krugel den Wirt keck.

»Ja, schönes Fräulein, aber meine Freunde nennen mich Fiete«, erwiderte der massige Mann und unterdrückte sein Plattdeutsch etwas.

Fiete sah ihn verblüfft an und lachte dann los. »Mich auch. Also, eigentlich heiße ich Frieda Krugel, aber Frieda sagt keiner. Ich bin die Fiete.«

»Und ik bün *der* Fiete«, grinste der Wirt. »Frieda heißt meine Ehefrau, glücklich verheiratet seit über zehn Jahren. Bei so vielen Zufällen geht dein erstes Getränk auf mich, min Deern. Wir Fietes müssen schließlich zusammenhalten. Was sollst du denn haben?«

»Man sagt, der Grog sei hier hervorragend«, entgegnete die Schauspielerin.

»Dat hett ja wohl sien Richtigkeit«, nickte Fiete Eulert. »För all söss?«

»Grog für alle sechs?«, rief Fiete in Richtung ihrer Freunde, und sie signalisierten allesamt ihre Zustimmung.

Wenig später saßen sie an dem zugeteilten Tisch und kosteten das Gebräu aus Rum, Zucker und heißem Wasser.

»Wirklich vorzüglich«, befand Otto Anthes, und die anderen nickten zustimmend.

Selbst Dora, der Alkohol sonst zu bitter schmeckte, fand, dass der Grog nach der eisigen Kälte an diesem Dezemberabend ganz hervorragend wärmte. Während sie vorsichtig einen zweiten Schluck nahm, sah sie sich in der immer voller werdenden Kneipe um, in der Taxifahrer und Kellner einander teilweise recht lautstark die neuesten Anekdoten erzählten.

»Dann sach ich zu der arroganten Dame: ›Na, die zweite

Schere hat der Hummer wohl im Kampf verloren!‹, da sacht die doch glatt: ›Dann bringen Sie mir bitte den Sieger!‹«

Erneut wurde laut gelacht.

»Hier erkennt uns außer dem Wirt wirklich keiner«, stellte Otto Anthes erfreut fest.

»Das liegt vielleicht daran, dass die Taxifahrer die Leute zwar vor eurem Theater absetzen und sie dort abholen, aber weder Zeit noch Geld haben, selbst reinzugehen«, mutmaßte Siggi.

»Und die Kellner haben ja abends auch zu tun, die bedienen unsere Zuschauer vor und nach den Vorstellungen«, ergänzte Fiete.

»Außerdem kann sich nicht jeder die Kleidung für einen Theaterabend leisten – oder die Eintrittskarte«, fügte Babette hinzu.

»Der Schuppen hier hat vielleicht wirklich das Zeug, die neue Stammkneipe für unser Ensemble zu werden«, meinte Fiete.

»Aber im Sommer wollen wir ja keinen Grog trinken, und ich bezweifle, dass der Eulert guten Sekt führt«, gab Otto Anthes zu bedenken.

»Dann bringen wir die olle Eule doch mal in Verlegenheit«, meinte Hansi unternehmungslustig und ging zum Tresen. Wenig später kam er zurück und berichtete: »Er führt tatsächlich verschiedene gute Sorten: Kessler, Rotkäppchen und Geldermann«, erzählte er wenig später seinen ebenso erstaunten Tischgenossen.

Zu Doras, Siggis und Babettes Freude kündigten Fiete und Hansi zwei Gläser Sekt später an, spontan ein Duett zum Besten geben zu wollen. »Meine Herren, unser Lied ist aus der Operette *Der Vetter aus Dingsda* vom guten Eduard

Künneke, das Stück hatte im April in Berlin Premiere«, erklärte Fiete Kugler. »Es heißt: *Kindchen, du musst nicht so schrecklich viel denken.*«

Das leicht ironische und doch romantische Duett kam beim angeheiterten Publikum bestens an, vor allem die verblüffend guten Stimmen des Gesangspaars sorgten für anerkennenden Applaus.

Und als Hansi die Zeile sang »Küss mich, und alles wird gut«, bemerkte Dora aus dem Augenwinkel, wie Siggi Babette einen sehnsüchtigen Blick zuwarf, den die Cousine jedoch nicht zu bemerken schien.

Nachdem Fiete und Hansi geendet hatten, gab es frenetischen Applaus, Pfiffe und Rufe nach einer Zugabe.

Als die beiden nun aus derselben Operette das schmissige Stück *Onkel und Tante, ja, das sind Verwandte, die man am liebsten nur von hinten sieht* anstimmten, gab es für die Gäste kein Halten mehr, die Männer in der *Börse* klatschten, pfiffen und grölten mit.

»Musische Zecher wie euch kann ich hier gut brauchen«, freute sich Fiete Eulert nach der Darbietung, hatte sie doch die Laune und den Getränkekonsum der Gäste merklich gehoben. »Wenn ihr wollt, reserviere ich euch die Ecke dauerhaft als Stammtisch.«

»Sag mal, Fiete«, wandte sich Babette an den Wirt. »Glaubst du nicht, dass deine Gäste es nachts noch länger bei dir aushalten würden und noch trinkfester wären, wenn du ihnen hier einen kleinen Imbiss anbieten würdest?«

Dora musste lächeln. Babette hatte selbst angeheitert noch Geschäftsideen in petto!

Eulert kratzte sich skeptisch am Doppelkinn. »Schon, hab aber keine Küche hier.«

»Du könntest von uns Marzipanhäppchen beziehen«, schlug Babette vor.

»Das wäre schon nett«, entgegnete der Kneipier. »Aber immer nur süß?«

»Kein Problem«, mischte sich nun Siggi in das Gespräch. »Ich kann auch Deftiges liefern.«

Eulert furchte nachdenklich die Stirn, während Dora, Babette und Siggi gespannt auf seine Antwort warteten.

13

»Lieber mit Schwips nach Hause als allein ins Bett«, sagte Hansi Mainzberg, als die Freunde um kurz nach drei Uhr die *Börse* verließen. »Wunderbar, dass der Eulert erst gegen vier Uhr schließt. Genau das Richtige für uns Nachteulen.«

»Oft werde ich da leider nicht mitkönnen«, erklärte Siggi, als sie sich – mit ob der Eisesglätte vorsichtigen Schritten – auf den Nachhauseweg machten. »Ich darf nämlich gleich schon wieder in die Backstube.«

»Ja, du Armer«, seufzte Babette mitleidsvoll.

»Ach, bin ja selber schuld«, winkte der Konditor ab. »Hätte ja schon vor zwei Stunden mit Otto Anthes nach Hause gehen können.«

»Der Otto ist über fünfzig, der muss das«, meinte Fiete Krugel. »Mein Adoptivvater sagt immer, im Alter ist gesunder Schlaf besonders wichtig. Außerdem unterrichtet Otto ja morgens an der Ernestinenschule.«

»Wo wir grad beim gesunden Schlaf sind: Ich hoffe, Tante Iny lag nicht die ganze Nacht wach vor Sorge um uns«, meinte Dora mit schlechtem Gewissen.

»Wenn, dann wird sie uns verzeihen, sobald sie erfährt, dass wir ab jetzt das Nachtleben mit feinen Häppchen beliefern dürfen«, beruhigte sie ihre Cousine.

Sie und Eulert waren sich tatsächlich handelseinig geworden, und Dora freute sich ebenfalls darüber.

»Außerdem dürfen wir in der Kneipe auch die Reklamezettel auslegen«, ergänzte Babette.

»So kriegen die Kleinen vielleicht doch noch echte Weihnachten mit allem Drum und Dran, das wird Iny auch freuen«, sagte Siggi zufrieden lächelnd. »Wäre doch gelacht, wenn wir den Kindern nicht doch noch das Fest versüßen.«

»Dann brauchen sie aber auch einen Auftritt vom Nikolaus«, schlug Fiete vor. »Wir haben am Theater einen Kollegen namens Ernst Albert, der könnte den an Heiligabend spielen.«

»Ja, das würde passen wie die Faust aufs Gretchen«, stimmte Hansi amüsiert zu. »Mit dem könnten wir beide auch mal bei euch im Laden auftreten. Durch so einen komischen Abend hat Ernst schon öfter viel Geld in die Kassen gespült.«

»Klasse, alles für die Kinder, das ist eine großartige Idee«, lobte Siggi. »Wir veranstalten so 'nen Salon zwischen Süßigkeiten und machen der alten Boy-Ed Konkurrenz.«

Doch Babette schüttelte den Kopf. »Wieso sollten wir mit Ida in Wettstreit treten? Die soll uns lieber helfen und Einladungen für uns verschicken, sie weiß ja, wie das alles abläuft, und kennt die gut betuchten Leute. Machen wir es doch auch zu ihrem Salon.«

»Noch besser«, fand Siggi.

***

Am nächsten Morgen waren Babette und Dora zwar immer noch beschwingt, aber auch sehr müde. Wie so oft leistete Siggi ihnen nach seiner Arbeit in der Backstube noch kurz Gesellschaft im Verkaufsraum, bevor er in Richtung Bett verschwinden würde. Zu Doras Erleichterung hatte sich

Tante Iny nachts keine Sorgen gemacht und friedlich geschlummert. »Ich hab euch gar nicht kommen hören. War mir eben einfach sicher, dass der Siggi schon auf euch aufpasst«, hatte sie berichtet.

Über den geplanten Verkauf von Christoffersen-Leckereien in Fritz Eulerts Kneipe war sie natürlich begeistert, und auch die Vorstellung eines kleinen Salons in ihren Verkaufsräumen gefiel ihr. »Das besorgt uns vielleicht Kundschaft, die unser Geschäft bisher gar nicht kannte.«

Noch besser wurde die Laune der drei Frauen durch die Tatsache, dass schon die erste Kundin am heutigen Morgen eine Hochzeitstorte bestellte. Allein dadurch hatten sie bereits kurz nach Ladenöffnung die Einnahmen vom Vortag übertroffen, wie Babette fröhlich verkündete.

Da bimmelte das Türglöckchen, und ein Herr mit stattlichem Bauchumfang und markanter Kopfbedeckung betrat den Verkaufsraum: der Zylindermann!

»Guten Morgen, womit kann ich Ihnen helfen?«, fragte Dora erfreut.

»Nun, meine junge Kollegin Fiete Krugel meinte, ich soll wohl *Ihnen* helfen«, antwortete der Herr zu ihrem Erstaunen. »Ein bunter Abend zugunsten des Kinderheims – mein Name ist Ernst Albert. Ich wollte mir unseren Auftrittsort einmal anschauen.«

Dora warf Babette einen überraschten Blick zu. »Ach, *Sie* sind das«, rief sie. Der Zylindermann und der von Fiete und Hansi erwähnte Schauspielkollege waren also ein und dieselbe Person! »Wie lieb von Ihnen, dass Sie uns unterstützen möchten.«

»Na, für so einen guten Zweck«, sagte er und sah sich um. »Groß ist es nicht, aber hübsch und gemütlich. Hoffentlich lenken die verlockenden Leckereien nicht zu sehr von unserem Auftritt ab. Ich kann bei so was ja nicht nein sagen. Es ist wirklich gemein, dass etwas derart Schmales wie eine Schokoladentafel keinen flachen Bauch macht. Mein Arzt meinte im August, ich solle bis Weihnachten fünf Kilo abnehmen, na ja, jetzt fehlen nur noch acht.«

Babette lachte und erklärte dann: »Wir haben schon nachgemessen – wenn die Leute ein bisschen zusammenrücken, bekommen wir fünfundzwanzig Stühle unter. Die dürfen wir uns im Gemeindehaus leihen, ich habe bereits angerufen.«

»Na, das haben Sie ja ganz flugs organisiert«, lobte der Zylindermann. »Wir werden dramatische Vereins- und Stadtgeschichten rezitieren, die feiert unser Publikum bei solchen Abenden immer sehr. Außerdem wollen wir ein paar fröhliche Liedchen zum Besten geben. Hansi und Fiete haben ja großartige Stimmen – und ich ... na ja, ich kann zumindest die Texte.«

»Na, der wird das Publikum auf jeden Fall zum Lachen bringen«, meinte Tante Iny im Brustton der Überzeugung, nachdem Ernst Albert gegangen war – nicht ohne zuvor ein großes Marzipanschwein zu erstehen.

»Wie wäre es, wenn wir in der Mittagspause Lilo im Waisenhaus besuchen und ihr von der guten Nachricht erzählen?«, schlug Dora ihrer Cousine vor.

»Au ja«, rief Babette euphorisch. »Sie wird sich riesig freuen.«

»Ich glaube, da möchte ich mit«, meinte Siggi zögerlich.

»Sicher?«, vergewisserte sich Babette. »Du hast doch so schlimme Erinnerungen an diesen Ort.«

»Das schon«, räumte Siggi ein. »Aber nicht nur. Und außerdem weiß ich diesmal ja, dass ich jederzeit wieder gehen kann.«

***

Babette bemerkte, dass es Siggi doch etwas mulmig zumute war, als sie in der Mittagspause durch den knirschenden Schnee auf das zweistöckige Waisenhaus zugingen. Bei der rechts und links von je zwei Säulen gesäumten Eingangstür angekommen, betätigte sie die Glocke. Sie hatten Glück – es war Lilo, die ihnen öffnete. Beschwingt begrüßte sie Babettes Cousine und deren Freunde – noch erfreuter war sie, als die der Krankenschwester von ihrem Spendenplan erzählten.

»Kommt erstmal rein«, sagte sie, und durch das Portal gelangten die drei jungen Leute auf eine mit Fliesen ausgelegte Diele.

»Ich hole rasch meinen Neffen«, schlug Lilo vor. »Er will euch bestimmt kennenlernen. Außerdem weiß er so viel über die Geschichte des Waisenhauses wie kein anderer, er soll euch eine kleine Führung geben.«

Als die Schwester davongeeilt war, beobachtete Babette, wie ein Junge in blauem Anzug eine Seitentür öffnete und auf einen lindenumstandenen Spielplatz hinausstürmte, wo sich einige Kinder eine Schneeballschlacht lieferten, während andere einen Schneemann bauten. Babette bemerkte, dass die Mädchen rot gekleidet waren, nur ihre Schürzen wiesen denselben Blauton auf wie die Anzüge der Knaben.

Siggi lächelte. »Nach dem Mittagessen haben sie immer kurz Pause vom Unterricht und der Handarbeit.«

Es schien doch auch einige schöne Erinnerungen zu geben, mutmaßte Babette.

Schließlich kam Lilo, gefolgt von ihrem Neffen Pastor Willi Jannasch zurück in die Diele. Begeistert stellte sie die drei jungen Menschen vor.

»Ich habe schon von Ihrer Barmherzigkeit gehört«, lobte der Gottesmann. »In diesen kalten und schweren Zeiten an die Ärmsten zu denken, das steht einem rechten Christenmenschen gut zu Gesichte. Den Kindern wird es das Weihnachtsfest versüßen, und für Sie gibt es natürlich einen höheren Dank. Darf ich Sie ein wenig herumführen? Vielleicht interessiert Sie ja die Geschichte des Ortes, für dessen Bewohner Sie sich so einsetzen.«

»Ich kenne das Haus zwar schon, weil ich hier zwölf Jahre verbracht habe«, erklärte Siggi, »aber über seine Geschichte weiß ich so gut wie gar nichts.«

»Dann entdecken Sie Ihr altes Zuhause vielleicht noch einmal ganz neu«, meinte der Pastor.

Im unteren Stockwerk befand sich ein großer Raum, in den er die Gäste als Erstes führte. »Der Saal wird sowohl als Ess- und Spielraum als auch für Unterrichtszwecke genutzt. Im ersten Stockwerk gibt es zwei weitere Klassenzimmer, die würde ich Ihnen als Nächstes zeigen.« Damit ging er voran. »Das Waisenhaus wurde schon nach der Zeit der Reformation 1547 gegründet, es gehört somit zu den ältesten Anstalten dieser Art in Deutschland. In dem Winter davor muss es noch kälter gewesen sein als dieses Jahr, angeblich konnte man damals von Seeland nach Schonen zu Fuß über das Eis gehen. Das Winterkorn erfror in der Erde, und die Ernte fiel miserabel aus. Auch die Einfuhren blieben aus, alles wurde teurer, und viele Menschen waren brotlos. Die Chronisten berichten, dass bereits um drei Uhr in der Früh Hunderte die Backhäuser besetzt hielten. Die ärmeren Leute waren so verzweifelt, dass sie buchstäblich ins Gras gebissen haben, die aßen nämlich aus lauter Hunger grüne Halme, Gerste und Birkenrinde. Und als wäre die große Hungersnot nicht genug, grassierte bald auch noch ein schweres Fieber in der Stadt. Die Auswirkungen waren verheerend. So standen plötzlich viele elternlose Kinder in den Straßen und bettelten um Brot – zumeist erfolglos.«

Babette fröstelte. Zwar sah man auch heute hin und wieder ein bedauernswertes Kind betteln, doch alle Straßen und öffentlichen Plätze überfüllt mit hungernden Knaben und Mädchen – das musste ein schrecklicher Anblick gewesen sein. Inzwischen waren sie bei den beiden Klassenzimmern angelangt. In der Mittagspause saßen nur wenige Kinder in den Räumen.

»Die Schule der Anstalt ist vielfach anerkannt«, erläuterte der Geistliche. »Die Jungs lernen auch schreinern, schnitzen und Gartenarbeit. Die Mädchen bekommen im Handarbeitsunterricht eine praktische Ausbildung. Sie müssen die gesamte Wäsche eigenständig instand halten und erneuern. Ein jedes von ihnen näht zum Schluss seine Aussteuer zum Eintritt in den Beruf. So sind sie gut vorbereitet auf das Leben. Und sie verdanken es unter anderem guten Christenmenschen wie Ihnen.« Er lächelte ihnen zu. »Die Gründung des Kinderheims im sechzehnten Jahrhundert war ebenfalls nur durch private Wohltätigkeit möglich. Auch wenn die Anstalt unter öffentlicher Aufsicht stand, ging sie doch ursprünglich auf die Initiative angesehener menschenfreundlicher Bürger zurück ...«

Babette sah Doras und Siggis Gesichtsausdruck, sie fühlten sich vor dem Hintergrund des Klassenzimmers und angesichts des Redeflusses des Pastors vielleicht auch so an ihre

Schulzeit erinnert wie sie selbst. Erwachsene, die sich selbst gern reden hörten und ihre armen Schüler zu Tode langweilten. Und wehe man passte nicht auf – dann kam der Rohrstock zum Einsatz.

Auch Lilo schien von dem geschichtlichen Exkurs ihres Neffen genug zu haben. »In diesem Stockwerk befinden sich auch der Handarbeitsraum und die Wohnräume der Angestellten. Außerdem sind hier die Krankenstuben. Die lassen wir bei der Führung aber heute besser aus – nicht dass ihr euch noch ansteckt. Es ging nämlich gerade ein Magen-Darm-Katarrh bei den armen Kleinen herum.«

»Zum Glück nichts Schlimmeres!«, betonte ihr Neffe und rieb sich nervös den Kinnbart. »Der für das Kinderheim zuständige Arzt Professor Klotz hat extra einen Kollegen hinzugezogen, den Internisten Doktor Erich Degner. Der hat soeben Entwarnung gegeben.«

Als Nächstes führte der Pastor die Gäste in den zweiten Stock, wo sich die Schlafräume befanden. Neuzeitliche, eiserne Bettgestelle boten bequeme Lagerstätten, und auch die Wascheinrichtungen sahen sehr neu aus.

Willi Jannasch ließ es sich nicht nehmen, seinen Vortrag fortzusetzen: »Zum Glück erkannten viele Bürger den Segen des Waisenhauses und spendeten und vererbten ihm viel. Nach zehn Jahren hatte die Anstalt so einen ansehnlichen Kapitalfonds angesammelt: fast fünftausend Courantmark. Von der provisorischen Pilgerherberge aus sollte die Anstalt 1556 …« Babette hörte gar nicht mehr richtig hin, und als sie wieder auf dem Weg nach unten waren, war der Pastor im neunzehnten Jahrhundert angelangt. »Von 1831 bis 1834 mussten die Zöglinge ins Bernstorff'sche Haus am Koberg umquartiert werden, ihr vorheriges Haus am Domkirchhof beherbergte in dieser Zeit ein Cholera-Hospital«, ergänzte Jannasch, als sie sich wieder auf den Weg nach unten begaben.

»Was höre ich da von Cholera?«, nahm Babette plötzlich eine angenehme Männerstimme neben sich wahr.

Aus Richtung des Krankenflügels war ein Herr in Anzug mit weißem Kittel darüber ins Treppenhaus getreten. Er mochte Mitte dreißig sein, wies volles braunes Haar und ein charmantes Lächeln auf. »Wir haben hier wie gesagt glücklicherweise keine Gallenruhr, lediglich einen harmlosen Magen- und Darmkatarrh, werter Herr Pastor. Bis Weihnachten sind die Kindlein wieder gesund, versprochen.«

Babette fand den Arzt für innere Erkrankungen auf Anhieb äußerst sympathisch. Was für niedliche Grübchen er hatte!

»Ich weiß doch, lieber Doktor Degner«, entgegnete Willi Jannasch lächelnd. »Ich sprach ja vom letzten Jahrhundert.«

Im Gefolge des Arztes befand sich eine hagere, grauhaarige Schwester, die dieselbe Uniform wie Lilo trug und Siggi fragend ansah.

»Mahlzeit, Oberschwester Martha«, grüßte der lächelnd.

»Du bist es wirklich«, erkannte sie erfreut. »Der Siegfried Andresen! Bist du nun Konditor geworden?«

»Das ist er«, riss Pastor Jannasch das Wort wieder an sich. »Und er und seine Begleitung hier wollen zum Christfest Süßigkeiten spendieren. Der Gute hat offenbar nicht vergessen, wie das ist, wenn beide Eltern tot sind.«

»Ja, zumindest der Vater. Siegfrieds Mutter lebt ja wahrscheinlich noch«, stellte Schwester Martha recht beiläufig fest.

Babette bemerkte Siggis fassungslosen Gesichtsausdruck.

14

»Nicht dass ich mich getäuscht habe«, sagte Oberschwester Martha, während sie mit Siggi im Archivraum hinter dem Anstaltsbüro stand und Aktenstapel durchblätterte. Sie hatte wohl bemerkt, wie schockiert er über ihre Aussage bezüglich seiner Mutter gewesen war und ihm daher angeboten, sie zu überprüfen. Pastor Jannasch hatte ihn, Dora, Babette und Dr. Degner noch in sein Arbeitszimmer auf einen Tee eingeladen, aber es war dem jungen Konditor im Augenblick natürlich wichtiger zu erfahren, ob seine Mutter tatsächlich noch lebte.

»Hier ist zumindest dein Aktenvermerk«, verkündete Schwester Martha schließlich und las vor: »Siegfried Andresen, geboren am 11. August 1903 in Lübeck, zur Verwahrung aufgegeben von seiner Mutter C. Andresen, geboren 4. Mai 1886 ebendort, unverheiratet. Grund für die Abgabe: wirtschaftliche Notlage, Name des Vaters: K. Jürgensen, Matrose, derzeit Übersee. Nachtrag 11. Januar 1905: Vater verstorben am 31. Dezember 1904 in Lübeck. Siehst du, vom Tod deiner Mutter steht hier nichts.«

Siggi sah nun selbst in den Vermerk, und er bemerkte, wie sein Herz raste. »C Punkt Andresen – wissen Sie, wofür dieses C steht?«

»Leider nein«, sagte Martha Behm bedauernd. »Es gab gewiss einmal die Abschrift deiner Geburtsurkunde, da steht der Vorname natürlich ausgeschrieben drin, aber wir hatten hier bei dem großen Hochwasser 1904 schlimme Schäden, da mag sie wohl verloren gegangen sein.«

»Haben Sie meine Mutter denn persönlich kennengelernt?«, fragte Siggi mit belegter Stimme. »Ihre Vorgängerin wollte mir nichts über sie erzählen. Sie sagte nur: ›Deine Eltern sind beide tot, mehr gibt es da nicht zu wissen.‹«

»Ja, die alte Oberschwester Ehrentraud war manchmal ein rechter Drache, die hat mich auch sehr getriezt. Wir haben ehrlich gesagt aufgeatmet, als sie vor fünf Jahren in den Ruhestand gegangen ist, die Belegschaft – und die Kinder natürlich auch«, erzählte Martha. »Gewiss hat sie als damalige Oberschwester mehr mitbekommen als ich. Aber ich weiß immerhin, dass deine Mutter eine junge Violinistin war, gerade mal siebzehn. Ihr wohlhabender Vater hat sie verstoßen, als sie schwanger wurde. Ihren Beruf konnte sie mit Kind nicht mehr ausüben, und sie hatte ja auch keine Mutter, die sich hätte kümmern können. Na ja, und der Kindsvater war Matrose in Übersee und nicht erreichbar. Es blieb ihr nichts anderes übrig, als den Kleinen in die Obhut der Kirche zu geben.«

C. Andresen, Violinistin. Das war also alles, was er derzeit an Informationen über seine Mutter hatte. Und gleichzeitig war es so ungemein viel, war er doch bisher davon ausgegangen, dass sie längst tot war! Und ihr Geburtsdatum kannte er nun auch – demzufolge war sie heute fünfunddreißig Jahre alt. Ob sie noch in Lübeck lebte? Und was, wenn ihr etwas zugestoßen war? Wie sollte er das je herausfinden?

»Danke, dass Sie mir das gezeigt haben«, sagte er, und Schwester Martha streichelte seine Wange. Die Berührung erinnerte ihn an früher, die heutige Oberschwester war eine der wenigen gewesen, die die Kinder auch einmal in den Arm genommen hatten, die ihm vom Meer erzählt und eine Muschel aus Travemünde mitgebracht hatte. Letztlich war es auch ihr zu verdanken, dass er die Familie Christoffersen kennengelernt hatte. Sie hatte ihm nämlich seinerzeit das Kleingeld zugesteckt, damit er sich bei einem Botengang für sie ein wenig Naschkram kaufen konnte.

»Sollen wir dann mal zu den anderen gehen?«, fragte sie ihn. »Der Herr Pastor gibt immer einen Spritzer frisch gepressten Orangensaft in seinen Tee, das schmeckt wirklich lecker, solltest du probieren.«

In Pastor Jannaschs Arbeitszimmer unterhielt man sich gerade über den geplanten Salon im Süßwarenladen – und über die Schauspieler, die ihn ausrichten würden, als Siggi sich wieder zu ihnen gesellte. Zu Babettes Erleichterung hatte sein Gesicht nun wieder etwas mehr Farbe bekommen, und er lächelte ihr sogar zu.

»Auch wenn unser Zylindermann Ernst Albert sich hier in Lübeck bewusst so operettenhaft in Szene setzt – in Fachkreisen gilt er als anerkannter Insektenkundler«, verkündete Dr. Degner. »Er hat unter anderem als Erster nachgewiesen, dass es gelegentlich auch in Norddeutschland Mücken gibt, die Malaria übertragen.«

»Ach, deshalb die Korkplatte unter seinem Zylinder«, entfuhr es Dora spontan.

Als die anderen sie daraufhin fragend ansahen, erläuterte sie rasch: »Als ich ihn das erste Mal gesehen habe, hat er seinen Zylinder auf die Schienen gestellt, um die Straßenbahn anzuhalten. Da habe ich in dem Hut eine Korkplatte mit aufgespießten Insekten gesehen.«

Erich Degner lachte auf. »Ja, das passt zu unserem Ernst Albert.«

»Woher kennen Sie ihn denn?«, erkundigte sich Babette. »Interessieren Sie sich für die Schauspielkunst?«

»Natürlich habe ich ihn auf der Bühne gesehen«, erklärte der Internist. »Aber ich bin auch sein Arzt.«

Da Pastor Jannasch es kaum zu ertragen schien, wenn er nicht die ganze Zeit redete, verwickelte er Dora und Siggi gleichzeitig in ein Gespräch über die Dreharbeiten zu dem Vampirfilm, von denen Babette ihrer Cousine bereits geschrieben hatte. »Dieser Regisseur namens Murnau hat vor den Salzspeichern und unserem Aegidienkirchhof gefilmt«, erboste sich der Geistliche. »Dass er auch noch die Eröffnungsszene des gotteslästerlichen Machwerks hier dreht, konnten wir glücklicherweise verhindern ...«

Durch Jannaschs Vortrag über den Gruselfilm und seinen wackeren Kampf dagegen konnten Dr. Degner und Doras Cousine ihre Plauderei zu zweit fortsetzen, was Babette freute, da sie den Mediziner äußerst unterhaltsam und charmant fand.

»Sagen Sie mal, Doktor Degner«, raunte sie ihm zu. »Ich weiß, Sie dürfen nicht ins Detail gehen – aber muss man sich um unseren Zylindermann Sorgen machen? Sie sind doch Facharzt für Innere Krankheiten.«

»Nein, nein. Bei ihm ist es nur wie bei zahllosen anderen Patienten: Ich musste ihm von bestimmten Dingen abraten – Alkohol, Rauchen und Süßigkeiten.«

»Und ohne die wird er länger leben«, mutmaßte Babette.

Dr. Degner schmunzelte. »Es wird ihm auf jeden Fall so vorkommen.«

Sie musste lachen und fragte dann: »Wussten Sie schon als Kind, dass Sie Arzt werden wollen?«

»Na ja, immerhin habe ich damals versucht, die Puppen meiner Schwester zu behandeln«, erinnerte er sich. »Als ich elf Jahre alt war, wäre mein Vater beinahe an der Cholera gestorben. Die Ärzte konnten ihn retten, obwohl er schon die letzte Ölung erhalten hatte. Da hab ich mir fest vorgenommen, diesen Wunderheiler-Beruf irgendwann selbst zu lernen.«

»Das kann ich mir vorstellen«, sagte Babette, und dann kehrten die traurigen Erinnerungen zurück: »Mein Vater hat den Krieg auch nur dank der Medizin überlebt, aber selbst die kam bei dem Gemetzel natürlich an ihre Grenzen.«

Dr. Degner nickte ernst. »Das tut mir leid. Es ist für unsere Zunft natürlich besonders schlimm, wenn wir nicht helfen können. Im Grunde wünschen wir uns als Arzt doch immer ein glückliches Ende für den Menschen.«

Babette bedauerte es, dass die Stimmung zu kippen drohte, und fragte daher: »Sicher haben Sie aber auch schon viele Patienten gerettet?«

Der Internist lächelte wieder. »Ja, es ist ein großartiges Gefühl, wenn sie nach der Behandlung wieder fröhlich ihr Leben führen können. Und der medizinische Fortschritt verbessert unsere Möglichkeiten ständig.« Dann sah er sie neugierig an. »Was wollten Sie denn als Kind werden?«

»Bankbesitzerin«, gestand Babette, und er sah sie ein wenig erstaunt an. »Mich hat schon sehr früh die Wirtschaft interessiert, wie man das Geld vermehrt. Weniger, um selbst reich zu sein. Mir ging es eher darum, anderen zu helfen.«

»Und jetzt wollen Sie den Kindern hier zu einer schönen Weihnachtsüberraschung verhelfen?«, resümierte Erich Degner.

Babette nickte. »Genau.«

Zu ihrem Bedauern nutzte ihre Cousine Dora in diesem Augenblick eine der seltenen Redepausen des Pastors und sagte hastig: »Babette, wir müssen zurück in den Laden. Die Mittagspause ist vorbei, und wir können Tante Iny nicht lang allein lassen. Jetzt vor Weihnachten kommen ja doch mehr Kunden.«

»Schade«, sagte der Arzt zu Babette und klang ein wenig enttäuscht, »ich hätte mich zu gern noch weiter mit Ihnen unterhalten, Fräulein Christoffersen.«

»Mir tut es auch leid, Doktor Degner, aber meine Mutter braucht uns wirklich.«

»Ich wollte morgen nach Ende der Sprechstunde gern auf ein Stück Nusstorte und einen Mokka ins Café Köpff«, fiel ihm nun ein. »Vielleicht haben Sie ja Lust, mich zu begleiten? Dort könnten wir ganz gemütlich weiterplaudern.«

»Gern.«

»Dann hole ich Sie um halb sieben vor Ihrem Laden ab.«

* * *

Am folgenden Tag kam gegen elf Uhr vormittags Ida Boy-Eds junges Hausmädchen Minna Grimm in den Laden und brachte die Einladungsliste, die ihre Herrin für den dort geplanten Salonabend zusammengestellt hatte. »Die gnädige Frau hat gesagt, Sie können einfach Namen und Adressen von den Kunden hinzufügen, die Ihnen wichtig sind – und von denen Spendenfreudigkeit zu erwarten ist. Und Erzfeinde streichen.«

Babette lachte. Welche »Erzfeinde« sollte ein Süßwarenlädchen schon haben? Diese Art von trockenem Humor war typisch für Ida!

»Wunderbar. Sollen wir das sofort erledigen?«, schlug sie vor. »Im Augenblick hält sich der Betrieb hier ja noch in Grenzen. Und so könnten Sie die Liste gleich wieder mitnehmen.«

Minna nickte. »Gern.«

»Suchen Sie sich doch so lang etwas Leckeres aus«, bot Iny an. »Geht aufs Haus.«

Während das Hausmädchen sich fasziniert im Sortiment umsah, begannen Babette und ihre Mutter die Liste zu studieren.

Nach kurzem Zögern fragte Dora: »Ist Johann Herden auch eingeladen?«

Ihre Cousine warf ihr schmunzelnd einen wissenden Blick zu und suchte unter den Namen. »Herbert ... Herden, hier ist es. Nein, da ist nur eine Natalie Herden. Aber die Adresse stimmt. Ich denke, das ist die Hausherrin, also seine Mutter.«

»Könnten wir den Junior auch draufschreiben?«, bat Dora. »So kann ich mich ein wenig für die Einladung zum Silvesterball revanchieren.«

»Und Geld genug zum Spenden hat er auch«, erwiderte Babette augenzwinkernd. »Das machen wir.«

Nachdem sie außer Johann Herden ein halbes Dutzend ihrer zahlungskräftigsten Kundinnen und Kunden hinzugefügt und die Liste dann an Minna zurückgegeben hatten, dachte Babette immer wieder nervös an das bevorstehende Rendezvous am Abend.

In der Pause zog sie ihr schönstes Kleid an, das ihr nachmittags von der Kundschaft viele Komplimente einbrachte.

Und bereits eine gute Viertelstunde vor Ladenschluss wurde einer von Babettes nervösen Blicken durch das Schaufenster belohnt: »Da kommt er!«, rief sie aufgeregt.

Schon klingelte das Glöckchen an der Ladentür, und Dr. Erich Degner betrat den Laden. Er sah noch besser aus als gestern, fand Babette: Er trug einen edlen Lodenmantel und hatte sein Haar etwas strenger frisiert, was sein markantes Gesicht wunderbar zur Geltung brachte. Babette fiel sofort auf, dass er – ganz anders als Johann Herden – völlig auf sie fixiert war.

»Entschuldigen Sie, dass ich zu früh bin«, sagte er nach einem galanten Handkuss. »Aber ich war einfach zu ungeduldig. Und Ihr Anblick belohnt mich dafür. Sie sehen noch schöner aus als gestern, liebes Fräulein Christoffersen.«

»Guten Abend, Doktor Degner. Meine Cousine Dora Hoyler kennen Sie ja bereits«, sagte Babette nervös. »Und das ist meine Mutter Ingeline Christoffersen.«

»Es ist mir eine Ehre. Der Laden ist ganz zauberhaft, da haben Sie ein kleines Juwel erschaffen, Frau Christoffersen.«

»Danke, Herr Doktor«, erwiderte Iny geschmeichelt. »Das meiste hat meine Tochter neugestaltet.«

»Was ist denn jetzt mit meinen Printen?«, rief eine Kundin ungeduldig, und Iny und Dora wandten sich nach einem entschuldigenden Blick in Richtung des Arztes den letzten Verkäufen des Tages zu.

»Geh ruhig schon, meine Lütte«, bot die Ladenbesitzerin ihrer Tochter an.

Dr. Degner hielt ihr die Ladentür auf, und Babette sagte strahlend: »Tschüss, ihr beiden.«

Durch die breite Straße glitt eine Straßenbahn nach der anderen, Automobil reihte sich an Automobil. Allenthalben war Geschäftsschluss, auf den Bürgersteigen quetschte und schob sich die Menge voran, die jetzt gegen halb sieben bedrohlich anschwoll.

»Hoffentlich bekommen wir einen Platz«, sagte Babette besorgt. »Ich dachte nicht, dass bei der Kälte so viel los ist.«

»Ich habe natürlich reserviert«, beruhigte Erich Degner sie.

Als sie schließlich das Café erreichten, hielt er ihr die Tür auf. Das Köpff war ein beliebter Treffpunkt der Lübecker, auch Babette kannte es gut. Es war nach Wilhelm Köpff benannt, der vor knapp sechzig Jahren das traditionsreiche Unternehmen Niederegger von Karl Georg Barth, dem Schwiegersohn des Firmengründers Johann Georg Niederegger, übernommen hatte. Im Erdgeschoss saßen vorwiegend Damen, während sich im ersten Stock meist um die Mittagszeit die Herrenwelt ein Stelldichein gab. Hier tat man sich an einer Pastete gütlich, bevor die Börsenglocke ins Rathaus zurückrief, und in den besonders begehrten Nischen des Balkons pflegten die Leutnants sich ihren Sherry zu gönnen, nachdem sie ihren Morgenritt in der Palinger Heide absolviert hatten.

Nachmittags und jetzt am Abend war das Publikum nicht mehr so getrennt. Stets aber konnte man davon ausgehen, irgendwelchen prominenten Lübecker Gesichtern zu begegnen. So begrüßte Dr. Degner beim Hereinkommen den bekannten Dirigenten Hermann Abendroth, und Babette winkte der Schriftstellerin Ida Boy-Ed zu, die mit einem jungen Zögling in einer Nische saß und diskutierte.

Sie bekamen von einer hübschen Bedienung, die den Mediziner anstrahlte, ihren Platz zugewiesen.

»Das Köpff«, meinte Degner, »ist eine Sehenswürdigkeit ersten Ranges. Selbst Hamburg und Berlin haben so etwas nicht zu bieten.«

Er bestellte Mokka mit Nusstorte, sie Pfefferminztee und eine Pastete.

»Können Sie denn nach einem Mokka schlafen?«, wunderte sich Babette. »Wenn ich so etwas nachmittags trinke, stehe ich aufrecht im Bett.«

»In der Beziehung bin ich eine Ausnahmenatur«, entgegnete er lächelnd. »Koffein macht mich immer ganz schläfrig.«

»Dann ist es ja gut, dass Sie mich vorgewarnt haben«, erwiderte sie. »So nehme ich es jedenfalls nicht persönlich, wenn Sie gleich gähnen müssen.«

Er lächelte. »Ich werde ganz bestimmt nicht gähnen, wenn Sie in der Nähe sind. Aber ich glaube, Ihre Cousine und Ihr Konditor mussten gestern ein bisschen gähnen bei Pastor Jannaschs Ausführungen.«

»Sagen wir so, man kann historisches Wissen spannender verpacken«, erwiderte Babette diplomatisch. »Grundsätzlich finde ich es aber gut, sich mit der Geschichte zu beschäftigen. Aus ihr kann viel gelernt werden, man darf sich eben bloß nicht darin verlieren. Die Vergangenheit sollte ein Sprungbrett sein, kein gemütlicher Sessel. Und zu viel Geschichte verhagelt einem auch die Laune. All die großen Männer und ihre Feldzüge … Caesar hat ganz Gallien erobert, aber von seiner Köchin spricht keiner.«

Erneut musste Dr. Degner lachen. »In Ihrer Gegenwart ist schlechte Stimmung wohl kaum möglich.«

»Och, das bekommen ein paar Kundinnen von uns ganz gut hin«, gab Babette zu bedenken.

»Dafür gibt es aber gewiss auch etliche männliche Kunden, die sehr für Sie schwärmen«, mutmaßte er.

Sie ahnte, was die eigentliche Frage hinter diesem Satz war. »Das ist mir noch nicht aufgefallen«, sagte sie. »Neulich zeigte sich ein Kunde zwar durchaus interessiert, allerdings an meiner Cousine Dora: Johann Herden hat sie zum Silvesterball ins Marzipan-Schlösschen eingeladen.«

»Oh, mit einem Schloss kann ich leider nicht aufwarten«, erwiderte Erich Degner.

Hieß das denn, dass er ihr gegenüber gern mit etwas Beeindruckendem aufgewartet hätte? Babette musste zugeben, dass sie zu gern mit diesem gutaussehenden Arzt ins neue Jahr tanzen würde.

Da kam eine etwas mollige Dame an ihren Tisch und sprach ihn an. »Guten Abend, Doktor Degner«, grüßte sie, offenbar hocherfreut, ihn zu sehen. »Könnten Sie Ihrer Gattin mitteilen, dass es meiner kleinen Elsbeth wieder vollkommen gut geht? Der Ziegenpeter ist verschwunden, die Medizin hat geholfen. Bitte richten Sie ihr doch meinen Dank aus!«

»Das mach ich, Frau Blaschke, grüßen Sie auch Ihre kleine Tochter ganz herzlich«, bat der Arzt. »Einen schönen Abend Ihnen noch.«

Babette spürte, wie ihr Gesichtsausdruck gefror. *Gattin!* Erich Degner war also verheiratet. Wieso um Himmels willen hatte er dann sie um ein Rendezvous gebeten – eine ledige, fast zwanzig Jahre jüngere Frau? Was sah er in ihr?

15

Falls Erich Degner ein schlechtes Gewissen hatte, dass nun seine Ehe aufgedeckt worden war, verbarg er es sehr gut. Scheinbar arglos plauderte er weiter. »Das war eine Patientin meiner Frau, ihre kleine Tochter hatte Mumps. Offenbar geht es ihr wieder gut, das ist natürlich sehr erfreulich, bei dieser Erkrankung kann es schlimme Komplikationen geben.«

»Ihre Frau arbeitet auch mit Kranken?«, fragte Babette mit zitternder Stimme und hoffte, dass er nicht merkte, wie bestürzt und enttäuscht sie war.

»Ja, Gertrud ist Fachärztin für Kinderkrankheiten, wir teilen uns die Praxis an der Musterbahn. Sie ist natürlich öfter im Waisenhaus als ich, deshalb ging ich davon aus, Sie kennen sich«, erklärte er, und Babette spürte, dass er nicht log. Er hatte wohl wirklich damit gerechnet, sie wisse von seiner Ehe.

»Ich war gestern zum ersten Mal im Waisenhaus«, erklärte sie. »Unser Konditor hat dort seine Kindheit verbracht; und meine Cousine kennt Schwester Lilo. Ich selbst habe keinen Bezug zu der Anstalt.«

Er furchte die Stirn. »Ach so, dann wussten Sie gar nicht, dass ich verheiratet bin.«

»Wusste ich nicht«, bestätigte Babette und beschloss, ganz offen zu fragen, was sie jetzt umtrieb: »Ist Ihre Gattin denn gar nicht eifersüchtig, dass Sie sich mit einer unverheirateten Frau treffen? Ich weiß, ich bin eigentlich zu jung für Sie, aber heutzutage ...«

»Heutzutage ist alles etwas unkonventionell, meinen Sie«, ergänzte Erich Degner ihren Satz. »Das mag so stimmen, und genau deshalb wäre meine Frau auch nicht eifersüchtig, dass wir hier zusammensitzen.«

Babette war verwirrt. »Wäre sie nicht?«

»Das ist nicht einfach zu erklären«, gab der Internist zu. »Meine Frau und ich haben nach sieben Jahren Ehe erkannt, dass die körperliche Anziehung bei uns verloren gegangen ist«, sagte Degner, und sie war froh, dass er dafür die Stimme senkte. »Das ging uns beiden so, und wir waren erleichtert, als wir es einander schließlich gestanden haben. Andere Paare betrügen sich jahrelang heimlich, versuchen aber, voreinander den Schein zu wahren. Das kommt für uns nicht infrage.«

»Wollen Sie sich scheiden lassen?«, fragte Babette leise, die von seiner Offenheit gleichermaßen erschrocken wie fasziniert war.

In diesem Augenblick wurden Kuchen, Pastete und Getränke serviert, in der daraus resultierenden Zwangspause ihres Gesprächs dachte sie, wie völlig unerwartet und merkwürdig dieses ... Rendezvous sich entwickelt hatte – wenn es denn ein Rendezvous war.

»Guten Appetit, Ihre Pastete sieht lecker aus. Nein, scheiden lassen wollten wir uns nicht«, fuhr er offenherzig fort und schob sich die erste Gabel Nusstorte in den Mund. »Wir haben ja auch ein fünfjähriges Waisenkind bei uns aufgenommen. Die kleine Käthe soll keinen von uns missen, da waren wir uns gleich einig.«

Eine fünfjährige Ziehtochter! Babette musste all ihre Selbstbeherrschung aufwenden, um sich nicht an ihrer Pastete zu verschlucken. »Oh«, entfuhr es ihr. »Aha.«

»Unsere Praxis, unser Haus und die kleine Käthe – all das

gibt uns Geborgenheit und Stärke. Das wollen wir nicht aufgeben. Wir haben vereinbart, weiter zusammenzuleben, uns aber von Affären oder neuen Partnern ganz offen zu erzählen.«

»Und diese ... Freunde, sie billigen Ihr ... Abkommen?«, hakte Babette unsicher nach.

»Nun, ich würde lügen, wenn ich behaupte, es wäre immer ganz einfach«, räumte Erich Degner ein. »Ein Verehrer meiner Frau wollte sich darauf nicht einlassen, wollte mit ihr zusammenziehen und eigene Kinder, forderte unsere Scheidung. Ihr neuer Schwarm ist aber wohl bereit, sich auf unsere Konstellation einzulassen.« Nun sah er Babette fragend an. »Verachten Sie mich jetzt?«

»Verachten? Nein«, erwiderte Babette nachdenklich. Sie beschloss, so offen zu sein wie er: »In gewisser Weise verstehe ich den Wunsch von Ihnen und Ihrer Frau, trotz allem beieinander zu wohnen. Ich wäre ohne Adoptivbruder und Cousine auch recht einsam in meinem Elternhaus. Aber trotzdem verliebe ich mich ja vielleicht irgendwann so sehr, dass ich mit der Person zusammenziehen und Kinder haben möchte, das kann und will ich nicht ausschließen.«

Der Arzt nippte an seinem Mokka. »Ist ja auch völlig natürlich. Sie sind jung, und Kinder bekommen ist etwas absolut Wundervolles. Es gibt ja auch Ehen, wo die körperliche Anziehung länger als sieben Jahre bestehen bleibt. Nur bei uns war es eben anders. Und ich fand, gerade Sie haben ein Recht darauf, dass ich mit offenen Karten spiele.«

»Wieso?«, fragte sie.

»Weil ich den Eindruck habe, dass Sie mich zumindest annähernd so attraktiv finden wie ich Sie.« Er fixierte sie sehnsuchtsvoll. »Und da ich Sie nun schon aus Eigennutz zu einem Treffen überredet habe, wollte ich Ihnen reinen

Wein einschenken, zum Tee sozusagen.« Er lächelte hilflos, und sie wunderte sich, wie er nach all dem, was er ihr da offenbart hatte, dennoch wie ein verschüchterter Schuljunge wirken konnte. »So haben Sie das nötige Wissen, sich zu entscheiden, ob Sie sich zurückziehen wollen ... oder ob mehr daraus wird.«

Er sah sie fragend an. Dieses Gesicht – er konnte doch unmöglich wirklich fast zwei Jahrzehnte älter sein als sie!

»Das wird schon deshalb nicht möglich sein, weil ich erst in zwei Jahren einundzwanzig werde, meine Mutter würde mir dergleichen nie erlauben«, sagte sie. Das war die Antwort, die ihr der Verstand diktierte, doch ihr Körper reagierte empört mit Stichen in der Magengrube. Ein Teil von ihr wollte Erich Degner so nah sein, wie es nur ging. Aber was sollte denn ihr Zukünftiger denken, wenn sie doch einmal einen Mann zum Heiraten fand? Sie konnte doch den Anstand nicht einfach über Bord werfen und eine Liaison mit einem verheirateten Mann beginnen!

Er sah sie zutiefst schockiert an. »Sie ... sind erst neunzehn?«, stammelte er. »Sie wirken so lebenserfahren, damit hätte ich nie gerechnet. Sonst hätte ich natürlich nie ... Sie müssen mich ja für einen Lustgreis halten.«

Lustgreis? Sie konnte nicht umhin, über diese Formulierung zu lachen, die so gar nicht zu seinem attraktiven Äußeren passte. »Im Gegenteil, ich finde Sie weit mehr als nur annähernd attraktiv.«

Er lächelte erleichtert, und sie erschrak über sich selbst. Hatte sie das gerade wirklich gesagt? Diese unschickliche Offenheit war ja wie eine ansteckende Krankheit, ausgelöst ausgerechnet von einem Arzt.

»So, und jetzt sollten wir unbedingt über etwas Belangloses sprechen«, bat sie. »Ich muss mich an Ihre offene Art erst noch gewöhnen. Lassen Sie uns harmlos darüber plaudern, ob Ihnen diese Pastete schmecken würde.«

Sie hielt ihm ihren Löffel hin und ließ ihn probieren. Als er sich nach vorn beugte und seine warmen Lippen kurz ihre Finger streiften, löste es ein Gefühl in ihr aus, das sie dankbar sein ließ, sich mit ihm hier in einem überfüllten Café zu befinden. *Wärest du jetzt mit ihm allein*, dachte sie, *wer weiß, wozu du dich hinreißen lassen würdest?*

***

Gegen neun Uhr abends saß Babette noch mit Dora und Siggi in der Wohnstube, blätterte im *Lübecker Generalanzeiger* und erzählte den beiden von dem unerwarteten Verlauf des Abends. Sie schloss ihren Bericht mit der ernüchternden Erkenntnis, dass Dr. Erich Degner eine offene Ehe führte und obendrein eine fünfjährige Ziehtochter hatte. Allerdings verschwieg sie ihre eigenen verwirrenden Gefühle und resümierte lediglich: »Ich habe ihm dann gesagt, dass es bei uns nie mehr als Freundschaft geben wird.«

Dass ihr Körper danach schrie, mit Erich ohne jede Verpflichtung und tabulos all das auszuprobieren, worüber man nicht sprach, das konnte sie den beiden nicht gestehen – und sich selbst auch noch nicht wirklich.

Dora bemerkte im Augenwinkel, dass Siggi erleichtert war. Ihr hingegen war nicht nach Lächeln zumute, sie plagte die Sorge, ob sie selbst nicht ihrerseits zu viel in die Einladung von Johann Herden hineingelesen hatte. Was wusste sie schon über seine bisherigen – und vielleicht auch gegenwärtigen – Techtelmechtel? War es nicht naiv zu glauben, dass ein Mann wie er kein Liebchen hatte?

»Heutzutage muss man wohl genaue Erkundigungen über die Männer einziehen, denen man ein Rendezvous zusagt«, meinte sie bitter. »Schließlich verlangt jeder Arbeitgeber Referenzen, bevor er einen zum Vorstellungsgespräch einlädt.«

Babette musste lachen. »Vielleicht sollte man von den Männern einen Lebenslauf und eine schriftliche Erklärung über ihre Lebenssituation und Absichten verlangen. Dann gäbe es keine bösen Überraschungen.« Sie deutete auf eine Anzeige in der Tageszeitung. »Na, hier gibt es genau das Richtige, um deine Idee in die Tat umzusetzen.« Sie las vor: »*Erste Referenzen: Beschafft Auskünfte über Lebenswandel, Vorleben und Ruf. Detektiv- und Auskunftsbüro, Königstraße hundertacht, Inhaberin A. M. Kleinert, Fernruf zwei fünf null zwei, Spezialität: Beobachtungen und Ermittlungen in Ehescheidungssachen, diskret und gewissenhaft.*«

Siggi hatte aufgehorcht. »Vielleicht sollte ich ab jetzt darauf sparen, diese Detektivin anzuheuern. Die könnte bestimmt meine Mutter finden.«

Die beiden Cousinen schmunzelten, doch Siggi erwog die Idee ernsthaft. Gewiss war eine erfahrene Detektivin eher in der Lage als er, den Vornamen seiner Mutter herauszufinden oder sie sogar aufzuspüren.

***

Als Ida Boy-Eds Hausmädchen Minna Grimm fünf Tage vor dem geplanten Salon im Süßwarenladen Christoffersen die Liste der Zu- und Absagen vorbeibrachte, gab es eine Enttäuschung für Dora: Johann Herden hatte abgesagt.

Sie versuchte, dem keine allzu große Bedeutung beizumessen, schließlich befand er sich ja inmitten seiner Prüfungsphase in Kiel, ein ungutes Gefühl blieb jedoch. Vielleicht hatte er sie auch längst vergessen? Erneut waren da die Gedanken, dass sie über den Marzipanerben im Grunde ja genauso wenig wusste wie ihre Cousine Babette vor dem Treffen über deren Schwarm Dr. Degner.

Kaum war Minna Grimm im Schneetreiben entschwunden, das draußen vor dem Laden herrschte, kam der Postbote mit einem großen Paket herein.

»Moin, Herr Flögel, ist das für mich?«, erkundigte sich Iny neugierig.

Der Briefträger, auf dessen Mütze und roten Haaren Schneeflocken hingen, schüttelte jedoch den Kopf. »Nein, das ist für ›*Fräulein Dora Hoyler bei Süßwaren Christoffersen*‹.«

Dora kam verblüfft hinter der Verkaufstheke hervor. Wer mochte ihr ein so großes Paket geschickt haben? Ein verfrühtes Weihnachtsgeschenk der Bernsteins vielleicht? Doch eigentlich konnten sich ihre einstigen Arbeitgeber so etwas gar nicht leisten.

Dora nahm das Paket entgegen und sah auf den Absender.

»Von wem ist es?«, drängelte Babette.

»*Lübecker Marzipan-Werke Herden*«, las ihre Cousine lächelnd vor.

Sie stellte das Paket auf die Theke, öffnete es und förderte einen großen Block Marzipanrohmasse zutage.

»Donnerlittchen!«, rief Iny erstaunt, und ihr Konditor Siggi schätzte nicht weniger beeindruckt: »Das sind ja mindestens drei Kilo!«

»Rohmasse ist zurzeit ein Vermögen wert«, ergänzte Babette, während Dora einen Briefumschlag öffnete, der dem Paket beigelegt worden war und auf dem in geschwungenen

Lettern ihr Name stand. Sie entfaltete aufgeregt das Schreiben und begann zu lesen:

Kiel, den 11. Dezember 1921

Verehrtes, liebes Fräulein Hoyler,
da mich Ida Boy-Ed bisher noch nie zu deren Salons eingeladen hat, gehe ich davon aus, dass ich Ihnen *die Einladung zur Wohltätigkeitsveranstaltung im Süßwarenladen Ihrer Familie verdanke. Leider bin ich dieser Tage in der höllischen Prüfungszeit in Kiel und daher unabkömmlich. Ich wäre aber wirklich gern gekommen. Als Wiedergutmachung sende ich Ihnen anbei etwas »Rohstoff«. Ich bin mir sicher: Mit Ihrem Talent werden Sie daraus etwas Schönes zaubern, das Sie entweder den Kindern direkt schenken oder aber zu deren Gunsten verkaufen können.*
Ich freue mich sehr auf unser Wiedersehen am Silvesterabend und verbleibe bis dahin

in vorzüglichster Hochachtung
Johann Claudius Herden

Dora strahlte. Er hatte sie nicht vergessen!

Der Abend der Wohltätigkeitsveranstaltung im Süßwarenladen Christoffersen stand unmittelbar bevor. Professor Otto Anthes hatte einige Schüler beauftragt, aus dem Gemeindehaus die fehlenden dreizehn Stühle herbeizutragen, die zu den zwölf, die Iny aus Büro und Wohnung zur Verfügung hatte, in den Verkaufsbereich gestellt wurden.

Sogar Bürgermeister Dr. Neumann hatte sich breitschlagen lassen, um acht Uhr abends in den kleinen Marzipanladen an der Holstenbrücke zu kommen. Bis dahin waren es nur noch zwanzig Minuten, deshalb herrschte emsige Betriebsamkeit. Hansi und Fiete würden in der Aufführung in die Rollen von Marzipanbäckerin und -verkäufer schlüpfen, die mit ihrem Laden Weihnachten vorm Teufel retten wollten. Durch diesen Kniff in der Handlung konnte die Verkaufstheke als Teil des improvisierten Bühnenbildes genutzt werden. Den Leibhaftigen gab kein Geringerer als Hofschauspieler Ernst Albert, der auch in diesem Stück selbstverständlich einen Zylinder trug.

Die drei Schauspieler hatten einen Maskenbildner vom Theater mitgebracht, der Siggis Backstube spontan zur Garderobe umgewandelt hatte und ständig »Sekündchen, Sekündchen« rief, so als wolle er Hektik verhindern, dabei machte er jedoch selbst alle nervös. Während Ernst Albert, der den Mitarbeitern des Ladens inzwischen das Du angeboten hatte, von ihm gepudert wurde, fragte Dora den Hofschauspieler und Insektenkundler: »Warum trägst du eigentlich immer Zylinder, Ernst?«

»Ach, weißt du, in meinen Lehr- und Wanderjahren bin ich mal in eine arge Bredouille geraten«, erzählte er und schmunzelte bei der Erinnerung. »Ich konnte mich nur ganz knapp aus dem Staub machen, verkleidet als Schornsteinfeger, verkappt mit Zylinder. Danach habe ich geschworen, solche Hüte bis an mein Lebensende zu tragen. Und bis dahin dauert es wohl noch eine ganze Weile, eine Zigeunerin hat mir nämlich mal vorausgesagt, dass ich hundert Jahre alt werde.«

»Wie schön für dich und uns alle«, entgegnete Dora lächelnd.

Schließlich schlug die Standuhr im Laden achtmal, die Gäste hatten ihre Plätze eingenommen. Als Dora ihren Blick über die fein gekleideten Damen und Herren schweifen ließ, fiel ihr ein hochgewachsener Mann um die vierzig auf, der sich nach ihr umdrehte. Er hatte dunkles Haar und leuchtend blaue Augen, mit denen er Dora fixierte. Kannte sie ihn? Nein, sie hatte ihn noch nie gesehen. Draußen vor dem Laden versammelten sich, warm eingepackt, einige der Kellner und Taxifahrer aus der *Börse*, um durch die Schaufensterscheibe ein »büschen reinzuluschern«, wie sie es nannten. Der Wirt Eulert schenkte ihnen warmen Grog aus, und was er am Ende überhatte, sollte in der Spendenkasse fürs Waisenhaus enden. Innen wurden die Gäste nun von einem mephistophelisch aussehenden, bleich geschminkten Mann mit schwarzem Zylinder begrüßt.

Schon in seiner Begrüßungsansprache lieferte Ernst einige satirische Anspielungen auf die Kommunal- und Weltpolitik. Man gewährte ihm die Narrenfreiheit eines Harlekins, und obwohl es nicht nur Anspielungen auf den Versailler Vertrag und die Gier der Alliierten gab, sondern auch auf die unverhohlen nationalistische Einstellung des anwesenden Lübecker Bürgermeisters, applaudierte der Magistrat zähneknirschend auch an diesen Stellen brav wie die übrigen, schallend lachenden Zuschauer.

Erneut trafen sich Doras Blick und der des großen dunkelhaarigen Fremden. Er grinste, während er anzüglich an ihrem wohlgeformten Körper hinabsah. Unangenehm berührt drehte sie sich weg und sah zur Bühne am Verkaufstresen.

Nach Ernst Alberts Einführungsrede folgte nun das eigentliche Stück. »Verkäufer« Hans-Peter Mainzberg, der auch in seiner Rolle »Hansi« genannt wurde, und »Bäckermeisterin« Annapurna, gespielt von Fiete Krugel, hatten auch in der Geschichte das Ziel, den Kindern im Waisenhaus Weihnachten mit milden Gaben zu versüßen. Der Teufel wollte dies verhindern, wurde am Ende jedoch von den beiden jungen Ladenbesitzern besiegt, indem sie ihn selbst süchtig nach Marzipan machten. Fortan verbrachte er die Zeit lieber mit dem Probieren der vielen Köstlichkeiten aus der süß-bitteren Mandelmasse, statt Seelen zu erobern und Unheil anzurichten.

»Bald wusste man's im ganzen Land, der Teufel, er war nun gebannt. Und eines sorgt auf Dauer dafür: Mit dem Riesenbauch passt er nicht durch die Tür!«, sagte Fiete zum Abschluss des Stücks.

Danach gab es frenetischen Beifall für Hofschauspieler Ernst Albert und seine beiden jüngeren Kollegen. Die Zuschauer ließen sich bei der anschließenden Spendenkollekte nicht lumpen. Dora hatte zudem aus Johann Herdens Marzipangeschenk ein gutes Dutzend Weihnachtsfigürchen geformt, die binnen kürzester Zeit verkauft waren. Sie stellte fest, dass sie bei den Lübecker Bürgern inzwischen durchaus einen Namen hatte, und die Gäste des heutigen Abends ohne mit der Wimper zu zucken bereit waren, den von Ida Boy-Ed vorgeschlagenen Preis von neun Mark pro Figur zu bezahlen, der Dora zunächst unverschämt erschienen war. Als Babette später Kassensturz machte, war durch Spenden und Verkäufe ein beeindruckender Betrag zusammengekommen. Zudem hatte ein Spielwarenhändler angeboten, ausgemusterte Artikel beizusteuern, sodass man die Waisenkinder nicht nur mit Süßem beglücken konnte.

»Dora, kommen Sie doch mal, bitte«, rief Ida Boy-Ed schließlich nach der Verkäuferin. Sie eilte zu der alten Schriftstellerin und erschrak, als sie neben ihr den großen Dunkelhaarigen mit dem lüsternen Blick bemerkte. »Hier möchte Sie jemand kennenlernen«, erklärte Ida Boy-Ed, deren schneeweißes Haar heute besonders elegant aufgetürmt war. »Das ist Uwe Tiedemann, Grossist für Südfrüchte, Nüsse und Mandeln, er hat Ihnen einen Vorschlag zu machen.«

»Schönes Fräulein, ich wollte Ihnen anbieten, dass Sie von mir Orangen für die Kindlein und Mandeln für Ihren Bäckermeister beziehen können«, sagte Tiedemann mit dunkler Stimme. »Sie wissen, dass diese Kostbarkeiten derzeit kaum erhältlich sind und sozusagen mit Gold aufgewogen werden.«

»Oh herzlichen Dank, das freut mich«, sagte Dora höflich, fand es aber äußerst verdächtig, dass dieser Herr Tiedemann ausgerechnet mit ihr sprechen wollte. Ihre Tante Iny wäre doch eher die zuständige Adresse gewesen.

Er nahm ihre Hand und streichelte sie, was ihr äußerst unangenehm war. »Ihre Befriedigung soll mir Dank genug sein«, sagte er rau. »Ich könnte mir gut vorstellen, dass wir auch über diese Spendensammlung hinaus gut miteinander auskommen. Wollen Sie nicht am Montag in mein Kontor an der Trave kommen, und wir besprechen mein Angebot in aller Ruhe unter vier Augen?«

Allein mit diesem Mann? Das wollte Dora keinesfalls. Aber Mandeln und Orangen – durfte sie die den armen Kindern vorenthalten? Hilflos drehte sie sich nach Ida Boy-Ed um, doch die Schriftstellerin war bereits in ein Gespräch mit Bürgermeister Dr. Neumann vertieft.

»Nun?« Der Grossist sah Dora erwartungsvoll an.

»Herr Tiedemann, das ist ein sehr großzügiges Angebot«, ertönte plötzlich Siggis Stimme hinter Dora, und sie drehte sich erleichtert um. »Leider ist unser Fräulein Hoyler am Montag im Laden unabkömmlich – das Weihnachtsgeschäft, Sie verstehen.«

Wie schnieke Siggi in seinem Anzug und dem mit der Brennschere gewellten Scheitel aussah! Dennoch ergriff der Grossist nur mit sichtlichem Widerwillen die Hand, die der junge Konditor ihm entgegenstreckte.

»Ich darf mich vorstellen, mein Name ist Siegfried Christoffersen, Konditor dieses hübschen Lädchens. Ich komme gern in Ihrem Kontor vorbei zwecks der freundlichen Liebesgaben.«

Dora hätte ihren brüderlichen Freund für sein selbstbewusstes Eingreifen küssen mögen, und er war nicht einmal in sein Gestotter verfallen. Sie befürchtete angesichts Tiedemanns verstimmter Miene bereits, er würde sein Angebot wieder zurückziehen, doch in diesem Augenblick wandte sich ihm Ida Boy-Ed zu und sagte zum neben ihr stehenden Dr. Neumann: »Herr Bürgermeister, das ist Uwe Tiedemann – der gute Mensch wird Orangen und Mandeln spenden.«

»Löblich, werter Tiedemann, sehr löblich«, sagte der Bürgermeister anerkennend.

Dora strahlte. Nun gab es für den Grossisten kein Zurück mehr, er war gezwungen, zu seinem Angebot zu stehen, ohne dass sie allein zu ihm gehen musste.

16

Voller Vorfreude sahen sich Dora und ihre Cousine auf dem Bahngleis um, wo zwei Tage vor Heiligabend natürlich heftiges Gedrängel herrschte.

»Da ist sie!«, verkündete Babette.

Aufgeregt folgte Dora ihrem Blick: Durch den Dampf der Lokomotive kam Doras Mutter, schlicht gekleidet, ihr blondes Haar zu einem Haarknoten geflochten, auf sie zugeeilt.

»Mama!« Dora fiel der grazilen Frau glücklich um den Hals.

»Dorle, endlich«, sagte Hedwig Hoyler, und umarmte dann auch ihre Nichte. »Babette!«

Dora nahm ihrer Mutter den Koffer ab, und sie gingen zusammen die Treppe zum Verbindungssteg hinauf in Richtung Ausgang. »Hast du was von Papa gehört?«

Hedwig schüttelte den Kopf. »Gar nichts. Immerhin sind die Kerle nicht mehr bei uns auf dem Hof aufgetaucht. Aber jetzt müsst ihr mir unbedingt erklären, weshalb ich dir noch vor Neujahr ein Kleid aus Seide nähen muss, eure Postkarte klang ja sehr geheimnisvoll.«

Als sie schließlich im Laden angekommen waren, atmete Hedwig durch. »Der Erbe eines Marzipanimperiums lädt meine Tochter zum großen Ball, ihr veranstaltet zusammen eine Theateraufführung … Lübeck scheint ja ein richtig aufregendes Pflaster geworden zu sein«, sagte sie. »So etwas gab es in unserem beschaulichen Dörfle in Schwaben natürlich nicht.«

»Dafür gibt es dort meine Lieblingsschwester. Oder gab – jetzt bist du ja endlich hier«, kam es nun von Iny. Sie umrundete die Verkaufstheke und eilte auf ihre Schwester zu, um sie an sich zu drücken. »Meine Hetty.«

»Wie viel habt ihr denn zusammenbekommen?«, erkundigte sich Hedwig.

»Fa-Fast zweitausend Mark und je-jede Menge Orangen und Mandeln«, antwortete Siggi nun von der Backstubentür aus.

»Was ist denn das für ein schöner Mann?«, rief die Näherin bewundernd und umarmte den jungen Konditor herzlich. »Schön, dich zu sehen, Siegfried.« Dann wandte sie sich wieder an ihre Schwester: »Feiern wir Weihnachten denn mit den Kindern im Waisenhaus?«

Iny nickte. »Aber selbstverständlich werden wir auch hier einen Christbaum haben und danach unsere eigene kleine Bescherung machen.«

»Genau, ich wollte gerade los, eine Tanne besorgen«, verkündete Siggi. »Wenn wir noch länger warten, sind nur noch die halb kahlen und verkrüppelten übrig.«

»Dann begleite ich dich besser«, schlug Babette vor. »Sonst wirst du beim Preis über den Tisch gezogen, du bist einfach zu gutmütig.«

»Gern«, entgegnete Siggi erfreut.

»Ob sich für jeden Tannenbaum ein Käufer findet?«

Babette deutete auf einen besonders kläglichen und windschiefen Baum. »Auch für solche?«

»Vielleicht nimmt ihn noch einer von denen, die morgen ganz spät dran sind. Wenn nicht, wird er wohl verheizt, ohne jemals geschmückt zu werden«, mutmaßte Siggi.

Babette sah den Baum voller Bedauern an.

»Du willst ihn aber jetzt nicht aus Mitleid kaufen?«, vergewisserte er sich amüsiert und gerührt zugleich.

Sie schüttelte den Kopf. »Natürlich nicht, Mutti würde mich für verrückt erklären.«

Siggi sah zum Verkäufer, einem kriegsversehrten Mann mit Holzbein, der an einem überdachten Stand auch Strohsterne, Kugeln, Engelfiguren und anderen Christbaumschmuck verkaufte.

»Entschuldige mich kurz«, bat er Babette und ging hinüber.

Während sie sich weitere Tannen ansah, begutachtete er den Baumschmuck. Schließlich fiel sein Blick auf den Mülleimer neben dem Stand, in dem sich unter anderem zwei kaputte Strohsterne und eine angebrochene rote Christbaumkugel befanden. Da der Verkäufer gerade mit einer rundlichen Dame sprach, schnappte sich Siggi den beschädigten Schmuck aus dem Abfall und ging hinüber zu dem kleinen verkrüppelten Baum. Zu Babettes Erstaunen schmückte der junge Konditor nun das krumme Tännchen mit den verbogenen Sternen und der angebrochenen Kugel.

»So«, sagte Siggi zufrieden. »Ob das Bäumchen bis morgen gekauft wird oder nicht – jetzt war es zumindest auch mal geschmückt, bevor es verheizt wird. Ich weiß doch, wie wichtig dir Gerechtigkeit ist.«

»Du bist süß, danke.« Seine Adoptivschwester sah ihn gerührt an und gab ihm einen Kuss auf die Wange, der in ihm alles andere als brüderliche Gefühle auslöste.

Sie sah nochmal auf den merkwürdigen kleinen Christbaum mit dem ramponierten Schmuck und fragte ihn: »Weißt du übrigens, wofür die Weihnachtskugel steht?«

Er sah sie unsicher an. »Nein ...«

»Sie symbolisiert angeblich die verbotene Frucht vom Baum der Erkenntnis. Der Weihnachtsbaum hat sich wohl aus dem sogenannten ›Paradeisl‹ entwickelt, dem Paradiesbaum. Der wurde bei den mittelalterlichen Paradiesspielen am 24. Dezember verwendet und vor allem mit Äpfeln geschmückt, aber auch mit Backwaren und bunten Blüten aus Papier. Manche Familien hier im Norden haben deshalb noch heute zusätzlich zum restlichen Schmuck auch Adam, Eva und eine Schlange als Figuren an ihrem Weihnachtsbaum. In der Liturgie war der 24. Dezember nämlich der Gedenktag des Urpaares.«

Siggi sah sie erstaunt an. »Woher weißt du das alles bloß?«

»Na, rate mal!«, sagte Babette.

»Pastor Jannasch?«

Sie nickte. »Genau. Sei froh, dass du dich rechtzeitig mit Oberschwester Martha aus dem Staub gemacht hast, er hat nämlich einfach nicht aufgehört zu reden.«

Plötzlich entgleiste ihr Gesichtsausdruck. Sie starrte in Richtung Straße, nur um sich dann fast panisch umzudrehen und den Blick zu senken. Siggi fragte sich, was sie so erschreckt haben mochte, doch außer einem Pärchen mit Kind konnte er niemanden sehen. »Was ist denn mit dir?«, fragte er.

»Da kommt Doktor Degner mit seiner Frau und seiner Ziehtochter«, flüsterte sie aufgeregt.

»Stimmt, er ist es«, erkannte nun auch Siggi.

»Ich will denen nicht begegnen. Bitte komm ganz nah her und unterhalte dich mit mir!«, wisperte Babette.

Siggi musste sich eingestehen, dass sowohl der Arzt als auch seine hübsche Frau und die kleine, etwa fünfjährige Tochter einen ganz normalen, ja, sogar sympathischen Eindruck auf ihn machten.

Er kam Babettes Bitte nach und legte seine Stirn fast an die ihre, um ihr zuzuraunen: »Ich geb's ja ungern zu, aber eigentlich sehen die recht nett aus.«

»Red über was anderes, bitte!«, zischte sie.

»Also, ähm, ich bi-bin froh, wenn die weg sind und wir uns wieder den Tannenbäumen z-z-zuwenden können«, sagte er, weil ihm nichts anderes einfiel. Wieso musste ausgerechnet jetzt dieses verdammte Stottern zurückkehren? Ob es daran lag, dass Babette ihm näher war als sonst, dass er sogar die Seife riechen konnte, die sie verwendete?

»Das geht mir ganz genauso«, knurrte sie. In diesem Moment kam das kleine Mädchen direkt auf sie zugestapft, baute sich vor dem verkrüppelten kleinen Christbaum mit dem ramponierten Schmuck auf und rief: »Oh je, das hässliche Bäumchen will bestimmt niemand haben.« Sie sah zu den beiden auf. »Oder wollten Sie es kaufen?«

Siggi schüttelte lächelnd den Kopf. »Nein, wir haben es nur geschmückt – damit es das auch mal erlebt hat, falls es gar niemand kaufen will.«

Und dann war es zu spät: Dr. Degner stand direkt vor ihnen.

»Guten Tag, Herr Christoffersen, Babette«, grüßte er erfreut. »Hatte ich doch recht, dass Sie es sind.«

»Guten Tag«, erwiderte Babette tonlos.

Zu allem Übel kam nun auch noch seine Gattin hinzu. Die schlanke Dame war Anfang vierzig, hatte braune Locken, wirkte selbstbewusst und lächelte äußerst gewinnend.

»Darf ich vorstellen? Das ist meine Frau Gertrud Degner. Gertrud, das sind die Süßwarenverkäuferin Babette Christoffersen und ihr Konditor, Herr Christoffersen.«

»Freut mich, Sie kennenzulernen«, sagte die Kinderärztin.

»Mutti, ich möchte dieses Tännchen haben, bitte«, machte in diesem Augenblick die kleine Käthe auf sich aufmerksam.

Ihre Ziehmutter sah verdutzt auf das Bäumchen. »Das da?«

»Ja, der liebe Mann hat auch gesagt, dass die Tanne vielleicht niemand kauft«, erklärte Käthe, auf Siggi zeigend. »Weil sie nicht so schön ist wie die anderen.«

»Wollen Sie die?«, erkundigte sich Erich Degner bei dem jungen Konditor. »Sie haben die älteren Rechte.«

»Nein, Sie können sie haben«, gab sich Siggi großzügig.

»Also gut, Käthchen, du kriegst die kleine Tanne«, erklärte Degner, sah dann aber unsicher seine Gattin an, »wenn Mutti nichts dagegen hat.«

Die Medizinerin nickte schmunzelnd. »Du bekommst sie, wir Erwachsenen kaufen dem Bäumchen dann noch einen großen Bruder.«

»Au ja«, freute sich das Kind.

»Haben Sie denn schon einen ausgesucht?«, wandte sich Erich Degner an Babette.

»Ich muss mich erst noch ein bisschen genauer umschauen«, entgegnete sie.

»Das werden wir auch noch tun«, sagte der Arzt. »Tja, dann bleibt uns wohl nur noch, Ihnen frohe Weihnachten zu wünschen. Auf hoffentlich ganz bald.«

»Ihnen auch ein frohes Fest«, erwiderte Babette und

schaffte es sogar, Gertrud Degner zuzulächeln. »Und dir viel Spaß mit dem Tännchen, Käthe.«

Als sie außer Hörweite der kleinen Familie waren, raunte Babette Siggi zu: »Gott, war das furchtbar, seine Frau wirkt zu allem Übel auch noch *nett*. Und das Töchterchen ist dermaßen süß.«

»Du hast recht – mit beidem«, stimmte Siggi schweren Herzens zu. »Aber du hast dich wacker geschlagen. Welchen Baum nehmen *wir* denn jetzt?«

Sie zeigte an ihm vorbei. »Den da.«

Verblüfft über ihre schnelle Wahl sah er zu dem hochgewachsenen Tannenbaum, auf den sie deutete. »Bist du dir sicher, dass er dir von allen am besten gefällt?«

»Nein, aber er ist grün, gerade, groß und dicht«, erwiderte Babette leise. »Und im Augenblick reicht mir das, wenn ich dafür bloß schnellstmöglich aus der Reichweite von diesem Familienglück komme.«

»Kann ich verstehen.«

Am nächsten Morgen fuhren Babette, Dora und Siggi mit dem Lieferwagen zur Heilanstalt Strecknitz, der Psychiatrischen Klinik der Hansestadt Lübeck, um Einar Christoffersen abzuholen. Sie war, so wusste Babette zu berichten, erst vor zehn Jahren gegründet worden.

»Doktor Degner hat erzählt, dass man die Geisteskranken im Mittelalter vor dem Burgtor und dem Mühlentor außerhalb der Stadtbefestigung verwahrt hat, in sogenannten Tollkisten«, berichtete Babette mit belegter Stimme. »Wer in so einem Käfig endete und mit den Nerven noch nicht am Ende war, hat seinen Verstand ganz gewiss voll und ganz verloren. Die Kisten waren außerdem gegen das Wetter ungeschützt.«

»Hat man den Kranken nicht mal ein Gebäude gegönnt?«, empörte sich Dora.

»Ein Tollhaus errichtete der Stadtrat erst um sechzehnhundert. Aber da gab es auch in erster Linie Stroh, Ketten und Zwangsjacken«, wusste Babette. »Ein menschenwürdiges Krankenhaus für Nervenleiden kam erst vor ein paar Jahrzehnten.«

»Da vorne ist es«, unterbrach Siggi, der das Fahrzeug lenkte.

Die Anstalt war ein langgezogener dreistöckiger Klinkerbau mit einem Turm über dem Haupteingang in der Gebäudemitte.

»Onkel Einar!« Dora hatte davor den einst sportiv wirkenden blonden Konditormeister erblickt, der jetzt etwas hager aussah. Vor einem Monat war er neununddreißig geworden, hatte sich jedoch trotz angegriffener Nerven und der Prothese am rechten Arm weiterhin etwas Jungenhaftes im Blick bewahrt. Als Siggi das Fahrzeug zum Stehen gebracht hatte, stiegen sie alle drei aus, um den Heimkehrer zu umarmen.

»Dora, du siehst aus wie deine Mutter in jungen Jahren«, wiederholte Einar die Worte seiner Frau, ohne es zu wissen. »Wunderhübsch.«

»Haben sie dich gut behandelt?«, wollte Babette wissen, als sie seinen Koffer eingeladen hatten und losfuhren. »Keine Elektroschocks?«

»Nein, und auch keine Zwangsjacken«, beruhigte sie ihr Vater. »Stattdessen warme Bäder und viele Gespräche. Mein zuständiger Arzt, Doktor Walz, ist ganz großartig. Er war selbst im Krieg und hat mich bestens verstanden. Es ist schon erstaunlich, dass er sich die Zeit genommen hat, auf mich einzugehen. Die Anstalt betreut ja immerhin tausendfünfhundert Patienten. Er hat mir auch die richtigen Medikamente verschrieben.«

»Und die helfen?«, hakte Siggi nach.

»Ja, sie machen vielleicht etwas füllig, aber davon habe ich bisher noch nichts gemerkt«, räumte Einar ein und sah an seiner zu weiten Kleidung hinab. »Doktor Walz hat mir auch ein paar beruhigende Übungen beigebracht, für den Fall, dass ich doch wieder anfange zu zittern. Ich denke, einer fröhlichen Familienweihnacht steht meinerseits nichts im Wege.«

Dora bemerkte Babettes ängstlichen Blick. Sie schien weitaus weniger zuversichtlich als ihr Vater.

17

An Heiligabend um fünf Uhr nachmittags begann die Weihnachtsfeier für die Kinder im Waisenhaus. Im Gemeinschaftsraum hatte man eine große Fichte aufgestellt, die von den Kindern selbst festlich geschmückt worden war. Nun standen sie mit glänzenden Augen um den Baum herum versammelt und sangen in dessen Kerzenschein *O du fröhliche*.

Das Lied von Christi Geburt in der »verloren gegangenen« Welt weckte so viele Erinnerungen an die Weihnachtsfeste ihrer eigenen Kindheit auf dem Bauernhof der Mettangs, dass Dora die Tränen in die Augen schossen. Sie dachte an ihre Reise nach Hamburg und die plötzliche Sehnsucht nach ihrem Vater, der sich durch den Krieg so sehr verändert hatte und aus ihrem Leben verschwunden war. Doch es gab auch Hoffnung. Pastor Jannasch hatte vorhin etwas sehr Rührendes gesagt: »Dass Gott Mensch wird und sich selbst einer oft traurigen und unvollkommenen Welt aussetzt, um uns ganz nah zu sein – das tröstet mich immer sehr.«

Dora sah neben sich ihre Mutter, Tante Iny mit Onkel Einar, Babette und Siggi sitzen, der Anblick ließ die Zuversicht wachsen, dass ihr erstes Weihnachten in Lübeck ein glückliches werden würde.

Spätestens als Fiete und Hansi vortraten, um das Lied *Der Weihnachtsmann kommt* zum Besten zu geben, waren angesichts des albern-fröhlichen Textes alle Tränen schnell getrocknet.

»Eine Muh, eine Mäh, eine Täterätätä, eine Tute, eine Rute, eine Hopp-hopp-hopp-hopp, eine Diedeldadeldum, eine Wau-wau-wau, ratatsching-daderatabum«, sangen die beiden Jungschauspieler mit einer Inbrunst und Ernsthaftigkeit, dass man über den Widerspruch zu dem kindischen Text sofort lachen musste.

Nachdem Fiete und Hansi mit ihrer Darbietung fertig waren, betätigte Oberschwester Martha Behm ein Glöckchen, dass in der Tat »bim-bam« machte, woraufhin einige Kinder aufschrien und durch das Fenster hinaus in den zu wahren Bergen aufgetürmten Schnee zeigten. Schneeflocken wirbelten wild durcheinander, und inmitten des Gestöbers näherte sich eine Gestalt mit zwei vollen Säcken dem Waisenhaus.

»Das ist der alte Knecht Ruprecht!«, rief ein Knabe ängstlich. »Der hat eine Rute.«

»Nein, das ist der Nikolaus aus dem Struwwelpeter-Buch«, widersprach ein Mädchen.

Spätestens als ein anderer Junge rief: »Aber er hat gar keine Zipfelmütze auf dem Kopf, das ist ein roter Zylinder«, wusste Dora, wer unter dem leicht abgeänderten Kostüm des Weihnachtsmannes steckte.

Schließlich klopfte es polternd an der Anstaltstür, und Schwester Lilo eilte los, um zu öffnen. Wenig später kam der verkleidete Hofschauspieler mit einem Schwung kalter Luft durch die Diele in den Saal – weniger verstohlen und »auf leisen Sohlen« als in der ersten Strophe des Weihnachtsschlagers von Muh und Mäh, sondern eher wie in der zweiten: mit »Poltergang«, pustend und prustend.

Aus seinen zwei vollen Säcken zauberte er von Siggi geschaffene Leckereien aus Zucker und Marzipan hervor und wartete obendrein mit allerlei Spielzeug auf: eine Kuh, eine Ziege, ein Steckenpferdchen und ein Hundchen, eine kleine Trompete, eine Mini-Pauke, eine Tröte, eine mit Süßigkeiten und Watte behängte Rute aus Ästen sowie zahlreiche weitere Schätze.

Angesichts der vielen glänzenden Kinderaugen um sie herum nickten sich Dora, Babette und Siggi zufrieden lächelnd und in stillem Einverständnis zu: Sie hatten mit ihrer Wohltätigkeit genau das Richtige getan.

***

Gegen halb acht Uhr abends bereiteten sie in der Wohnstube über dem Süßwarenladen ihre eigene kleine Bescherung vor. Siggi, Hedwig und Dora zündeten die Kerzen am Baum an, während Babette und ihre Mutter in der Küche die Gläser mit Weihnachtspunsch füllten; Onkel Einar saß auf dem Sofa und blätterte in alten Tageszeitungen, deren Nachrichten er in der Anstalt alle verpasst hatte.

Als Dora mit ihrer Mutter über die glücklichen Waisenkinder plauderte, bemerkte sie, dass Siggi seltsam abwesend und sogar ein wenig traurig wirkte.

Das war auch Iny nicht entgangen, und sie sprach ihre Tochter in der Küche darauf an. »Meinst du, es liegt daran, dass er an seine weniger glücklichen Weihnachten im Waisenhaus denken musste?«

»Vielleicht«, sagte Babette zweifelnd. »Aber ich glaube eher, seine leibliche Mutter geht ihm durch den Sinn.«

Iny sah sie erstaunt an. »Seine leibliche Mutter? Aber an die hat er doch gar keine Erinnerungen.«

»Das nicht, aber er hat bei unserem ersten Besuch im Waisenhaus erfahren, dass sie wahrscheinlich noch lebt. Nur weiß er nicht mal ihren Vornamen, weil die Geburtsurkunde bei einem Hochwasser zerstört wurde, und so kann er sie allein nicht finden. Er würde gern eine Detektivin beauftragen, Anna Magdalena Kleinert, aber das ist natürlich zu teuer für ihn.«

»Er will sie suchen?«, vergewisserte sich Iny getroffen.

Babette sah sie erstaunt an: Warum wirkte ihre sonst so unbeschwerte Mutter auf einmal so verletzt und sogar ein wenig ängstlich?

Als Siggi in Richtung Küche ging, um zu fragen, ob Iny und Babette Hilfe brauchten, hörte er seinen Namen und blieb stehen.

»Du hast wohl Angst, dass Siggi dich weniger liebt, wenn er diese C Punkt Andresen findet«, hörte er gerade Babette verständnisvoll sagen.

»Na ja, vielleicht braucht er uns nicht mehr, wenn er sie gefunden hat und ihr verzeiht, dass sie ihn weggeben musste«, murmelte Iny kleinlaut. »Das sagt man doch immer so: Blut ist dicker als Wasser.«

»Ach, Mutti, mag schon sein, dass es den Spruch gibt. Aber Liebe ist dicker als Blut«, tröstete Babette. »Du wirst für Siggi immer die Mutter in seinem Herzen bleiben. Gönn es ihm doch, mehr über seine Wurzeln zu erfahren. Er will diese Frau Andresen einfach gern von ihrem schlechten Gewissen erlösen, ihr zeigen, dass es ihm bei uns sehr gut ergangen ist. Du bleibst aber auf ewig die Mutter, die ihn zu dem gemacht hat, was er heute ist: Ein hilfsbereiter und zuverlässiger Mann, der seine Familie immer beschützt.«

Siggi war vor Rührung völlig überwältigt, er wusste gar nicht, worüber er sich mehr freuen sollte: Babettes Lob oder die Tatsache, dass Iny sich um ihn sorgte wie um einen leiblichen Sohn. Gern hätte er ihr sofort gesagt, dass sie für ihn auch weiterhin seine Mutter bleiben würde, doch dafür hätte er ja zugeben müssen, dass er gelauscht hatte. So rief er nur laut »Babette? Iny?« und betrat die Küche, als habe er von dem Gespräch nichts mitbekommen. »Hedwig und Dora lassen fragen, ob ihr für die Bescherung bereit seid oder noch Hilfe braucht.«

Babette zeigte auf die sechs vollen, dampfenden Punschgläser. »Wir sind sogar vollkommen bereit!«

Iny nahm ihren Mann, ihre Tochter, Dora und deren Mutter zur Seite, um mit ihnen flüsternd eine Idee bezüglich Siggis Geschenk zu besprechen. Nachdem sie kurz darauf miteinander angestoßen hatten, wurden Geschenke ausgepackt. Onkel Einar war begeistert, einen Bildband über die Pflanzen der Welt zu bekommen, denn er hatte vor dem Krieg davon geträumt, irgendwann auch einmal exotische Früchte ins Sortiment zu nehmen.

Babette erhielt sogar drei Bücher: je eines über Handelsrecht, Nationalökonomie und Unternehmensführung. Sie freute sich sehr und begann sofort, darin zu blättern.

Dora bekam von ihrer Cousine wunderschöne dunkelgrüne Lederhandschuhe. Von Siggi gab es einen Seidenschal, von Iny neue Schuhe und von ihrer Mutter das grüne Seidenkleid, welches alle atemberaubend schön fanden. »Du musst ja die ganze Nacht durchgearbeitet haben«, sagte Dora gerührt.

Hedwig selbst erhielt nun passenderweise von allen zusammen eine moderne Nähmaschine, die Doras Tante einer Kundin abgekauft hatte.

»Damit du hier bei uns bleiben und trotzdem weiter deiner geliebten Arbeit nachgehen kannst«, erklärte Iny feierlich.

Nachdem Hedwig mit feuchten Augen mehrfach betont hatte, dass das doch viel zu teuer sei, war Iny selbst an der Reihe.

Auch sie bekam ein Kleid von ihrer Schwester und von den drei jüngeren Familienmitgliedern einen schicken Mantel. »Weil wir wissen, wie gern du früher im Theater und in der Oper warst«, erklärte Hedwig. »Aber in letzter Zeit gab es ja nie die Gelegenheit dazu.«

»Das soll sich jetzt ändern«, ergänzte Dora.

»Aber ...«, setzte die überwältigte Iny an, wurde jedoch von ihrer Tochter Babette unterbrochen: »Jetzt, wo wir so viele Freunde am Theater haben, können wir dich sogar umsonst reinschmuggeln.«

Zu guter Letzt war Siggi an der Reihe. Er packte eine Rute aus Reisigzweigen aus – und war dann bass erstaunt, Dutzende von zu Blumen gefalteten Geldscheinen daran zu finden.

»Wir haben eigentlich für deine neue Teigmischmaschine zusammengelegt«, erklärte Iny. »Aber ich verstehe auch, wenn du damit bis zu deinem Geburtstag warten möchtest – und lieber die Detektivin bezahlst, damit sie deine leibliche Mutter sucht. Ich habe es den anderen vorgeschlagen, und sie sind einverstanden.«

»I-ich danke euch«, sagte Siggi, mit den Tränen kämpfend, und fügte, an Iny gewandt, hinzu: »Dass gerade du dem zustimmst, zeigt mir, wer meine wahre Mutter ist – und für immer bleiben wird!«

Er küsste sie auf die Wange, sie wischte sich die Augen. Und während Dora sich für Siggi auf dessen bevorstehendes großes Abenteuer freute, musste sie auch an ihr eigenes denken: Bis zur Silvesterfeier im Marzipan-Schlösschen war es nur noch eine Woche!

***

Am letzten Tag des Jahres 1921 warteten Siggi, Einar, Hedwig und Iny im inzwischen geschlossenen Süßwarenladen auf Dora und Babette, die ihrer Cousine half, sich für den Ball am heutigen Abend zurechtzumachen.

»Das dauert«, maulte Siggi. »Die sind doch jetzt bestimmt schon zwei Stunden am Machen.«

»Gut Ding will eben Weile haben«, meinte Iny.

Die Laune ihres Ziehsohns war in den letzten Tagen ohnehin eher mau gewesen, da er gleich am Dienstag, den 27. Dezember mit Dora und Babette zur Detektei von Anna Magdalena Kleinert gegangen war, ihm dort jedoch ein Schild offenbart hatte, dass sie erst am 9. Januar 1922 wieder öffnen würde. Er musste sich also noch ein wenig gedulden, ehe die Suche nach seiner leiblichen Mutter beginnen konnte.

Da endlich öffnete sich die Tür zum Treppenhaus, und Babette kam herein. »Meine Damen und Herren, ich präsentiere Ihnen«, rief sie im Tonfall eines Hofmarschalls: »Dora von Hoyler.«

Ihre Cousine trat ein, und Siggi bemerkte staunend, dass sie mit den neuen eleganten Schuhen, dem seidig glänzenden dunkelgrünen Kleid, den Lederhandschuhen und den kunstvoll aufgesteckten blonden Haaren völlig verändert aussah. »Wie schön du bist«, sagte er andächtig.

Bevor Einar, Hedwig und Iny, die ebenfalls völlig begeistert waren, ihre Komplimente aussprechen konnten, klopften mehrere verkleidete Kinder, die lautstark auf einem Topf herumschlugen, mit Vehemenz gegen die Scheibe.

Dora beobachtete, dass Onkel Einar wegen des unerwarteten Geräuschs zu zittern begann, doch er umklammerte mit seiner verbliebenen Hand die Lehne seines Stuhls und beruhigte sich wieder.

»Ah, die Lütten sind Rummelpottlopen«, stellte Iny lachend fest und schickte sich an, die Ladentür zu öffnen.

»Rummelpottlaufen?«, wiederholte Dora verständnislos.

»Das ist hier im Norden so ein Brauch«, erklärte Einar. »Am frühen Silvesterabend ziehen Kinder geschminkt und verkleidet in Gruppen mit einem großen Topf von Haustür zu Haustür.«

»Fru, maak de Dör op!«, sangen die fünf Kinder, lautstark auf ihren Topf schlagend, während Iny ihrer Aufforderung bereits nachkam. »De Rummelpott will rin. Daar kümmt een Schipp ut Holland. Dat hett keen goden Wind. Schipper, wulltst du wieken! Feermann, wulltst du striken! Sett dat Seil op de Topp un geevt mi wat in'n Rummelpott!«

Nun verstand Dora, dass die mit ihren Verkleidungen getarnten Kinder Süßigkeiten verlangten. Iny kam der Bitte nach und füllte den Topf großzügig. Zufrieden bedankten sich die Kinder und machten sich, auf ihren Topf schlagend, auf zum nächsten Haus.

»Was wäre denn passiert, wenn du ihnen nichts gegeben hättest?«, fragte Dora.

»Dann hätten sie Spottlieder gesungen«, erklärte Iny. »Außerdem bringt das Unglück. Aber ich war ja großzügig. Deshalb wird bei dir auf dem Ball bestimmt alles bestens verlaufen.«

Dora war skeptisch, dass ein paar Süßigkeiten ausreichten, um ihr einen gelungenen Abend zu garantieren. Sie in einem Schlösschen! Ob das gut gehen konnte?

18

Den Taxifahrer Detlev Spatz, der sie zum Marzipan-Schlösschen brachte, kannte Dora aus der »Eule«, so nannten sie Fiete Eulerts Kneipe *Zur Börse* inzwischen. Sie hatte dem kleinen Mann mit der Schiebermütze deshalb anvertraut, wie aufgeregt sie war, die Villa erstmals zu betreten.

»Also eins kann ich dir versprechen, min Deern«, sagte Detlev, der von allen nur Det gerufen wurde. »Du wirst alle anderen Damen in dem Schuppen ausstechen.«

»Danke, Det«, erwiderte sie. »Ein bisschen mulmig ist mir trotzdem zumute, weil ich ja nicht so genau weiß, wie man sich in den feinen Kreisen bewegt.«

Inzwischen waren sie vor dem mit Laternen hell erleuchteten Portal angekommen, das schmiedeeiserne Tor stand heute offen, wurde allerdings von zwei jungen Männern in Livree-Uniformen gesäumt. Det hielt das Taxi an, und Dora entrichtete das Salär. Mit dem Lieferwagen, das hatte sogar Siggi eingesehen, hätte sie sich heute nicht vorfahren lassen können.

»Gute Fahrt weiterhin. Passen Sie auf sich auf, könnte noch glatter werden heute Nacht.«

»Mach ich«, versicherte er. »Viel Spaß, min Deern. Du wirst das Kind schon schaukeln.«

Dora nahm ihren Mut zusammen, stieg aus dem Taxi und ging nervös auf das Tor zu. Nun würde sie es also erstmals betreten – das Schlösschen, das ihr bei den Spaziergängen hier immer so geheimnisvoll verwunschen und äußerst verlockend vorgekommen war.

Sie zückte ihre Einladung, doch die livrierten Männer starrten nur geradeaus. *Die müssen ja schrecklich frieren, so steif wie die dastehen*, dachte sich Dora mitleidsvoll.

Sie ging durch das offene Tor auf das Hauptgebäude zu. Hinter allen Fenstern brannte Licht, auch in den beiden das Tor säumenden Wachbauten. Der mit Pflastersteinen ausgelegte Vorplatz, in dessen Mitte sich ein Springbrunnen befand, war komplett von Schnee und Eis befreit worden. Dächer und Schutzmauern bedeckte der weiße Zauber jedoch noch, und jede Menge Eiszapfen hingen herab. Ein wenig sah es so aus, als residiere hier die Schneekönigin aus dem gleichnamigen Märchen von Hans Christian Andersen, fand Dora.

Über eine kleine Treppe ging sie auf den glatzköpfigen Türsteher des Hauptgebäudes zu, der sie, anders als die Livrierten am Tor, aufmerksam lächelnd ansah.

»Mein Name ist Dora Hoyler, ich bin auf Einladung von Johann Herden hier«, erklärte sie, erneut das Schreiben zeigend.

»Bitte einzutreten, Fräulein Hoyler«, sagte der Diener und hielt ihr die zweiflügelige Tür auf.

Gleich beim Betreten des Hauses wurde sie von einem gutaussehenden jungen Mann angesprochen, der sie anerkennend musterte: »Guten Abend, Fräulein ...«

»Hoyler, Dora Hoyler«, haspelte sie mit gesenktem Blick.

Er stutzte. »Oh, wir haben uns doch im September getroffen.«

Dora sah in sein Gesicht – und nun erkannte auch sie ihn trotz seiner schicken Abendgarderobe wieder: Es handelte sich um den mutmaßlichen Diener, den sie seinerzeit für Johann Herden gehalten hatte.

Sie wunderte sich, dass er sich ihr nicht vorstellte. Dachten die Hausangestellten, sie seien es nicht wert, dass man sich ihren Namen merkte? Dabei war in diesem Haus auch das Personal sehr apart gekleidet, fiel ihr beim Anblick seines edlen Anzugs auf. »Ach ja, ich habe Ihre Hose ruiniert, daran musste ich noch lange denken. Ich hoffe, Sie haben damals keinen Ärger mit der Herrin des Hauses bekommen.«

Er machte eine abwinkende Handbewegung. »Nein, keine Sorge, es hielt sich in Grenzen. Und hat Ihre Bekannte das Schaf erfolgreich zur Herde zurückgebracht?«

Sie schmunzelte. »Hat sie.«

»Darf ich Ihnen sagen, dass dieses Kleid Ihre Erscheinung beispiellos gut zur Geltung bringt?«, fragte er.

»Vielen Dank«, sagte sie erleichtert, »ich war mir nicht sicher, ob es für so einen edlen Anlass ausreicht. Die Herdens sind ja immerhin die zweitgrößte Marzipandynastie der Republik.«

»Der Welt«, korrigierte er lächelnd. »Spanien ist Niederegger und uns zwar dicht auf den Fersen, hat uns meines Wissens nach aber noch nicht eingeholt.«

Er sprach bezüglich der Firma Herden von »uns«, bemerkte Dora, er war wohl also wirklich bei der Familie angestellt und seinem Arbeitgeber äußerst loyal ergeben.

»Darf ich Sie in den Ballsaal geleiten?«, fragte er.

»Es wäre mir eine Freude«, sagte sie und folgte ihm.

Sie bemerkte einen imposanten Herrn um die fünfzig mit schwarzgrauem Bart und einer Aura von Autorität, der ihnen eiligen Schrittes entgegenkam, um am Eingang Bürgermeister Dr. Neumann zu begrüßen, der unmittelbar nach Dora eingetroffen sein musste.

»Ist das Hubert Herden?«, erkundigte sich Dora flüsternd bei dem jungen Mann an ihrer Seite.

»Ja, leibhaftig und in voller Lebensgröße«, bestätigte er. Inzwischen waren sie angekommen. »So, das ist der ehemalige Gartensaal.«

Auf einem glänzenden Parkettboden hatte sich schon ein gutes Dutzend Gäste versammelt, deren äußerst noble Kleidung auf Dora geradezu einschüchternd wirkte. Zusätzlich zu den geladenen Damen und Herren mit ihren Schaumweingläsern und Häppchen hatte ein Streicherquintett Position bezogen.

In den vier Ecken des langgestreckten Raums befanden sich Nischen mit Statuen. Vom Saal aus bot sich dem Betrachter eine idyllische Aussicht hinab auf die Trave, und da der Schnee das Licht widerspiegelte, sah man auch jetzt am Abend ganz gut auf den Fluss hinaus. Nun begann das Streicherquintett zu spielen.

»Ah, Schuberts hundertdreiundsechzig«, schwärmte der Mann an ihrer Seite. »Mögen Sie Musik?«

»Wer tut das nicht?« Dora war überrascht, dass er das Stück zu kennen schien. Sie kam sich neben diesem unfassbar gebildeten Diener vollkommen unzulänglich vor. Wie sollte das erst werden, wenn ihr Gastgeber Johann Herden auftauchte? Aber so ganz kulturlos war ihr eigenes Leben in Lübeck ja nun auch nicht, fiel ihr ein. »Zum Glück kann ich immer mal wieder Gesangsdarbietungen beiwohnen. Ich darf öfter im Theater beim Proben zuschauen, die Frau mit dem Schaf arbeitet dort als Schauspielerin.«

Der Diener horchte interessiert auf. »Wie heißt sie denn?«

»Fiete Krugel«, antwortete Dora spontan, beeilte sich dann aber hinzuzufügen: »Also eigentlich Frieda.«

Er nickte wissend. »Ja, sie ist noch recht neu im Ensemble, aber durchaus vielversprechend.«

»Dann gehen Sie auch gern ins Theater?« Hatte er die Zeit und das Geld dazu? Sie selbst konnte es sich ja nicht leisten, die offiziellen Vorstellungen zu besuchen.

»Ich glaube, ohne das Theater und Konzerte wäre mein Leben sehr grau«, erklärte er, plötzlich ganz ernst.

In diesem Augenblick geschah etwas Unvorhergesehenes: Eine junge Violinistin kippte ohnmächtig vom Stuhl, mehrere Leute schrien auf.

»Mein Gott, die arme Frau!«

»Was hat sie denn?«

»Entschuldigen Sie mich kurz«, sagte der Diener zu Dora und eilte zu der jungen Frau. Sie öffnete benommen die Augen und wimmerte, er zog seine Jacke aus und legte sie ihr unter den Kopf. »Bekommen Sie Luft?«

Sie nickte mit bleichem Gesicht.

»Eine schlimme Erkältung«, erklärte der zweite Violinist und raufte sich verzweifelt die Haare. »Aber sie wollte sich den Auftritt keinesfalls entgehen lassen.«

Der junge Mann wandte sich nun an zwei Diener, die weit weniger edel gekleidet waren als er selbst, ihm also im Rang unterstellt zu sein schienen: »Ferdinand, Ludwig, bitte bringen Sie das Fräulein in den Salon und rufen Sie den Arzt!«

Er half der jungen Dame auf, und von den Dienern gestützt verließ sie den Saal.

»Was machen wir jetzt bloß?«, fragte der Violinist resigniert.

»Ich kenne die hundertdreiundsechzig gut. Ich könnte übernehmen«, bot der junge Mann an, worüber der Musiker ebenso verblüfft zu sein schien wie Dora.

»Sie?«, wiederholte er. »Sind Sie sicher?«

»Verlassen Sie sich einfach auf mich!«, erwiderte der Hausangestellte lächelnd.

Mit diesen Worten hob er die Geige auf und übernahm die Position der erkrankten Violinistin. Sie spielten weiter, und einige Gäste tuschelten bewundernd. Der junge Mann schlug sich wirklich erstaunlich gut, man bemerkte keinen Unterschied zu vorher.

Als das Stück beendet war, gab es Applaus, der wohl in erster Linie dem neuen Mitglied des Streichquintetts galt. Da Johann Herden sich immer noch nicht blicken ließ, freute sich Dora, als der junge Diener an ihre Seite zurückkehrte.

»Entschuldigung, dass ich Sie so schmählich allein habe stehen lassen«, sagte er, selig lächelnd. Das Violinspiel und der Beifall schienen ihm gutgetan zu haben.

»Das ... das war ganz unglaublich«, meinte Dora. »Wieso können Sie das?«

»Ich habe viele Jahre Unterricht bekommen. Es war ein Krieg mit meinem Vater, meinen Wunsch durchzusetzen«, offenbarte er. »Ein Musikstudium wurde mir aber nicht erlaubt. Er hat mich dazu gezwungen, mit der Jurisprudenz Vorlieb zu nehmen.«

»Sie *studieren*?« Entweder er war ein Aufschneider, oder er konnte kein einfacher Hausdiener sein.

»Na sieh an, die Veranstalterin gibt sich die Ehre«, sagte er nun lächelnd, abgelenkt von einem Paar, das soeben den Saal betrat. An der Seite einer etwa vierzigjährigen Dame mit hochgesteckten dunklen Locken und Alabasterhaut erkannte Dora den großen Mittzwanziger sofort: Johann!

Er kam mit der grazilen Frau heran und küsste Dora galant die Hand. »Wie schön, dass Sie es einrichten konnten. Sie sehen atemberaubend aus, meine Liebe.« Dann wandte er sich an den jungen Mann neben ihr: »Ah, Felix, nett von dir, dass du dich um meine Verabredung gekümmert hast. Natalie, darf ich vorstellen: Das ist die Königin der Marzipanrosen, von der ich dir erzählt habe. Fräulein Hoyler, das ist meine Stiefmutter Natalie Herden.«

Stiefmutter, wiederholte Dora im Geiste und fragte sich sofort, was mit Johanns leiblicher Mutter geschehen sein mochte. Sie musste Natalie an Jahren übertroffen haben, die wirkte neben dem Marzipanerben nämlich allenfalls wie eine ältere Schwester.

»Angenehm«, sagte die Dame, und als sie freundlich lächelte, fielen Dora ihre schneeweißen Zähne auf.

»Meinen Bruder Felix haben Sie ja schon kennengelernt«, sagte Johann nun und bestätigte Doras Vermutung, dass der musische junge Mann unmöglich zur Dienerschaft gehören konnte. Er war ein Mitglied der Familie Herden!

Deshalb war ihr Johann so bekannt vorgekommen, als sie ihn am Ostseestrand zum ersten Mal getroffen hatte: Er war der Bruder jenes Mannes, den sie kurz zuvor hier beim Schlösschen fast mit dem Fahrrad überfahren hätte!

Sie spürte, dass sie hochrot anlief – sie hatte mit ihm so offen gesprochen wie mit ihresgleichen.

»Äh ... ja ...«, stammelte sie.

Felix Herden – das war also sein Name.

Mit angesäuertem Gesichtsausdruck bat er: »Entschuldigt mich, der Violinist wollte mich nochmal sprechen.«

War er nun doch wütend über ihr ungebührliches Verhalten? Zuvor schien es ihn doch aber nicht gestört zu haben. Oder war er enttäuscht, dass Dora sich – für ihn wohl überraschend – als Abendbegleitung seines Bruders entpuppt hatte? Sie sah dem jüngeren der Herden-Brüder bedauernd nach, da wandte sich Stiefmutter Natalie an sie: »Johann hat mir Ihre Marzipanfigürchen gezeigt, Sie sind eine wahre Künstlerin. Es muss wunderbar sein, mit den eigenen Händen etwas zu erschaffen, das die Wirklichkeit derart zauberhaft abbildet.«

Das Kompliment von einer solch mondänen Dame schmeichelte Dora sehr. »Vielen Dank, gnädige Frau.«

Inzwischen hatte auch der Patriarch Hubert Herden in Begleitung von Bürgermeister Dr. Neumann den Saal betreten. »Entschuldigen Sie uns für einen Moment, wir müssen noch kurz unser Stadtoberhaupt begrüßen«, bat Johann. »Ich bin sofort wieder bei Ihnen.«

Dora beobachtete, wie freundschaftlich die Familie Herden im Umgang mit dem Bürgermeister war. *Zum Glück war er auch schon bei uns im Laden*, dachte sie, *sonst würde ich noch vor Ehrfurcht erblassen*. Was in aller Welt ein Mann wie Johann Herden von einer einfachen Verkäuferin wie ihr wollte, mochte sich ihr nicht so recht erschließen. Es waren doch allein in diesem Ballsaal zahlreiche junge Damen anwesend, die allesamt einen viel nobleren Stallgeruch mitbrachten.

Nun setzte das Streichquintett erneut an, und wieder hatte sich Felix unter die Musiker gemischt. Die Gäste tuschelten erneut beeindruckt, einzig Hubert Herden schüttelte abfällig den Kopf und warf seinem jüngeren Sohn einen rügenden Blick zu. Diesmal gab das Quintett ein Tanzstück zum Besten, und einige Paare drehten sich miteinander auf dem Parkett.

Dora fiel in ihrer Nähe ein kräftiger älterer Herr mit graumeliertem Haar auf, der immer wieder an seiner Fliege und dem Hemdkragen herumzerrte, als ob er sich nicht wohl in seinem Anzug fühlte. Er bemerkte ihren Blick und kam mit einem Lächeln heran. »Entschuldigen Sie, Fräulein, von Ihnen stammen die Marzipantiere, die der Herr Herden junior mitgebracht hat?«

Sie nickte, erstaunt über sein Interesse. »Ja, das stimmt.«

»Der Juniorchef hat die mir gezeigt, das haben Sie richtig gut hinbekommen«, lobte er. »Mein Name ist Jakob Kröger, ich bin der Fabrikleiter der Herden Marzipan-Werke.«

Sie nahm seine ausgestreckte Hand und drückte sie. »Oh, das ist ja aufregend. Ich wollte schon immer mal sehen, wie so große Mengen von Mandelmasse hergestellt werden.«

Er lächelte breit. »Na, dann haben Sie heute Abend genau den richtigen Mann kennengelernt. Eigentlich sollte ich ja schon lange in den Ruhestand, aber mir ist so gar nicht danach.« Verschwörerisch senkte er die Stimme und raunte ihr zu: »Ich sag immer, ich bin nicht alt, ich bin einfach nur schon seit vielen, vielen Jahren jung.«

Dora musste spontan lachen.

»Sie machen mir den Eindruck, als fühlten Sie sich hier auch nicht ganz wohl«, stellte der alte Kröger fest. »Dabei haben Sie eines der schönsten Kleider an.«

»Danke, meine Mutter hat es auch mit besonders viel Liebe geschneidert«, erklärte Dora. »Es ist eben immer von Vorteil, wenn man eine Näherin in der Familie hat.«

Kröger nickte wehmütig. »Wem sagen Sie das? Meine Frau hatte denselben Beruf. Manchmal verliert man diesen Vorteil aber schneller, als einem lieb ist.«

»Das tut mir leid.« Dora mutmaßte, dass Krögers Frau

verstorben war, wollte ihm aber die Stimmung nicht verderben und hakte nicht weiter nach. »Irgendwie fühle ich mich in so teurer Garderobe ein wenig verkleidet«, gab sie zu. »Ich war noch nie zuvor auf einem Ball, es ist alles ein wenig … beängstigend.«

»Ach, Sie sprechen mir so aus der Seele«, gestand der Fabrikleiter. »Das hat schon mein Vater immer gesagt: Trau keinen Anlässen, zu denen man eine Waffe oder einen Anzug tragen muss. Jedenfalls gibt es hier im ganzen Raum gewiss niemand, der Marzipan so schön formen kann wie Sie«, kam Kröger wieder auf ihre Figürchen zu sprechen. »Früher betrug die Lehrzeit des Konditors sechs Jahre. So lange brauchte es, bis man die nötigen Fertigkeiten beherrschte – alle Raffinessen des Zuckerwebens und des Marzipanmodellierens. Sie müssen also ein echtes Naturtalent sein.«

»Danke sehr«, entgegnete Dora geschmeichelt.

»Damals hat man kunstvolle Gebilde aus Marzipan manchmal sogar mit echtem Blattgold bemalt«, wusste der Alte zu berichten. »Vom Konditor August Ferdinand Grell kam vor sechzig Jahren das sogenannte Attrapps-Marzipan, das waren täuschend echt nachgeahmte Würstchen, Kringel oder Trompeten.«

Herr Kröger erwies sich als unerschöpfliche Wissensquelle darüber, was andere vor Dora aus Marzipan geformt hatten. Allerlei Attrappen von Früchten seien aus der köstlichen Mandelmasse hergestellt worden, täuschend echt aussehende »belegte Brötchen«, Fische und rotleuchtende Hummer. Man habe derartige Nachbildungen, so erfuhr Dora nun, auch Vexiersachen genannt. Konditor Grell sei laut Kröger im Übrigen auch der Erste gewesen, der sich ›Marcipan‹-Fabrikant auf seine Visitenkarte geschrieben habe.

»Aber groß wurde der Marzipan in Lübeck natürlich schon vor ihm – durch einen Mann, der wie Sie aus Schwaben kam.«

»Johann Georg Niederegger«, wusste Dora, die erfreut bemerkt hatte, dass Johann Herden seinem Fabrikleiter offenbar sogar von ihrer Herkunft erzählt hatte. Er fand sie also nicht fade.

Fabrikleiter Kröger nickte. »Genau, Niederegger wurde 1777 in Ulm geboren. Als er hier sein schönes Haus gegenüber der Rathaustreppe gebaut hatte, war Lübecker Marzipan durch ihn schon in aller Welt bekannt. Keiner seiner damals sieben Konditoren-Kollegen wurde so erfolgreich wie er, der Herr muss von einer besonderen Tatkraft gewesen sein.«

»Genau, immerhin hat er ja dafür gesorgt, dass die Firma bis heute bestehen konnte«, meinte Dora. »Marzipan ist aber auch wirklich eine ganz besondere Süßigkeit. Ich erinnere mich noch genau, als ich zum ersten Mal davon gekostet habe: Ich war ganz verzaubert.«

»Da sind Sie nicht die Einzige. Man munkelt ja sogar, Marzipan verbreite einen Liebeszauber. Es gibt in Rostock eine Volkssage über ein junges Fräulein – ihre Avancen für einen gebildeten Herrn blieben unerwidert. Da hat sie ihm ein kostbares Marzipanherz geschenkt. Leider wurde selbst das von ihrem Schwarm nicht gewürdigt, er hat das Geschenk seinem Schwein verfüttert. Die Dame war reichlich entsetzt, als das Tier dann ganz liebestoll ihr Haus stürmen wollte …«

Dora musste herzhaft lachen, da stand plötzlich wieder Johann Herden neben ihr. »So, jetzt entführe ich Ihnen meinen Gast, Herr Kröger. Darf ich bitten?«, fragte er.

»Gern«, sagte sie, auch wenn sie trotz all des Übens mit Siggi in der Backstube furchtbare Angst hatte, sich auf der Tanzfläche zu blamieren.

Sie begaben sich aufs Parkett, und einigermaßen bekam sie es mit der Schrittfolge hin, und falls Johann ihre notdürftig erlernten Tanzkünste furchtbar fand, so ließ er es sich zumindest nicht anmerken. »Gefällt es Ihnen bei uns?«

»Oh ja«, versicherte sie. »Ihre Stiefmutter, Ihr Bruder und Herr Kröger, sie sind alle sehr nett.«

»Und ich nicht?«, fragte er mit gespielter Empörung.

»Doch, natürlich, immerhin haben Sie mich ja eingeladen.«

»Wollen Sie mich auf die Terrasse begleiten?«, fragte er sie, als das Stück zu Ende war. »Die Trave ist wirklich sehr hübsch, wenn draußen Schnee liegt.«

»Gern«, entgegnete sie.

Der Blick auf den Fluss hinunter war schon durch das Fenster sehr malerisch gewesen, aber draußen war die Winterlandschaft, durch die sich die Trave wie ein glänzendes Band schlängelte, noch viel romantischer.

»Und, gefällt es Ihnen?«

»Sie haben es wirklich wunderschön«, sagte sie fröstelnd.

Sofort zog er seinen Gehrock aus und legte ihn ihr fürsorglich um die Schultern. Sie konnte sein Rasierwasser wahrnehmen, der Duft hüllte sie ein und ließ ihr Herz schneller schlagen.

»Freut mich, dass Sie sich hier wohlfühlen«, sagte er mit dunkler Stimme, ganz nah an ihrem Gesicht. »Ich hoffe, dass Sie in Zukunft noch viel öfter hier sein werden.«

Zärtlich streichelte er ihre Wange – und dann beugte er sich vor, um sie zu küssen.

# Teil II
1922

19

»*Das statistische Amt des Reiches gibt bekannt, dass die Lebenshaltungskosten im Vergleich zum Januar des Vorjahres um 73,7 Prozent gestiegen sind*«, las Einar Christoffersen seiner Familie aus einer über einen Monat alten Zeitung vor, in die ein Karpfen eingewickelt gewesen war.

Sie hatten sich in der Küche versammelt, wo Hedwig und Iny das Mittagessen zubereiteten, das gleich fertig sein würde. Wie so oft am Freitag gab es Fisch.

»Das ist jetzt im Februar bestimmt noch schlimmer«, mutmaßte Siggi, der gerade erst aufgestanden war.

»Und wir haben in Deutschland noch Glück«, erklärte Babette. »Bei den Russen ist die Hungersnot so schlimm, da sterben jeden Tag Tausende.«

Hedwig, die sich inzwischen in der Wohnstube der Christoffersens häuslich eingerichtet hatte und versuchte, sich mit Nähaufträgen durchzuschlagen, seufzte. »Ob es wohl je wieder so wird wie vor diesem verfluchten Krieg?«

»Solange wir den Alliierten weiter derart viel bezahlen müssen, sicher nicht«, erwiderte Babette. »Letztes Jahr waren es über hundert Milliarden.«

»Unsere Politiker haben ja in Cannes darum gebeten, weniger Reparationen leisten zu müssen, aber dann wurde die Konferenz abgebrochen – wegen der Regierungskrise in Frankreich«, erinnerte Dora. Das hatte ihr Johann sehr ausführlich erzählt, der als Student der Nationalökonomie aus seinem Hass für die Alliierten keinen Hehl machte. Dora hatte etwas mehr Verständnis für deren Forderungen. Es war ihr von Bernhard Bernstein, bei dem sie ehedem in Lohn und Brot gestanden hatte, einmal auseinandergesetzt worden, dass der deutsche Kaiser jahrelang aufgerüstet hatte und 1914 dann der größte Kriegstreiber gewesen sei. Dennoch konnte sie Johanns Zorn verstehen, denn der heute Vierundzwanzigjährige hatte ihr anvertraut, dass er 1916, im Alter von achtzehn Jahren, als Soldat in Frankreich eingesetzt worden war, genau wie ihr Onkel Einar. Und auch Johann Herden hatte in der Schlacht von Verdun zu viele Kameraden sterben sehen. »Ich kann das den Franzosen niemals verzeihen.« Auch er selbst war am Oberarm angeschossen worden und hatte Wochen im Lazarett zwischen Verstümmelten und Todgeweihten zugebracht. Dora war sehr gerührt über den Vertrauensbeweis gewesen, als Johann Herden ihr Anfang Februar bei ihrem letzten Rendezvous von den schlimmen Erfahrungen erzählt hatte. Seit dem Kuss in der Silvesternacht waren sie heimlich verbandelt, hatten sich aufgrund seiner Studienprüfungen in Kiel bisher jedoch erst drei Mal treffen können. Sie fragte sich, wann er ihre Verbindung offiziell machen wollte, hatte sich bisher aber nicht getraut, ihn darauf anzusprechen.

Sie waren jedes Mal ins Café Köpff gegangen, und danach hatte Johann sie in eine dunkle Häuserecke entführt, um sie lang und ausgiebig zu küssen, was stets sehr aufregend für sie gewesen war. Sie wusste von ihrer Mutter, dass Menschen sich im Grunde ähnlich vermehren wie die Tiere auf dem Bauernhof, eine für Dora geradezu abstruse Vorstellung. Doch ihre Mutter hatte seinerzeit nur über Dorles entsetzte Reaktion gelächelt und erklärt: »Wenn du verheiratet bist, wirst du verstehen, warum Menschen das nicht nur tun, um ein Kind zu bekommen.«

Beim alten Mettang hatte sie einmal in einem medizinischen Fachbuch geblättert, und dort war der ganze Akt mit vielen lateinischen Worten beschrieben worden. Immerhin verspürte Dora inzwischen die Sehnsucht, Johann ganz nah zu sein, sie konnte nur hoffen, dass er sich mit diesen Dingen besser auskannte als sie, falls es irgendwann zur Hochzeit käme.

Sie war gerade dabei, die Kartoffeln für das Mittagessen zu schälen, als das Telefon klingelte.

»Das wird Ida Boy-Ed sein«, mutmaßte Babette. »Sie hat schon angekündigt, dass sie bald einen Salon veranstaltet und eine größere Bestellung durchgeben wird.«

»Ich gehe«, verkündete Siggi und rief kurz darauf verstimmt: »Babette, es ist für dich. Doktor Degner.«

Dora bemerkte, dass ihre Cousine bei der Erwähnung dieses Namens zusammenzuckte und augenblicklich errötete. Kein Wunder! Sie hatte Dora nämlich bereits gestanden, dass sie noch immer ständig an den Arzt und sein Angebot denken müsse. Wie im Taumel erhob sie sich nun und ging zum Fernsprecher im Flur.

»Babette Christoffersen am Apparat«, sagte sie mit schwacher Stimme in die Sprechmuschel.

»Hier ist Erich. Erich Degner«, meldete er sich am anderen Ende. »Ich weiß, ich sollte nicht fragen, aber ich konnte nicht anders. Ich würde mich gern nochmal mit Ihnen unterhalten, ich habe Sie vermisst. Meinen Sie, das wäre möglich?«

Ich bin immer noch keine einundzwanzig, es ist absolut unschicklich, mich erneut um ein Rendezvous zu bitten – das, so mahnte eine Stimme in Babettes Ohr, wäre die angemessene Antwort gewesen. Doch seine Frage löste in ihrem Körper Glücks- und Sehnsuchtsgefühle aus. Als errate er ihre Bedenken, fügte er nun rasch hinzu: »Ohne Hintergedanken, versteht sich.«

Spontan hörte sie sich fragen: »Wann und wo?«

»Heute Abend nach Ladenschluss?«, schlug er vor. »Ich wollte die Vernissage einer jungen Künstlerin besuchen, Gerti Siemers, sie malt in erster Linie Landschaften und Blumen. Die Ausstellung ist im Kunstgewerbehaus Friedrich Matz.«

»Ja, das klingt interessant«, sagte Babette.

»Ist es genehm, wenn ich Sie um halb sieben vor dem Geschäft abhole?«

Doch Babette wollte sich nicht vor ihrer Mutter und Tante Hedwig für ihren Begleiter rechtfertigen müssen und sagte daher: »Ich weiß, wo die Galerie ist. Breite Straße dreiundneunzig. Treffen wir uns einfach davor.«

Kaum hatte sie aufgelegt, klingelte das Telefon zum zweiten Mal, was sie erschrocken zusammenzucken ließ.

»Babette Christoffersen am Apparat«, meldete sie sich erneut.

»Fräulein Christoffersen, einen wunderschönen guten Tag wünsche ich, hier spricht Johann Herden. Ist denn Ihr wertes Fräulein Cousine zu sprechen?«, ertönte es am anderen Ende der Leitung.

»Einen Moment bitte«, sagte Babette knapp. Ihr stand der Sinn nicht nach einer höflichen Plauderei mit dem Galan ihrer Cousine; sie musste immer noch verarbeiten, dass sie sich gerade zum zweiten Mal mit einem verheirateten Mann verabredet hatte.

Benommen kehrte sie kurz darauf in die Küche zurück und sagte apathisch: »Dora, es ist für dich. Johann Herden.«

Aufgeregt eilte Dora zum Telefon und meldete sich strahlend: »Johann, wie schön, von dir zu hören«, rief sie.

»Ich bin ab Spätnachmittag wieder in der Stadt. Abends wollte ich mir in den Kammerlichtspielen in der Königstraße *Die Geierwally* anschauen«, erklärte Johann. »Hättest du vielleicht Lust, mich zu begleiten?«

»Gern«, antwortete Dora wie aus der Pistole geschossen. Sie war noch nie in einem Lichtspieltheater gewesen und freute sich daher ganz besonders auf diese Vorstellung.

»Bist du sicher, dass du ihn nochmal treffen willst?«, fragte Dora besorgt, als sie wenig später neben Babette Platz genommen und sie sich gegenseitig von ihren Verabredungen erzählt hatten. »Du weißt ja, wie schnell die Leute reden. Und nach außen ist Doktor Degner ja glücklich verheiratet, da wirst du dann schnell als Ehebrecherin abgestempelt.«

Ihre Cousine zuckte mit den Schultern. »Ich weiß es nicht. Ein Teil von mir will ihn unbedingt wiedersehen, und so eine Ausstellungseröffnung ist ja nicht gerade ein intimes Tête-à-Tête. Andererseits hat das Ganze natürlich keine Zukunft.« Babette seufzte. »Na ja, ich habe ja noch ein wenig Zeit zu überlegen.«

Dora nickte. Zunächst würden sie nach dem Mittagessen wie versprochen Siggi zur Detektei Kleinert begleiten. Den Verkauf im Laden würden inzwischen Tante Iny und ihre Mutter übernehmen.

Um halb zwei Uhr nachmittags standen die Cousinen vor einem schlichten dreistöckigen Gebäude in der Königstraße und umarmten den Freund ermutigend.

»Viel Glück und Erfolg«, sagte Babette, und Dora ergänzte: »Wir warten hier auf dich und drücken dir die Daumen.«

»Danke«, murmelte Siggi nervös, atmete tief durch und betrat die Detektei.

Drinnen stellte er rasch fest, dass hier die Geschlechterrollen vertauscht zu sein schienen. Die Vorzimmerdame war ein Herr, ein adrett gekleideter Mann um die dreißig. Er sah von seiner Schreibmaschine auf und fragte höflich: »Was kann ich für Sie tun?«

»I-ich habe einen T-Termin bei Frau Kleinert«, antwortete Siggi, der betete, dass das Stottern nicht schlimmer wurde. »S-Siggi Christoffersen.«

»Ach, natürlich«, sagte der Sekretär freundlich und erhob sich. »Folgen Sie mir bitte!«

Er führte Siggi zu einer mit Leder überzogenen Tür und öffnete, ohne anzuklopfen. »Fräulein Kleinert, Herr Christoffersen für Sie.«

Die Detektivin erwies sich als kleine Dame mit außergewöhnlich kurzen Haaren und einem hübschen Gesicht, die nun mit großen wachen Augen aus einer Akte aufsah. Ihr Alter war schwer zu schätzen, sie konnte Mitte zwanzig sein, aber auch Ende dreißig. Neben ihr auf dem Schreibtisch stand ein Aschenbecher mit einer brennenden Zigarre.

»Danke, Daniel«, sagte sie und zeigte auf den Drehstuhl, der ihr gegenüberstand. »Nehmen Sie doch Platz, Herr Christoffersen.«

»D-danke«, kam er der Aufforderung nach und setzte sich.

»Sie schrieben, es geht darum, Ihre leibliche Mutter zu finden«, eröffnete die Detektivin das Gespräch.

»Genau«, bestätigte er. »Ich kenne ihren Vornamen nicht, habe keine Ahnung, wie ich mehr über sie herausfinden könnte.«

Sie drehte sich zu dem deckenhohen Regal um, fuhr mit dem Finger über die Akten und zog schließlich eine Mappe heraus.

»Ja, aber wir haben Geburtsdatum und Nachnamen, da dürfte schon was zu machen sein«, meinte die Detektivin zuversichtlich, während sie die Mappe vor sich auf den Tisch legte, die offenbar die Daten enthielt, die er ihr vorab am Telefon mitgeteilt hatte.

»Das ist sehr gut.«

»Herr Christoffersen, ich rede über so was immer gern ganz offen. Ich habe Ihnen mein Preisangebot geschickt. Das waren natürlich Schätzwerte. Sie schrieben, Sie sind Konditor in der Süßwarenhandlung Christoffersen an der Holstenbrücke. Ist mein Honorar für Sie denn bezahlbar?«

Siggi fühlte sich von dieser Frage ein wenig überrumpelt. »Ähm, also ich habe darauf gespart.«

»Hören Sie, ich kann Ihnen beim Preis noch ein wenig entgegenkommen«, erklärte sie und zog an ihrer Zigarre. »Ihr Fall ist eine angenehme Abwechslung von den üblichen sich bespitzelnden Ehepartnern. Ich würde Sie vorab informieren, falls ich für die Suche reisen muss und unerwartete Mehrkosten entstehen, in Ordnung?«

»Ja, vielen Dank«, erwiderte Siggi, dem diese ungewöhnliche Frau äußerst sympathisch war.

»Darf ich Sie noch etwas Persönliches fragen?«, erkundigte sich die Detektivin nun zu seinem Erstaunen.

»Ja ...?«, sagte er vorsichtig. Etwas mulmig wartete er darauf, was nun kommen würde.

»Sind Sie sich ganz sicher, dass Sie Ihre leibliche Mutter finden möchten?«, fragte die Ermittlerin. »Es kann natürlich sein, dass sie inzwischen ein ganz anderes Leben lebt – und Sie nicht sehen will. Oder aber sie klammert zu sehr, und Sie werden sie nicht mehr los. Haben Sie innerlich alle Möglichkeiten durchdacht? Ich frage das nur, weil einige Klienten schon bitter enttäuscht wurden, als ich verschollene Familienmitglieder für sie aufgespürt habe.«

»Ich habe natürlich keine Ahnung, wie es sein würde ...«, räumte Siggi ein. »Aber es ist auch immer noch Zeit, darüber nachzudenken, wenn ich weiß, ob sie noch lebt – und wo und wie. Im Grunde habe ich ja eine Mutter: die Frau meines Arbeitgebers. Sie kümmert sich seit fast acht Jahren um mich. Aber trotzdem will ich mehr über meine leibliche Mutter wissen, sonst würde ich es wohl für immer bereuen.«

»Gute Einstellung«, sagte die Privatdetektivin anerkennend. »Sind Sie denn verheiratet oder verlobt?«

»I-ich?«, stammelte Siggi, der sich von dieser Frage etwas überrumpelt fühlte. Wieso wollte sie das wissen? »Nein. Ledig.«

»Gut, ich rate meinen Klienten eben immer, Gemahl oder Gemahlin über so eine Suche zu informieren«, erklärte Anna Magdalena Kleinert. »Schließlich betrifft es die ja auch, falls plötzlich verschollene Verwandtschaft ins Leben geholt wird.«

»Also, meine Ziehmutter und ihre Tochter stehen hinter meiner Entscheidung«, betonte Siggi, »sie haben mir einen Teil Ihres Honorars zu Weihnachten geschenkt.«

»Dann sind Sie ihnen sehr wichtig, das ist doch schön«,

sagte die Ermittlerin lächelnd und ergänzte zuversichtlich: »Ich denke, ich werde Ihnen wohl recht schnell erste Antworten liefern können.«

***

»Und sie raucht Zigarre«, erklärte der junge Konditor, als er mit seinen beiden Begleiterinnen die Königstraße in Richtung Geschäft entlangging.

»Das hört sich ja richtig begeistert an«, stellte Babette fest. »Du hast dich aber nicht in sie verliebt?«

»Unsinn«, entgegnete Siggi. »Sie soll meine leibliche Mutter finden, ich will nicht *sie* zur Mutter machen.«

Inzwischen waren sie bei dem schmalen Haus an der Königstraße 25 angekommen, in dem sich die Kammerlichtspiele befanden. Dora blieb vor dem Gebäude mit seiner klassizistischen Fassade stehen, um die im Erdgeschoss hinter einer Glasscheibe ausgestellten Filmplakate und -fotografien zu betrachten.

»Hier schauen Johann und ich uns heute Abend den Film *Geierwally* an«, berichtete sie.

»Na, mal sehen, wie viel ihr von der Handlung mitbekommt«, entgegnete Babette schmunzelnd. »Schön, dass ihr euch endlich wiederseht.«

»Und was wollte dieser Doktor Degner von dir?«, wandte sich Siggi betont beiläufig an Babette, als sie weiterliefen. »Unternehmt ihr auch etwas zusammen?«

Verdammt, dachte Doras Cousine, *Siggi durchschaut mich einfach immer zu gut.*

»Wir gehen auf eine Ausstellungseröffnung in der Galerie Matz«, gab sie zu und betonte dann: »Völlig harmlos.« Um rasch abzulenken, fragte sie ihre Cousine: »Übernimmt dein

Johann denn jetzt die Firma, wenn sein Studium nächsten Monat abgeschlossen ist?«

Dora nickte. »Sein Vater wird Anfang Mai fünfzig Jahre alt, ab dann möchte er angeblich etwas kürzertreten und Johann zum Geschäftsführer machen.«

»Wieso angeblich?«, hakte Babette nach.

»Na ja, Johann geht davon aus, dass sein Vater hauptsächlich seiner Gattin zuliebe Privatier wird«, berichtete Dora. »Er befürchtet, dass der alte Hubert aber nicht loslassen kann und ihm immer wieder in alles hineinredet.«

»Au weia«, kommentierte ihre Cousine. »Das riecht nach ständigen Zwistigkeiten.«

Dora nickte. »Und wenn das mit Johann und mir ernster wird, stecke ich mittendrin.«

Noch wusste sie aber nicht, was die exakten Absichten des Marzipanerben in Bezug auf ihre Person waren. Aber vielleicht würde er sie ihr ja heute Abend im Lichtspieltheater eröffnen.

20

»Das Haus stammt aus dem dreizehnten Jahrhundert«, erläuterte Johann, als er, Dora untergehakt, am frühen Abend auf die Kammerlichtspiele zuging. »Vor knapp achtzig Jahren hat ein Kulturverein es zu einem Gesellschaftshaus umgebaut – mit einem Veranstaltungssaal für Kammerkonzerte im ersten Stock. In dieser Zeit wurde auch die klassizistische Fassade angebracht. Gleich nach dem Krieg hat der Fotograf Erich Dietrich den Saal dann zu einem Kino mit dreihundert Plätzen umgestalten lassen. Es hieß damals Volks-Kino Bürgerverein, ich war im Mai vor drei Jahren bei der Eröffnungsfeier dabei.«

Selbstverständlich warst du das, dachte Dora bei sich. Die Familie Herden schien bei den wichtigsten gesellschaftlichen Ereignissen stets mit von der Partie zu sein.

»Dietrich hatte aber keinen Erfolg mit dem Kino, er musste schon nach wenigen Wochen wieder schließen. Danach hat es ein Freund meines Vaters übernommen, Ernst Furtmiller, doch auch der hat es bald wieder aufgegeben. Nach einer erneuten Renovierung unter einem dritten Besitzer gab es am 18. März letztes Jahr eine weitere Wiedereröffnung.«

»Na, dann hoffe ich, dass sie bis nach unserer Filmvorführung warten, bevor sie es nochmal schließen«, scherzte Dora.

Johann lachte und streichelte ihre Wange. »Na, das wäre

was. Womöglich noch an der spannendsten Stelle«, sagte er, als sie vor dem Gebäude stehen blieben. »Eigentlich weiß ich nur wenig über diesen Film. Mein Freund Hein hat ihn gesehen und war sehr gerührt. Das Ganze spielt wohl im Gebirge.«

Während Johann an der Kasse das Eintrittsgeld bezahlte, dachte Dora an die Worte ihrer Cousine Babette über das Kino: »So ein Film reißt dich fast noch mehr mit als die Handlung im Theater. Du vergisst alles um dich herum und verlierst dich vollkommen in der Geschichte.«

Und dieses Erlebnis mit Johann an ihrer Seite! Doras Bauch kribbelte in freudiger Erwartung. Wie es Babette wohl auf der Ausstellungseröffnung mit dem verheirateten Arzt ergehen mochte?

***

Wenn ich mich ohne Hintergedanken mit ihm treffe, warum habe ich mir dann heute so viel Mühe mit meinem Äußeren gegeben? Diese Frage kam Babette in den Sinn, nachdem sie ihr Aussehen nochmals in der Schaufensterscheibe des Kunstgewerbehauses Friedrich Matz in der Breite Straße überprüft hatte. Natürlich war sie eine Viertelstunde zu früh hier eingetroffen – vor lauter Nervosität. Ein wenig wunderte sie sich, dass in der Galerie zwar bereits Licht brannte, aber noch keine Gäste darin zu sehen waren. *Wahrscheinlich sind die einfach nicht so aufgeregt wie ich und kommen später*, mutmaßte Babette. Da kam jedoch bereits Erich Degner die Breite Straße hinaufgestürmt.

Als er bei ihr angekommen war, gab er ihr einen Handkuss. Er wirkte bleich, fahrig und wesentlich unsicherer als bei ihrem ersten Treffen.

»Danke, dass Sie wirklich gekommen sind. Ich war mir nicht sicher ...«

Als sein Blick durch das Schaufenster in die menschenleere Galerie fiel, stutzte er.

»Was ist denn hier los?«, wunderte er sich. »Oder besser: Warum ist hier so gar nichts los? Hat Fräulein Siemers nicht genug Werbung gemacht?«

»Vielleicht findet die Veranstaltung in einem Hinterzimmer statt?«, mutmaßte Babette. »Oder im ersten Stock?«

In diesem Moment erblickten sie im Inneren des Ladens eine hübsche Mittzwanzigerin mit kastanienbraunem Haar, die sich gerade ihren eleganten nachtblauen Paletot zuknöpfte. An ihrer Seite befand sich ein etwa dreißigjähriger Mann mit Holzbein.

»Ah, da ist sie ja«, erkannte Degner und versuchte die Tür zu öffnen, doch sie war noch verriegelt. Er klopfte gegen die Scheibe und rief laut: »Gerti!«

Die junge Künstlerin bemerkte ihn erstaunt, kam mit ihrem Begleiter zur Tür und öffnete sie. »Ja, Doktor Degner, was machen Sie denn hier?«

»Na, wir wollten zur Ausstellungseröffnung«, erklärte der Mediziner.

Die junge Kunstmalerin sah ihn konsterniert an. »Aber die war doch gestern.«

»Was?«, rief er ungläubig. »Oh Gott, ist mir das peinlich. Wenn ich jetzt schon die Tage durcheinanderbringe, bin ich wohl wirklich überarbeitet.«

»Na, gerade dann würde Ihnen ein Ausflug in ruhigere Gefilde ja wirklich guttun«, meinte die Künstlerin. »Wissen Sie was, ich mache Ihnen einen Vorschlag. Herr Kröger und ich müssen jetzt zum Treffen der Vereinigung Lübecker Künstler, aber ich lasse Ihnen einfach den Schlüssel da. Schauen Sie sich gern alles in aller Ruhe an. Und wenn Sie genug haben, schließen Sie ab und werfen den Schlüssel in den Briefkasten.«

Erich Degner sah sie verblüfft an. »Sind Sie sicher?«

»Bin ich«, bestätigte sie lächelnd. »Meine Bilder brennen bestimmt drauf, Ihnen und Ihrer Begleiterin Ruhe zu spenden.«

Babette fiel ein, dass sie ja einen süßen Gruß aus dem Laden für die Künstlerin ausgesucht hatte. Sie holte aus ihrer Handtasche drei modellierte Rehe in einer Schneelandschaft hervor – alles aus Marzipan, natürlich. »Hier, ich habe Ihnen eine kleine Aufmerksamkeit mitgebracht.«

»Oh, vielen Dank«, sagte die Malerin, als sie das Figurenensemble entgegennahm. »Heute hätte ich natürlich gar nicht mehr mit einem Geschenk gerechnet, was für eine angenehme Überraschung.«

Babette war einfach zu sehr Geschäftsfrau, um eine Gelegenheit verstreichen zu lassen, Werbung für Christoffersen zu machen. Nun waren zwar keine Gäste da, um das kleine Marzipankunstwerk ihrer Cousine zu bewundern, doch dafür zeigten sich Gerti Siemers und ihr Begleiter umso begeisterter.

»Ach, das ist ja wirklich wunderbar herausgearbeitet«, sagte sie anerkennend. »Was meinst du, Armin? Du bist der Experte.«

»Das ist nicht nur idyllisch«, lobte ihr Begleiter, »da ist eine Geschichte drin.«

»Fräulein Christoffersen besitzt einen Süßwarenladen an der Holstenbrücke«, erklärte Erich Degner.

»Na ja, eigentlich gehört er meinen Eltern«, schränkte Babette ein.

Die Kunstmalerin sah vom Marzipanreh zu ihr auf. »Haben Sie das selbst modelliert?«

Babette schüttelte den Kopf. »Nein, meine Cousine Dora.«

»Richten Sie Ihr bitte aus, dass sie Talent hat«, bat die Malerin. »Es ist fast schade, diese Kunstwerke zu essen.«

»Das sage ich ihr, danke sehr«, sagte Babette. »Sie wird sich freuen.«

»Jetzt müssen wir aber los«, verkündete Gerti, »viel Vergnügen Ihnen beiden.«

Sie ging mit ihrem kriegsversehrten Begleiter davon, und Degner sah noch einmal auf den Schlüssel in seiner Hand.

»Fräulein Siemers hat ja wirklich Vertrauen in Sie«, kommentierte Babette.

»Ich habe das Magengeschwür ihres Vaters behandelt, und es geht ihm wieder gut«, berichtete der Arzt lächelnd. »Sollen wir uns dann mal ihre Werke anschauen?«

»Gern.« Es mochte zwar noch unschicklicher sein, nun auch noch allein mit dem anderweitig verheirateten Herrn in die Galerie zu gehen, doch die Vorstellung, sich die Kunst so in aller Ruhe zu Gemüte zu führen, gefiel Babette dennoch außerordentlich. Die Ölgemälde und Zeichnungen zeigten ausnahmslos Landschaften, Gebäude und Blumen.

»Gerti war zuerst Schülerin von Heinrich Linde-Walther hier an der Kunstschule in Lübeck«, erklärte Erich. »Danach ging sie für eine Weile nach Berlin, als Elevin von Willy Jaeckel.«

Vom Maler Linde-Walther hatte Babette schon gehört.

Dessen Bruder Max Linde war nämlich der Augenarzt ihrer Familie. Aber Jaeckel? »Der sagt mir nichts.«

»Er gehört zur Berliner Secession, das ist eine Künstlergruppe«, erklärte Degner und mutmaßte: »Wahrscheinlich möchten die Mitglieder der Vereinigung in Lübeck so etwas Ähnliches auch hier erreichen. Gertrud war vor drei Jahren eine der Gründerinnen.«

»Sie kennen sich wohl ziemlich gut aus in der Malerei?«, vergewisserte sich Babette.

»Ach, ich selbst bin vollkommen unbegabt«, meinte er, »aber diese Kunstform übt auf mich eine große Faszination aus. Gemälde sind meiner Ansicht nach im doppelten Sinne Fenster: Sie bieten den Blick auf bestimmte Orte – aber auch in die Seele des Künstlers. Man nimmt völlig seine Perspektive ein.«

»Oder *ihre* Perspektive«, ergänzte sie schmunzelnd.

Der Mediziner erwiderte ihr Lächeln. »Oder ihre Perspektive, in Fräulein Siemers' Fall, genau.«

Sie gingen schweigend von Bild zu Bild, ließen sich dabei Zeit, betrachteten die Werke ausführlich, sahen aber auch immer wieder aus dem Augenwinkel zum jeweils anderen hinüber.

»Gefällt Ihnen Gertis Kunst?«, fragte Erich Degner, als sie schließlich alle Gemälde betrachtet hatten.

»Es wirkt nicht gerade modern und wild«, gestand Babette freimütig – sie schätzte eigentlich weniger traditionelle Werke. »Insofern hatte Fräulein Siemers recht, es ist eher ein Blick in eine beruhigende Welt.«

Erich nickte und ließ seinen Blick nochmals über die Ausstellung schweifen. »Eigentlich erstaunlich, dass Gerti sich so sehr auf hiesige Gebäude und Landschaften beschränkt. Sie war für ihre Studien nämlich auch in München und Florenz.«

»Ja, es sieht alles sehr norddeutsch aus, die Blumen scheinen ebenfalls einheimisch zu sein«, stellte Babette fest.

Ihre Blicke trafen sich.

»Ich habe wirklich versucht, Sie zu vergessen, Babette«, sagte er entschuldigend, und sie staunte darüber, wie heftig ihr Körper auf seinen Anblick reagierte, nun da sie ihm endlich die volle Aufmerksamkeit widmete. »Aber es ist mir nicht gelungen.«

Ihre Stimme war plötzlich ganz heiser. »Das ging mir ganz ähnlich.«

»Und jetzt habe ich es durch das Treffen heute noch schlimmer gemacht«, sagte er, ohne den Blick von ihr lassen zu können. »Ich bin so ein Hornochse.«

»Ich auch«, brachte sie hervor, dachte bei sich noch kurz, dass sie zum Ochsen ja eigentlich denkbar ungeeignet war, dann legte ihr der Arzt die Hand auf den Nacken und seine Lippen fanden die ihren. Als ihre Küsse immer fordernder wurden, schien sich bei Dr. Degner noch einmal die Vernunft zurückzumelden, denn er befreite sich – sichtlich schweren Herzens – ein wenig aus ihrer Umarmung.

»Sie sind immer noch keine einundzwanzig«, sagte er rau.

»Ich weiß«, erwiderte Babette und küsste ihn noch leidenschaftlicher und verführerischer als zuvor, erschrocken über ihr eigenes Vorhaben, ihm jeden klaren Gedanken zu rauben und sich miteinander ins Ungewisse treiben zu lassen.

***

Dora fühlte sich völlig beschwingt durch ihr erstes Kinoerlebnis, als sie an der Hand von Johann Herden das Lichtspieltheater verließ. Der Film hatte sie in einen traumähnlichen Zustand versetzt. Einerseits hatte sie die Bilder von außen gesehen, sich andererseits mit Wally Stromminger so sehr identifiziert, dass es ihr vorgekommen war, als erlebe sie die Geschehnisse selbst.

Am Ende hatte die Geierwally ihrem Schwarm Joseph gestanden, dass sie an dem Mordanschlag auf ihn mitschuldig war, und Dora hatte sich nichts sehnlicher gewünscht, als dass er ihr das Unverzeihliche verzeihen möge – auch wenn es gewiss nicht gerechtfertigt war. Als dann die letzte Schrifttafel Josephs Satz *Und ich habe Dich doch lieb!* zeigte und Wally endlich in seine Arme fiel, waren Dora spontan die Tränen gekommen. So gefühlsmäßig in die Geschichte verwickelt war sie bei den Theaterproben mit Fiete und Hansi bisher noch nicht gewesen, auch wenn die Musik sie begeistert und aufgewühlt hatte. *Die Geierwally* mit den Großaufnahmen der Gesichter war ihr jedoch sehr nahegegangen.

»Der Film hat dich ja richtig ergriffen«, stellte Johann mit leichtem Schmunzeln fest.

»Es war so aufregend. Ich dachte bis zum Ende, aus den beiden wird nichts mehr«, erzählte Dora so aufgebracht, als berichte sie über etwas aus ihrem eigenen Leben.

»Aber gehofft hast du doch«, ahnte er.

Sie nickte eifrig. »Und wie.«

»Schön, dass es dir so gefallen hat«, freute er sich, und Dora fiel auf, dass er bisher gar nicht gesagt hatte, ob er selbst den Film auch gut fand. Ehe sie ihn danach fragen konnte, verkündete er: »Ich habe noch etwas, was deine Zustimmung finden dürfte. Du bist am Samstag bei meinen Eltern zum Abendessen eingeladen. Ich möchte dich ihnen vorstellen.«

»Oh«, entfuhr es ihr.

Es war Johann also durchaus daran gelegen, ihre Verbindung offiziell zu machen! Dora fragte sich, warum sie das glückliche Ende für Wally und Joseph im Film vorhin so viel mehr angerührt hatte, als die sich nun in ihrem eigenen Leben abzeichnende Verlobung – vielleicht weil sich das Paar auf der Leinwand nicht durch ein Abendessen bei einer vornehmen Familie hatte kämpfen müssen? Zumindest der gestrenge Patriarch Hubert Herden würde gewiss mit Argusaugen darauf achten, ob sie das korrekte Besteck verwendete und richtig hielt.

21

So etwas hatte Babette noch nie empfunden. Ihr Kopf schien zu glühen, sie war verschwitzt, ihre Haare zerwühlt, und doch fühlte sie sich völlig glücklich und ganz. So als habe ihr Körper ihr erstmals angedeutet, welche bisher unbekannte Lust er ihr bereiten konnte. Und sie ahnte, dass noch mehr Vergnügen möglich war, und die Vorfreude darauf prickelte in ihr. Sie wusste natürlich, wie sie sich eigentlich fühlen sollte: schuldig, reumütig, schmutzig, sündig … Aber diese Worte waren zu schäbig, um ihre tiefe Zufriedenheit zu beschreiben.

Erich und sie waren im Hinterzimmer der Galerie dabei, sich die in ihrem Taumel geöffneten und abgestreiften Kleidungsstücke wieder zurechtzurücken. Dennoch war Babette froh, heute niemand mehr treffen zu müssen, denn sie hatte das Gefühl, jeder müsse ihren veränderten Zustand sofort bemerken. Sie sah zu Erich hinüber, der sich eher nachdenklich das Hemd zuknöpfte.

»Was denkst du?«, fragte sie lächelnd.

»Ich hätte vernünftig sein müssen«, murmelte er apathisch.

Sie ging vom Bürostuhl zur Chaiselongue, auf der er saß, und küsste ihn auf die Stirn. »Ich hätte es ja doch nicht akzeptiert.«

»Dann hätte ich eben für uns beide vernünftig sein müssen«, insistierte er.

»Ich hatte mich vorhin aber absichtlich entschieden,

nicht vernünftig zu sein«, widersprach Babette. »Es ist mir egal, ob das unreif war oder leichtsinnig oder unmoralisch. Ich bereue nichts.«

Er sah sie fragend an. »Bist du sicher?«

»Es gibt da ein schönes Zitat«, erklärte sie. »*Ich hasse es, Sie über Frauen sprechen zu hören, als wären sie feine Damen, anstatt rationale Wesen. Keiner von uns möchte sein ganzes Leben in ruhigen Gewässern verbringen.*«

»Von wem hast du denn das?«, erkundigte sich Erich.

»Fiete Krugel«, antwortete sie. »Aber ursprünglich ist es von der englischen Schriftstellerin Jane Austen.«

»Ausgerechnet von der«, wunderte sich der Arzt. »Ich dachte, in ihren Kitschromanen wollen die Frauen nur den Richtigen finden.«

»Man sollte einen gefühlvollen Roman nie unterschätzen«, fand Babette. »Jane Austen weiß auch, dass Frauen Leidenschaften empfinden, die sie ausleben sollten.«

Erich umarmte Babettes Hüften und lehnte seinen Kopf gegen ihren Bauch. »Und du entdeckst Austens Andeutungen natürlich«, sagte er liebevoll. »Und zum Glück bist du jedenfalls noch … intakt.«

Es dauerte einen Augenblick, bis sie verstand, was er damit meinte. Tatsächlich hatten sie trotz ihrer Leidenschaft darauf geachtet, es nicht zum Äußersten kommen zu lassen. Der Gedanke an sein Gesicht in ihrem Schoß erinnerte sie daran, dass ein Mann einer Frau auch ohne den eigentlichen Akt größte Freude und Lust bereiten konnte. »Bitte keine Anatomie-Vorlesung!«, bat sie. »Das würde mir die schönen Erinnerungen zerstören.«

»Wie soll es denn jetzt bloß weitergehen mit uns?«, murmelte er.

»Nun, zunächst werfen wir mal den Schlüssel in den Briefkasten«, schlug sie vor.

»Wie soll ich mich morgen auf Behandlungen konzentrieren? Ich werde ständig an dich denken«, sagte er, als sie die Galerie hinter sich abgeschlossen hatten. »Und es wird mich verrückt machen, nicht zu wissen, ob und wann ich dich wiedersehe.«

»Dann treffen wir uns einfach nochmal«, tröstete sie. »Du sagst, deine Frau hat nichts dagegen, also schaden wir ja niemandem. Eine Gelegenheit wird sich schon finden lassen.«

Er sah sie an wie ein kleiner Junge, der um Süßigkeiten bettelte. »Morgen Abend in meiner Ordination?«

Sie wunderte sich darüber, wie sehr er drängelte. Wäre es nicht eher an ihr, ungeduldig wie ein Backfisch dem nächsten Treffen entgegenzusehen – und an ihm, mit einer gewissen Abgeklärtheit die Vernunft im Blick zu behalten? »Hm, ganz so schnell wird es nicht gehen. Ich brauche vor meinen Eltern ja immer einen Grund, den Abend außer Haus zu verbringen«, erinnerte sie ihn. »Die Ausstellungseröffnung war so ein Grund. Bleibt nur zu hoffen, sie finden nicht heraus, dass die in Wahrheit gestern war. Ein Arztbesuch nach Ladenschluss klingt eben nicht sehr glaubwürdig.«

Es seufzte resigniert. »Stimmt, ich habe deine Eltern vergessen. Entschuldige. Mein gesunder Menschenverstand ist offenbar in die Ferien entschwunden.«

Babette lachte, dann kam ihr eine Idee. »Wir wollten meiner Tante und meinen Eltern aber einen Theaterbesuch schenken. Dann wären sie einen Abend lang außer Haus, und ich könnte ausbüxen. Ich würde dir rechtzeitig Bescheid sagen, wenn ich den Termin weiß.«

»Das ist ein vernünftiger Plan«, räumte er ein. »Dann müssen wir eben bis dahin stark sein.«

Sie lächelte zuversichtlich. »Das schaffen wir.«

***

Dora sah aus dem geöffneten Fenster der Wohnstube auf die Holstenstraße hinunter. Zunehmend beunruhigt wartete sie auf die Rückkehr ihrer Cousine, inzwischen war es nämlich bereits Viertel vor zehn. Die Ausstellungseröffnung müsste sich doch bereits dem Ende nähern! Doch statt Babette erblickte sie auf dem Trottoir nun eine andere junge Frau, die einen Hund ausführte: Fiete!

Dora pfiff. Die junge Schauspielerin sah auf und winkte. »Du bist noch wach?«, wunderte sie sich.

Mit Handzeichen signalisierte Dora, die ihre Familie nicht wecken wollte, dass sie runterkommen würde und eilte ins Erdgeschoss.

»Na, wie geht es dir, Süße? Kannst du nicht schlafen?«, fragte die Aktrice, nachdem sie Dora vor der Haustür mit zwei Küsschen auf beide Wangen begrüßt und Hund Bauschan ihr schwanzwedelnd die Hand geleckt hatte. Sie beschloss, ihre Sorge um Babette lieber zu verschweigen. Eine solch weltoffene junge Frau wie Fiete hätte bestimmt nicht verstanden, warum der harmlose Besuch einer Vernissage einen so beunruhigen konnte. Stattdessen erzählte sie von der zweiten Sorge, die sie zurzeit umtrieb: »Ach, ich bin doch bei Johann Herdens Familie zum Abendessen eingeladen …«

»Ja, beneidenswert, den Kasten wollte ich auch schon immer mal von innen sehen«, meinte Fiete.

»Ich kenne das Marzipan-Schlösschen ja schon von Silvester, aber bei meinem ersten Besuch dort gab es nur Häppchen, und keiner hat darauf geachtet, wie man die isst«, erzählte Dora. »Aber so ein Abendessen mit der Familie – das wird bestimmt fürchterlich vornehm. Plötzlich lauter verschiedene Bestecke, Gläser und Teller vor einem auf dem Tisch! Ich komm doch vom Land.«

»Verstehe ...« Fiete nickte nachdenklich. Dann kam ihr eine Idee: »Ich habe vielleicht eine Lösung für dich. In der Eule ist öfters ein Kellner aus dem Restaurant vom Hotel International, so ein junger Dunkelhaariger, der Tonio. Er ist richtig lieb; wenn wir ihn fragen, bringt er dir die Tischetikette der reichen Leute bestimmt bei. Der ist ja Experte für den ganzen Besteck-Kram und alles.«

Hoffnung keimte in Dora auf. »Das wäre ja großartig.«

»Ich mach mit Bauschan gleich noch kurz einen Abstecher zur Eule und schaue, ob er da ist«, bot Fiete an.

Dora bedankte sich und sah ihr noch eine Weile nach. Sie war froh, dass die Schauspielerin ihren Hund als Begleitschutz hatte. Doch zu ihrer großen Erleichterung kam ihre Cousine nun endlich um die Ecke gebogen und eilte auf den Laden zu.

»Dora«, sagte sie erstaunt. »Was machst du denn so spät abends noch hier draußen?«

»Ich habe kurz mit Fiete gesprochen«, erklärte Dora und bemerkte, dass die Haare ihrer Base ganz zerzaust waren. »Wie war es?«

»Wunderschön«, sagte Babette selig lächelnd. »Ach Dora, ich muss dir so viel erzählen. Und ich hoffe, du verurteilst mich nicht.«

***

Es war eine ganz besondere Mittagspause. Eine, in der es für Dora nicht ums Essen ging, sondern um die Tischetikette. Fiete und Hansi hatten besagten Kellner im Schlepptau, der seinen Feierabend oft in ihrer Stammkneipe verbrachte: Antonio Martens, genannt Tonio, ein Vierundzwanzigjähriger mit schwarzem Haar. Er drapierte auf dem Küchentisch der Christoffersens ein nobles Gedeck mit Geschirr aus dem Hotelrestaurant, in dem er arbeitete. Damit wollte er Dora das Nötigste zeigen; Babette und Siggi schauten zusammen mit den Schauspielern ebenfalls zu.

Nervös nahm Dora am Tisch Platz, Tonio stellte sich hinter sie und erklärte: »Also, das da zu deiner Linken ist der Brotteller. Bei einem festlichen Gedeck liegt in der Regel viel Besteck auf beiden Seiten vom Teller – und hier an der Stirnseite.«

»Löffel und Messer liegen rechts, Gabeln links vom Teller«, bemerkte Dora.

Tonio lächelte. »Genau, das Dessertbesteck findest du hier oberhalb. Das zieht das Personal vor dem Servieren des Desserts herunter. Die Gabel liegt links und der Löffel rechts.«

Als Nächstes deutete er auf die Gläser auf der rechten oberen Seite des Gedecks. »Das Glas, das zum Hauptgang benutzt wird, ist oberhalb der Spitze des Hauptgangmessers positioniert. Hier, siehst du?«

»Die Benutzung des Bestecks und der Gläser erfolgt von außen nach innen«, wusste Dora bereits.

»Exakt. Und zu einem komplett gedeckten Tisch gehört auch die Menagerie, also Essig und Öl. Die Serviette ist meistens auf dem Teller drapiert. Wenn sie dir im Weg sein sollte, leg sie dir gleich auf den Schoß, spätestens aber, bevor die Vorspeise serviert wird. Die Serviette liegt mit der geschlossenen Kante in Richtung Knie. Die offene Seite zeigt zum Bauch. Benutzt wird sie vor jedem Griff zum Glas, damit keine Essensreste oder Fettränder entstehen.«

»Was 'n echter Könner is', der faltet die Serviette auf und tupft sich den Mund mit der Innenseite ab«, steuerte auch Fiete etwas von ihrem Wissen bei.

»Leg die Serviette dann gefaltet wieder auf den Schoß zurück«, fuhr Tonio fort, »sodass die Essensreste in ihrer Innenseite verschwinden. Die sollten nie das Tischtuch oder deine Kleidung berühren, geschweige denn für die anderen sichtbar sein. Servietten werden übrigens auch grundsätzlich nicht zum Schutz vor Spritzern wie ein Lätzchen in den Kragen gesteckt oder um den Hals gebunden. Nach Beendigung des Mahls legst du das Mundtuch leicht zusammengefaltet auf den Tisch.«

Nun kam Tonio zu dem Thema, das Dora am wichtigsten war: Die korrekte Handhabung des Bestecks.

»Das Messer kommt in die rechte, die Gabel in die linke Hand«, sagte sie zu sich selbst.

»Stimmt«, bestätigte Tonio. »Hierbei darauf achten, das Besteck von oben zu greifen.« Er zeigte es ihr, sie machte es nach. »Weder Ellenbogen noch Handgelenk dürfen den Tisch berühren. Vom Griff sollst du nur die oberen zwei Drittel anfassen. Also nicht auf die Messerklinge oder zu weit in Richtung Gabelzinken greifen. Von dieser Stellung aus wird das Essen mit der linken Hand zum Mund geführt. Dreh die Gabel dabei nicht um.«

»Und immer daran denken: Das Essen geht zum Mund, nicht der Mund zum Essen«, wollte nun auch Hansi mit seinem Wissen angeben. Inzwischen hatte auch Tante Iny die Küche betreten und sah neugierig auf ihren Küchentisch.

»Puh, ob ich mir das alles merken kann«, seufzte Dora.

»Ich werde dir die Anordnung nachher auf ein Blatt Papier zeichnen und an den Rand ein paar Vermerke schreiben«, schlug Tonio vor. »Danach übst du, solange du brauchst. Das Essen ist ja erst übermorgen. Wenn du willst, decke ich morgen Abend in der Eule den Schauspielerstammtisch und frage dich nochmal ab.«

»Wir machen dir dafür gern Platz«, bestätigte Hansi.

Dora sah flehend in Richtung ihrer Tante. »Darf ich?«

Iny schien zu zweifeln. »Na ja ...«

»Ich gehe nochmal als Beschützer mit«, bot Siggi an. »Mir schadet es auch nichts, das mit dem Besteck und so korrekt zu können.«

»Wir passen alle auf Dora auf«, versprach Hansi, und Tonio stimmte zu.

»Ich gehe auch mit«, sagte daraufhin Babette hastig.

»Also gut, von mir aus«, sagte Iny schließlich zu Doras Erleichterung. »Falls Einar und deine Mutter einverstanden sind, dürft ihr morgen Abend in die Eule. Aber nicht zu lange. Wenn du Samstag am Tisch gähnst, war der ganze Aufwand vergeblich.«

Als die anderen gegangen waren und Iny und Siggi miteinander die Warenbestände im Laden überprüften, lotste Babette ihre Cousine kurz ins Büro.

»Dora, ich habe eine große Bitte an dich«, erklärte sie mit gesenkter Stimme. »Erich und ich würden uns so gern noch einmal wiedersehen, er wollte mir seine Praxis zeigen, was mir meine Eltern natürlich nie erlauben würden. Wenn wir aber sowieso in der Eule sind, könnte ich mich ja für eine Dreiviertelstunde absetzen. Erich würde mir natürlich Geleitschutz geben. Der Weg wäre also absolut sicher.«

Es war jedoch nicht der Weg zur Praxis, deretwegen Dora besorgt war, viel mehr beunruhigte sie die Vorstellung, was ihre Cousine vor Ort mit dem schmucken Internisten treiben könnte. Babette hatte ihr nämlich gestanden, dass sie im Hinterzimmer der Galerie unzüchtig mit Erich gewesen war. »Und es war ganz und gar himmlisch«, hatte sie geschwärmt. »Ich liebe dieses freie Leben. Die Erfahrungen, die ich dort sammle, schaden dem späteren Eheleben bestimmt nicht. Warum sollen Frauen das nicht auch dürfen?«

Dora ging davon aus, dass für sie selbst so etwas nicht infrage käme – die körperliche Liebe von der seelischen zu trennen. Und solche Erfahrungen hatte sie mit ihrem Johann ja auch noch nicht gemacht. Das bevorstehende Abendessen mit seiner Familie war ihr aber eigentlich auch vorerst Abenteuer genug. Was Babette jedoch tat, war wesentlich gefährlicher. Doras Sorge, dass sich ihre Cousine mit der heimlichen Liaison die Zukunft verbauen konnte, hatten deren schöne Worte nicht zerstreuen können. Denn sosehr Babette sich das auch wünschte: Was ein Mann durfte, durfte eine Frau noch lange nicht.

»Wenn du Siggi bestätigst, dass alles ganz harmlos ist, dann kann es mit unserem Treffen klappen«, erklärte Babette nun mit flehendem Blick.

Doch obwohl Dora ihrer Cousine jedes Glück gönnte – ihre Sorge war so groß, dass sie zu bedenken gab: »Aber ist es denn harmlos? Was ist, wenn euch jemand erwischt – oder wenn du schwanger wirst?«

Babette schmunzelte. »Dafür habe ich meine Sinne noch zu gut beisammen, ich habe mich ja nicht blindlings in ihn verliebt. Außerdem kennst mich doch gut genug, um zu wissen, wie vorsichtig ich bin, oder?«

»Ja, schon ...«, erwiderte Dora zögerlich. »Aber es kann doch etwas passieren, über das man selbst keine Kontrolle hat.«

»Das ist ja immer so«, entgegnete Babette. »Jeder von uns kann morgen von einem Automobil überrollt werden. Umso eher sollten wir doch jeden Tag genießen, oder?«

Dora seufzte. »Also gut, wenn du mir versprichst, gut auf dich aufzupassen, von mir aus.«

Babette küsste ihre Cousine dankbar auf die Wange. »Du bist ein Schatz!«

Nein, dachte Dora resigniert, *ich bin eine Idiotin, die jeden Streit vermeidet und sich gerade hat über den Tisch ziehen lassen!*

* * *

»Schlimmer kann es morgen auch nicht werden«, rief Dora. Alle Gäste der *Eule* richteten inzwischen ihr Augenmerk auf den ausnahmsweise mit noblem Meißener Porzellan eingedeckten Stammtisch der Schauspieler, an dem Kellner Tonio Martens nun Doras Lernerfolg überprüfte.

»Also weiter«, seufzte sie. »Suppenteller sollte man nicht anheben, um den letzten Rest der Suppe aus dem Teller zu bekommen. Schafft man es nicht, ihn ganz auszulöffeln, lässt man das bisschen besser übrig.«

»Wunderbar«, lobte Tonio. »Dann kommen wir jetzt zum Fischbesteck.«

»Ja, also das besteht aus einer Fischgabel und einem Fischmesser«, zeigte Dora. »Ohne scharfe Klinge, weil Fisch normalerweise nicht geschnitten wird.«

»Außer Rollmöpse, Matjeshering oder Räucherfisch – die schon«, rief der Wirt Fritz Eulert dazwischen.

»Genau«, bestätigte Dora lächelnd. »Falls ein ganzer Fisch serviert wird, gibt es dazu einen Abfallteller für Gräten und Haut, Kopf und Flossen.«

»Gut, und wenn eine Zitrone auf deinem Fisch oder Schnitzel liegen sollte, wie presst du dann den Saft aus?«, wollte Tonio als Nächstes wissen.

»Immer mit der Gabel, nicht zwischen den Fingern. Man trifft sonst garantiert das Auge des Tischnachbarn«, zitierte sie ihn.

»Dann kommen wir zu guter Letzt zum Anstoßen, was kannst du uns dazu sagen, Dora?«

»Das formvollendete Zuprosten ist die Aufgabe des Gastgebers oder des Ranghöheren«, zitierte sie. »Hierzu wird das Glas am Stiel gehoben, und man schaut die Gäste an, statt sich nur auf das Getränk zu konzentrieren, das gilt als stillos. In großer Runde wird nicht mit Gläserklingen angestoßen. Das geht nur, wenn man alle Gäste ohne sich zu strecken erreichen kann. Also ist eine Anzahl von vier bis fünf Personen die Obergrenze. In größerer Runde reicht es, wenn das Glas angehoben wird.«

»Bestanden«, kommentierte Tonio stolz. »Du wirst morgen am Tisch wirken wie ein alter Hase.«

Es gab Applaus und Jubel in der kleinen Kneipe, und Siggi bemerkte, wie Babette ihrer Cousine etwas zuflüsterte – und sich daraufhin ohne Verabschiedung aus der Kneipe schlich! Bevor die Tür wieder zufiel, sah er noch, dass sie draußen von einer Gestalt erwartet wurde.

»He, wo will denn Babette hin?«, wandte er sich alarmiert an Dora.

»Doktor Degner holt sie ab. Er wollte ihr seine Ordinationsräume zeigen. Heute braucht sie ihre Eltern ja nicht um

Erlaubnis zu fragen, außer Haus zu gehen. Er bringt sie in einer Dreiviertelstunde wieder her.«

»Will er angeben und sie noch verliebter machen?«, fragte Siggi wütend.

»Sie hat mir versichert, dass sie nicht in ihn verliebt ist und sie ihre Sinne noch beisammenhat. Sie passt auf sich auf«, gab Dora die Aussagen ihrer Cousine wieder.

»Nicht verliebt«, brummte Siggi. »Ich finde es gar nicht gut, dass du sie deckst! Was ist, wenn er andere Absichten hat – und er seine Finger nicht von ihr lässt?«

Dora verschwieg, dass Babette nicht vorhatte, *ihre* Finger von Erich zu lassen, auch wenn – oder gerade weil – sie nicht in ihn verliebt war.

»Du hast ja recht«, gab Dora kleinlaut zu. »Aber du weißt auch, wie überzeugend sie sein kann, wenn sie sich etwas in den Kopf gesetzt hat.«

»Das stimmt allerdings«, räumte Siggi seufzend ein.

* * *

»Wir müssen in vierzig Minuten zurück in der *Eule* sein«, betonte Babette, während sie mit Erich zu seiner Praxis in der Musterbahn eilte.

Sie sah ihn dabei von der Seite an und war voller Vorfreude. Seine Hände, sein Mund, seine muskulöse Brust; sie wusste, dass ihr all das bald größte Lust bereiten würde.

Ihr fiel auf, wie er sich immer öfter nervös umsah, je näher sie der Praxis kamen.

»Was hast du denn?«, fragte sie ihn mit gesenkter Stimme.

»Ich schaue, ob jemand unterwegs ist. In dieser Gegend kennt man mich ja.«

Babette vermutete, dass er und seine Frau nach außen

eine ganz gewöhnliche Ehe vortäuschten, damit ihr Ruf als Ärzte nicht zu sehr darunter litt – und natürlich um ihrer Adoptivtochter willen. Als sie ihn danach fragen wollte, wechselte er das Thema.

»Ich war heute übrigens im Waisenhaus. Schwester Lilo hat gesagt, dass es ihnen wegen der Inflation an allem fehlt, dringende Reparaturen müssen aufgeschoben werden, an einer Stelle regnet es sogar durchs Dach.«

»Oh je, dann müssen wir uns nochmal eine Aktion überlegen«, beschloss Babette und fügte zuversichtlich hinzu: »Uns wird bestimmt wieder etwas einfallen.«

Inzwischen waren sie an der Praxis angekommen, und das brachte sie auf andere, lustbetonte Gedanken. Er schloss auf und schaltete das Licht an.

»Also, hier ist meine Ordination«, erklärte er und führte sie ins Sprechzimmer. Babette sah sich um: ein großer Mahagoni-Schreibtisch, dahinter ein Regal mit medizinischer Fachliteratur, eine Untersuchungsliege. Ein Arztzimmer wie viele andere auch. Doch sie erschrak aufs Heftigste, als sie hinter der Tür, die Erik gerade verschlossen hatte, ein Skelett gewahr wurde – mit Mühe unterdrückte sie einen Schrei. Der Totenschädel schien sie auszulachen.

»Oh je, wie soll man sich denn auf die Lebenslust konzentrieren, wenn einen der Sensenmann so angrient?«

»Das lass mal meine Sorge sein«, sagte er rau.

Vergessen war sein banges Umschauen auf der Straße – in der abgeschiedenen Welt, in die sie sich nun mit ihm gewagt hatte, schien er völlig selbstsicher. Mit geschickten Fingern knöpfte er ihre Bluse auf und legte immer größere Areale ihres Körpers frei. Dann ließ er seine Hände und seine Zunge auf Wanderschaft gehen, und sie seufzte erregt auf.

22

Sowohl Siggi als auch Dora waren vor Ablauf der abgesprochenen Dreiviertelstunde derart besorgt um Babette, dass sie beschlossen, zur Praxis zu gehen, um nach dem Rechten zu sehen. Sie setzten gerade an, sich von ihren Freunden zu verabschieden, da betrat Doras Cousine auf die Minute pünktlich die Kneipe.

Ihre Wangen waren gerötet, das Haar leicht zerzaust – und das Lächeln wirkte beseelt.

Doch Siggi war so wütend, wie ihn Dora noch nie erlebt hatte. »Deine Eltern denken, du bist hier bei uns in Sicherheit. Wenn dir was passiert wäre, hätte ich mein Versprechen gebrochen, auf euch aufzupassen«, wandte er sich an seine Adoptivschwester.

»Es ist ja nichts passiert, Erich hat mich doch hin- und zurückbegleitet«, entgegnete Babette.

Doch damit ließ sich Siggi nicht abspeisen. »Trotzdem will ich nicht mehr, dass du mich ungefragt in so etwas hereinziehst.«

»Keine Angst, die Gelegenheit bekomme ich ja ohnehin nicht mehr«, fauchte sie gereizt.

Nach diesem Wortgefecht herrschte Schweigen zwischen den beiden, und den Zwist konnte Dora nur schwer ertragen. Daher war sie erleichtert, als Babette auf dem Heimweg endlich wieder zu sprechen begann.

»Wir müssen uns übrigens wieder etwas für das Waisenhaus überlegen. Und diesmal geht es um mehr als ein schönes Weihnachtsfest.«

»Was ist denn los dort?«, fragte Dora.

»Erich hat erzählt, es fehlt ihnen an allem, sogar das Dach ist undicht«, antwortete Babette.

»Das schaue ich mir morgen gleich mal an«, begann nun auch Siggi wieder zu sprechen.

Dora vermutete, dass er erleichtert war, dass sich Babette und Dr. Erich Degner über dieses Thema unterhalten hatten, mithin ein Zeichen dafür, dass ihr Treffen in der Tat »harmlos« gewesen war. Doch das bezweifelte Dora.

***

Wie schon bei ihrem ersten Besuch am Silvesterabend wurde Dora auch heute wieder von Taxifahrer Det Spatz zum Marzipan-Schlösschen gefahren. Sie trug ein weinrotes Kleid, das ihr Babette geliehen hatte, nicht ganz so edel wie das aus grüner Seide, aber der Anlass war ja auch etwas weniger feierlich.

»Na, so aufgeregt wie beim letzten Mal?«, erkundigte sich der Fahrer.

»Ein bisschen weniger vielleicht«, sagte Dora. »Es gibt so viel anderes zu bedenken. Wir haben kürzlich erfahren, dass es im Kinderheim schon wieder an vielem mangelt. Und jetzt ist da zu allem Übel auch noch das Dach undicht.«

»Das ist schlimm«, gab Det zu.

Dora sah nachdenklich auf das Schlösschen, dem sich das Taxi für ihren Geschmack viel zu schnell näherte. Sie hätte gern noch ein paar Minuten Aufschub gehabt. »Da fühlt es sich natürlich seltsam an, dass ein so nobles Essen aufgetischt wird, während Schwester Lilo und ihre Kollegen im Heim nicht wissen, wo sie das nächste Stück Brot für die Kinder herbekommen sollen«, fuhr sie fort.

»Ja, die Welt war noch nie gerecht«, sagte Det und brachte das Automobil vorm gusseisernen Eingangstor zum Stehen. »Aber vielleicht kannst du das heute für einen Abend vergessen und das schöne Mahl genießen? Ich bin mir sicher, die Kinder würden es dir gönnen. Das Essen ist ja nun schon gekocht.«

»Vielleicht hast du recht«, sagte sie, während sie ihm sein Geld gab. »Danke, Det.«

Sie stieg aus und betätigte die Klingel am Eingangstor. Diesmal kam Johann höchstpersönlich aus dem Haupteingang, ging ihr über den gepflasterten Vorplatz mit dem Springbrunnen entgegen und küsste sie sanft auf die Stirn. »Herzlich willkommen, Schatz, wie geht es dir?«

»Ich bin ein bisschen aufgeregt«, gab sie zu.

»Das musst du nicht«, versicherte er ihr. »Die anderen sind schon im Salon. Vor dem Abendessen nehmen wir immer einen Aperitif am Kamin.«

An der Seite des hochgewachsenen Johann betrat die Süßwarenverkäuferin nun erstmals den Wohnbereich des Schlösschens. An den mit Brokattapeten verzierten Wänden hingen goldgerahmte Ölportraits mit Personen, die Dora, so kam es ihr vor, als Neuankömmling kritisch zu mustern schienen. Auf dem glänzenden Parkettfußboden lag ein langer, kunstvoll gewobener Teppich. Im Salon mit dem ausladenden offenen Kamin und einem großen Konzertflügel, der gewiss ein Vermögen gekostet hatte, herrschte eine heimelige Wärme, und am Boden lag ein Tigerfell, der Kopf der bedauernswerten Großkatze starrte sie mit aufgerissenem Maul feindselig an. Der Gesichtsausdruck von

Felix und Hubert ließ darauf schließen, dass die Laune der Herren der des erlegten Tigers entsprach, lediglich Johanns freundliche Stiefmutter Natalie strahlte erfreut in Doras Richtung.

»Natalie, Felix, ihr kennt sie ja bereits«, sagte Johann, »Vater, das ist Dora Hoyler, die Nichte von Süßwaren Christoffersen.«

»Guten Abend«, sagte Dora und machte einen Knicks, der Patriarch nickte lediglich.

Natalie nahm jedoch herzlich beide Hände der potenziellen Schwiegertochter in spe in die ihren. »Schön, Sie wiederzusehen, Dora.«

Felix Herden, den sie als so freundlichen und fröhlichen Menschen kennengelernt hatte, schien hingegen jede Herzlichkeit verloren zu haben und nickte noch verstimmter als sein Vater. Von ihrem Onkel Einar wusste Dora, dass hier in der überschaubaren Handelsstadt haarscharf unterschieden wurde zwischen den ersten und zweiten Kreisen, zwischen Mittelstand und geringem Mittelstand. Sie vermutete, dass vielleicht darin der Grund für Felix' spürbare Ablehnung ihrer Verbindung zu suchen war.

»Sherry gefällig, Fräulein Hoyler?«, erkundigte sich nun der Patriarch Hubert Herden, der wie die anderen bereits ein Glas mit bernsteinfarbener Flüssigkeit in Händen hielt.

Kellner Tonio hatte Dora beigebracht, dass es sich bei solchen Anlässen und in solchen Kreisen schickte mitanzustoßen, auch wenn man Alkohol nicht sonderlich mochte. »Danke, sehr gern«, sagte sie daher.

Während er ihr ein Glas einschenkte, fragte Hubert: »Haben Sie in Ihrem ... Laden denn große Umsatzverluste durch die Wirtschaftskrise?«

»Wunderbar, lasst uns über Geld sprechen«, murmelte Johann zynisch.

»Ja, Süßwaren stehen in so einer Lage natürlich nicht sehr weit oben auf der Prioritätenliste der Menschen«, antwortete Dora höflich, ohne auf Johanns Bemerkung einzugehen. »Andererseits möchten sich einige auch gerade jetzt etwas Besonderes gönnen – als Ausflug in süßere Zeiten sozusagen.«

»Ein Ausflug in süßere Zeiten, gar nicht mal schlecht«, murmelte Herden senior nachdenklich und nickte anerkennend.

»Du siehst das doch bestimmt schon als Werbespruch auf unseren Plakaten und Zeitungsanzeigen«, mutmaßte Natalie. »Also lasst uns das Glas erheben – auf unseren einfallsreichen jungen Gast!«

»Auf Dora!«, rief Johann und hob seinen Sherry.

Wenig später saßen sie im Schein zahlreicher Kerzenleuchter an der festlich gedeckten Tafel.

Gegessen wurde von Meißener Porzellan mit Goldrand und mit schwerem Silberbesteck – zu Doras Erleichterung war auf der weißen Damast-Tischdecke alles so drapiert, wie sie es von Tonio gelernt hatte. Nach der Vorspeise, einer Grießklößchensuppe, brachte Herden senior das Gespräch auf den Versailler Vertrag und dessen Folgen für Deutschland. Johann und sein Vater echauffierten sich über die Alliierten, Felix und die beiden Frauen schwiegen.

»Fräulein Dora«, wandte sich Hubert schließlich unvermittelt an sie, »was ist mit Ihnen? Ihre Familie muss doch wegen der wirtschaftlichen Einbußen gewiss ebenfalls fuchsteufelswild sein.«

»Ach, ich finde, uns geht es vergleichsweise gut«, erklärte

sie. »Viele sind doch wesentlich ärmer dran. Zum Beispiel die Kinder im Waisenhaus an der Mauer. Es mangelt dort an allem – und das Dach ist undicht.«

Hubert Herden fixierte sie mit zusammengekniffenen Augen. »Und wenn Sie sehr reich wären, würden Sie dann Ihr ganzes Geld für die Armen herschenken?«, fragte der Patriarch argwöhnisch.

»Es ist das Privileg der Reichen, nicht nur durch eigenes Geld helfen zu können«, erwiderte Dora.

»Sondern?«, wollte der Firmengründer wissen.

Sie hielt seinem bohrenden Blick stand. »Nun, zum Beispiel mit Wohltätigkeitsveranstaltungen.«

»Dora hat im Dezember in ihrem Laden einen Abend mit Schauspielern organisiert – zugunsten der Kinder im Waisenhaus«, berichtete Johann, und es klang ein wenig stolz. »Es war sogar recht erfolgreich.«

»Ach stimmt, dafür hatte ich, glaube ich, eine Einladung von Ida Boy-Ed bekommen«, fiel seiner Stiefmutter ein. »Ich war damals aber leider verhindert.«

»Wenn ich reich wäre und wohlhabende und spendable Freunde hätte, dann würde ich so etwas in einem größeren Rahmen veranstalten«, erläuterte Dora. »Das Waisenhaus könnte zurzeit, wie gesagt, jede Hilfe gebrauchen.«

»Würden Sie auch Ihre eigene Geburtstagsfeier für so etwas nutzen?«, fragte Johanns jüngerer Bruder nun und grinste provozierend. »Bei einem runden Geburtstag zum Beispiel?«

»Felix!« Die Stimme seines Vaters hatte einen warnenden Unterton.

Dora beschloss, trotz Herdens spürbar schwelendem Zorn aufrichtig zu antworten. »Das könnte ich mir sehr gut vorstellen. Allerdings würde ich die Feier unter ein anderes Motto als meinen Geburtstag stellen, damit am Ende nicht doch alle Geschenke für mich wären, sondern auch wirklich ins Spendenkässchen wandern.«

War sie zu weit gegangen? Sie bemerkte, dass Hubert Herdens Kopf ganz rot war, als er hervorstieß: »Aha, und was sollte das für ein Motto sein?«

Dora dachte kurz nach. »Das käme auf die Jahreszeit an ...«

»Wenn die Feier zum Beispiel Anfang Mai wäre?«, präzisierte Felix.

»Dann wüsste ich einen hübschen Titel«, sagte sie lächelnd. »Mandelblütenball.«

Natalie Herden sah erst Dora, dann ihren Stiefsohn Johann entzückt an. »Wie schön das klingt!«

»Passend zur Jahreszeit und passend zum Quell deines Wohlstands, Vater«, erklärte Felix dem Patriarchen.

»Ja, ja, schon verstanden, ich bin ja nicht schwer von Begriff«, knurrte er.

»Mein Vater wird seine Geburtstagsfeier so veranstalten, wie du vorgeschlagen hast«, fasste Johann zusammen, als er Dora nach dem Diner – es hatte als Hauptgang Gänsebraten und zum Nachtisch Schokoladenpudding mit Vanillesoße gegeben – und einem kurzen Gespräch unter vier Augen mit Hubert noch vor das Tor zum Taxi brachte. »Er nimmt selten Ratschläge von außen an, schon gar nicht von einer Frau, und erst recht nicht von einer so jungen wie dir. Ich bin sehr stolz auf dich.«

Er küsste sie zum Abschied auf die Stirn. Hier, in Sichtweite von neugierigen Blicken, war er offenbar vorsichtiger mit seinen Zärtlichkeiten. Dora freute sich zwar über seine Erklärung, er sei stolz auf sie, aber noch mehr frohlockte sie, wie viel Geld der geplante Mandelblütenball zugunsten der Kinder einbringen konnte. Schließlich sollte Hubert Herdens fünfzigster Geburtstag laut dessen Frau Natalie ein gesellschaftliches Großereignis werden; sogar Gäste aus dem Königreich Dänemark würden eigens zu diesem Anlass anreisen. Die Reichen und Schönen der Hansestadt konnten bei der Veranstaltung ganz ausgiebig feiern, noch ausgiebiger spenden – und die Einnahmen sollten tatsächlich an das Waisenhaus gehen!

***

Erfreut stellte Dora fest, dass ihre Namensschöpfung bald immer öfter unter den Kunden des Süßwarenladens zu hören war, so auch an einem Vormittag Anfang April: »Die Familie Herden veranstaltet tatsächlich einen Mandelblütenball«, verkündete eine rundliche Kundin mit einem zu großen Glockenhut auf dem Kopf, und eine weitere erklärte: »Es ist der Geburtstag von Herden senior, er wird schon fünfzig!«

»Unsereins wird zu so etwas ja ohnehin nicht eingeladen«, entgegnete mürrisch eine Dürre mit Kneifer auf der Nase.

»Wenn Sie mir Ihre Adresse geben, lade ich gern auch Sie ein«, sagte da hinter ihr ein hochgewachsener, muskulöser Mann, der von den drei Kundinnen unbemerkt das Lädchen betreten hatte.

»Johann«, rief Dora erfreut.

»Oh, ähm, äh«, stammelte die Dürre. »So war das doch nicht gemeint, Herr Herden, ich hätte doch gar kein Kleid für so was.«

»Na, wenn das nicht bedauerlich ist«, entgegnete Johann und wandte sich dann an Dora: »Ist deine Mutter zufällig zu Hause?«

Sie sah ihn erstaunt an. »Meine …? Ja, sie ist mit meiner Tante und unserem Konditor Siggi in der Backstube mit dem Frühjahrsputz zugange.«

»Meinst du, ich könnte da kurz stören?«, fragte er, und erst jetzt bemerkte sie, dass er recht nervös zu sein schien.

»Bestimmt, soll ich dich hinbringen?«, fragte Dora.

»Nein, ich finde den Weg«, entgegnete er und deutete lächelnd auf die nur knapp zwei Meter entfernte Backstubentür. »Lass du mal deine charmante Kundschaft nicht warten.«

Dora bedauerte es, dass ihre Cousine mit Fiete neue Schuhe kaufen war und sie den Laden nicht allein lassen konnte, zu gerne wäre sie bei Johanns Gespräch mit ihrer Mutter dabei gewesen. Was er wohl von ihr wollte?

***

»Herein?«, rief Siggi erstaunt. An die Backstubentür klopfte sonst so gut wie nie jemand, deshalb staunten er, Iny und Hedwig nicht schlecht, als Johann Herden den Raum betrat.

»Guten Tag, die Damen, grüß dich, Siegfried«, sagte er. »Frau Hoyler, ich würde Ihnen gern eine Frage stellen.«

Doras Mutter sah ihn verblüfft an. »Mir?«

»Ja, ich möchte Sie von Herzen bitten, mir die Erlaubnis zu erteilen« – er stockte kurz und atmete durch – »also mir zu genehmigen, bei Ihrer Tochter Dora um die Hand anzuhalten.«

Er war so schnell zur Sache gekommen, dass nicht nur

Hedwig Hoyler überfordert war. Siggi fiel buchstäblich die Kinnlade hinunter, und Iny ließ den Schrubber umfallen.

»Sie ... Sie möchten Dora heiraten?«, vergewisserte sich Hedwig.

Ehe Johann es nochmals bestätigen konnte, klopfte es erneut.

»Herein«, sagte Siggi, und wiederum zu seiner Überraschung betrat Anna Magdalena Kleinert die Backstube.

»Guten Tag, Herr Christoffersen, ich hoffe, ich störe nicht«, sagte die Detektivin. »Aber ich habe Neuigkeiten, und ich dachte, die möchten Sie vielleicht gern sofort hören.«

»Oh, aber na-na-natürlich«, stotterte Siggi vor Aufregung.

Er sah die Ermittlerin erwartungsvoll an, doch die warf einen Seitenblick in Richtung Hedwig, Iny und Johann.

Als er immer noch nicht verstand, raunte sie dem Konditor zu: »Ich glaube, es ist wirklich besser, wenn ich Ihnen meine Erkenntnisse unter vier Augen mitteile. Es sind ein paar ... heikle Fakten darunter.«

»Ach so«, brachte Siggi hervor. »Na-natürlich. Kommen Sie mit, wir können ins Büro.«

Im Gehen hörte er noch, wie Hedwig zu Johann sagte: »Ich gebe die Verantwortung an Dora ab. Ich werde ihrem Glück gewiss keine Steine in den Weg legen. Sie muss aber selbst entscheiden, wen sie heiraten will.«

Als Siggi Frau Kleinert ins Hinterzimmer führte, zitterten seine Hände vor Aufregung.

»Ich habe Nachforschungen in den Kirchenbüchern und auf dem Standesamt angestellt. So ist es mir recht rasch gelungen, den Vornamen Ihrer leiblichen Mutter ausfindig zu machen«, begann die Detektivin, nachdem der junge Konditor die Tür hinter ihnen geschlossen hatte. »Sie heißt Charlotte.«

»Charlotte Andresen«, murmelte er gedankenverloren.

»Nun, das ist zumindest ihr Geburtsname«, schränkte Anna Magdalena Kleinert ein. »Aber vielleicht zunächst das Wichtigste vorab: Ihre Mutter lebt!«

***

Johann kam zufrieden lächelnd aus der Backstube zurück.

»Ah, die Kundinnen sind alle fort«, stellte er erleichtert fest. »Und so ganz ohne Einladung zum Mandelblütenball.«

»Sie haben sich dann am Ende doch mit Marzipanhäppchen begnügt«, erklärte Dora schmunzelnd. »Was hattest du denn mit meiner Mutter zu besprechen?«, fragte sie dann betont beiläufig.

Als er nun zwischen all den mit Leckereien gefüllten Regalen voller Fluchtmöglichkeiten in süßere Zeiten vor ihr niederkniete, wusste sie, was sich in dem kleinen Kästchen in seiner Hand befand. Und sie wusste, was er fragen würde. Was sie jedoch zu ihrem eigenen Entsetzen nicht wusste, war die Antwort auf seine Frage: Was sollte sie ihm sagen? Liebte sie Johann Herden?

23

Schließlich hatte sich Siggi trotz seiner grenzenlosen Neugier auf Kleinerts Informationen über seine leibliche Mutter doch noch der Etikette besonnen und der Detektivin einen Platz am Schreibtisch angeboten, sie auch höflich gefragt, ob er ihr etwas anbieten dürfe. Dies hatte sie abgelehnt, sich ihm gegenüber hingesetzt und ihre Rechercheergebnisse präsentiert.

»Ihre Mutter schlägt sich inzwischen als Musiklehrerin durch. Vor einem Jahr etwa muss sie Lübecks Finanzsenator kennengelernt haben: Georg Kalkbrenner, über zehn Jahre älter als Charlotte. Trotz des Altersunterschieds hat er ihr wohl kürzlich einen Antrag gemacht.«

»Meine Mutter ist mit einem Senator verlobt?« Das hatte Siggi nun wirklich nicht erwartet.

»Ja, das ist sie.« Frau Kleinert zückte eine Aktenmappe und sah ihm ernst in die Augen. »Hier sind alle Nachforschungsergebnisse enthalten. Aber falls Sie sich Ihrer Mutter nähern möchten, bedenken Sie bitte eines: Es ist unwahrscheinlich, dass der Senator von Charlottes unehelichem Sohn weiß. Wenn Sie ihr die Chance auf einen beträchtlichen gesellschaftlichen Aufstieg also nicht gefährden wollen, sollten Sie äußerst behutsam vorgehen.«

Siggi nickte beklommen. »Das werde ich.«

»Gut«, sagte die Ermittlerin. »Auch über Ihren leiblichen Vater konnte ich etwas herausfinden. Karl Jürgensen ist wie von der Heimschwester kolportiert zur See gefahren, es ist also gut möglich, dass er nie von seinem Sohn erfahren hat. Erst über ein Jahr nach Ihrer Geburt, im Dezember 1904, ist er nach Lübeck zurückgekehrt – und dann an Silvester ertrunken. Es gab hier damals eine schlimme Sturmflut. Zum Zeitpunkt seines Todes war er erst zweiundzwanzig.«

Siggi starrte ins Leere, das musste er erstmal verdauen.

»Es dauert oft ein wenig, bis man solche Auskünfte verinnerlicht hat«, wusste Frau Kleinert wohl aus der Erfahrung mit anderen Klienten. »Was Ihnen vielleicht helfen könnte: All die liebenswerten Menschen, die bisher in Ihrem Leben waren, bleiben es weiterhin – egal, ob Ihre leibliche Mutter nun auch Teil davon wird oder nicht.«

Siggi sah die Detektivin dankbar an. »Sie erledigen Ihre Arbeit wirklich sehr gut«, wagte er ein Kompliment. »Und darüber hinaus geht es Ihnen auch um das Seelenleben des Klienten. Ich kann Ihnen gar nicht genug danken.«

»Doch, das können Sie«, entgegnete die Ermittlerin mit einem fast zärtlichen Lächeln. »Sie könnten mich darüber auf dem Laufenden halten, wie es sich mit Ihrer leiblichen Mutter entwickelt hat – egal, ob gut oder schlecht. Und außerdem wäre es schön, wenn Sie mir etwas Selbstgebackenes von sich verkaufen würden.«

»Verkaufen nicht, aber schenken«, sagte Siggi. »Suchen Sie sich vorn gleich aus, was Ihnen gefällt, das geht auf mich. Für Ihre wunderbare Arbeit ist es das Mindeste.«

»Auf keinen Fall«, widersprach sie. »Sie bezahlen mich ja auch. Und das haben Ihre Leckereien mindestens genauso verdient.«

***

Dora starrte noch immer auf den Ring in dem Schächtelchen. Das Stück mit dem von winzigen Perlen umfassten Rubintropfen sah wunderschön aus. Sie kannte sich mit Schmuck ja nicht gut aus, aber da Johann bald eine der größten Marzipandynastien der Welt leiten sollte, war der Ring gewiss auch sündhaft teuer. Es war ihr unangenehm, dass so viel Geld für sie ausgegeben wurde, als wären an diese Summe Erwartungen geknüpft, die sie vielleicht gar nicht erfüllen konnte. Bis vor Kurzem hatte sie ja nicht mal gewusst, wie man Besteck korrekt verwendete. In diesem Augenblick betrat ausgerechnet der Lübecker Generalanzeiger – Dine Dettmers, die stadtbekannte Klatschtante – den Laden. Zum Glück war Johann rechtzeitig vom Türglöckchen gewarnt worden und aufgesprungen. Rasch ließ er das Kästchen zuschnappen und in seiner Tasche verschwinden.

Sie sah ihn unsicher an, und er sagte laut: »Danke für die Beratung, Fräulein Hoyler, ich schaue mich nochmal in Ruhe um, bedienen Sie gern zunächst die Dame.«

»Danke«, sagte Dora, bestürzt über sich selbst. Wieso hatte sie den armen Johann nur so lange ohne Antwort knien lassen? Und warum war sie über die Unterbrechung durch die Tratschbase so erleichtert?

»Womit kann ich Ihnen dienen, Frau Dettmers?«

»Ach, geben Sie mir mal eine Tüte von den guten Hustenbonbons Ihrer Tante«, entgegnete die Kundin. »Ich hab zwar noch kein' Husten, aber schon so 'n leichtes Kratzen im Hals, so fängt das ja meist an.«

»Ja, dann wünsche ich Ihnen gute Besserung«, sagte Dora und nahm eine Tüte der Brustkaramellen aus dem Regal. »Das macht dann eine Mark.«

Doch die Dame machte noch keine Anstalten, ihr Portemonnaie zu zücken. »Haben Sie schon das vom Kohlen-Gerdtz gehört?«, fragte sie stattdessen mit gesenkter Stimme.

»Äh ... nein«, sagte Dora, die über Frau Dettmers Tratsch-Angebot eher verzweifelt war. »Aber ...«

»Ich glaube, ich habe etwas gefunden«, wurde sie nun von Johann erlöst, der die Situation erfasst zu haben schien. »Könnten Sie mich dazu nochmal kurz beraten?«

»Gern«, sagte Dora dankbar und raunte der Klatschbase verschwörerisch zu: »Ein anderes Mal.«

Merklich enttäuscht bezahlte Frau Dettmers und ging.

»Entschuldige, nun habe ich alles ruiniert«, wandte sich Dora an Johann. »Ich hatte nur so gar nicht damit gerechnet. Und das ist alles so neu für mich.«

Er streichelte ihr über die Wange. »Das geht mir doch genauso. Mein Vater drängt mich seit Jahren, die richtige Frau mitzubringen und bald darauf endlich den ersehnten Stammhalter zu präsentieren. Aber erst war da der Krieg, und dann wieder das Studium, deshalb war an so was für mich nicht zu denken. Aber jetzt habe ich dich kennengelernt und wirklich liebgewonnen. Und wenn du mich nicht ganz furchtbar findest ...«

Wie verständnisvoll und nett er war! Sie wäre doch verrückt, einem solchen Mann einen Korb zu geben! Hastig sagte sie: »Natürlich mag ich dich. Ich kenne mich mit der Liebe eben so gar nicht aus ...«

»Dann lass uns das alles doch zusammen rausfinden«, schlug er vor. »Ich wäre wirklich gern dein Verlobter.«

»Dann bist du das jetzt«, sagte sie lächelnd.

Und nun küsste er sie zärtlich.

***

»War das die Detektivin?«, fragte Iny nervös, als Siggi in die Backstube zurückkam. Auch Onkel Einar war inzwischen vom Termin mit einem Lieferanten zurückgekehrt und wartete gebannt auf die Antwort des Ziehsohns.

»Ja, ich weiß nun, wie mein Vater gestorben ist«, erklärte Siggi. »Er war als Matrose in aller Welt unterwegs, ertrunken ist er aber in Lübeck. Es gab hier wohl an Silvester vor achtzehn Jahren eine schlimme Flut.«

»Stimmt, von der hattest du mir damals geschrieben«, wandte sich Hedwig an ihre Schwester.

Iny nickte erschaudernd. »Oh ja, 1904. Das war schrecklich.«

»Schlimmer als die Überschwemmungen 1913?«, hakte Siggi nach. »Die Straßenbahn musste damals den Verkehr an der Untertrave einstellen, das weiß ich noch. Da war ich gerade mal zehn Jahre alt.«

»Ja«, bestätigte Einar, »1904 war es wahrhaftig noch schlimmer. Da gab es nicht nur an der Obertrave Hochwasser, auch an der Untertrave mit den abzweigenden Gruben. Stecknitzfahrer haben mit ihren Booten die Anwohner mit den notwendigsten Dingen beliefert. Ein gewaltiger Sturm hatte die Fluten in der Silvesternacht in die Stadt gespült, das Wasser ist auf zwei Meter zehn über Normalnull angestiegen.«

»Über zwei Meter«, murmelte Siggi und dachte an seinen Vater. Wie schrecklich es sein musste zu ertrinken …

»Manch einer hat aus der Not auch eine Tugend gemacht«, erzählte Iny und lächelte ihrem Mann zu.

Einar grinste bei der Erinnerung. »Ich war ja damals noch Bäckergeselle, bin mit meinem Brotwagen zur Engelsgrube gefahren, die war natürlich auch überschwemmt. Mein

Gaul ist nur ungern in die kalte Flut getrottet, aber ich kriegte ihn dann doch überzeugt. Vor jedem unter Wasser stehenden Haus hab ich angehalten, dreimal kräftig mit der Peitsche geknallt und gerufen: ›Frisches Brot gefällig?‹ Dann haben mir die Leute durch die Fenster ihre Bestellungen durchgegeben, und ich habe in hohem Bogen die bestellten Brote und Rundstücke durch die Fenster geworfen.«

In diesem Augenblick kam Dora mit Johann in die Backstube.

»Wir haben euch etwas mitzuteilen«, sagte sie. »Johann und ich haben uns gerade verlobt.«

Die Freude fiel verhaltener aus als erwartet. Dem wohlhabenden Fabrikantensohn gegenüber war Doras sonst so umgängliche Familie eher gehemmt.

»Ich werde dir das schönste Hochzeitskleid nähen, das du dir vorstellen kannst«, versprach schließlich Doras Mutter und umarmte sie. Nachdem Siggi sowie Iny und Einar es ihr gleichgetan hatten, gratulierten sie dem angehenden Marzipanfabrikanten lediglich höflich. Johann Herden war niemand, den man so einfach in den Arm nahm.

»Ich werde dafür sorgen, dass ihr alle zum fünfzigsten Geburtstag meines Vaters eingeladen werdet«, verkündete er. »Dann können sich die Familien gleich kennenlernen.«

Iny und Hedwig sahen sich verblüfft an. »Wir sollen auf den Mandelblütenball ins Marzipan-Schlösschen, Donnerlittchen.«

Da kam Siggi eine Idee. Er nahm Dora zur Seite und fragte sie mit gesenkter Stimme: »Würdest du mir einen riesigen Gefallen tun? Könntest du irgendwie dafür sorgen, dass Finanzsenator Kalkbrenner und seine Verlobte auch zu dem Ball eingeladen werden?«

Dora sah ihn verwundert an. »Wieso möchtest du das?«

»Weil er mit meiner leiblichen Mutter verlobt ist.«

»Was?«, rief Dora bass erstaunt. »Dann war das vorhin Detektivin Kleinert?«

»Aber du musst ihre Nachforschungsergebnisse unbedingt für dich behalten. Es könnte meiner Mutter sehr schaden, wenn man rausfindet, dass sie einen unehelichen Sohn hat.«

»Selbstverständlich«, stimmte Dora zu.

»Der Ball wäre eben eine großartige Möglichkeit, ganz unauffällig mit ihr ins Gespräch zu kommen«, erklärte er.

»Ich sehe, was ich machen kann«, sagte Dora, völlig überrumpelt von den Ereignissen des Tages.

***

»Da ist man einmal für zwei Stunden weg«, sagte Babette fassungslos, als sie vom Schuheinkauf mit Fiete zurückgekommen war und ihre Cousine in der Küche die Geschehnisse des Vormittags zusammengefasst hatte. »Dann ist Siggi plötzlich der Stiefsohn eines Senators – und meine Cousine verlobt.«

»Wir beide sind ja selbst ganz baff«, erklärte Dora. »Wenn mich Johanns Vater auf dem Ball als seine künftige Schwiegertochter vorstellt, versinke ich, glaube ich, im Erdboden.«

»Unsinn, bei so einem schönen Kerl wie Johann kannst du doch stolz sein«, fand Babette und fügte sarkastisch hinzu: »Vermassel es nicht, schließlich habe ich ihn dir großzügig überlassen.«

Dora wurde das Thema unangenehm, und sie fragte ablenkend: »Wie war es denn mit Fiete?«

»Lustig wie immer, sie hatte ihren Hund Bauschan mit«,

erzählte Babette schmunzelnd. »Die beiden haben die Schuhverkäuferinnen ganz schön auf Trab gehalten.«

»Das kann ich mir lebhaft vorstellen.«

»Sie hat gefragt, ob wir die Schauspieler-Clique am Sonntag zum Mai-Singen begleiten möchten.«

»Mai-Singen?«, wiederholte Dora.

»Ja, in der Nacht zum 1. Mai ziehen die Eulen zum Markt und singen Punkt zwölf Uhr nachts ein Mailied«, berichtete ihre Cousine.

»Die Eulen?«

»So nennt sich der Schauspielerstammtisch in Fritz Eulerts Kneipe jetzt.«

»Und da dürfen wir dabei sein?«

Babette nickte. »Hast du Lust darauf?«

»Natürlich«, beeilte sich Dora zuzusagen. »Wenn es uns unsere Mütter erlauben ...«

***

Am darauffolgenden Sonntag war es so weit. Dora, Siggi und Babette standen mit den Eulen kurz vor Mitternacht auf dem Lübecker Marktplatz. Otto Anthes kündigte feierlich – und nicht mehr ganz nüchtern – an, sie sängen nun »dem Frühling zum Gruß, dem Dichter zur Ehr, und der lieben Hansestadt zur Freude«.

Beim Ertönen der Mitternachtsschläge der Glocken von St. Marien stimmten alle anwesenden Schauspieler das Lied an, dessen Text der Lübecker Dichter Emanuel Geibel verfasst hatte: »Der Mai ist gekommen, die Bäume schlagen aus ...«

Dora, Babette und Siggi fielen begeistert ein, doch nicht jeder fand Gefallen an dem »Eulengesang«.

Einige der ihres Schlafes beraubten Anwohner rissen die Fenster auf. »Aufhören!«, schrien sie wütend. »Haltet den Mund, ihr Idioten!« Und: »Ruhe da unten!«

Das angetrunkene Schauspielervolk ließ sich davon nicht beeindrucken – und sang nur noch lauter. Da hörten sie plötzlich eilige Schritte und das schrille Geräusch der Trillerpfeifen von Schutzmännern nahen.

»Nichts wie weg!«, rief Hansi Mainzberg. »Ab in die Eule, sonst sind wir dran. Ruhestörender Lärm und so.«

So schnell sie konnten, rannten sie durch Lübecks malerische Innenstadt, um in ihrer kleinen Stammkneipe vor den Polizisten Zuflucht zu suchen.

Lachend und außer Atem lief Dora neben Babette und Siggi durch die schmale Gasse – die Situation erinnerte sie an jenen Tag vor knapp acht Jahren, an dem sie als Kinder zusammen den Dieb gejagt hatten – nur dieses Mal waren die Rollen vertauscht. Als sie nun mit Kribbeln im Bauch mit Siggi, Babette und ihren Freunden durch die laue erste Mainacht des Jahres 1922 rannte, fühlte sich Dora ausgelassen und ungemein frei. Sie konnte nur hoffen, dass das auch so bleiben würde, wenn sie erstmal in die Marzipandynastie eingeheiratet hatte.

24

»Das gibt so viel Hoffnung.«

Schwester Lilo war ganz überwältigt vor Rührung, als sie kurz vor der Mittagspause noch rasch im Süßwarenladen Christoffersen ein paar Hustenbonbons gekauft und erfahren hatte, was die Familie Herden plante.

»Wenn so ein bekannter Mensch wie der Herr Herden senior seinen fünfzigsten Geburtstag feiert, werden Gäste von überall herkommen – und das zugunsten unserer Kinder. Was für ein Segen! Dass ich Sie im Zug kennenlernen durfte, da muss wirklich der Allmächtige seine Finger im Spiel gehabt haben.«

Überglücklich machte sie sich auf den Rückweg ins Waisenhaus, und Dora sah ihr zufrieden lächelnd nach. Doch auch ihre Familie war bestens gelaunt. Einar, Iny und Hedwig waren für heute Abend von ihren Kindern ins Stadttheater eingeladen, und die beiden Frauen berieten miteinander, was sie aus diesem Anlass anziehen würden.

»Wenn nachher alle außer Haus sind, werde ich die Ruhe nutzen, endlich das Büro und die Buchhaltung auf Vordermann zu bringen«, kündigte Babette an.

»Dann lese ich meinen Roman von Ida Boy-Ed zu Ende«, meinte Dora, und Siggi fügte hinzu: »Und ich versuch endlich mal früh ins Bett zu kommen.«

»Gute Idee«, lobte Babette. »Dann bist du morgen schön frisch. Der frühe Vogel …«

»… stirbt an Schlafmangel, ich weiß«, ergänzte Siggi zynisch.

In diesem Moment brachte Postbote Flögel ein Telegramm ins Geschäft.

»Für dich, Dora«, rief Iny zur Überraschung ihrer Nichte.

»Von wem ist es?«, fragte Babette neugierig. »Von Johann?«

»Nein, seiner Stiefmutter«, wunderte sich ihre Cousine.

***

»Folgen Sie mir bitte.« Mit diesen Worten ging Lucie Krull, das Stubenmädchen, voran.

Schon beim Abendessen neulich hatte Dora das schöne, schwarz glänzende Haar der Frau bewundert, die wie sie selbst wohl noch keine zwanzig Jahre alt war. So ähnlich hatte sie sich immer Schneewittchen vorgestellt, wenn ihr Großvater Adam Mettang ihr das Märchen vorgelesen hatte.

Dora war mit Johanns charmanter Stiefmutter Natalie Herden verabredet, sie hatte in dem Telegramm um ein Treffen hier im Schlösschen gebeten *zwecks Besprechung einiger Einzelheiten den Mandelblütenball betreffend.*

Zu Doras Freude wurde sie im Salon des Schlösschens nicht nur von Natalie begrüßt, sondern auch vom sympathischen Fabrikleiter Kröger. Er war seinerseits sichtlich begeistert, die junge Süßwarenverkäuferin wiederzusehen.

Ihr erstes Gesprächsthema war die Dekoration des Saals bei der Geburtstagsfeier.

»Es wäre natürlich schön, alles mit echten Mandelblüten zu schmücken, aber in unserer Gegend wächst der Baum ja kaum«, erklärte Natalie bedauernd.

»Ja, eigentlich mag er das Mittelmeerklima am liebsten, mit warmen, langen und trockenen Sommern und milden, kurzen Wintern«, ergänzte Jakob Kröger. »So 'n Mandelbaum verträgt mal einen kurzen Frühlingsfrost, aber keine Staunässe. Er mag es gern kuschelig warm.«

»Und selbst wenn wir solche Bäume irgendwo in der Nähe finden würden, endet deren Blütezeit ja spätestens mit dem Monat April«, gab Johanns Stiefmutter zu bedenken. »Deshalb haben wir zwei Vorschläge. Da wäre einmal ...«

Natalie zückte ein Ästchen mit Mandelblüten und reichte es Dora. Erst bei genauerem Hinsehen und Anfassen erkannte sie, dass die filigranen weiß-rosa Blüten aus Stoff gefertigt waren.

»Oh wie schön, das sieht ja völlig naturgetreu aus«, staunte sie.

»Eine Fabrikation in Hamburg stellt sie her«, berichtete Natalie. »Ich würde einen größeren Posten bestellen, wir können sie ja immer wieder für Festivitäten verwenden. Und Herr Kröger hatte eine Idee, wie wir *Ihr* Talent nutzen könnten, liebe Dora. Sie sind ja nachweislich in der Lage, Marzipanblüten zu formen, die den echten Vorbildern sehr nahekommen, nur bräuchten wir sie diesmal in einer Anzahl, die Sie bis zum Fest nicht stemmen könnten. Und das führt uns zu der Idee, die unser lieber Herr Kröger hatte.«

»Ja, ich wollte vorschlagen, dass wir mit unserem Formschneider zusammenarbeiten. Er wäre in der Lage, eine Schwefelform nach Ihrer Vorlage herzustellen«, erklärte der Fabrikleiter. »Dann können Ihre eigenen Mandelblüten in Massenproduktion gehen.«

»Das wäre ja ... das wäre ja wunderbar!«, rief Dora aufgeregt.

Wenig später fuhr sie mit Herrn Kröger in dessen Lieferwagen zum südlichen Rand der Stadtinsel, wo sich an der Mühlenbrücke 1 die Lübecker Marzipan-Werke Herden befanden.

»Wissen Sie, in welchem Land der Marzipan erfunden wurde?«, erkundigte sich Dora. »Meine Tante und mein Onkel haben sich früher öfter darüber gestritten.«

»Die Frage aller Fragen.« Der Alte lachte. »Ganz ehrlich: Ich weiß es nicht. So um die Weihnachtszeit erscheinen schon seit Jahrzehnten die immer gleichen Erzählungen über die Entstehung des Marzipans, entweder in der *Gartenlaube* oder in irgendeinem kleinen Lokalblättchen ... Ob da was Wahres dran ist, weiß keiner. Viele Städte erheben in ihren Sagen Anspruch darauf, den Marzipan erfunden zu haben. Sie erzählen alle von der Genialität ihrer jeweiligen Zuckerbäcker: Lübeck, Erfurt, Florenz, Turin, Venedig ...«

»Dann bleibt die Herkunft wohl ein Geheimnis.«

Inzwischen waren sie vor der Fabrik angekommen.

»Wir können froh sein, dass wir heute als Normalsterbliche überhaupt Marzipan essen und sogar verkaufen dürfen«, erklärte Kröger, während sie durch die laue Frühlingsluft auf das Gebäude zugingen. »Diese Mandeldelikatesse war früher ein recht exklusiver Nachtisch und galt als Heilmittel. In der Zunftordnung vor dreihundert Jahren wurde den Krämern der Verkauf von Marzipanen ausdrücklich untersagt, man bekam sie nur in der Apotheke. Anfangs konnten sich auch nur Fürsten den Luxus leisten. Es gab bei den holsteinischen Grafen sogar einen ›Trauer-Marsepan‹. Darauf war unter anderem der gräfliche Sarg in Marzipan nachgebildet. Und bei der Hochzeit eines Herzogs im sechzehnten Jahrhundert soll es drei Fuß hohe Tierskulpturen aus Marzipan gegeben haben. Aber irgendwann wollten sich auch gut situierte Untertanen diese Leckerei nicht mehr entgehen lassen. Die haben dann erkleckliche Summen dafür ausgegeben.«

»Verständlich«, meinte Dora. »Ich möchte auch nicht mehr darauf verzichten.«

Sie betraten die Fabrik, in der es wegen der Mandeln, die dort geröstet wurden, ein wenig wie an einem Jahrmarktsstand roch. Kröger zeigte Dora zunächst das Lager. »Wir werden aus Sizilien beliefert.«

»Zurzeit sind Mandeln ja fast unerschwinglich«, wusste Dora.

»Ja, die Herdens müssen tief in die Tasche greifen«, räumte Jakob Kröger ein.

»Aber so schlimm wie früher wird es hoffentlich nicht mehr«, sagte Dora, während er sie über einen Korridor in Richtung Fertigungshalle führte. »Schon seltsam, dass es den Krämern verboten war, Marzipan zu verkaufen.«

»Die Apotheker wurden von den Fürsten eben mit zahlreichen Vorrechten versehen«, erklärte der Fabrikleiter. »Aber im achtzehnten Jahrhundert war dann zumindest Zucker etwas leichter zu bekommen: Die neue Welt wurde erschlossen, in Kuba und Mittelamerika hat man indischen Zucker ebenso angebaut wie auf den Kanarischen Inseln – und damit wurde Europa reichlich beliefert.«

»Mein Onkel hat mir erzählt, dass unser Rübenzucker erst Anfang des letzten Jahrhunderts gewonnen wurde«, erinnerte sich Dora.

»Ja, von da an wurde das Ganze natürlich richtig erschwinglich. Auch hier lag Lübeck gut im Rennen – dank seines landwirtschaftlichen Hinterlands: Mecklenburg. Bald war Marzipan kein Apothekergeheimnis mehr. Die Rezepte wanderten in die handgeschriebenen Kochbücher der Bürgerfrauen – die wollten ihre Lieben zu hohen Festtagen mit besonderen Köstlichkeiten verwöhnen.«

Mittlerweile waren sie an der ersten Verarbeitungsstation angekommen – einer Maschine, in der die Mandeln gewalzt und von der braunen Haut befreit wurden. Hier musste Kröger etwas lauter sprechen.

»Die Ernte kommt aus Sizilien und Apulien. Früher hat man noch in der Nacht nach ihrer Ankunft begonnen, die Mandeln zu enthülsen. Das war schwere und zeitraubende Handarbeit, die ganze Familie hat mitgeholfen, damit alles vor Weihnachten fertig war«, erzählte der Fabrikleiter. »Damals gab es einen Reibstein, das war ein auf dem Fußboden stehender, hüfthoher Mörser aus Granit. Der Arbeiter, der das Ding bediente, musste besonders kräftig sein, um mit seiner großen Holzkeule die Mandeln zu Brei zu zerstoßen. Und so ein Zuckerhut – ein an der Spitze abgerundeter Kegel – ist ja recht hart. Daraus den feinen Staubzucker zu machen – das war auch sehr mühsam. Mandelmasse und Zucker wurden vermengt und in großen kupfernen Pfannen abgeröstet, wobei permanent umgerührt werden musste. Das war die Sache des Lehrbuben. Dessen Arbeitstag begann morgens um sechs Uhr und endete nach zwölf Stunden mit dem Austragen der letzten Bestellungen.«

»Unser Siggi steht heute meistens sogar noch früher auf«, sagte Dora. »Aber dafür schläft er vormittags, und meine Cousine und ich erledigen das Austragen. Was passiert denn nach dem Abrösten mit dem Mandelbrei?«

»Bei der eigentlichen Verarbeitung wird noch einmal

Puderzucker untergewirkt«, antwortete Herr Kröger. »Erst danach kann man mit dem leichteren und vergleichsweise amüsanteren Teil beginnen, dem Ausformen aus freier Hand oder durch Model.«

»Und seit wann gibt es die Maschinen?«, erkundigte sich Dora.

Inzwischen waren sie an einem Laufband angelangt, wo Frauen und Männer in weißen Arbeitskitteln und mit Hauben auf dem Kopf die wenigen Mandeln aussortierten, die trotz der Bearbeitung noch braune Hautreste aufwiesen.

»Vor etwas mehr als fünfzig Jahren wurden erstmals Maschinen mit drei Granitwalzen und Mandelreibmaschinen eingesetzt«, berichtete Köhler. »Zunächst noch durch Dampf betrieben.«

»Und heute durch Elektrizität?«

»Genau.«

Nun zeigte er ihr einen Schrank mit zahlreichen schmalen senkrechten Fächern.

»Hier sind unsere Schwefelformen platzsparend untergebracht«, erläuterte er.

Dora sah, dass auf dem Rand jeder Form eine Nummer, die Mengenangabe für das Marzipan, das gestanzt werden sollte, und der Motivname geschrieben waren.

Jakob Kröger zog jene heraus, auf deren Rand *Holstentor, Feldseite* stand. Bei der Stanzform waren das berühmte Stadttor und die Schrift ausgehöhlt und spiegelverkehrt.

»Irgendwann wurden die Marzipanmotive nicht mehr einzeln modelliert, sondern man stellte Stanzformen her, sogenannte Modeln. Zunächst verwendete man geschnitzte Holzmodel für das Ausformen von Torten und

Reliefs. Die Marzipanmasse ist ja sehr schmiegsam, deshalb brauchte man feingeschnitzte Model aus Birnbaumholz. Im achtzehnten Jahrhundert wurden diese Modelschnitzer ›Formschneider‹ genannt.«

»Und so ein Modelschnitzer soll eine Stanzform von meinen Mandelblüten herstellen«, fasste Dora zusammen.

»Genau, er kommt gegen vier vorbei«, bestätigte Jakob.

Dora betrachtete das Holstentor-Relief genauer. »So ein süßer Gruß ist natürlich eine wunderbare Reklame für unsere schöne Stadt.«

»Die Konditorei Hebich am Markt hat mit den Stadtansichten aus Marzipan angefangen, wenn mich nicht alles täuscht. Das muss vor rund achtzig Jahren gewesen sein. Hebich hatte die Holstenbrücke im Angebot, die Marienkirche, den Markt, das Rathaus und die Börse ... Um Motive waren Ihre Vorgänger beim Marzipan-Modellieren noch nie verlegen, Fräulein Hoyler. Zunächst mal natürlich biblische Szenen – vom Stall zu Bethlehem bis zur Himmelfahrt. Auch die antike Mythologie wurde in Marzipan gebannt: Paris, Herkules und Diana mit dem Hirsch. Und selbstverständlich zahllose Fürstenwappen. Auch die Politik fehlte nicht. Vor dem Großen Krieg gab es unzählige Kaiser- und Heerführerportraits in Lorbeerkränzen. Sogar Waffenstillleben mit Kanonen und Eisernen Kreuzen wurden angefertigt, bewundert ...«

»... und irgendwann aufgegessen!«, ergänzte Dora schmunzelnd.

Jakob Kröger lachte auf. »Richtig! Manchmal wünscht man sich, alles Kriegerische ließe sich so einfach kulinarisch entsorgen.«

Angesichts seiner Bemerkung fragte sich Dora, ob der Fabrikleiter am Großen Krieg teilgenommen und sehr gelitten hatte. Die Antwort erhielt sie schneller als erwartet. Denn nun betrat ein etwa dreißigjähriger Mann mit dunkelblonden Locken und Beinprothese den Raum mit der Maschine, die den Mandelbrei mischte.

»Fräulein Hoyler, das ist mein Sohn Armin«, stellte Kröger vor. »Er studiert Bildhauerei und verdient sich hier etwas als Modelschnitzer dazu.«

»Guten Tag«, sagte Dora, und der Gedanke, dass der Sohn des Fabrikleiters versehrt aus dem Krieg zurückgekehrt war, erfüllte sie mit Mitleid.

Armin Kröger lächelte jedoch ganz zufrieden, als er ihre Hand schüttelte. »Ich kenne Ihre Marzipantiere tatsächlich bereits aus einem anderen Zusammenhang«, erzählte er. »Neulich war Ihre Cousine Babette Christoffersen in der Ausstellung einer Freundin von mir und brachte ein Figürchen von Ihnen mit, ein Reh.«

»Ah, davon hat sie erzählt, die verpasste Vernissage von Fräulein Siemers.«

»Genau, Gerti und ich waren uns einig, dass Sie mächtig Talent haben, Fräulein Hoyler«, schmeichelte ihr Armin Kröger. »Interessieren Sie sich denn für Bildhauerei?«

»Ich weiß es nicht, ich hatte bisher noch keine Gelegenheit, mich damit zu beschäftigen«, gab sie zu. »Ich forme aber schon gern Figuren.«

»Sie sollten wirklich einmal mit zu einem unserer Treffen kommen«, schlug er vor.

»Vielleicht könnt ihr euch aber zuerst noch um das Schwefelmodell für Fräulein Hoylers Marzipanblüten kümmern, Sohnemann«, mahnte der Fabrikleiter. »Es liegt Frau Herden wirklich sehr am Herzen – dass der Gartensaal zum süßen Mandelblütenmeer wird.«

»Das bekommen wir hin«, meinte Armin Kröger zuversichtlich und lächelte Dora zu.

***

»Gott, jetzt ist es so weit«, sagte Hedwig Hoyler aufgeregt, als sie mit ihrer Schwester und ihrem Schwager kurz nach Geschäftsschluss an der Ladentür stand. »Du hast mir so sehr vom Theater vorgeschwärmt, Dorle, und jetzt darf ich selbst zu einer Vorstellung!«

»Ihr seht ganz großartig aus in eurer Abendgarderobe«, befand Dora lächelnd.

»Stimmt, ihr stehlt Hansi, Fiete und den anderen auf der Bühne glatt die Schau«, scherzte Siggi.

Babette bemerkte, wie ihr Vater schwitzte und seinen Hemdkragen lockerte. »Alles in Ordnung, Vati?« Sie wusste, dass es ihm nicht leichtfiel, sich unter so viele Menschen zu begeben. Außerdem war er sehr schreckhaft und empfindlich gegen Lärm geworden.

»Wird schon schiefgehen«, sagte Einar und versuchte sich an einem zuversichtlichen Lächeln. »Wenn die zu laut spielen oder singen, halte ich mir einfach die Ohren zu.«

Seine Frau Iny schmunzelte und hakte ihn unter. »Es wird schön werden, glaub mir.«

Als die drei gegangen waren, atmete Babette durch. »Na, dann werde ich mich mal an die Arbeit machen.«

»Viel Erfolg«, wünschte Dora. »Ich gehe hoch und widme mich meinem Buch.«

»Ich komme mit«, kündigte Siggi an.

Als die beiden nach oben gegangen waren, machte Babette im Büro das Licht an und hängte von außen ein Schild mit der Aufschrift *Bitte nicht stören* an den Türgriff.

Danach schloss sie die Tür zum Hinterzimmer jedoch von außen und schlich sich vorsichtig aus dem Laden. Erich wusste Bescheid, und nun machte sie sich auf den Weg zu ihm in die Praxis. Ein wenig plagte sie das schlechte Gewissen, sich klammheimlich davonzustehlen. Sie rechnete nicht damit, dass etwas schiefging, aber falls doch, wollte sie diesmal weder Dora noch Siggi mit hineinziehen.

25

Das Skelett konnte Babette nicht mehr angrienen, die Süßwarenverkäuferin hatte ihm nämlich ihre Bluse über den Kopf geworfen. Völlig außer Atem lag sie in Erichs Armen auf dessen Untersuchungsliege. Sie hatten sich mit seinem Arztkittel zugedeckt, da der April sich unerwartet von seiner kalten Seite zeigte und es heute Abend tatsächlich noch einmal geschneit hatte.

»Ich hätte nicht gedacht, dass mein Körper so etwas empfinden kann«, sagte Babette, zufrieden seufzend.

Es war erst das dritte Mal, dass sie sich einander hingegeben hatten, und doch harmonisierten sie auf fast bestürzende Weise miteinander.

»Mir geht es genauso, Schatz«, sagte er und streichelte ihr liebevoll die Wange.

Ihr fiel auf, dass Erich nach dem Höhepunkt das Bedürfnis nach weiteren Zärtlichkeiten und Koseworten zu haben schien, weitaus mehr, als dies bei ihr der Fall war. Er wollte noch liegen bleiben und sich an Babette schmiegen, sie hingegen war voller Tatendrang.

»Vielleicht sollte ich meinem schlechten Gewissen den Garaus machen«, murmelte der Arzt nachdenklich.

»Ja, quäl dich nicht mehr«, riet sie. »Ich sehe auch nicht ein, mich irgendwem gegenüber schuldig zu fühlen.«

»Du hast ja auch keine Frau verführt, die noch keine einundzwanzig ist.«

Babette kicherte. »Also, erstens habe *ich dich* verführt, nicht umgekehrt, und zweitens fallen Frauen sowieso nicht in mein Beuteschema, ob sie nun unter einundzwanzig sind oder nicht.«

Just in diesem Augenblick erklang von draußen die Stimme einer jungen Frau. »Ist da wer?«, rief sie. Ihre Schritte näherten sich dem Untersuchungsraum.

Babette fuhr erschrocken auf.

»Meine Sprechstundenhilfe«, zischte Erich entsetzt. »Was will die denn hier um die Zeit?«

Sie waren beide splitternackt unter dem weißen Kittel – und ihre Kleidung würden sie niemals rechtzeitig erreichen!

Zum Glück reagierte Erich schnell. Er sprang auf, zog sich rasch den Arztkittel über, eilte zur Tür und öffnete sie nur einen Spalt breit. »Fräulein Tusch, was machen Sie denn um diese Zeit hier?«

»Ich habe meine Handschuhe vergessen. Und mein Verlobter und ich wollten morgen Schlittschuhlaufen gehen«, erklärte sie.

»Ach so, ich hatte mich etwas hingelegt, muss noch ein paar Patientenakten lesen vor Montag, das erledige ich heute noch«, behauptete er.

Babette wunderte sich, dass ihm so rasch eine glaubwürdige Ausrede einfiel. Aber möglicherweise hatte er diese Lüge ja schon öfter gebraucht? War die Praxis vielleicht sogar ein Liebesnest, in dem er auch mit anderen Frauen verkehrte? Sie hatte sich zwar geschworen, nicht eifersüchtig zu sein, aber es war dennoch kein schönes Gefühl, austauschbar zu sein.

»Dann entschuldigen Sie die Störung«, hörte sie die

Sprechstundenhilfe sagen. »Schönes Wochenende, Herr Doktor Degner.«

»Das wünsche ich Ihnen auch, Fräulein Tusch. Viel Vergnügen beim Eislauf«, sagte er und schloss die Tür wieder hinter sich.

Er setzte sich, nur mit seinem Arztkittel bekleidet in seinen Drehstuhl, während Babette damit begann, ihre Kleider zusammenzusuchen und sich anzuziehen.

Erichs Gesichtsausdruck wirkte gequält, er schien wieder ein furchtbar schlechtes Gewissen zu haben. »Es tut mir leid, dass ich dich in eine so unmögliche Situation bringe.«

»Ach, du hast sie doch ganz routiniert gemeistert«, entgegnete sie.

»Ich will das nicht mehr«, sagte er, eher zu sich selbst als zu ihr. »Du sollst eine ehrbare Ehe führen. Meine Adoptivtochter könnte ich ja trotzdem sehen.«

Und just in dem Moment, als Babette ihre Bluse vom Totenkopf genommen hatte, eröffnete ihr Erich: »Ich liebe dich, also warum soll ich dich nicht heiraten? Gertrud wird es verstehen.«

»Oh«, sagte Babette nur erschrocken, doch er begriff sofort.

»Da hättest du natürlich ein Wörtchen mitzureden«, sagte er betreten. »Das ginge ja nur, wenn du mich willst.«

»Das kommt darauf an, was man unter ›wollen‹ versteht«, erwiderte Babette, die sich in die Enge getrieben fühlte und das Bedürfnis hatte, sich anzuziehen.

»Jetzt habe ich endgültig die Stimmung ruiniert«, murmelte er bedrückt, und Babette bemerkte, dass ihr seine dauernden Selbstbeschuldigungen zunehmend auf die Nerven fielen.

»Es geht so schnell … Ich hatte nicht mit ›Ich liebe dich‹ gerechnet. Ich weiß gar nicht, was ich darauf erwidern soll«, erklärte sie aufrichtig.

Er sah sie noch bestürzter an als zuvor. »Na ja, auf dieses Bekenntnis gibt es eigentlich nur eine passende Antwort. Und wenn man die nicht auszusprechen bereit ist, fühlen du und ich wohl nicht dasselbe füreinander.«

»Es tut mir leid«, entgegnete sie verstimmt. »Aber du hast doch erklärt, dass die Eintrittskarte in dein Leben sei, sich unter keinen Umständen zu verlieben.«

»Gefühle lassen sich aber wohl nicht präzise planen«, sagte er mit einem Lächeln, das sie ein wenig herablassend fand. »Du bist noch jung, aber das wirst du im Lauf deines Lebens auch noch erfahren.«

»Ja, ich bin jung«, erwiderte sie verärgert. »Aber das wusstest du vorher.« Sie hatte plötzlich das Bedürfnis, ihn von sich abzuwaschen. »Ich möchte gern nach Hause«, verkündete sie. »Wenn ich jetzt gehe, ist das Theater noch nicht zu Ende, dann muss ich meine Eltern und meine Tante nicht anlügen.«

»Natürlich, ich bringe dich«, sagte er zerknirscht.

»Nicht nötig«, erwiderte sie rasch. »Das kurze Stück schaffe ich allein, hat auf dem Hinweg ja auch geklappt. Nicht dass uns noch jemand zusammen sieht, in der Gegend hier kennt man dich schließlich.«

* * *

Dora hatte Schwierigkeiten, sich auf ihr Buch von Ida Boy-Ed zu konzentrieren. Irgendetwas kam ihr an Babettes Verhalten seltsam vor, doch sie konnte noch nicht recht ausmachen, worum es sich handelte. Erstens war der angebliche

Grund etwas verwunderlich, aus dem sie heute Abend im Büro arbeiten wollte. Der alltägliche Geräuschpegel im Laden hatte sie bei ihrer Buchhaltung bisher nicht gestört, zumindest waren von ihr diesbezüglich noch nie Beschwerden gekommen. Zweitens fand es Dora erstaunlich, dass Babette einen Abend, an dem die Eltern aus dem Haus waren, nicht anders zubringen wollte. Sie hatte doch erst kürzlich betont, man müsse jeden Augenblick nutzen, um das Leben zu genießen. Damals, als sie eine Erklärung dafür abgeben wollte, warum sie das Techtelmechtel mit Dr. Degner so genoss und … Da kam Dora ein Verdacht. Sie sprang von ihrem Bett auf, verließ ihre Dachkammer und eilte durchs Treppenhaus ins Erdgeschoss.

An der Tür zum Hinterzimmer des Ladens blieb sie zögernd vor dem *Bitte-nicht-stören*-Schild stehen.

»Babette?«, rief sie.

Keine Antwort.

Dora missachtete das Schild und riss beherzt die Bürotür auf. Im Hinterzimmer brannte zwar Licht, aber wie von ihr befürchtet, gab es keine Spur von Babette!

Bestürzt wurde ihr klar, was passiert sein musste. Ihre Cousine hatte den Abend ohne Eltern genutzt und diesmal weder Siggi noch sie mit hineinziehen wollen. *Babette hat sich wegen meiner Vorwürfe in Gefahr gebracht!*

Dora verließ das Hinterzimmer und sah durch das Schaufenster in die Nacht hinaus. Ihre Sorge um Babette wuchs noch, als sie vier der fünf Burschen vom Deutschvölkischen Schutz- und Trutzbund, die im Dezember im Laden über den jüdischen Möbelhändler Honig gelästert hatten, an der Holstenbrücke herumlungern sah. Sie beschloss, sich zu Degners Praxis zu begeben und dabei einen Umweg zu machen, um den DVSTB-Kerlen auszuweichen. Sie wollte Babette warnen, damit sie den Burschen nicht in die Arme lief. Hoffentlich war Babette auch wirklich bei Degner und kam nicht aus einer anderen Richtung. Was, wenn sie die Cousine weder unterwegs noch bei Degner antreffen würde? *Dann muss ich vielleicht sogar die Gendarmen rufen,* dachte Dora beklommen.

Sie ging durch die kühle Aprilluft in Richtung der Praxis, wobei sie es vermied, in Sichtweite der vier Burschen an der Brücke zu geraten. Doch dass ihr Umweg sicher sei, erwies sich als Irrtum: Sie ertappte nun an einer Mauer ausgerechnet Hans Daniels, den größten der fünf DVSTB-Burschen, beim Pieseln. Zum Glück hatte er ihr den Rücken zugewandt. Sie wollte so rasch wie möglich an ihm vorbeigehen, doch er drehte sich zu früh um. Zu ihrem Entsetzen versperrte er ihr den Weg. Sein lüsterner Blick erinnerte sie an den von Früchtehändler Tiedemann.

»Guten Abend«, brachte sie kaum hörbar hervor.

Sie versuchte um ihn herumzugehen, doch er war sofort wieder vor ihr.

»Dich kenn ich doch«, sagte er, wobei sein Atem nach Alkohol stank. »Du arbeitest bei Ingeline Christoffersen, der alten Judenfreundin.«

»Lassen Sie mich durch, bitte!«, sagte Dora schwach und versuchte erneut, an ihm vorbeizukommen. Ihr Puls begann vor Angst zu rasen, als er sie grob am Arm packte.

»Du weißt aber schon, dass sich ein anständiges deutsches Mädel nicht im Dunkeln auf der Straße rumtreibt?«, zischte er.

»Dora!«, hörte sie in diesem Augenblick Babette rufen. »Daniels, lass sie los!«

Nun sah Dora, wie ihre Cousine auf sie zueilte, so rasch es ihre Schuhe und das enge Kleid zuließen.

»Verschwinde!«, rief der Bursche.

Plötzlich hörte sie Siggis Stimme hinter sich: »Nimm sofort deine dreckigen Finger von meiner Cousine!«

Hans Daniels musterte Babettes Adoptivbruder abschätzend: Siggi war kaum älter und gut einen Kopf kleiner als er. »Misch dich nicht ein, sonst bist du dran«, drohte er kalt.

»Ich misch mich aber ein.«

Daniels ging zornig auf den Konditor los. Doch der wich den Schlägen geschickt aus, nur einmal traf der Hüne ihn unterm Auge. Da die meisten Hiebe aber danebengingen, wurde der Angetrunkene immer zorniger. Schließlich sprang Siggi so zur Seite, dass sein Angreifer ins Leere lief; und mit einem einzigen Kinnhaken brachte er den hochgewachsenen Burschen zu Fall. Benommen blieb Daniels wie ein riesiger hilfloser Käfer auf dem Rücken liegen.

Babette erreichte sie und fiel ihrem Adoptivbruder um den Hals. »Danke, dass du ihr geholfen hast.«

»Schon gut«, sagte Siggi verlegen.

»Wieso bist du hier?«, erkundigte sich Dora bei ihm und beobachtete aus dem Augenwinkel, wie der angetrunkene Daniels sich erhob und davontorkelte.

»Mir kam es auf einmal so komisch vor, dass Babette ausgerechnet an einem sturmfreien Abend arbeiten will«, erklärte Siggi.

»Ging mir genauso«, gab Dora zu.

»Und als ich dich dann auch nicht in der Wohnung gefunden habe, dachte ich mir schon, dass du ihr hinterher bist«, erklärte Siggi.

»Verzeiht mir bitte«, sagte Babette mit zitternder Stimme.

»Ich wollte nicht, dass ihr euch mitschuldig macht, indem ich euch in meinen heimlichen Ausflug einweihe.«

»Mir ist es lieber, mitschuldig zu sein, als nicht zu wissen, wo du bist«, entgegnete Siggi und rieb sich seinen Wangenknochen.

»Es tut mir so leid«, sagte Babette. Sie deutete auf seine Wange. »Tut es sehr weh, Siggi?«

»Nee, schon gut«, winkte er ab. »Aber wieso lässt dich dieser Kerl denn allein nach Hause laufen?«

»Ich habe die Geschichte gerade beendet«, beteuerte sie. »Ihr werdet euch um mich nicht mehr sorgen müssen, das schwöre ich euch.«

Siggi lächelte. »Na, wenn das so ist ...«

»Was meint ihr, sollen wir zusammen zum Theater gehen und warten, bis sie rauskommen?«, schlug Dora vor, und die beiden Adoptivgeschwister nickten.

26

»Das ist zu viel, es ist einfach zu viel!«

Iny Christoffersen schwitzte und fächerte sich mit ihrem Handschuh Luft zu. Dora saß mit Tante, Mutter und Cousine Babette im Lieferwagen, Siggi fuhr. Alle fünf waren so edel herausgeputzt, wie es ihre Geldbörse zuließ. Seit die Einladung ausgesprochen worden war, hatte sich Hedwig keine Sekunde Ruhe gegönnt, genäht und umgenäht, was das Zeug hielt, um für alle eine passende Abendgarderobe zu zaubern.

Einar war allerdings zu Hause geblieben; so viele Leute auf einem Haufen, das ertrug er dann doch nicht, schon der Besuch im Theater neulich hatte ihn an seine Grenzen gebracht. Seine Frau müsse aber gehen, hatte er insistiert, schon allein, falls sich dort wichtige Geschäftspartner und Kunden blicken ließen. Dora ahnte, dass Einar Iny in Wirklichkeit das schlechte Gewissen nehmen wollte, ihn allein zu Hause zu lassen. Er liebte seine Frau eben und gönnte ihr den Abend im Schloss von Herzen.

»Innerhalb von zwei Wochen werde ich ins Theater und ins Schlösschen eingeladen«, meinte Iny. »So was ist unsereins ja nun wahrhaftig nicht gewöhnt, das ist zu viel für meine armen Nerven.«

»Ach, vielleicht bist du auch einfach nur erschöpft«, entgegnete Babette und fügte hinzu: »Jedem Kunden von den Einladungen zu erzählen, artet ja irgendwann in echte Arbeit aus.«

Tatsächlich hatte Iny in letzter Zeit keine Gelegenheit ausgelassen, im Laden das Gespräch auf diese Themen zu bringen. Und nachdem es auch Dine Dettmers erfahren und ihrer Gewohnheit entsprechend überall weitergetratscht hatte, sprachen die Kunden Doras Tante schon von sich aus auf den Ball an.

Iny überging die Bemerkung ihrer Tochter und sah aus dem Fenster. »Da vorne ist das Schloss!«

»Ist es wirklich in Ordnung, dass wir mit unserem alten Lieferwagen kommen?«, vergewisserte sich Hedwig zum wiederholten Male.

»Ja, Johann hat es dreimal betont«, beruhigte Dora sie. »Du kannst den Wagen da vorn am Rand der Allee abstellen, Siggi.«

Sie freute sich darüber, wie aufgeregt, stolz und glücklich ihre Familie aussah, als sie kurz darauf an ihrer Seite auf das gusseiserne Tor des Marzipan-Schlösschens zugingen. Zum Glück spielte das Wetter mit, es war ein angenehm warmer Abend, was Anfang Mai ja nicht selbstverständlich war.

Schon der Vorplatz und der plätschernde Springbrunnen in dessen Mitte waren von flackernden Kerzen und Mandelblüten aus Stoff gesäumt.

»So etwas Schönes habe ich, glaube ich, noch nie gesehen«, hauchte Hedwig andächtig.

Dora lächelte. Dass ihre Mutter das erleben durfte, nach allem, was sie wegen des Vaters und dessen Schuldnern hatte durchmachen müssen, tröstete auch Dora darüber hinweg, dass sie sich immer noch nicht so ganz sicher war, was sie wirklich für ihren Zukünftigen empfand.

Ein Diener in schmucker Livree ließ sie ein, und sie schritten den ebenfalls mit Blüten und Lichtern verzierten Weg zum Festsaal entlang. Dieser war noch schöner geschmückt als bei der Silvesterfeier, ein wahres Meer von Mandelblüten aus Stoff und – am Büfett – aus Marzipan. Fabrikleiter Krögers Sohn Armin hatte wie geplant die Schwefelform hergestellt, wodurch es möglich gewesen war, die von Dora gestalteten Blüten hundertfach nachzuahmen. Andächtig musterte sie die Pracht und spürte ein angenehmes Gefühl der Rührung in sich aufsteigen. All das war aus ihrem Entwurf entstanden!

Zu ihrer großen Freude war der erste Gast, der sie begrüßte, kein Geringerer als Ernst Albert, der wie gewohnt einen Zylinder trug.

»Ah, endlich ein paar bekannte Gesichter«, sagte er fröhlich, verneigte sich mit großer Geste und zog seinen Hut. »Die Damen sehen heute kolossal damenhaft aus, wenn ich das sagen darf.«

»Darfst du, Ernst«, entgegnete Dora. »Aber, dass du hier niemand kennst, kann ich mir gar nicht vorstellen. Zumindest wird wohl jeder dich kennen.«

»Na ja, einige der hohen Herren hier habe ich schon persönlich getroffen, das stimmt«, gab der Hofschauspieler zu. »Es bereitet mir diebisches Vergnügen, zylinderbehütet ins Rathaus zu gehen. Die Senatsmitglieder tragen nämlich auch immer Zylinder, wenn sie zu den Sitzungen schreiten. Die Ehrenwache des Regiments vor dem Rathaus hat deshalb den Befehl zu präsentieren, wann immer sich jemand mit einem derartigen Hut nähert. Deshalb salutieren die auch vor mir. Großartiges Gefühl!«

Die Frauen kicherten.

»Entschuldigt mich kurz, ich möchte nach Natalie schauen und fragen, ob sie Hilfe braucht«, sagte Dora, die sich ein wenig wunderte, dass sie noch niemand von der Familie Herden begrüßt hatte.

»Sie bewegt sich hier schon so selbstbewusst«, staunte Hedwig und lächelte stolz.

»Ja, jetzt bekommt die Königin der Marzipanrosen bald ihr Schloss«, meinte Babette schmunzelnd.

»Komm, Hetty«, sagte Iny und griff nach der Hand ihrer Schwester. »Wir holen uns ein Glas Sekt. Entschuldigt uns kurz.«

Babette und Siggi hatten noch keinen Durst und blieben mit Ernst Albert zurück.

»Ah, da kommt ja Senator Kalkbrenner nebst seiner hübschen Verlobten«, erkannte der Schauspieler nun. »Ich geh ihn mal eben begrüßen, bis später.«

Siggi erstarrte augenblicklich: Die schmale braunhaarige Dame an der Seite des sechsundvierzigjährigen Senators musste seine leibliche Mutter sein!

Babette sah den aufgeregten Konditor von der Seite an und raunte ihm lächelnd zu: »Jetzt weiß ich, woher du deine schönen Gesichtszüge hast.«

Obwohl Siggi ungemein nervös war, schmeichelte ihm Babettes Kompliment sehr.

»Sie sieht eigentlich viel zu jung aus, um deine Mutter zu sein«, befand Babette, drückte ihm die zitternde Hand und riet: »Fang doch eine harmlose Plauderei mit ihr an! Der Senator wird ja jetzt von Ernst Albert belagert.«

»Worüber soll ich denn mit ihr reden?«, fragte Siggi hilflos. »Mir fällt nichts ein. Ich kann ja nicht sagen: Guten Tag, ich würde Sie gern kennenlernen, Sie sind meine leibliche Mutter.«

»Du sagtest doch, sie war Violinistin und ist jetzt Musiklehrerin«, half ihm Babette auf die Sprünge. »Schau doch, wie beseelt sie dem Streichquintett lauscht. Frag sie einfach, ob ihr die Musik gefällt. Bei dem Thema wird es nur so aus ihr hervorsprudeln.«

»Aus ihr vielleicht schon. Aber was soll ich ihr denn antworten? Ich kenne mich mit Musik doch gar nicht aus«, gab er zu bedenken.

»Erzähl einfach, was für Gefühle das jeweilige Stück in dir auslöst, dafür musst du nicht Musik studiert haben.«

Siggi sah seine Adoptivschwester dankbar an und machte sich auf den Weg.

Und ausgerechnet jetzt, als sie ganz allein dastand, betrat Dr. Erich Degner den Raum – an der Seite seiner Frau Gertrud. Die beiden wirkten zusammen einfach wie das perfekte Ehepaar. Sie hatten Babette bemerkt und steuerten direkt auf sie zu!

»Guten Abend, Fräulein Christoffersen«, begrüßte Erich sie mit zerknirschtem Gesichtsausdruck.

Fräulein Christoffersen, dachte Babette, aha, waren sie also wieder per Sie. So offen schien die offene Ehe also wirklich nicht zu sein.

»Guten Abend, Frau Doktor Degner«, begrüßte Babette zunächst die Dame, ihm nickte sie nur zu. »Herr Degner. Ich hoffe, Ihrer Kleinen geht es gut?«

»Ja, heute kümmert sich das Kindermädchen um sie«, berichtete die Ärztin. »Mein Mann hat erzählt, dass Sie und Ihre Cousine das Geburtstagsfest in einen Wohltätigkeitsball fürs Waisenhaus verwandelt haben, das finde ich ganz wunderbar.«

»Dieses Mal kam die Idee von Dora allein«, gestand Babette. »Ich helfe ihr und Frau Herden nur ein wenig mit den Zahlen.«

»Das ist oft das Wichtigste, wenn man so etwas plant«, fand Gertrud Degner.

Wie sympathisch diese Frau war. Und ihr Mann hatte Babette angeboten, sich trotz des Kindes und trotz ihrer Vereinbarung von ihr scheiden zu lassen! Es war ihr unangenehm, dass so viel Unausgesprochenes zwischen ihnen stand, daher war sie erleichtert, als nun Dora in Begleitung von Johann in den Ballsaal zurückkehrte.

»Ah, wenn man vom Teufel spricht, da ist ja meine Cousine mit Herrn Herden junior. Ich muss ihn kurz begrüßen, entschuldigen Sie mich bitte.«

»Gefällt Ihnen das Musikstück?«

Siggi hatte all seinen Mut zusammengenommen, um seine leibliche Mutter Charlotte Andresen anzusprechen. Inzwischen hatte sich Bürgermeister Neumann zu Charlottes Verlobtem und Hofschauspieler Ernst Albert gesellt, der Herr Finanzsenator war also ausreichend abgelenkt.

Seine leibliche Mutter musterte Siggi erstaunt. »Mit Vivaldi kann man nie etwas falsch machen.«

»Ich finde, das Stück hat etwas Beruhigendes, gleichzeitig ist es sehr beschwingt, eine merkw-merkw-w... s-seltsame Mischung«, sagte Siggi und ärgerte sich, dass ihn ausgerechnet jetzt sein Stottern wieder einholen musste. Doch seine Mutter schien es nicht zu bemerken oder absichtlich zu übergehen.

»Da haben Sie recht«, sagte sie und kniff die Augen etwas zusammen. »Sie kommen mir so bekannt vor, waren Sie ein Schüler von mir?«

Siggi schüttelte den Kopf. »Das wüsste ich. Mein Name ist Christoffersen, ich bin Konditor.«

Er mutmaßte, dass er seinem leiblichen Vater ähnlichsah und sie an diesen erinnerte, was er natürlich noch nicht ansprechen konnte.

»Mein Name ist Charlotte Andresen, ich bin mit Senator Kalkbrenner hier«, stellte sie sich vor und erkundigte sich dann: »Kennen Sie den Hausherrn des Schlösschens hier?«

»Die Nichte meines Arbeitgebers ist mit dem Juniorchef der Herdens verlobt«, erklärte Siggi und war erleichtert, dass er nicht mehr stotterte.

»Es ist nämlich seltsam«, erklärte Charlotte und senkte dabei etwas die Stimme. »Ich kenne Herrn Herden senior gar nicht, und auch mein Verlobter nur sehr flüchtig. Wir haben uns gefragt, welchem Umstand wir die Einladung hierher zu verdanken haben.«

Siggi kannte zwar den Grund, konnte aber natürlich nicht mit der Tür ins Haus fallen.

Da kam Fiete in einem golden glitzernden Kleidchen in den Raum gestürmt und flog ihm zur Begrüßung in die Arme. »Moin, Siggi, min Lütten«, sagte sie erfreut. »Schön, dass du auch da bist. Ich muss mal eben Ernst bei den feinen Herren stören.« Sprach's und eilte dann ohne zu zögern zum Zylindermann, der beim Bürgermeister und dem Finanzsenator stand.

Siggi, dem der Auftritt der jungen Aktrice etwas peinlich war, errötete und kratzte sich verlegen am Hinterkopf. Als er wieder zu Charlotte Andresen sah, bemerkte er, dass sie ihn mit kreidebleichem Gesicht anstarrte.

»Sie heißen Siggi, von Siegfried?«, vergewisserte sie sich mit zitternder Stimme.

Er nickte ernst.

Es war mehr eine Feststellung denn eine Frage, als sie nun sagte: »Es ist kein Zufall, dass Sie mich angesprochen haben.«

Er schüttelte den Kopf. »Ich wollte Sie kennenlernen.«

»Bist du es?«, fragte sie kaum hörbar, und dann lauter: »Sie sagten, Sie heißen Christoffersen?«

»Der Konditormeister, für den ich arbeite, hat mich adoptiert«, sagte Siggi. »Mein Geburtsname lautete anders ...«

»Andresen«, hauchte Charlotte.

Er nickte und sah sie erwartungsvoll an. Nun war es heraus. Wie würde sie reagieren?

***

»He, Bruderherz, willst du meine Verlobte gar nicht begrüßen?«, rief Johann.

Dora fuhr herum und erblickte Felix, der vom Eingang des Ballsaals mit mürrischem Gesichtsausdruck auf sie zukam.

»Guten Abend, Dora«, sagte er und gab ihr einen Handkuss. »Herr Kröger hat mir erzählt, dass wir Ihnen die Marzipanblüten verdanken. Und sein Sohn Armin meint, an Ihnen sei eine Bildhauerin verloren gegangen. Ich finde, da hat er recht. Sie sollten vielleicht ...«

Dora wusste nicht warum, aber so weh es ihr auch getan hatte, dass Felix Herden ihr die kalte Schulter gezeigt hatte, seit er von ihrem Verhältnis zu Johann wusste – Komplimente von ihm überforderten sie noch mehr. Deshalb unterbrach sie ihn mit hochrotem Kopf und sagte: »Sie haben, glaube ich, meine Cousine noch gar nicht kennengelernt, das ist Babette Christoffersen, Babette darf ich vorstellen: Johanns Bruder Felix Herden.«

Zu ihrer Erleichterung begannen nun die Reden zu Ehren des Patriarchen, und den Anfang machte kein Geringerer als Bürgermeister Neumann.

Dora fiel auf, dass man ab einem gewissen Alter nicht mehr von einem Geburtstagskind sprach, sondern von einem Jubilar, und so wurde Hubert Herden dann auch in den diversen auf ihn gehaltenen Lobeshymnen bezeichnet. Besonders gut kam die Rede von Ernst Albert an, dem Meister der ironischen Anspielungen auf die Industriellen und die hohen Herren aus der Politik.

Auch Dora lachte buchstäblich Tränen. Sie griff in ihre Handtasche nach ihrem Stofftüchlein, da bemerkte sie zu ihrem Erstaunen ein Streichholzschächtelchen, das sich zuvor noch nicht darin befunden hatte. Sie betrachtete es erstaunt und stellte fest, dass jemand etwas daraufgeschrieben hatte: *Achtung. J. H. ist untreu!*

Dora sah sich bestürzt um. Wer hatte ihr das zugesteckt? Und stimmte die Behauptung? War Johann Herden ihr untreu? Sie fand, dass ihre Verlobung nicht mit Geheimnissen beginnen sollte, und beschloss, ihren Zukünftigen direkt auf diese unheimliche Nachricht anzusprechen. Doch just, als sie sich an ihn wenden wollte, war er als Erstgeborener an der Reihe, seine Rede zu Ehren des Vaters zu halten.

Der Marzipanerbe berichtete den Anwesenden davon, was er alles von Hubert Herden gelernt hatte – und konnte auch mit einigen Anekdoten über seine Kindheit und Jugend aufwarten, in denen es von amüsanten Auftritten des Vaters nur so wimmelte. Zum Schluss der Rede sagte Johann: »Wofür ich meinem alten Herrn aber ganz besonders dankbar bin, ist die Erlaubnis, demnächst die Frau zu heiraten, der wir den wunderbaren Namen unseres Mandelblütenballs und die Idee zur wohltätigen Sammlung zugunsten der Waisenkinder verdanken: meine zukünftige Ehefrau Dora Hoyler!«

Applaus brandete auf, und die solchermaßen Gelobte errötete.

»Liebling, ich möchte dich bitten, hochzukommen und die heutige Spendensumme zu verlesen!«

Dora tat wie ihr geheißen und stellte sich neben Johann auf das Rednerpodest, von wo er nun feierlich verkündete: »Meine Damen und Herren, liebe Gäste, wie von meinem Herrn Vater gewünscht, haben Sie – statt ihn reich zu beschenken – großzügig für die Waisenkinder Lübecks gespendet. Dora Hoyler verrät uns nun, wie viel Geld zusammengekommen ist.«

Dora öffnete den Umschlag, den er ihr gereicht hatte, und las mit brüchiger Stimme von dem darin befindlichen Zettel vor: »*Fünfzehntausendvierhundertzweiundzwanzig Mark und neunzig Pfennige*«!

Begeisterter Applaus brandete auf. Dora wusste, sie müsste sich kolossal über diese unfassbare Summe für das Waisenhaus freuen, doch gedanklich war sie noch immer bei der Botschaft: *Achtung. J. H. ist untreu!*

Und ausgerechnet jetzt wusste ganz Lübeck von ihrer Verlobung. War sie im Begriff einen Mann zu heiraten, der bereits vor der Eheschließung fremdging?

27

Während des Schlussapplauses für Johann Herdens Rede und die Verkündung der Spendensumme durch Dora beobachtete Babette, wie Siggi seine leibliche Mutter stehen ließ und sichtlich aufgewühlt auf die Terrasse hinaustrat. Besorgt und neugierig zugleich beeilte sie sich, ihm zu folgen.

»Siggi, wie lief es?«, fragte sie, und als er sich umdrehte, sah sie, dass seine Augen feucht waren.

»Sie hat mich nach kürzester Zeit erkannt, wahrscheinlich erinnere ich sie sehr an meinen Vater«, berichtete er. »Sie war gerührt, mich gesund wiederzusehen, hatte ich den Eindruck. Aber da war auch Angst in ihrem Blick – wegen ihres Verlobten, schätz ich mal. Sie will sich gern mit mir unterhalten, aber nicht hier. Die beiden haben einen Hund, mit dem geht sie immer im Stadtpark spazieren. Ich werde mir morgen Fietes Bauschan leihen, und wir treffen uns dann am Gedenkstein für Stadtgärtner Langenbuch.«

»Gute Idee«, befand Babette. »Hundebesitzer kommen ja öfter miteinander ins Gespräch, das wirkt unverdächtig. Wie ist sie denn so?«

»Sehr nett, glaube ich«, sagte er. »Aber eben auch vorsichtig. Ich bin mir sicher, dass die Detektivin recht hatte: Der Senator hat keine Ahnung von Charlottes unehelichem Sohn.«

»Aber immerhin hat sie das Bedürfnis, sich mit dir zu treffen und zu unterhalten«, versuchte Babette, Zuversicht zu vermitteln.

»Ohne dich hätte ich mich das nie getraut. Die Idee mit dem Gesprächsthema Musik war genau das Richtige.«

Aus einem Impuls heraus nahm sie ihn in den Arm. »Ich freue mich so für dich, Siggi. Sie hat es sicher oft bereut – und jetzt ist sie sehr erleichtert. Dich muss man einfach lieben.«

Sie wunderte sich, wie gut es sich angefühlt hatte, ihn im Arm zu halten.

»Babette!«, ertönte in diesem Augenblick eine scharfe Männerstimme.

Sie fuhr erschrocken herum: Bei der Terrassentür stand Erich. Wie immer sah er äußerst anziehend aus, doch im Augenblick war sein Gesicht von Wut verzerrt.

»Kann ich dich kurz unter vier Augen sprechen?«, bellte er.

Babette sah Siggi hilflos an, der nickte verärgert und begab sich wieder nach drinnen.

»Da geht er hin, der Konditor, den man lieben muss«, knurrte Erich zynisch, als er gegangen war.

»Er ist mein Adoptivbruder«, stellte Babette klar. »Natürlich liebe ich ihn.«

»Fragt sich nur, wie weit deine Liebe geht«, entgegnete Erich. »Hast du nie bemerkt, wie er dich ansieht? Daran ist nichts Brüderliches, meine Liebe.«

Daraufhin platzte Babette der Kragen. »Behalte deine Unterstellungen bezüglich Siggi bitte für dich!«, fauchte sie. »Ich möchte auch mal wissen, woher du dir das Recht auf Eifersucht nimmst.«

»Du weißt doch, wie ich für dich empfinde«, sagte er mit weinerlicher Stimme – offenbar recht eingeschüchtert durch ihren Ausbruch.

»Und du weißt, dass ich nicht so empfinde«, konterte sie. »Was du im Übrigen zur Bedingung für unsere Verbindung gemacht hast! Du sprichst von der freien Liebe, aber dafür bist du im Grunde reichlich besitzergreifend. Ich will das nicht, so macht es keine Freude mehr! Und Freude war der einzige Grund, den du für diese ... diese Sache zwischen uns akzeptiert hast. Ich kann nichts dafür, wenn die moderne Liebe plötzlich zu modern für dich ist.«

»Das heißt, es ist aus?«, vergewisserte er sich betroffen.

»Ich weiß nicht, ob man etwas beenden kann, was offiziell nicht begonnen hat, aber wenn du es so nennen willst: Ja!«, rief sie.

»Ich hätte es wissen müssen. Du bist eben doch zu unreif«, sagte er schließlich verletzt und ging nach drinnen.

»*Ich* bin unreif?«, rief sie ihm rasend vor Zorn nach. Sie unterdrückte mit Mühe einen wütenden Schrei, machte einen Schritt nach vorn – und wäre um ein Haar mit einer grazilen Frau zusammengestoßen. Zu ihrem Entsetzen erkannte Babette, dass Natalie Herden vor ihr stand, die Hausherrin.

Ausgerechnet! Wie viel hatte sie mitbekommen?

***

Siggi war es nicht leichtgefallen, seine Adoptivschwester mit diesem Dr. Erich Degner, der ihm äußerst dubios vorkam, allein zu lassen. Doch Babette hatte ihm wortlos signalisiert, dass sie allein mit dem Arzt sprechen wollte – und diesen Wunsch musste er wohl respektieren. Als er völlig in Gedanken versunken in Richtung Getränkestand schlenderte, stieß er fast mit einer kurzhaarigen Dame zusammen, die ihn keck anstrahlte.

»Guten Abend, Frau Kleinert«, erkannte er sie. »Das ist ja eine Überraschung.«

»Eine sehr angenehme, wie ich finde«, erwiderte die Privatdetektivin und streckte ihm die Hand hin, deren Druck erstaunlich fest war. »Guten Abend, Herr Christoffersen. Sind Sie weitergekommen?«

»Ja, und sie ist heute Abend sogar hier anwesend«, bestätigte er, sich mit gesenkter Stimme umsehend. »Sie hat mich gleich beim ersten Gespräch erkannt, und wir treffen uns morgen.«

Anna Magdalena Kleinert hob verblüfft eine Augenbraue. »Das ging schnell – freut mich natürlich für Sie!«

Siggi überlegte, dass es doch recht ungewöhnlich war, dass eine Privatdetektivin auf die Geburtstagsfeier des Patriarchen einer Marzipandynastie eingeladen war. »Kennen Sie die Familie Herden auch?«

Anna Magdalena schmunzelte. »Ich habe für den Senior vor drei Jahren einen diebischen Mitarbeiter aufgespürt, der sich aus dem Staub gemacht hatte. Dafür ist er mir heute noch dankbar.«

»Das kann ich mir vorstellen«, befand er. »Ich glaube, es gibt keine bessere Ermittlerin als Sie.«

»Freut mich, dass Sie das so sehen«, erwiderte sie und atmete tief ein, wobei Siggi ihr stattlicher, perfekt geformter Busen auffiel. »Ich muss Ihnen auch ein Kompliment machen: Ich fand Sie von Anfang an recht anziehend.«

»I… Ich glaube, jetzt werde ich rot«, stammelte Siggi überfordert.

»Keine Sorge, ich will Ihnen keinen Antrag machen«, beruhigte ihn Anna Magdalena Kleinert. »Ich selbst möchte mich nicht wieder binden, wahrscheinlich habe ich zu oft die Abgründe in fremden Ehen erforscht. Auch oder ganz besonders in den Ehen, die nach außen perfekt gewirkt haben. Das gilt leider auch für meine misslungene eigene.«

»Dann sind Sie geschieden?«, fragte er.

»Ja, und seither lebe ich bis auf flüchtige Techtelmechtel als einsame Wölfin. Aber das gefällt mir ganz gut so. Ich will nur noch spielen ...«

»Wenn Sie das Leben so genießen können, ist dagegen wohl nichts einzuwenden«, kommentierte Siggi.

»Vielleicht finden Sie ja auch einmal Geschmack an einem Abenteuer«, wurde sie deutlicher. »Sie haben ja meine Nummer. Mich würde es freuen.« Sie zwinkerte ihm zu und begab sich in Richtung des Getränkeausschanks.

Siggi atmete tief durch, so eine selbstbestimmte Frau hatte er noch nie kennengelernt. Obwohl – seine Adoptivschwester war ja auch ganz gut darin, ihren Kopf durchzusetzen, dachte er und musste lächeln. Just in diesem Augenblick sah er, wie Dr. Degner schlecht gelaunt auf den Getränkeausschank zustapfte. Das Gespräch mit Babette musste ein schnelles Ende gefunden haben.

Siggi beschloss sogleich, auf der Terrasse nach ihr zu sehen. Zu seinem Erstaunen unterhielt sie sich gerade mit der Hausherrin Natalie Herden, deshalb trat er einen Schritt zurück, um nicht gesehen zu werden und zu stören.

»Peinlicher geht es wohl kaum«, hörte er Babette sagen.

»Keine Angst, was ich gehört habe, bleibt unter uns«, versicherte ihr Natalie. »Diskretion gehört zu den wichtigsten Fähigkeiten einer guten Gastgeberin. Aber wenn ich eines sagen darf: Sie haben gut daran getan, dem Herrn Doktor den Laufpass zu geben. Bei einem Mann, der selbst verheiratet ist, eine weitere Frau aber für sich ganz allein beansprucht – da werden die Schwierigkeiten nie enden.«

Amen! Siggi freute sich in seinem Versteck über das, was die Hausherrin gesagt hatte.

»Da haben Sie wohl recht. Aber schade ist es doch. In gewisser Weise tat er mir sehr gut.«

»Auf körperliche Weise«, ergänzte Natalie erstaunlich offen. »Bei mir müssen Sie kein Blatt vor den Mund nehmen.«

»Na ja«, sagte Babette und lächelte verlegen. »Mein Körper mochte ihn schon sehr.«

Was? Siggi konnte nur mit Mühe einen wütenden Schrei unterdrücken. Zu erfahren, dass Babette sich diesem schmierigen Arzt hingegeben hatte, versetzte ihm einen Stich, als habe jemand ein scharfes Messer in seinen Bauch gerammt.

»Das ist leider oft so, dass diejenigen, die unseren Körper am meisten zum Klingen bringen, so gar keine Heiratskandidaten sind«, kommentierte Natalie Herden.

Siggi fühlte sich plötzlich völlig unzulänglich. Woher sollte er wissen, ob er einen Frauenkörper »zum Klingen bringen« konnte? Er hatte ja noch keinerlei Erfahrung auf diesem Gebiet. Es war ihm auch neu, dass Männer dies offenbar unterschiedlich gut vermochten. Wahrscheinlich sprachen Frauen nur untereinander über derlei Dinge.

Seine Adoptivschwester nickte nachdenklich.

»Kommen Sie, ich lade Sie auf ein Glas Schaumwein ein«, schlug die charmante und offenbar recht unkonventionelle Schlossherrin vor. »Nicht von dem, den wir hier an alle ausschenken, wir probieren unseren besten Champagner aus Paris. Die Familien sollen einander heute schließlich kennenlernen.«

Als die beiden Frauen, ohne ihn zu bemerken, im Haus

verschwunden waren, marschierte Siggi aufgebracht hin und her. Sein Magen brannte weiterhin wie Feuer. Was fand Babette nur an diesem Dr. Degner? Der Konditor leerte sein Glas in einem Zug und steuerte die Getränkeausgabe an, um sich Nachschub zu besorgen. Dort traf er erneut auf Anna Magdalena Kleinert, die sich gerade ein Sektglas füllen ließ.

»Kann ich Sie kurz allein sprechen?«, fragte er.

Sie sah ihn erstaunt an. »Ähm … gern. Aber kennen Sie sich hier aus? Ich wüsste nicht, wo das mit dem Vieraugengespräch möglich wäre.«

»Na ja, ich habe von der Terrasse ein Bootshaus unten an der Trave gesehen. Dort kann einem niemand zuhören.«

Sie grinste und sagte unternehmungslustig: »Na, dann stell ich meinen Sekt nochmal ab, und wir schauen uns das an.«

Seite an Seite und von den anderen Gästen unbeachtet gingen sie hinunter an den Strand. Der sich mit seinen symmetrisch angelegten Rasenflächen zum Fluss herabschlängelnde Garten war im französischen Stil gehalten und verströmte durch seine Statuen und einen Pavillon den Geist des Rokoko. Jetzt Anfang Mai stand alles in voller Blütenpracht.

Siggi wusste nicht, was er sagen sollte, vielleicht davon beginnen, dass es ein wirklich schöner lauer Maiabend war? Denn das stimmte ja. Doch es wollte nicht so recht zu der knisternden Atmosphäre passen, die zwischen der Detektivin und ihm herrschte. Andererseits wollte er die Fragen, die er an sie hatte, nicht stellen, bevor sie außer Hörweite sämtlicher Gäste waren. Babette hätte bestimmt auch nicht damit gerechnet, dass jemand ihr offenherziges Gespräch mit der Hausherrin mitbekam. Und es wäre ihr gewiss nicht recht gewesen, daher wollte er selbst lieber auf Nummer sicher gehen.

Als die Detektivin die Tür des Bootshauses probierte, stellte sie fest, dass sie unverschlossen war. Die hölzerne Schiffsgarage erwies sich als mit aufwändigen Schnitzereien verziertes Gebäude, in dessen Innerem drei Ruderboote und ein Stocherkahn am Steg festgemacht waren. Hier konnte man, nahezu unbehelligt von Wind und Wellen, die Gefährte besteigen und dann durch die offene Vorderfront des Bootshauses auf den Fluss hinaussteuern. Im Gebäude befand sich auch ein Lagerraum mit Tauen, Lampen, Rudern, Werkzeug, Farbe und allerlei Kisten. Zu seinem Erstaunen hatte Anna Magdalena ein Feuerzeug dabei, mit dem es ihr gelang, eine alte Petroleumlampe zu entfachen.

»Zigarrenraucherinnen sind eben bestens ausgestattet«, kommentierte Siggi.

»Was wollten Sie mir denn sagen?«, fragte die Ermittlerin und sah ihn mit unverhohlener Neugier an.

»Ich möchte gern wissen, wie es einem gelingt, die körperliche Liebe von der seelischen zu trennen«, erklärte er. »Ich habe gerade erfahren, dass das meiner ... einer Freundin gelungen ist. Sie hat sogar Freude daran gehabt.«

»Handelt es sich bei dieser Freundin um Ihre Cousine?«, erriet sie.

Er sah sie erstaunt an. »J... ja.«

Die Detektivin nickte. »Und sie hat ihre Erfahrungen mit Doktor Erich Degner gesammelt.«

Nun war er vollends verblüfft. »Woher wissen Sie das?«

»So etwas sehe ich«, erläuterte Anna Magdalena Kleinert schulterzuckend. »Derlei Dinge zu durchschauen ist wohl eine Berufskrankheit.«

»Sie sind wirklich großartig.«

»Ach, manchmal liege ich auch daneben«, räumte sie ein.

Das konnte er kaum glauben. »Wirklich?«

»Zum Beispiel hätte ich gedacht, Sie haben mich nur unter einem Vorwand hierhergebeten, um dann mein Angebot von vorhin anzunehmen«, gab sie lächelnd zu. »Sie sind aber hochanständig und sparen sich für die wahre Liebe auf. Das ist selten.«

»I-Ich wüsste ja gar nicht, ob mein Körper ein Abenteuer ohne Verliebtsein hinbekommt«, sagte er mit belegter Stimme. »Wären Sie denn auf so einen Wunsch eingegangen, hier bei fremden Leuten?«

Statt einer Antwort begann sie ihn so leidenschaftlich zu küssen, dass ihm die Sinne zu schwinden drohten. Schließlich hielt sie inne und sah ihn fragend an. »Und? Funktioniert es?«

Er nickte, sein Puls raste. »Körperlich ja, aber mein Herz ... es schlägt immer noch für Babette«, gab er zu und warf der Ermittlerin einen entschuldigenden Blick zu. »Tut mir leid.«

»Nicht nötig.« Die Detektivin sah ihn voller Zuneigung an. »Es gibt mir sogar ein wenig den Glauben an die Romantik zurück, dass Männer auch anders sein können.« Sie holte ein Zigarrenkästchen aus ihrer Handtasche. »Haben Sie schon mal eine *Romeo y Julieta* geraucht?«

»Nein, bisher habe ich nur an Zigaretten gepafft mit den Jungs vom Boxen«, erzählte er.

»Dann gibt es jetzt ein anderes erstes Mal«, schlug sie vor und nahm zwei Havannas heraus.

***

»Kann ich dich kurz unter vier Augen sprechen?«

Dora wollte endlich mit Johann klären, was ihr unter den Nägeln brannte, und hatte ihn deshalb am Ärmel gezogen, als er bei seinem Gespräch mit dem hünenhaften Studienkollegen Hein gerade endlich einmal eine Atempause eingelegt hatte.

Johann hob konsterniert eine Augenbraue, nickte dann aber und führte sie in eine der Nischen mit Statuen, die in jeder der vier Ecken des Raumes platziert waren.

»Was gibt es denn, Schatz?«

Sie reichte ihm das Streichholzschächtelchen. »Das muss mir vorhin jemand in meine Handtasche gesteckt haben.«

Er las mit gefurchter Stirn die Botschaft und schüttelte verstimmt den Kopf, dann sah er ihr in die Augen. »Tut mir leid, dass du so etwas mitmachen musst. Bedauerlicherweise wirst du dich in deiner neuen Position daran gewöhnen müssen, Neider zu haben.« Er machte eine ausladende Handbewegung. »Allein in diesem Raum gibt es drei junge Damen, deren Väter sie zu gern mit mir verkuppelt hätten.«

»Aber du bist mir treu?«, beharrte sie.

»Am besten ist wohl, du überzeugst dich selbst davon.

Was meinte er damit? »Wie …?«

»Indem du hier einziehst«, präzisierte er, woraufhin sie ein wenig erschrak. »Dann bekommst du mehr von meinem Leben mit, und für die Hochzeitsvorbereitungen ist es auch besser. So kann Natalie immer direkt ihre Vorstellungen mit dir austauschen.«

Dora fühlte sich von seinem Vorschlag etwas überrumpelt, was er jedoch nicht zu bemerken schien. »Aber wird es nicht Gerede geben, wenn ich einziehe, bevor wir verheiratet sind?«

»Natürlich schläfst du bis zur Hochzeit im Gästezimmer im Torhaus, sonst würde mein Vater toben.«

Einerseits schreckte sie davor zurück, ihre gemütliche kleine Kammer über der Süßwarenhandlung gegen ein Schloss einzutauschen, aber andererseits bemühten Johann und seine Stiefmutter sich so rührend darum, sie und ihre Familie mit offenen Armen zu empfangen – just in diesem Augenblick saßen Babette und Natalie beispielsweise miteinander kichernd in der Nähe des Streichquintetts. Und hatte sie außerdem nicht oft davon geträumt, in diesem Schlösschen zu wohnen?

»Also gut, wagen wir es!«, stieß Dora hervor.

***

Siggi und Detektivin Kleinert saßen nebeneinander im Bootshaus der Herdens auf einem Berg von Tauen und rauchten.

»Ich bin übrigens die Marlene«, bot sie ihm das Du an.

»Siegfried, aber meine Freunde nennen mich Siggi.«

Er lehnte sich zurück, sah zur Holzmaserung der Bootshausdecke hinauf und nahm einen Zug von der Zigarre, woraufhin er augenblicklich husten musste.

Anna Magdalena Kleinert, die ihre Havanna gewohnt war, schmunzelte. »Gut, dann also Siggi. So ein Heldenname passt zu dir.«

Ihn überforderte dieses Kompliment ein wenig, und er fragte: »Meinst du, unser Verschwinden ist schon jemandem aufgefallen?«

»Mag höchstens sein, dass du deiner Familie fehlst. Ich hingegen bin ja schon berufsbedingt unauffällig.«

»Also, ich finde ja, du bist eher spektakulär als unauffällig.«

»Vielen Dank für die Blumen.« Sie nahm einen weiteren Zug von ihrer Zigarre. »So ein Kompliment hört man in meinem Alter doppelt so gern.«

»Hat dir dein Mann am Anfang auch Komplimente gemacht?«, fragte er.

»Oh ja, damals schwebten wir beide noch auf Wolke sieben«, erinnerte sie sich bitter. »Aber vor zehn Jahren bat der liebe Arthur mich dann um die Scheidung. Er hatte sich in eine Verkäuferin verliebt, sie war neun Jahre jünger als ich. Unsere Tochter Wanda war damals gerade erst zur Schule gekommen. Ich habe sie allein großgezogen.«

Eine Tochter! Siggi rechnete nach. Diese Wanda musste heute bereits sechzehn Jahre alt sein. Er hätte ja zu gern gefragt, wie alt die Detektivin denn war, doch das schickte sich natürlich nicht.

»Na ja, wie gesagt, seither halte ich meine Gefühle im Zaum.«

»Vielleicht verliebst du dich aber auch nochmal so richtig heftig?«, meinte Siggi vorsichtig.

»Mit dreiundvierzig?«, entgegnete sie freudlos lächelnd. »Daran glaube ich nicht mehr.«

Nun wusste er also, dass sie älter als Ende dreißig war, sogar mehr als doppelt so alt wie er, doch er fand sie dennoch anziehend und hübsch.

»Da ich in dieser Hinsicht ausfalle, musst du eben doppelt so romantisch sein«, schlug sie vor, »und deine Babette erobern.«

Siggi seufzte. »Das wird nie klappen.«

»Ach, mit dem Wort ›nie‹ bin ich genauso vorsichtig geworden wie mit dem Wort ›Liebe‹«, entgegnete Marlene.

28

Viel konnte Dora vorerst nicht mitnehmen, da sie ja bis zur Hochzeit im Gästezimmer untergebracht sein würde. So ließ sie ihre geliebten Bücher noch im Regal stehen und packte lediglich ihre zwei gerahmten Fotografien ein: Das ältere Bild, das sie als Zehnjährige mit Mutter und Vater zeigte, sowie das jüngeren Datums, auf dem sie neben Einar, Iny, Babette und Siggi vor der Fassade des Süßwarenladens stand. Kleidung sollte sie laut ihrer künftigen Schwiegermutter Natalie nicht mitbringen, sie hatte sich von ihr alle Größen geben lassen und dafür gesorgt, dass das Personal ihr ein stattliches Sortiment in den Kleiderschrank des Gästezimmers hängte. Auch drei paar neue Schuhe waren dabei gewesen, trotz der immer schlimmer werdenden Inflation!

»Gerade in Krisenzeiten ist es wichtig, den Geschäftspartnern zu zeigen, dass es uns immer noch gut geht«, hatte Natalie Dora auf deren anfänglichen Protest hin erklärt und ihr damit deutlich gemacht, was von nun an von ihr erwartet wurde. »Unter uns gesagt: Die Grundschuld für unsere Häuser wird gerade immer kleiner, da der Wert von Gebäuden durch die Inflation des Geldes ins Unermessliche steigt. Wenn das so weitergeht, sind wir diesbezüglich bald völlig entschuldet.«

So kam es, dass Dora nur ein kleines Köfferchen mitnahm und ihren Umzug ins Schlösschen mit dem Fahrrad bestreiten konnte – auch wenn die Herdens das sicher unpassend fanden. Ein Taxi war in diesen Tagen für sie kaum mehr bezahlbar, und Johanns Familie wollte sie nicht darum bitten.

»Wenn du ganz umgezogen bist, werden wir deine Kammer wohl untervermieten müssen«, murmelte Onkel Einar verlegen, als Dora in den Laden hinuntergekommen war. »Das Porto für einen Brief hat Ende des Krieges noch fünfzehn Pfennig gekostet, im letzten Herbst waren es dann schon sechzig Pfennig, und seit Ende Januar sind es zwei Mark! Das Geld verliert immer schneller an Wert.«

»Kann man denn gar nichts dagegen tun?«, erkundigte sich Doras Mutter Hedwig besorgt.

»Das Einzige, was wieder Stabilität bringen würde, wäre eine neue Währung«, prophezeite Babette.

Von Siggi hatte Dora sich schon vor der Mittagspause verabschiedet, er war mittlerweile unterwegs zu Fiete, um sich Bauschan zum Gassigehen im Stadtpark auszuleihen, wo er mit seiner leiblichen Mutter verabredet war. Nachdem Dora schließlich mit Tränen in den Augen auch ihre Mutter, Tante Iny, Onkel Einar und Babette umarmt hatte, schwang sie sich auf ihr Fahrrad und fuhr in Richtung Holstentor. Zunächst sah sie es jedoch noch nicht, vielmehr fuhr sie über die Brücke auf eine wabernde weiße Wand zu: An diesem Maimorgen herrschte der dichteste Nebel, den sie bisher hier in Lübeck erlebt hatte.

Johann und seine Stiefmutter waren wegen der Wirtschaftskrise auf der Suche nach einem günstigeren Mandellieferanten und schon in den frühen Morgenstunden nach Hamburg gereist; deshalb hatte er seiner Verlobten gestern Abend bereits ihren Bund mit den drei Schlüsseln zum Hauptgebäude und den beiden Torhäusern sowie einem weiteren für das Eingangstor überreicht.

Die angehende Fabrikantengattin hätte im Nebel um ein Haar die Abfahrt zur Einsiedelstraße verpasst. Als das Gebäude vor ihr aus dem Nebel auftauchte, erinnerte es eher an ein Spukschloss als an die Residenz einer Industriellenfamilie. Dora öffnete das gusseiserne Tor und schob ihr Fahrrad zum Eingang des rechten Torbaus. Darin befand sich ihr Gästezimmer, und hier lebten neben Natalies Zofe auch Hausdame, Köchin und das Stubenmädchen, während Hausdiener, Fahrer und Gärtner im linken Wachtbau untergebracht waren.

Dora betrat ihr Zimmer, das recht karg und unpersönlich wirkte, aber natürlich dennoch nobler war als ihre Dachkammer in der Holstenstraße. An den in kühlem Blau tapezierten Wänden hing lediglich ein einzelnes kleines Gemälde mit Mohnblumen, allerdings waren die Kleider im Schrank von erlesener Schönheit. Wie liebevoll sich Natalie ihrer neuen Schwiegertochter gegenüber verhielt! Auch Babette war seit ihrem Gespräch beim Ball hin und weg von der unkonventionellen Patriarchin. »Sie verurteilt niemand, sondern versucht, Harmonie zu schaffen, wo es nur geht.«

Dora schloss die Schranktür wieder. Heute gab es für sie keinen Grund, sich fein zu machen. Sie setzte sich aufs Bett und wusste nicht, was sie als Nächstes tun sollte. Plötzlich überkam sie ein Gefühl, das sie zu Hause in der Holstenstraße nie gehabt hatte: Langeweile! Sie konnte hinüber in die große Bibliothek des Haupthauses gehen und sich etwas Lesestoff aussuchen. Doch ob man die wertvoll aussehenden Werke in ihren Ledereinbänden überhaupt aus dem Regal nehmen durfte? Und Hunger bekam sie langsam auch, das Frühstück lag doch schon eine ganze Weile zurück. Da hörte sie Stimmengewirr aus Richtung der Personalküche.

»Wann immer du eine Frage hast oder einen Wunsch, wende dich ohne Scheu an die Bediensteten«, hatte ihr Verlobter gestern noch betont, daher überwand Dora ihre Schüchternheit und verließ ihr Zimmer.

»Ich werde sie nie vergessen«, hörte sie die Hausdame soeben sagen. Die gestrenge Ottilie Rautenberg mit dem grauen Dutt und den großen, knochigen Händen war ihr bereits gestern zusammen mit Gesa Lührs von Johann vorgestellt worden. Sie hatte Dora abfällig von oben bis unten gemustert. Jetzt hörte sie, wie sie in der Küche weiterredete: »Die erste Frau Herden war eine ganz, ganz feine Dame. Dass sie ertrinken musste, war ein großes Unglück, ein ganz großes Unglück. Frau Natalie kann ihr nicht im Geringsten das Wasser reichen, nicht im Geringsten. Und die Verlobte des Juniorchefs natürlich erst recht nicht.«

»Ich finde das Fräulein Hoyler sehr nett«, wagte es das schüchterne Stubenmädchen Lucie Krull, ihrer Vorgesetzten zu widersprechen. »Und ich finde es schön, dass sie so kunstvolle Dinge aus Marzipan formen kann. Ich liebe diese Leckerei wirklich ganz besonders. Als ich zehn geworden bin, hat meine Mutter mir ein Stück Marzipantorte geschenkt. Das war das erste und einzige Mal in meinem Leben. Sie schmeckte so himmlisch!«

Hausdame Rautenberg verzog spöttisch das Gesicht. »Mag ja sein, dass dieses Fräulein Kunststückchen mit Süßkram hinbekommt, von Etikette und Benimm hat sie jedoch keine Ahnung, überhaupt keine. Aber was will man auch von einer erwarten, die auf einem Bauernhof groß geworden ist?«

»Auf einem schwäbischen Bauernhof!«, präzisierte nun Dora so lautstark, dass nicht nur Frau Rautenberg, sondern auch Stubenmädchen Lucie sowie die burschikose Köchin Gesa Lührs vor Schreck zusammenzuckten.

Dora tat Frau Rautenbergs Lästerei nicht weh, sie war eher wütend auf die arrogante Hausdame. Es war gut, seine Feinde von vornherein zu kennen, hatte Bauer Mettang einmal gesagt.

»Ich wollte nur mitteilen, dass ich eingetroffen bin«, sagte sie nun und lächelte betont arglos. Sie freute sich diebisch, dass die alte Rautenberg kreidebleich war und vor Schreck zitterte.

»Wie schön«, sagte Gesa Lührs, die sich als Erste wieder gefangen hatte. »Haben Sie vielleicht Hunger, liebes Fräulein Hoyler?«

»Vielen Dank«, erwiderte Dora, der die hemdsärmelige Köchin mit dem koboldhaften Gesichtchen und den kurzen Haaren äußerst sympathisch war. »Wenn Sie etwas fertig haben, würde ich es gern probieren. Sie wissen ja nun, dass ich auf einem Bauernhof groß geworden bin« – sie zwinkerte der entsetzten Rautenberg keck zu – »da gibt man sich gern auch mit einfachen Speisen zufrieden.«

»Dann mache ich Ihnen Pellkartoffeln mit Stipp und Hering«, schlug die Köchin vor und fügte nun ihrerseits augenzwinkernd hinzu: »Ein durchaus gesellschaftsfähiges Essen.«

»Wenn Sie mich nicht brauchen, würde ich mich mit Ihrer Erlaubnis zurückziehen, um die Einkaufslisten zu erstellen, gnädiges Fräulein«, sagte Ottilie Rautenberg steif.

»Nein, ich brauche Sie nicht«, sagte Dora, ein Schmunzeln niederkämpfend, »Sie dürfen gehen!«

Als auch das verschüchterte Stubenmädchen Lucie die

Küche verlassen hatte, fragte Dora die Köchin: »Was ist denn eigentlich Stipp?«

Die Köchin lachte, während sie mit der Zubereitung begann. »Natürlich, das Gericht kennt man wahrscheinlich bei euch in Schwaben gar nicht«, räumte sie ein. »Stipp sind Speckstippen, kleingeschnittener, geräucherter Speck, der in der Pfanne ausgelassen wird. Dazu kommen gebräunte Zwiebeln und etwas Senf. Die Heringe kaufen wir immer bei Holtermann am Markt. Der ist stadtbekannt, man nennt ihn ›Lord Heringstonn‹, bei ihm kriegen Sie zum Fisch gleich eine Geschichte mit dazu.«

»Klingt lecker.«

»Das wird es auch«, versprach die Köchin, während sie die Kartoffeln aus der Speisekammer holte. »Das traditionelle Heringsessen gehört für die Lübecker Kaufmannschaft von jeher dazu. Sei es als Brathering, Matjes, Rollmops oder Bückling.«

»Das hat mein Cousin Siggi auch gesagt. Er meinte, dass der Hering hier schon im Mittelalter eine große Rolle gespielt hat«, erinnerte sich Dora.

»Stimmt, das war zur Glanzzeit Lübecks, da hat man unsere Stadt ›Königin der Hanse‹ genannt. Der Hering war für die Händler so wichtig, weil er einfach zu konservieren war. Deshalb konnte man ihn weit ins Binnenland bringen. Bei den Katholiken ist er nämlich in den Fastenzeiten und freitags überall beliebt.«

»Und für die Konservierung der Fische brauchte man Salz«, fielen Dora Siggis Worte wieder ein. »Das war ja für Lübeck ein weiteres wichtiges Handelsgut.«

»Genau, das ›weiße Gold des Nordens‹«, bestätigte die Köchin und begann mit dem Kartoffelschälen. »Das wurde über den Stecknitz-Kanal von Lüneburg nach Lübeck transportiert und hier in den Salzspeichern zwischengelagert. Danach hat man es nach Skandinavien weiterverfrachtet; die haben damit dann auch ihre Fische konserviert.«

»Meinen Sie, ich darf Ihnen mit den Kartoffeln helfen?«, fragte Dora vorsichtig, für die es sich merkwürdig anfühlte, hier zu sitzen und sich bekochen zu lassen. »Noch bin ich ja nicht verheiratet.«

»Das ist lieb von Ihnen«, winkte die Köchin ab. »Aber es ist wirklich besser, Sie gewöhnen sich gleich ans Bedientwerden. Wenn Sie einer der Herrschaften erwischt, wie Sie hier helfen, bekommen Sie bloß Ärger, von mir ganz zu schweigen. Die gnädige Frau Natalie war am Anfang auch zu nett zu unsereins, das hat sie rasch bereut.«

»Gut, dann höre ich wohl besser auf Sie«, stimmte Dora zu.

Gesa Lührs guckte durch das Küchenfenster in den Nebel hinaus und erschauerte. »Hoffentlich klart das bis heute Abend wieder auf«, sagte sie fröstelnd. »Neblige Nächte sind mir immer ein bisschen unheimlich.«

»Wieso das?«, wunderte sich Dora.

»Ach, hier in der Nähe wurde vor knapp achthundert Jahren ein Dominikanerkloster gegründet«, erzählte die Köchin. »Fünfzig Jahre nach seiner Gründung gab es in Lübeck einen furchtbaren Stadtbrand, auch das Kloster stand in Flammen. Da ist ein Mönch mit brennender Kutte hierher auf den Hügel geflohen.«

»Wie schrecklich«, kommentierte Dora beklommen. Sie sah aus dem Fenster und stellte sich vor, wie sich der brennende Ordensbruder als Flackern im Nebel dem Schlösschen näherte.

»Er hat es nicht geschafft, die Verbrennungen waren zu schlimm«, fuhr die Köchin fort. »Er brach hier zusammen und starb. Angeblich hat ihn ein Jäger dann noch an Ort und Stelle beerdigt – in nicht geweihter Erde. Deshalb fand der Mönch wohl keine Ruhe und geht immer mal wieder im Schloss um.«

Dora fröstelte. Was für eine unheimliche Geschichte! »Haben Sie ihn denn schon gesehen?«, erkundigte sie sich bei der Köchin.

»Nein, aber manchmal hört man nachts in der Nähe des Hauses furchterregende Schreie«, berichtete Gesa Lührs. »Die anderen sagen dann immer, das sind bloß Tiere.«

Dora sah in den Nebel hinaus und hoffte, dass an der Geschichte nichts dran war. Sie musste an die Bilder des Gruselfilms *Nosferatu* denken, die sie in der Zeitung gesehen hatte. Der Film, der ja teilweise in Lübeck gedreht worden war, sollte zwar bald auch hier ins Lichtspieltheater kommen, doch sie würde sich das Werk keinesfalls anschauen. Allein das Foto des bleichen und glatzköpfigen Vampirs Nosferatu mit seinen Fangzähnen und den spitzen Ohren hatte ihr bereits eine Gänsehaut beschert!

29

Den Ausflug mit Bauschan hatte Siggi sich anders vorgestellt. An sich kannte er den Park im Stadtteil St. Gertrud ja ganz gut, aber heute war der Nebel dermaßen dicht, dass er sich kaum zurechtfand.

Hühnerhund-Mischling Bauschan hingegen verließ sich wohl auf seine Nase und zerrte furchtbar an der Leine. Er schien genau zu wissen, wo er jeweils hinwollte, nur änderte sich sein Ziel ständig – und deckte sich gewiss nicht mit dem Siggis. Eigentlich war ihm das Treffen mit seiner leiblichen Mutter so wichtig, dass er hatte überpünktlich sein wollen. Doch aufgrund »der Suppe da draußen«, wie Einar das Wetterphänomen warnend genannt hatte, schaffte der junge Konditor es gerade noch, um zwei Uhr nachmittags an dem an einem Teich errichteten Gedenkstein für den Lübecker Landschaftsarchitekten Metaphius Langenbuch zu sein. Im nächsten Moment trat eine grazile schwarz gekleidete Dame mit einem Dackel aus dem Nebel hervor.

»Frau Andresen«, erkannte er seine leibliche Mutter.

Zum Glück wimmerte Bauschan beim Anblick des kleineren Hundes nur ein wenig, wedelte aber mit dem Schwanz. Hätten sich die Hunde gehasst, wäre es Siggi zu viel geworden – er war ja ohnehin schon nervös genug.

»Guten Tag, Herr Christoffersen«, sagte Charlotte mit einem unsicheren Lächeln. »Das ist meine Dackeldame Carmencita.«

Er kniete nieder und streichelte das Tier, das ihm sofort liebevoll über die Finger leckte.

»Das ist Bauschan«, erklärte er indes, auf Fietes Hund deutend. »Er gehört einer befreundeten Schauspielerin.«

»Gehen wir ein Stück?«, schlug seine Mutter vor.

»Gern«, stimmte Siggi zu und erhob sich.

Bei ihrem Spaziergang sah ihn Charlotte Andresen von der Seite an. »Danke, dass Sie gekommen sind – und einem Treffen unter diesen Umständen zugestimmt haben.«

»Ich verstehe, dass in Ihrem neuen Leben für … diesen Teil Ihrer Vergangenheit jetzt kein Platz ist«, sagte er und fand es wichtig, sie zu beruhigen: »Ich wollte Sie auch nicht bedrängen. Ich war nur neugierig.«

»Das war ich auch«, gab sie zu. »Ich habe mir dieses Wiedersehen so oft vorgestellt, darauf gehofft und mich gleichzeitig davor gefürchtet. Außerdem hatte ich auch immer wieder Angst vor schlechten Nachrichten über Sie. Aber Sie sind gesund …«

»… und sogar recht glücklich«, ergänzte er lächelnd. »Inzwischen habe ich es wirklich gut getroffen. Das war mir auch wichtig: Ihnen zu sagen, dass ich ein schönes Leben habe.«

»Sie wollen mich von meinem schlechten Gewissen befreien«, sagte sie gerührt.

Er nickte, und ein wenig Wehmut schlich sich in ihren Blick. »Ihre Adoptiveltern haben Sie gut erzogen.«

»Zumindest seit ich zehn war«, erinnerte sie Siggi, »vorher war ich ja im Waisenhaus.«

Ihr Gesichtsausdruck wurde ernst. »Sie sagten vorhin, dass Sie es *inzwischen* gut haben. War es davor denn sehr schlimm?«

»Na ja, die Christoffersens waren von Anfang an wie eine Familie für mich«, berichtete er. »Aber im Kinderheim war es nicht so schön.«

Er merkte, dass dieses Thema seiner Mutter nicht gutzutun schien, sie hatte Tränen in den Augen, daher versuchte er rasch, sie abzulenken: »Wie war denn mein leiblicher Vater so?«

Die Rechnung ging auf, sie lächelte wieder. »Er sah Ihnen sehr ähnlich. Karl Jürgensen hieß er, aber ich nannte ihn Kalle. Er war Matrose auf den Segelschiffen, die früher Salpeter von Chile nach Deutschland gebracht haben. Obwohl er erst neunzehn war, hatte er schon das gefährliche Kap Hoorn umrundet. Er war ein echter Abenteurer. In der Nacht, bevor er zurück zu seinem Schiff in Hamburg musste, haben wir es nicht mehr ausgehalten.« Sie senkte beschämt den Blick. »Eigentlich hatten wir aufgepasst. Aber manchmal ist die Leidenschaft zu groß.«

Siggi dachte an Babette und Dr. Degner. »Kommt wohl öfter mal vor …«

»Als ich erfuhr, dass ich schwanger bin, war er natürlich längst in unerreichbarer Ferne. Eigentlich habe ich mich über das Kind – über Sie – gefreut, aber mein Vater warf mich raus und wollte nichts mehr von mir wissen. Ich habe auch immer gehofft, es doch allein zu schaffen. Aber irgendwann bin ich aus dem Orchester geflogen, ich hatte schlicht kein Geld mehr, und ich hungerte. Das Schlimmste war zu wissen, dass es dem neuen Leben in meinem Leib nicht guttat.«

Ihre Stimme stockte. »In meiner Verzweiflung wandte ich mich an die Kirche. Du kamst dann etwas zu früh zur Welt, aber zum Glück hast du überlebt.«

Es rührte Siggi, dass sie ihn nun in ihrer Aufgewühltheit zu duzen begann.

»Nach einer Weile redete eine Schwester auf mich ein, ich solle dich im Kinderheim lassen. Es sei das Beste für mich – und vor allem für dich. Ich dürfe ein Kind nicht in mein verarmtes und sündiges Leben als unverheiratete Mutter hineinziehen. Irgendwann gab ich nach.«

»Hieß diese Schwester zufällig Ehrentraud?«, mutmaßte Siggi.

»Ja«, bestätigte Charlotte erstaunt. »Erinnerst du dich noch an sie?«

»Allerdings! So einen missgünstigen Menschen, der Kinder gern quält – den vergisst man nicht so schnell. Wir nannten sie Schwester Rohrstock.«

»O Gott, das kann ich mir bei ihr gut vorstellen«, sagte seine Mutter mit belegter Stimme. »Die Trennung von dir, die sie mir aufgezwungen hat – ich wurde krank dadurch. Ich kam fast um vor Sehnsucht. Ohne Kind hat mein Vater mich schließlich doch wieder zurückgenommen, aber ich war völlig am Boden. Als ich hörte, dass Kalle wieder in Lübeck ist, hatte ich die Hoffnung, dich mit ihm zusammen wieder aus dem Heim holen zu können. Doch dann erfuhr ich, dass er gleich nach seiner Ankunft bei dem großen Hochwasser 1904 ertrunken war.«

»Diese Nachricht war sicher schrecklich für dich.« Siggi schluckte. Wären die Überflutungen seinerzeit nicht gewesen, hätten seine leiblichen Eltern vielleicht geheiratet und ihn zu sich geholt.

»Kalle hat wohl nie erfahren, dass er einen Sohn hat; ich denke, keiner meiner Briefe hat ihn erreicht, es ist so ungerecht. Die Musik war mein einziger Trost, nachdem

Schwester Ehrentraud mir jede Verbindung zu dir untersagt hatte. Sie meinte, das würde dich nur verwirren.«

»Und bei mir hat sie behauptet, beide Eltern wären tot«, offenbarte ihr Siggi voller Bitterkeit in der Stimme.

Seine Mutter sah ihn bestürzt an. »Warum hat sie mich bloß so dermaßen gehasst?«

Dafür hatte Siggi zwei Erklärungen: »Mir hat sie mal gesagt, meine Mutter sei eine Sünderin und ›dem Herrn ein Gräuel‹.«

»Was?«, rief Charlotte empört.

»Aber sie selbst stand bei ihrem Schöpfer wohl auch nicht so hoch im Kurs, sie ist nämlich ziemlich qualvoll an einer schweren Krankheit gestorben«, hatte Siggi erst kürzlich von Tratschbase Dine Dettmers erfahren.

Seine Mutter deutete auf eine Parkbank. »Wollen wir uns setzen?«

Er nickte. Eine Weile beobachteten sie schweigend, wie ihre Hunde schnüffelnd das Ufer eines Teichs untersuchten, dann hakte Charlotte nochmals nach: »Diese schlimme Zeit im Heim ... Würdest du mir mehr davon erzählen?«

»Außer Schwester Ehrentraud gab es auch einen Heimaufseher, der gern und häufig zugeschlagen hat«, verriet Siggi nun. »Oft auch ohne Grund, einfach, weil er schlechte Laune hatte. Und andere Jungen, vor allem die älteren und stärkeren, hatten es auch oft auf mich abgesehen.«

»Und ich war nicht da, dich zu beschützen«, murmelte Charlotte mit schwacher Stimme. »Genau das war meine große Angst, sie hat mich bis in meine Albträume verfolgt.«

»Ach, so etwas passiert ja überall. Und als mich die Christoffersens adoptiert haben, ging es mir doch gleich besser«, versuchte er, seine Mutter zu beruhigen.

»Das hat mir Schwester Ehrentraud auch gesagt«, entgegnete Charlotte zerknirscht. »Als es mir endlich besser ging und ich Musiklehrerin wurde, wollte ich dich zurückholen. Doch sie sagte, du hättest jetzt ein glückliches Leben bei guten Christenmenschen, und ich dürfe mich niemals bei dir melden.«

Er sah sie mit einem aufmunternden Lächeln an. »Aber dann habe ich dich ja gesucht.«

»Und zum Glück gefunden!«, ergänzte sie erleichtert.

»Dank einer sehr guten und bewundernswerten Detektivin, ja«, erklärte er.

»Und du bist wirklich glücklich, seit du das Waisenhaus verlassen hast?«, vergewisserte sich seine Mutter.

»Oh ja. Backen zu lernen und die Menschen mit Süßigkeiten zu verwöhnen, das hat mich von Anfang an kolossal begeistert.«

»Ich würde mir zu gern mal euren Laden anschauen – und deine Backstube«, gab seine Mutter zögerlich zu.

»Dann machen wir das doch einfach«, meinte er leichthin.

»Werden deine Adoptiveltern nicht schrecklich wütend sein?«, gab Charlotte zu bedenken.

»Nein, sie gönnen mir das Wiedersehen«, widersprach Siggi. »Sie haben sogar die Detektivin mitbezahlt.« Als seine Mutter nicht reagierte, ahnte er, an wen sie dachte. »Aber was ist mit deinem Verlobten?«

»Das wird nicht leicht«, bestätigte sie seine Befürchtungen. »Er ist sehr moralisch und erpicht darauf, ein rechtes Vorbild für alle Bürger zu sein«, sagte sie und sah ihrem Sohn dann ernst in die Augen. »Bitte hab Verständnis, dass ich noch den passenden Moment abwarten muss.«

»Natürlich, das läuft uns ja nicht weg«, meinte Siggi. »Jetzt kann uns ja keine Schwester Ehrentraud mehr trennen.«

In diesem Augenblick riss der Nebel auf, das andere Ufer des Teichs mit seiner Blumenpracht und einigen Spaziergängern war zu sehen, die hervorbrechende Sonne hüllte alles in diffuses goldenes Licht. Bauschan und Dackeldame Carmencita bellten fröhlich, und Siggis Mutter Charlotte strahlte. »Ist das schön.«

***

Am nächsten Morgen erwachte Dora erst gegen neun Uhr, da eine wunderschöne Frauenstimme irgendwo im Torgebäude sang: »Komm, lieber Mai, und mache die Bäume wieder grün ...«

Nachdem ihr die Köchin Gesa Lührs gestern noch bestätigt hatte, dass jedes Familienmitglied – also auch sie! – die Bücher in der Bibliothek entleihen durfte, hatte sie bis spät nachts in dem Roman *Unter einer Wiege* von Ida Boy-Ed über eine Hanseatenfamilie gelesen.

Das Buch und der aufklarende Nebel hatten sie gut von Gesas Schauergeschichte über den angeblich herumgeisternden Mönch abgelenkt. Schließlich war sie über den Seiten des Romans eingenickt.

Heute würden Johann und seine Stiefmutter aus Hamburg zurückkehren. Hastig begann Dora mit ihrer Morgentoilette und zog sich an. Die von Johann angebotene Zofe hatte sie abgelehnt, sie wolle damit noch warten. Die Vorstellung, sich in Zukunft nicht mehr allein zu waschen und anzuziehen, kam ihr völlig absurd vor. Sie trat auf den Flur hinaus, und Stubenmädchen Lucie zuckte erschrocken zusammen.

»Oh, guten Morgen, gnädiges Fräulein«, wisperte sie. »Ich hoffe, mein Gesang hat Sie nicht geweckt. Ich habe ganz vergessen, dass das Gästezimmer belegt ist, unverzeihlich.«

»Schon gut«, beruhigte Dora sie. »Von solch schönem Gesang würde ich gern jeden Morgen geweckt werden. Außerdem möchte ich ja munter sein, wenn mein Verlobter aus Hamburg zurückkommt.«

»Oh, er ist schon hier«, erläuterte Lucie. »Die gnädige Frau und der gnädige Herr Johann sind gerade vor fünf Minuten eingetroffen und haben nach Frühstück geklingelt.«

»Dann will ich ihnen rasch Gesellschaft leisten«, haspelte Dora und eilte hinüber ins Hauptgebäude.

»Wir haben eine Überraschung für dich mitgebracht!«, erklärte Natalie freudestrahlend, nachdem Sohn und Stiefmutter Dora im Frühstücksraum mit einem Küsschen auf die Wange begrüßt hatten.

Während der glatzköpfige Diener Ludwig Timm, ein drahtiger Mann von etwa dreißig Jahren, auf Bitte der Hausherrin loseilte, um ein Paket aus ihrem Schlafzimmer zu holen, gähnte Johann.

»Dieses Hotelbett«, erklärte er. »Ich habe kein Auge zugetan.«

»Wart ihr denn erfolgreich?«, erkundigte sich Dora.

Ihr Verlobter schüttelte den Kopf. »Niemand ist bereit, unseren jetzigen Mandellieferanten zu unterbieten. Das Problem ist, dass sich bei den derzeitigen Preissteigerungen der Verkauf von Marzipan irgendwann nicht mehr rechnet. Wir werden wohl mehr auf Persipan umstellen müssen.«

Von Fabrikleiter Kröger wusste Dora, dass diese Süßigkeit ähnlich hergestellt wurde wie Marzipan, nur dass man hierfür statt Mandeln Pfirsich- oder Aprikosenkerne verwendete. Da man diese nicht einführen musste, bot Persipan eine günstige Alternative, die allerdings auch nicht ganz so beliebt bei der Kundschaft war.

Schließlich brachte Diener Ludwig Timm das gewünschte Paket, Natalie erhob sich vom Frühstückstisch und zauberte mit einem Beifall heischenden Lächeln ein schneeweißes Hochzeitskleid hervor!

Es war atemberaubend schön, doch Dora musste sogleich an ihre Mutter denken, die es von Anfang an als selbstverständlich erachtet hatte, dass das Kleid für die Heirat ihrer Tochter von ihr stammen sollte. Sie würde sie trösten müssen, doch damit wollte sie Natalie und Johann nicht belasten, sie wusste, dass sie sich nun dankbar zeigen musste – gerade in diesen Zeiten. Und so mussten sich jedenfalls weder ihre Mutter noch ihre Tante in Unkosten stürzen.

Selbstverständlich durfte ihr Verlobter sie nicht in dem Kleid sehen, doch als sie es mit Natalies Hilfe nach dem Frühstück in deren Zimmer anprobierte, vergaß sie sogar für einen Augenblick die zu erwartende Enttäuschung ihrer Mutter: Der Traum in Weiß saß wie angegossen, sie musste zugeben, dass sie darin aussah wie eine Prinzessin. Auf Bitten ihrer künftigen Schwiegermutter drehte sie sich einmal um sich selbst. *Jetzt freue ich mich erstmal mit Natalie*, dachte Dora, *und nachher fahre ich zu Mama und gestehe ihr, dass das Hochzeitskleid nicht von ihr kommen wird.*

30

»Wenn es deiner künftigen Schwiegermutter so eine Freude macht, dann trag doch ihr Kleid.«

Doras Mutter war genauso harmoniebedürftig wie ihre Tochter, weshalb sie versucht hatte, Dora das schlechte Gewissen zu nehmen. »Ich nähe dir eben etwas Schönes für den Polterabend.« Gewiss war ihre Mutter enttäuscht, doch sie zeigte es ihrer Tochter zuliebe nicht, so war sie nun mal.

Als sie nach ihrer Rückkehr in das Schlösschen mit Natalie ein letztes Mal die Gästeliste durchgingen, wartete Johann mit der nächsten Enttäuschung für Menschen auf, die Dora lieb und teuer waren. Drei ihrer Vorschläge waren in der überarbeiteten Fassung nämlich verschwunden: Hans-Peter Mainzberg, Frieda »Fiete« Krugel und Lieselotte Jannasch.

»Warum sind denn meine Schauspielerfreunde und Schwester Lilo nicht mehr drauf?«, begehrte Dora mit für sie ungewohnter Empörung in der Stimme zu wissen.

Johann furchte die Stirn. »Ich dachte, wenn wir statt unseres Pastors Evers deinem Wunsch folgen und diesen Willi Jannasch für die Trauung nehmen, dann kannst du dich vielleicht im Gegenzug darauf beschränken, nur deine Familie einzuladen.«

»Aber Schwester Lilo ist die Tante von Pastor Jannasch. Sie ist doch so stolz, dass er uns traut. Es kommen dreißig Geschäftsfreunde von euch«, argumentierte Dora, auf die

Liste deutend. »Ich kenne keinen von denen, aber ich soll meinen drei Freunden absagen? Hansi und Fiete haben ja schon was einstudiert, das sie uns zu Ehren vortragen wollen.«

»Genau das hatte ich befürchtet«, knurrte ihr Verlobter.

»Gönn ihr doch die Freude, Johann«, mahnte seine Stiefmutter. »Ich werde einfach Friseur Bröseke und die beiden Mielke-Schwestern von der Liste streichen.«

»Aber das sind doch Freunde von dir«, gab Johann zu bedenken.

»Ja, aber keine Freunde der Braut«, erinnerte ihn Natalie sanft. »Und vor allem die Mielke-Schwestern haben gewiss weit weniger Unterhaltungswert als die jungen Schauspieler.«

»Na, also gut, laden wir sie ein«, ließ sich Doras Verlobter schließlich erweichen.

Dora war so erleichtert, dass sie ihre angehende Schwiegermutter am liebsten geküsst hätte.

***

Am Samstag, den 27. Mai 1922 war es so weit: Johann Claudius Herden, der künftig die Geschäfte der zweitgrößten Lübecker Marzipandynastie führen sollte, heiratete Dora Hoyler, eine einfache Süßwarenverkäuferin aus dem Schwabenland. Weitere Unstimmigkeiten mit der Gästeliste hatte es nicht mehr gegeben, denn viele Geschäftspartner des Patriarchen Hubert Herden, denen es inflationsbedingt gerade nicht so rosig ging, wollten nicht zum zweiten Mal in einem Monat eine Festivität im Schlösschen besuchen und erneut ein Geschenk bringen müssen. Außerdem gab es just am heutigen Tag in Hamburg ein für viele wichtigeres Fest:

Dort feierte die HAPAG, die Hamburg-Amerika-Linie, ihr fünfundsiebzigjähriges Bestehen.

Dora ging aufgeregt vor der roten Backsteinkirche St. Gertrud auf und ab. Und obwohl ihr Bräutigam, der in seinem Hochzeitsfrack wirklich schnittig aussah, selbst schwitzte und furchtbar nervös wirkte, versuchte er sie – und vielleicht auch ein bisschen sich selbst – zu beruhigen: »Ganz ruhig, Kleines, es tut ja nicht weh.«

In diesem Augenblick setzte in der Kirche die Orgel ein. Das Zeichen für Dora, am Arm ihres Zukünftigen einzutreten.

Zu den Tönen des Hochzeitsmarsches aus der Oper *Lohengrin* von Richard Wagner schritten die beiden den endlos wirkenden Gang zum Altar hinab, wo Pastor Jannasch bereits wartete. Die Hochzeitsgäste hatten sich feierlich von den Bänken erhoben, unter ihnen erblickte Dora mehrere wohlbekannte Gesichter, die ihr freudig zulächelten, zum Teil mit Tränen in den Augen: Hansi Mainzberg, Fiete Krugel, Ernst Albert, Siggi und Babette. Mit all jenen hatte sie gestern in Eulerts Kneipe einen wilden Polterabend gefeiert, weshalb sie heute etwas müde war. Und den dunklen Rändern unter Johanns Augen nach zu urteilen, war es bei seinem Junggesellenabschied mit den Kieler Verbindungsstudenten nicht minder feuchtfröhlich zugegangen. Auch Fabrikleiter Jakob Kröger und dessen Sohn Armin entdeckte Dora unter den Hochzeitsgästen und erwiderte ihren beseelten Blick mit einem Nicken. Weiter vorne saßen neben den Kinderheimschwestern Martha und Lilo auch Doras Onkel Einar nebst Iny und Hedwig, Letztere vorsorglich mit ihren bestickten Stofftaschentüchern in Händen.

Schließlich waren Johann und Dora bei Pastor Jannasch angekommen, der ihnen aufmunternd zulächelte.

Nach seiner Begrüßung der Hochzeitsgesellschaft zitierte Lilos Neffe das Hohelied der Liebe, was die Braut in dieser Situation rührte, besonders die letzten Worte: »*Als ich ein Kind war, da redete ich wie ein Kind und dachte wie ein Kind und war klug wie ein Kind; als ich aber ein Mann wurde, tat ich ab, was kindlich war. Wir sehen jetzt durch einen Spiegel ein dunkles Bild; dann aber von Angesicht zu Angesicht. Jetzt erkenne ich stückweise; dann aber werde ich erkennen, wie ich erkannt bin. Nun aber bleiben Glaube, Hoffnung, Liebe, diese drei; aber die Liebe ist die größte unter ihnen.*«

Schließlich begann die eigentliche Trauzeremonie. Zunächst wandte sich Pastor Jannasch an den Bräutigam.

»So frage ich dich, Johann Claudius Herden, vor Gott, dem Allwissenden, und in Gegenwart dieser Zeugen: Willst du Dora Hoyler als deine Ehefrau aus Gottes Hand nehmen, sie lieben und ehren, in Freud und Leid nicht verlassen und den Bund der Ehe mit ihr heilig und unverbrüchlich halten, bis der Tod euch scheidet? So sprich bitte: ›Ja, ich will.‹«

Dora bemerkte, dass Johann etwas hilflos den Blick seiner Stiefmutter suchte. Natalie hatte ein ganz verweintes Gesicht und nickte ihm aufmunternd zu. Mit ungewohnt dünner Stimme sagte er nun: »Ja, ich will.«

Nun wandte sich Lilos Bruder der Braut zu. »Dora Hoyler, vor Gott, dem Allwissenden, und in Gegenwart dieser Zeugen, frage ich dich: Willst du den hier anwesenden Johann Claudius Herden als deinen Ehemann aus Gottes Hand nehmen, ihn lieben und ehren, in Freud und Leid nicht verlassen und den Bund der Ehe mit ihm heilig und unverbrüchlich halten, bis der Tod euch scheidet? So sprich bitte: ›Ja, ich will.‹«

Ausgerechnet in diesem Augenblick fiel ihr in der zweiten Bankreihe auf dem äußersten Platz links Johanns Bruder Felix auf, den sie bisher noch gar nicht in der Menge entdeckt hatte. Zu ihrem Erstaunen glaubte sie zu erkennen, dass auch er feuchte Augen hatte, doch als sich ihre Blicke trafen, senkte er rasch das Haupt. Nun bemerkte sie, dass ihre Antwort schon etwas zu lang auf sich warten ließ und Pastor Jannasch sie erwartungsvoll ansah.

Hastig beeilte sie sich zu sagen: »Ja, ich will!«

Die Orgel spielte feierlich, und ehe sie sich's versah, hob Johann ihren Schleier an und küsste sie sanft. Dora war verheiratet!

***

Im Marzipan-Schlösschen war der Gartensaal nicht ganz so aufwändig geschmückt wie bei Hubert Herdens Geburtstagsfeier vor drei Wochen. Die Dekoration bestand diesmal hauptsächlich aus Mai-Rosen, die weder aus Stoff noch aus Marzipan waren, sondern natürlichen Ursprungs.

Das Streichquintett begrüßte die insgesamt dreißig Gäste – zwanzig weniger als ursprünglich erwartet – mit einem flotten Walzer. Aus Tradition gehörte beim ersten Stück die Tanzfläche allein dem Brautpaar, ein Vorrecht, auf das Dora liebend gern verzichtet hätte. Ihr graute davor, dass nun alle Augen auf Johann und sie gerichtet waren. Der Tanz gelang dank weiterer Übungsstunden mit Siggi in dessen Backstube jedoch einigermaßen, zumindest trat sie ihrem Angetrauten nicht auf die Füße, und die Höflichkeit hätte wahrscheinlich selbst in jenem Fall geboten, dem Brautpaar zu applaudieren.

Zu etwas fortgeschrittener Stunde gaben Hansi, Fiete und Ernst Albert dann wie angekündigt drei heitere Musiknummern zum Besten, die das Publikum im Ballsaal teilweise Tränen lachen ließen. Zu gern hätte Dora Natalie und vor allem Johann mit den begeisterten Reaktionen bewiesen, wie sehr ihre Freunde zum Gelingen des Abends beitrugen, doch das war nicht möglich: Sie hatte sowohl ihren Bräutigam als auch die Schwiegereltern Natalie und Hubert seit über einer halben Stunde nicht mehr gesehen. Von der Familie Herden war im Moment einzig Johanns jüngerer Bruder Felix zugegen. Er trank den letzten Schluck aus seinem Rotweinglas und kam auf Dora zu. Hatte er sich etwa Mut angetrunken?

»Ich habe es vorhin in der Kirche versäumt, meinem Bruder zu gratulieren, entschuldige bitte – Schwägerin.«

»Manchmal ist einem eben nicht danach zumute«, sagte sie kühl. »Vielleicht findest du einfach, es gibt keinen Grund, ihm zu gratulieren?«

Aufgrund der Hochzeit wurde nun erwartet, dass sie und ihr Schwager sich duzten, obwohl er in letzter Zeit kaum ein Wort mit ihr gewechselt hatte.

»Ich bin mir tatsächlich alles andere als sicher, ob ich dir zu meinem Bruder gratulieren sollte«, gab Felix zu. »Vielleicht wünsche ich dir einfach Glück.«

Dora versuchte zu erfassen, worauf er hinauswollte. Traute er ihr nicht zu, sich angemessen in den Kreisen der Herdens zu bewegen? Oder warnte er sie etwa vor seinem eigenen Bruder? Ein letzter Versuch, sie doch noch loszuwerden – oder etwa doch etwas ganz anderes: Sorge um sie?

»Deine Freunde sind zum Brüllen komisch«, sprach er das Lob aus, das sie so gern von ihrem Mann gehört hätte.

»Eine echte Bereicherung! Ich nehme an, mit denen wird es nie langweilig. So wie du bestimmt unsere Familie bereichern wirst – ob sie es nun verdient hat oder nicht.«

Obwohl sie sich noch nicht hundertprozentig sicher war, ob ihr Schwager sie nicht auf den Arm nahm, entgegnete sie: »Danke, dass du das sagst, denn ...« Sie nahm allen Mut zusammen. »Als du erfahren hast, dass dein Bruder sich für mich interessiert«, erklärte sie ehrlich, »da dachte ich, in deinen Augen sei ich nicht gut genug für eure Familie.«

Er sah sie fast erschüttert an. »Das genaue Gegenteil ist der Fall.«

»Na ja, ich bin ja diejenige, die auf dem Bauernhof aufgewachsen ist«, gab Dora die Worte von Hausdame Ottilie Rautenberg weiter.

»Na und? Das ist meine selige Großmutter auch«, entgegnete er entwaffnend. »Dein hilfsbereiter und einfühlsamer Charakter ist es, der dich adelt, ob meine Familie das allerdings ...«

Weiter kam er nicht, da in diesem Augenblick plötzlich der Bräutigam wieder hinter Dora stand.

»Na, hast du sie endlich beglückwünscht, Lieblingsbruder?«, fragte Johann.

Felix nickte. »Zu so einigem, ja.«

»Wo warst du denn so lang?«, wollte Dora von Johann wissen. »Du hast den Auftritt meiner Freunde verpasst.«

»Ja, tut mir leid, wir hatten etwas sehr Dringendes zu besprechen«, entschuldigte sich Johann halbgar.

Dora fragte sich verstimmt, was so dringend sein konnte, dass man während der Hochzeit darüber sprechen musste – und warum Johann ihr als seiner frisch angetrauten Frau nichts davon erzählt hatte.

»War es denn schön für dich?«, erkundigte er sich nun und klang dabei eher desinteressiert.

»Es war großartig für alle«, antwortete Felix für Dora. »Und du verpasst das Beste deiner Hochzeit. Über unsere schlechten Zahlen hättest du die Eltern auch morgen noch unterrichten können.«

Mit diesen Worten ließ er das Brautpaar stehen. Dora fragte sich zum wiederholten Male, warum der Zweitgeborene so wütend auf seinen älteren Bruder war. Neid auf die Firmenleitung konnte wohl keinesfalls dahinterstecken – sie wusste ja, dass Felix im Grunde von einer Musikerausbildung träumte und wenig Interesse hatte, das Unternehmen zu führen. Da fiel ihr ein, dass sie gar nicht wusste, was Johanns größte Wünsche waren. Nun ja, sie hatte ja ab heute den Rest ihres Lebens Zeit, es herauszufinden.

* * *

Es war Viertel nach ein Uhr nachts, als Johann Dora bei der Hand nahm und nach oben führte – vor ihr gemeinsames Schlafzimmer im Haupthaus, ab heute wohnte sie ja nicht mehr in ihrer kleinen Gästekammer im Personalbau.

Vor der Tür blieb ihr Bräutigam kurz stehen und sah ihr in die Augen.

»Du weißt, was jetzt kommt?«, fragte er.

Dora errötete. Natürlich war sie sich darüber im Klaren, was jetzt anstand. Davon hatte Babette ja sehr geschwärmt, es als äußerst aufregend und himmlisch beschrieben. Sie selbst hingegen empfand nicht einmal Neugier. Ihre Nervosität übertraf das schlimmste Lampenfieber, das ihnen Schauspielerin Fiete im September so ausführlich beschrieben hatte. Sie befürchtete kurz, Johann würde nun von ihr erwarten, über dieses Thema auch noch zu *sprechen*. Doch zu ihrer Erleichterung meinte er in diesem Moment: »Na, jetzt trage ich dich erstmal über die Schwelle.«

Sie mussten dabei beide ein wenig lachen, was durchaus befreiend war. Leider stellte er sich, leicht angetrunken, wie er war, so ungeschickt an, dass sie sich den Kopf am Türrahmen stieß.

»Oh nein, oh nein, ich Tollpatsch, tut es sehr weh?«, fragte er und stellte sie behutsam auf ihre Füße.

Sie rieb sich die Stirn und winkte ab: »Geht schon. Als mir damals euer Ball auf die Nase gekracht ist, tat es mehr weh.«

»Stimmt, schon bei unserem Kennenlernen wurde dein Kopf in Mitleidenschaft gezogen«, fiel ihm wieder ein.

»Ja, auf den musst du schon aufpassen. Zum Essen und Trinken brauch ich ihn ja noch«, scherzte sie und sah sich kurz im Schlafzimmer um. Dunkelrote Brokattapete, ein mannshoher Spiegel, ein ausladender Kleiderschrank – und ein sehr langes und breites Doppelbett.

Johann blickte ihr erneut in die Augen. »Weißt du über den ... groben Ablauf so einer Hochzeitsnacht Bescheid?«, fragte er unsicher.

Den groben Ablauf? Obwohl sie immer nervöser wurde – oder vielleicht auch gerade deshalb –, hätte sie über diese Formulierung beinah laut aufgelacht. Stattdessen nickte sie nur.

»Tja, dann versuchen wir wohl am besten erstmal, dich aus diesem Kleid zu befreien, was?«, schlug er vor.

Es dauerte tatsächlich eine geschlagene Viertelstunde, um ein Haar wäre sie beim Ausziehen einmal umgekippt, wenn er sie nicht festgehalten hätte. Und dann die Haarnadeln.

Immer weitere zauberten sie aus der von Friseur Bröseke aufgesteckten Pracht hervor.

Bei der vierzehnten Nadel dachte Dora, dass Johann inzwischen gewiss bereute, was er ihr vorhin gestanden hatte: »Ich würde dich dabei gern mit offenen Haaren sehen.«

Endlich stand sie nur in ihrem Mieder vor ihm. Da er sie ja schon bei ihrem ersten Aufeinandertreffen im letzten Spätsommer in Badekleidung gesehen hatte, hielt sich ihre Scham in Grenzen – noch.

Dann zog er sich selbst aus. Dabei stellte er sich recht geschickt an, keine Minute später stand er in Unterhosen vor ihr, die Herren der Schöpfung waren eben schlichtweg weniger kompliziert bekleidet als die Damen.

Sie stellte, wie schon damals am Strand von Travemünde, fest, dass sein muskulöser Körper einer griechischen Statue glich. Das sah hübsch und anziehend aus, aber keinesfalls geriet sie über den Anblick in ein derartiges Entzücken, wie es ihre Cousine deren Berichten zufolge bei den Schäferstündchen mit ihrem Erich Degner empfunden hatte.

»Leg dich hin!«, raunte Johann ihr zu.

Sie ging in Richtung des breiten Ehebetts, um seinem Wunsch nachzukommen.

Als sie auf dem Rücken lag und der hübsche Stuck an der Zimmerdecke in ihr Blickfeld kam, hörte sie, wie ihr Gatte sich seinerseits dem Bett näherte.

31

»Und dann? Jetzt lass dir doch nicht alles aus der Nase ziehen.«

Babette sah ihre Cousine, mit der sie sich zwei Tage nach der Hochzeit ins Hinterzimmer des Ladens zurückgezogen hatte, erwartungsvoll an.

»Entschuldige, mir fehlen teilweise die Worte für die Einzelheiten einer Hochzeitsnacht«, flüsterte Dora. »Er hat mein restliches Mieder ausgezogen, und dann hat er seinen ... also, das ... das *Ding* – er hat es ... reingeschoben, also ... da ... da unten hat er es ...«

»Ich weiß schon«, erlöste ihre Base sie. »War es sehr ... also, tat es sehr weh?«

»Schon ein bisschen«, räumte Dora ein. Sie hatte keine Vergleichsmöglichkeit darüber, ob Johann »da unten« größer gebaut war als andere menschliche Geschlechtsgenossen. Mit den Fortpflanzungsorganen der Hengste, die sie auf dem Bauernhof beobachtet hatte, war die Größe seines »Hochzeitsgeschirrles«, wie Bauer Mettang das Körperteil mal genannt hatte, glücklicherweise nicht zu vergleichen. Dennoch hatte sie kurz gedacht: *Das passt bei mir doch niemals rein!* »Ich habe auf die schöne Bettwäsche geblutet, das war mir so peinlich.«

»Das muss es nicht«, erwiderte Babette. »Es war für Johann doch der Beweis, dass du vor ihm noch keinem anderen gehört hast. Männer lieben das, sie erwarten es sogar.«

»Oh«, kam es von Dora, der einfiel, dass dank Dr. Degner die Jungfräulichkeit ihrer Cousine ja höchstwahrscheinlich Geschichte war.

»Erich und ich haben aufgepasst«, erriet Babette angesichts des Ausrufs ihre Gedanken. »Außerdem kann das Häutchen auch bei Leibesübungen versehentlich reißen, ganz ohne Mann. Eine Frau kann das ihrem frisch Angetrauten ja vor der Hochzeit ankündigen, dann wundert er sich hinterher nicht über das ausbleibende Blut. Oder aber ich finde einen Mann, mit dem man offen sprechen kann und der mich für meine Erfahrungen nicht verurteilt, das wäre ohnehin der Einzige, den ich heiraten wollte.«

Dora fragte sich, ob ein solcher Mann existierte.

»War es denn schön? Hat es dir alle Sinne geraubt?«, wollte Babette wissen.

Das konnte Dora nun gerade nicht behaupten. Eigentlich hatte sie das Quietschen des Bettes bestens gehört und die Struktur des Stucks an der Schlafzimmerdecke sehr präzise betrachten können – Johann war immerhin eine gute Dreiviertelstunde auf und teilweise in ihr zu Gange gewesen, vielleicht hatte der Alkohol dafür gesorgt, dass er zwischendrin immer wieder erschlafft war und wiederholt mit den eigenen Händen hatte nachhelfen müssen, um dann einmal mehr in sie einzudringen. Das alles hatte sie sehr bewusst mitbekommen, von schwindenden Sinnen konnte ihrerseits also kaum die Rede sein.

»Das eigentlich nicht«, beantwortete sie die Frage ihrer Cousine. »Aber es tat nur ganz am Anfang weh, danach nicht mehr.«

Irgendwann waren Johanns Bewegungen hektischer geworden, und er hatte sie immer wieder mit dem Kopf gegen die Rückenlehne des Ehebetts gestoßen, um schließlich kaum hörbar kurz aufzustöhnen, so wie Opa Mettang früher wegen seiner Knieschmerzen, wenn er sich vom Küchentisch erhoben hatte. Offenbar war das Ende des Aktes für den Mann nicht ganz schmerzfrei. Der arme Johann war jedenfalls ganz schön ins Schwitzen geraten.

»Hat er es denn vorher gar nicht schön für dich gemacht? Mit Küssen, mit seinem Mund, überall ... und mit den Händen?«, wunderte sich Babette und schien ein wenig bestürzt.

»Er hat mir einen Kuss auf den Mund gegeben, als er ... also, als es zu Ende war. Dann hat er sich umgedreht und ist eingeschlafen, es war wohl doch alles sehr anstrengend für ihn.«

»Er ist eingeschlafen, ohne dir vorher liebe Sachen zu sagen und dich zu streicheln?«, empörte sich Babette.

Dora war das eigentlich ganz recht gewesen, denn sie hatte das dringende Bedürfnis verspürt, sich gründlich zu waschen.

»Na, da wird dein Johann aber noch ein bisschen üben müssen«, resümierte Babette.

»Wie oft muss man es denn tun, bis eine Frau guter Hoffnung ist?«, fragte Dora die Freundin bang.

»Das kann keiner sagen, nicht mal ein Arzt«, antwortete ihre Base. »Manche Paare versuchen jahrelang, ein Kind zu kriegen, bei Siggis leiblicher Mutter hat ja aber damals eine einzige Nacht ausgereicht ...«

Jahrelang? Die Vorstellung entsetzte Dora.

»Aber keine Angst, die Männer kriegen gar nicht genug davon«, wollte Babette sie mit einem verschmitzten Lächeln beruhigen. »Und dir wird es irgendwann ebenso gehen. Ich hoffe, dafür sorgt dein Johann. Was war denn gestern in eurer zweiten Nacht?«

»Da hat er auf dem Sofa geschlafen«, erläuterte Dora. »Er musste wohl sehr lange in der Fabrik arbeiten. Und dann kam er so spät nach Hause, dass er mich nicht mehr wecken wollte.«

»Er arbeitet sonntags?«, wunderte sich Babette. »Am Tag nach seiner Hochzeit?«

In diesem Augenblick klopfte es an der Tür des Hinterzimmers.

»Herein«, rief Dora.

Zu ihrer beider Überraschung betrat die Detektivin Anna Magdalena Kleinert den Raum.

»Guten Morgen, die Damen. Ich wollte fragen, ob Siegfried Christoffersen zu sprechen ist«, erklärte sie.

»Er legt sich vormittags immer hin«, erklärte Babette, »aber jetzt müsste er eigentlich schon wach sein. Ich bringe Sie nach oben.«

»Dann gehe ich zu Tante Iny in den Laden«, bot Dora nur zu gern an. Das Leben im Schloss war ihr viel zu unausgefüllt, daher freute sie sich, dass sie angesichts des Endes der Mittagspause zumindest für kurze Zeit noch einmal zu ihrer geliebten Verkaufsarbeit kam, die sie ja eigentlich spätestens mit der Heirat hatte aufgeben müssen.

***

Siggi hatte heute von sieben Uhr früh bis zwei Uhr nachmittags geschlafen, was selten vorkam. Aber das Gespräch mit seiner leiblichen Mutter im Stadtpark war so gut verlaufen, dass er sich seither sehr zufrieden und glücklich fühlte. Er lümmelte entspannt auf seinem Bett herum, blätterte in seinem Lieblingsbuch des in der Skagerrak-Schlacht gefallenen Schriftstellers Gorch Fock und fragte sich, ob er seine Vorliebe für Seefahrergeschichten von seinem leiblichen Vater geerbt hatte.

Da klopfte es an der Tür, und Babette streckte ihren hübschen Kopf herein.

»Frau Kleinert für dich«, verkündete sie.

Sofort richtete Siggi seinen Oberkörper kerzengerade auf. Er dachte voller Freude an das angenehm vertrauliche Gespräch mit Marlene im Bootshaus der Familie Herden zurück.

»Ich komme sofort«, kündigte er an, sprang aus dem Bett und riss die Kleiderschranktür auf.

»Ich habe leider keine allzu guten Nachrichten«, sagte die Detektivin, als sie Siggi in der Wohnstube mit gewohnt festem Händedruck begrüßt hatte. »Eigentlich bin ich ja zu absoluter Diskretion verpflichtet. Aber ich will es mal umschreiben: Ein gewisser Senator hat zugetragen bekommen, dass seine jüngere Verlobte mit einem noch jüngeren Hundebesitzer in trauter Zweisamkeit im Stadtpark gesehen wurde. Beim Abschied haben sie sich angeblich ein wenig zu herzlich umarmt.«

»Wir haben uns versöhnt – und waren beim Abschied beide sehr aufgewühlt«, gab Siggi zu.

»Das freut mich wirklich für dich«, sagte Marlene aufrichtig, »aber dieser Senator will jetzt meine Dienste in Anspruch nehmen und seine Zukünftige beschatten lassen.«

»Hast du den Auftrag angenommen?«, fragte Siggi beklommen.

Marlene nickte. »Ich dachte, besser ich als ein Kollege.«

»Ich danke dir«, sagte er. »Ich werde …«

In diesem Augenblick klopfte es an der Stubentür. Auf sein »Herein« hin betrat Dora den Raum. »Da ist eine Frau Andresen für dich im Laden«, sagte sie außer Atem; offenbar war sie die Treppen hinaufgerannt.

Siggi und Marlene sahen sich an.

»Komm, ich begleite dich nach unten«, schlug die Detektivin vor.

Im Süßwarenladen wartete lächelnd Charlotte Andresen. Ehe sie Siggi möglicherweise duzen konnte, grüßte er sie so laut, dass es auch die beiden neugierig dreinblickenden Kundinnen hören konnten, die hinter ihr standen: »Guten Tag, Frau Andresen, die Torte für Ihren Verlobten ist fertig, kommen Sie gern mit in die Backstube.«

Er siezte sie besonders lautstark, weil ausgerechnet Dine Dettmers im Laden war.

»Pass auf dich auf, Siggi!«, flüsterte Marlene ihm zu und ging dann zum Angriff über, um die Tratschbase von Mutter und Sohn abzulenken.

»Ja, Frau Dettmers, wie schön Sie zu sehen«, rief sie übertrieben erfreut. »Ich muss Ihnen etwas ganz und gar Unfassbares erzählen, das glauben Sie nicht.«

»War *das* deine Freundin?«, erkundigte sich seine Mutter, als sie allein in der Backstube waren.

»Nein«, erwiderte er, »das ist die Ermittlerin, die dich gefunden hat. Sie erzählt der schwatzhaften Kundin da draußen jetzt irgendwelchen Tratsch, um von uns abzulenken. Detektivin Kleinert ist nämlich hergekommen, um mich zu warnen: Dein Verlobter hat sie angeheuert. Scheinbar hat ihm jemand gesteckt, dass du im Stadtpark einen jüngeren Mann umarmt hast.«

»Oh nein«, hauchte Charlotte entsetzt. »Jetzt denkt Georg, dass ich einen Geliebten habe ...«

»... und nicht einen Bastard«, beendete Siggi ihren Satz. »Bitte sprich nicht so von dir«, sagte sie mit brüchiger Stimme. »Und ich dachte, wir können uns jetzt besser kennenlernen.« Sie zückte ein Seidentaschentuch mit ihren Initialen C. A. darauf und wischte sich die Tränen aus den Augen.

»Es sei denn, du sprichst doch mit deinem Zukünftigen über mich«, sagte Siggi vorsichtig.

»Das werde ich wohl müssen«, entgegnete sie ernst. »Schon allein, um das Gerücht mit dem Liebhaber aus der Welt zu schaffen. Hoffentlich bedeutet das nicht das Ende unserer Verlobung.«

* * *

Als Dora am späteren Nachmittag zurück zum Schlösschen geradelt war, traf sie im Salon auf ihren Gatten, den sie eigentlich erst später aus der Firma zurückerwartet hatte.

»Wo warst du denn den ganzen Tag?«, fragte er merklich verstimmt. »Ich habe dich gesucht.«

»Oh, das tut mir leid«, sagte sie. »Ich habe Tante Iny ein bisschen im Verkauf geholfen. Onkel Einar, Babette und meine Mutter waren heute anderweitig beschäftigt. Und du sagtest ja, es wird später bei dir ...«

Es war ihr sehr unangenehm, dass Stubenmädchen Lucie, die offenbar im Salon Staub gewischt hatte, nun nicht mehr an ihnen vorbeikam und gezwungen war, Zeugin ihres Gesprächs zu werden. Johann schien das herzlich wenig zu interessieren.

»Du hast Süßigkeiten verkauft?«, wiederholte er in einem

Tonfall, der Dora etwas Angst machte. »Die Frau des neuen Geschäftsführers der Lübecker Marzipan-Werke Herden arbeitet als *Verkäuferin*?«

»Ich habe doch nur meiner Tante geholfen«, murmelte sie eingeschüchtert.

»Und weißt du, was das gegenüber unseren Geschäftspartnern und Kreditgebern für einen Eindruck vermittelt?«, rief er mit kaum unterdrücktem Zorn.

»Nein, ich …« Ihre Stimme versagte.

»Die sagen dann: Na, wenn die Frau vom Junior gezwungen ist zu arbeiten, dann muss es der Firma ja ganz schön dreckig gehen. Die Situation ist gerade weiß Gott heikel genug. Weißt du, was passiert, wenn uns auch nur eine Bank einen Kredit fällig stellt, wenn ein Lieferant auf Vorkasse bestehen würde?«

Er hatte recht, aber das machte seinen Ausbruch nur noch unerträglicher für Dora. Ihr Blick begegnete Lucies, die daraufhin peinlich berührt den Konzertflügel nach imaginärem Staub absuchte.

Dora sah flehend zu ihrem Mann. »Daran habe ich nicht gedacht. Entschuldige.«

»Du bist jetzt aber meine Ehefrau, und es ist deine einzige Aufgabe, an so etwas zu denken«, wies er sie an. »Ich muss dich wirklich sehr eindringlich bitten, dem Laden in nächster Zeit fernzubleiben. Du kannst dich ja wohl nicht beschweren, dass es dir hier an irgendwas fehlt. Falls doch, sag bitte Bescheid, dann wird es besorgt!« Mit diesen ätzenden Worten ließ er sie mit dem Dienstmädchen allein.

»Es tut mir leid, dass Sie das mitbekommen mussten, Lucie«, brachte Dora mit zitternder Stimme hervor.

»Bei mir müssen Sie sich doch nicht entschuldigen, gnädige Frau«, sagte die Bedienstete. »Darf ich Ihnen etwas zu trinken bringen? Eine heiße Schokolade vielleicht?«

»Au ja, das wäre lieb«, sagte Dora rasch. Sie hoffte, dass Lucie loseilen würde, bevor sie endgültig in Tränen ausbrach, und glücklicherweise tat sie genau das. Schluchzend sah sie in den Garten hinaus, wo ein wahres Blumenmeer blühte. So schön das Schlösschen war, seit Johanns harscher Ansage empfand Dora es als goldenen Käfig. Natürlich dürfte sie einkaufen oder Cafés aufsuchen, aber was war das gegen den geliebten Laden? Warum musste er ihr ausgerechnet den Ort und die Tätigkeit verbieten, die ihr die meiste Freude bereiteten?

»Guten Abend«, hörte sie schließlich die vertraute Stimme ihres Schwagers an der Salontür. Sie wischte sich hastig, so gut es ging, die Tränen von den Wangen und aus den Augen. Dann drehte sie sich mit einem verkrampften Lächeln zu ihm um.

»Felix, schön«, sagte sie schwach.

Er hatte eine dampfende Tasse in der Hand. »Man hört, hier wird dringend eine heiße Schokolade gebraucht?«

Dankbar nahm sie das Gefäß entgegen und nippte daran. Der Geschmack war unerwartet, aber aufregend. »Oh«, stieß sie hervor.

»Ich habe mir erlaubt, einen Schuss Amaretto hinzuzufügen«, gestand er. »Die Mischung ist Frau Lührs Spezialmedizin, wenn einer von uns Kummer hat.«

»Amaretto?«, wiederholte sie. Das Wort hatte sie Siggi einmal sagen hören, wusste aber nicht, was es bedeutete.

»Das ist ein Likör aus Italien«, klärte Felix sie auf. »Der Name bedeutet übersetzt ›Bitterchen‹, weil er aus Bittermandeln hergestellt wird. Da sein Geschmack ein wenig an Marzipan erinnert, passt er natürlich besonders gut zu unserer Familie.«

Sie nahm einen weiteren Schluck, die Mixtur schmeckte wirklich köstlich. Es war ja schön, dass ihr Schwager sie trösten wollte, doch ihr war auch etwas klargeworden: »Lucie hat dir verraten, dass ich Trost nötig habe?«

»Ja, aber ich muss das Mädchen in Schutz nehmen«, beeilte er sich klarzustellen. »Sie tratscht sonst nicht, ist die Loyalität in Person, seit Johann und ich meine Eltern überredet haben, sie anzustellen. Die gute Seele macht sich einfach Sorgen, ob es dir gut geht. Und zu mir hat sie Vertrauen.«

Dora kniff die Augen zusammen. »Zu den anderen Familienmitgliedern nicht?«

»Hm ...« Felix zuckte mit einem nonchalanten Lächeln die Schultern und wechselte das Thema: »Sei nicht traurig, dass Johann dir die Arbeit bei deiner Familie verboten hat. Ich habe einen Vorschlag, wie du trotzdem Spaß mit ihnen haben könntest.«

Sie sah ihm hoffnungsvoll in die Augen. »Ja?«

»Lade sie, sooft du willst, hierher ein«, schlug er vor. »Wenn das meinem Brüderchen nicht passt, sage ihm, dass du mit unserem Reichtum angeben willst – damit möglichst viele möglichst oft und möglichst überall davon herumerzählen.«

»Felix, du bist ein Schatz.« Sie war ihrem Schwager ungemein dankbar, nur eine Frage ging ihr nicht aus dem Kopf: Warum standen sich er und das Stubenmädchen Lucie derart nahe, dass sie ihm so viel Vertrauen entgegenbrachte? Sollten die beiden miteinander verbandelt sein, so wäre der Patriarch Hubert Herden sicher alles andere als begeistert, wenn er davon erführe. Schließlich hatte Johann ja schon darum kämpfen müssen, dass sie selbst, eine Verkäuferin in der Süßwarenbranche, von seinem Vater als seine zukünftige Frau anerkannt worden war. Bei einem Stubenmädchen aus dem eigenen Haus würde Huberts Widerstand sicher noch größer sein. Aber vielleicht war Felix ja auch gar nicht auf eine Hochzeit mit der schönen Lucie aus? Möglicherweise war er auch einer jener Herren, die ihren Stand ausnutzten, um ihre Angestellten zu Gefälligkeiten zu zwingen. So schätzte sie Felix zwar nicht ein, aber auch sein Bruder hatte sich ja bereits als völlig anders als in ihrer ursprünglichen Vorstellung entpuppt. Eine andere Möglichkeit war natürlich, dass die Annäherung von Lucie selbst ausgegangen war. Schließlich war Felix einer der begehrtesten Junggesellen Lübecks, zumindest empfand Dora es so. Und von Babette wusste sie ja nun, dass bisweilen auch Frauen sich nur Vergnügen mit einem Mann wünschten – ganz ohne gegenseitige Verpflichtungen. War dies vielleicht eines der ersten Geheimnisse des Marzipan-Schlösschens, das sie aufdecken würde? Oder sah sie Gespenster und bildete sich all das nur ein? Vielleicht hatte sie wirklich zu viele Detektivgeschichten gelesen.

32

»Ich werde sie so schnell nicht mehr wiedersehen.« Siggi saß am späten Abend noch mit seiner Adoptivschwester in der Küche der Holstenstraße und erzählte von seiner leiblichen Mutter. »Der Senator denkt, ich bin Charlottes junger Liebhaber. Er hat ihr Frau Kleinert auf den Hals gehetzt.«

Siggi nahm einen Schluck des guten Nieland-Kakaos, den Babette zum Trost für ihn gebraut hatte.

»Und warum hat die dich geduzt, als sie dir was zugeflüstert hat?«, hakte sie nach.

Siggi errötete. »Wir haben uns auf dem Ball mal ganz in Ruhe unterhalten. Die Herdens haben da so ein Bootshaus ...«

Babette sah ihn misstrauisch an. Vielleicht vermutete sie ja, dass da mehr zwischen Marlene und ihm war, und ein wenig stimmte das ja auch. Die Spur von Eifersucht, die er in ihrem Gesicht zu erkennen glaubte, tat er letztlich jedoch als Wunschdenken seinerseits ab.

Plötzlich schreckten sie von einem Schrei auf, der aus Einars und Inys Schlafzimmer kam.

»Wahrscheinlich hat Vati wieder Albträume«, mutmaßte Babette beklommen. »Ich bin wirklich froh, dass du damals zu jung warst, um rekrutiert zu werden.«

Diese Aussage rührte Siggi. »Dabei war ich am Anfang auch der Meinung, die Engländer und die Russen sollten eins auf die Mütze kriegen. So wurde es einem eben beigebracht.

Dass der Kaiser ein kriegssüchtiger Tyrann war, der schon seit Jahren aufgerüstet und Hass geschürt hat – das habe ich erst bei den Aufständen erfahren, als der Krieg zu Ende ging.«

Siggi bemerkte, wie Babette nachdenklich in die Mondnacht hinaussah. »Vermisst du sie auch so?«, riet er.

Babette nickte. »Ich gönne ihr das Glück von Herzen, aber sie fehlt hier wirklich.«

* * *

Johann Herden war nachts wieder nicht ins Ehebett gekommen. Wo er geschlafen hatte, wusste Dora nicht. Das Sofa im Salon war leer gewesen, das hatte sie überprüft, aber in den insgesamt drei Häusern gab es einfach zu viele Räume. Sie hatte beschlossen, ihren Mann abzupassen, um sich zu versöhnen. Schweigen als Bestrafung wollte sie nicht akzeptieren. Das Warten auf ihn gestaltete sich jedoch zermürbend, sie konnte sich nicht auf das Buch von Ida Boy-Ed konzentrieren, musste jede Seite mehrfach neu anfangen – Johanns Vorwürfe gingen ihr zu sehr nach.

Gegen zehn Uhr hörte sie endlich seine Stimme und sprang aufgeregt vom Sofa in der Bibliothek auf. Doch als sie den Inhalt des Gesprächs mitbekam, verließ sie ihr Mut rasch wieder: »Lucie, sagen Sie Frau Lührs, sie soll mich heute nicht zum Abendessen einplanen.«

Als er Dora aus der Bibliothek kommen sah, nickte er nur kühl.

»Du bist heute Abend nicht da?«, vergewisserte sie sich.

»Ja, wichtige Geschäftsverabredung. Ich muss auch gleich wieder los, bin nur hier, um ein paar Akten abzuholen.«

»Schade«, sagte sie leise. »Dann unternehmen wir ein anderes Mal etwas zusammen.«

»Genau«, sagte er knapp und schloss die Tür zum Arbeitszimmer seines Vaters hinter sich.

Sprachlos blieb Dora zurück. Er hatte sie einfach stehen lassen. Wie ein geprügelter Hund wollte sie sich gerade auf den Rückweg zur Bibliothek machen, als erregte Stimmen aus dem Arbeitszimmer drangen. Instinktiv blieb Dora stehen und hörte genauer hin. Der Patriarch beschwerte sich bei seinem Sohn, dass regelmäßig Geld aus den Kassen verschwand.

»Wir müssen dem auf den Grund gehen«, rief Hubert aufgebracht.

Dora kam ein schrecklicher Verdacht. Sie beschloss, mit ihren Freunden darüber zu sprechen. Felix hatte ja gesagt, sie könne jederzeit jemanden einladen, daher ging sie zum Telefon in der Bibliothek. Ob sie es ungefragt benutzen durfte, wusste sie nicht, aber im Augenblick war ihr dies auch egal.

Sie wählte zwei acht vier fünf, die Nummer der Süßwarenhandlung.

»Siegfried Christoffersen.«

»Siggi, hier ist Dora«, raunte sie in den Hörer. »Ich brauche dringend euren Rat. Kannst du mit Babette herkommen, sobald ihr beide Zeit habt?«

»Wart kurz!«, sagte Siggi.

Wenige Sekunden später war Babette am Telefon: »Mutti und Vati stellen sich in den Laden, wir sind spätestens in zwanzig Minuten vorm Schlösschen.«

»Danke, bis gleich.« Dora lächelte gerührt, als sie auflegte. Wie schön war es, Verwandte zu haben, die Gewehr bei Fuß standen, wenn man Hilfe brauchte.

»Freut mich, dass du die Idee gut findest«, hörte sie die Stimme ihres Schwagers an der Tür und drehte sich um.

»Guten Morgen, Felix«, grüßte sie ihn. »Ja, ich dachte, ich bin einfach mal so frei und befolge deinen Ratschlag.«

»Dann gebe ich dir noch eine Anregung«, verkündete er. »Wenn du mit deinen Freunden ein bisschen Spaß haben möchtest und ihr euch in aller Ruhe unterhalten wollt, dann nehmt euch doch eins von den Booten unten im Uferhaus und fahrt ein wenig auf der Trave herum.«

»Dürfen wir das denn?«, vergewisserte sich Dora.

»Na ja, du bist die Frau des Erstgeborenen«, erinnerte Felix sie. »Und wenn das nicht reicht, erlaube ich als dein Schwager es dir hiermit hochoffiziell.«

Sie lächelte. »Danke.«

»Ich muss dann wieder mal auf meine Prüfung zum Zivilprozess lernen«, erklärte er. »Ich lasse dich mit deinem Buch in Ruhe, dein Besuch kommt ja bald.«

»Viel Erfolg«, wünschte sie ihm, woraufhin sie sich auf den Weg vor das Schlösschen machte, um dort auf Siggi und Babette zu warten.

**

»Ständig irgendwelche Termine vorschieben, das verschwundene Geld aus den Firmenkassen …«

Dora saß mit ihrer Cousine Babette in einer Zille, einem niedrigen, spitz zulaufenden Holzboot, an dessen Ende Siggi aufrecht stand, um es mit einem Stechruder anzutreiben und über die Trave zu lenken. In Doras Heimat nannte man so ein Boot Stocherkahn. Die frischgebackene Ehefrau war froh, ihren Freunden hier ihren Verdacht anvertrauen zu können.

»Das alles erinnert mich an meinen Vater. Genauso hat sich damals seine Spielsucht gezeigt.«

Babette sah sie zweifelnd an. »Du meinst, du erleidest dasselbe Schicksal wie deine Mutter und hast einen Spieler geheiratet?«

»Ach, ich weiß es nicht«, gab Dora ermattet zu. »Vielleicht bin ich auch einfach zu sehr gebranntes Kind und bilde mir das alles nur ein. Aber dann ist da ja auch noch dieser Zettel mit der Warnung, dass Johann nicht treu ist.«

»Wie wäre es, wenn du deinen Angetrauten beschatten lässt?«, schlug Siggi mit gefurchter Stirn vor, während er das Boot weiter über den Fluss lenkte, sodass sie den Blick auf die hübsche Altstadtinsel genießen konnten. »Marlene Kleinert ist sehr zuverlässig. Und ich mache mir, ehrlich gesagt, ein bisschen Sorgen um dich.«

Dora wirkte nicht sonderlich angetan von der Idee. »Eine Detektivin? Nein, mit so etwas möchte ich meine Ehe nicht beginnen. Es kann doch nicht sein, dass sie schon gleich so verhunzt ist.«

»Manche Träume fühlen sich gar nicht mehr so toll an, wenn sie wahr geworden sind«, stellte ihre Cousine fest.

»Und was ist aus den Träumen geworden, die nichts mit der Männerwelt zu tun haben? Jetzt darf ich nicht einmal mehr bei euch arbeiten«, bemerkte Dora seufzend.

»Tja, letztlich bestimmen wohl die Herren der Schöpfung, was wir dürfen und was nicht. Mein Traum, wie dein Johann Ökonomie zu studieren, ist mir ja auch verwehrt«, erinnerte Babette. »Ich bin eben eine Frau, zudem nur aus dem Mittelstand.«

»Es gibt aber immer mal wieder Frauen, die studieren«, gab Dora zu bedenken.

»Und nicht jeder Student hat eine reiche Familie«, fügte Siggi hinzu.

Babette sah die beiden fragend an. »Ihr denkt, ich soll es wagen?«

»Wenn es nicht klappt, kannst du dir jedenfalls sagen, du hast es versucht«, sagte Siggi.

»Also gut, ich kann mich ja zumindest mal erkundigen«, räumte seine Adoptivschwester schließlich ein.

»Wenn das klappt, dann wird gefeiert«, sagte Dora und fügte wehmütig hinzu: »Ich fänd es so schön, wenn wir mit Fiete und Hansi mal wieder in die *Eule* gehen. Aber das wird ja nichts mehr.«

»Du meinst, dein Johann hätte auch dagegen etwas?«, vergewisserte sich Babette empört. »Das wäre aber sehr schade, übermorgen feiert Tonio nämlich dort seinen fünfundzwanzigsten Geburtstag.«

Das Wiegenfest des Kellners zu verpassen, der ihr alles über die Tischetikette beigebracht hatte, wäre in der Tat sehr unhöflich, dachte Dora. Und gewiss würde die Feier im Kreise all ihrer Bekannten sehr schön werden, das musste ihr Johann doch einfach gönnen!

»Ich könnte höchstens mal meinen Schwager fragen, ob er eine Idee hat«, sagte sie nachdenklich. »Der Vorschlag mit der Bootsfahrt kam auch von Felix.«

»Dann ist er wohl auf deiner Seite«, stellte Babette zufrieden fest.

»Zumindest ist er viel netter als zuvor«, erwiderte Dora zurückhaltend. Von ihrem Verdacht, dass ihr inzwischen wieder charmanter Schwager eine Affäre mit dem Stubenmädchen Lucie hatte, wollte sie ihren Freunden vorerst nichts erzählen. Sie hätte ein schlechtes Gewissen gehabt, solange sie keine Gewissheit hatte.

***

Dora erwachte erst gegen zehn Uhr morgens mit verquollenen Augen und schlechter Laune. Erneut hatte sie die halbe Nacht wachgelegen, war immer wieder aufgestanden, um die Räumlichkeiten des Schlösschens nach ihrem Mann zu durchsuchen. Auch diesmal war er unauffindbar gewesen.

Als sie schließlich frisch gewaschen nach unten ging, um noch ein spätes Frühstück zu ergattern, hörte sie erneut Lucies Gesang aus dem Salon; diesmal wurde das Stubenmädchen jedoch am Flügel begleitet.

Dora ahnte schon, wer da spielte, und da die Tür zu dem Raum offenstand, trat sie ein, um sich zu überzeugen, ob sie richtiglag. Und in der Tat war es Felix Herden, der am Instrument saß.

Beim Anblick ihrer jungen Herrin hielt Lucie mit dem Gesang inne.

»Guten Morgen, gnädige Frau, haben wir Sie geweckt?«, fragte sie bang.

»Überhaupt nicht, machen Sie ruhig weiter«, sagte Dora und wandte sich dann an ihren Schwager. »Grüß dich, Felix. Sag mal, weißt du, wo dein Bruder ist?«

»Angeblich hat er in der Firma übernachtet. Die finanzielle Lage bereitet ihm wohl große Sorgen. Mein Vater ist auch schon dort«, erklärte der Zweitgeborene; und Dora bekam augenblicklich ein schlechtes Gewissen wegen ihrer Verdächtigungen gegen Johann. Was Felix da sagte, klang ja wirklich so, als seien die Schwierigkeiten in der Marzipanfabrikation der Grund für Johanns häufige Abwesenheit.

»Aber er hat dich wohl nicht darüber unterrichtet, und du warst in Sorge«, erkannte Johanns Bruder.

Dora nickte. »Vor allem würde ich ihn gern dringend etwas fragen.«

»Wenn der Prophet nicht zum Berg kommt ...«, entgegnete Felix schmunzelnd. »Besuch ihn doch gegen Mittag in der Firma. Du könntest ihm einen Picknickkorb voller Leckereien mitbringen. Er wird sicher kaum zum Essen kommen und dankbar sein, ich zumindest würde mich über so etwas freuen.«

Ein Picknick in der Firma? Die Idee gefiel Dora auf Anhieb, und Lucie ergänzte: »Wenn Sie mögen, bitte ich Frau Lührs, dass sie einige von Herrn Johann Herdens Leibspeisen zusammenstellt.«

* * *

Ohne Dora machte Babette der Verkauf im Süßwarenladen viel weniger Spaß. Hinzu kam, dass ihre Mutter derzeit viel seltener als früher im Geschäft war. Stattdessen versuchte Iny, möglichst viele schöne Dinge mit ihrem Mann zu unternehmen, um seine Seele und Nerven zu beruhigen. Zum ersten Mal besuchten sie gemeinsam Museen, Ausstellungen und verbrachten viel Zeit in der Natur und am Strand. Zudem waren sie beide ein wenig in Fietes Hund Bauschan verliebt. Die Schauspielerin hatte ihnen angeboten, sich das Tier zum Gassi gehen auszuleihen, wann immer sie wollten.

Babette gönnte ihren Eltern das Glück von Herzen. Zumal sie feststellen konnte, dass ihr Vater inzwischen eine gesunde Gesichtsfarbe bekommen hatte und wieder fast so viel lachte wie früher.

Im Laden war Babette allerdings immer häufiger auf sich allein gestellt, denn ihre Tante war als Näherin inzwischen recht beliebt, und das Geld für ihre Aufträge konnte die Familie gut gebrauchen. Auch Hedwig kam also immer seltener dazu, im Verkauf auszuhelfen. Und da Siggi am Vormittag meist schlief, fiel auch er als willkommene Hilfe und Ansprache aus – dachte sie zumindest. Umso erstaunter war sie, als ihr Adoptivbruder plötzlich von außen in den Laden kam – in seinem besten Sonntagsanzug.

»Wo warst du denn so früh schon unterwegs?«, wunderte sie sich.

»Ich … war kurz bei Marlene Kleinert«, antwortete er, und es schien ihr, als gebe er es nur unwillig preis.

»Und was wolltest du am frühen Morgen von ihr?«, hakte sie nach.

»Ach, es g-ging nur um die A-Abrechnung«, behauptete Siggi.

Babette spürte, dass er nicht die Wahrheit sagte. Für ein rein privates Treffen mit der Detektivin war es allerdings wiederum reichlich kurz gewesen.

»Warum warst du wirklich dort?«, insistierte sie.

»Wenn ich es dir verraten soll, musst du mir schwören, es für dich zu behalten«, verlangte er.

»Von mir aus«, rief sie. »Nun sag schon!«

»Also gut, ich habe Frau Kleinert angeheuert, damit sie Johann Herden beschattet«, bekannte Siggi schließlich. »Gegen Doras Willen. Aber ich traue ihm einfach nicht über den Weg. Ich habe erst dreimal mit ihm gesprochen, aber ich fühle, dass er Dora in irgendeiner Form hintergeht.«

»Oh«, kam es von Babette.

»Jetzt mach mir bitte keine Vorwürfe!«, murrte ihr Adoptivbruder.

»Im Gegenteil, ich finde das gut«, stellte sie richtig. »Mir geht es mit Johann nämlich ganz ähnlich wie dir. Ich dachte nur, dass so eine Observierung sicher nicht ganz billig ist.«

»Ich darf es abstottern«, erklärte ihr Adoptivbruder. »Natürlich muss ich dafür in Zukunft trotzdem auf einiges verzichten. Aber Doras Sicherheit geht vor.«

»Dann hat Frau Kleinert den Auftrag angenommen?«, vergewisserte sich Babette.

»Ja, sie kann sich durchaus vorstellen, dass Johann hinter den Geldunterschlagungen steckt oder der anonyme Hinweis stimmt und er seine Frau betrügt«, berichtete Siggi. »Aber an der möglichen Spielsucht – daran hat Marlene ihre Zweifel. Sie glaubt, Dora steigert sich da in etwas hinein und überträgt die schlechten Erfahrungen mit ihrem Vater auf ihren neuen Mann.«

»Denkst du das auch?«, fragte Babette nachdenklich.

»Na ja, Johann Herden hat in kürzester Zeit studiert, und jemand, der dem Glücksspiel verfallen ist, der bekäme so etwas eher nicht hin, hat Marlene gemeint«, berichtete Siggi. »Es ist schon sehr beeindruckend, wie viel Menschenkenntnis sie hat – und wie vernünftig sie denkt. Wenn jemand rausfindet, ob Herden unsere Dora hintergeht, dann sie.«

»Ich will mich an den Kosten beteiligen«, sagte Babette.

»Es ist lieb, dass du die Familie immer beschützt.«

Siggi senkte verlegen den Blick. Da bimmelte das Türglöckchen, beide drehten sich um, und sie staunten nicht schlecht, als Erich Degner das Geschäft betrat.

»Moin, Erich«, begrüßte Babette ihn zurückhaltend, woraufhin Siggi knurrte: »Ich hau mich dann mal aufs Ohr.«

Als er im Treppenhaus verschwunden war, wandte sie sich kühl an den Mediziner. »Womit kann ich dienen?«

»Ich wollte mich bei dir entschuldigen«, gestand er rundheraus. »Vielleicht darf ich dich zur Mittagspause ausführen? Diesmal wirklich ohne Hintergedanken und ohne Ansprüche, das schwöre ich.«

33

Aus Richtung der Fertigungshallen an der Mühlenbrücke wehte wieder der wunderbar bittersüße Geruch der gerösteten Mandeln herüber. Die frischgebackene Fabrikantengattin begab sich mit ihrem Picknickkorb zu den Arbeitern, die die Marzipanrohmasse nach der Kühlung für den Versand an Konditoreien, Feinbäcker und Grossisten im In- und Ausland in hölzerne Kisten verpackten.

Dora fragte nach Johann Herden, und einer der jüngeren Männer, der sie bewundernd musterte, führte Dora in ein repräsentatives Kontor mit Fußböden aus italienischem Terrazzo. Hier brütete ihr müde aussehender Ehemann mit gefurchter Stirn an einem ausladenden Mahagoni-Schreibtisch über einem Aktenordner.

»Chef, Ihre Gattin wünscht Sie zu sprechen«, verkündete der junge Mann und unterdrückte dabei sein Plattdeutsch so bemüht, dass er äußerst gestelzt klang.

Bei Doras Anblick rang sich Johann sogar ein kleines Lächeln ab. »Was führt dich denn her, Schatz? Knudsen, Sie können gehen.«

Während der junge Mann hinauseilte, hob Dora den Picknickkorb an. »Ich dachte mir, weil du zurzeit doch so viel zu tun hast, könnten wir in deiner Pause vielleicht zusammen essen.«

»Ein Kontor-Picknick? Eigentlich eine wirklich nette Idee,« gab Johann zu. »Aber leider fällt die Mittagspause heute bei mir flach, ich habe um halb eins einen Termin, der geht bestimmt bis kurz vor drei.«

»Schade«, sagte Dora enttäuscht. »Vielleicht können wir uns ja heute Abend mal wieder ein bisschen unterhalten.«

»Komm doch eben kurz her, Schatz«, sagte er und winkte sie zu sich. Sie stellte ihren Korb ab und ging zu ihm hinüber. Er küsste sie sanft auf den Mund und versprach: »Wenn die Firma es aus der Krise geschafft hat, mache ich alles wieder gut, glaub mir. Bis heute Abend, in Ordnung?«

Zu gern hätte Dora ihm geglaubt, doch es fiel ihr schwer.

Als sie das Kontor verließ, lief sie Fabrikleiter Jakob Kröger in die Arme, der gerade mit seinem Sohn, dem Formschneider und Bildhauer Armin, das Areal überquerte. Beide waren gleichermaßen erfreut, die Frau des Juniorchefs zu treffen.

»Haben Sie Ihrem Mann einen Besuch abgestattet?«, fragte der Ältere nach der herzlichen Begrüßung.

Sie nickte. »Eigentlich hatte ich vor, in seiner Pause mit ihm zu picknicken, aber er hat keine Zeit und wollte auch nicht, dass ich ihm was dalasse. Schade um die leckeren Sachen. Er muss durcharbeiten – wegen der schlechten Lage zurzeit.«

Jakob Kröger nickte besorgt. »Ja, fünfzehn Jahre gibt es die Marzipan-Werke jetzt schon, aber eine derartige Krise haben wir noch nie erlebt. Man kann nur hoffen, dass bald eine Lösung für die Inflation gefunden wird, sonst wird man alles dichtmachen müssen.«

Auf diese Aussage hin wurde Dora erneut von schlechtem Gewissen gepackt. Was, wenn Johann weder untreu war noch spielsüchtig, sondern tatsächlich Tag und Nacht arbeitete, um das Marzipanimperium zu retten? Und vielleicht gab es in der Tat andere junge Frauen, die gerade in der jetzigen unsicheren Zeit neidisch auf ihre Verlobung gewesen waren und mit einer falschen Behauptung auf einem anonymen Zettel einen Keil zwischen sie treiben wollten.

So hatte die Finanzkrise für Dora zumindest ein Gutes: Sie wurde wieder zuversichtlicher, dass Johann die Wahrheit gesagt hatte – und es sich doch noch glücklich zwischen ihnen entwickeln könnte.

»Jeder muss den Gürtel enger schnallen«, bestätigte Armin. »Ich habe heute Abend zum Beispiel ein Rendezvous, aber mir wird nichts anderes übrigbleiben, als in meinem ramponierten alten Sonntagsanzug zu gehen. Kein Geld, den zum Schneider zu geben, geschweige denn, einen neuen zu kaufen.«

Dora wusste, wer ihm helfen konnte. »Meine Mutter ist Schneiderin. Sie würde Ihnen den Anzug umsonst richten, wenn ich sie darum bitte. Und sie ist auch schnell. Haben Sie beide denn schon gegessen?«

Vater und Sohn Kröger sahen einander an und schüttelten den Kopf.

»Wir wollten uns gerade irgendwo Mittagessen besorgen«, erklärte Armin.

»Hätten Sie denn Lust, das Picknick in unseren Süßwarenladen zu verlegen?«, bot Dora an. »Die Köchin der Herdens hat genug eingepackt, um ein ganzes Bataillon sattzukriegen. Während wir essen, könnte sich meine Mutter schon mal Ihren Anzug ansehen, wenn Sie ihn vorher holen.« Dann wandte sie sich an Armins Vater. »Und Ihnen kann ich dann endlich den Laden zeigen.«

***

Dr. Erich Degner lud Babette zum Mittagessen in das Restaurant *Im Alten Zolln* in der Mühlenstraße ein, wo er um einen abgeschiedenen und ruhigen Sitzplatz ersucht hatte. Auf dem Weg hierher hatte der Arzt seiner einstigen Geliebten erklärt, er wolle ein klärendes Gespräch mit ihr führen – und sich ausführlich entschuldigen.

»Ich habe mich dir gegenüber wie ein besitzergreifender Jüngling benommen, das war wirklich ungebührlich und gemein«, beschuldigte sich Erich selbst. »Du hast mir klargemacht, dass ich weniger geeignet für die offene Ehe bin, als ich gedacht habe.«

»Ich hätte ausgerechnet von dir wirklich nicht mit Vorwürfen gerechnet, wenn andere Männer mich verliebt anschauen.«

»Natürlich nicht«, sah er ein. »Ich habe mich ja auch als ach so frei und großmütig dargestellt, aber die Eifersucht … Ich ertrage es auch kaum, dass meine Frau gerade einen neuen Liebhaber hat.«

Babette beugte sich neugierig nach vorn. »Oh, wer ist es, darf ich das fragen?«

»Ein wesentlich jüngerer Industriellensohn«, antwortete er zerknirscht.

»Wie wäre es, wenn du deine Frau zurückeroberst?«, schlug sie ihm vor. »Ihr beide versucht, die Leidenschaft füreinander wieder neu zu entdecken?«

»Ich weiß nicht, ob das klappen könnte. Aber vielleicht …« Erich rieb sich nachdenklich das Kinn, dann sah er ihr wieder in die Augen. »Jetzt haben wir nur über mich gesprochen. Was passiert denn bei dir zurzeit so?«

»Ich möchte mich in Zukunft mehr den beruflichen Abenteuern widmen – und der Bildung«, betonte die

Händlerin. »Mein Traum wäre, Nationalökonomie zu studieren.«

Sie sah ihn erwartungsvoll an, doch sein Gesichtsausdruck blieb neutral.

»Du lachst mich nicht aus?«, vergewisserte sie sich.

»Wieso sollte ausgerechnet ich das tun?«, entgegnete er. »Meine Frau hat schließlich auch studiert. Und es wäre ein kolossaler Verlust, wenn sie keine Ärztin geworden wäre.«

»Das denke ich auch«, räumte Babette ein, »aber an weibliche Medizinstudenten hat man sich inzwischen ja gewöhnt, in der Nationalökonomie ist es doch etwas …«

»Ach was!«, unterbrach der Arzt sie. »Bernhard Harms ist ein guter Freund von mir – und ich weiß aus erster Hand, dass er überhaupt nichts gegen das Studium von Frauen hat.«

Bei der Erwähnung des bekannten Professors Harms war Babette wie elektrisiert.

»Er ist eine echte Koryphäe, hat 1908 den Lehrstuhl für Nationalökonomie an der Kieler Universität gegründet«, meinte Erich erklären zu müssen, doch das war unnötig.

»Ich weiß, wer Bernhard Harms ist«, rief Babette aufgewühlt. Der Wissenschaftler hatte kurz vor dem Krieg in Kiel das Institut für Weltwirtschaft gegründet und war später Rektor der Universität geworden. 1918 war sein Buch über die wirtschaftliche Verkehrsfreiheit in Friedenszeiten erschienen. »Wenn einer die Zukunft der Weltwirtschaft im Blick hat, dann ist es Harms.«

»Ja, er ist nett«, erwiderte der Internist lapidar. »Gertrud und ich besuchen ihn und seine Frau Dorothea öfter in Kiel. Sie haben eine zauberhafte zehnjährige Tochter namens Ruth, die beiden Söhne sind schon etwas älter.

Begleite uns doch einfach mal, dann lernst du Bernhard kennen.«

Babette konnte es immer noch nicht fassen, dass ihr einstiger Liebhaber diese Koryphäe kannte. »Das ist unglaublich!«

»Warum hast du denn nie erzählt, dass du Nationalökonomie studieren willst?«, fragte Erich und fügte augenzwinkernd hinzu: »Du weißt doch, dass ich Unglaubliches hinbekomme.«

»Das tust du, ja«, bestätigte sie lächelnd. »In jeder Hinsicht. Aber das ist vorbei.«

Wehmütig seufzend warf er einen Blick in die Speisekarte. »Ja, besser wir sind vernünftig.«

***

Die Maisonne schien in den Süßwarenladen Christoffersen, der wegen Mittagsruhe gerade geschlossen war. Dora saß mit Vater und Sohn Kröger an der Verkaufstheke, auf die sie eine Tischdecke gelegt hatte, und sie aßen gemeinsam aus dem Korb.

»Kompliment an die Köchin«, sagte Bildhauer Armin, während er sich Frau Lührs Eierpfannkuchen mit Apfelmus schmecken ließ.

»Das richte ich ihr gern aus«, sagte Dora lächelnd und sah zur Uhr. »Meine Mutter und Onkel Einar müssten jeden Augenblick hier sein, Tante Iny meinte, sie seien nur kurz bei Lord Heringstonn Fisch kaufen.«

Kröger senior tat sich an Kartoffelsalat und Würstchen gütlich. »Natürlich möchten wir Ihrer Frau Mama nicht zur Last fallen.«

»Das werden Sie nicht«, meinte Dora und deutete auf

Armins Anzug, den er noch flugs von zu Hause geholt und über den Stuhl gelegt hatte. »So schlimm sieht er ja nicht aus, ich denke, das bekommt sie recht schnell hin.«

»Ich würde gern eine Gegeneinladung aussprechen«, sagte Armin. »Möchten Sie morgen nicht mein Bildhauer-Atelier besuchen?«

»Sehr gern«, freute sich Dora.

In diesem Augenblick wurde der Laden aufgeschlossen, und Hedwig Hoyler kam mit ihrem Schwager Einar herein. Dora bemerkte, dass Fabrikleiter Jakob ihre Mutter bestürzt anstarrte. Kannte er sie etwa?

Doch das war nicht der Fall, wie sich zeigte, als sie alle einander vorstellte. Kröger senior war wohl einfach äußerst angetan von ihrer Mutter, die vor einer Woche ihren achtunddreißigsten Geburtstag gefeiert hatte. Auf die Frage, ob sie Armins Anzug richten könne, antwortete Hedwig fast in Doras Wortlaut: »Das ist nicht so schlimm, bekomme ich wohl recht schnell geflickt. Ich gehe kurz ins Hinterzimmer zur Nähmaschine.«

»Würde es Sie stören, wenn ich Ihnen Gesellschaft leiste?«, fragte Jakob Kröger. »Mich faszinieren solche Ausbesserungsarbeiten immer sehr.«

»Herr Kröger ist Fabrikleiter und kümmert sich um die Maschinen für die Marzipanherstellung«, erläuterte Dora ihrer Mutter.

»Das ist ja spannend. Davon müssen Sie mir mehr erzählen, nehmen Sie doch Ihren Teller ruhig mit.«

Einar Christoffersen und Armin Kröger musterten indes ihre jeweiligen Prothesen.

»Auch Verdun?«, erkundigte sich Einar knapp.

Armin schüttelte den Kopf. »Noyon.«

Kurz darauf vertrauten sich die beiden Männer die traurigen Geschichten ihrer Amputationen an, und Dora wunderte sich, dass sie dabei in aller Seelenruhe essen konnten.

»Die hatten kein Betäubungsmittel mehr, als die mich amputiert haben. Ich dachte, es kommt nur die durchschossene Hand ab, aber es musste der ganze Unterarm weg«, berichtete Einar, und es klang so nüchtern, als beschreibe er ein Sommergewitter.

»Morphium war bei uns auch schon lange aus«, erzählte Armin daraufhin. »Und die Sanitäter im Lazarett mussten ein Taschenmesser nehmen, um das Bein zu amputieren. Zum Glück wird man irgendwann ohnmächtig.«

Dora erschauderte, und ihr Onkel Einar kommentierte nun: »Früher sind die Schwerverwundeten meist sofort auf dem Schlachtfeld gestorben; und später gingen die Sieger übers Feld und murksten jeden ab, der noch geröchelt hat. Erst im Großen Krieg wurde dafür gesorgt, dass man auch das Schlimmste überleben konnte.«

»Allerdings«, bestätigte Armin. »Ich habe im Lazarett Männer gesehen, denen fehlte das halbe Gesicht, und sie lebten noch.«

Dora fiel wieder ein, wie ehrlich Johann ihr vor drei Monaten seine Kriegserlebnisse anvertraut hatte. Erneut beschloss sie, ihrem Mann endlich keine Lügen mehr zu unterstellen.

34

Als Dora nachmittags in das Marzipan-Schlösschen zurückkam, erfreute sie sich bester Laune. Ihrer Mutter war es zu Armins Begeisterung tatsächlich gelungen, dessen Anzug wieder wie neu aussehen zu lassen. Die verliebten Blicke, mit denen Kröger senior die Näherin bedacht hatte, waren Dora nicht entgangen. Wie von ihr erwartet, hatte die Mutter keine Entlohnung für die Ausbesserung verlangt. »Sie sind Bekannte meiner Tochter, da kommt das nicht infrage. Aber wenn Sie mir einen Gefallen tun wollen, empfehlen Sie mich doch in Ihrem Bekanntenkreis weiter.«

Zu Doras Erstaunen traf sie nun im Salon der Villa bereits auf ihren Ehemann, er war offensichtlich direkt nach seiner Besprechung nach Hause gefahren. Johann begrüßte sie wider Erwarten gut gelaunt mit einem Kuss, sie musste sich auch nicht dafür rechtfertigen, dass sie nach ihm eingetroffen war.

»Ich habe vor der Fabrik gerade noch den alten Kröger getroffen«, erklärte er. »Er hat mir erzählt, dass du seinem Sohn mit seinem kaputten Anzug geholfen hast. Die beiden sind völlig begeistert von dir, und da sind sie nicht die Einzigen.«

Dora lächelte geschmeichelt, und Johann fuhr fort: »Der Geschäftspartner, mit dem ich heute verhandelt habe, hat auch von dir geschwärmt. Er war im letzten Winter bei eurem Salon zugunsten des Kinderheims dabei. Alle lieben dein gutes Herz. Wir sind uns handelseinig geworden, und das wollen wir heute Abend bei einem Abendessen im Restaurant der Schiffergesellschaft feiern. Wir möchten beide, dass du uns begleitest.«

Dora freute sich, dass Johann sie nun sogar an seinem Geschäftsleben teilhaben ließ. Endlich schien es wieder aufwärtszugehen.

***

Abends um halb acht hielt das Taxi mit Dora und ihrem Mann vor dem Restaurant der Schiffergesellschaft, das sich gegenüber der Jakobikirche befand. Vor dem Eingang des Backsteingebäudes standen zwei von Schiffszeichnungen gekrönte Kalksteinsäulen – auf der von der Straße aus gesehen linken stand: *Allen zu gefallen*, während auf der rechten prangte: *ist unmöglich*.

Dora schmunzelte. Wollte das Schicksal ihr mit diesem Satz etwas sagen? Ihr Blick fiel auf die reich verzierte Klinkerfassade, an der eine goldene Wetterfahne mit einem Segelschiff als Motiv auf dem Giebel und ein Gemälde mit dem Adler von Lübeck prangten. Darüber verriet eine Tafel das Baujahr des einstigen Gildehauses: *Anno 1535*.

Das Innere wirkte gemütlich, aber ein wenig überladen. Die einander gegenüberstehenden Sitzreihen, die mit Wappendarstellungen verschiedener Schifffahrtskompanien verziert waren, erinnerten Dora an Kirchenbänke. Von der Decke baumelten zahlreiche Modelle alter Segelschiffe herab. An den holzvertäfelten Wänden hingen mehrere Gemälde mit Szenen aus der Bibel. In Wandvitrinen wurden verschiedene maritime Gegenstände zur Schau gestellt.

»Das da vorn ist das älteste vollständig erhaltene Kajak«, erzählte Johann und deutete auf ein verwittertes Paddelboot, »es stammt wohl von einer dänischen Grönlandexpedition vor über dreihundert Jahren.«

»Oh nein«, sagte Dora entsetzt, doch dieser Ausruf bezog sich nicht auf das Alter des Wasserfahrzeugs. Sie hatte an einem der langen Tische einen hochgewachsenen, dunkel gelockten Mann um die vierzig bemerkt, der ihnen zuwinkte. »Das ist ja Uwe Tiedemann.«

Sie erinnerte sich mit Schaudern an jenen Mann, der sich ihr beim Salon im Süßwarenladen so gockelhaft und schmierig aufgedrängt hatte!

Dora kam nicht mehr dazu, Johann davon zu erzählen, denn in diesem Augenblick hatte sich Tiedemann schon vom Tisch erhoben, um seinem jungen Geschäftspartner kurz die Hand zu schütteln und Dora mit Handkuss zu begrüßen. Eigentlich sollten sich bei dieser Geste Lippen und Hand ja nicht wirklich berühren, doch der Kaufmann presste seinen Mund feucht und gierig direkt auf ihre Haut, um Dora dann unverwandt mit seinen leuchtend blauen Augen anzustarren. Im Grunde war Uwe Tiedemann nicht hässlich, aber er hatte etwas derart Lüsternes an sich, dass sie für ihn nichts als Ekel empfand.

»Setzen Sie sich doch«, bot er an.

Dora kam seiner Aufforderung nur ungern nach, glücklicherweise nahm ihr Mann neben ihr Platz, und von Tiedemann trennte sie der Tisch.

Im Laufe des Abends sprachen die Herren über das Marzipangeschäft im Allgemeinen und sizilianische Mandeln im Besondern, und Johann versäumte es nicht, Doras Kunstfertigkeit beim Modellieren hervorzuheben, was Tiedemann zu der zweideutigen Bemerkung veranlasste: »Man sieht Ihren schönen Fingern an, dass Sie äußerst versiert damit umzugehen wissen.«

Und schließlich erfuhr sie, warum Johann heute so gut gelaunt aus dem Kontor gekommen war: In zähen Verhandlungen hatte er den Mandellieferanten überredet, seine Preise für die Herdens – als einzige der von ihm belieferten Firmen – vorerst nicht zu erhöhen.

»Letztlich sind Sie daran schuld, Madame«, behauptete Tiedemann, und es schien Dora, als reiße er ihr in Gedanken die Kleidung vom Leib. »Ich habe mich an Ihr gutes Herz den Waisenkindern gegenüber erinnert. Und da dachte ich, Uwe, dachte ich, sei du im Gegenzug großherzig gegenüber Johann Herdens junger Frau und rette ihre Firma vorm Ruin.«

»Das ist sehr … nett von Ihnen«, fühlte sich Dora gezwungen zu sagen.

»Ich gehe mal kurz mit dem Wirt sprechen«, kündigte Johann nach dem Dessert an und erhob sich.

Dora ahnte, dass er die Rechnung für alle übernehmen und nicht darüber mit seinem Geschäftspartner diskutieren wollte; sie hätte ihm jedoch am liebsten zugeflüstert: »Bleib bitte hier!«

Aber zu spät – ihr Angetrauter war schon unterwegs in Richtung Tresen.

Tiedemann starrte sie noch unverschämter an. »Wenn Sie sich für Kunst interessieren, sollten Sie unbedingt einmal in meinem Kontor am Traveufer vorbeikommen, ich habe eine ganz hübsche Sammlung von Bildern recht illustrer Maler beisammen.«

»Das freut mich für Sie«, sagte Dora zurückhaltend. Im

nächsten Moment fuhr sie jedoch empört auf, da er unter dem Tisch seine Hand auf ihr Knie gelegt hatte und darüberrieb.

Sie erhob sich ruckartig und entgegnete scharf: »Ich muss meinen Mann etwas fragen, bitte entschuldigen Sie mich kurz.«

Als sie bei Johann, der soeben tatsächlich die komplette Rechnung bezahlt hatte, angekommen war, zischte sie ihm zu: »Tiedemann hat mir ans Knie gefasst, er stiert mich schon den ganzen Abend an wie eine Schlange das Kaninchen. Und jetzt will er, dass ich ihn allein in seinem Büro besuche – angeblich, um mir seine Kunst zu zeigen.«

»Mach jetzt bitte so kurz vor Schluss keine Szene!«, knurrte ihr Mann ihr gereizt zu. »Reiß dich zusammen und sei ein bisschen nett zu ihm, ihr Frauen kriegt doch so was hin! Es geht immerhin um die Zukunft unserer Firma, verdammt.«

Dora versetzten seine Anweisungen einen Stich. Schweigend und bitter enttäuscht folgte sie ihrem Gatten zurück zum Tisch.

Die hündische Freundlichkeit, mit der Johann sich bei dem Mandelhändler für den »wunderbaren Abend« bedankte, obwohl er wusste, dass dieser soeben Dora – seine Frau! – angefasst hatte, verletzte sie zutiefst.

Auch, als Tiedemann beim Abschied viel zu lang und erneut viel zu feucht ihre rechte Hand küsste, ließ ihr Mann ihn unkommentiert gewähren.

»Wir werden uns wiedersehen«, sagte der Händler bestimmend und zwinkerte Dora zu. »Es wird gewiss euphorisch werden.«

***

Im Taxi herrschte angespanntes Schweigen. Erst als sie ausgestiegen waren, platzte ihrem Mann der Kragen: »Du kennst doch die derzeitige wirtschaftliche Lage. Dass Tiedemann den Preis für die Mandeln nicht erhöht, könnte uns die Haut retten.«

»Er hat den Abend doch offenbar in vollen Zügen genossen«, sagte sie spitz. »Hat er ja mehrfach betont.«

»Ja, weil du tapfer warst«, sagte Johann lächelnd.

Dora erwiderte seinen Blick nicht.

Sie gingen in Richtung des Marzipan-Schlösschens, und er nahm ihre Hand. Sie musste schwer an sich halten, sie nicht zurückzuziehen.

Als er später zu ihr ins Bett kroch und sie zärtlich auf die Schulter küsste, wusste sie, wonach ihm der Sinn stand. Sie stellte sich schlafend, bis er schließlich von ihr abließ und sich umdrehte.

So konnte es nicht weitergehen!

＊＊

Am nächsten Tag gab sich Dora trotzig und half im Süßwarenladen beim Verkauf aus.

»Hat dir Johann das nicht verboten?«, wunderte sich Babette.

»Ach, seit gestern Abend ist klar, dass sich für uns der Mandelpreis nicht erhöht«, erklärte ihre Cousine ungewohnt bitter. »Da es den Herden-Werken also wieder gut geht, wird auch kein Kunde denken, dass ich hier arbeite, um die Marzipanfabrik zu retten. Wahrscheinlich hätte das sowieso nie jemand unterstellt.«

»Kommst du nun heute Abend mit zu Tonios Geburtstagsfeier in der *Eule*?«, erkundigte sich Siggi.

»Auf jeden Fall.«

»Hat Johann es dir denn erlaubt?«, vergewisserte sich Babette.

»Noch nicht«, räumte Dora ein, winkte dann jedoch ab: »Ich werde aber in jedem Fall mitkommen, ich lasse mich nicht einsperren!«

In der Mittagspause besuchte Dora ihre Mutter, die an der Nähmaschine im Hinterzimmer arbeitete.

»Du hast die Krögers gestern ja richtig glücklich gemacht.«

»Die beiden sind wirklich sehr nett«, antwortete Hedwig. »Ich werde mich gleich mit dem Senior zum Mittagessen treffen.«

Dora sah sie verblüfft an, dann strahlte sie. »Mama, wie schön.«

»Nein, es ist nicht so eine Verabredung, wie du denkst«, stellte ihre Mutter verlegen klar und fügte ernst hinzu: »Wir werden uns über eine sehr wichtige Gemeinsamkeit unterhalten. Auch er wurde mit einem Kind sitzengelassen. Allerdings war Armin damals erst fünf. Auch Krögers Frau hat einiges an Geld mitgehen lassen.«

»Oh.« Bisher war sie davon ausgegangen, dass Jakob Kröger Witwer war. Wie konnte man einen so gutmütigen Mann nur verlassen?, fragte sich Dora. Warum mussten Liebesbeziehungen immer so furchtbar kompliziert sein?

***

Als Dora in das Schlösschen zurückkehrte, um sich für die Geburtstagsfeier in der *Eule* umzuziehen, fand sie zu ihrem Erstaunen das gesamte Schlafzimmer voller Vasen mit den schönsten Sommerblumen vor. Aber so rührend sie dieses Zeichen von Johann auch fand, es zeigte einmal mehr, dass er sie nicht sonderlich gut kannte. Sie mochte die Blütenpracht am liebsten im Garten und in der freien Natur. Sträuße in Zimmern bedeuteten für sie, Blumen beim Sterben zuzuschauen. Aber eine andere Frau hätte sich gewiss enorm über den Anblick des duftenden Farbenmeers gefreut.

Nun betrat Johann mit seinem charmantesten Lächeln das Zimmer, in der Hand einen kläglichen kleinen Blumenstrauß.

»Ich wollte mich eigentlich stilvoll bei dir für gestern Abend entschuldigen«, sagte er, »aber irgendein liebeskranker Trottel hat den ganzen Laden leergekauft.«

Nun musste Dora doch schmunzeln. Mit einem Kuss auf seine Wange durchbrach sie den Eispanzer um sie herum. »Süß von dir.«

»In einer Situation wie der gestern erwartet eine Frau, dass ihr Mann ohne Zögern für sie eintritt. Und wenn die ganze Firma den Bach runtergegangen wäre, ich hätte dich vor Tiedemann retten müssen wie der Ritter die Prinzessin vor dem bösen Drachen«, fuhr er fort, und es klang fast ein wenig auswendig gelernt. »Ich als Mann kann es mir ja nicht vorstellen, wie schlimm es für eine Frau ist, einem Hallodri wie Tiedemann ausgeliefert zu sein. Aber genau das ist als dein Gemahl meine Aufgabe: einfühlsam zu sein und dich zu beschützen. Ich werde dich diesbezüglich nicht mehr enttäuschen, das muss ich dir versprechen.«

Dora fiel auf, dass es gar nicht zu ihm passte, was er da gerade von sich gegeben hatte. In ihr keimte ein Verdacht auf: Hatte ihm die Sätze jemand anderes eingeflößt? Eine Frau vielleicht?

»Hast du heute Abend nochmal Lust, mit mir essen zu gehen?«, fragte Johann. »Nur wir zwei, versteht sich.«

»Das kann ich nicht«, erklärte sie. »Der Hotelkellner Antonio Martens feiert heute seinen Geburtstag, in der Kneipe *Zur Börse*. Ich möchte dort gern mit meiner Cousine hin. Immerhin hat Tonio mir alles über Tischetikette beigebracht – vor dem ersten Abendessen bei deinen Eltern.«

»Das hattest du erzählt, ja«, erinnerte Johann sich.

»Ich wünsche mir wirklich sehr, dass du es erlaubst«, sagte sie und bedachte ihn mit einem eindringlichen Blick, der ihm verdeutlichen sollte, dass dies wichtiger für sie war als ein Blumenmeer.

»Also gut«, sagte er schließlich. »Unter einer Bedingung!«

Sie befürchtete, er könne ein Schäferstündchen als Gegenleistung von ihr verlangen, nachdem sie ihm gestern Nacht ja die kalte Schulter gezeigt hatte. Doch auf ihren fragenden Blick hin sagte er: »Ich begleite dich.«

Sie wusste nicht, ob sie froh oder eher beunruhigt über diese Ankündigung sein sollte. Er bemerkte ihre zurückhaltende Reaktion und hakte argwöhnisch nach: »Oder würde ich dort stören?«

»Nein«, sagte sie rasch. »Ich frage mich nur, ob du etwas mit dem Schauspielervolk anfangen kannst? Nicht dass du dich den ganzen Abend langweilst.«

Insgeheim befürchtete sie auch, dass Johanns Art bei den Eulen vielleicht nicht sonderlich gut ankommen könnte. Außerdem hatte sie schon beobachtet, dass der Wirt Fritz Eulert die Angewohnheit hatte, Leute schlichtweg zu übersehen, wenn er meinte, jemand passe nicht in sein Lokal. Von einem solchen Gast nahm er dann einfach keine Notiz, mochte derjenige auch noch so lange auf seine Bestellung warten. Was, wenn Fritz auch den Erben des Herden-Imperiums als nicht passend für seine Kneipe erachtete, wo doch nicht mal sie selbst als seine Ehefrau sich dessen wirklich sicher war?

»Ach«, stieß Johann hervor. »Du weißt doch, jeder nach seiner Fasson.«

Bei der Vorstellung ihres Gatten in der Eule wich bei Dora die Vorfreude auf Tonios Geburtstagsfeier zunehmend ängstlicher Anspannung. Warum wurde sie das Gefühl nur nicht los, dass der Abend sich zur Katastrophe entwickeln könnte?

35

Babette und Siggi blickten einigermaßen entgeistert drein, als Dora um acht Uhr abends nicht wie verabredet allein, sondern mit ihrem Gatten vor dem Süßwarenladen Christoffersen aus dem Taxi stieg. Sie hatte die beiden noch vorwarnen wollen, aber keinen unbeobachteten Moment gefunden, um das Telefon zu benutzen.

»Ja, Johann hat sich entschieden, heute mal mitzukommen«, erklärte sie nach einer etwas steifen Begrüßung verlegen.

»Das haben wir schon gemerkt, so ein langer Lulatsch wie dein Gatte ist ja wirklich nicht zu übersehen«, entgegnete ihre Cousine.

Babette schien nicht die geringste Angst vor Johann zu haben, dachte Dora, die selbst besorgt in seine Richtung sah. Doch er ließ sich keine Verstimmung darüber anmerken, als »langer Lulatsch« bezeichnet zu werden.

»Tja, sollen wir?«, schlug Siggi vor.

Normalerweise hätten er, seine Adoptivschwester Babette und Dora unterwegs fröhlich miteinander geplappert, doch in Johanns Gegenwart waren sie alle ein wenig gehemmt.

»Schön hast du das Geschenk verpackt«, sagte schließlich Dora, die das Schweigen nicht länger ertrug.

»Wenn deine Mutter schon so eine hübsche Fliege näht, muss auch das Drumherum stimmen«, meinte Babette.

Dora hatte die Idee gehabt, Tonio eine Fliege aus besonders schönem Stoff zu schenken. So etwas kann ein Kellner doch immer gebrauchen, hatten sie sich gedacht.

»Und, Herr Herden, läuft alles glatt in den Marzipan-Werken?«, wagte nun auch Siggi, eine Plauderei in Gang zu bringen.

Doch Johanns knappe Antwort »Kann nicht klagen« erstickte den Versuch im Keim.

Dora war froh, dass die Gasse Enger Krambuden nur einen halben Kilometer vom Laden entfernt war und sie recht schnell vor der Kneipe ankamen.

Fiete, Hansi und »Zylindermann« Ernst warteten bereits am Stammtisch. Fritz Eulert hatte wohl wie immer mit Argusaugen darauf geachtet, dass er nicht von anderen Besuchern in Beschlag genommen wurde.

Dora machte sich sogleich daran, ihren Gatten vorzustellen. »Ihr Lieben, ihr dürftet meinen Mann ja noch von der Hochzeit kennen.«

»Er-kennen, kennen dauert noch was«, kommentierte Fiete ironisch, und Hofschauspieler Ernst Albert verneigte sich übertrieben. »Habe die Ehre.«

»Was trinkt ihr?«, erkundigte sich Johann.

»Ich eine Orangenlimonade«, sagte Dora hastig.

»Pastis für mich«, meinte Fiete, und Hansi fügte hinzu: »Den nehme ich auch.«

»Ich hätte gern ein Glas Kessler«, bestellte Babette, während sich Siggi für »ein Flens« entschied.

»Sie?«, hakte Johann zuletzt bei Ernst nach.

Der deutete auf sein halb volles Sektglas. »Ich hab noch, danke.«

Während Dora in vager Sorge zusah, wie ihr Mann sich

zu Eulerts Tresen begab, wandte sich Babette an sie: »Wie bist du denn auf die Schnapsidee gekommen?«

»Er wollte plötzlich mit«, zischte Dora. »Ich konnte ihn doch nicht abwimmeln.«

Wie von ihr befürchtet, wurde Johann von Fritz zunächst ignoriert und wirkte immer angesäuerter. Hastig erhob sie sich und eilte zur Theke.

Zum Glück war Johann in diesem Augenblick von drei hübschen jungen Frauen abgelenkt, die in die Pinte kamen. Dora wusste, dass dies die von Fiete angekündigten Kolleginnen aus dem Theaterensemble waren.

Sie packte den Wirt an der Schulter und raunte ihm ins Ohr: »Fiete, jetzt hör mir mal zu, das ist mein Ehemann. Hattest du mit deiner Frieda schon mal ein schlimmes Ehedrama?«

Der Kneipier nickte leidgeprüft. »Autsch, und wie!«

»Dann stell dir das zehnmal so schlimm vor«, zischte Dora. »Das erwartet mich, wenn du meinen Johann ewig warten lässt.«

Fritz blickte besorgt zwischen ihr und ihrem grimmig dreinblickenden Mann hin und her, der gerade zusah, wie die schönen Aktricen Platz nahmen.

»Mensch, Deern, in was hast du dich denn *da* reingeritten?«, sagte der Gastwirt mitleidsvoll und wandte sich dann mit übertriebener Höflichkeit an Johann: »Was darf's denn sein, Fremder?«

Kurz darauf half Dora ihrem Gatten beim Tragen der sechs Getränke.

»Was hattest du denn mit dem schwerhörigen Wirt zu bereden?«, fragte er sie auf dem Weg zum Stammtisch argwöhnisch.

»Ach, nur die Einzelheiten von Tonios Geburtstagsfeier«, behauptete Dora.

Wie aufs Stichwort brachte Taxifahrer Det nun das Geburtstagskind Tonio Martens herein. Die Freifahrt hierher und später nach Hause war Dets Geburtstagsgeschenk an den Kellner. Sogleich stimmten alle Gäste zusammen »Hoch soll er leben!« an.

Tonio errötete, und dann gratulierten ihm nacheinander der Wirt und alle Gäste. Dora bemerkte, dass sich Johann recht angetan von Fietes drei hübschen Kolleginnen zeigte, die Tonio liebevoll Küsschen gaben. Er flüsterte seiner Frau zu: »Na, und welcher von den vielen schmucken Damen hier gehört das Herz des Geburtstagskinds?«

»Also, na ja«, entgegnete Dora zögerlich. »Keiner.«

Sie wusste nicht so recht, ob sie ihrem eher altmodisch eingestellten Mann von Tonios Orientierung erzählen sollte, entschied dann aber, dass es wohl besser war, wenn er durch sie davon erfuhr. »Er ist in einen Mann verliebt.«

Johann hob eine Augenbraue. »Ach, so einer ist das«, meinte er schulterzuckend. »Na ja, wir hatten bei der Truppe auch zwei von der Sorte. Habe nie verstanden, wie man sich freiwillig für so ein grässliches Leben entscheiden kann...«

»Seit wann ist es eine Entscheidung, wen man liebt?«, erwiderte Dora.

In diesem Moment betrat ein dunkelhaariger Mittdreißiger mit Schnurrbart, der mit einem hübschen Anzug und schicken Lederschuhen bekleidet war, die Pinte.

»Bernadino!«, rief der Wirt begeistert.

»Fiete, altes Haus!«, erwiderte der Herr mit angenehmer Stimme.

»Leute, das ist Bernadino Settembrini aus Hamburg, Grossist für Nüsse, Mandeln und traumhafte Südfrüchte«, stellte Eulert seinen Gästen den Neuankömmling vor.

Seinem Blick nach zu urteilen schien Johann von dem Italiener angetan, was bei dessen Beruf ja auch kein Wunder war. Tatsächlich gesellte sich Doras Mann recht schnell zu dem Kaufmann, und bald waren die beiden am Tresen in ein angeregtes Gespräch vertieft.

»Na, nun hat dein Göttergatte wohl endlich einen Gesprächspartner gefunden, der ihm in den Kram passt«, meinte Fiete Krugel mit süffisantem Grinsen, nachdem sie sich ein Glas Sekt geholt hatte und zum Stammtisch zurückgekehrt war.

»Ja, Gott sei Dank«, entgegnete Dora erleichtert.

»Er und dieser Settembrini sind wohl in verschiedenen Logen, aber beide Freimaurer«, hatte die Schauspielerin mitbekommen.

»Freimaurer ...« Dora war der Begriff schon mal im Zusammenhang mit Mozart zu Ohren gekommen, sie wusste aber nicht mehr, was er bedeutete.

»Na, so eine Art Geheimbund«, erläuterte Fiete und prostete Tonio zu, der gerade zu ihnen an den Tisch kam.

Dora stellte einmal mehr fest, dass sie wirklich nicht sonderlich viel über ihren eigenen Ehemann zu wissen schien. Aber im Augenblick war ihr auch nur wichtig, dass er einen Gesprächspartner gefunden hatte, so konnte sie jedenfalls in Ruhe ein wenig mit dem Geburtstagskind plaudern.

»Wie war denn dein Rendezvous gestern, Tonio?«, erkundigte sie sich neugierig.

»Na ja«, erwiderte der Kellner vage.

»Nicht so schön?«, vermutete Dora ob seines Zögerns.

Er zuckte mit den Schultern. »Doch, schon. Mein Schwarm hat mir gestanden, dass er mich auch mag. Hätte an sich also ein wunderbares Geburtstagsgeschenk werden können.«

»Aber?«, hakte sie nach.

»Na ja, Armin ist Bildhauer. Und ich dachte, bei so viel Kunst, da hat er bestimmt eine freigeistige Familie«, berichtete Tonio.

»Moment mal«, unterbrach ihn Dora erstaunt, »dein Schwarm ist Armin Kröger?«

»Ah, du kennst ihn?«, schloss er aus ihrer Reaktion. »Er arbeitet ja auch für eure Marzipan-Werke, stimmt.«

»Ja«, bestätigte Dora, »er will mir morgen sein Atelier zeigen, und meine Mutter hat gestern seinen Anzug für euer Treffen auf Vordermann gebracht.«

»Ach, diese hilfsbereite und großzügige Näherin, von der er erzählt hat, ist deine Mutter? Na, Lübeck ist doch echt ein Dorf.«

»Und Armin hat Angst, seinem Vater zu erzählen, dass er dich mag?«, vergewisserte sich Dora.

»Ja, vor allem, weil die beiden so ein enges Verhältnis miteinander haben, seit seine Mutter verschwunden ist«, erzählte der Kellner resigniert. »Er sagt, er würde es nicht ertragen, wenn sein Vater mit ihm bräche. Da kann ich natürlich schlecht drängeln, auch wenn meine eigene Mutter natürlich längst Bescheid weiß.«

Dora fragte sich, wie offenherzig der alte Fabrikleiter Jakob Kröger wohl war. Er war zwar sehr nett, aber wenn der eigene Sprössling plötzlich offenbarte, vom anderen Ufer zu sein? Sie beschloss, Armin nach dessen Einschätzung zu fragen, wenn sie ihn morgen in seinem Atelier besuchte.

**

Gegen halb ein Uhr nachts saß Dora neben ihrem Gatten im Fond des Taxis, mit dem Det sie zum Marzipan-Schlösschen zurückfuhr. Johann hatte mit zufriedenem Lächeln den Arm um sie gelegt, und sie fand, dass er zum ersten Mal seit langer Zeit entspannt wirkte. Als er ihren Blick bemerkte, küsste er sie sanft auf die Wange.

»Danke für diesen schönen Abend, Schatz, es war richtig interessant und schön.«

»Das fand ich auch«, entgegnete sie und lehnte ihren Kopf an seine Schulter.

Als sie sich zwanzig Minuten später bettfertig gemacht hatte, kam er ins Schlafzimmer und kündigte an: »Ich bin gleich bei dir Schatz, ich will nur noch ein paar Zeilen an einen Geschäftsfreund schreiben.« Dann fügte er verschwörerisch hinzu: »Wir sind heute ganz allein in der Villa. Mein Vater übernachtet bei Bekannten in Flensburg, Natalie bei ihrer Mutter in Altona und Felix bei einem Kommilitonen in Kiel.«

Gewiss wollte er mit dieser Aussage klarstellen, dass sie sich gleich lieben würden. Davor hatte sie diesmal wesentlich weniger Angst als in der Hochzeitsnacht. Es würde nicht mehr bluten, und er hatte ja schon beim ersten Mal gezeigt, dass er von ihr keine Handlungen erwartete.

Als er nach einer Viertelstunde mit sehnsüchtigem Lächeln und nur mit seiner langen Unterhose bekleidet hereinkam, dachte Dora einmal mehr, dass sein stählern wirkender Körper andere Frauen gewiss sehr betört hätte. Sie selbst nahm seine ansehnliche Statur zwar durchaus wahr, geriet aber weiterhin nicht darüber in Verzückung. Tatsächlich dachte sie sogleich an etwas anderes, als sich mit ihm zu vereinen.

»Schatz, mir ist heute aufgefallen, dass ich noch so wenig über dich weiß, ich würde dich gern viel besser kennenlernen.«

»Das freut mich«, sagte er, während er sich zu ihr aufs Bett legte und verführerisch ihren Hals küsste. »Was möchtest du wissen?«

»Irgendwann mehr über die Freimaurerloge. Aber heute würde mich zuerst interessieren, was aus deiner leiblichen Mutter geworden ist.«

Er kniff zunächst kurz unwillig die Augen zusammen, antwortete dann aber doch: »Sie ist im Sommer 1900 ertrunken. Ich war damals gerade erst drei geworden und Felix noch nicht mal ein Jahr alt. Mein Vater ist mit ihr zum Strand von Travemünde gefahren. Sie hat die Warnung missachtet, dass man nicht schwimmen soll, wenn sich auf der Ostsee Schaumkronen bilden. Eine Unterströmung muss sie erfasst und ins Meer hinausgezogen haben.«

Endlich wurde ihr klar, warum Johann bei ihrer ersten Begegnung am Strand von Travemünde beim Thema gefährliche Strömungen plötzlich so ernst geworden war. Sie hatte ihn also dort kennengelernt, wo einundzwanzig Jahre zuvor seine leibliche Mutter gestorben war.

»Das tut mir leid«, sagte sie leise. »Siggis Vater ist auch so gestorben, Silvester 1904 bei der schlimmen Überschwemmung, schrecklich.«

»Na ja, viele sagen, dass Ertrinken ein furchtbarer Tod ist, aber ich bin mir nicht sicher, ob das wirklich stimmt«, meinte Johann. »Ich wäre in Frankreich selbst beinah ertrunken. In einem See dort war ich mit den Kameraden schwimmen. Dann bekam ich einen Krampf, wurde immer schwächer, ging unter und merkte, es geht zu Ende, aber ich wurde irgendwann ganz ruhig trotz dieser Erkenntnis, es war mehr ein ganz sanftes Hinübergleiten in die andere Welt. Ich dachte sogar: Jetzt siehst du endlich deine Mutter wieder. Schmerzen hatte ich keine. In letzter Minute haben mich dann die Kameraden rausgefischt und wiederbelebt. Als die Welschen mich später im Krieg angeschossen haben, war das wesentlich schlimmer, glaub mir.«

»Hast du denn Erinnerungen an deine Mutter?«, hakte sie nach.

»Nur sehr verschwommene. Und ich weiß auch nicht, ob das wirklich Erinnerungen an sie oder an unser Kindermädchen sind«, räumte er ein. »Ich habe aber natürlich Fotografien gesehen. Und ich weiß aus Erzählungen, dass sie ein sehr lebensfroher Mensch war und gern gelacht hat.« Er sah sie wieder an. »Sie würde sich bestimmt für mich freuen, dass ich mit meiner schönen jungen Frau allein im Haus bin und das Leben genießen kann.«

Damit war für ihn das Thema erledigt, und er hatte ja schon vor diesen traurigen Geschichten aus der Vergangenheit klargemacht, wonach ihm hier und jetzt der Sinn stand.

***

Nach dem körperlichen Akt verspürte Dora erneut das Bedürfnis, sich besonders gründlich zu waschen, und begab sich ins Badezimmer. Als sie zurückkehrte, schlief Johann bereits tief und fest, sie selbst war innerlich aber noch viel zu aufgewühlt. Die Geburtstagsfeier, in die sie ihren Mann irgendwie hatte einbinden müssen, der Bericht über den Tod seiner leiblichen Mutter, all dies beschäftigte Dora noch sehr. Ruhelos wie ein Tier im Käfig lief sie in Johanns Arbeitszimmer auf und ab, das sich neben dem Schlafgemach befand. Irgendwann fiel ihr Blick auf den Sekretär und die darauf befindlichen Schreibutensilien. Um auf andere Gedanken zu kommen, beschloss sie, ihrer einstigen Arbeitgeberin Hulda Bernstein einige Zeilen zu schreiben, mit der sie noch in regem Briefkontakt stand. Sie wollte gerade nach Federhalter und Papier greifen, da stieß sie auf Johanns letztes Schreiben, auf dem noch ein Löschblatt lag. Es war so verschoben, dass man seine Unterschrift erkennen konnte:

wie immer mit Leib und Seele
der Deinige J. H.

Dora wurde von Übelkeit erfasst. Mit zitternden Fingern nahm sie das Löschpapier hoch und ließ ihren Blick voller dunkler Vorahnungen über die gesamte Nachricht schweifen:

Mein lieber Schatz, Deine einfühlsamen Worte über das Seelenleben der Frauen haben geholfen. D. hat mir verziehen und mich zu ihren Freunden in die Schauspielerkaschemme mitgenommen. Bei der Gelegenheit habe ich nun wider Erwarten vielleicht auch die Lösung für das andere große Problem gefunden, lass Dich überraschen. Ich kann es kaum erwarten, mich bei Dir zu bedanken –
wie immer mit Leib und Seele
der Deinige J. H.

Doras Finger zitterten, und sie schluchzte auf. Nun gab es also keinen Zweifel mehr: Johann betrog sie!

36

Am nächsten Morgen fühlte sich Dora wie gerädert. Sie war in der Nacht noch lang erschüttert in Johanns Arbeitszimmer geblieben, ihre Gedanken hatten sich überschlagen. Sollte sie ihn wecken und sofort mit der Nachricht an seine Geliebte konfrontieren oder bis morgen damit warten? Sollte sie ihn augenblicklich verlassen und im Hinterzimmer des Süßwarenladens schlafen? Schließlich war sie zu der Entscheidung gekommen, gar nichts zu tun, bevor sie mit Babette und Siggi über die Situation sprechen konnte.

Sie hatte sich schließlich neben ihren Mann an den Rand des Ehebetts gelegt und morgens, als er aufwachte, schlafend gestellt. Sie brauchte einfach Zeit, um zu wissen, was sie tun sollte.

Um zwölf Uhr war sie mit Armin Kröger in dessen Atelier verabredet, eine willkommene Abwechslung von ihren Sorgen; vorher wollte sie jedoch unbedingt in den Süßwarenladen – zu den Menschen, denen sie vertraute.

Als sie dort ankam, herrschte wie so oft am Freitagvormittag Hochbetrieb. Babette winkte ihrer Cousine zwischen den zahlreichen Kunden hilflos zu und zuckte entschuldigend mit den Schultern.

Siggi kam durch die Tür vom Treppenhaus, offenbar hatte er schon ausgeschlafen. »Mensch Dora, du guckst aber traurig«, flüsterte er ihr zu. »Ist etwas Schlimmes passiert?«

In diesem Augenblick klingelte im Hinterzimmer das Telefon.

»Siggi, gehst du bitte?«, rief Babette, die gerade einer Kundin Pralinen einpackte. »Hedwig ist Stoff kaufen.«

Als Siggi kurz darauf zurück in den Laden kam, bemerkte Dora sofort, dass der Anruf ihn sehr aufgewühlt hatte. »Das war Oberschwester Martha. Sie und Lilo haben beim Aufräumen meine Geburtsurkunde gefunden. Die war ja jahrelang verschollen. Ich muss da gleich hin. Was wolltest du uns erzählen?«

»Das hat Zeit bis später, jetzt geh dir erstmal dein Dokument holen«, sagte Dora abwinkend. Siggi hatte so lange darauf gewartet, warum sollte sie ihn jetzt mit ihren Eheproblemen belasten?

»In Ordnung«, sagte er und machte sich auf den Weg.

Kurz darauf waren auch alle Kunden gegangen, und es herrschte Ruhe im Geschäft.

»So, schnell, sag, was los ist!«, drängte Babette ihre Cousine. »Hat sich Johann über die Leute in der *Eule* beschwert?«

Dora schüttelte den Kopf. »Das nicht. Er fand den Abend wider Erwarten schön, besonders mit diesem Settembrini hat er sich gut unterhalten. Er war auch nett zu mir, aber dann habe ich nachts eine kurze Nachricht in seinem Sekretär gefunden. Stell dir vor, er betrügt mich tatsächlich.«

Babette fiel aus allen Wolken. »Was? Das kann nicht wahr sein.«

»Doch. Er hat diese Person mit ›lieber Schatz‹ angeredet und ihr geschrieben, dass eine gewisse ›D Punkt‹, also ich, ihm verziehen habe«, fuhr Dora mit ihrem traurigen Bericht fort. »Wer immer diese andere ist, sie ist nicht nur seine Geliebte, sondern weiß auch über jede Einzelheit unserer Ehe Bescheid.«

»Es muss demnach eine Frau sein, die er fast täglich sehen kann«, schloss Babette aus ihren Aussagen. »Und du sagtest ja, dass er oft bis spät in die Nacht im Büro bleibt. Ich vermute, die Nebenbuhlerin ist in der Belegschaft der Fabrik zu finden.«

In diesem Augenblick betrat ein beleibter Kunde das Geschäft, und Babette flüsterte ihrer Base zu: »Wir können ja gleich in der Mittagspause weitersprechen.«

»Da bin ich in Armins Atelier eingeladen«, erklärte Dora mit gesenkter Stimme. »Bei der Gelegenheit kann ich ihn auch fragen, welche Frauenzimmer in den Marzipan-Werken viel Zeit mit Johann verbringen – Armin arbeitet dort ja als Formschneider. Ich komme dann nach Ladenschluss wieder hier vorbei, vielleicht weiß ich bis dahin schon mehr.«

***

Das Atelier, in das Armin Kröger Dora eingeladen hatte, befand sich in einer ehemaligen Metzgerei, man konnte dem jungen Bildhauer daher durch das Schaufenster bei der Arbeit zusehen, doch das schien ihn nicht zu stören. Es gab Tiere aus Ton und aus Bronze, die unterschiedliche Naturtreue aufwiesen, aber auch fertige oder nur halbvollendete abstrakte Gemälde mit Pflanzen und Tieren darauf. Auf einem Tisch stand eine Fruchtschale, die wohl als Vorlage für ein bisher unvollendetes Stillleben auf einer Staffelei daneben diente. Dora konnte bei den verschiedenartigen Werken keinen eindeutigen Stil ausmachen.

»Die Bilder sind nicht von mir«, erklärte ihr Kröger junior. »Sie stammen von Ervin Bossányi, das ist ein angesehener ungarischer Maler und Kunsthandwerker. Ihm gehört das Atelier hier, ich könnte mir das gar nicht leisten. Er kommt sehr viel in der Welt herum und ist oft nicht in der Stadt. Deshalb lässt er mich hier arbeiten, bis ich mir irgendwann was Eigenes leisten kann. Von ihm ist auch die Statue da drüben.«

»Aber der Rest stammt von Ihnen?«, vergewisserte sich Dora.

Armin nickte.

»Ich mag Ihren Stil mehr«, erklärte sie. »Mir liegt wohl eher das Lebensnahe.«

»Wollen wir nicht du sagen?«, fragte Armin. »Ich bin ja ein gutes halbes Jahrzehnt älter als Sie, also darf ich das zumindest vorschlagen. Aber andererseits sind Sie die Frau meines Auftraggebers. Entscheide du … äh … entscheiden Sie!«

»Gern. Nenn mich Dora! Johann wird ganz gewiss nicht verhindern, dass wir beide uns mit Vornamen ansprechen«, sagte sie bitter.

»Bist du böse auf deinen Mann?«, fragte Armin vorsichtig.

»Weißt du, ob es in den Marzipan-Werken eine Frau gibt, die besonders eng mit Johann zusammenarbeitet?«, antwortete Dora mit einer Gegenfrage.

Armin überlegte kurz. »Na ja, sein Vater hat noch im Herbst Fräulein Holm eingestellt. Das ist eine sehr fleißige Schreibkraft, die Enkelin von Hubert Herdens erster Büroleiterin. Die ist auch bereit, bis spät in den Abend zu arbeiten.«

Dora schluckte. Konnte es sein, dass sie die heimliche Liebschaft ihres Mannes so schnell aufgedeckt hatte?

Armin schien ihre Gedanken zu erraten und gab zu bedenken: »Ingeborg Holm ist allerdings erst fünfzehn Jahre alt.«

Diese Tatsache konnte Doras Verdacht nicht entkräften, im Gegenteil. Wenn Johann sich in ein Mädchen verliebt hatte, hatte er sie dann vielleicht nur zum Schein geheiratet? Seine Familie und die Gesellschaft Lübecks hätten ein halbes Kind an seiner Seite wohl nicht akzeptiert, und mit Dora als Gattin blieb der Schein nach außen gewahrt. Aber andererseits: Passte das zu dem Brief, den sie gefunden hatte? Wäre eine Fünfzehnjährige in der Lage, kluge Ratschläge für die Rettung der Ehe zu geben? Sie beschloss, es baldmöglichst mit Babette zu besprechen, und wandte sich wieder Armin zu.

»Ich soll dich übrigens von Tonio grüßen.«

Der Bildhauer sah sie erstaunt an und errötete unversehens. »Du kennst ihn?«

»Ja, er ist derjenige, der meine Hochzeit überhaupt erst möglich gemacht hat«, entgegnete sie lächelnd. »Tonio brachte mir nämlich bei, wie man sich in der feinen Gesellschaft zu Tisch verhält.«

»Ja, mit so etwas kennt er sich aus.«

»Und gestern haben wir in der *Eule* seinen Geburtstag gefeiert«, fügte Dora hinzu. »Schade, dass du nicht dabei warst.«

»Ihm wäre das auch sehr recht gewesen«, gab Armin zu. »Aber ich muss für mich erst einige Dinge klären.«

Sie entschied sich, mit offenen Karten zu spielen und sagte rundheraus: »Du machst dir Sorgen, wie dein Vater reagiert, wenn du zu deinen Gefühlen für Tonio stehst.«

Armin nickte ernst. »Die Bibel gibt ihm seit Mutters Verschwinden doch so viel Halt. Und darin steht eben, dass zwei sich liebende Männer Gott ein Gräuel sind.«

»Na ja, in der Bibel steht auch, dass man seine Schwester in die Sklaverei verkaufen darf und dass, wer sonnabends arbeitet oder Schalentiere isst, hingerichtet werden muss«, erwiderte Dora. »Ich habe ausgerechnet von einem Bauern und Feuerwehrmann alles über Bücher gelernt. Und der sagte zu mir, dass man die Bibel nicht für bare Münze nehmen sollte oder als Gesetz. Dann würde man ja Regeln anwenden wollen, die für ein Hirtenvolk vor zweitausend Jahren erstellt wurden.«

»Wie soll man die Bibel denn seiner Meinung nach lesen?«, fragte Armin neugierig.

»Als Buch mit Geschichten darüber, wie wichtig wir Menschen Gott sind«, antwortete Dora. »Er verbietet bestimmt keine Liebe.«

Armin sah sie fasziniert an. »So habe ich das noch nie gesehen.« Er deutete auf einen großen Klumpen Ton, der auf dem Tisch neben der Fruchtschale lag. »Würdest du mir den Gefallen tun und daraus etwas formen, was deine jetzige Gefühlslage widerspiegelt?«

***

Vater: Karl Jürgensen, geboren am 7. Mai 1882, wohnhaft Hafenstr. 20 b.

Dort stand es schwarz auf weiß. Alles, was Siggis leibliche Mutter ihm erzählt hatte, entsprach also der Wahrheit. Er stand mit seiner Geburtsurkunde im Büro des Kinderheims neben Oberschwester Martha. Und obwohl er ja gewusst hatte, was er darin lesen würde, war er gerührt.

»Sie war falsch eingeordnet in einer Mappe mit alten Bestelllisten«, erklärte Martha. »Schwester Lilo hat sie ganz zufällig beim Aufräumen entdeckt.« Die Oberin streichelte seine Wange. »Schön, dass es nach all den Jahren nun endlich Gewissheit für dich gibt. Pastor Jannasch hat auch das Grab deines Vaters gefunden. Es existiert sogar nach über siebzehn Jahren noch. Hier hat er dir aufgeschrieben, wo du es findest.« Sie reichte ihm einen Zettel.

»Danke«, sagte Siggi und ließ sich von der Oberschwester aus dem Büro führen.

Sein Blick glitt zum großen Aufenthaltsraum: An der langen Tischreihe vor den drei geöffneten hohen Fenstern saßen sich zwei Jungs in ihrer graublauen Uniform auf den Sitzbänken gegenüber und spielten konzentriert Schach, bei ihnen hielten sich zwei jüngere Knaben auf, die ihnen gebannt zusahen. Ganz am Ende des Tisches hockte eine Deern mit blondem Haarknoten neben einer weiß-blauen Porzellanvase voller Sommerblumen und las in einem vor ihr liegenden Buch. Ihr gegenüber saß ein weiteres Mädchen, in ihre Strickerei vertieft.

Vier weitere Kinder brüteten über ihren Schulaufgaben. Von draußen fiel das Licht der Mittagssonne herein und tauchte die stille Szenerie in goldene Farbtöne.

Siggi versuchte, sich das vertraute Bild ins Gedächtnis einzubrennen. So friedlich wollte er das Heim zukünftig in Erinnerung behalten. Er verabschiedete sich von Oberschwester Martha und trat hinaus ins Licht, den Beleg seiner Herkunft in Händen.

***

Eine Frau, die ihr Gesicht in den Händen vergrub, Ring- und Mittelfinger ihrer rechten waren jedoch so weit auseinander, dass sie mit einem Auge angstvoll hinausblinzeln konnte. Dora Herden war selbst erstaunt, was aus dem Tonklumpen geworden war, nachdem sie ihn fast eine Stunde lang mit ihren Fingern bearbeitet hatte. Friedlich und ganz versunken hatte sie Ton entfernt, den Rest glattgestrichen und geritzt, während Armin an einem großen Stück Holz geschnitzt hatte.

»Das hat so viel Ausdruck«, sagte der Bildhauer anerkennend, als er ihr Werk betrachtete.

»Darf ich nochmal herkommen?«, bat Dora, der die friedliche Stimmung des Ateliers sehr gutgetan hatte.

»Jederzeit«, versicherte Armin. »Und danke für das, was du mir über die Bibel erzählt hast.«

»Vielleicht hilft es dir ja, ohne schlechtes Gewissen die passenden Worte bei Tonio zu finden.«

»Oh, ich weiß schon genau, was ich ihm sagen werde«, versicherte Armin, während er Dora zum Abschied umarmte: »Ich liebe dich auch.«

»Wunderbare Idee«, freute sich Dora.

Ehe sie recht wusste, was geschah, bemerkte sie, dass ihr Mann Johann von der Ateliertür aus auf sie zukam, sein Gesicht eine hassverzerrte Fratze.

Er packte den völlig überrumpelten Bildhauer am Kragen, stieß ihn brutal an die Wand und begann, ihn zu würgen. »Nimm deine dreckigen Pfoten von meiner Frau!«

»Lass ihn los, Johann!«, schrie Dora entsetzt, die bemerkte, dass Armin, obwohl als Bildhauer selbst nicht gerade schwach, keine Chance gegen ihren rasend eifersüchtigen Ehemann hatte. Dora rannte zu den Kämpfenden, wollte ihren Mann am Arm packen, doch er stieß sie so grob zur Seite, dass sie hinfiel und hart auf dem Boden aufschlug. Im Gesicht Armins, den Johann weiterhin gnadenlos würgte, spiegelte sich verzweifelte Todesangst.

37

Plötzlich tauchte eine kleine Frau mit kurzen Haaren hinter Johann auf und reagierte äußerst flink: Sie stieß ihre Kniespitzen mit Vehemenz in seine Kniekehlen. Daraufhin sackte er leicht in sich zusammen und ließ vor Schreck von Armins Hals ab, der sofort zur Seite stolperte und nach Luft schnappte.

Johann fuhr zornig herum, da trat ihm die Frau, in der Dora inzwischen Anna Magdalena Kleinert erkannt hatte, auch schon zwischen die Beine. Er krümmte sich keuchend, und die Detektivin beförderte ihn mit einem für ihre geringe Körpergröße unerwartet starken Stoß zu Boden.

In diesem Augenblick betrat auch Fabrikleiter Jakob Kröger das Atelier und rief: »Was ist denn hier los?«

»Ihr Herr Sohn küsst meine Frau ab und sagt, er liebt sie«, brüllte Johann, der nun, am Boden liegend, nicht mehr so bedrohlich wirkte wie zuvor.

»Herr Kröger, mein Armin hat bei Ihrer Dora ganz gewiss keine unlauteren Absichten, das ist schlechterdings gar nicht möglich«, sagte der Fabrikleiter im Brustton der Überzeugung, »dafür lege ich meine Hand ins Feuer.«

Schließlich rappelte sich Johann auf und stapfte zur Erleichterung aller aus dem Atelier, ohne seine Frau noch eines Blickes zu würdigen.

Jakob Kröger war inzwischen besorgt zu seinem Sohn geeilt. »Alles in Ordnung mit dir, Junge?«

»Ja, schon gut«, winkte Armin ab. »Was hatte der überhaupt hier zu suchen?«

»Das war meine Schuld«, gab sein Vater zu. »Ich habe den Juniorchef vorhin auf dem Fabrikhof getroffen und erzählt, dass ich bei euch im Atelier vorbeischaue. Und ich Idiot sag noch zu ihm: ›Kommen Sie doch einfach mit und überraschen Sie Ihre Frau!‹ Kann ich ahnen, dass ihr euch gerade umarmt, als wir beim Schaufenster ankommen – und er darüber so sehr in Rage gerät?«

»Dem war dermaßen das Hirn ausgeknipst, ich glaube, er war kurz wieder im Krieg«, nahm Armin zu Doras Erstaunen Johann auch noch in Schutz. »Ich habe das bei einigen Kameraden später beobachten können, die sind beim kleinsten Anlass in Raserei verfallen.«

»Haben *Sie* sich bei Ihrem Sturz denn wehgetan?«, wandte sich Detektivin Kleinert an Dora.

»Nein, schon gut«, versicherte Dora und erkundigte sich argwöhnisch: »Und Sie waren zufällig in der Nähe?«

»Ja, ich wollte gerade zur Bank«, behauptete Anna Magdalena Kleinert. »Unterwegs schau ich immer ganz gern durch die Schaufensterscheibe, was hier drinnen Schönes entsteht. Na ja, heute war der Anblick dann ja leider weniger schön. Und da hier ein Kriegsversehrter attackiert wurde, habe ich mir gedacht: Marlene, da greifst du wohl mal besser ein.«

Doch Dora erschien dieser Zufall etwas zu groß. *Ich glaube, ich habe ein Hühnchen mit Siggi zu rupfen*, dachte sie.

***

»Ja, gut, ich gebe es zu: Ich habe Marlene auf Johann angesetzt«, rief Siggi resigniert, als er sich wenig später mit seiner Adoptivschwester und Dora in die Backstube zurückgezogen hatte. »Gegen deinen Willen. Ich habe mir einfach zu große Sorgen gemacht.«

»Na ja, jetzt hat sie uns ja auch sehr geholfen«, räumte Dora kleinlaut ein. »Nur wird sie Johann in Zukunft wohl nicht mehr unentdeckt beschatten können. Er erkennt sie ja sofort.«

Siggi hasste es, seiner Adoptivcousine wehzutun, deshalb berichtete er eher zögerlich: »Also, einen ersten Beleg für seine Untreue hat sie auch schon gefunden.«

»Eigentlich ist es der zweite«, korrigierte ihn Babette. »Es gibt ja auch schon diesen Brief an die Unbekannte.«

»Was hat Frau Kleinert denn herausgefunden?«, fragte Dora aufgeregt.

»Johann ist kürzlich in Hamburg mit einer Frau im Hotel abgestiegen. Angeblich seiner Gattin!«, gab Siggi die Information aus Marlenes Zwischenbericht weiter.

»Da will wohl einer den Kuppeleiparagrafen umgehen«, kommentierte Babette zynisch.

Dora war den Tränen nah. »Warum hat er mich denn geheiratet, wenn er eine andere liebt?«

»Falls es wirklich diese unmündige Schreibkraft war, ist eure Ehe sein Alibi«, mutmaßte ihre Cousine.

»Ich will keine einzige Nacht mehr das Bett mit ihm teilen müssen«, brachte Dora hervor, und ihre Stimme versagte beinahe.

»Das wäre auch viel zu riskant«, betonte Babette. »Selbst wenn Armin richtiglag und Johann ihn gewürgt hat, weil er plötzlich dachte, er sei wieder im Krieg – auf jeden Fall wissen wir nun, dass dein Mann gefährlich ist!«

»Dann komm zurück zu uns, Dora!«, bat Siggi eindringlich. »Ich stelle mir eine Liege hier herein, und du schläfst in meiner Kammer. An mir kommt er nicht vorbei, der Johann.«

Dora nickte beklommen, das alles fühlte sich gar nicht mehr wie ihr Leben an. »Gut, dann hole ich jetzt die wichtigsten Sachen aus dem Schloss, so früh am Nachmittag könnte ich Glück haben, vielleicht ist er noch im Kontor.«

In diesem Augenblick wurde die Backstubentür aufgerissen – und alle drei zuckten erschrocken zusammen, atmeten aber erleichtert auf, als sie feststellten, dass es sich nur um Iny handelte, die gerade den Laden allein hütete.

»Siggi, da möchte dich Frau Andresen sprechen«, sagte sie mit ängstlichem Gesichtsausdruck. Jedes Mal, wenn die leibliche Mutter ihres Adoptivsohnes auftauchte, war sie sehr beunruhigt.

»Ist Tante Hedwig da?«, erkundigte sich Siggi.

»Nein, sie ist mal wieder mit Einar bei Lord Heringstonn Fisch kaufen«, erklärte Iny.

Siggi nickte. »Gut, dann geh ich mit ... Frau Andresen ins Büro.«

»Mutter, schau mal, was sie im Kinderheim wiedergefunden haben«, präsentierte Siggi kurz darauf seine Geburtsurkunde. »Sie war jahrelang verschollen.«

»Wie schön ...«, sagte Charlotte Andresen, aber es klang, als sei sie in Gedanken ganz woanders.

»Was ist mit dir, ist etwas passiert?«, fragte er.

Sie nickte. »Ich habe Georg erzählt, bei einer entfernten Bekannten sei der tot geglaubte uneheliche Sohn aufgetaucht«, berichtete sie mit belegter Stimme. »Einfach, um seine Reaktion zu erfahren. Sein Kommentar war, dass er vollstes Verständnis habe, wenn der Ehemann dann seine

Frau in die Wüste schicke. Er selbst würde so einen Vertrauensbruch nie akzeptieren.«

Siggis Magen brannte. Das klang nicht gut. »Das heißt … dass wir uns nicht mehr sehen können?«

Sie nickte und sah ihn flehend an. »Vorerst. Ich brauch einfach noch ein wenig Zeit.«

»Natürlich, verstehe«, sagte Siggi mit gesenktem Blick. »I-ich muss dann jetzt wieder in die Backstube.«

Dass er stammelte, hatte nichts mit seinem üblichen Stottern zu tun, sondern mit der Tatsache, dass er mit den Tränen kämpfte. Dabei verstand der erwachsene Teil von ihm die Vorsicht seiner leiblichen Mutter nur zu gut, und doch klagte eine kindliche Stimme in ihm: *Sie lässt dich zum zweiten Mal im Stich.*

***

Obwohl Stubenmädchen Lucie ihr versichert hatte, sie habe Johann heute Nachmittag noch nicht im Schlösschen gesehen, schlich sich Dora vorsichtig ins eheliche Schlafzimmer. Sie öffnete den Schrank und nahm nur das Kleid heraus, das ihre Mutter ihr im Winter für die Silvesterfeier genäht hatte. Die zahlreichen Geschenke von Johann und ihrer Schwiegermutter würde sie hierlassen.

»Verreist du?«

Als Johanns eiskalte Stimme plötzlich vom Rokoko-Stuhl hinter der Tür ertönte, schrie Dora vor Schreck auf.

»Um Gottes willen«, keuchte sie.

»Du hast aber nicht vor, mich zu verlassen?«, fragte er mit demselben drohenden Tonfall wie vorhin im Atelier. Nur dass sie jetzt allein waren und er sich erhob, um den Weg zur Tür zu versperren.

»Hast du denn vor, mich weiterhin mit deinem ›Schatz‹ zu betrügen?«, konterte sie erstaunlich kühl.

»Was redest du da für einen Unfug?«, fragte er.

»*Mein lieber Schatz, Deine einfühlsamen Worte über das Seelenleben der Frauen haben geholfen. D Punkt hat mir verziehen und mich zu ihren Freunden in die Schauspielerkaschemme mitgenommen …*«, zitierte sie seinen Brief an die Unbekannte, ohne auch nur eine Silbe zu vergessen. Sie hatte den Brief zwar nicht eingesteckt, aber er hatte sich ihr in der schlaflosen gestrigen Nacht auch so eingeprägt.

»Du spionierst mir nach?«, fragte Johann Herden fassungslos. Er sprach leicht verwaschen, und sie merkte, dass er angetrunken war.

»Ach, ist es jetzt ein Vertrauensbruch, wenn ich mir ein Blatt Papier holen will?«, fauchte sie, nun ihrerseits wütend. »Hätte ich vorher damit rechnen müssen, geheime Liebesbriefe zu finden und mich deshalb vom Sekretär fernhalten? Ist das der Vorwurf – an *mich*?«

»Verdient hättest du es in der Tat, dass man fremdgeht«, sagte er mit bebender Stimme. »Wann immer ich dich beglücken will, bleibst du steif wie ein Brett. Stellst dich dauernd schlafend … Glaubst du wirklich, ich bin so dumm, das nicht zu merken? Damit ist jetzt Schluss! Du wirst dich endlich wie eine Ehefrau benehmen und mir zu Willen sein. Und damit du in Ruhe über deine Pflichten nachdenken kannst, bleibst du für eine Weile hier im Zimmer.«

Er ging zur Tür und setzte an, den Schlüssel hinauszuziehen, der bisher innen gesteckt hatte. Dora geriet in Panik, sie wollte keinesfalls eingesperrt werden, obwohl er dazu von Gesetzes wegen natürlich das Recht hatte – genauso wie zur körperlichen Züchtigung. Sie hastete zum Ausgang und wollte sich an ihm vorbeidrängen, doch er packte sie grob an den Schultern und stieß sie auf das Bett.

Sie sprang sofort wieder auf und eilte trotz seiner fast zwei Meter Körpergröße auf ihren Mann zu, der schon auf dem Weg in den Flur war. Es kam zu einem Handgemenge; natürlich hatte sie eigentlich keine Chance gegen ihn und war von ihm schon fast ins Zimmer zurückgedrängt worden, da biss sie ihn, so fest sie konnte, in die Hand. Er ließ mit einem Schrei von ihr ab, wehrte sich aber reflexartig mit einer Schelle, die sie nach hinten stolpern ließ. Obwohl ihre Ohren sirrten und ihr die Tränen in die Augen schossen, huschte sie geistesgegenwärtig auf den Flur und sagte außer Atem, aber mit erstaunlich fester Stimme: »Du wirst mich nie wieder anfassen.«

Mit diesen Worten wollte sie davonstürzen, stieß aber um ein Haar mit einer schwarzen Gestalt zusammen. Vor ihr stand Ottilie Rautenberg, die gestrenge Hausdame. Zunächst erschien Dora das Gesicht der Alten kalt wie Stein, doch da bemerkte sie ein Zucken in deren Mundwinkeln. Lachte diese Hexe sie etwa aus?

***

Wenig später war Dora in die Küche des Personalbaus geflohen und weinte sich bei Köchin Gesa und Stubenmädchen Lucie aus. Letztere hatte ihrerseits Tränen in den Augen, während sie ihrer jungen Herrin ein Taschentuch für deren blutende Lippe reichte.

»Früher war er ganz anders«, meinte Lucie beklommen. »Ihm habe ich es zu verdanken, dass die Herdens mich in Stellung genommen haben, als mein Vater pleiteging. Aber heute ... Ich ...«

Das Dienstmädchen zögerte, und Dora sah sie fragend an.

»Ich hätte Ihnen das schon viel früher sagen sollen, aber er hat doch so viel für mich getan«, gestand die junge Dienerin, offenbar zerfressen von schlechtem Gewissen. »Am Tag Ihrer Hochzeit wollte ich das Gästezimmer unterm Dach überprüfen. Da habe ich … ich …« Ihre Stimme stockte. »Ich habe den Herrn Johann mit einer anderen Frau im Bett gesehen. Er hat mich nicht bemerkt, und ich konnte das Gesicht der Frau auch nicht sehen, aber die Situation war eindeutig.«

»Aber er hatte doch etwas Dringendes mit seinen Eltern zu besprechen«, erinnerte sich Dora mit zitternder Stimme.

»Die Unterredung war aber nach zehn Minuten vorbei«, warf Köchin Gesa Lührs ein. »Ich weiß es, weil der Seniorchef sich gleich danach bei mir erkundigt hat, ob noch ausreichend Häppchen da waren.«

Und da fiel Dora wieder ein, dass der Patriarch damals wirklich lange vor Johann nach unten zurückgekehrt war. Er hatte also genug Zeit gehabt, sie zu betrügen. Zumal er ja selbst betont hatte, dass bei der Feier drei junge Frauen anwesend waren, die ihn gern selbst geheiratet hätten!

»Ich muss hier weg«, murmelte Dora. »Aber jetzt liegen noch meine Fotografien und mein Lieblingskleid auf dem Schlafzimmertisch.«

»Ich hol Ihnen das«, bot Lucie an. »Bestimmt ist Ihr Gemahl schon längst aus dem Schlafzimmer heraus.«

Wie lieb und selbstlos diese junge Frau war, dachte Dora. »Aber Sie riskieren ja Ihre Stellung.«

»Keine Angst«, sagte das Stubenmädchen. »Der Herr Johann hält mich für tollpatschig und einfältig, der glaubt mir, wenn ich sage, ich hätte mich in der Tür geirrt.«

***

Der Himmel sah bedrohlich nach einem Sommergewitter aus. Dora fuhr auf ihrem alten Fahrrad vom Marzipan-Schlösschen in Richtung Innenstadt. Die zwei Fotografien und ihr Lieblingskleid hatte ihr Lucie rasch bringen können, denn in der Tat war Johann laut Gesa nach einem Anruf bereits hastig aus dem Schlösschen verschwunden.

Als sie an der St.-Petri-Kirche vorbeifuhr, bemerkte Dora eine Menschentraube. Sie sah dort zwei Schutzmänner und den Oberwachtmeister, der ihr einen ungewohnt verzweifelten Blick zuwarf.

»Guten Abend, Herr Seiler, haben Sie Ärger?«

»Ach, Doralein, manchmal sind die Tage für uns Gesetzeshüter hässlich, so hässlich«, sagte er, und seine Augen schimmerten, als sei auch ihm zum Weinen zumute. »Da hat sich ein junger Mann vom Turm gestürzt. Wir wissen noch nicht, ob es ein Unfall wegen der Restaurierungsarbeiten war – oder ob er … das wollte.«

Dora sah zwischen den von den Polizisten zurückgedrängten Schaulustigen hindurch. Der Lebensmüde schien recht groß zu sein. Sie sah seine Schuhe, seine Hose, am Oberkörper eine Blutlache. Und mehr und mehr fühlte sich Dora wie an jenem Abend mit Johann im Kino: mitten im Geschehen, und doch seltsam weit weg. Wie unnatürlich verdreht er dalag, und das Gesicht in der dunkelroten Lache auf den Pflastersteinen war kaum zu erkennen, doch es war kein Zweifel. Der Tote vor der St.-Petri-Kirche war Johann Herden, ihr Mann. Wie von fern hörte sie sich selbst schreien. Und dann rasten ihr die Pflastersteine entgegen.

38

»Das Stubenmädchen hat ihn am Tag unserer Hochzeit im Gästezimmer mit einer anderen Frau erwischt. Sie konnte aber nicht sehen, wer es war.«

Dora wusste nicht mehr genau, wie sie zum Süßwarenladen gekommen war. Sie erinnerte sich vage daran, dass ihr schwarz vor Augen geworden und sie umgekippt war. Oberwachtmeister Seiler hatte gefragt, ob ein Kollege sie ins Schloss fahren solle, sie hatte dann wohl protestiert, sie wolle zum Süßwarenladen. Ein Schutzmann hatte sie schließlich hergeführt und dabei ihr Fahrrad geschoben.

Nun saß sie mit ihrer Cousine bei einer Tasse Kamillentee im inzwischen geschlossenen Verkaufsbereich.

»Vielleicht hat ihn die unbekannte Frau vom Turm gestoßen, als er die Affäre beenden wollte«, mutmaßte Babette mit belegter Stimme. »Johann ist … war nicht der Mensch, der seinem Leben ein Ende setzt. Und er war ja auch nicht tollpatschig oder so …«

Siggi kam aus dem Hinterzimmer zurück. »Marlene Kleinert geht nicht ans Telefon, schade.«

»Ich glaube wirklich nicht, dass sie Hinweise hat«, sagte Dora mit schwacher Stimme. »Nach dem Vorfall im Atelier hat sie Johann bestimmt nicht gleich weiterverfolgt.«

»Aber es kann ja auch von Bedeutung sein, was sie zuvor beobachtet hat«, gab Siggi zu bedenken.

Dann schwiegen die drei jungen Freunde und hingen

ihren trüben Gedanken nach. In den letzten Minuten seines Lebens hatte Johann also auf das Holstentor geblickt, dachte Dora, sein heiß geliebtes Symbol des hanseatischen Wohlstands. Babette hatte recht: Wie in aller Welt konnte ein Bild von einem Mann derart unglücklich von diesem Turm stürzen? Lag es am Alkohol? Oder war er etwa doch freiwillig …? Hatte es ihn dermaßen mitgenommen, dass sie seiner Untreue auf die Schliche gekommen war? Nein, sie durfte sich nicht auf solch abwegige Selbstvorwürfe einlassen. Wie sehr hätte es ihr geholfen, jetzt Trost bei ihrer Mutter zu finden, aber die war mit Iny und Einar nach Kolding zu dessen Eltern gefahren. Sie würde also wohl erst am Sonntag von Johanns Tod erfahren. Johanns Tod – irgendwie mochten diese beiden Worte für Dora immer noch nicht zusammenpassen.

Da klopfte jemand an die Scheibe des Ladens.

»Oberwachtmeister Seiler«, erkannte Babette und eilte zur Ladentür, um ihm aufzuschließen. »Vielleicht gibt es etwas Neues!«

»Moin zusammen«, sagte der Polizist beim Eintreten, nahm die Pickelhaube ab und sah mitleidsvoll zu Dora. »Konnten Sie sich ein bisschen sammeln?«

Dora nickte. »Ja, danke, hier kümmert man sich ganz lieb um mich.«

»Es tut mir leid, aber ich muss nochmal stören. Wir haben den hier oben auf dem Aussichtsturm gefunden.«

Er überreichte Dora einen mit einer Schreibmaschine erstellten Brief, den Johann handschriftlich signiert hatte. Sie las mit zitternden Fingern, Babette und Siggi sahen ihr dabei in großer Anspannung und Sorge über die Schulter.

Lübeck, Freitag, den 2. Juni 1922

Liebe Familie, liebe Dora,
unsere Firma wird bankrottgehen, ich habe geschäftliche Entscheidungen getroffen, die ich bitter bereue. Außerdem steht mir eine Zukunft voller Schmerzen bevor. Ich habe von einem Arzt in Hamburg erfahren, dass meine Erkrankung chronischer Natur ist und ich keinen Stammhalter werde zeugen können. Ich sehe keinen Sinn mehr in meinem Leben.
Verzeiht mir!
Euer Johann

Also doch: Selbstmord! Dora wischte sich die Tränen aus den Augen.

»Können Sie sagen, ob das die Unterschrift Ihres Mannes ist?«, fragte Oberwachtmeister Seiler behutsam.

»So ähnlich sieht sie aus«, murmelte sie, erhob sich dann hektisch und haspelte: »Aber ich könnte Verträge in seinem Büro heraussuchen lassen ...«

»Ganz ruhig, Frau Herden«, entgegnete der Oberwachtmeister beschwichtigend, »das erledigen die Kollegen schon.«

In dem Moment klopfte es erneut an der Scheibe des Ladens.

»Felix!«, erkannte Dora aufgewühlt. Sie eilte zur Tür, um ihrem Schwager zu öffnen und sagte an Seiler gewandt: »Das ist Johanns Bruder. Er wird die Unterschrift seines Bruders erkennen!«

Als Dora Felix in die müden, rot geweinten Augen sah, fiel sie ihm spontan um den Hals, und sie hielten sich aneinander fest wie Ertrinkende. Es tat Dora gut, dass ihr derjenige Trost spendete, den sie aus Johanns Welt als Ersten kennengelernt hatte und der es immer gut mit ihr gemeint hatte. Er, so schien es, suchte auch Halt bei ihr.

»Es ist so schrecklich«, flüsterte sie. Als sie einander losließen, fiel ihr der Abschiedsbrief wieder ein. »Felix, das ist Oberwachtmeister Seiler, er und seine Kollegen haben etwas gefunden«, erklärte sie ihrem Schwager.

Der Polizeibeamte reichte ihm den Brief. »Könnten Sie bestätigen, dass es sich um die Unterschrift Ihres Bruders handelt?«

Felix starrte ungläubig auf den Brief. »Was? Selbstmord? Das passt doch überhaupt nicht zu Johann.«

»Habe ich auch sofort gedacht«, gab Dora nun zu.

»Den Satz habe ich leider schon von vielen Verwandten und Ehepartnern gehört«, gab Seiler zu bedenken. »Wenn man damit gerechnet hätte, wäre es ja vielleicht zu verhindern gewesen.«

»Aber auch von einer chronischen Erkrankung hat er nie ein Sterbenswörtchen gesagt«, insistierte Felix. »Ich werde unseren Hausarzt dazu konsultieren. Auch wegen Johanns angeblichen Unvermögens, Nachkommen zu zeugen.«

»Was ist mit dem erwähnten Hamburger Arzt?«, erkundigte sich der Oberwachtmeister. »Wissen Sie, wer das sein könnte?«

Doch der Bruder des Verstorbenen schüttelte den Kopf. »Wir haben ja all unsere Ärzte hier in Lübeck.«

»Das Schriftbild der Maschine – passt es zu einer, auf die Ihr Bruder Zugriff hatte?«, fragte Seiler nun weiter.

Felix kniff die Augen ein wenig zusammen. »Es könnte sein, hier das e ist oben ganz mit schwarzer Farbe gefüllt.

Johann hat sich neulich darüber beschwert, dass irgendein Buchstabe immer verschmiert ist bei seiner Maschine. Ob es das e war, weiß ich nicht. Aber wir könnten kurz zur Mühlenbrücke, ich habe einen Schlüssel fürs Kontor dabei.«

»Wenn Sie sich dazu imstande fühlen, wäre das natürlich hilfreich«, sagte der Oberwachtmeister.

»Darf ich euch begleiten?«, bat Dora rasch. »Ein wenig Ablenkung …«

Seiler nickte mitleidsvoll. »Selbstverständlich.«

»Dora, ich wollte dich noch um etwas bitten«, wandte sich nun Felix erneut an seine Schwägerin. »Meine Stiefmutter wünscht sich sehr, dass du ins Marzipan-Schlösschen zurückkehrst. Sie ist nach der Todesnachricht völlig außer sich.«

Dora sah fragend zu ihrer Cousine. Sie und auch Siggi nickten beide. »Natürlich hilfst du ihr«, sagte Babette. »Das wird auch dir guttun.«

***

»Huch, jetzt haben Sie mich aber erschreckt. Normalerweise kommt nur der Herr Johann Herden so spät ins Kontor.«

Felix, Dora und Seiler sahen sich einem etwa fünfzehnjährigen Mädchen mit blonden Zöpfen gegenüber, das eine Brille mit extrem dicken Gläsern trug. Außerdem lispelte sie. Dora war sich nicht mehr ganz so sicher, dass das junge Mädchen wirklich Johanns Geschmack getroffen hätte. Immerhin konnte sie aber mit zwei sehr großen Brüsten aufwarten, manchen Männern konnte der Busen ja nicht groß genug sein. Bei der Schreibkraft war die Oberweite jedoch derart üppig, dass Dora bei deren Anblick die Befürchtung hatte, das Mädchen könne vornüberkippen.

»Fräulein Holm, wir müssten kurz an die Schreibmaschine meines Bruders«, erklärte Felix und wand sich an ihrer Oberweite vorbei, um durch die Tür zu kommen.

»Na, Ihr Herr Bruder wird wohl nichts dagegen haben«, sagte Ingeborg Holm kichernd.

»Das ist schlecht möglich – er ist heute Nachmittag verstorben«, entgegnete Felix ungeduldig und wenig einfühlsam.

Zunächst blickte Fräulein Holm verwirrt drein, dann kicherte sie hilflos, kniff aber schließlich die Augen zusammen, sah erbleichend zwischen Johanns Bruder und dem Polizisten hin und her – und kippte um. Während Dora sich fürsorglich um die Zusammengebrochene kümmerte, verglichen Felix und der Kriminaler das Schriftbild des Abschiedsbriefes mit dem von Johanns Maschine: Dazu spannte der Bruder einen Bogen ein und tippte den Abschiedsbrief im Wortlaut ab.

»Identisch«, stellte Seiler fest.

Felix suchte nach einem Geschäftsbrief seines Bruders, und sie verglichen die Signaturen. »Unterschrift stimmt auch.«

Dann wandte er sich erneut an die Schreibkraft, die inzwischen wieder zu sich gekommen und von Dora in einen Bürosessel verfrachtet worden war: »Fräulein Holm, wann war mein Bruder zuletzt hier an der Maschine?«

»Das ... das war gegen halb fünf«, erklärte sie mit zitternder Stimme. »Er hat etwas getippt, telefoniert und musste dann um zehn nach fünf schon wieder los. Er hatte in letzter Zeit so viele Geschäftstermine.«

»Er muss dann sofort von hier aus nach St. Petri gegangen sein«, mutmaßte Seiler. »Die Zeugen haben ihn um kurz vor halb sechs vom Turm stürzen sehen.«

»Dann gibt es wohl wirklich keinen Zweifel«, murmelte Felix stockend. »Mein Bruder hat sich umgebracht.«

***

Wenig später saßen Dora und ihr Schwager in einem Taxi und ließen sich zum Marzipan-Schlösschen bringen.

»Leidest du sehr schlimm?«, fragte sie ihn.

»Ich … ich kann es noch gar nicht richtig glauben«, brachte Felix heiser hervor. »Mich würde es nicht wundern, wenn er zu Hause auf uns warten würde.«

»Das geht bei mir leider nicht. Ich habe seine Lei… seinen Körper gesehen«, erzählte Dora und senkte ihren Blick. »Ich kam mit dem Fahrrad an der Menschentraube vorbei …«

»Gott, du Arme«, sagte Felix und nahm voller Mitleid ihre Hand. Die liebevolle Geste ließ ihr erneut die Tränen in die Augen schießen.

»Das ist alles so verworren, es wird Gerüchte geben«, befürchtete Felix. »Ich wende mich besser gleich ans Personal, damit zumindest die nicht mit Halbwahrheiten konfrontiert werden. Beim armen Fräulein Holm habe ich es vorhin genau falsch gemacht. So grob darf ich nicht nochmal sein. Aber ich wollte so dringend wissen, ob dieser Brief wirklich von Johanns Maschine war.«

»Schon gut«, beruhigte ihn Dora. »Großvater Mettang auf dem Bauernhof hat immer gesagt, dass man manche Hiobsbotschaften am besten ganz unverblümt überbringt.«

***

»Ich weiß nicht, wie weit sich die traurige Nachricht schon unter Ihnen verbreitet hat«, sagte Felix zwanzig Minuten später.

Er hatte das Personal – Marie Hergesell, die Zofe seiner Stiefmutter, Hausdame Ottilie Rautenberg, Köchin Gesa Lührs, Stubenmädchen Lucie Krull, Hausdiener Ludwig Timm und den Gärtner Philipp Iwersen – in den Gartensaal bestellt, und nun standen sie mit ängstlichen Mienen vor ihm und Dora Spalier.

»Am frühen Abend waren zwei Schutzmänner bei uns. Sie haben meinen Eltern und mir mitgeteilt, dass mein Bruder Johann vom Turm der St.-Petri-Kirche gestürzt ist.«

Offenbar hatte tatsächlich der Großteil der Angestellten noch keine genaue Kenntnis von dem Todesfall erhalten, denn nun ging ein Stöhnen durch die Reihe. Stubenmädchen Lucie brach in Tränen aus.

»Es wurde ein Abschiedsbrief auf dem Turm gefunden. Ein Arzt in Hamburg hat meinem Bruder wohl eine unheilbare Krankheit diagnostiziert. Hinzu kamen geschäftliche Rückschläge. All das muss zu einer Kurzschlusshandlung geführt haben.«

»Was erzählst du da für einen Unfug?«, ließ plötzlich die scharfe Stimme des Patriarchen Hubert Herden das überraschte Personal erschrocken zusammenzucken, der gemeinsam mit Doras Schwiegermutter eingetreten war. Er hatte einen vor Zorn hochroten Kopf, Natalie hingegen war kreidebleich.

»Ein Herden gibt niemals auf!«, rief der Firmengründer bestimmt. »Es war ein tragischer Unfall wegen der Bauarbeiten. Und wenn einer von Ihnen bei irgendwem etwas anderes verlauten lässt, kann derjenige sich gleich seine Kündigung abholen!«

Das arme Personal, dachte Dora. Jetzt mussten sie auch noch mit der Drohung des Alten zurechtkommen.

»Felix, in mein Büro!«, schnauzte Hubert seinen Zweitgeborenen an und verließ mit ihm den Saal.

Dora bemerkte, dass Lucies Knie nachgegeben hatten und Gesa sie stützen musste. Da die kleine Köchin damit überfordert schien, Frau Rautenberg aber keinerlei Anstalten machte zu helfen und nur stocksteif dastand, eilte die junge Witwe den beiden Angestellten selbst zur Hilfe. Zusammen mit der Köchin half sie dem Stubenmädchen auf einen Stuhl.

»Geht es wieder?«, fragte Dora fürsorglich.

Lucie schniefte. »Er hat mich damals hier aufgenommen, und ich habe kurz vor seinem Tod so schwere Vorwürfe gegen ihn geäußert. Nicht dass er sich deshalb ...«

»Davon hat Johann aber doch gar nichts mehr erfahren, Lucie«, klärte Dora sie behutsam auf. »Er ist nach unserem Streit direkt von hier in die Firma, wahrscheinlich, um den Abschiedsbrief zu tippen.«

»Frau Lührs, könnten Sie mir doch ein Glas Wasser und das Kopfschmerzmittel ...?«, hörte Dora nun ihre Schwiegermutter von der Tür aus sagen. Auch sie war kaum in der Lage zu stehen und musste sich am Rahmen festhalten.

»Komm, Natalie«, sagte Dora, nachdem sie zu ihr geeilt war, um nun sie zu stützen, »ich bringe dich auf dein Zimmer.«

»Ich hole sofort die Arznei«, rief die Köchin und eilte aus dem Raum.

Wenig später befand sich Dora zum ersten Mal im Schlafzimmer ihrer Schwiegereltern. Natalie lag mit tränennassen Augen auf dem Bett, dessen Gestell aus schwerem Eichenholz gefertigt war. Sie selbst saß auf einem Stühlchen daneben.

»Ach, Dora, es muss ein Albtraum sein«, hauchte Johanns Stiefmutter. »Er war doch noch so jung ...«

»Hast du von dieser Krankheit gewusst?«, fragte Dora.

Natalie schüttelte den Kopf. »Er hat mir nie etwas davon erzählt. Aber wenn wir mit ihm auf der Suche nach Mandelhändlern in Hamburg waren, hat er sich oft abgesetzt. Manchmal ist er auch über Nacht dortgeblieben. Was er da getan hat, weiß ich natürlich nicht. Er kann auch bei einem Arzt gewesen sein ...« Sie sah mit zitternden Mundwinkeln zu der jungen Witwe auf. »Kein Kind mit dir bekommen zu können, das wäre schlimm für Johann gewesen. Und Hubert hatte sich auch so auf Nachwuchs gefreut, den ersehnten Stammhalter. Du musst meinem Gatten verzeihen, dass er jetzt so ruppig ist. Haltung bewahren ist alles, was ihm bleibt – ein Mann wie er darf niemals Schwäche zeigen, das wurde ihm in seiner Kindheit eingebläut. Dabei muss es furchtbar für ihn sein, erst ertrinkt seine erste Frau, und dann ... das.«

Dora nahm ihre Hand, und die beiden schwiegen betreten.

»Dass Johann nie mehr durch diese Tür kommen wird ...«, sagte Natalie schließlich, immer noch ungläubig. »Dora, ich habe eine große Bitte an dich. Hubert will, dass Felix gerade jetzt Verantwortung übernimmt und die Beerdigung seines Bruders organisiert. Ich glaube, der Junge wird damit überfordert sein. Würdest du ihn unterstützen?«

Dora nickte. Sie war froh über jede Aufgabe, jede Ablenkung von der Tatsache, dass ihr Mann seit drei Stunden tot war.

39

Johann Claudius Herdens Beerdigung war für Dienstag, den 6. Juni angesetzt, knapp drei Monate vor seinem fünfundzwanzigsten Geburtstag. Er sollte auf dem St.-Lorenz-Friedhof bestattet werden. Zu Doras Erstaunen war ihr Schwiegervater einverstanden gewesen, dass jener Pastor die Zeremonie hielt, der Johann vor nur neun Tagen mit Dora vermählt hatte: Willy Jannasch, Schwester Lilos Neffe. Der Geistliche zitierte in der Friedhofskapelle beim Trauergottesdienst trostreiche Worte aus dem Johannes-Evangelium, die verdeutlichen sollten, dass es auch nach dem Tod ein Zuhause gab: »*Euer Herz erschrecke nicht! Glaubt an Gott, und glaubt an mich. Im Hause meines Vaters sind viele Wohnungen, wenn's nicht so wäre, hätte ich's euch gesagt. Denn ich gehe ja hin, um die Stätte für euch bereitzumachen.*«

Im Anschluss an die Predigt begab sich die Trauergemeinde zum Grab. Der Sarg wurde von Johanns Bruder Felix, Hein Petersen und zwei weiteren Studienfreunden getragen. Außer den drei Kommilitonen war nur die Familie anwesend, denn Patriarch Hubert Herden hatte darauf bestanden, dass die Beerdigung im kleinsten Rahmen stattfand. Dora war nur gestattet worden, ihre Mutter einzuladen, doch Babette und ihre Eltern hatten beschlossen, den Wunsch Hubert Herdens zu ignorieren. Sie hielten sich mit Siggi etwas abseits, um der jungen Witwe moralische Unterstützung angedeihen zu lassen.

Felix und seine Schwägerin waren sich einig gewesen, dass es pietätlos war, den Bediensteten des Marzipan-Schlösschens nicht die Möglichkeit zu geben, sich ebenfalls am Grab von Johann zu verabschieden – einige kannten ihn schließlich schon von Kindesbeinen an. Doch Hubert hatte sich nicht überzeugen lassen. Als Dora und Felix am Sonnabend zusammen den Bestatter aufgesucht hatten, war er mit dem Inhalt der Gardinenpredigt seines Vaters herausgerückt: »Er hat mir verboten, jemals wieder von Selbstmord zu sprechen. Die offizielle Version ist: Johanns Sturz war ein tragischer Unfall. Er hat mir gedroht, mich zu enterben, falls ich jemals etwas anderes behaupte.«

Dora war ganz übel geworden, weil das Lügen im Marzipan-Schlösschen nun also auch nach Johanns Tod weitergehen sollte.

Schließlich erreichten die vier Träger das offene Grab. Der Hüne Hein Petersen heulte buchstäblich Rotz und Wasser, Nase und Augen troffen dermaßen, dass die junge Witwe während des Trauerzugs befürchtete, er könne stolpern und versehentlich Johanns Sarg fallen lassen.

Am Himmel türmten sich dunkle Wolkenberge auf, irgendwo war leichtes Donnergrollen zu hören, und am Horizont sah man fernes Wetterleuchten.

Am Grab stand Dora zwischen ihrer Mutter und ihrem Schwager Felix. Der sah stoisch geradeaus, während Pastor Jannasch dreimal Erde in die Grube warf und die Worte sprach: »Aus der Erde sind wir genommen, zur Erde sollen wir wieder werden, Erde zu Erde, Asche zu Asche, Staub zu Staub.«

Nun hatten die Trauergäste ihrerseits die Gelegenheit, mit einem Schäufelchen Erde auf den Sarg zu schütten. Als

Erstes war Natalie an der Reihe, die von allen am meisten zu trauern schien. Nur mit Mühe konnte sie die Schaufel halten und die Erde auf die letzte Ruhestätte ihres Stiefsohnes werfen, immer wieder wurde sie von heftigen Weinkrämpfen geschüttelt. Als Natalie zusammenzubrechen drohte, machte ihr Gatte Hubert keinerlei Anstalten ihr beizustehen, er stand steif wie ein preußischer General. So stützten Dora und Felix dessen Stiefmutter, um dann ihrerseits Erde ins offene Grab zu werfen.

Als schließlich Johanns bester Freund Hein Petersen an der Reihe war, unterlief ihm ein Missgeschick: Der bitterlich schluchzende Muskelberg schleuderte seine Erde mit solch übertriebenem Gestus in die Grube, dass er selbst gleich hinterherfiel. Krachend landete der bullige Kraftprotz auf dem ächzenden Sarg. Doch der Trauernde machte zunächst noch keinerlei Anstalten, wieder hinaufzuklettern, stattdessen umarmte er, heulend wie ein waidwundes Tier, den Sarg und schrie nach dem besten Freund: »Johaaaaann …«

Dora war bestürzt, und dennoch musste sie angesichts der grotesken Situation lachen – sie kämpfte den Drang verzweifelt nieder, doch er wurde so stark, dass der Knoten in ihrem Hals bald zu platzen drohte. »Gleich zurück«, zischte sie ihrer Mutter zu, deren Mundwinkel ebenfalls verdächtig zuckten. Mit kleinen Schritten eilte Dora davon, um bei ihrer abseits stehenden übrigen Familie in verzweifeltes Lachen auszubrechen. Es waren nur noch ein paar Meter. *Bitte Gott, lass mich durchhalten!* Als sie den Marzipanfürsten Hubert Herden nun brüllen hörte: »Hein Petersen, jetzt komm da gefälligst raus, du betrunkener Narr! Ich lasse nicht zu, dass du das Begräbnis meines Sohnes entweihst!« – da war es um Dora geschehen: Hysterisch lachend stolperte sie in

Babettes Arme. Sie konnte nur hoffen, dass ihr Ausbruch von Weitem aussah, als würde sie weinen.

»Ich kann nicht mehr«, gluckste sie.

Ihre Cousine sah sie überfordert an. »Lachst du oder weinst du?«

»Beides«, fiepste Dora und wischte sich die Augen. Warum sie so hatte lachen müssen, war ihr ein Rätsel. Sie trauerte doch um Johann! Sie versuchte, das Bild von Hein zu verdrängen, und fragte: »Wo ist denn Tante Iny?«

Einar zuckte mit den Schultern und sah beunruhigt zum Friedhofstor. »Eigentlich wollte sie gleich zu Beginn der Mittagspause ans Grab nachkommen, aber sie ist noch nicht da. Hoffentlich ist nichts passiert.«

»Ach was«, winkte Babette ab. »Sie wird von hartnäckigen Kunden aufgehalten worden sein, das ist alles, da bin ich mir sicher.«

»Und Siggi?«, wunderte sich Dora über das Verschwinden ihres Adoptivcousins, den sie zu Anfang der Beerdigung noch bei seiner Familie gesehen hatte.

»Der steht da drüben, er hat das Grab seines leiblichen Vaters entdeckt«, erklärte Einar mit belegter Stimme.

»Er wird rasch damit abschließen«, prophezeite Dora, um ihn zu beruhigen. »Siggi hat ja den besten Ziehvater der Welt.«

Ihr Onkel küsste sie dankbar lächelnd auf die Stirn.

Sie sah zurück zu Johanns Grab, doch dort waren alle damit beschäftigt, Hein wieder aus der Grube zu bekommen, daher beschloss sie, kurz zu ihrem Adoptivcousin zu gehen.

Er stand an einem etwas verwitterten Grab, das die Aufschrift trug:

Karl Jürgensen
1882–1904
Er hat um das Wasser ein Ziel gesetzt,
bis wo Licht und Finsternis sich scheiden
Hiob 26:10

»Mein Beileid«, sagte Siggi.

»Dir auch«, erwiderte Dora.

»Ist ja lange her«, sagte er. »Aber Ertrinken muss echt furchtbar sein.«

»Johann meinte mal, es sei nicht so schlimm, wie man denkt«, fiel ihr wieder ein. »Er ist im Krieg beinah beim Baden in einem See in Frankreich ertrunken. Als er merkte, es geht zu Ende, wurde er trotzdem irgendwann ganz ruhig. Er hat erzählt, es sei mehr ein ganz sanftes Hinübergleiten in eine andere Welt gewesen – und habe nicht wehgetan.« Erneut wischte sie sich die Augen.

Siggi legte brüderlich den Arm um sie. »Weh tat es deinem Johann diesmal sicher auch nicht. Ein kurzer Augenblick des Schreckens, und dann war es vorbei, bevor der Schmerz sich melden konnte.«

Dora erschauderte. »Ich hoffe es.«

»Wirst du jetzt Ärger bekommen?«, fragte Babette kurz darauf und sah besorgt zu Johanns Grab, wo die Zeremonie inzwischen geendet hatte und seine Studienkameraden den Familienmitgliedern kondolierten.

Dora schüttelte den Kopf. »Nach Heins Ausbruch hat sich gezeigt, dass jeder anders trauert. Außerdem werde ich ja wohl zumindest mit meiner Familie *sprechen* dürfen, wenn ich sie schon nicht einladen darf – zum Leichenschmaus meines eigenen Mannes. Trotzdem muss ich jetzt rüber, wir gehen in die Schiffergesellschaft.«

»Mach dir wegen uns keine Sorgen!«, sagte Babette und umarmte ihre Cousine zum Abschied. »Wir müssen uns doch sowieso gleich wieder um den Laden kümmern.«

***

»Da brennt was!«, rief Siggi alarmiert.

Als er mit Einar und Babette von der Beerdigung zurückkehrte, sahen sie schon von Weitem Qualm aus dem Süßwarenladen kommen, einige Schaulustige hatten sich vor dem Gebäude versammelt, machten jedoch keine Anstalten zu helfen.

Mit seiner Adoptivschwester rannte Siggi los, und vor dem Geschäft wurden ihre schlimmsten Befürchtungen übertroffen: Im Ladeninneren stand alles lichterloh in Flammen!

»Da liegt Mutti!«, kreischte Babette, die Iny entdeckt hatte: Sie lag leblos vor dem Verkaufstresen am Boden. Verzweifelt versuchte Babette, die abgesperrte Ladentür aufzuschließen, doch ihre Finger zitterten zu sehr. Hastig nahm ihr Siggi den Schlüssel ab. Er öffnete nur einen Spaltbreit, sodass er sich gerade hineinquetschen konnte, ohne zu viel Luftzug zu erzeugen, aber schon dadurch loderte das Feuer von Neuem auf. Es war entsetzlich heiß in dem Raum, beißender Rauch brannte in den Lungen und überlagerte den Geruch von schmelzender und verbrannter Schokolade, überall prasselte, knisterte und knackte es.

Auf dem Weg zu Iny wäre Siggi beinah über einen am Boden liegenden Eimer gestolpert, die Kacheln waren nass und rutschig. Er kniete bei seiner Ziehmutter nieder und bemerkte erleichtert, dass ihre Augen offen waren. Sie hustete.

»Kannst du aufstehen?«, fragte er.

»Mein Bein«, keuchte sie. »Das Rechte – bin gefallen … glaube, ist gebrochen.«

Hustend kamen nun Babette und Einar zu ihnen.

»Hilf mir, sie zu stützen!«, brüllte Siggi seinem Ziehvater zu, um das Prasseln zu übertönen.

Schließlich schafften es die beiden, die vor Schmerzen wimmernde Iny auf ihr unverletztes Bein zu stellen.

»Das Geld, die Papiere!« Babette eilte ins Hinterzimmer.

»Nein!«, schrie Siggi entsetzt. »Wir müssen raus!«

Da krachte es über ihnen, und zu ihrem Entsetzen fiel ein Sessel aus der Wohnstube im ersten Stock durch die Decke – der hölzerne Zwischenboden stürzte ein!

***

Der Leichenschmaus im Restaurant der Schiffergesellschaft erwies sich als recht trist. Weder Felix, ihre Schwiegereltern noch die drei Studienfreunde des Verstorbenen wagten viel zu sprechen, während sie auf das Essen warteten. Und wenn, dann waren es nur kurze, mit gedämpfter Stimme vorgetragene Sätze, um das Schweigen nicht allzu belastend werden zu lassen.

»Das war vor vier Jahren bei Adams Trauerfeier ganz anders«, wandte sich Dora flüsternd an ihre Mutter.

Bei jenem Trauermahl waren Anekdoten aus dem Leben des Verstorbenen erzählt worden, trotz der Tränen hatte man gefeiert, und es war auch gelacht worden.

»Ich denke, wenn ein Mensch so jung stirbt, überwiegt das Gefühl des Verlusts«, erklärte Hedwig.

Da rief eine massige Bedienung in den Raum: »Gibt es hier eine Dora Herden?«

»Ja, das bin ich«, meldete sie sich erschrocken.

»Da ist ein Siegfried Christoffersen am Telefon«, erklärte die Kellnerin. »Es sei dringend.«

Tante Iny! Es musste doch etwas passiert sein, sonst würde Siggi an so einem Tag niemals im Restaurant anrufen. Bitte nicht schon wieder! Mit weichen Knien folgte Dora der Bedienung. Ihre Finger zitterten, als sie nach dem Hörer des Telefons beim Tresen griff.

»Siggi? Hier ist Dora«, rief sie aufgeregt in die Sprechmuschel. Ihre Mutter und Felix waren ihr gefolgt und standen besorgt hinter ihr.

»Dora, jetzt reg dich bitte nicht auf«, hörte sie Siggi sagen, der immer wieder von Husten unterbrochen wurde, »es hat gebrannt im Laden, ich rufe vom Friseur nebenan aus an. Es geht uns aber gut. Die Feuerwehr hat es inzwischen gelöscht.«

»Seid ihr wirklich unverletzt?«, rief Dora entsetzt.

»Nur Iny muss ins Krankenhaus, sie hat versucht, selbst zu löschen. Dabei ist sie ausgerutscht und hat sich das Bein gebrochen.«

»Ich komme sofort!«, sagte Dora bestimmt.

Sie drehte sich zu ihrer Mutter und Felix um, die sie besorgt ansahen.

»Es gab ein Feuer, Tante Iny hat sich das Bein gebrochen«, haspelte Dora.

»Ich fahr euch mit dem Automobil hin«, bot ihr Schwager an.

40

Vor dem Laden stand eine Automobilspritze, ein leuchtend rotes Fahrzeug, das unter anderem mit einer Schiebeleiter ausgestattet war.

Dora, ihre Mutter und Felix Herden waren unendlich erleichtert, als sie Siggi und Babette unverletzt antrafen. Allerdings waren die einst so schönen braunen Haare der Cousine teilweise angesengt, Strähnen standen ihr wie dem Struwwelpeter wirr vom Kopf ab.

»Ich habe die wichtigsten Papiere aus dem Büro geholt, das Bargeld – und die Versicherungsscheine«, japste Babette, bevor ein Hustenanfall sie unterbrach.

»Meine Geburtsurkunde hat sie auch gerettet«, berichtete Siggi dankbar, der mit seinem verrußten Gesicht aussah wie ein Schornsteinfeger.

Beklommen blickte Dora durch das zerbrochene Schaufenster ins Innere des Ladens – es war zum Ort der Verwüstung geworden: Alles schwarz, Balken von der Decke waren heruntergebrochen, und Möbel aus der Wohnstube lagen herum. Geschmolzene und verbrannte Süßigkeiten formten bizarre Gebilde.

»Wo ist Onkel Einar?«, fragte Dora, während sie die Feuerwehrmänner durch das Fenster des ersten Stocks beobachtete.

»Er begleitet Iny ins Krankenhaus«, erklärte Siggi.

»Als der Sanitäter ihm sagte, dass sie wieder in Ordnung kommt, hat Vati vor Erleichterung geweint«, erzählte Babette gerührt. »Diesmal hat es mit dem Retten geklappt, hat er gesagt, bei meiner Iny war ich erfolgreicher als bei den Kameraden im Krieg.«

Nun trat Oberwachtmeister Seiler aus dem Treppenhaus und kam zu ihnen. »Tut mir leid, dass wir uns schon wieder unter so schlimmen Umständen sehen«, begrüßte er das Grüppchen. »Aber ich muss Ihnen leider mitteilen, dass die Feuerwehr das Gebäude sperren wird. Ein Teil des Bodens der Stube im ersten Stock ist durchgebrochen. Die gesamte Statik muss neu geprüft werden. Auf jeden Fall ist die Einsturzgefahr zurzeit zu groß, um dort wohnen zu können. Der Gestank ist sowieso kaum zu ertragen.«

»Wo sollen wir denn nur schlafen?«, fragte Hedwig, während sie mit feuchten Augen auf die Ruine des Süßwarenladens blickte.

»Natürlich bei uns im Schloss«, erwiderte Felix sofort.

»Aber dein Vater …«, gab Dora zu bedenken.

»Der wird nicht wagen zu widersprechen«, erwiderte ihr Schwager bestimmt. »Sonst hat er seine Frau und seinen zweiten Sohn auch gleich noch verloren.«

»Weiß die Feuerwehr schon etwas über die Ursache des Brandes?«, fragte Siggi. »Iny meinte, sie war nur kurz oben und wollte sich für die Beerdigung umziehen, da roch es verbrannt. Sie hat versucht zu löschen, aber das Feuer hatte sich wohl schon zu weit ausgebreitet.«

»Brandstiftung kommt schon infrage«, meinte Seiler. »Der Vordereingang war abgeschlossen, hat mir Frau Christoffersen versichert, aber im Büro ist die Fensterscheibe zum Hof zerstört. Wir wissen noch nicht, ob das während des Feuers oder davor passiert ist, das muss der Brandfachmann noch klären.«

»Als ich vorhin das Wichtigste rausgeholt habe, war die Scheibe schon kaputt«, erinnerte sich Babette.

»Könnten Sie sich denn irgendjemand vorstellen, der einen Grund hätte, Ihren Laden anzuzünden?«, erkundigte sich der Oberwachtmeister.

»Na ja, wir hatten im Frühjahr Ärger mit Hans Daniels und seinen deutschvölkischen Kameraden«, fiel Siggi ein.

»Meine Mutter hat die mal aus dem Laden geworfen«, ergänzte Babette.

Seiler furchte die Stirn. »Wir werden dem nachgehen. Andererseits muss es auch gar nicht gegen Sie persönlich gegangen sein. Gestern hat es nämlich in einem Speicher am Hafen gebrannt. Ich hoffe wirklich, wir haben nicht wieder einen Feuerteufel wie vor neun Jahren.«

»Was war denn damals?«, erkundigte sich Dora.

»Die Berufsfeuerwehr hatte im Oktober 1912 diese Prachtspritze angeschafft«, sagte Seiler und deutete auf das rote Löschfahrzeug. »Satte fünfundvierzig Pferdestärken, Spitzengeschwindigkeit vierzig Stundenkilometer, außer der Schiebeleiter noch zwei Hakenleitern, eine Stockleiter, ein Rauchschutz-Apparat mit Sauerstoff-Koffer vom Drägerwerk, außerdem Samariter- und Werkzeugkasten. Tja, und im Frühjahr drauf war das Ding dann gleich im Dauereinsatz. Da gab es nämlich an allen Ecken und Enden Brandstiftung in Lübeck.«

»Ich erinnere mich«, sagte Felix. »Ich war erst dreizehn, wir lebten damals noch in einem Haus in der Beckergrube. Am Pfingstsonntag erhielt mein Vater die Nachricht, dass das Holzlager Brill auf der Wall-Halbinsel einem Großfeuer zum Opfer gefallen ist.«

»Ich weiß das auch noch«, berichtete Babette. »Wenige

Tage nach dem Holzlager stand das Kaufhaus Karstadt in Flammen. Ich war damals elf und ganz traurig über die Zerstörung, weil ich mit meiner Mutter dort immer so gern einkaufen war.«

»Das ist fast peinlich, aber im Grunde verdanken wir dem Feuerteufel sogar unser Marzipan-Schlösschen«, gestand Felix Herden.

»Wieso das?«, wunderte sich seine Schwägerin.

»Als Nächstes nahm sich der Feuerteufel die Boldt'schen Holzlager an der Moislinger- und Lachswehr-Allee vor«, erklärte Felix. »Und auch die von Havemann und Brügmann an der Struckfähre bei unserer Einsiedelstraße.«

»Richtig schlimm war das«, unterbrach ihn Oberwachtmeister Seiler. »Das Feuer verfärbte den Horizont dermaßen, dass man nachts auf der Straße Zeitung lesen konnte. Eine riesige Zuschauermenge hat sich das Spektakel in den Wallanlagen angeschaut – wie von einer Tribüne.«

»Tja, und den Eigentümern der Holzhandlung Brügmann hat mein Vater dann im Herbst 1913 das Schlösschen abgekauft«, verriet Felix. »Die waren finanziell ins Schlingern geraten.«

»Ihr wohnt dort erst seit neun Jahren?«, wunderte sich Dora. »Ich dachte irgendwie, die Familie Herden lebt schon immer in dem Schlösschen.«

»Nein, nur unsere Köchin war schon bei den Vorbesitzern angestellt«, berichtete ihr Schwager. »Mein Vater hat einen mehr als angemessenen Preis bezahlt, das hat die Holzfirma gerettet, aber ein schlechtes Gewissen hatte ich trotzdem. All diese Zerstörung.« Betreten sah er zum Laden hinüber. »Und jetzt trifft es euch.«

Dora fröstelte. Wie schrecklich war die Vorstellung, dass

jemand absichtlich das Lebenswerk von Einar und Iny zerstört haben sollte!

»Hat man den Feuerteufel denn je gefasst?«, erkundigte sie sich bei Herrn Seiler.

»Tja, da hat Kommissar Zufall uns geholfen«, gab der Oberwachtmeister zu. »Der Oberkellner vom Ratsweinkeller hat nämlich eines Nachts einen Mann erwischt, wie er gerade in die Marienkirche einbrechen wollte. Dann aber stellte sich heraus, dass es der Brandstifter von Lübeck war; der Kerl hatte vor, auch in der Kirche Feuer zu legen. Er sitzt heute immer noch im Zuchthaus, der wurde nämlich zu fünfzehn Jahren verdonnert.«

»Halten Sie uns auf dem Laufenden, wenn der Brandspezialist etwas herausbekommt?«, bat Babette.

»Mensch, da hätte ich doch fast etwas vergessen«, entgegnete der Oberwachtmeister. Er zog ein angekokeltes Seidentaschentuch aus der Tasche und zeigte es ihnen. Dora sah, dass darauf die Initialen *C. A.* eingestickt waren.

»Kennt jemand von Ihnen dieses Tuch? Ich habe es im Büro gefunden und mich gewundert, dass die Initialen zu keinem von Ihnen passen«, erklärte Seiler.

»Nein«, meinte Babette nachdenklich. »Von uns gehört das niemandem.«

Dora fiel jedoch auf, dass Siggi merkwürdig reagierte. Er wirkte plötzlich äußerst nervös und wechselte etwas zu abrupt das Thema: »Meinen Sie, wir können uns noch ein paar Gegenstände aus der Wohnung und dem Laden heraussuchen?«

»Das müssten Sie mit dem Einsatzleiter der Feuerwehr besprechen«, schlug Seiler vor. »Ich erreiche Sie dann alle vorerst im Schlösschen der Herdens, wenn ich Rückfragen oder Neuigkeiten habe?«

»Ja, völlig richtig«, wiederholte Felix mit Nachdruck.

Als sie sich auf den Weg zum Löschmeister machten, hielt Dora Siggi am Arm fest und signalisierte ihm, mit ihr außer Hörweite der anderen zurückzubleiben.

»Du hast das Taschentuch erkannt, oder?«, vergewisserte sie sich flüsternd.

Siggi nickte. »C. A. sind die Initialen meiner leiblichen Mutter.«

»Charlotte Andresen, natürlich«, wurde es nun auch Dora klar. »Aber die würde ja kein Feuer bei uns legen.«

»Ich hatte ihr erst letzte Woche mitgeteilt, dass ich meine Geburtsurkunde bekommen habe«, sagte Siggi tonlos. »Das einzige Dokument, das beweist, dass sie meine leibliche Mutter ist.«

Dora sah ihn entgeistert an. Wollte er wirklich der angesehenen Musiklehrerin und angehenden Senatorengattin Brandstiftung unterstellen?

* * *

»Wir stören doch bestimmt – das ist ja ein Haus in Trauer.«

Hedwig sah besorgt durch das Fenster des Lieferwagens, mit dem Siggi ihre Tochter Dora, ihren Schwager, Babette und sie selbst zum Marzipan-Schlösschen brachte.

Über dem hellrötlichen Gebäudekomplex türmten sich an diesem Juniabend düstere Wolken, was zur Stimmung der Familie passte, die so plötzlich ohne Obdach dastand.

»Wenn Felix euch das anbietet, dann meint er es auch so«, betonte Dora überzeugt. »Er ist kein Mann der leeren Versprechungen. Außerdem wohnt ihr ja in den Torbauten, darin gibt es insgesamt sechs Gästezimmer, es wird überhaupt kein Problem sein, vier davon zu belegen.«

Siggi brachte den Lieferwagen am Rand der Allee vor dem Grundstück der Herdens zum Stehen. Dora öffnete das Schlosstor und ging mit ihrer Familie auf das Hauptgebäude zu. Auf der Treppe zum Vordereingang stand die Hausdame, schwarz gekleidet und mit einem Gesichtsausdruck, der noch düsterer war als die Gewitterwolken über ihr.

»Guten Tag, Frau Rautenberg.« Als Dora sie begrüßte, blitzte es wie aufs Stichwort am grauen Himmel. »Ist Herr Felix Herden schon zurück aus der Schiffergesellschaft?«

»Nein, aber er hat von dort aus angerufen und Instruktionen erteilt«, knurrte die Angestellte, wobei sie das Wort Instruktionen spöttisch überbetonte. Sie kramte einen Zettel aus den Tiefen ihres schwarzen Kleides hervor.

»Ihre Base Babette Christoffersen soll bei uns im von der Straße aus gesehen rechten Torhaus nächtigen«, las sie vor. »Ihr Onkel und sein Adoptivsohn bei den männlichen Bediensteten im linken. Ihre Mutter wird im Vorzimmer Ihres eigenen Schlafzimmers im Haupthaus untergebracht.«

»In Ordnung, danke«, bestätigte Dora knapp und wandte sich an ihre Familie. »Kommt, ich zeige euch alles.«

Nachdem sie Babette und die beiden Männer zu ihren jeweiligen Zimmern geführt hatte – klein, aber allesamt mit feudalem Mobiliar aus dem Rokoko ausgestattet –, brachte Dora, die von schlimmer Übelkeit geplagt wurde, ihre Mutter in den Vorraum ihres ehelichen Schlafzimmers im Haupthaus. Dort stand eine kleine Gästeliege, doch als Doras Blick durch die offene Tür auf ihr Ehebett fiel, bat sie: »Können wir tauschen, Mama? Im großen Raum erinnert mich alles an ...«

Sie stockte, und ihre Mutter drückte ihr die Hand. »Was immer dir hilft, Schatz.«

Jetzt tauchte mit verweintem Gesicht das ebenfalls schwarz gekleidete Dienstmädchen Lucie Krull auf. »Kann ich etwas für Sie tun, gnädige Frau?«, wandte sie sich mit brüchiger Stimme an Dora.

Die schüttelte den Kopf. »Nein danke, Lucie. Wie geht es Ihnen denn?«

»Ich muss dauernd an den gnädigen Herrn denken«, antwortete das Mädchen betrübt. »Aber natürlich geht es Ihnen noch schlimmer. Sie haben bei diesem furchtbaren Feuer Ihr Haus verloren.«

In diesem Augenblick kam Felix Herden die Treppe hinauf. Es schien ihm gutzutun, etwas organisieren zu müssen, die Farbe war in sein Gesicht zurückgekehrt.

»Frau Hoyler, ist die Unterbringung für Sie in Ordnung?«, erkundigte er sich bei Doras Mutter.

»Mehr als das, Sie sind zu großzügig«, entgegnete diese. »Ich habe wirklich Angst, wir stören Ihre Eltern in ihrer schlimmsten Zeit.«

»Die werden es gar nicht merken, in den Torhäusern halten sie sich ohnehin nie auf«, beruhigte Felix sie. »Lucie, wären Sie so lieb und würden mir einen Kakao in mein Zimmer bringen?«

Das Stubenmädchen nickte. »Gern, gnädiger …« Dann versagte ihre Stimme, und sie eilte davon.

»Die Ärmste«, kommentierte Felix, der ihr mitleidsvoll nachsah. »Johanns Tod hat sie ganz besonders mitgenommen, er hat sie ja damals vorm Armenhaus gerettet. Und morgen ist ihr achtzehnter Geburtstag, da wird sie nicht viel von haben.«

»Wie lieb von ihm«, sagte Dora benommen und sackte plötzlich erschöpft in sich zusammen, sodass Felix sie stützen musste.

Mit ihrer Mutter brachte er seine Schwägerin zu ihrer Lagerstatt im Vorraum des ehelichen Schlafzimmers. Kaum war Felix gegangen, begann Dora in den Armen ihrer Mutter bitterlich zu weinen. All die verdrängte Trauer und die aufgestauten Tränen brachen sich nun endlich Bahn. Nur noch die dunklen Dinge erfüllten ihren Geist: die Erinnerung an den Verlust von Adam Mettang, daran, dass ihr Vater sie verlassen hatte. Dass Inys schöner Laden in Schutt und Asche lag und die Tante selbst im Krankenhaus. Und natürlich die Tatsache, dass Johann, ihr Johann, dieser schöne große Mensch, jetzt zerschlagen im dunklen Grab lag. Er würde nie mehr lachen, weinen, atmen. Er war für immer fort, diese Erkenntnis erfasste Dora erst jetzt vollkommen. Dass er sie hatte einsperren wollen und ihr von Anfang an untreu gewesen war, spielte in diesem Augenblick keine Rolle mehr. Sie dachte daran, dass Lucie Krull ihm ihre Rettung verdankte, wie er ihr das Marzipan für die Heimkinder geschickt hatte – und an seinen Heiratsantrag im Laden ihrer Familie. An ihren ersten gemeinsamen Ausflug auf den Turm von St. Petri. Jenen Turm, von dem er schließlich in den Tod gestürzt war. Dora weinte, bis sie so erschöpft war, dass sie in den Armen ihrer Mutter einschlief.

41

Babette und Siggi saßen schweigend beieinander in der Küche des rechten Torbaus und tranken heiße Milch mit Honig. Schließlich gesellte sich Hedwig zu ihnen.

»Wie geht es Dora?«, erkundigte sich Babette.

»Sie ist jetzt eingeschlafen«, berichtete ihre Tante. »Ich wollte ihr ein Glas Milch holen, für den Fall, dass sie aufwacht und Durst bekommt. Sie hat endlich geweint. Das tat ihr zwar bestimmt gut, aber ich weiß nicht, wie ich sie trösten kann. Sie hat jede Hoffnung verloren, es war alles zu viel.«

»Vielleicht braucht sie jetzt einfach ganz viel Ruhe«, mutmaßte Siggi.

Doch Babette schüttelte gedankenverloren den Kopf. »Vielleicht braucht sie auch genau das Gegenteil«, meinte sie. »Jemand, dem sie helfen kann – eine Aufgabe!«

»Aber was könnte das sein?«, fragte Siggi.

»Frau Lührs hat mir vorhin erzählt, dass Fräulein Krull morgen achtzehn wird. Vielleicht sollten wir Dora fragen, ob sie eine Idee hat, wie man ihr den Geburtstag trotz all der Trauer versüßen könnte.«

***

»Ich finde es gut, dass wir die Torte machen. Dafür, dass die den Kasten das Marzipan-Schlösschen nennen, gibt es nämlich verdammt wenig Marzipan hier.«

Siggi zeigte seiner Adoptivcousine Dora in der Küche des rechten Torhauses, wie man eine typische Lübecker Marzipantorte backte. Denn das war ihr Vorschlag gewesen, womit man dem trauernden Stubenmädchen Lucie eine Freude machen könnte.

»Sie hat erzählt, dass ein Stück von so einer Torte zu ihrem zehnten Geburtstag ihr schönstes Geschenk war. Da passt es doch, ihr an ihrem achtzehnten eine zu backen.«

Wie von ihrer Cousine erhofft, hatte diese Aufgabe Dora mit neuer Tatkraft erfüllt. Zusammen mit der Köchin Gesa sah Babette ihr und Siggi bei der Zubereitung über die Schulter. Der heutige Tag war für ihre Familie recht arbeitsam gewesen, Einar und Siggi hatten mit der Feuerwehr über den Freigabetermin von Laden und Wohnung verhandelt und dann diverse Handwerker für die bevorstehende Sanierung beauftragt. Hedwig war bei ihrer Schwester im Krankenhaus gewesen, Babette bei der Versicherungsgesellschaft. Dora hatte zusammen mit ihrer Schwiegermutter all jene angeschrieben, die nicht zur Beerdigung eingeladen und über Johanns Ableben benachrichtigt worden waren.

Trotz all dieser zu bewältigenden Schwierigkeiten und Aufgaben war Dora in die Fabrik gegangen, um sich bei Jakob Kröger einige der von Siggi bestellten Zutaten für eine Marzipantorte zu holen: Ein knappes Kilo Marzipanrohmasse sowie zweihundert Gramm Walnüsse.

Jeweils rund dreihundert Gramm Mehl und Zucker sowie hundert Gramm Butter und Speisestärke, fünf Eier, Vanillezucker, gemahlene Gelatine, Backpulver und Aprikosenmarmelade hatte Gesa Lührs besorgt.

»Babette, du könntest den Backofen schon mal vorheizen und ein Blech mit Backpapier auslegen«, bat Siggi seine Adoptivschwester, und Dora erklärte er: »Ich überprüfe dann mit einer Kornähre, wann die Temperatur stimmt. Für den Mürbeteig müssen wir jetzt all seine Zutaten mit den Händen verkneten.«

Dann rollte er den Teig auf dem Backblech zu einem Kreis mit knapp dreißig Zentimeter Durchmesser aus. »Den backen wir jetzt zwanzig Minuten lang. Lübecker Marzipantorte macht man nicht mal eben zwischendurch. Dafür braucht man Zeit, Ruhe und Fingerspitzengefühl.«

»Für Lucies Geburtstag lohnt sich das«, meinte Dora überzeugt.

»Das ist wirklich lieb von Ihnen, Frau Herden«, zeigte sich die burschikose Köchin gerührt. »Dass Sie an die anderen denken, wo Sie doch gerade Ihren Mann ...«

»Ich bin für jede Ablenkung dankbar«, erklärte Dora.

Nachdem sie den Mürbeteig hatten auskühlen lassen, schnitten ihn Dora und Siggi mithilfe einer Springform zu einem Boden. Die Form wurde dann mit Backpapier ausgelegt und eingefettet. »Im Backofen muss jetzt die Temperatur ein wenig gesenkt werden«, wies Siggi Babette an. Als Nächstes wurden für den Biskuitboden Eier mit Wasser schaumig geschlagen. Auf Siggis Anweisung hin fügte Dora Zucker und Vanillezucker hinzu, und er schlug weiter. Nun wurden Mehl, Backpulver und Speisestärke vermischt und kurz unter die Eimasse gerührt. Dora durfte den Teig in die Springform geben, der dann im heißen Ofen eine gute halbe Stunde gebacken wurde. Nachdem sie den Biskuitboden hatten auskühlen lassen und er aus der Form gelöst worden war, teilte Siggi ihn zweimal waagerecht.

Für die Füllung wurden nun Walnüsse fein gehackt.

»Ein paar lassen wir zum Dekorieren übrig«, schlug der

Konditor vor und zückte eine Pfanne. »Wir schmelzen dreißig Gramm Zucker und lassen die gehackten Nüsse karamellisieren.«

»Hm, das duftet«, schwärmte Gesa.

Dann zupfte Siggi den Marzipan in kleine Stücke und gab ihn in die Pfanne. Bevor etwas anbrannte, nahm der Konditor sie vom Herd und zerkleinerte größere Stücke mit einem Pfannenwender.

»Aus den Marzipan-Resten kannst du am Ende deine Rosen für die Dekoration machen«, fiel ihm dabei ein. »Das wird das Tüpfelchen auf dem i.«

Dora ließ er derweil einen knappen Liter Sahne steif schlagen und dreißig Gramm Zucker darin einrieseln. Unter das Ganze sollte sie dann Gelatine rühren und die Walnuss-Marzipan-Mischung untergeben.

»Die Aprikosenmarmelade erwärmen wir ein wenig und verstreichen sie dann schön gleichmäßig auf den Mürbeteigboden«, verkündete Siggi.

Auf die Marmelade wurde dann ein Biskuitboden gesetzt und mit der Hälfte der Sahne-Nuss-Masse bestrichen. Dora durfte darauf den zweiten Biskuitboden setzen und mit der restlichen Masse bestreichen. Mit dem dritten Boden schloss Siggi ab und erklärte: »Jetzt muss die Torte für zwei Stunden in den Kühlschrank.«

»Dann nutzen wir die Zeit doch und decken schon mal den Tisch«, meinte Dora und deutete auf die Essecke des Personals.

Sie hatte in Absprache mit der Köchin beschlossen, die kleine Feier hier zu veranstalten und nicht drüben im Haupthaus. Einzig Felix war von Dora eingeweiht worden. Auch ihn hatte ihre Idee gerührt, Lucie etwas Trost zu spenden, und er war auf Anhieb bereit gewesen, das Stubenmädchen bis zur Fertigstellung der Torte im Schlösschen zu beschäftigen.

Nach den zwei Stunden setzten Dora und Siggi ihre Arbeit an der Torte fort. »Die restliche Sahne schlage ich jetzt mit zehn Gramm Zucker steif und rühre Gelatine unter«, erläuterte der Konditor und bestrich die Torte damit.

Im letzten Arbeitsschritt legte Dora schließlich unter Siggis kundiger Aufsicht die Marzipandecke vorsichtig über die Torte, woraufhin er die Ummantelung etwas andrückte und überlappende Ränder mit einem Messer abschnitt. Dann zog er die Hülle glatt und garnierte sie mit Walnüssen und den Marzipanrosen, die Dora in der Pause aus den Resten geformt und dann gefärbt hatte.

Schließlich war das Kunstwerk fertig. Ein Mürbeteigboden, mehrere Schichten Biskuit und dazu eine nussige Marzipan-Sahnecreme, ummantelt von einer feinen Marzipandecke, verziert mit halben Walnüssen und Marzipanrosen.

Dora rief wie verabredet im Schlösschen an, und Felix brachte die ahnungslose Lucie mit ins Torhaus. Das Stubenmädchen war völlig überwältigt und begann augenblicklich vor Rührung zu weinen, als sie die Torte erblickte und alle Anwesenden mit gesenkten Stimmen »Hoch soll sie leben!« sangen.

»Danke«, stammelte sie ergriffen, und auch Felix wandte sich gerührt an Dora und Siggi: »Marzipan, Nuss und Sahne – ein wahrgewordener Kuchentraum.«

Bald saßen sie am Küchentisch, stießen auf Lucies Wohl an, und jeder bekam ein Stück Torte. Einzig Frau Rautenberg sah nur einmal kurz hasserfüllt zur Tür rein. Da Felix und Dora an dieser Aktion beteiligt waren, konnte sie sich nicht beschweren, doch Dora las im Gesicht der Hausdame, wie pietätlos sie das alles fand.

Die junge Witwe war hingegen froh, hier zusammen in aller Stille zu beweisen, dass das Leben, das ihr Mann Johann so überstürzt hinter sich gelassen hatte, schön sein konnte, wenn die Menschen zusammenhielten. Und sie würde sich nicht schämen, von der Torte zu kosten. Aber natürlich war Lucie als Erstes an der Reihe – sie schloss nach dem ersten Gäbelchen genießerisch die Augen. »Genauso himmlisch wie damals.«

Und schon beim ersten eigenen Bissen überkam Dora das Gefühl, dass Lucie recht hatte: Eine solche Torte war etwas ganz Besonderes. An diesem Juniabend verdiente das Marzipan-Schlösschen seinen Namen wirklich. Und in der harmonischen Stimmung wuchs in Dora die Zuversicht, dass es ihnen gelingen würde, auch den Laden wiederaufzubauen.

***

Es war eine Woche nach Johanns Beerdigung und dem Brand im Laden. Als Dora aufwachte, merkte sie sofort, dass sie verschlafen hatte. Babette, Siggi und Einar waren bestimmt schon losgezogen. Auch ihre Mutter war, ohne dass Dora es bemerkt hatte, aus dem großen Schlafzimmer verschwunden. Eigentlich hatte sie selbst ebenfalls schon so früh mit dem Fahrrad zum Laden fahren wollen, um den Fragen von Patriarch Hubert zu entgehen. Tatsächlich traf sie nun nach der Morgentoilette prompt auf ihn, als er sich mit Natalie vom Frühstückstisch erhob und auf den Flur hinaustrat.

»Dora, darf ich fragen, wohin du schon wieder unterwegs bist?«, schnauzte er. »Man sieht dich gar nicht mehr in der Villa. Wir sind doch aber in Trauer.«

»Lass sie doch, Hubert, das hat sie mit mir abgesprochen«, sprang Natalie für ihre Schwiegertochter in die Bresche. »Sie hilft ihrer Familie beim Wiederaufbau. Du weißt doch, wie Versicherungen sind. Da müssen die Christoffersens eben erstmal selbst mit anpacken.«

»Anpacken?«, wiederholte Hubert empört. »Eine Herden-Frau musste noch nie irgendwo ›anpacken‹! Und schon gar nicht eine Woche nach der Beerdigung ihres Gatten.«

»Vater, lass sie!«, mischte sich Felix ein, der gerade die Treppe herunterkam. »Glaubst du nicht, dass man für jede Ablenkung dankbar ist, wenn man seinen Ehepartner verloren hat? Ich kenne einen gewissen Herrn, der hat sogar eine Marzipanfirma gegründet, um wieder Freude am Leben zu finden.«

Das saß. Hubert starrte seinen Sohn fassungslos an. Die junge Witwe erwartete ängstlich einen zornigen Konter des Patriarchen, doch da wandte sich Felix bereits an sie: »Komm, Dora, ich muss sowieso in die Fabrik, mir weiterhin einen Überblick über Johanns Geschäftsaktionen verschaffen. Ich lasse dich beim Laden aussteigen.«

»Das war sehr lieb von dir«, bedankte sich Dora bei ihrem Schwager, als sie kurz darauf auf das Automobil zugingen, das bisher Johann gefahren hatte. »Es hat mich gewundert, dass Hubert nicht sofort dagegengeredet hat.«

»Weil es die Wahrheit war«, erklärte Felix. »Um über Mutters Tod hinwegzukommen, hat mein Vater damals angefangen, sich mit Marzipan zu beschäftigen. Zuvor war er die rechte Hand von Gewürzhändler Böttcher gewesen.

Sieben Jahre später wurden die Herden-Werke eröffnet. Im Grunde war es auch meine leibliche Mutter, die ihn auf die Idee gebracht hatte. An ihrem letzten Weihnachten mit ihm hat sie gesagt: Wenn dich der Herr Niederegger so beeindruckt, dann bau dir doch auch so etwas auf!«

»Und was ist mit *deinen* Träumen?«, fragte Dora, als sie losgefahren waren. »Fällt es dir nicht schwer, jetzt plötzlich aufzurücken und die Geschäfte zu übernehmen?«

»Irgendwer muss es ja tun, Vater wird nicht ewig weitermachen können, und er passt auch nicht mehr so wirklich in diese krisengeschüttelte Zeit«, fand Felix. »Aber du hast recht, im Grunde finde ich es furchtbar, mich mit schnödem Zahlenwerk zu beschäftigen. Mit Kontrakten und derlei Dingen habe ich keine Probleme, aber unsere Bilanzen? Schrecklich!«

»Dann hol dir doch Hilfe!«, schlug seine Schwägerin vor.

Er seufzte. »Das Problem ist, dass unser Buchhalter nochmal zehn Jahre älter ist als Vater – und allmählich richtig tatterig wird.«

»Ich meinte Babette«, stellte Dora klar. »Die liest nicht nur Hedwig Courths-Mahler, sondern auch Bücher über Ökonomie. Sie macht die Buchhaltung im Laden. Mein Onkel Einar wäre wohl längst bankrott ohne sie.«

»Ein Krämerladen ist etwas anderes als eine Fabrik«, gab Felix zu bedenken. »Na ja, aber wenn du meinst …«

»Ich lege für meine Cousine meine Hand ins Feuer«, betonte Dora.

»Ich denk drüber nach – und ich freu mich, dich heute Abend wiederzusehen.«

»Ich mich auch«, sagte Dora, als sie vor dem Laden angekommen waren, und stieg aus.

Die Christoffersens kamen gut mit ihren Reparaturarbeiten voran. Obwohl sie erst Mittwoch damit begonnen hatten, war Siggis Zimmer schon so gut wie bezugsfertig. Er werde hier möglichst bald übernachten, hatte er gestern verkündet, der Gestank nach Rauch und Farbe störe ihn nicht sonderlich. Als Siggi nun mit einem halb verkokelten Schränkchen aus dem Haus kam, um es auf die Pritsche des Lieferwagens zu werfen, erblickte er seine Adoptivcousine und schien ein schlechtes Gewissen zu haben.

»Oh, Dora, wir wussten nicht, ob du noch kommst oder vielleicht was mit den Herdens zu erledigen hattest, deshalb sind wir schon mal los; und deine Mutter ist mit Einar ins Krankenhaus gefahren, die wollen Iny besuchen.«

»Kein Problem, Felix hat mich hergefahren«, erklärte Dora.

Im Verlauf des Vormittags kamen ihnen Bildhauer Armin Kröger und ein befreundeter Maurer zur Hilfe: Mit Erlaubnis der Feuerwehr durften sie die beschädigte Wand in der Wohnstube restaurieren, der Boden war bereits am Montag instand gesetzt worden. Dora half ihrer Cousine und Siggi, jene Möbel aus dem ersten Stock zu tragen, die vom Feuer zu sehr beschädigt worden waren.

Als Dora mit Siggi aus dem Haus kam, um einen halb verbrannten Teppich in den Wagen zu bringen, steuerte Charlotte Andresen auf ihn zu.

»Siegfried, bin ich froh, dass es euch allen gut geht«, rief sie erleichtert.

»Guten Tag, M…«, setzte er an, sie Mutter zu nennen, korrigierte sich dann aber gerade noch rechtzeitig: »Frau Andresen.«

»Als ich von dem Brand gehört habe, wäre ich beinah verrückt geworden vor Angst um dich«, erzählte sie aufgebracht. »Aber dann sagte eine Kundin von euch, dass ihr fast alle unverletzt seid und nur deine Ziehmutter einen Beinbruch erlitten hat. Ich hoffe, es geht auch ihr bald wieder gut.«

»Bestimmt«, sagte er. »Mein Adoptivvater ist mit seiner Schwägerin gerade bei ihr.« Doch Siggi brannte sein Verdacht unter den Nägeln, den er rasch geklärt haben wollte. »Babette konnte meine Geburtsurkunde aus dem Feuer retten. Vielleicht ist dir wohler, wenn ich sie dir gebe? Du kannst sie auch vernichten, wenn du möchtest.«

Sie sah ihn verständnislos an. »Warum sollte ich so etwas tun? Das ändert doch nichts an der Wahrheit.«

»Ja, aber sie ist der einzige *Beweis* für die Wahrheit«, präzisierte er. »Die Polizei hat übrigens ein Seidentaschentuch mit deinen Initialen zwischen den Trümmern im Hinterzimmer gefunden.«

Sie reagierte völlig arglos. »Ah, dann habe ich es dort beim letzten Mal liegen lassen. Da sind ja ein paar Tränen geflo…« Sie hielt inne – ihr schien wohl der Verdacht hinter seinen Andeutungen klarzuwerden. »Was unterstellst du mir eigentlich, Siegfried?«, fragte sie verletzt. »Dass ich Angst habe, du verwendest die Urkunde gegen mich? Dass ich dir so wenig vertraue?«

»Na ja …«, stammelte er. Plötzlich kam er sich wie ein Idiot vor. Wie hatte er nur einen Augenblick lang denken können, dass eine Frau ihres Formats einen Süßwarenladen anzünden würde, um eine Geburtsurkunde zu vernichten?

»Ich glaube, ich gehe jetzt besser«, sagte sie traurig.

Er sah ihr gequält nach. Aber konnte er sie zurückrufen?

Ihr hinterherrennen? Was, wenn ihr Verlobter inzwischen einen anderen Ermittler auf sie angesetzt hatte? Verwunderlich wäre es nicht, denn auch er hatte die Privatdetektivin Marlene Kleinert nun schon seit Johanns Tod nicht mehr telefonisch erreicht.

»Habt ihr euch gestritten?«, fragte Dora besorgt.

Siggi starrte ins Leere. »Ich glaube, ich habe einen großen Fehler gemacht.«

In diesem Augenblick trafen Hedwig und Onkel Einar ein, und fast gleichzeitig hielt Jakob Kröger ein Fahrzeug der Marzipan-Werke an und stieg aus.

»Guten Morgen zusammen«, rief der Fabrikleiter. »Wie geht es Ihrer Schwester?«

»Besser«, berichtete Doras Mutter lächelnd. »Der Gips wird zwar noch mindestens zwei Wochen dranbleiben, aber sie darf wohl nächsten Montag das Krankenhaus verlassen.«

»Wunderbar, das freut mich so für sie«, sagte Kröger senior aufrichtig, »dann geh ich mal nach meinem Sohnemann schauen, ob er das mit dem Mauern hinbekommt. Ach so, bevor ich es vergesse, diese Nachricht soll ich Ihnen von Felix Herden geben, liebe Dora. Hab ihn gerade bei seiner Ankunft im Werk getroffen.«

Dora sah auf den Briefumschlag. Sie fragte sich, was ihr Schwager ihr wohl mitzuteilen hatte, so kurz nachdem er sie hier abgesetzt hatte. Da bemerkte sie, wie verträumt ihre Mutter Jakob Kröger nachsah. »Das ist aber lieb von ihm, dass er sich so für Iny freut und hier mithilft.«

»Ja, er ist wirklich nett zu mir«, bestätigte ihre Mutter.

»Ich glaube, er mag dich«, stellte Dora lächelnd fest. »Sehr sogar.«

»Das glaube ich auch«, gab die Mutter zu. »Aber ich bin doch immer noch mit deinem Vater verheiratet. Was soll ich tun, wenn er wieder Vernunft annimmt und zu uns zurückkehrt?«

Diese Hoffnung hatte Dora inzwischen aufgegeben. Seit der Verwechslung mit dem Hamburger Matrosen im Dezember befürchtete sie, ihren Vater nie wieder zu sehen.

»Herr Oberwachtmeister, gibt es neue Erkenntnisse?«, fragte Onkel Einar in diesem Augenblick. Dora drehte sich um und sah, wie Seiler strammen Schrittes aus dem Laden kam.

»Das kann man wohl sagen«, bestätigte er zufrieden. »Ich wollte warten, bis es ganz sicher ist, aber die Brandexperten und zwei Zeugenaussagen bringen ein ganz eindeutiges Ergebnis: Es gab am Dienstag vor einer Woche ein kleines Gewitter. Zwei Zeugen haben nun ausgesagt, sie hätten gesehen, wie ein Blitz hinten im Haus eingeschlagen hat.«

Dora erinnerte sich an den düsteren Himmel bei der Beerdigung, auch an entferntes Wetterleuchten. Blitze hatte sie jedoch nicht bemerkt, aber sie war ja auch mit anderen Dingen beschäftigt gewesen an jenem Tag.

»Die Experten sind sich einig, dass ein Blitzeinschlag die Brandursache war. Die hintere Scheibe ging erst kaputt, als es schon gebrannt hat.«

Dora, Einar und Hedwig waren erleichtert. »Dann wird meine Versicherung also zahlen müssen, Babette hat gesagt, der Vertrag deckt Blitzschlag für das Geschäft eindeutig mit ab«, freute sich der Ladenbesitzer.

Siggi wirkte hingegen eher betreten. »Keine Brandstiftung also …«, murmelte er, und man sah ihm an, dass ihm die Tragweite seines falschen Verdachts bewusst wurde: Er hatte seine leibliche Mutter beleidigt. Das würde er wohl mit ihr klären müssen.

Dora öffnete nun endlich den Brief ihres Schwagers.

Liebe Dora, verzeih mein Zögern vorhin! Ich vertraue Deinem Urteil, Dein Vorschlag mit Babettes Hilfe ist bestimmt großartig. Besucht mich doch im Kontor der Marzipan-Werke, sobald ihr die Zeit findet, dann sprechen wir. Ich freu mich darauf.
Dein Felix

Erst freute sich Dora über diese Nachricht, doch dann betrachtete sie die Handschrift genauer und stutzte. Rasch holte sie aus ihrer Tasche das Streichholzbriefchen, welches sie seit dem Mandelblütenball mit sich herumtrug. Ihr Verdacht bestätigte sich: Die Handschriften waren identisch! Es war also Felix, der sie damals vor der Untreue seines Bruders gewarnt hatte!

42

Achtung. J. H. ist nicht treu!

Während sich Babette Christoffersen im Kontor der Herden Marzipan-Werke, wie von ihrer Cousine vorgeschlagen, einen ersten Einblick in die Bilanzen der Firma verschaffte, konfrontierte Dora ihren Schwager etwas abseits mit dem Streichholzschächtelchen.

»Das ist doch deine Handschrift, oder?«

Felix sah sie schuldbewusst an und nickte. »Ja, ich habe es dir bei Vaters Geburtstagsfeier in die Handtasche gesteckt.«

Dora sah ihn bestürzt an, wie so oft in letzter Zeit war ihr übel. »Aber wieso? Wolltest du mich nicht in der Familie haben?«

»Darum ging es nicht. Ich habe an dem Abend meinen Bruder draußen im Rosengarten eine andere Frau küssen sehen. Deshalb wollte ich dich zur Vorsicht mahnen. Ich hatte ihn darauf angesprochen, er behauptete, ich sehe Gespenster.«

»Und wer war diese Frau?«, hakte Dora nach.

»Das habe ich im Dunkeln und auf die Entfernung nicht erkennen können. Es war unerträglich, dich mit meinem Bruder zu beobachten, zu merken, wie du oft unter seiner Art leidest – und nicht zu wissen, ob er dich vielleicht immer noch betrügt. Ich habe ihn davor gewarnt, dir wehzutun – doch er hat nur gelacht. Er behauptete, ich sei verrückt.«

»Aber warum hast du mich nicht einfach direkt darauf angesprochen?«

»Was hättest du denn dann gedacht?«, konterte er.

Dora dachte kurz nach und gab dann zu: »Dass du mich nur loswerden willst, weil ich von niederem Stand bin.«

»Siehst du«, sagte er, »dem Überbringer schlechter Nachrichten unterstellt man immer schnell unlautere Absichten. Aber ...«

»Leute, das solltet ihr euch ansehen«, rief in diesem Moment Babette vom Schreibtisch aus.

Sie gingen zu ihr hinüber.

»Johann hat Geld aus der Firmenkasse entwendet«, berichtete sie. »Immer wieder auch größere Summen, meist steht da, es sei für Materialausgaben. Für die findet sich jedoch nirgends ein Kaufbeleg.«

»Aber wozu?«, wunderte sich Felix. »Vater wollte ihm doch ohnehin die ganze Firma übertragen.«

»Vielleicht brauchte er das Geld schneller – weil er spielsüchtig war«, wiederholte Dora ihren ursprünglich gehegten Verdacht, da überkam sie plötzlich Brechreiz. Sie hastete zum Abort, um sich zu übergeben.

Als sie mit zitternden Knien zurückkam, sah Babette sie streng an. »So geht das nicht mehr weiter mit dir, wir gehen jetzt sofort zu Doktor Degner, seine Praxis ist gleich drüben an der Musterbahn.«

»Bitte lass mich dich dort hinfahren«, sagte Felix besorgt. »Babette meinte, dir sei schon seit Johanns Tod dauernd schlecht. Das muss man doch überprüfen.«

***

»Tja, ich würde behaupten, die Diagnose ist eine erfreuliche.«

Dora saß in Dr. Gertrud Degners Behandlungszimmer

und sah sie nach der Untersuchung erwartungsvoll an. Babettes einstiger Geliebter hatte an diesem Morgen zu viele Patienten und daher keine Zeit, so hatte seine Frau übernommen, die eigentlich Kinderärztin war.

»Sie sind wohl noch in den ersten drei Wochen, aber ich würde sagen – Sie sind guter Hoffnung.«

Dora sah die Ärztin schockiert an. »Aber ... mein Mann hat in seinem Abschiedsbrief geschrieben ... ein Arzt in Hamburg meinte, er sei zeugungsunfähig.«

»Nun, Fehldiagnosen gibt es immer mal wieder«, räumte die Ärztin ein. »Aber dass Sie schwanger sind, davon bin ich überzeugt.«

Kurz darauf standen Dora, ihr Schwager und Babette am Automobil, das Felix am Straßenrand abgestellt hatte. Er hatte noch von der Praxis der Degners aus beim Hausarzt der Familie Herden angerufen.

»Ich bin mir jetzt sicher, dass der Abschiedsbrief gefälscht ist«, erklärte Felix. »Doktor Jepsen hat Johann kurz vor der Hochzeit eingehend untersucht. Er war kerngesund – und fähig, Nachwuchs zu zeugen. Das zu überprüfen hat Johann ausdrücklich von ihm gefordert. Wieso sollte mein Bruder dann einen Arzt in Hamburg aufsuchen? Und weshalb sollte ihm der einen so komplett anderen Befund mitteilen?«

»Wer auch immer den Brief und Johanns Unterschrift gefälscht hat, muss sich Zugang zu der Schreibmaschine in eurem Kontor verschafft haben«, kombinierte Dora, obwohl sie noch ganz benommen von der Nachricht war, schwanger zu sein.

»Ich denke, Siggi hatte recht. Da Frau Kleinert nicht ans Telefon geht, sollten wir bei ihr in der Detektei vorbeigehen. Egal, was sie in Johanns letzten Tagen beobachtet hat, es könnte jetzt von Bedeutung sein.«

Felix sah sie erstaunt an. »Ihr habt Johann beschatten lassen?«

»Siggi hat«, präzisierte Babette. »Er war in Sorge um Dora und traute deinem Bruder nicht über den Weg.«

***

Eine halbe Stunde später betraten sie mit Siggi die Detektei Kleinert. Mitarbeiter Daniel Riecke teilte ihnen traurig mit: »Frau Kleinert wurde in der Nacht des 2. Juni aufgefunden. Sie hat eine schwere Kopfverletzung und kämpft seither im Krankenhaus ums Überleben.«

»Was?« Siggi war noch entsetzter als die anderen über diese Nachricht. »Kann man sie besuchen?«

Riecke schüttelte den Kopf. »Leider immer noch nicht.«

»Dann ist Frau Kleinert vielleicht Johanns Mörder in die Quere gekommen«, mutmaßte Babette und schauderte. »Wir sollten unbedingt Oberwachtmeister Seiler hinzuziehen.«

»Ich kann Ihnen Frau Kleinerts Akte über die Observierung Johann Herdens zur Verfügung stellen«, bot Riecke an. »Weit ist sie damit allerdings nicht mehr gekommen.«

***

»Alles gut?«

Ihr Schwager sah Dora besorgt an, die vor der Detektei an seinem Automobil lehnte und kurz die Augen schloss. Babette und Siggi hatten sich inzwischen auf den Weg zur Polizeistation gemacht, Felix wollte Dora nach Hause ins Schlösschen bringen.

»Ja, ich habe nur so irrsinnigen Heißhunger auf Hering«, sagte sie. »Hoffentlich hat Gesa welchen da.«

»Darauf verlassen wir uns besser nicht. Wir gehen einfach selbst direkt zur Quelle – zu Lord Heringstonn«, schlug Felix vor.

Kurz darauf kamen Dora und Felix bei Fischhändler Holtermann an der Ecke Markttwiete an. Ein großes Schild am kleinen Haus kündete davon, dass hier Salzheringe *en gros* und *en détail* zu haben waren.

Mehrere angebrochene Fässer standen auf der winzig kleinen Diele des Eckhauses. Um einige hing ein Schild mit der Aufschrift: »Neue Ernte.«

Felix bestellte bei Herrn Holtermann, einem Mann mit einem Gesicht, das mehr Linien aufwies als eine Landkarte, zwei Salzheringe. Er zeigte sich nicht zimperlich, hemmungslos griff er in eine der Tonnen und wühlte mit Behagen die beiden – seiner Meinung nach – schönsten Fische aus der sehr stark riechenden trüb-rötlichgrauen Salzlake heraus, auf der eine dicke Schicht von Fischfett schwamm.

»Dscheden und dscheden Morgen spuckt mich der verdammte Bengel in die Heringstünn«, behauptete der Fischhändler, und Dora ekelte sich ein wenig. »Ich mein – schaden tut das scha nich – aber was soll das?«

Triefend von der üppigen Sauce, wickelte der Mann mit dem Spitznamen »Lord Heringstonn« die Fische kurzerhand in eine Ausgabe des Lübecker Generalanzeigers und drückte sie Felix in die Hand.

Als Dora auf die vor Fett triefenden Seiten sah, entdeckte sie doch tatsächlich ihre eigene Hochzeitsanzeige. An dem

Tag, als Johann und sie diese aufgegeben hatten, waren sie auch mit der Planung ihrer Hochzeitsreise beschäftigt gewesen, erinnerte sie sich. Daraus war wegen der schwierigen geschäftlichen Lage jedoch nichts mehr geworden. Da fiel ihr etwas ein: »Vielleicht ist die angebliche Ehefrau, mit der Johann in Hamburg im Hotel Eden abgestiegen ist, ja der Schlüssel zu seinem Tod.«

Felix nickte nachdenklich. »Ich könnte hinfahren und beim Hotelpersonal nachhaken. Ich wollte ohnehin bei der Hamburger Reederei Nieland vorbeischauen.«

»Da komme ich aber mit«, sagte Dora bestimmt.

»Auf keinen Fall, doch nicht in deinem Zustand!«

***

Noch am selben Spätnachmittag stand Felix Herden vor einem Hotelangestellten des eher kleinen Hotels Eden im Stadtteil St. Pauli, an seiner Seite Schwägerin Dora. »Ich bin schwanger, aber nicht schwer krank« – mit diesen Worten hatte sie durchgesetzt, ihn nach Hamburg begleiten zu dürfen.

»Wie die Frau dieses Johann Herden aussah, kann ich Ihnen leider nicht sagen«, erklärte der Portier bedauernd. »Die Kollegin Fräulein Leverkühn hatte an den beiden Tagen Dienst. Sie ist erst morgen früh ab sieben Uhr wieder im Haus.«

»Hätten Sie denn zwei Einzelzimmer für mich und meine Schwägerin?«, fragte er.

»Ja, eines im ersten und eines im dritten Stock«, sagte der Portier.

Dora vermutete, dass er sie absichtlich so weit auseinander unterbringen wollte, um jedem Verdacht auf Kuppelei vorzubeugen. Dass Felix und sie trotz des gleichen Nachnamens nur verschwägert und nicht verheiratet waren, wusste er ja nun ganz genau. Denselben Fehler wie mit Johann Herden und der falschen Ehefrau wollte der Portier gewiss nicht noch einmal machen.

Da kam ihr ein spontaner Einfall. »Wissen Sie, wo man hier in der Nähe vielleicht … ein wenig Karten spielen kann?«, formulierte sie ihre Frage an den Hotelangestellten vorsichtig, da Glücksspiel in Deutschland seit gut einem halben Jahrhundert verboten war, und blickte ihn möglichst unschuldig an.

Er sah sich nervös um, beugte sich zu ihr vor, und sagte mit gesenkter Stimme: »Es gibt vorn an der Ecke eine Pinte, die haben … ein Hinterzimmer. Man munkelt, dort würde gespielt. Selbstverständlich weiß ich das nur vom Hörensagen; ob es also tatsächlich stimmt …« Er zuckte mit den Schultern. »Aber, wenn ich das sagen darf, es ist gewiss kein Ort für eine Dame wie Sie.«

*＊＊

Wenig später saß Dora in der verrauchten Eckkneipe und spürte die lüsternen oder abfälligen Blicke einiger – durchweg männlicher – Gäste auf sich. Immer wieder verschwand mal einer der Kostgänger im Hinterzimmer oder kam dort heraus – jedes Mal quoll eine noch dichtere Rauchwolke in den Schankraum. Sie beobachtete, dass der Wirt, dem Felix die Fotografie seines Bruders zeigte, den Kopf schüttelte und auf seinen Gläser spülenden Gehilfen deutete. Ihm zeigte Doras Schwager das Bild als Nächstes.

Da fiel ihr Blick erneut auf die sich öffnende Tür zum Hinterzimmer. Ein dürrer Schiffsheizer mit Oberlippenbart kam heraus und steuerte den Abort an. Als sie das Gesicht unter seiner Heizer-Mütze erkannte, hatte sie Mühe, einen Schrei zu unterdrücken – es handelte sich um ihren Vater! Gägge Hoyler hatte nun seinerseits die für diese Kaschemme zu gut gekleidete junge Dame bemerkt. Er sah genauer hin, riss erschrocken die Augen auf und trat zögerlich auf sie zu.

»Ja, Dorle, du bist ja eine richtige Dame geworden«, stellte er fest.

»Und du gehst immer noch gerne spielen«, entgegnete sie kühl. »Die Kerle, denen du noch Geld geschuldet hast, haben mir und Mama die Hölle heißgemacht.«

»Das tut mir leid«, sagte er. »Wie geht es Hedwig denn?«

»Gut, wir leben aber nicht mehr in Schwaben«, entgegnete sie einsilbig.

»Ist sie auch in Hamburg?«, erkundigte sich Gägge. »Habt ihr mich gesucht?«

»Nein«, sagte Dora bestimmt.

»Was machst du dann hier?«, fragte er.

Dora wusste nicht, was sie antworten sollte. Die Geschichte vom Tod ihres Mannes und die Befürchtung, er könne ebenfalls spielsüchtig gewesen sein, wollte sie mit ihrem Vater am allerwenigsten besprechen. Daher war sie erleichtert, als nun Felix hinzukam und den Schiffsheizer konsterniert ansah. »Moin?«

»Das ist Herr Herden, mein Schwager, Felix, das ist mein Vater«, stellte Dora die beiden unwillig vor.

»Schwager?«, staunte Gägge Hoyler. »Dann bist du verheiratet.«

»Ich bin Witwe«, erklärte sie. »Wir müssen jetzt auch mal wieder los.«

»Wie kann ich dich erreichen?«, wollte Gägge wissen.

»Schreib einfach an die Mettangs, sie leiten uns alles weiter«, erwiderte sie.

Sie wollte ihm keinesfalls ihre Anschrift in Lübeck geben. Nicht dass sie auch dort noch von seinen Gläubigern heimgesucht wurden.

Felix deutete mit fragendem Blick Richtung Ausgang, sie nickte dankbar. »Leb wohl, Papa.«

Sie hatten schon fast die Tür erreicht. Dora war verärgert über sich selbst, weil sie wegen der unerwarteten Begegnung mit ihrem verschollenen Vater Tränen in den Augen hatte – da rief er ihr hinterher: »Dorle!«

Er kam herangeeilt und raunte ihr ins Ohr: »Dorle, du sag mal ...«

Wollte er sie um Verzeihung bitten? Um die Adresse ihrer Mutter anflehen, damit sie einen Neuanfang wagen konnten? Wollte die das überhaupt?

»Könntest du mir vielleicht ein paar Mark leihen? Ich bin gerade ein bisschen klamm, ich hatte hier eine kleine Pechsträhne.«

Die Enttäuschung traf sie wie ein Keulenschlag. Dora griff in ihre Handtasche, kramte ihr Bargeld heraus und reichte es ihm. »Hier, Papa, nimm es. Das ist alles, was ich dabeihabe. Ich wünsch dir viel Glück.«

Sobald sie zu zurück in Lübeck waren, würde Dora ihrer Mutter dringend raten, die Scheidung in Abwesenheit zu beantragen. Weiterhin auf diesen Hallodri zu warten und sich um ein neues Glück mit Herrn Kröger senior zu bringen, war eine Verschwendung wertvoller Lebenszeit!

»Das war wohl nicht gerade ein freudiges Wiedersehen«, konstatierte Felix, als sie vor der Kneipe standen.

»Ach, das ist eine lange Geschichte ...«, sagte Dora und wischte sich die Augen.

»Ich habe Zeit. Ich könnte dir meine Lieblingskneipe zeigen, dann wird die Reise in die Vergangenheit vielleicht etwas weniger grämend«, schlug ihr Schwager mit seinem charmantesten Lächeln vor und deutete auf die Pinte hinter ihnen. »Hier müssen wir jedenfalls nicht mehr rein. Mein Bruder war wohl noch nie da drin. Zumindest kennt ihn keiner vom Personal.«

Dora versuchte, den Gedanken an ihren Vater abzuschütteln. »Gut, dann zeig mir dein Hamburg!«

* * *

Als sich Dora und Felix am nächsten Morgen im Foyer des kleinen Hotels Eden wiedertrafen, hatten beide müde Augen. Sie hatte sich nach der unangenehmen Episode in der Spielerkneipe all ihre Gefühle bezüglich ihres seit dem Krieg so unzuverlässigen Vaters von der Seele geredet, und er hatte sie mit Geschichten über seine Erlebnisse im Hamburger Nachtleben aufzuheitern gesucht. Beide waren nach Kräften bemüht gewesen, einander von der Tatsache abzulenken, dass Johann Herden höchstwahrscheinlich ermordet worden war. Darüber war es recht spät geworden.

»Na, geht es dir trotz wenig Schlaf gut?«, fragte Felix mit einem liebevollen Lächeln.

»Ja, für deine spannenden Geschichten über Hamburgs Nachtleben verzichtet man gern mal auf ein bisschen Schlaf«, beruhigte sie ihn.

»Dann warte mal ab, wie das aufblühen wird, wenn es erst dem gesamten Reich besser geht!«, warb ihr Schwager für weitere gemeinsame Ausflüge.

»Mir kam gestern – beziehungsweise vorhin im Bett – noch eine Idee«, verkündete Dora. »Irgendwann, wenn es wieder aufwärts geht, könnten wir auch in Hamburg Marzipan als modischen Zwischenimbiss im Nachtleben anbieten.«

Er nickte anerkennend. »Das ist eine gute Idee. Lass uns mal mit Babette darüber sprechen!«

Dann gingen sie zusammen zur Rezeption, wo an diesem Morgen wie angekündigt Fräulein Leverkühn, eine junge Dame mit feuerroten Haaren, Dienst hatte.

»Moin, mein Name ist Felix Herden. Vielleicht hat Ihr Kollege Sie ja schon vorgewarnt?«

»Guten Morgen, ja das hat er in der Tat«, sagte die Empfangsdame. »Also dieser Herr Johann Herden ist hier tatsächlich zweimal mit seiner angeblichen Gattin abgestiegen. Sie verhielten sich auch wie ein Ehepaar, taten ganz lieb miteinander und haben sich oft geküsst. Aber zwei merkwürdige Dinge sind mir doch aufgefallen: Erstens sah die Dame in der Tat etwas älter aus als der angebliche Gatte.«

Felix sah sie fragend an. »Und zweitens?«

»Zweitens war sie ja unter dem Vornamen Dora abgestiegen, aber tatsächlich habe ich zweimal mitbekommen, wie ihr Begleiter sie mit einem anderen Vornamen angesprochen hat.«

Dora hielt es kaum mehr aus vor Anspannung und platzte schließlich hervor: »Und wie lautete der?«

»Natalie.«

Sowohl Felix als auch Dora waren fassungslos. Hatte Johann Herden etwa die ganze Zeit eine Affäre mit seiner Stiefmutter gehabt?

43

Die Rückfahrt verlief über weite Strecken in betretenem Schweigen. Passend zu ihrer Stimmung, tobte draußen ein schlimmer Sturm, und Regen klatschte gegen das Zugfenster. Die Vorstellung, dass ihr verstorbener Mann ausgerechnet mit seiner Stiefmutter zusammen gewesen sein sollte, erschien Dora immer noch unwirklich. Allerdings sprach im Rückblick einiges dafür. Sowohl beim Mandelblütenball als auch bei der Hochzeitsfeier war Natalie Herden lange genug verschwunden gewesen, um jene Frau zu sein, mit der Felix seinen Bruder im Rosengarten gesehen hatte – und die Stubenmädchen Lucie mit ihm im Gästezimmer erwischt hatte. Zudem hatte Natalie am Abend nach Johanns Tod auch gesagt, dass sie es nicht glauben könne, dass er nie wieder durch »diese Tür« kommen werde – und bei diesem Satz, so rief sich Dora nun ins Gedächtnis zurück, hatte die Stiefmutter ja auf ihre eigene Schlafzimmertür geschaut! Doch auch wenn Natalie und Johann dieses skandalträchtige Geheimnis geteilt hatten, oder gerade deswegen, kam die Stiefmutter für Dora nicht als Mörderin infrage. Dass Natalie ihren fast zwei Jahrzehnte jüngeren und gut zwei Köpfe größeren Liebhaber im Streit von der Aussichtsplattform der St.-Petri-Kirche gestoßen haben sollte – zum Beispiel, weil er die heimliche Liaison beenden oder aber nicht länger verheimlichen wollte –, erschien ihr doch recht unglaubwürdig.

»Möchtest du Natalie allein zur Rede stellen?«, brach Dora schließlich das Schweigen, während draußen weiter das Unwetter tobte.

Felix schüttelte den Kopf. »Du hast unter dieser ... dieser Schande am meisten gelitten – und sicher als Erste ein Recht darauf zu erfahren, was sie zu sagen hat. Außerdem habe ich Angst, ich könnte zu wütend darüber werden, was sie dir angetan haben.«

Als sie das am Lübecker Bahnhof bestiegene Taxi vor dem Marzipan-Schlösschen wieder verließen, hatte der Himmel vollends seine Schleusen geöffnet, auf dem Vorplatz bildeten sich tiefe Pfützen, überall plätscherte und rauschte es. Felix hielt schützend seine Jacke über Dora, er selbst wurde auf den wenigen Metern vom Fahrzeug bis zur Eingangstür des Haupthauses klatschnass.

»Ist dir kalt?«, wandte sich Felix im Haus gewohnt fürsorglich an Dora, deren Kleid und Mantel trotz seiner schützenden Geste ebenfalls feucht geworden waren. »Möchtest du dich erst umziehen?«

Sie schüttelte den Kopf. »Ich will keine Minute mehr warten. Ich muss meine Fragen jetzt loswerden, sonst platze ich.«

Sie fanden die schwarz gekleidete Natalie in der Bibliothek vor. Als sie Stiefsohn und Schwiegertochter erblickte, lächelte sie zunächst erfreut, bemerkte dann aber, wie nass Felix war – und wie grimmig er dreinblickte.

»Oh je, ihr seid in das Schietwetter da draußen geraten«, erkannte sie. »Was hattet ihr denn in Hamburg zu tun? Hubert war etwas erstaunt, dass ihr dort übernachtet habt.«

Felix hatte abends noch mit Stubenmädchen Lucie telefoniert und sie gebeten, der Familie ihre Übernachtung in der Elbmetropole mitzuteilen, erinnerte sich Dora.

»Wir waren im Hotel Eden«, sagte Felix ohne Umschweife.

Natalie begann augenblicklich zu zittern wie Espenlaub.

»Dort haben wir erfahren, dass du und Johann eine Affäre hattet!«

»Das ... das ist eine absurde Lüge«, stammelte sie.

»Nein, Mutter, nein!«, brach es wütend aus Felix hervor. »Du wirst jetzt nicht unsere Zeit mit Leugnen verschwenden. Entweder du beantwortest endlich ehrlich unsere Fragen, oder ich spreche nie wieder ein Wort mit dir.«

»Vielleicht könntest du erzählen, wie es dazu kam, dass du und dein Stiefsohn ...«, begann Dora, wesentlich leiser und frei von Feindseligkeit. »Weshalb ihr ein heimliches Paar wurdet.«

Sie setzte sich in einen Sessel ihrer Schwiegermutter gegenüber, Felix zog es jedoch vor stehen zu bleiben.

Natalie senkte unwillig den Blick, begann dann aber doch mit leiser Stimme zu erzählen. »Als Hubert vor dreizehn Jahren um mich zu buhlen begann, habe ich auf meine Mutter gehört und mir eingeredet, ich müsse dankbar sein, dass mich ein reicher Witwer wie er heiraten möchte. Wer aus unseren Kreisen bekommt schon so eine Chance? Aber wir sind uns nie wirklich nahegekommen. Der Schatten seiner verstorbenen Frau, der Altersunterschied – ich hatte so viel Respekt vor ihm, ich war wie erstarrt.«

Nun setzte sich Felix auf die Lehne von Doras Sessel, für sie ein Zeichen, dass sein Groll etwas abgeschwollen war.

»Und als Huberts älterer Sohn dann aus dem Internat kam, habe ich eine andere Rolle gehabt. Die der Ersatzmutter, die Nähe und bedingungslose Liebe gibt. Aber er war viel zu klug und reif, hatte so gar nichts Kindliches. Und nach seiner Zeit im Krieg habe ich gemerkt, dass ich etwas ganz anderes für ihn empfinde. Darüber war ich anfangs entsetzt.«

Draußen krachte ein besonders lauter Donner, doch Natalie schien das Unwetter gar nicht wahrzunehmen. »Die Anziehung zwischen Johann und mir ist aber immer größer geworden – bis wir es schließlich nicht mehr ausgehalten haben. Wir haben uns einander hingegeben, uns dann wieder mit schlechtem Gewissen getrennt – aber das hat uns beide zerstört. Wir konnten nicht anders, aber immer war da die Angst, dass uns Hubert auf die Schliche kommt.«

»Hat Johann mich deshalb gebeten, ihn zu heiraten?«, fragte Dora bitter. »Um seinen Vater zu täuschen?«

»Johann war wirklich begeistert von dir«, antwortete Natalie vage.

»Aber er hat mich nicht geliebt«, resümierte Dora.

»Er hätte es vielleicht gern. Und ich hätte es ihm gewünscht. Aber wir konnten unsere Empfindungen nicht einfach … abschalten«, gab die zweite Frau des Patriarchen zu. »Johann hat versucht, seinen Vater mit einer sympathischen jungen Frau und einem Erben zu beschwichtigen, auch auf meinen Rat hin. Als ich dich kennengelernt habe, dachte ich, dass du wirklich zum Verlieben bist. Insgeheim hoffte ich ein wenig, dass Johann sich wirklich in dich verguckt – und dann stark genug wäre, das zu tun, wozu ich zu schwach war: unsere Liaison zu beenden. So kam zu all den Lügen noch eine zweite verlogene Ehe hinzu, das haben wir nicht lang ertragen. Zumal wir beide dich viel mehr mochten, als wir erwartet hatten. Johann fing an, Geld zu unterschlagen. Er wollte mit mir ein neues Leben ohne Lügen in Italien beginnen. Dort, wo unsere Mandeln herkommen. Aber jetzt ... ist er ... fort.«

»Wie erklärst du dir seinen Tod?«, brachte Felix mit belegter Stimme hervor.

»Ich weiß es nicht. Ich weiß nur, dass dieser Abschiedsbrief nicht nach ihm klingt, und er war auch nicht krank«, sagte Doras Schwiegermutter ernst. »Ich habe jedenfalls nichts mit seinem Sturz zu tun, falls ihr das befürchtet. Im Gegenteil – seither spiele ich selbst oft mit dem Gedanken, mich ...«

»Du kannst dich nicht drücken, Mutter«, flüsterte Felix mit feuchten Augen. »Nicht ausgerechnet jetzt.«

Natalie sah ihn bestürzt an – und, obwohl er »nur« ihr Stiefsohn war, auch voller Liebe. Mit letzter Kraft murmelte sie: »Ich bleibe, wenn ihr mich nach all dem noch wollt. Aber ich werde Hubert die Wahrheit sagen müssen, ich will euch nicht zwingen, ihn auch anzulügen. Ich glaube kaum, dass er mir verzeihen wird.«

Dora stimmte Natalie in diesem Punkt zu, und ein Seitenblick zu Felix zeigte ihr, dass er ebenfalls befürchtete, sein Vater werde die Stiefmutter verstoßen, wenn sie ihm die Affäre mit Johann beichtete. Aus einem Impuls heraus griff Dora nach der Hand ihres Schwagers und drückte sie. Er erwiderte die Geste.

***

Dora taumelte fast durch das Schlösschen. Sie hatte versucht, Schlaf nachzuholen, aber das wiederholte Grollen und Krachen des Donners sowie der nicht enden wollende Regen hatten sie wach gehalten. Außerdem rasten ihre Gedanken. Ihr Schwager hatte seine Stiefmutter vorhin noch gebeten, den Vater so kurz nach dem Verlust seines Erstgeborenen vorerst noch nicht mit dem Geständnis ihrer Affäre zu belasten. Nun teilten Felix und sie Natalies Geheimnis und verheimlichten es vor Hubert. War das gerecht ihm gegenüber? Die größte Frage aber blieb eine andere: Warum war Johann vom Turm gestürzt, wenn sein Abschiedsbrief nur Lügen enthielt? Und dann war da natürlich auch das neue Leben, das in ihr heranwuchs. Eine Erinnerung an Johann. Wie war es wohl für Natalie, dass Dora das Kind ihres Stiefsohnes und Liebhabers bekommen würde? Und wie für Felix? Felix – wie schön es gewesen war, ihn mit dem Händedruck zu trösten.

Sie hatte das Bedürfnis, nochmal mit ihm zu sprechen, daher rückte sie ihre Frisur notdürftig zurecht und machte sich auf die Suche nach ihm. Schließlich erblickte sie seinen braunen Haarschopf von hinten auf dem Sofa vor dem Kamin im Salon. Sie wollte schon seinen Namen rufen, da kam von der Seite Stubenmädchen Lucie in ihr Sichtfeld. Er streckte die Arme aus und zog sie zu sich auf die Couch. Nun waren beide hinter der Lehne verschwunden, aber Dora hörte ihn flüstern: »Schatz …«

Ernüchtert machte sie sich auf den Weg in die Küche. Sie fragte sich, warum es ihr so wehtat, dass sich ihr lang gehegter Verdacht nun bestätigt hatte. Lucie und Felix passten doch gut zusammen, und Standesunterschiede sollten bei der Liebe ja keine Rolle spielen. Vielleicht war es die Enttäuschung darüber, dass sich Felix ihr nicht anvertraut hatte. Alle in dieser Familie schienen aus ihren Herzen eine Mördergrube machen zu müssen.

Immerhin hatte Gesa noch Reste des Mittagessens für sie übrig: Hühnchen mit neuen Kartoffeln.

»Eine Flut wird das geben«, prophezeite die Köchin, als sie aus dem Fenster auf die sintflutartigen Sturzbäche sah, die vom Himmel fielen. »Ach, früher war alles verlässlicher. Die Sommermonate waren viel beständiger. Zu Weihnachten hat es immer geschneit, und auf der Wakenitz hat man wochenlang Schlittschuh laufen können.«

»Das war sicher schön«, sagte Dora und genoss den ersten Bissen.

»Aber auf die Trave ist Verlass. Die schwappt alle Jahre wieder über. Der kräftige Nordostwind fegt über die Ostsee und drängt unseren Fluss zurück, stadteinwärts – dann überflutet er die Ufer und angrenzenden Straßen, mal schlimmer, mal weniger schlimm. Und ich bin bang, diesmal wird es sehr schlimm.«

Lucie betrat die Küche, ihre Wangen waren gerötet und ihre dunklen Haare leicht zerzaust.

»Frau Dora, da ist ein Kommissar Lönneker für Sie«, sagte sie außer Atem. »Er wartet in der Bibliothek.«

»Ein Kommissar?«, wiederholte Dora. Was hatte das nun wieder zu bedeuten?

Kommissar Rudolf Lönneker erwies sich als dürrer hakennasiger Mann mittleren Alters, der sie mit wachsamen Augen musterte.

»Guten Tag, Frau Herden. Lönneker mein Name, zunächst mal mein herzliches Beileid.«

»Danke. Sind Sie wegen meines Mannes hier?«

»Ganz genau«, bestätigte der Kriminaler. »Wegen der neuen Fakten, die uns Ihre Cousine Babette Christoffersen und deren Stiefbruder mitgeteilt haben, wurde mir der Fall übertragen.«

»Ah ja …«

»Trauern Sie denn sehr um Ihren Mann?«

»Natürlich.«

»Nun, ich frage das, weil es Zeugenaussagen gibt, laut derer Sie seit seinem Tod häufig außer Haus sind und sogar am Abend nach seiner Beerdigung eine Geburtstagsfeier für ein Dienstmädchen organisiert haben. Die gestrige Nacht sollen Sie mit Ihrem Schwager in Hamburg verbracht haben«, sagte er und fixierte sie. »Was haben Sie denn dort gemacht?«

Dora geriet in Panik. Verdächtigte man nun etwa sie, Johanns Tod verschuldet zu haben? Was sollte sie nur antworten? Wenn sie sagen würde, dass ihr Felix das Hamburger Nachtleben gezeigt hatte, würden sie beide wirken wie eiskalte Ungeheuer; nannte sie dem Kommissar aber den wahren Grund ihres Besuches in der Hansestadt, wäre im Nu Natalies Affäre mit ihrem Stiefsohn öffentlich.

Doch Lönneker legte nach. »Wir haben bei dem Verstorbenen eine Verletzung gefunden, die nicht vom Sturz herrührt. Es ist eine Bisswunde an der Hand. Einem Augenzeugen zufolge haben Sie diese Ihrem Mann zugefügt, als er Sie im Schlafzimmer einsperren wollte. Und Sie haben wohl gedroht, Sie würden dafür sorgen, dass er Sie nie wieder anfassen kann – keine zwei Stunden vor seinem Tod.«

Frau Rautenberg! Diese verdammte Schlange hatte sie angeschwärzt, war Dora überzeugt. Sie wurde von Schwindel erfasst und spürte, wie ihre Knie nachgaben. Wie aus dem Nichts tauchte Felix an ihrer Seite auf und stützte sie.

»Ist das Ihr Ernst, Herr Kommissar?«, schnauzte Doras Schwager für seine Verhältnisse ungewohnt zornig. »Was unterstellen Sie meiner Schwägerin denn bitte schön? Dass dieses grazile Persönchen einen Hünen wie meinen Bruder von einem Turm schmeißen kann? In Hamburg waren wir, um uns von unserer Trauer abzulenken. Wir haben es aber nicht übertrieben, denn Dora hat gestern erfahren, dass sie von meinem Bruder schwanger ist. Ich darf Sie jetzt bitten zu gehen.«

Lönneker musterte den erzürnten jüngeren Bruder des Verstorbenen argwöhnisch. »Wo waren *Sie* denn zum Todeszeitpunkt Ihres Bruders?«

»In meinem Zimmer, für mein Jurastudium pauken«, erklärte Felix. »Unsere Köchin Frau Lührs wird es Ihnen bestätigen, die hat mir nämlich dreimal etwas zu Essen gebracht.«

»Nun gut, Sie werden wieder von uns hören«, sagte Lönneker. »Es tauchen eventuell noch weitere Fragen auf.«

»Ich kann es kaum erwarten«, erwiderte Felix bissig und half Dora, sich auf das Sofa zu setzen.

Als der Kommissar fort war, fragte ihr Schwager zutiefst besorgt: »Stimmt es, dass Johann versucht hat, dich einzusperren?«

Dora wollte Felix die Erinnerung an seinen Bruder nicht zerstören, aber jetzt kannte er die Wahrheit ja bereits. Vielleicht konnte sie diese ein wenig abschwächen, um ihn zu schonen. »Es war mehr ... ein Missverständnis.« Sie wollte lächeln, doch ihr fehlte die Kraft dazu.

»Der Mistkerl«, knurrte Felix. »Wie hat dieser Lönneker bloß davon erfahren?«

»Na ja, als ich aus dem Zimmer geflohen bin, stand Frau Rautenberg in der Tür.«

Im Gesicht ihres Schwagers zuckte es. Dann lief er feuerrot an. Im nächsten Moment brüllte er: »Frau Rautenberg!«

Als keine Reaktion kam, stand er auf und rief noch lauter

in den Flur hinauf. Und schließlich stand sie in der Tür, wie immer schwarz gewandet wie eine Saatkrähe.

»Haben *Sie* Kommissar Lönneker erzählt, dass meine Schwägerin und ich gestern in Hamburg übernachtet haben?«

»Ist es denn nicht so gewesen?«, erwiderte die Hausdame schnippisch.

»Und dass mein Bruder einen schweren Streit mit Dora hatte, weiß der Herr Kommissar dann wohl auch von Ihnen?«, fragte er mit drohendem Unterton in der Stimme.

»Der Polizei muss man doch die Wahrheit sagen«, brachte Frau Rautenberg schmallippig hervor.

»Die Wahrheit tut manchmal weh, ja«, räumte Felix ein. »Die Wahrheit ist, dass Sie meiner Schwägerin, die weiß Gott genug zu leiden hat, wehgetan haben. So wie Sie auch meiner Stiefmutter seit Jahren ein Dorn im Auge sind, die Arme erträgt Sie nur um des lieben Friedens willen. Ich weiß, Sie denken, niemand kann meiner leiblichen Mutter das Wasser reichen. Aber soll ich Ihnen etwas verraten? Meine Mutter war eine Frohnatur, die die Menschen geliebt hat. Wenn sie wüsste, was Sie bestimmten Familienmitgliedern hier antun, würde sie sich im Grab herumdrehen.«

»Niemals«, platzte Ottilie Rautenberg entrüstet hervor. »Sie hat mich immer ...«

»Sie bekommen ein wunderbares Empfehlungsschreiben und eine großzügige Abfindung – nachdem Sie Ihre Nachfolgerin gewissenhaft eingelernt haben«, unterbrach Felix sie barsch. »Und jetzt gehen Sie mir aus den Augen!«

Als die Hausdame den Raum verlassen hatte, wandte sich Dora beklommen an ihren Schwager: »War das nicht zu hart, Felix? Es gibt doch zurzeit kaum Arbeit da draußen.«

»Ach, das geht doch schon seit Jahren so mit der. Sie ist eine von den Personen, die dauernd ungehindert ihr Gift versprühen. Irgendwann reicht es«, knurrte er. Dann bemerkte er Doras traurigen Blick und streichelte liebevoll ihre Wange. »Außerdem wird sie morgen um Verzeihung und Rücknahme der Kündigung bitten, und ich werde zu gutmütig sein, um abzulehnen. Aber ich musste das jetzt einfach mal loswerden.«

»Kommissar Lönneker wird noch einmal vorstellig werden, nicht wahr?«, fragte Dora beklommen.

Felix nickte.

44

Familie Christoffersen renovierte den Laden – obwohl das einsetzende Hochwasser die nächste Katastrophe befürchten ließ. Siggi und Babette saßen eng nebeneinander bei einem Imbiss auf einer Bierbank, nachdem sie den Vormittag über die Verkaufsräume neu tapeziert hatten. Es gab Eierpfannkuchen mit Apfelmus, die Einar ihnen in der wieder intakten Küche im ersten Stock zubereitet hatte.

»Schau mal!«, flüsterte Babette ihrem Adoptivbruder zu.

Er folgte ihrem Blick und sah, dass Doras Mutter Hedwig und Fabrikleiter Jakob Kröger die Tapete an der Wand begutachteten und dabei Händchen hielten.

»Wie schön«, schwärmte Siggi.

»Dora hat vorhin angerufen und ihrer Mutter gesagt, sie solle nicht länger auf ihren Mann warten«, erzählte Babette. »Sie hat ihn zufällig in Hamburg in einer Kaschemme getroffen. Statt sich zu entschuldigen, hat er sie um Geld angepumpt. Ihre Mutter wird nun mit Felix' juristischer Hilfe die Scheidung in Abwesenheit einreichen.«

»Ja, alle sollten die Menschen hinter sich lassen, die ihnen nicht guttun«, befand Siggi und beobachtete hingerissen, wie Babette ihre feingliedrigen, vom Pfannkuchen fettigen Finger ableckte. »Und alle Menschen, die sich guttun, sollten Händchen halten dürfen.«

Babette sah ihn an und nickte. Dann schnappte sie sich seine Rechte und drückte sie. Er sah ihr tief in die Augen.

Allmählich ahnte er, dass ihre veränderten Reaktionen auf ihn mehr als nur sein Wunschdenken waren. Es knisterte in letzter Zeit nur so zwischen ihnen, und das war alles andere als geschwisterlich!

Als Babette tatsächlich ansetzte, ihn zu küssen, wurde seine Vorfreude leider jäh unterbrochen, weil das Telefon hinter ihnen im Büro klingelte.

»Ich gehe«, sagte Babette seufzend. »Babette Christoffersen«, meldete sie sich.

»Hier ist Felix«, hörte sie vom anderen Ende der Leitung. »Du, Babette, Dora hat einiges mitgemacht in letzter Zeit, ich wollte fragen, ob wir heute Abend alle zusammen mit ihr in diese Kneipe gehen können, die sie so liebt, um sie abzulenken.«

»Du meinst die *Eule*. Natürlich machen wir das«, stimmte Babette zu. »Wenn das da draußen so weitergeht, müssen wir allerdings mit dem Boot fahren.«

Kaum hatte sie aufgelegt, klingelte das Telefon erneut.

Während sie im Hinterzimmer telefonierte, dachte Siggi über Babette und sich nach. Konnte es wirklich möglich sein, dass sein lang gehegter Traum wahr wurde und sie in ihm inzwischen auch mehr sah als einen Adoptivbruder? Da kam sie derart freudestrahlend aus dem Büro, dass er fragte: »So gute Nachrichten?«

Sie nickte aufgeregt. »Also erstens gehen wir heute Abend mit Felix und Dora in die *Eule*, um sie aufzumuntern…«

»Sehr schön! Und zweitens?«

»Zweitens hat mich gerade Doktor Degner angerufen.«

Ein Anflug der alten Eifersucht kehrte zu Siggi zurück,

verschwand jedoch sogleich wieder und wich zunehmender Neugier, als Babette aufgewühlt mit ihrem Bericht fortfuhr: »Ich bin Sonnabend mit ihm und seiner Frau nach Kiel eingeladen – zu einem ganz berühmten Ökonomieprofessor und dessen Familie. Er will mit mir etwas besprechen.«

»Was denn?«, drängelte Siggi.

»Meinen Studienbeginn im Herbst!«, kiekste Babette.

Siggi freute sich so sehr über die Erfüllung des größten Traums seiner Adoptivschwester, dass er ihr spontan um den Hals fiel – und aus der gemeinsamen Euphorie erwuchs erneut ein Moment der Sehnsucht. Doch dann fühlte sich der Konditor bemüßigt, Babette wieder loszulassen: Daniel Riecke, der Assistent der Detektivin, stand plötzlich freudestrahlend im Laden. Er musste von ihnen unbemerkt an die Scheibe geklopft und von Hedwig hereingelassen worden sein. »Herr Christoffersen, ich dachte, ich bringe Ihnen die wunderbare Nachricht persönlich: Marlene Kleinert ist aufgewacht! Es geht ihr viel besser. Ab morgen früh darf sie wieder Besuch empfangen.«

Siggi war wie elektrisiert. Es gab gleich mehrere Gründe, weshalb er unbedingt mit der Detektivin sprechen musste!

***

Ein Abend in der *Eule* war stets dazu angetan, Doras Laune zu heben. Heute spielte Hansi Mainzberg auf dem Akkordeon, und Fiete sang dazu.

Siggi sah wie die meisten Gäste begeistert zu, daher nutzte Babette die Gelegenheit, sich mit ihrer Cousine zu unterhalten.

»Siggi hat sich plötzlich so verändert«, erklärte sie. »Er ist ein richtiger Mann geworden.«

»Na, das ist er ja nun schon länger«, gab Dora zu bedenken. »Kann es nicht sein, dass du ihn inzwischen mit anderen Augen siehst?«

»Ja, schon. Und irgendwie hoffe ich, dass auch er mich mehr als nur bewundert.«

Dora schmunzelte. »Glaub mir, Siggi nimmt dich schon sehr lange voll und ganz wahr.«

Babette strahlte, tippte Siggi auf den Rücken und signalisierte, dass sie mit ihm tanzen wollte. Der lächelte verlegen und stand auf.

»Ich glaube, das ist in trockenen Tüchern«, kommentierte Felix, der gerade mit neuen Getränken vom Tresen zurückkam. Im Gegensatz zu seinem älteren Bruder war er sofort von Wirt Fritz Eulert bedient worden und hatte mit ihm sogar eine längere Plauderei begonnen.

»Ja, stimmt, Babette und Siggi schäkern in letzter Zeit heftig miteinander.«

Felix reichte Dora ihren Apfelsaft und sah sie schmachtend an. »Selig sind die, die kein Trauerjahr daran hindert zu schäkern.«

Dora sah ihn verblüfft an. Was sollte das denn nun heißen? Er war doch ganz offensichtlich in festen Händen! In diesem Moment brachte Taxifahrer Det einen weiteren Gast herein, über dessen Ankunft Wirt Eulert sich sehr freute: Bernadino Settembrini.

»Hallo, Herr Settembrini, wie geht es Ihnen?«, begrüßte Dora den schnurrbärtigen Italiener. »Ich bin …«

»Natürlich, die Frau von Johann Herden«, erkannte Settembrini lächelnd. »Schön, Sie wiederzusehen. Mir geht es großartig, schließlich war ich eine gute Woche lang in meiner Heimat Sardinien.«

»Oh wie schön, da wo die Mandeln herkommen«, schwärmte Dora.

»Exakt«, bestätigte er. »Ihr Gatte hat mich diesbezüglich ja ganz schön im Stich gelassen.«

Dora sah ihn verwirrt an. »Inwiefern?«

»Na, erst war er ganz wild auf meine preiswerten Mandeln, wir hatten den Liefervertrag für die nächsten zwei Jahre schon aufgesetzt«, berichtete Settembrini zerknirscht. »Und dann kam am Tag vor meiner Abreise die schnöde Absage per Telegramm. Ganz schön verwunderlich, wenn ich ehrlich bin. Ich habe ihm dann ebenfalls telegrafiert und um Rücksprache gebeten. Aber er hat es nie für nötig befunden, sich zurückzumelden oder mir zumindest den Grund für seine Absage mitzuteilen.«

»Das konnte er auch nicht, Herr Settembrini«, sagte Dora ernst. »Er ist am Abend vor Ihrer Abreise gestorben.«

»Was?«, rief der Händler betroffen. »Dio mio, das tut mir leid. Dieser Umstand erklärt natürlich alles.«

»Ich bin Johanns Bruder, Signor Settembrini. Felix Herden«, mischte sich Doras Schwager behutsam ins Gespräch. Er reichte dem Italiener die Hand, die dieser beherzt ergriff. »Als neuer Geschäftsführer der Herden Marzipan-Werke kann ich den Vertrag gern zeitnah unterschreiben. Mein Bruder hat vor seinem Tod noch sehr von Ihren anständigen Preisen geschwärmt.«

»Ja, seltsam, dass er dieses Telegramm geschickt hat«, meinte Settembrini nachdenklich.

Dora schoss ein Gedanke durch den Kopf. »Mein Mann war am Tag seines Todes wohl nicht mehr er selbst«, erkannte sie.

Hatte der Druck, die Firma aus der Krise führen zu müssen und gleichzeitig die Affäre mit seiner Stiefmutter zu verheimlichen, Johann Herden buchstäblich verrückt gemacht? Hatte er vielleicht doch von einem Arzt in Hamburg eine schlimme Diagnose erhalten und den Abschiedsbrief selbst geschrieben?

»Bene, dann komme ich übermorgen mit den Verträgen zu Ihnen ins Kontor«, wandte sich Bernadino Settembrini nun an Felix. »Was halten Sie davon?«

»Fantastico, sono davvero felice!«, freute sich der neue Kopf der Herden Marzipan-Werke.

»Du kannst ja italienisch«, resümierte Dora anerkennend, nachdem sich Settembrini zu seinem alten Freund Eulert begeben hatte.

Felix lächelte. »Ja, ich wollte die Sprache des Landes lernen, wo all die schönen Arien herkommen.«

»Und eure Mandeln«, ergänzte Dora.

Er grinste und korrigierte: »Unsere bald *billigen* Mandeln! Und das sind sie dank dir.«

Sie beobachteten, dass Babette bei einem langsamen Lied von Fiete und Hansi ihren Kopf an Siggis Schulter gelegt hatte.

»Möchtest du auch tanzen?«, fragte Felix dem Trauerjahr zum Trotz und sah seiner Schwägerin verliebt in die Augen.

So verlockend die Vorstellung auch sein mochte, eng mit diesem anziehenden Mann zu tanzen, Dora musste an Stubenmädchen Lucie Krull denken. Noch einmal eine Liaison mit einem Sprössling dieser Familie, der eigentlich bereits eine andere Frau begehrte? Und das so kurz nach dem Tod ihres Mannes?

»Lieber nicht.«

***

Dora hatte ein Déjà-vu: Als sie am nächsten Morgen zum Frühstück ging, sah sie den Hinterkopf eines braunhaarigen Mannes auf dem Sofa im Salon – und das Stubenmädchen der Herdens, das sich gerade hinabbeugte, um ihn zu küssen. Doch diesmal bemerkte Lucie Doras Anwesenheit und richtete sich zackig auf.

»Guten Morgen, gnädige Frau«, haspelte sie mit hochrotem Kopf.

Da drehte sich der Mann auf der Couch um, und Dora erschrak ein wenig. Es handelte sich nicht um Felix, sondern um Hein Petersen, den hünenhaften besten Freund ihres verstorbenen Mannes.

»Guten Morgen, Dora«, sagte er, stand auf und verabschiedete sich mit den Worten: »Lucie, ich melde mich und sage dir, wie dein Vater reagiert hat.«

»Sind Sie mit Hein Petersen zusammen?«, vergewisserte sich Dora erstaunt, als der Riese gegangen war.

»Ja, er hat Herrn Felix mitgeteilt, dass er um meine Hand anhalten will. Das wollte er gestern schon, aber da hat er ihn nicht angetroffen. So kann der gnädige Herr sich rechtzeitig um eine Nachfolgerin für mich kümmern«, erklärte das Stubenmädchen verlegen. »Und nun fragt er meinen Vater.«

»Seit wann sind Sie denn mit Hein zusammen?«, hakte Dora nach.

»Er war schon immer so nett zu mir, wenn er mit Herrn Johann hier war«, erklärte Lucie schwärmerisch und strich sich nervös durch ihr schwarz glänzendes Schneewittchen-Haar. »Aber nach der Beerdigung hat es dann endgültig gefunkt. Da habe ich Hein einen Holzsplitter aus dem Finger gezogen und ihn getröstet, er ist doch ins Grab und auf den Sarg gefallen, Sie haben es ja bestimmt mitgekriegt.«

»Allerdings.« Doras Mundwinkel zuckten bei der Erinnerung. »Und ich dachte immer, Sie und Felix ... weil Sie doch so viel Zeit miteinander verbringen.«

Lucie sah sich um und senkte die Stimme. »Das war doch bloß, weil Herr Felix mir geholfen hat, Gesangsunterricht zu bekommen. Er liebt nur eine ...« Dann hielt sie inne, als sei ihr gerade noch rechtzeitig eingefallen, dass sie im Begriff war, ein Geheimnis zu verraten.

»Wen?«, bedrängte Dora sie ungeduldig. »Wen liebt er, Lucie?«

»Im letzten Spätsommer, da hat er mir erzählt, er habe sich unsterblich in eine schöne junge Frau verliebt, die ihn hier vor dem Haus mit dem Fahrrad nassgespritzt hat«, erzählte Lucie nun. »Er hat sich furchtbar geärgert, sie nicht nach ihrem Namen gefragt zu haben. Jeden Tag hat er rausgeschaut, ob die geheimnisvolle Fremde nicht mal wieder auf ihrem Fahrrad vorbeifährt. Als sein Bruder Sie dann als seine Verlobte vorstellte, war Herr Felix bitter enttäuscht.«

Dora war wie entflammt. »Wissen Sie, wo er jetzt ist?«

»Hat das Haus erst vor fünf Minuten verlassen«, berichtete Lucie. »Er wollte zu einem Geschäftspartner. Vielleicht holen Sie ihn noch ein, er ist zu Fuß unterwegs, wegen der Überflutungen ist es wohl unmöglich, mit dem Automobil in die Stadt zu kommen.«

Dora stürmte los.

45

»Felix! Warte!«

Es war durchaus merkwürdig, was Dora an diesem Morgen vor dem Marzipan-Schlösschen sah und hörte: Ein Schäfer spielte mit einer Mundharmonika, bisweilen übertönt von lautem Blöken, einen bekannten Walzer. Er ließ seine Herde – wohl wegen des Hochwassers an der Trave – hier oben auf dem Hügel grasen. Es regnete immerhin nicht mehr, die Sonne blinzelte sogar durch die Wolken, aber Lübeck stand noch unter Wasser. Doras Schwager Felix war gerade im Begriff, sich einen Weg durch die Schafe zu bahnen. Er drehte sich um, als er ihren Ruf vernahm, und sie gingen aufeinander zu.

»Heute brauchst du mein Fahrrad nicht, um schmutzig zu werden«, erinnerte sie ihn.

Er sah sich versonnen lächelnd um. »Stimmt, hier haben wir uns das erste Mal getroffen, vor neun Monaten.«

»Wo willst du denn hin?«, fragte sie.

»Ich bin unterwegs zu unserem alten Mandellieferanten Uwe Tiedemann, um persönlich die Geschäftsbeziehungen zu beenden«, erklärte Felix. »Es wäre nach der jahrelangen Kooperation unhöflich, das telefonisch zu tun. Ich laufe deshalb kurz zu seinem Kontor, das ist gleich hier unten am Traveufer. Möchtest du mit?«

Sie ahnte, wie dümmlich-erfreut Tiedemann bei ihrem Anblick wohl wieder reagieren würde. Es könnte ihm die

Kündigung sicher etwas versüßen, sie wiederzusehen, aber dann müsste sie Felix auch von den lüsternen Nachstellungen des Mandelhändlers erzählen. Und wie sie ihren Schwager kannte, würde er daraufhin bestimmt wütend werden – wie immer, wenn jemand ihr wehtat. Sie hielt es daher für angebracht, ihm den Ärger mit dem gockelhaften Tiedemann zu verschweigen. »Ich warte lieber hier auf dich.«

Der Schäfer spielte nun jenen Schlager, den Hansi gestern Abend in der *Eule* zum Besten gegeben hatte und bei dem sie Felix den Tanz verweigert hatte.

»Darf ich bitten?«, fragte sie nun ihren Schwager strahlend, der grinste, und die beiden machten inmitten der Schafherde ein paar Schritte miteinander.

»Wie hast du das gemeint gestern Abend: Selig sind die, die kein Trauerjahr daran hindert zu schäkern?«

Er hielt inne, die Hände immer noch an ihrer Taille, und fragte ernst: »Kannst du dir das nicht denken?«

»Jetzt ja«, sagte sie mit belegter Stimme. »Und weißt du, was ich in meinem besonderen Fall vom Trauerjahr halte?«

Sie riss ihn an sich und küsste ihn so, dass sie alles um sich herum vergaßen. Mochte sie dafür auch in der Hölle schmoren, sie wollte das Leben in vollen Zügen genießen und keine Zeit mehr verschwenden – jetzt, da sich alles als so zerbrechlich erwiesen hatte.

»Muss ich wirklich zu Tiedemann?«, murmelte er heiser und mit vor Glück glänzenden Augen, als sie sich nach einer gefühlten Ewigkeit wieder voneinander lösten.

Dora strich sanft mit dem Finger über seine Lippen. »Geh ruhig, ich bin noch da, wenn du zurückkommst.«

***

Auf dem Weg zum Krankenzimmer 13 war Siggi voller Freude. Marlene hatte recht gehabt: Babettes Gefühle für ihn hatten sich zum Guten gewandt. Vielleicht konnte er der Detektivin mit seinem Bericht eine Freude machen, gerade jetzt, da sie dem Tod so knapp von der Schippe gesprungen war.

Als er mit seinem Blumenstrauß das Zimmer betreten wollte, stieß er in der Tür beinah mit einer zerbrechlich wirkenden Mittdreißigerin zusammen. Erschrocken erkannte er seine leibliche Mutter! Mit ihr hätte er hier nun gar nicht gerechnet. »M-M-Mutter, w-was machst du d-d...?«, stotterte er überfordert.

»Ich wollte mich gleich bei Frau Kleinert bedanken, als ich gehört habe, dass sie wieder bei Bewusstsein ist«, erzählte Charlotte – freundlich, aber etwas zurückhaltender als bei ihren ersten drei Begegnungen. »Was ich dir bei unserem letzten Treffen eigentlich sagen wollte: Ich hatte Georg kurz zuvor die Wahrheit über dich gestanden.«

Nun waren Siggis Schuldgefühle gegenüber seiner leiblichen Mutter noch größer. Damit sie sich weiterhin treffen konnten, riskierte sie ihre Verlobung mit einem wohlhabenden Mann – und er unterstellte ihr, sie habe möglicherweise den Laden angezündet, um ihr Geheimnis zu wahren!

»Wie hat er reagiert?«, fragte er beklommen.

Zu seinem Entsetzen antwortete sie: »Er hat die Verlobung gelöst.«

»O Gott, ich habe dir das zerstört.« Nun bereute es Siggi bitter, überhaupt nach ihr gesucht zu haben. Wäre er doch nur nie in ihr Leben getreten!

Doch seine Mutter schüttelte den Kopf. »Nicht im Geringsten! Im Nachhinein glaube ich vielmehr, Georg war froh, endlich eine Ausrede zu haben, unsere Verbindung zu lösen – ohne sich deswegen Vorwürfe machen zu müssen.«

»Wieso denkst du, er war froh?«, wunderte sich Siggi.

»Deshalb bin ich Frau Kleinert ja so dankbar: Sie hat mich am Tag ihres Unfalls noch angerufen und mir verraten, dass dieser Schuft Georg in Wirklichkeit noch einem anderen Frauenzimmer den Hof macht«, erklärte Charlotte. »Er turtelt seit einigen Wochen mit einer gewissen Ida-Elisabeth Müller! Die ist nochmal sieben Jahre jünger als ich.«

»Oh, das tut mir leid.«

»Das muss es nicht. Es tut zwar noch weh, aber was soll ich mit einem Mann, der insgeheim eine andere liebt?«, fragte sie und zwang sich zu einem tapferen Lächeln. »Ich hoffe, du magst deine leibliche Mutter auch noch, obwohl sie nun doch keine Frau Senator wird.«

»Was für eine Frage«, brachte er mit versagender Stimme hervor. »Darf ich dich dann ganz offiziell meiner Familie vorstellen?«

»Das würde mir sehr gefallen«, sagte sie. »Jetzt kannst du dich ja einfach bei mir melden, dann komme ich zu euch in den Laden. Oder ihr besucht mich auf eine Tasse Kaffee – wenn es euch nicht stört, dass es recht eng ist, ich bleibe ja nun in meiner bescheidenen kleinen Wohnung.«

»Das würde keinen von uns stören«, versicherte er. »Ich telegrafiere dir.«

Er nahm eine Blume aus dem Strauß für die Detektivin und reichte sie ihr. »Danke, Mutter.«

Charlotte nahm sie lächelnd entgegen und deutete dann auf die Tür zu Marlenes Krankenzimmer. »Frau Kleinert hat ihr Berufsethos übrigens nur verletzt, weil sie dich so schätzt. Sie hat mir gesagt, sie wolle nicht, dass du wegen eines betrügerischen Ehemanns deine leibliche Mutter nicht mehr sehen darfst. Sie hat wirklich große Hochachtung vor dir.«

Siggi nickte. »Ich habe es gar nicht verdient, dass sie so nett zu mir ist.«

Als er schließlich das Zimmer betrat, sah die Detektivin erfreut zu ihm herüber und richtete ihren Oberkörper auf. »Siggi – wie schön!«

Er ging an ihr Bett und drückte sanft ihre Hand. »Wie geht es dir?«

»Ich habe noch öfter Kopfschmerzen«, räumte sie ein und fügte hinzu: »Aber die haben hier nette Pillen dagegen.« Dann senkte sie fast schüchtern den Blick. »Siggi, du, ich muss dir was sagen«, eröffnete sie ihm ungewohnt zögerlich. »Also, du hattest tatsächlich recht – als du gesagt hast, ich könne mich ja vielleicht nochmal so richtig verlieben. Mein Sekretär hat mir nämlich seine Gefühle gestanden. Und ich wollte es zwar zuerst nicht wahrhaben – aber ich liebe Daniel auch. Sonst ja eher ein Männerklischee: Techtelmechtel mit der Schreibkraft.«

Siggi lachte.

»Lachst du mich aus?«, fragte sie mit gespielter Empörung.

»Nein, ich lache aus doppelter Freude«, gab er zu. »Ich wollte dir nämlich auch sagen, dass Babette jetzt wohl doch meine Gefühle erwidert.«

Marlene drückte begeistert seine Hand. »Oh, Siggi, das freut mich so für euch.« Da fiel ihr etwas ein. »Weiß eure Cousine denn nun, ob Johann Herden ihr untreu ist?«

»Ja, das war er«, sagte Siggi, nun ganz ernst. »Aber er ist gestorben, bei einem Sturz vom Turm der St.-Petri-Kirche.

Erst dachten wir, es sei Selbstmord, weil es einen Abschiedsbrief gab; doch der hat sich als gefälscht erwiesen.«

Siggi hatte die Privatdetektivin noch nie so schockiert gesehen. »Johann Herden ist tot?«, wiederholte sie keuchend. »Mein Gott, dann weiß ich, wer ihn umgebracht hat.«

***

Dora war noch ganz berauscht vor Glück, als sie den von tiefen Pfützen übersäten Vorplatz des Marzipan-Schlösschens überquerte. Da öffnete sich ein Fenster, und Lucie schrie heraus: »Frau Herden, der Siegfried Christoffersen ist am Telefon, er sagt, es sei sehr, sehr dringend.«

Dora war sofort in Alarmbereitschaft. War etwas Schlimmes bei der Renovierung des Ladens geschehen? Oder wegen des Hochwassers? Außer Atem riss sie keine Minute später den Hörer an sich. »Siggi, ist etwas passiert?«

»Das kann man wohl sagen, der Mord an Johann Herden ist aufgeklärt«, verkündete ihr Adoptivcousin.

»Was?«

»Marlene Kleinert hat Johann am Tag seines Todes nach der Szene im Atelier doch weiter beschattet«, berichtete Siggi. »Sie hat sich sogar vors Kontor geschlichen und konnte ihn am offenen Fenster belauschen. Es wunderte sie, dass Uwe Tiedemann völlig verständnisvoll reagiert hat, als dein Mann ihm den Liefervertrag gekündigt hat. Dann hat er Johann eingeladen, um halb sechs noch mit ihm die Baustelle auf dem St.-Petri-Turm zu besichtigen. Scheinbar sind sie beide in diesem Sanierungskomitee. Und Tiedemann hat behauptet, es habe dort Pfusch am Bau gegeben.«

Dora wurde übel. Sie ahnte Schlimmstes.

»Bevor Marlene Johann aber weiter beschatten und ihn

zur Kirche verfolgen konnte, bekam sie mit, wie Tiedemann nochmal ins Kontor ging«, fuhr Siggi fort.

»Da war Johann schon zur Kirche unterwegs?«, vergewisserte sich Dora.

»Genau«, bestätigte Siggi. »Er behauptete beim Pförtner, er habe seine Zigarrenkiste bei Johann im Büro vergessen. Der kannte ihn ja gut und hat ihn reingelassen. Frau Kleinert hörte dann aber kurz darauf die Schreibmaschine klackern, obwohl die Sekretärin gerade in der Fabrik war.«

Doras Knie begannen zu zittern. »Dann hat Tiedemann den Abschiedsbrief getippt.«

»Das vermutet Marlene auch«, berichtete Siggi. »Sie ist ihm dann vom Kontor aus gefolgt, aber er muss es bemerkt haben. Plötzlich war er aus ihrem Sichtfeld verschwunden, und dann wurde sie von hinten niedergeschlagen. Das hat sie ja fast das Leben gekostet.«

»Dann hat Tiedemann in Johanns Namen bestimmt auch das Absage-Telegramm an Settembrini geschickt«, resümierte Dora fassungslos. »Dieses Schwein hat meinen Mann vom Kirchturm gestoßen, nur, damit er weiterhin unser Lieferant bleibt.«

»Ja, ich habe Oberwachtmeister Seiler schon informiert«, bestätigte Siggi. »Die werden den Kerl gleich aufsuchen.«

»O Gott, Felix ist gerade auf dem Weg zu Tiedemann, um ihm den Vertrag zu kündigen«, sagte Dora, und ihre Finger zitterten so sehr, dass sie den Hörer kaum halten konnte. »Er überbringt ihm dieselbe Kündigung, wegen der Johann von ihm ermordet wurde.«

»Du bleibst trotzdem, wo du bist Dora!«, bestimmte Siggi. »Die Polizei ist ja schon unterwegs. Bring dich bitte nicht in Gefahr, denk an dein Kind!«

»Das mache ich«, behauptete Dora, »bis nachher, Siggi.«
Sie rannte jedoch sofort in Richtung Portal. Die Polizei würde bei dem Hochwasser gewiss später als sie bei Tiedemanns Kontor ankommen, das sich ja gleich unterhalb des Schlösschens an der Trave befand. Sie musste Felix warnen!

***

»Und?«, fragte Babette, als Siggi aufgelegt hatte.
»Sie hat versprochen, vernünftig zu sein«, erklärte er. »Jetzt wird Tiedemann verhaftet. Damit hat Marlene ihren ersten Mordfall aufgeklärt.«
»Dann können wir ja los«, sagte Babette und deutete auf den großen Sack, der an der Ladentür stand.
Wie Siggi trug auch sie Gummistiefel – und ausnahmsweise sogar Hosen.
Ihr Vater Einar trat lächelnd an den Sack heran und sah nach draußen zu dem Boot, das er dort festgemacht hatte.
»Jetzt macht ihr es also wie ich vor achtzehn Jahren«, kommentierte er mit einem wehmütigen Lächeln.
»Ja, großartige Ideen haben eben Bestand«, sagte Babette und küsste ihren Vater auf die Wange.
Kurz darauf fuhren sie und Siggi mit dem Ruderboot durch die überfluteten Straßen Lübecks, um ihre Kunden abzuklappern. Siggi brüllte zu ihnen hinauf, und Babette warf in hohem Bogen die Marzipanbestellung in das jeweilige Fenster. Als er es jedoch selbst einmal probieren wollte, legte er zu viel Schwung in seinen Wurf: Das Säckchen mit Marzipankartoffeln landete zwar bei Tratschbase Dine Dettmers im Fenster, er stolperte jedoch zurück, schwankte – und wäre um ein Haar rückwärts ins Wasser gekippt. Aber Babette war da, um ihn aufzufangen.

»Jetzt lass ich dich nie mehr los«, flüsterte sie, während er ihr dankbar in die Augen sah. Und als er auf dem schwankenden Boot in ihren Armen lag, nutzte sie die Gelegenheit, um ihn endlich, endlich leidenschaftlich zu küssen. Siggi wollte gar nicht mehr von ihr lassen.

Dine Dettmers würde sich über ihren Logenplatz bei dem Ereignis bestimmt freuen. Sie würde es natürlich in sämtlichen Einzelheiten allen weitererzählen, die es interessierte – und bestimmt auch einigen weiteren Personen darüber hinaus. Nicht umsonst nannte man sie den Lübecker Generalanzeiger. Doch das war Siggi im Augenblick vollkommen egal.

***

Mit dem Fahrrad raste Dora so schnell den Hang hinab, dass der Schlamm nur so spritzte. Schließlich versank ihr Drahtesel in einer besonders hohen Pfütze und blieb im Morast stecken. Sie sickerte knietief im schlammigen Wasser ein, als sie ihr Rad befreite, doch im Augenblick war ihr das alles egal. Sie schob es weiter, und endlich kam Tiedemanns Kontor, das direkt an der über die Ufer getretenen Trave lag, in ihr Sichtfeld. Der Kai war eigens für die häufigen Fluten recht hoch gebaut worden, doch heute schwappte der wild rauschende und glucksende Fluss an einigen Stellen über den Rand. Zu ihrer Erleichterung sah sie nun Felix aus dem Kontor-Gebäude kommen. Offenbar war die Kündigung bereits ausgesprochen – und Tiedemann hatte ihn leben lassen. Doch dann trat, nur Sekunden später und von Doras Schwager unbemerkt, der Mandelhändler ebenfalls aus der Tür. Er folgte Felix eiligen Schrittes – und Dora glaubte schlagartig zu wissen, was der hochgewachsene Mann vorhatte. Gegen die Gewalt der Trave am heutigen Morgen waren jene lebensgefährlichen Unterströmungen der Ostsee harmlos, die Felix' und Johanns leibliche Mutter einst das Leben gekostet hatten. Ein einziger Stoß von Tiedemann – und der junge Marzipanerbe, der ihm gerade die Kündigung gebracht hatte, würde ein Opfer der Überschwemmung werden.

Dora schrie, so laut sie konnte: »Hinter dir! Vorsicht!«

Felix fuhr herum. Zu ihrem Entsetzen wurde Dora klar, dass der Mandelhändler, der einen Kopf größer als ihr Schwager war, ihm körperlich überlegen sein könnte. Sie begann, auf die beiden zuzurennen, rutschte aber auf dem glitschigen Boden aus, verlor das Gleichgewicht – und stürzte in die rasende Trave. Sie wurde von schrecklicher Panik ergriffen, denn sie hatte ja niemals schwimmen gelernt. Doras Kleidung saugte sich sofort mit Wasser voll, sie ging unter und wurde von der Strömung mitgerissen.

Ganz still war es hier unten. Es gab nichts, woran sie sich festhalten konnte. Und es gab keine Luft. Seltsamerweise fühlte sie sich in diesem Moment ihrem verstorbenen Mann Johann ganz nah und dachte an seine Worte: »Ich merkte, es geht zu Ende, aber ich wurde irgendwann ganz ruhig trotz dieser Erkenntnis, es war mehr ein ganz sanftes Hinüberleiten in die andere Welt.« Und schließlich gab auch Dora Herden zu Tode erschöpft ihr verzweifeltes Paddeln, ihr Kämpfen, ihr Brüllen nach Sauerstoff – für sich, für das Kind in ihrem Bauch – auf. Die Schwärze bemächtigte sich ihrer, und sie war endlich ganz ruhig.

Teil III
1926

46

Babette Christoffersen sah aus dem Zugfenster in die vorüberfliegende Landschaft hinaus, die inzwischen ganz flach geworden war, mit einem weiten Horizont. Ein untrügliches Zeichen dafür, dass es wieder nach Hause ging. In eine Stadt, die in knapp zwei Monaten siebenhundert Jahre Reichsfreiheit feiern würde. Der April 1926 ging heute zu Ende, und überall zeigte sich frühlingshafte Farbenpracht. »Bauer Mettang hat immer gesagt, spätestens am ersten Mai sind die kahlen Bäume wieder grün«, hatte Dora, ihre geliebte Cousine, einst erzählt. Und wie bei so vielem hatte sie recht gehabt.

Der Zug näherte sich bereits dem Bahnhof, da bemerkte Babette eine untersetzte, grau-blond gelockte Mittfünfzigerin, die sich ächzend mit einem viel zu schweren Koffer den Gang hinauf in Richtung Zugtür quälte.

»Schwester Lilo!«, erkannte Babette und erhob sich.

»Frau Christoffersen, wie scheen«, rief Lieselotte Jannasch und schüttelte die Hand der Jüngeren.

»Ich helfe Ihnen beim Aussteigen, habe ja nur meine Handtasche zu tragen«, bot sie an.

»Oh, das wär lieb«, entgegnete die Krankenschwester dankbar. »Für so viele Monate, da musste ja doch so einiges mit.«

»Sie waren bei Ihrer Mutter in Schlesien, nicht wahr?«,

erinnerte sich Babette an das, was Lilos Kollegin Martha Behm erzählt hatte. Die Schwester hatte also wirklich das getan, was die Christoffersens sich einst als Ausrede für Familienoberhaupt Einar ausgedacht hatten, als ihr Vater wegen seiner angegriffenen Nerven in der Heilanstalt gewesen war: Sie hatte sich tatsächlich in der Ferne um die kranke Mutter gekümmert.

»Ja, ieber ein Johr lang«, bestätigte sie. »Zum Glick geht es ihr endlich wieder besser, mein Neffe hat mich schon schmerzlich vermisst. Aber mir hat unser Libeck auch gefehlt. Wie lange hon mir uns nicht gesahn, Frau Christoffersen?«

»Viel zu lange«, erwiderte Babette, und einmal mehr wurde sie melancholisch. »Ich glaube, das letzte Mal war auf der Beerdigung.«

»Ja, die Beerdigung, schlimm war das«, seufzte Lilo traurig. »Wenn ein alter Mensch stirbt, dann finden wir uns wohl leichter damit ab. Aber bei so einer jungen Person – da erscheint alles so unerfillt und sinnlos.«

»Ja, mich überkommt der Schmerz auch nach drei Jahren noch«, gab Babette mit brüchiger Stimme zu. Wer hätte damals damit gerechnet, dass sie so bald nach Johanns Bestattung wieder zusammen auf dem Friedhof würden stehen müssen?

Lilo merkte Babette ihre düsteren Erinnerungen wohl an, denn sie versuchte, rasch abzulenken: »Wohin waren *Sie* denn verreist?«

»Auf eine Tagung von Süßwarenfabrikanten. Seit Felix Herden mir Prokura erteilt hat, bin ich viel für die Marzipan-Werke unterwegs.«

»Reagieren die Herren der Schepfung nicht pikiert auf

eine Frau in leitender Stellung?«, wunderte sich die Krankenschwester.

»Viele machen ihre Witze, natürlich«, bestätigte Babette. »Aber ich halte es mit der Inschrift auf dem Haus der Lübecker Schiffergesellschaft.«

Lilo sah sie fragend an. »Was steht da noch?«

»*Allen zu gefallen ist unmöglich*«, zitierte die junge Prokuristin. »Ich habe in Kiel Wirtschaft studiert, das können die wenigsten männlichen Geschäftsführer von sich behaupten. Also lasse ich sie reden und denk mir meinen Teil.«

Der Zug wurde langsamer. »Ah, wir sind gleich da. Haben Sie jemand, der Sie abholt?«

Lilo schüttelte den Kopf. »Nein, mein Neffe weeß noch gar nicht, dass ich komm. Ich wollte ihn ieberraschen.«

»Dann können wir Sie zum Kinderheim fahren«, bot Babette an, »mein Mann holt mich ab.«

»Das wäre lieb«, freute sich Lilo.

Als sie sich auf dem Bahnsteig nach Babettes Angetrautem umschauten, kam ihnen ein schlaksiger Junge in rot-weißem Umhang entgegen, auf dem Kopf eine hohe Mütze mit dem Lübecker Doppeladler und der Aufschrift *Ostseekugeln* darauf. Er trug einen Bauchladen mit Marzipanbällchen vor sich her.

»Guten Tag die Damen, Jubelkugel gefällig?«, fragte er in marktschreierischer Lautstärke. »Letzte Chance auf den ganz großen Gewinn!«

»Zwei bitte«, bestellte Babette amüsiert.

»Macht zwei Mark«, verlangte der Junge, nachdem er ihr die beiden Kugeln gegeben hatte.

Babette reichte der verdutzten Lilo die zweite Marzipankugel und biss ihre eigene auf. In dem Hohlraum darin fand sie einen Zettel mit der Aufschrift *Niete*.

»Och, wie schade«, kommentierte sie.

»Bei mir auch Niete«, stellte die Krankenschwester fest. »Was hätte denn drin sein können?«

»Geldgewinne – zehn, hundert oder tausend Mark. Aber das weiß man vorher natürlich nicht. Weder durch Drücken der Jubelkugeln noch durch Einstechen kann man Fortuna austricksen«, erklärte Babette.

»Als ich nach Schlesien los bin, gab es solche Kugeln noch nicht«, meinte Lilo.

»Nein, die werden auch erst seit letztem Dezember hergestellt«, bestätigte Babette. »Ihre Erlöse dienen einem ganz bestimmten Zweck.«

Sie hatte die Neugier der Schwester geweckt. »Aha?«

»Auch wenn die wirtschaftliche Lage seit Einführung der neuen Währung ja etwas besser ist, fehlt es allenthalben im Säckel der Stadtverwaltung«, erklärte Babette. »Sogar für die würdige Ausgestaltung der 700-Jahr-Feierlichkeiten war zuerst zu wenig Geld da gewesen. Aber dann hatte jemand eine geniale Idee. Leider bin ich nicht selbst drauf gekommen, das waren die Mitbewerber vom Hause Niederegger. Eine Marzipan-Lotterie!«

Lilo sah sie erstaunt an. »Aha?«

»Der Selbstkostenpreis dieser Marzipanbällchen beträgt bloß acht Pfennig«, präzisierte Babette. »Letzten Dezember ging der Verkauf los, die sogenannten Ostseekugeln waren binnen einer Woche ausverkauft. Der Stückpreis von einer Mark erbrachte einen Erlös von vierunddreißigtausend Mark – selbst nach Abzug der Gewinnprämien.«

»Donnerlittchen«, meinte Lilo anerkennend.

»Und da die Aktion so gut gelaufen ist, wird sie seit Anfang dieses Monats wiederholt – mit zweihunderttausend Kugeln. Auch beim zweiten Mal verkauften sie sich wie geschnitten Brot und …« Endlich erblickte Babette ihren Mann und rief ihn. »Siggi, hier sind wir!«

Zu Babettes großer Freude trat hinter ihrem Mann ein strohblondes, knapp dreijähriges Mädchen hervor. Sie ging in die Knie, und die Kleine kam auf sie zugetippelt. Als sie bei Babette angekommen war, nahm diese ihr Kind in den Arm und erhob sich. Siggi küsste seine Frau zärtlich.

»Ja, wer bist du denn?«, fragte die Krankenschwester entzückt.

»Das ist unsere kleine Erika«, erklärte Siggi stolz. »Moin, Schwester Lilo.«

Babette sah ihren Mann liebevoll an. Erika würde gewiss nicht ihr letztes gemeinsames Kind bleiben!

»Und mit der Ausstellung klappt heute Abend alles?«, erkundigte sich Babette bei ihrem Mann, nachdem sie Schwester Lilo am Kinderheim abgesetzt hatten.

»Ich wollte nachher mal in der Galerie vorbeischauen und fragen, ob sie Hilfe brauchen«, erklärte Siggi.

»Ach, da komm ich doch direkt mit«, schlug Babette vor. »Ich bin viel zu neugierig.«

So kam es, dass sie wenig später mit ihrem Töchterchen Erika vor dem Kunstgewerbehaus Matz in der Breiten Straße standen, allerdings war die Tür verschlossen. Babette presste die Nase an die Scheibe, um besser ins Innere sehen zu können.

»Da sind Armin und Tonio«, erkannte sie und klopfte lautstark an die Scheibe.

Den beiden Männern war ein glückliches Ende vergönnt gewesen, denn es hatte sich herausgestellt, dass Armins Vater längst über die Neigung seines Sohnes im Bilde gewesen war. »Na ja, dass du nur mit den Herren der Schöpfung glücklich bist, merke ich doch schon seit Jahren«, hatte Kröger senior seinem Sohn seinerzeit nach der Prügelei mit Johann Herden offenbart. »Sind nun mal die Zwanzigerjahre, gehe ich halt mit der Mode.«

»Ach, Vati«, hatte Armin erwidert, »ich glaube, Söhne wie mich gab es schon immer.«

Schließlich ließ Tonio Babette und Siggi herein. »Moin, ihr zwei Hübschen«, begrüßte er sie, und zu Erika sagte er: »Na, Prinzessin, du hast Glück, dein kleiner Lieblingsspielkamerad ist auch da.«

Tonio brachte die junge Familie in den Ausstellungsraum, wo Babette und Siggi zunächst von Armin begrüßt wurden und sich dann die bildhauerischen Arbeiten ansahen. Es gab abstrakte Werke, die Armin erstellt hatte, doch da es sich um eine Doppelausstellung handelte, auch sehr konkrete und realistische Darstellungen von Menschen und Tieren aus Speckstein, Ton und Holz.

»Und wo ist die zweite Künstlerin?«, erkundigte sich Babette.

»Hier«, ertönte eine wohlbekannte Stimme.

Eine modisch gekleidete Mittzwanzigerin mit blondem Bubikopf kam aus dem Hinterzimmer, einen Dreijährigen an der Hand.

»Dora«, freute sich Babette, umarmte ihre Cousine und wandte sich dann an deren Sohn: »Na, Johann, willst du mit deiner Freundin Eka spielen?«

Der kleine Junge zeigte Babettes Tochter die hölzernen Bauernhoftiere, die er von zu Hause mitgebracht hatte, und die beiden Kinder begannen in gewohnter Weise, friedlich miteinander zu spielen. Wie so oft kehrte bei dem Anblick ein leichter Anflug der alten Trauer zu Babette zurück. Doras Sohn Johann war im Februar 1923 zur Welt gekommen. Die Wehen hatten ausgerechnet während eines Besuchs bei Lilo im Kinderheim eingesetzt, durch einen glücklichen Zufall war Erichs Frau Gertrud zu der Zeit im Hause gewesen und hatte bei der Entbindung helfen können.

Etwas tragischer hatte sich zwei Monate später die Geburt von Babettes Tochter gestaltet. Plötzlich war das Wasser abgegangen, als sie mit Fiete und deren Hund Bauschan einen Stadtbummel gemacht hatte – zum Glück in direkter Nähe der Praxis der Degners. Erichs Frau war damals auf einer Ärztetagung gewesen, daher hatte der Internist selbst seine einstige Geliebte bei ihrer Niederkunft unterstützt. Siggis leibliche Mutter Charlotte teilte sich den Großelternstolz mit Einar und Iny. Das Glück über die Geburt des Töchterchens hatte leider nicht lang gewährt: Noch am selben Abend hatte Dr. Erich Degner völlig unerwartet einen Herzinfarkt erlitten. Man hatte ihn noch ins Krankenhaus gebracht, doch dort war er gestorben. Für Babette und auch ihren Siggi war sofort klar gewesen, ihr erstes Kind nach dem Arzt zu benennen, der es ins Leben geholt hatte: Erika. Bei der Beerdigung des viel zu jung verstorbenen Mediziners war der Friedhof sehr voll gewesen, sogar der Bürgermeister hatte sich die Ehre gegeben.

Dora und Babette waren in der Folge gute Freundinnen von Gertrud Degner geworden, die sie in ihrer tiefen Trauer unterstützten, so gut es ging. Kurz vor Erichs Tod hatten die Degners wieder ganz zueinandergefunden, weil sie festgestellt hatten, dass die offene Ehe nichts für sie war.

Und auch ein anderes Paar war zusammengeblieben: Hubert Herden hatte seiner zweiten Frau Natalie die Affäre mit seinem inzwischen ermordeten Sohn zwar zunächst nicht verziehen, aber sie großzügigerweise dennoch nicht aus der Villa verstoßen. Irgendwann mussten die beiden sich einander angenähert haben, denn zumindest nach außen waren Hubert und Natalie Herden inzwischen wieder ein Herz und eine Seele. Das Paar verreiste viel zusammen, und der Patriarch mischte sich wider Erwarten nicht in die bisweilen unkonventionellen Ideen seines Sohnes Felix ein. Gleich nach Ablauf des Trauerjahrs hatte der Marzipanerbe die Witwe seines Bruders geheiratet – und Dora von vornherein bei ihrer neu entdeckten Liebe zur Bildhauerei unterstützt. Wer wusste besser als er, was es hieß, wenn man gezwungen wurde, seine Leidenschaft für eine Kunstform zu unterdrücken?

Um die Zukunft seiner Marzipan-Werke musste sich Patriarch Hubert Herden keine Sorgen machen: Doras in Hamburg geborene Idee, dort Marzipan im Nachtleben zu verkaufen, hatte sich mit wachsendem Erfolg durchgesetzt. Wie Lübeck war auch die Elbmetropole inzwischen geprägt von Zuversicht und Lebensfreude. Der sogenannte Dawes-Plan hatte dafür gesorgt, dass die Kriegsreparationen aus dem Versailler Vertrag für die Republik einfacher zu stemmen waren. Wie von Babette prophezeit, hatte dank Anleihen aus dem Ausland eine Zeit des wirtschaftlichen Aufschwungs begonnen. Cafés, Theater und Varietés waren in Hamburg wie Pilze aus dem Boden geschossen – und allenthalben wurde dort nun Marzipan von Herden und Christoffersen angeboten.

»Bist du schon aufgeregt wegen heute Abend?«, wandte sich Babette an ihre Cousine.

Dora nickte. »Wenn mir jemand bei meiner Ankunft vor fünf Jahren erzählt hätte, dass sich mein Zeitvertreib mit den Wachsfigürchen mal zu einer Doppelausstellung mit Bildhauerei entwickelt, hätte ich ihn für verrückt erklärt.«

»Irgendwann machst du sogar alleine Ausstellungen«, war Armin überzeugt. »Heute lernen die Leute dich und deinen Stil kennen, dadurch kommt der Ball ins Rollen.«

»Und nach der Vernissage geht's in die Eule«, freute sich Babette, »zum Glück sind die drei Großmütter so vernarrt in unsere Kleinen, dass wir uns mit gutem Gewissen mal wieder die Nacht um die Ohren schlagen können.«

»Nicht nur die Groß*mütter*«, erinnerte Dora.

Tatsächlich konnten Hedwig, Iny und Charlotte nicht genug von den Enkelkindern bekommen, und Einar sowie Hedwigs Verlobter Jakob Kröger waren ebenso begeistert. Felix hatte seinem Vater die Genehmigung abgerungen, dass Doras Familie auch nach der Sanierung des Ladens sowie der Wohnung darüber im Seitengebäude des Marzipan-Schlösschens wohnen bleiben durfte. »So hat unser Sohn seine Spielkameradin und seine zweite Großmutter immer um sich. Wir haben unsere Prokuristin stets in der Nähe – und meine Frau ist glücklich.«

Auch Felix selbst war zufrieden. Er spielte jetzt viel häufiger Violine, auch bei der Vernissage am Abend war geplant, dass er mit zwei weiteren Streichern etwas zum Besten gab. Und Stubenmädchen Lucie, die seit nunmehr drei Jahren mit ihrem Hein verheiratet war, würde dazu singen.

»Bin mal gespannt, ob wir heute um Mitternacht mit den Eulen wieder Mai-Singen dürfen«, meinte Babette.

»Das werden wir in jedem Fall! Hansi Mainzberg und Otto Anthes haben nämlich einen geharnischten Brief an Polizeisenator Mehlein geschrieben«, wusste Armin Krögers Lebenspartner Tonio. »In dem Schreiben haben die beiden ihr Befremden geäußert: Sie hätten das Mailied zu Ehren der Stadt Lübeck und deren Dichter Emanuel Geibel gesungen. Wieso sie dafür in den letzten Jahren von der Polizei gejagt wurden, begehrten sie zu wissen. Und nun haben sie vom Senator prompt ein Schreiben erhalten: Der Eulen-Runde sei es nunmehr offiziell gestattet, den späten Abend des 30. April mit Giebels Mailied ausklingen zu lassen.«

»Möchte Eulert immer noch bis zur 700-Jahr-Feier die Kneipe renovieren?«, erkundigte sich Dora bei Tonio.

»Das will er ganz unbedingt. Irgendjemand hat nämlich das Gerücht in die Welt gesetzt, dass sich am Jubiläumstag ein ganz besonderer Gast mal wieder die Ehre geben und die Eule besuchen wird.«

»Wer denn?«, hakte Dora nach.

»Thomas Mann«, erklärte Tonio.

Dora war wie elektrisiert. Inzwischen hatte sie alles von Lübecks berühmtem Sohn gelesen, und er war zu ihrem absoluten Lieblingsschriftsteller avanciert. Eine persönliche Begegnung mit dem Verfasser von Meisterwerken wie den *Buddenbrooks*, *Der Tod in Venedig* und jüngst *Der Zauberberg* wäre für sie eine unfassbare Ehre. Doch konnte man dem Gerücht glauben?

47

Der Tag der großen Feier war da! Die gesamte Familie Christoffersen hatte sich mit Felix Herden im Süßwarengeschäft in der Stadt eingefunden. Das Lädchen und das Marzipan-Werk gehörten wegen der Familienbande inzwischen eng zusammen. Und auch wenn sie nicht mehr in dem Haus wohnten, nutzten die Christoffersens heute die gute Lage, um aus den Fenstern im ersten Stock den großen Festumzug zu bewundern.

Dora Herden hatte sich noch rasch in Einars Büro im Hinterzimmer des Geschäfts zurückgezogen, um ein letztes Mal einen Brief an ihre ehemaligen Arbeitgeber in Kirchheim-Teck durchzulesen, bevor sie ihn nach der Parade in den Briefkasten werfen würde. All die Jahre war sie mit Hulda Bernstein in Kontakt geblieben. Die Frau, von der Dora dereinst alles über das Verkaufen gelernt hatte, konnte es noch immer nicht fassen, dass ihr »Dorle« jetzt Bildhauerin war und in einem Schloss lebte.

1922 hatten die Bernsteins einen weiteren Sohn bekommen: Philipp; zwei Jahre darauf war das vierte Kind, Tochter Jeanne, geboren worden. Vater Bernhard war inzwischen jedoch schwer an Zucker erkrankt. Und obwohl der inzwischen sechzehnjährige Erstgeborene Alfred nach einer Ausbildung zum Kaufmann ebenfalls im Geschäft mithalf, hatten sie das Kaufhaus kürzlich an eine Familie namens Stern verkaufen müssen. Bernhards Gesundheitszustand verschlimmerte sich stetig, und die Familie wollte daher nur noch einen kleinen Gardinenladen im selben Haus betreiben. Deshalb freute sich Dora umso mehr, dass die beiden endlich ihr Angebot angenommen hatten, ihnen Fahrkarten zu schicken, damit sie Lübeck sehen konnten. Sie hoffte, der Besuch würde zu Bernhard Bernsteins Ablenkung und Erholung beitragen.

Lübeck, Sonntag, den 6. Juni 1926

Meine liebe Frau Bernstein,
haben Sie herzlichen Dank für Ihre liebe Postkarte. Gewiss wird der neue, kleinere Laden dafür sorgen, dass es Ihrem Mann bald wieder besser geht. Grüßen Sie ihn doch bitte ganz herzlich von mir.
Hier in Lübeck dürfen wir heute nun endlich siebenhundert Jahre Reichsfreiheit feiern, und wir sind ganz schön erleichtert darüber. Eine Zeit lang war es nämlich gar nicht sicher, ob die Festivitäten überhaupt stattfinden können, denn unsere Stadt ist noch wenige Tage vor dem großen Ereignis Mittelpunkt eines politischen Skandals geworden! Bürgermeister Dr. Neumann war in einen Rechtsputsch verwickelt, der in letzter Minute aufgedeckt wurde, deshalb musste er von seinem Amt zurücktreten.
Nun feiern wir also ohne Stadtoberhaupt. Der heutige Umzug durch die Straßen der Innenstadt bildet zugleich den Höhepunkt der Festlichkeiten. Zuvor hat Hermann Abendroth ein Symphoniekonzert im Kolosseum dirigiert, Hunderte von Menschen sind zum Festgottesdienst in St. Marien zusammengekommen. Und ich habe endlich – zumindest von Weitem – meinen Lieblingsschriftsteller Thomas Mann sehen dürfen. Er hat im Stadttheater ei-

nen Vortrag über Lübeck gehalten, und man konnte darin die wunderbare Sprache seiner Bücher wiederentdecken. Ob das Gerücht allerdings stimmt, dass er heute Abend in die Kneipe Zur Börse kommen wird und ich ihn auch aus der Nähe kennenlernen oder gar mit ihm sprechen darf, das wage ich zu bezweifeln.

Dabei hat der Wirt Fritz Eulert extra seinem Lokal einen neuen Außenanstrich verpassen lassen. Als ich letzte Woche dort vorbeikam, ist dem Malermeister von seiner Leiter aus der Pinsel aus der Hand gefallen – genau einem Fremden aus dem Sachsenland auf die Glatze. Weil Fritz Eulert gerade vor der Tür stand, um sich mit mir zu unterhalten, wandte sich der Getroffene in seinem Heimatdialekt an ihn: »Nu hären Se mal, Här Würt, haben Se denn gerade siebenhundert Jahre warden missen, bis dass Se däs Haus schtreichen?«

»Jo«, hat Fiete Eulert da in schönstem Plattdütsch gesagt, »wi hebbt all söbenhunnert Johr dorup luert, dat du denn Schiet upn Kopp kregst!«

Ich musste sehr kichern, diese flapsige Schlagfertigkeit ist so typisch für unseren Eulenwirt.

Aber egal, ob sich Thomas Mann bei ihm heute Nacht noch die Ehre geben wird oder nicht, angesichts der euphorischen Stimmung in Lübeck wird es in jedem Fall mal wieder ein fröhliches Beisammensein bis in die frühen Morgenstunden werden.

Thomas Manns Vortrag, die große Anzahl von Festgästen, Vertretern deutscher und ausländischer Staaten und Repräsentanten der Städte des ehemaligen Hansebundes – all das ist eine einzige große Liebeserklärung an unsere Stadt. Verehrte Frau Bernstein, ich kann es kaum

erwarten, sie Ihnen endlich zu zeigen, wenn Sie uns im September besuchen.
Bis dahin verbleibe ich mit den besten Grüßen aus der schönen Hansestadt
Ihr
Dorle Herden

Sie faltete den Brief zusammen, steckte ihn in den Umschlag und klebte ihn zu, als Felix ins Büro kam. Er sah seine Frau zärtlich an und umarmte sie liebevoll von hinten.

»Alle warten schon ungeduldig auf dich, Schatz«, raunte er ihr ins Ohr.

Sie drehte sich um und küsste ihn. »Ich komme, ich wollte nur noch rasch den Bernsteins schreiben, dass ich glücklich bin.«

»Das höre ich gern«, sagte er. »Ich hoffe, ich habe auch mit diesem Glück zu tun.«

»Na ja, ohne dich wäre ich zumindest nicht hier«, meinte sie. »Du hast mich vor vier Jahren aus der Trave gefischt, Herr Lebensretter.«

»Aber das ging ja nur, weil du mich rechtzeitig vor Tiedemann gewarnt hast«, erinnerte er sie. »Einigen wir uns also, dass wir uns gegenseitig gerettet haben. Und den Orden hat sowieso Oberwachtmeister Seiler bekommen, weil er den Mistkerl verhaftet hat – nach unserer Vorarbeit.«

»Ich bin auf jeden Fall dankbar, dass mein Mann mich so sein lässt, wie ich will«, fasste Dora zusammen. »Ein anderer hätte mir nie gegönnt, mich an der Bildhauerei zu versuchen.«

»Was heißt da versuchen?«, betonte er. »Du warst ein Triumph.«

»Na ja, zumindest ein Triümphle – beim Kritiker der Lübecker Lokalredaktion. Außerdem wird dein Triümphle bald etwas kürzertreten müssen«, sagte Dora nun voller Vorfreude auf seine Reaktion.

»Wie meinst du das?«, fragte er sie.

»Gertrud hat heute früh extra ihre Praxis für mich geöffnet«, berichtete Dora.

»Und?«

Sie musste nur lächelnd nicken, da fiel Felix ihr mit einem Freudenschrei um den Hals. Sie hörte ihn kurz vor Glück aufschluchzen und war so unendlich dankbar dafür. Er gab sich ihr gegenüber so, wie sie es seinerzeit bei seinem Bruder vergeblich gehofft hatte. Felix liebte seinen Neffen wie einen eigenen Sohn, daran gab es für niemand auch nur den geringsten Zweifel; doch er und Dora hatten nun auch schon über drei Jahre lang von einem weiteren Kind geträumt. Bisher war es ihnen nicht vergönnt gewesen, obwohl sie sehr leidenschaftlich miteinander waren; durch Felix hatte Dora erfahren, dass ihre Cousine Babette recht gehabt hatte: Mit dem richtigen Mann konnte die körperliche Liebe in der Tat eine Offenbarung sein. Und auch bei ihrer Hochzeit waren all jene Freudentränen geflossen, die bei der ersten Eheschließung gefehlt hatten.

In diesem Augenblick klingelte unerwartet das Telefon, und beide zuckten zusammen.

»Dora Herden bei Süßwaren Christoffersen, was kann ich für Sie tun?«, meldete sie sich routiniert, nachdem sie abgehoben hatte.

»Dora, hier ist Ida Boy-Ed. Es gibt einen Notfall.«

* * *

Wenig später betätigte Dora die Türglocke am alten Zöllnerhaus beim Burgtor, in der Hand eine große Schachtel von Siggis berühmten Pralinen. Der »Notfall« bestand nämlich darin, dass Ida Boy-Ed von ihrem Fenster aus den Festumzug ansehen wollte. »Und wie soll das gehen ohne Siegfried Christoffersens Marzipan-Kreationen?«

Dora hatte ihre Familie gebeten, sie kurz zu entschuldigen. »Ich bringe ihr rasch noch ihre Pralinchen. Wenn mir jemand sagen kann, ob Thomas Mann heute wirklich in die Eule kommen wird, dann seine alte Mentorin.«

Dienstmädchen Minna Grimm, die sich wie immer sehr freute, Dora zu sehen, ließ sie herein und führte sie in Ida Boy-Eds Salon.

»Frau Herden persönlich, was für eine Ehre«, rief die weißhaarige Salonière begeistert.

Dora wiederum erstarrte vor Ehrfurcht, als sie Idas am offenen Fenster sitzenden Gast erkannte: ein Mann im Anzug mit Strohhut und Schnauzbart, der sie mit wachsamen Augen musterte – Thomas Mann! Dora wusste, dass er just heute seinen einundfünfzigsten Geburtstag feierte, aber ihm zu gratulieren erschien ihr nicht angebracht – sie war ja nur als Marzipanlieferantin hier und kannte diesen großen Schriftsteller nicht persönlich.

»Thomas, das ist Dora Herden«, erklärte Ida Boy-Ed ihrem einstigen Zögling, »sie und ihre Cousine haben mir meine Pralinchen schon gebracht, als sie noch Verkäuferin bei Süßwaren-Christoffersen war. Heute ist sie sogar eine Bildhauerin, und ihrem Mann gehört die Marzipanfabrik. Trotzdem ist sie mir treu geblieben.«

»Ja, der Marzipan hatte schon immer eine geheimnisvolle Beziehung zu Lübeck, das darf man nicht leugnen«, meinte

Thomas Mann, »zu den Handelshäfen, den adligen Stadtrepubliken. Sie ahnen gar nicht, wie oft die Leute sich ihr Mütchen an mir kühlen und mir eins auswischen wollen. Also stellen sie mich wegen meiner Herkunft als Lübecker Marzipan-Bäcker hin.«

»So was schimpft sich dann literarische Satire«, erboste sich Ida Boy-Ed.

»Mir tut das aber gar nicht weh«, entgegnete Thomas Mann. »Wer könnte sich durch Marzipan gekränkt fühlen, nicht wahr, Frau Herden?«

»Er ist sehr wohlschmeckend«, bestätigte Dora schüchtern.

»Erstens das, und zweitens ist er alles andere als trivial, sondern geradezu merkwürdig, ja, geheimnisvoll!«, befand Thomas Mann. »Wenn man sich diese Süßigkeit genauer anschaut, diese Mischung aus Mandeln, Rosenwasser und Zucker, so drängt sich die Vermutung auf, dass da der Orient im Spiel ist.«

»Ja, die Speise konnte nur dort entstehen, wo Mandeln und Zucker zu Hause waren«, wusste Dora von ihrem Mentor Jakob Kröger.

»Genau, da liegt der Verdacht nahe, dass man ein Haremskonfekt vor sich hat«, behauptete der Schriftsteller schmunzelnd.

»Aber Thomas, was für ein Gedanke!«, rügte ihn Ida Boy-Ed mit gespielter Empörung.

»Ein sehr schlüssiger will ich meinen«, beharrte Mann. »Und aus dem Harem kam das Rezept für diese üppige Magenbelastung dann über Venedig nach Lübeck – an irgendeinen alten Herrn Niederegger.«

Und dank diesem dann 1907 auch an irgendeinen alten

Herrn Herden, meinen Schwiegervater, dachte Dora und lächelte.

Thomas Mann erwiderte ihr Lächeln. »Der Marzipan ist die Verbindung zwischen der Heimat und dem Märchen, dem östlichen Traum.«

Der Satz des Schriftstellers erinnerte sie an ihre eigene Geschichte: Wie sie dank des Marzipans aus ihrer schwäbischen Heimat in die für sie märchenhafte Stadt an der Ostsee gezogen war und dort ihre Träume verwirklicht hatte.

»Dann lassen Sie es sich schmecken, Herr Mann. Heute geht es aufs Haus«, sagte sie, bevor sie mutig hinzufügte: »Alles Gute zum Geburtstag!«

Fünf Minuten später stürzte sich Dora Herden euphorisiert ins Getümmel. Sie wusste nun, dass Thomas Mann in der Tat plante, abends die *Eule* zu besuchen. Sie würde also Gelegenheit bekommen, ausführlicher mit ihm zu sprechen.

Die Pracht und der Farbenreichtum des wohl schönsten Festzuges, den Lübeck je gesehen hatte, riss die Zuschauertrauben, die den Straßenrand säumten, immer wieder zu stürmischem Jubel hin. Dora drängte sich durch die Menschenmassen, um zu ihrer Familie zurückzukehren. Sie wollte an der Seite jener Menschen feiern, die ihr geholfen hatten, hier ihr Glück zu finden.

Wie schön war doch das Leben in der Marzipanstadt, dachte sie. Auf die nächsten siebenhundert Jahre, mein geliebtes Geburtstagskind Lübeck!

ENDE

Danksagung

Was wäre ein historischer Roman über Lübeck ohne Zeitzeugen und Autorenkolleginnen und -kollegen, die sich vor uns mit dessen Stadtgeschichte beschäftigten? Deshalb gilt unser erster Dank Christa Pieske für ihre minutiös recherchierte Geschichte des Marzipans. Zu Beginn des vergangenen Jahrhunderts sagte man übrigens noch »der Marzipan« statt »das Marzipan«. Eine weitere große Inspiration war für uns Helmut von der Lippe, der auf wahre Schätze von Anekdoten über das Lübeck des letzten Jahrhunderts gestoßen ist.

Als reale Vorlage für unser Marzipan-Schlösschen haben wir uns das ehemalige Rokoko-Lustschloss »Bellevue« am Fuß der Altstadtinsel in Lübeck ausgesucht. Seit Mai 2017 befindet sich darin das Garni Hotel *Lübecker Krönchen*, das Annett und Peter Ganswindt mit viel Arbeit, Ideen und Liebe saniert haben. Wir sind sehr, sehr dankbar, dass sie uns die Tore geöffnet haben für das Lebensgefühl dieses romantischen Rückzugsorts. Ähnlich wie unsere Dora im Roman hat uns der Besuch dort in eine wunderbare Welt versetzt. Wer Lust auf eine virtuelle Tour durchs Schloss hat, wird hier fündig: www.luebecker-kroenchen.de.

Natürlich darf in einem Buch mit Geschichten über die malerische Hansestadt ihr großer Sohn nicht fehlen: Thomas Mann. Wenn man bei einem Film Anspielungen und

Zitate versteckt, so nennt man diese »Easter Eggs«; wir haben einige »Thomas-Mann-Ostereier« in unserem stellenweise recht weihnachtlichen Buch versteckt, vielleicht haben Sie ja ein paar davon entdeckt, liebe Leserinnen und Leser.

Wie bereits bei unseren bisherigen gemeinsamen Werken hielten uns liebe Menschen den Rücken frei.

Für Eva-Maria Bast waren die größte Stütze und Freude auch dieses Mal wieder insbesondere ihre fünf wunderbaren Kinder und ihre Eltern Lena und Alfred Bast.

Jørn Precht erhielt zu Hause erneut Rückhalt von Erika Precht, Elias Konradi, Familie Precht-Aichele sowie dem guten Geist der Degerlocher Marzipanvilla, Andreas Bühler. Auch an den Rechercheorten gab es Menschen, die geholfen haben: Martina Sturm, Marie-Luise Heidt sowie Marlis und Iris Konradi. Danke euch allen!

Feedback und Anregungen zum Buch gab es von Annett Einenkel, Martina Resch und unserem Redakteur René Stein. Er hat gegen all jene Wortwiederholungen, Kontinuitätsfehler und unzeitgemäßen Formulierungen gekämpft, für die Autorin und Autor im Schreibfluss bisweilen »betriebsblind« werden. Auch den Sprachduktus unserer heiß geliebten Figuren hat er präzise, klug und liebevoll überprüft – ein Quantensprung für unseren Roman!

Und was wären wir ohne »Recherche-Genie« Daniel Riecke von der Generalagentur für Genealogie in Magdeburg? Er hat das vorliegende Buch durch die biografischen Daten der von uns ausgewählten realhistorischen Figuren enorm aufgewertet: Einar Christoffersen, Fiete Krugel, Pastor Jannasch, Detektivin Kleinert, Hans-Peter Mainzberg, Wirt Fritz Eulert, Ida Boy-Ed und das Ärztepaar Degner … Und wie überrascht waren wir, als wir durch seine Nachforschungen erfuhren, dass der von uns aus der 1921er-Ausgabe des Adressbuches der Stadt Lübeck herausgesuchte Polizeileutnant Sommerlath der Onkel der heutigen Königin von Schweden war!

Lars Rabeneck lieferte die Hinweise zu den Szenen, die Regisseur Murnau für seinen Film *Nosferatu* im Sommer 1921 in Lübeck drehte; Justin Bindley stellte sein Opernwissen zur Verfügung, Jan Koschitza schickte Presseartikel und Schokoladenschneemänner, Jana Scheunert Weihnachtsgebäck. Herzlichen Dank!

Selbiger geht auch an unsere liebe Autorenkollegin Regine Kölpin und deren Vater Reinhard Fiedler, der uns mit dem schlesischen Einschlag bei der Figur Schwester Lilo Jannasch geholfen hat. Die plattdeutschen Wendungen verdanken wir Elias Konradi und dessen Lehrerin, der Ohnsorg-Legende Herma Koehn.

Auch bei diesem Roman dürfen wir uns über Johannes Wiebels ästhetische Covergestaltung freuen; seine ersten Entwürfe zu erhalten, ist für uns immer ein wenig wie das Öffnen einer Schachtel mit Marzipan-Pralinen. *Merci beaucoup*!

Und schließlich danken wir einmal mehr von ganzem Herzen unserer wunderbaren Agentin Anna Mechler, die uns 2017 Diana Neiczer vorgestellt hat, unsere kreative und inspirierende Lektorin. Liebe Diana, du hast uns seinerzeit als Autorenteam »entdeckt« und als Erste an uns geglaubt – es ist eine Freude, wieder mit dir arbeiten zu dürfen!

Liebe Leserinnen und Leser, wir hoffen, dass Sie bei der Zeitreise ins Lübeck der – anfangs gar nicht so »goldenen« – Zwanzigerjahre gut unterhalten wurden! Wir haben uns bei unserer Recherche in die Marzipanstadt an der Trave verliebt und hoffen, Sie haben beim Lesen etwas von dieser Liebe wiederentdeckt.

Herzlichst,
Eva-Maria Bast und Jørn Precht
alias Romy Herold

Literaturempfehlungen und Quellen

Austen, Jane: *Überredung,* Stuttgart 2016.
Bader, Siegried: *Notzinger Heimatbuch. Aus der Chronik von Notzingen und Wellingen. Hrsg. von der Gemeinde Notzingen anläßlich der 900-Jahr-Feier 1977.* Kirchheim unter Teck 1977.
Benick, Ludwig: *Ernst Albert †.* In: *Lübeckische Blätter,* 78. Jg., Nummer 45, Ausgabe vom 8. November 1936, S. 984–985.
Bodensohn, Anneliese: *Ernst Eduard Albert.* In: Roloff, Hans-Gert u. a. (Hrsg.): *Die Deutsche Literatur.* Reihe VI: *Die Deutsche Literatur von 1890 bis 1990.* Abteilung A: Autorenlexikon, Band 1, Lieferung 6–9, Stuttgart-Bad Cannstatt 2003, S. 561–564.
Bruns, Hubert; Rahtgens, Hugo; Wilde, Lutz: *Die Bau- und Kunstdenkmäler der Hansestadt Lübeck. Band I, 2. Teil: Rathaus und öffentliche Gebäude der Stadt,* Lübeck 1974.
Deutsch, Otto Erich: *Mozart: A Documentary Biography.* Stanford 1965.
Eberbach, Ursula; Hurler, Armin: *Notzingen-Wellingen. 100 Jahre Dorfgeschichte im Bild,* Notzingen 2021.
Enns, Abram: *Kunst und Bürgertum – Die kontroversen zwanziger Jahre in Lübeck.* Hamburg – Lübeck 1978.
Graßmann, Antjekathrin (Hrsg): *Lübeckische Geschichte,* Schmidt-Römhild. Lübeck 1989.
Groenewold, Eberhard: *Lübeck – so wie es war.* Düsseldorf 1975.
Hampel, Thomas; Lange, Ralf: *Hamburgs Welterbe. Speicherstadt und Kontorhausviertel. Hamburg's World Heritage. Historic Warehouse and Counting House District.* Hamburg 2016.
Hornung Petit, Charles: *Das Lübecker Waisenhaus. Kurzer Bericht über seine Entstehung und Entwicklung bis auf die Gegenwart.* Lübeck 1918.

Jürgensen, Corina; Piatzer, Sabina: *Chronik 1921.* Dortmund 1989.

Küntzel, Sabine: *Suarezstr. 55, Charlottenburg, Jeanne Bernstein * 27.07.1924 in Stuttgart.* Auf: Berlin-Minsk, Unvergessene Lebensgeschichten, berlin-minsk.de. URL: http://www.berlin-minsk.de/print.php?newgb_id=35

Lehmann, Sebastian: *Die NSDAP in Lübeck,* Malente 2007. URL: https://www.beirat-fuer-geschichte.de/fileadmin/pdf/band_18/Demokratische_Geschichte_Band_18_Essay_5.pdf.

Mann, Thomas: *Buddenbrooks. Verfall einer Familie.* 46. Auflage, Frankfurt 1999.

Mann, Thomas: *Herr und Hund.* Frankfurt am Main 1962.

Meiners, Antonia: *Chronik 1922.* Dortmund 1989.

Neckels, Conrad: *Das Gartenhaus Bellevue.* In: Vaterstädtische Blätter, Jahrgang 1917, Nr. 22, Ausgabe vom 25. Februar 1917, S. 87–89.

Neckels, Conrad: *Das Gartenhaus Bellevue.* In: Vaterstädtische Blätter, Jahrgang 1917, Nr. 23, Ausgabe vom 4. März 1917, S. 91–93.

Neckels, Conrad: *Das Gartenhaus Bellevue.* In: Vaterstädtische Blätter, Jahrgang 1917, Nr. 24, Ausgabe vom 11. März 1917, S. 96–98.

Pieske, Christa: *Marzipan aus Lübeck. Der süße Gruß aus einer alten Hansestadt.* Lübeck 1977.

Precht, Jørn: *Das Geheimnis des Dr. Alzheimer.* Meßkirch 2017.

Richter, David Hubert: *Das Waisenhaus zu Lübeck in seinem dreihundertjährigen Bestehen.* Lübeck, Rohden 1847.

Stadt Lübeck (Hrsg.): *Adreßbuch der Freien und Hansestadt Lübeck mit den Ortschaften Krempelsdorf, Kücknitz, Herrenwyk, Siems-Dänischburg, Schlutup, Travemünde, Israelsdorf, Moisling, Genin, Fackenburg, Stockelsdorf, Cleverbrück und Schwartau mit Stadtplan,* Lübeck 1921. URL: https://digital-stadtbibliothek.luebeck.de/viewer/resolver?urn=urn:nbn:de:gbv:48-1-775424.

Tenschert, Roland: *Mozart: ein Künstlerleben in Bildern und Dokumenten.* Amsterdam 1931.

Thalheim, Karl C.: *Harms, Christoph Bernhard Cornelius.* In: Neue Deutsche Biographie (NDB). Band 7, Berlin 1966, S. 682 ff.

Thissen, Heike: *Glasierte Ziegel.* In: Bast, Eva-Maria; Thissen, Heike: Lübecker Geheimnisse, 2. Aufl., Überlingen 2018, S. 33–85.

Thissen, Heike: *Waisenkinderrelief.* In: Bast, Eva-Maria; Thissen, Heike: Lübecker Geheimnisse, 2. Aufl., Überlingen 2018, S. 157–159.

von der Lippe, Helmut: *Also, heut' Nachmittag im Café Köpff ...*, Gudensberg-Gleichen, 2003.